旱天雷

罗宏　刘鉴　著

南方出版传媒
花城出版社
中国·广州

图书在版编目（ＣＩＰ）数据

旱天雷 / 罗宏，刘鉴著. -- 广州 ：花城出版社，
2019.10
　ISBN 978-7-5360-8954-9

　Ⅰ．①旱… Ⅱ．①罗… ②刘… Ⅲ．①长篇小说－中
国－当代 Ⅳ．①I247.5

中国版本图书馆CIP数据核字(2019)第165809号

出 版 人：肖延兵
策划编辑：张　懿
责任编辑：陈诗泳
技术编辑：凌春梅
装帧设计：张年乔
封面插画：鲤清鹤白

书　　名　旱天雷
　　　　　HAN TIAN LEI
出版发行　花城出版社
　　　　　（广州市环市东路水荫路 11 号）
经　　销　全国新华书店
印　　刷　佛山市迎高彩印有限公司
　　　　　（佛山市顺德区陈村镇广隆工业区兴业七路 9 号）
开　　本　787 毫米 × 1092 毫米 16 开
印　　张　27.75　　1 插页
字　　数　460,000 字
版　　次　2019 年 10 月第 1 版　2019 年 10 月第 1 次印刷
定　　价　68.00 元

如发现印装质量问题，请直接与印刷厂联系调换。
购书热线：020-37604658　37602954
花城出版社网站：http://www.fcph.com.cn

目　录

第一章　祸起广州

　　沙湾是珠江边的一座古镇，南宋起临水而成，八百年历史靠水吃水繁衍生息，如今整日里船来船往，桨声、歌声、叫卖声不绝于耳。

　　这是1936年的暮春，一个蓝天丽日的下午，一只平淡无奇的敞篷木船从上游徐徐而来。船尾摇橹推舟的显然是一个渔家姑娘，两腮裹着缀有红色花蕾的轻曼丝巾，头上戴着一顶阳雨两用的宽檐蒲扇帽，两根油黑的辫子从帽下两侧钻出，随着摇橹的动作而前后甩着；船头坐着一个年过半百的老汉，穿着一件无袖麻布汗衫，两条手臂晒得黑黝黝的，饱经风霜的老渔夫模样。其实他们俩都是中共的人，肩负秘密使命，目的地是广州。老汉叫雷海明，晚辈都叫他海明伯；姑娘姓田，名南珠。

　　江岸高大的细叶榕下，一个后生正在练拳，这后生二十出头，个子高挑，虽然一身练武之人打扮，却生得眉清目秀，肤白唇红，他是号称"南国琵琶王"的韩博公的独子韩雨堂。

　　一阵咸水歌声传来：

> 海底珍珠容易揾，
> 真心阿妹哟世上难寻。
> 海底珍珠大浪涌，
> 真心阿哥哟世上难逢。

　　雨堂听到歌声就停了拳。说来奇怪，珠江水阔船密，船上的琴声和歌声淹没在嘈杂声中，按常理是不能传到岸上来的。偏偏雨堂的听力不同凡响，天生一副顺风耳，南珠的歌声似乎带着魔力，随风飘入耳孔。他自幼江边生江边长，听得渔歌无数，但这般美妙的歌声他还是第一次从江船上听到。

歌声自江面飘来，雨堂被甜美悠扬的歌声吸引。他眺望江面，南珠的俏丽模样映入雨堂的眼帘，如有一根纤纤细指突然间拨动了他的心弦。

"雨堂哥——雨堂哥——"

熟悉的叫声从背后传来，雨堂回头，只见三叔韩博年的独女阿秀拎着一个帆布提袋急匆匆地小跑过来。

原来，阿秀父亲赌博的丑事被大伯，也就是雨堂父亲揪住了，要依家法责罚。为了脱身，她爹就把雨堂偷看禁书的事抖了出来，要大哥先把宝贝儿子管教好再来找他的碴儿。韩博公勃然大怒，当场甩下狠话，要往死里收拾韩雨堂。

听了阿秀结结巴巴的话，雨堂又气又急。他知道自己这些天正在偷看的禁书《铁流》暴露了，告密者就是他三叔。

"你爹真不是东西，还讹了我的'封口费'呢！我找他去！"

阿秀一把拉住雨堂："你傻呀，大伯正等着收拾你呢！"

"收拾我？"雨堂突然不害怕了，"我干娘会帮我。只要我干娘掉泪，我爹就会收场。顶多跪两顿饭的工夫嘛！"

"这次可不行了！大伯要收拾我爹，我爹就把你抖出来了，想堵大伯的嘴。你想想，大伯要是不好好收拾你，他能治我爹吗？"阿秀连连摇头，"水妹姨说，她这次怕拦不住大伯，她叫你先去广州避避，等大伯消了气你再回来！"阿秀一边说，一边把帆布提袋往雨堂手里塞，"这是水妹姨给你准备的换洗衣服。里面还有钱。她叫你去水警队找亮仔。水妹姨说，顶多两天，你就回来！"

雨堂不吭声了。他亲娘刚生下他便断了气，他是水妹奶大的。他爹叫他认水妹做了干娘。在韩家，雨堂谁的话也不听，却单单不敢违逆干娘的话。

雨堂提着帆布袋，跑去沙湾码头，上了去广州的火轮船。

雨堂一溜烟跑了，韩博公只有一声叹息。心里明白这又是水妹做了手脚，却没有戳破，他知道水妹也是为了让他下台，心中还暗暗感激。

韩博公一家是岭南音乐世家。韩家三兄弟，他是老大，只育有韩雨堂这一个儿子。二弟韩博忠与自己有阂，早些年赌气自剁右拇指，下了南洋，从此杳无音信。三弟韩博年只育有一女，这些年他心在赌场，越学越坏。二十一年前韩博公的夫人头胎生韩雨堂时难产而死，他一直不曾续弦，韩雨堂便是他的独子。韩博公最大的心愿就是希望雨堂能够成为韩家琵琶的传人，哪知雨堂虽有极高的音乐禀赋，却对"琵琶传人"的光环不屑一顾，酷爱拳脚功夫，憧憬成为呼啸江湖的大英雄。于是，怎么让雨堂浪子回头，成了他的心病。

韩博公呆坐在房中，想起了心事。

珠江边泊着密集的木篷船，已近黄昏，码头上贩夫走卒，各色行人往来，叫卖声声，喧闹繁华。往西不远处是西堤，"中国第一高楼"城外大新公司巍然屹立于珠江北岸。就在它不远处，一座叫"爱群大厦"的钢筋混凝土建筑正在拔地而起，大有取代城外大新公司成为新的"中国第一高楼"之势。

雨堂就在码头上走着，他已经去码头附近的水警队找过亮仔。亮仔是雨堂家的家丁明仔的胞弟，跟他哥学过咏春拳，如今在水警队当差。明仔、亮仔自幼和雨堂玩在一起，亲如兄弟，所以水妹知道亮仔一定会替她安顿好雨堂的。

但是水警队的门卫告诉雨堂，亮仔外出办差了，没办法，雨堂只得快快离开，在码头附近的一个小店住下了。

他很无聊，就出来逛一逛。

这时故事就发生了。

只见一对卖唱父女打扮的人迎面走来，正是刚从敞篷船上岸的海明伯和南珠。海明伯背着马头胡琴，南珠已解下丝巾，蒲扇帽背在背后。"渔家父女"变成了"卖唱父女"。

雨堂眼睛一亮，眼前顿时闪过江中南珠摇橹唱歌的模样。

南珠和海明伯走近，跟雨堂擦肩而过。雨堂不由自主，悄悄地跟在他们后边。

南珠发现了身后的雨堂，低声告诉海明伯："有尾巴！"

海明伯微笑："看见了。不像是密探，可能是个花痴少爷，冲你来的。"

雨堂不远不近地跟在后面，耳朵在微微扇动——他有超人的听力，听到了海明伯和南珠的对话。"尾巴""密探"，这是新鲜刺激的词汇，雨堂更加好奇了。

他不紧不慢地跟着他们。他听到南珠的声音："怎么办？"

耳孔飘入海明伯的声音："把他引开，我先去花城美茶楼，你甩掉他再过来。"

在岔路口，海明伯和南珠左右分开，各自走进一条街巷。

雨堂跟着南珠往右边走，没多久就进了一条僻静的小巷。突然间，南珠站住，转身逼了过来。"你是什么人？"南珠的声音不大，但透着威严。

雨堂赶紧停步，急切地解释："姑娘，你别误会，我不是坏人，我……"

"为啥跟着我？"南珠问。

雨堂听出对方语气里敌意减少，便调侃道："这得怪太阳，不能怪葵花呀。"南珠朝他走近，严肃地说："少贫嘴！你再纠缠，我叫警察了！"雨堂继续贫嘴："姑娘，城里的警察个个都是流氓，你这么靓，还不是苍蝇见血？"南珠不再搭理雨堂，仰起脖子，做出叫喊的模样。雨堂急了："姑娘，别喊，我走，我走！"雨堂边走边嘟哝："不就是看看嘛，还能把你怎么样？"

见雨堂悻悻离去，南珠露出一丝笑意。

海明伯在岔路口与南珠分开后，径直往花城美茶楼走去。

海明伯不知道，一张大网正在等着他。

他要接头的广州地下党员、地下交通员朱文今天上午已经叛变。于是，在接头的茶楼，稽查队长何三刀就张开了大网。

这是二楼临街的一间雅室，几个身穿便衣的彪形大汉俯视窗外喧闹的街市。何三刀在桌前跷着二郎腿信心满满地喝着新上市的清明前毛尖。叛徒朱文在他对面坐着。

"抓住雷海明，我和这班兄弟们立功，"何三刀一边往嘴里扔黄豆，一边朝朱文微笑，"你也立功！"

"是！何队长高明！我跟着何队长您立功！"朱文哈巴狗一样赔着笑。

"不高明能逮着你？可惜那老范他娘的……"何三刀嚼着黄豆，又想起自己当时抓住了朱文和他的上级老范，审问时，下手太重，把老范干掉的遗憾。现在只有朱文这条线了，千万不能再失手了。

藏在窗后的副队长李刚突然低喊："何队长，有个背琴的老头过来了！"

"怎么只有一个人？！"彪形大汉们探出头去，朝街头街尾搜寻。

何三刀霍地起身，藏在窗后朝外看去。只见海明伯横过街道，向茶楼走来。

"隐蔽！"何三刀急忙下令。

副队长李刚立即带着手下钻进了内间，咔嚓咔嚓子弹上了膛。

朱文慌乱地站起身，露出紧张的神色。何三刀拍着朱文的肩，给他打气：

"关键时刻到了！沉住气！你是主角，这戏一定要给我演好！这是你立功的机会！"

说完，何三刀迅速将窗户拉上，闪身钻进内间。

朱文轻咳了两声，清了清嗓子，坐下喝了口茶。

这时有人敲门，朱文起身开门。

"先生要点歌吗？"海明伯站在门口问。

两人开始对暗号，全对上了。朱文假装激动地说："雷海明同志！我等你很久了！"

海明伯闪身进了雅室，他把胡琴袋子卸下，挂在椅背上。

"请坐！喝茶！"朱文热情地招呼海明伯。

海明伯坐下，目光落在两只玻璃茶杯上，内心狐疑：靠近自己座位的这杯茶水颜色已淡，显然不是新泡的，应该是有人喝过再续了水，并且只剩下小半杯了。他不动声色，笑着问："怎么，老范也来了？"

朱文看到何三刀留下的茶杯，不觉一愣，连忙掩饰："对！对！老范不放心，硬要过来看看。我刚把他劝走了！"说完，朱文拿过一只干净茶杯给海明伯沏茶，"我在这儿等了你们两天，真急坏了，生怕你们出事！"

海明伯微笑："我们在路上遇到了点麻烦，耽误了两天。"

朱文赔着笑："是呀，老范也沉不住气了，要亲自来接头——哎！不是有两位同志吗？叫他进来吧！"

"不急嘛，喝口茶再说！"海明伯俯身，朝茶杯上腾起的热气嗅了嗅，"我渴坏了！"

朱文忙点头："对！不急！喝吧，趁热喝！"

"你这可是上品的毛尖呀！"海明伯端起茶杯，借着热气，眼睛往四下打量。

"看来海明同志是茶专家呀！"朱文看着海明伯。

海明伯笑了笑，把嘴放在茶杯边上嘬，眼睛半闭着，一边在桌上的瓷碟里摸了一把黄豆，一颗一颗地扔进嘴里嚼着："茶是不错，就是这黄豆太寒碜，老范也太小气了！"朱文忙附和道："是呀，我说要几盘像样的茶点，老范说他就喜欢吃黄豆，还说工作经费要省着点花！"

见海明伯不急不缓地喝茶，嚼黄豆，朱文忍不住又追问："另外那位同志几时来？到底是谁？"

"见面就知道了，急啥？"海明伯一边嘬茶，一边答话。

朱文没办法，堆笑陪着喝茶，两眼看着海明伯。

海明伯会意地笑了笑，放下茶杯，站起身："好了，我去叫那个同志上来。"

朱文忙起身："我和你一起去！"

"不用了，你在这里等着吧！"海明伯微笑着把胡琴袋从椅背取下。

朱文急了："那哪行？自己的同志来了，我能这么大架子？"

海明伯顺手背起了胡琴袋，压低声音严肃地说："朱文同志！别忘了你是老板，我是卖唱的。太亲热了会暴露！"

朱文尴尬："这……"

海明伯拍拍朱文的肩："我马上就来。"说完，大步往门口走去。

连接内室的门突然被踹开，何三刀带着李刚和几个便衣从内室里冲出来。

何三刀两手各持一枪，黑洞洞的枪口对准海明伯；李刚和他的手下也都将枪口对准海明伯。

"想跑？你屁股一翘，老子就知道你要拉什么屎！"何三刀水匪出身，话里满是流痞气息。

海明伯从容地笑了笑，故作惊讶地问朱文："这都是你的朋友？"

朱文装傻，连连摆手："不，不！我根本不知道有人藏在里面！"

为了演得更逼真，朱文扭头问何三刀："你们……"

何三刀将枪口转向朱文："朱先生！何某在里边猫了两天，没想到吧？"

朱文懊悔地看着海明伯："对不起，我大意了。我……"

朱文说着，右手迅速往腰间摸去。

"啪！"何三刀的枪响了，击中了朱文的右手腕。朱文捂住手腕，鲜血从指间渗出。一个便衣上前，在朱文的腰间搜走了手枪。

海明伯冷冷地问："你就是何三刀吧？"

"眼力不错呀，雷先生！"何三刀得意地狂笑，"要想活，就把你那个同伙交出来！不然我一枪崩了你！"

海明伯冷笑："别开枪啊！何队长，好不容易逮了我，你舍得杀吗？"

何三刀得意了："你也怕死……"

海明伯心里着急，南珠迟一分钟知道楼上的情况，就多一分生命危险，他没等何三刀说完，右手猛地一挥，一大把黄豆像弹雨一般射向何三刀和他的手下。何三刀和他的手下捂住了眼睛，手枪啪啦啦掉到地上。

海明伯闪电般地掏出手枪。何三刀猫腰一闪，躲到一个手下身后。

海明伯右手一扬，随着啪啪两声枪响，两个便衣倒下。海明伯端起瓷碟，将一盘黄豆猛地往地上一撒，再将桌椅朝敌人一掀，飞身一跃，撞开窗户，跳下楼去。

"快追！"何三刀慌忙下令。

何三刀、李刚和他的手下从地上爬起，急忙朝窗口扑去，不料脚踩黄豆，扑通倒地，摔成一团。

南珠在江边甩开雨堂后，一路打听花城美茶楼，急匆匆地奔赶。刚到茶楼下，突然听到几声枪响，南珠立即退身数步，贴墙站在附近一家时装店门外。只见二楼的一扇窗户哗啦一声被撞开，海明伯背着胡琴腾身跳下茶楼。

几个埋伏在楼下的便衣端枪朝海明伯冲去。海明伯抬手两枪，两个便衣倒地。何三刀和他的手下纷纷从窗口跳下，有两个家伙崴了脚，跌坐在地上喊爹叫娘。海明伯钻入人群，朝珠江的方向飞步跑去。南珠一愣，随即甩掉蒲扇帽，拔出手枪朝前追去。

何三刀连连开枪。有几个市民来不及躲闪，被何三刀的子弹打着，大声惨叫起来。临街的水果摊被打翻在地，火龙果被踩烂，红瓤像鲜血一样淌出来；西瓜在街上溜滚。行人惊叫着闪避，街面一片混乱……

何三刀和他的手下气急败坏地追赶，进入了小巷。

突然，南珠从侧面巷子的一个岔路口探头出来，向便衣背后开枪。两个便衣中枪倒下。何三刀听到后边枪响，立即转身，手枪一挥："妈的，那边追！"

何三刀一伙人朝南珠的方向追来。南珠在分岔路口一闪，藏在岔路口的墙角，等何三刀他们追近，她把枪管稍稍伸出去射击，一个便衣中弹倒地，何三刀带人赶紧卧倒，朝这边还击。

南珠又一次伸出手开枪。坏了！没子弹了！她迅速往巷里跑，又拐进一条巷子。何三刀从地上爬起来，李刚和他的手下也爬了起来，你看着我我看着你，畏缩不敢向前。何三刀火了，举枪对着便衣吼："妈的！怕死，老子这就毙了你们！"

便衣们仗着人多，又朝前追去。

南珠在巷子里飞跑，突然，雨堂从岔路口跑出来，在前边朝南珠招手。

南珠一愣，空枪指着雨堂："给我滚开！"

雨堂没动，满脸是笑："姑娘，这叫部前东巷，是条死巷，你走不通的。"

南珠愣住了。雨堂大步走过来："我不是坏人！听我的！快把枪收了，快哭！"

南珠还在发愣。这时，何三刀的吆喝声传来。有一个声音在嚷："何队长，地下有弹壳，应该是这边！"

有人得意地狂叫："他不识路，拐进死巷了！"

雨堂一把抢过枪，塞进自己怀里，急切地催南珠："快哭，快哭呀！"南珠还不动。雨堂只好把南珠抱在怀里，轻轻拍打她的背，轻柔地安慰："阿秀，别怕，有我呢！"

就在这一瞬间，何三刀他们从岔路拐进来，一眼看见雨堂抱着南珠。

何三刀走近雨堂和南珠，枪口对着雨堂的脑袋，一边打量着，一边冷笑："妈的！色胆包天呀，枪响都听不见？"

雨堂脸露怯色："老总，谁说没听见……我都快尿裤子了——阿秀，别怕，老总来了，救我们的！"南珠一脸恐惧，全身发抖。

"你们是什么人？"何三刀问。

雨堂胆怯地看着何三刀："小生意人，做糖的，小的姓唐。"

何三刀怀疑地问："姓唐？"

雨堂紧紧抱着南珠，点头道："对！对！我叫唐伯虎！"

副队长李刚乐了，指着雨堂怀里的南珠："唐伯虎？那她呢？"何三刀也乐了，看着南珠："叫秋香吧？"

雨堂似乎不紧张了："老总真幽默！她是我丫头，叫阿秀。"

何三刀突然沉下脸，瞪着南珠吼问："你叫什么？"

南珠不吭声，惶恐地趴在雨堂怀里。

何三刀继续吼："说话！"

南珠哇的一声哭了。

雨堂朝何三刀苦笑："老总，她是哑巴。别为难她了。"

南珠在雨堂怀里呜呜地哭。

雨堂轻拍南珠："阿秀，别怕！他们是抓那个老头的。"

李刚恍然大悟："快说！那个共产党老头往哪儿跑了？"

雨堂惊讶地问："共产党？"

何三刀急道："就是那个背胡琴的卖唱老头！"

雨堂下巴朝巷子深处翘："往……往里边跑了，还拿……拿着枪呢！"

"妈的，自寻死路！"何三刀冷笑，"弟兄们！这老头要玩命了，留神点！"

何三刀一行猫着腰，小心翼翼地走进死巷，消失在弯弯曲曲的死巷深处。

雨堂松了一口气，两手还紧抱着南珠。南珠一使劲，雨堂的两条胳膊像被电击的蟒蛇一样松开了。雨堂揉着胳膊，脸上却得意地笑："这么凶干吗？过河就拆桥呀！"

南珠压低声音："把枪还给我！"

雨堂从怀里拿出枪端详着："姑娘，你也是共产党？"

"不关你的事！"南珠一把夺过手枪，嘴角一抿，露出一对好看的酒窝。

雨堂被南珠的酒窝吸引，正想再看，不料酒窝消失了。他苦笑："好吧！我知道问也白问。你快跑吧，他们说不定马上就会回头！"

南珠还想说什么。雨堂急急地推南珠走，说："一路往左拐，就到江边了！"

南珠感激地朝雨堂点点头，突然一扭头，像突然发动的摩托般朝左边而去，眨眼就不见踪影。

雨堂目送南珠的背影，正准备走，突然觉得脚下踩到什么，他低头一看，原来是一块手帕。雨堂捡起手帕，细细端详。这是一块粉色的方形小手帕，绣着一朵木棉花，还有"南珠"两个字。

夜，一弯皎洁的月钩挂在天际。恬静的沙湾传来优美的琵琶声。

韩博公坐在书房弹琵琶，抒发心中的郁闷。这时，水妹端茶进来，轻轻地放在桌上。见水妹进来，博公停住弹奏，温和地看着她，语气却似乎还留着一丝埋怨："水妹，你为什么要放跑雨堂，让我下不了台？"

水妹垂手站在一旁，不吭声。

"说呀！"博公的声音温和，"我这又不是在怪你。"

听博公的埋怨，水妹苦笑了一下，轻声回答："老爷，您今天这脾气可不单是对着雨堂来的。三老爷顶了您，您要做给三老爷看，那不得把雨堂往死里整呀。雨堂是我奶大的，我心疼。再说，我若不出头，您能下得了台吗？"

博公的心思被点破，不想再纠缠处罚的事，只觉得感动和亏欠。他看着水妹，动情地说："这么多年，委屈你了。"

水妹笑了，轻柔地说："老爷，说这话，您就见外了。我明白，这么些年，您的心思都在雨堂身上，还要支撑这个家，不容易。三老爷好赌如命，您不停歇地给他填窟窿。他这次又要福伯给他支钱，被您给拦住了，他就拿雨堂说事。您说我能服气吗？雨堂这孩子是任性，可是他有正气，看看禁书又怎么啦？您当年收留我……"

博公咳嗽了一声。

水妹会意，打住不提当年的旧事，就改了口："雨堂总比三老爷天天泡在赌场里败家强吧！再说他拉琴，我看也不比老爷您差多少。这孩子有灵性，俗话说，响鼓不用重槌！他都二十二岁了，是大人了，老爷您也要给他点面子，不要动不动就叫他下跪……"

博公叹了口气："好了，我都明白。我问你，雨堂要躲到什么时候？他回来，我该怎么办？"

水妹明白博公的气已消，白皙的脸庞终于舒展了："老爷还是放心不下雨堂。您放心，雨堂顶多三天就会回来的。至于怎么处置他，我明天张罗一下，叫大伙都来替雨堂求情，老爷再当众狠狠数落他一番，老爷您看行不？"

博公迟疑了一下，又问："博年那里，你有把握？"

"老爷放心吧，我有办法。"水妹浅浅躬身，"老爷，那您早点歇息，我走了。"

博公想说什么又止住，深情地看着水妹离去。

月光洒在江面，被河水荡漾成零碎的银光。南珠摇橹驾船行在江面，海明伯站在南珠身旁吹着河风。南珠一边摇橹，一边低问："海明伯，你怎么断定朱文叛变了？也可能他是上了何三刀的圈套呢？"

"我一进包间就发现有两只茶杯在桌上，顺口就问是不是老范也来了，朱文顺着我的话认了。可我知道老范有胃病，从来不喝绿茶的，我就断定喝茶的另有其人，朱文没说实话。接着又发现桌上上了黄豆。我知道老范怕胃胀气不敢吃黄豆，可朱文说是老范点的，我心里就有七八成谱了。我决定撤，说要去叫你上来，他怕我趁机逃走，死缠着要和我一起去，我就断定他肯定有鬼。可能是我背上了胡琴，何三刀在里头门缝里发现了我的意图，就从里间冲出来了。"

"他们那么多人对付你一个，为啥还要演戏给你看？"南珠不解。

"他们不想让我知道朱文叛变了，他们帮朱文打圆场。"

"这么说来，朱文也是下了血本，让何三刀开枪打穿了手腕。"南珠说。

海明伯露出一丝浅笑："苦肉计，不下点血本怎么行？他们是想我继续相信朱文。"

南珠追问："你说老范会不会也……"

"你是说他叛变？"海明伯摇头，"他不可能叛变。不过，要是朱文叛变，老范是他的直接领导，很可能会被捕，甚至遇害了。"

"那我们的线不是断了？"

海明伯叹息："是啊，我一直在粤北活动，除了老范谁都不认识。"

南珠更不解了："那我们去沙湾干吗？不是要找我们的人吗？"

"去找'琵琶王'韩博公，我多年前的一个朋友。"

南珠诧异："琵琶王？我知道。他可靠吗？"

海明伯笑了笑："放心吧。再说，咱俩要逃开何三刀的追查，又不能无功折返，去沙湾最合适了。"

南珠点点头，朝前摇橹。两人沉默着。

海明伯又问："那位救你的少爷留名了吗？"

"没有！当时来不及，他急着让我逃命，"南珠感激地说，"幸亏碰见他，不然今天我就栽了！"

"他还救了我！要不是他纠缠你，咱俩都在茶楼给何三刀包饺子了！"海明伯感慨。

"不过这小子的嘴特贫！他突然在前边钻出来，我就拿空枪指着他的头。要是枪里还有子弹，没准我就把他给崩了！"南珠想起雨堂那油头滑脸却又真诚侠义的模样，不禁笑起来，"我有一种预感，咱俩还会遇见他。那小子像是个甩不脱的影子。"

夜茫茫，南珠一橹一橹划着水，小船摇晃着朝前方行进……

第二章　又生波澜

粤军司令部副官主任刁文元脸色铁青地踱着步。何三刀站在他面前，像个被抓了现行的小偷站在警察面前。

"何三刀！那个姓范的叫你抓住了又给整死了；那姓朱的软骨头招了，要你抓人，上了钩又叫鱼跑了。你他妈饭桶都不是，就是个马桶！"

何三刀连连点头："卑职是马桶，卑职知罪！卑职已经布置手下全城搜捕。雷海明他们是来接头的，不会轻易逃跑，肯定还会冒头。过几天，保证柳暗花明！"

刁文元拍着桌子："你还想蒙我？陈司令已经来电话了，把我骂得狗血淋头！你知道不？现在不是我刁某人要收拾你，是陈司令要收拾你！"

何三刀眼巴巴地看着刁文元："刁主任，您千万要救救卑职！再给卑职一个机会！就算看在卑职这些年孝敬您的分儿上……"

刁文元斜着眼瞪何三刀："你什么意思？老子得了你几袋金条了？你还想要挟老子？"

何三刀赔笑："不，不，卑职不敢！卑职的意思是，卑职要是死了，刁主任您不是也少了个磕头上香的奴才吗？"

"你这还不是要挟老子？"刁文元更恼火了，"你他妈的以为老子真不敢动你个死奴才呀！"

何三刀不吭声了，一副死猪任剥皮的神态。刁文元从桌上的烟盒里摘出一支香烟。何三刀连忙上前，从桌面拿起登喜路打火机，给刁文元点火。刁文元接过打火机，自己给香烟点上火，猛吸了两口，才慢慢冷静下来。

"说！朱文暴露了没有？"

何三刀顿时提起了精神，胸脯朝前一挺："没有！我给他打了圆场，他佯装反抗，我当着雷海明的面朝他手腕开了一枪。我们的兄弟还下了他的枪！"

"那他还不是落在你手里吗？共产党还会来找他接头？"

"我给他编了一个故事，我们对付雷海明的时候，一片混乱，他就趁乱跑了。把消息从报纸上巧妙地透出去。"

刁文元盯着何三刀："这么说，你还想拿朱文钓鱼？"

何三刀得意了："那朱文说，雷海明他们要和广州共产党接头，就只有老范一条路。现在老范死了，就只有朱文这扇门了。只要朱文露头，就算他们怀疑朱文，也要敲这扇门的！"

何三刀的计策不无道理，现在也别无选择，只能如此了，刁文元叹了一口气："你去吧！记得吃一堑长一智，务必全力抓捕！"

何三刀离去后，刁文元拿起电话向陈济棠报告："报告陈司令，这事还有希望。他们是来接头的，不会轻易撤。朱文没有暴露，他们要接头就只有朱文这条路。对！对！就是这个意思。司令放心，卑职绝不会再掉链子！"

陈济棠在电话那头沉默了一阵："好，这事就这么办。我再告诉你一件事，蒋介石的中央航空委给我们空军派来一个特派员，叫田方萍，是个小娘儿们，八成是戴笠的人。"

刁文元一惊："戴笠的人……哦，是，卑职明白了，一定好好伺候！"

电话那头的声音大起来："你听好了！现在李克农和戴笠都派人来广州了，肯定是冲着我们和日本人的那些交道来的。你一定要把屁股揩干净，不能让他们抓住把柄。汉奸的骂名老子是决不背的！明白吗？"

刁文元大声回答："明白！"

那头咔的一声挂断了。

刁文元搁下电话，露出苦笑："既要当婊子，又要竖牌坊。我刁某人怎么会不明白呢！不过陈司令，这出戏可不好唱呀。你有当南天王的命，想当中国王，只怕天不佑你呀！"

刁文元走到窗前，心事重重地看着高低起伏的城市，复杂的政治军事形势像地图一样浮现在他眼前。他明白，"九一八事变"后，日军的锋芒直指中国华北并策动了一系列分裂中国的阴谋。中国西南成为各方关注的重点。土肥原贤二①、松井石根②等日方要员频频访粤，游说与蒋介石有矛盾的西南地方军政首脑陈济棠、李宗仁发动反蒋军事行动，掀起内战。由于陈济棠也有反蒋意图，便暗中借助日本人的势力，惊动了南京政府。看来也惊动了中共，才导致李克农和戴笠的人进入广州，看来一场恶斗不可避免。而他作为陈济棠"钦点"的与日方的联络官，必在这场恶斗的漩涡中心。

刁文元转身，缓缓坐在办公椅上，心想："来吧！都来吧。谁的奶子大，我就叫她娘。这些年老子就是这么过来的。走着瞧吧！"

大沙头火车站广场内旅客如织，熙来攘往。一辆黑色轿车开过来，从火车站侧门径直开上站台。一个戴着墨镜、长着络腮胡子的空军少校——吴猛从轿车驾驶位钻出来。他摘下墨镜看表。这时汽笛长鸣，一列火车喷着白烟徐徐进站。吴猛正了正衣冠，走近车厢。一位穿着短夹克的年轻女子提着行李，在拥挤的旅客丛中走出车厢。

吴猛一眼认出，那女子正是航空委派驻广东空军的特派员田方萍。他大步迎上去，满脸灿烂的阳光："田小姐，还认识我吗？"

方萍惊喜："吴猛？怎么是你？"

吴猛接过行李，受宠若惊地笑了："六七年没见了，师妹还能认出我来，真是我的福分啊！"

二人说笑着，朝站台上的黑色轿车走去。

这时，站台廊柱后闪出一个戴着墨镜、身穿米黄色风衣的时髦女子，脑后梳着蝴蝶髻，头发染成了黄褐色，她透过墨镜镜片，眼睛一眨不眨地看着方萍和吴猛。

吴猛把行李塞进后座，再打开驾驶位的门。方萍却停下，从手包里掏出镜子，梳理着两颊的头发。镜子里出现了那个神秘的风衣女子的身影。这是她的职业习惯，要观察四周的动静。这时，一个黑衣大汉闪出，沿着站台向方萍的方向大步走来。方萍把镜子收到口袋。

---

① 土肥原贤二，日军在华从事间谍活动的第三代特务头子，是建立"伪满洲国"及策划"华北自治"的幕后人物，1948年被远东国际法庭判定为甲级战犯，并第一个被处以绞刑。

② 松井石根，驻扎中国多年，"大亚细亚主义"的鼓吹者，"南京大屠杀"的主要责任人之一，1948年被远东国际法庭判定为甲级战犯并被处以绞刑。

吴猛回头招呼方萍："请上车吧。"

话音刚落，站台响起了枪声。

方萍就地一滚，子弹打在方萍脚旁，碎石飞溅。

黑衣大汉端着驳壳枪朝方萍连连射击。方萍机敏地滚动，躲在轿车一侧，从腰后摸出手枪还击。吴猛也不含糊，迅速从腰间掏出手枪，把枪伸出窗外朝大汉连连还击。

黑衣大汉中弹倒地，不知是中了方萍还是吴猛的子弹。

乘客惊叫着四散逃走，行李摔落一地。

黑衣大汉满脸是血躺在地上。吴猛蹲下，把手伸向大汉的鼻孔，又摸了摸他的颈部，抬头对方萍说："死了！"

火车站的警察呼啦啦地跑来，迅速拉开警戒线，把旅客们赶在警戒线外。

吴猛把自己的证件扔给警察，细细地在死者身上搜了一遍，他失望地起身，对方萍摇头："什么都没有，是个职业杀手！"

为首的警察两手捧着吴猛的证件，在一旁小心地说："吴营长，您放心！我们一定追查到底，给您一个交代！"

吴猛接过证件，征询地看着方萍。方萍轻松地笑了笑："走吧。"

二人上车，驶出站台。

"真是不好意思，让我的特派员师妹受惊了！"吴猛既愧又怒，"我们这就去见陈济棠！"

方萍坐在副驾驶位，笑着说："你去找陈济棠可就上套了！"

"什么意思？"吴猛扭头问。

"如果是陈济棠派的杀手，该找陈济棠，但那杀手很可能是日本人雇来的，他们就是想我们和陈济棠互掐起来！"

吴猛听明白了："我们就这么算了？"

"当然不会。等会儿我给你画张像，你去给我查一个人。"

"查谁？"

方萍浅笑："一个漂亮的小姐！"

街巷中，雨堂一脸沮丧地走着。

昨天晚上，因为救南珠，雨堂很晚才回到店里。突然发现自己的房间遭了贼，提包不翼而飞。他找店家理论，被臭骂了一顿，一大早又被赶出了店子。你说他倒霉不倒霉？

他又去了水警队找亮仔，亮仔还没回来。于是他想起自家在广州东山有一座宅院，那宅院长期租给了三叔韩博年的一位朋友。雨堂心想：如今既没钱又找不着亮仔，就去三叔的朋友那里吃住两天，应该没问题，租户见着房东少爷，总不会见死不救，大不了叫阿爹给租户减免些房租嘛。

就这样，雨堂溜达着来到了他家的那座宅院门口。

院外有围墙，大门上了锁。雨堂便贴近大门，从门缝朝里望。这时，一辆黑色轿车在门口停下来。

雨堂回头，见一个戴着墨镜、长着络腮胡子的年轻军人从轿车里钻出来。这人正是空军少校吴猛。雨堂不认识他，还以为他是租户。雨堂脸上挤了笑，正想走过来问吴猛，吴猛却厉声喝问："你干什么？"雨堂一听有点儿生气，哪有租户对房东少爷这么野蛮无礼的？

"问你话呢！"吴猛走到雨堂跟前。雨堂可没吓着，从容回答："我要进去。"

"嗬！好大的口气！这地方，是你能进的吗？"吴猛轻蔑地打量着雨堂。

雨堂生气了："这是我家的房子！"

吴猛大笑："你家的房子？哈哈！有房契吗？"

雨堂冷笑着反问："你有房契吗？拿来看看！"

吴猛火了，一把揪住雨堂的衣领："他妈的，想给我玩邪的？"

雨堂也火了，两手使劲掰着吴猛的手："你给老子放开！放开！"

雨堂根本掰不动吴猛。方萍钻出轿车，提着行李走过来："吴猛，放开他！"

吴猛不情愿地松手，鄙夷地看着雨堂。雨堂的两粒衣扣被吴猛扯掉，露出白净的胸口。在吴猛健硕身板的反衬下，雨堂的胸脯显得瘦弱可欺。雨堂一看衣扣被扯掉，顿时火起。这件衬衫是他干娘托人从香港买回送给他二十一岁生日的礼物，他最中意这件衬衫了。一气之下，他挥拳朝吴猛打去。不料吴猛灵敏地闪过，顺势一个四两拨千斤，雨堂趔趄扑倒在地。他迅速滚翻起身，又向吴猛扑来。吴猛腿一扫，雨堂又被扫倒在地。吴猛正想好好收拾雨堂，方萍喝道："住手！"

雨堂正跌坐在地上，望向方萍，顿时愣住了，眼前闪出南珠的形象：她长得极像南珠。方萍微笑着走近："你是谁？还有点花脚猫的功夫嘛！"

雨堂狼狈地爬起来，愣愣地看着她，在她的脸上没找到酒窝，却看到她的嘴角有一对浅浅的梨涡，他意识到这女人确实不是南珠。

吴猛轻蔑地笑："小流氓，就凭你这点花拳绣腿，也敢来讹人，找错庙门啦！滚！"

"你才是流氓呢！老子是韩少爷，这是我家的房子！老子要你滚！"雨堂站起来，拍拍身上的土屑，"你以为你开个乌龟壳，老子就怕你啦？你等着，老子拿到房契再来和你理论！老子不把你赶出来就不姓韩！"

雨堂说完，扬长而去。

"小流氓，你站住！"吴猛咬牙骂着，迈步要追上去揍雨堂。方萍一把拉住吴猛的胳膊，低声道："别和这种小瘪三一般见识！"

雨堂突然回头："这位小姐！你骂本少爷是小瘪三，那本少爷也不客气了，你就是个马桶婆！"

说完，雨堂扭头继续朝前走去。

吴猛又要发作，被方萍拽住。方萍望着雨堂的背景，低声叹道："这小瘪三，耳朵真灵！"

雨堂又远远地站住，回头骂："马桶婆，你又骂我小瘪三，少爷我记住了，你等着！"

吴猛和方萍这下被雨堂的听力镇住了，面面相觑。

方萍跟着吴猛进了宅子。

客厅布置得很雅致，墙上贴着考究的浅绿色壁纸，地上摆的全是进口的老挝酸枝明式家具，还有一台跟酸枝颜色相近的暗红色"Steinway & Sons"三角钢琴。

吴猛模仿酒店服务生的姿势和腔调："特派员，请您检阅！"

方萍环视，微笑道："嗯，Very good！这都是你布置的？"

吴猛得意了："对啊！我租下来的时候就是一个空荡荡的框架，还有一些破家具，我全都清理走了，贴了壁纸，挑了家具，特意给你修了一间密室，去看看？"

"不急。"方萍浅笑，款款走到钢琴前，打开琴盖，优雅地坐下，十指娴熟地跳跃，三角钢琴发出的《春之歌》旋律像春风一样在室内飘荡。

　　吴猛站在方萍身边，看着方萍弹琴。

　　曲毕，方萍抬头看着吴猛："这么好的琴，哪儿来的？"

　　"琴行租的，知道你讲究情调，我琢磨了两天，想到了这玩意儿。琴行老板说，三角钢琴适合专业人士，我想着你是专业人士，就租了它。"

　　方萍有些感动，轻轻地合上琴盖，声音变得温柔："真难为你了。"吴猛却苦笑："这是夸我还是骂我？我是粗人，能想到钢琴，不容易呀！"

　　方萍咯咯笑起来，"吴营长，你还像以前那么不自信？"方萍看看窗外说，"我看刚才那位韩少爷就很自信。你学学人家吧！"

　　"怎么，你被小流氓骂了，还挺高兴？"吴猛感到意外。

　　方萍坐下来："好了，办正事吧。我把那个小姐给你画下来。"

　　方萍摊开纸和铅笔，唰唰地画起来。不一会儿工夫，一个女人的画像出现在纸上。吴猛看着画像，露出惊讶的表情："你没看走眼吧？这很像《羊城报》的记者邓茹婷。"

　　"就是写松井石根访粤报道的那个邓茹婷？"方萍也兴奋了。

　　"是的，"吴猛皱紧眉头，"《羊城报》的名记者。她怎么会干这事？是不是正好碰在一块了？"

　　"不管有没有看走眼，我都要了解她！"方萍站起身，不容置疑地说，"直觉告诉我，这个女人不简单！"

　　这时，雨堂正在寓所大门外偷听着吴猛和方萍说话。

　　原来，雨堂在吴猛跟前吃了亏，气呼呼地去了土地局，一查查出一个大窟窿——自家的这所宅院半年前已经被卖了，经手人正是三叔韩博年。雨堂猜测，准是三叔为了还赌场的钱，背着他爹偷偷把宅院卖了。雨堂自认倒霉，以房东少爷的身份赶走吴猛和方萍是不可能了，可实在咽不下这口气，又溜回来，想看看还有什么招数可以报复。回宅子的途中，看到路边有个鞭炮店，计上心来，他脱下脚上的新布鞋，跟鞭炮店老板换了一只大炮仗和一盒火柴。走到宅子门口，发现围墙的铁门没锁。他听到那讨厌的少校和长相酷似南珠的女人在屋内讨论着什么事，于是蹑手蹑脚溜进院子，在围墙脚下发现一枚大铁钉，他捡起铁钉悄悄给车胎放了气，然后像猫一样走到房门边，准备点燃炮仗。

突然，他听到方萍的声音：

"……你我都是南京方面的人，即便以我们的眼光来看，陈济棠主政南粤确实有一手，广州如今已然是全国的模范之城。但他受古应芬和他哥陈维周等人的蛊惑，借'南天王'之威，迷信自己能夺得更大的势力。日本人便盯上了这条缝，向你们的第一集团军派出了顾问团。顾问团，名字倒是起得妙，但是骗得了谁？

"委员长对戴老板还交代：第一，不许和日本人翻脸，以免挑起中日全面战争；第二，不许把陈济棠逼反，以免挑起国军内战。可是，又必须拆散日本人和陈济棠的合作……"

他妈的太刺激了！雨堂心想：这对狗男女可不简单！他决定不点炮仗了，他得先偷听一下，看看这对狗男女到底是什么玩意儿。雨堂把耳朵贴上厚厚的大门。他的耳朵有奇异的听力，隔得这么近，大门再厚也不在话下。

"戴老板归结为一句话：必须兵不血刃拿下陈济棠和李宗仁。我们的抓手，就是策反你们广东空军。戴老板给委员长拍了胸脯，保证拿下空军！"还是方萍的声音。

接着传来少校带着苦笑和愁闷的声音："戴老板是想讨好委员长，坐大自己！可是，干活的还是我们。尤其是你，是在走钢丝！你想过没有，既不能动日本人，又不能逼反陈济棠，你怎么瓦解陈济棠和日本人的勾结？就说策反广东空军吧，稍有不慎就会惊动陈济棠，反而会把他逼反。"

方萍解释道："所以火车站遇刺一事，我不想闹大，以免刺激陈济棠。"

吴猛突然压低音量："对了，还有一件事，共产党也派人进了广州！就在我去火车站之前，何三刀的人和他们发生了枪战，结果让他们跑了，现在还在全城搜捕！"

方萍惊讶地问："噢？何三刀是什么人？"

门外的雨堂听到何三刀的名字，心头一惊，耳朵更紧地贴住大门。

方萍在屋内踱步，继续往下说："我们截获了陈济棠给中共方面的电报，他要求中共支持他在南方造反，支持西南反蒋。照理说，这对中共是很有利的。只要西南一反，委员长就要抽调兵力对付陈济棠和李宗仁，这就可以大大缓解陕北红军被围剿的压力。看来中共并没有上当，不仅不支持他搞兵变，反而派李克农的人来了。来干什么的？明摆着是要在陈济棠和日本人之间插上一刀嘛！所以，我们也可以利用共产党的力量！"

吴猛警觉地说："方萍，你可别任性！这要是戴老板知道了，你可有苦头吃！"

方萍继续踱着步，微笑着说："你不必这么紧张。陈济棠能利用共产党，我们为什么不能利用共产党？现在我们有一张王牌，就是抗日！谁都不敢轻易当汉奸，包括陈济棠！"

吴猛还想说什么，方萍却转换话题："好了，别说了，我饿了，都说'吃在广州'，快带我出去好好吃一顿！"

吴猛却坐着不起身："晚上空军黄司令要设宴给特派员接风，山珍海味有的是！"

方萍不依："那是逢场作戏，能吃好吗？"

吴猛猛地起身，嗓门增大："那倒也是！行，我带你去上下九路兜兜风！那里尽是地道的广州美食！"

雨堂知道方萍和吴猛要出门了，立即溜出院子。

吴猛拉开笨重的房门，陪方萍走了出来。他俩走向吉普车。吴猛突然发现轮胎瘪了，一皱眉头，咬牙骂开了："不好，那小瘪三进来了！"

吴猛掏出枪，朝四周张望。

方萍微笑道："没戏了，他早走了！他要是不走，不会扎轮胎的。"说着突然警觉起来，朝吴猛问，"要是那家伙进来了，我们刚才的谈话……"

吴猛摇头："没那么邪乎！隔着这么厚的大门呢，我还做了隔音处理。"

方萍还是不放心："那小瘪三，耳朵灵着呢！"

吴猛闻言也警觉起来："怎么办？说不定是个密探！"

这时，一个浓烟滚滚的火球飞进了院子。

"不好，手雷！"吴猛大惊，猛地扑向方萍，把方萍护在自己身下。

"啪——"一声巨响。

吴猛扑在方萍身上，听到巨响，眨巴了几下眼睛，发现自己竟然没受伤。他一个侧翻身，见方萍的胳膊、腿都没缺。

二人正诧异，却见红色的纸屑纷纷扬扬地飘落下来。原来是一个大炮仗。

吴猛咬牙爬起，朝院外去追，被方萍一把拽住。

方萍拍打身上的红纸屑："别费神了！这小子坏是坏，但可以断定，他不是密探，就是个混混！"

吴猛晃肩跺脚震掉身上的红纸屑，气鼓鼓地说："那也不能让他这么嚣张！"

方萍微笑："火车站玩命的都有，这算什么！咱有办法收拾他。"见吴猛愣着，方萍说："别做无用功。你现在去土地局查查档案，看看这个韩少爷到底是个什么玩意。"

吴猛不屑地说："你还真相信这是他们家的房子？这栋房子的东家姓冯。"

"你去查查再说，我觉得这位韩少爷没说瞎话。"

海明伯和南珠已经来到沙湾韩府，博公带着他们走进自己的书房，谈得正欢。博公的书房古色古香。正对门口的北边博古架上边悬挂着一幅黑檀装裱的国画。图中，江水东流，江边一树红棉绽放，一枝旁逸的枝条上，停驻着两只春燕。题字是四个遒劲的大字：春之乐章。海明伯细看，落款是"剑父"。东边墙面，正对着书桌，是一张大全家福照片。海明伯在照片前端详，南珠也仰头盯着照片。博公指着照片，逐一介绍，南珠注意到博公怀里还抱着一个婴儿，好奇地问，才知道是孩提时的雨堂。海明伯微笑："令郎现在应该是小伙子了吧，怎么不见他？"

博公面露尴尬之色："他不在家，跑了。"

"跑了？"海明伯感到很意外。

博公直摇头："犬子可是个孽种呀！好了，不说他了，说他我就忍不住心烦！"

这时，水妹端茶进来，放下两杯茶，掩门出去。

博公招呼两位客人："来来来！请坐下喝茶！"

海明伯却被博古架吸引，走到漆黑发亮的古琵琶前。他弯下腰，仔细端详，轻轻拨响琵琶，问："博公兄，这就是你家传的古琵琶吧？"

海明伯俯身，细观古琵琶。只见它用整块的紫檀木雕制，雕工精美细腻，凤尾琴饰雍容华贵，从形制看，必是明代宫中器物。他的目光在琴身上搜寻，一边自言自语："果真是宝物啊！可奇怪怎么没有火印呢？"

博公在一旁笑而不语。

海明伯又按相品拨弦，听了听音准，扭头问博公："此琴改了相品，按十二平均律将此琴改为了六相二十四品，所以，此琴可谓古今合璧！"

博公喜形于色："以琴会友，夫复何求！雷先生！博公佩服，佩服啊！你知道此琴为何没有火印吗？"

海明伯起身："愿闻其详。"

三人落座，一边饮茶一边聊。

博公解释说："当年，此琴还未造册，李闯王就打进了北京城。先祖公时任礼部教坊司琴师，一看大明气数已尽，便携此琴潜出京城，举家迁徙岭南。自此，便有了沙湾韩家一族。此琴也成了我们韩家的传家之宝，代代相传。"

海明伯点头："博公兄原来是皇室乐师后人，难怪功力如此深厚！想必韩少爷已经深得博公兄真传了。"

听到海明伯提起雨堂，博公又面露尴尬。

南珠看在眼里，伸手在桌下轻扯海明伯衣襟。海明伯会意："不好意思，雷某多嘴了。"

博公端茶杯敬茶："雷先生，说来惭愧。不瞒你说，这小子是我一块心病。你我高山流水遇知音，我就给你说说这小子，正好向你讨教！"

于是，博公把雨堂习乐不专，整天跟着家丁明仔等人钻研拳脚的事全说给海明伯和南珠听了，偷看禁书那一桩却替雨堂瞒着没说。说完，博公苦笑："雷先生，这就是我那个浑小子！你看他这德行，能接琵琶吗？我们韩家要败在他手里呀！"

海明伯并不附和，却只微笑："博公兄，想听听我的意见吗？"

"当然想听！不然我给你说这些家丑干吗？"博公真诚地说，"请直言无妨！"

海明伯便不客气："博公兄！我绝无故意替雨堂美言之意，却想说，令公子没什么大毛病，我反而认为他很有个性，很有抱负，会有大出息的。"

南珠也率直地插嘴："是啊，韩老伯！我看您把他管教得太严了，您对他宽容一点，把他当朋友，多沟通，多理解，情况肯定不一样！"

博公似乎被二人的话触到要紧处，点头说："是呀！水妹也没少这么对我说。这小子音乐天赋不差，可我和他就是鸡同鸭讲，讲不到一块去。他也不听我的。真是郎中治不好亲人的病呀！"

南珠好奇地问："水妹是谁？"

这时，门外传来水妹的声音："老爷！"

博公看着门外笑："说曹操，曹操到！这就是水妹，顺德大户陈姓女子，做得一手好顺德菜——水妹，你进来吧！"

水妹略显腼腆地推门进来，手里拿着一张写了字的红纸，微笑着朝海明伯和南珠点头，再转向博公："老爷，这是今晚的菜谱，您看看行不？"

博公笑着说："我不看了，你安排吧，来，水妹，我给你介绍一下！"

水妹笑起来："老爷，我们早认识了，雷先生，南珠姑娘！是我和明仔引二位进来的，刚才还给二位贵客上了茶。老爷，您忘了？"

博公大笑起来："对！对！你看我这记性！不过，我还是要介绍一下。雷先生，南珠姑娘！这一位就是水妹，是我们韩家的大恩人！我那个浑小子就是水妹奶大的，她是雨堂的干娘！雨堂只听她的话。"

水妹忙欠身："老爷，看您说的，我可担待不起。我就是个老妈子！老用人！"

大家都笑了。水妹朝三人微躬腰，再恭敬地请示博公："老爷，那我就按菜单张罗去了！雷先生和南珠姑娘刚到，我看先请他们各自回房放行李洗漱一下，一会儿就要开席了，在饭桌上再接着聊吧！"

博公看看挂钟，申时已过，快到西时了。他忙起身，带着歉意地说："哎呀，我一聊就没完了。二位先回房休息一下，等会儿到席上，我们边喝边聊！"

海明伯和南珠回到客房，准备洗漱一下就去赴席，细心的南珠却有些担心地告诉海明伯，刚才和博公一番交谈，她隐约觉得，在广州救他们的那个花痴少爷，相貌气质很像博公。

海明伯吃惊："你是说，他就是博公的儿子？"

海明伯重视起来，要是那个浑小子真是韩少爷，确实有麻烦了。

南珠又开口了："我还有一个感觉，韩老伯给您说了那么多，好像是想请您来调教他那个浑小子。就算我感觉错了，不是那小子，也会有麻烦，只怕您短期内脱不了身。"

"是呀，我也感觉到韩博公有那个意思，"海明伯懊悔地说，"是有点麻烦。我一谈起音乐就收不住嘴。真有些后悔呀。"

"韩老伯要真向您开口，您怎么办？我们就会被缠住！"南珠着急地说。

海明伯苦笑："车到山前必有路，走着瞧吧……"

开席了。紫檀石面的大圆桌上，摆满了琳琅满目的各式佳肴。

博公，海明伯、南珠，博年、金花夫妇及女儿阿秀，水妹及管家福伯都在席上。丫头阿莲在一边斟酒。博公给海明伯和南珠一一介绍，彼此寒暄，然后端起酒杯。

水妹本来招呼了家丁明仔和大伙一起用餐，明仔却不肯。明仔喜欢自由自在，不喜欢跟老爷一起吃饭，他对水妹说："你们吃吧，我守门！"

明仔端着一盘酒菜，走到靠院子大门口自己的房间。突然，听到亲热的叫声，只见雨堂正朝他大步走来。

明仔赶忙迎上前，打量着衣冠不整的雨堂："雨堂少爷，你遭人打劫了？怎么这个模样？咦，鞋呢？"

雨堂满不在乎地笑："丢了！旧的不去，新的不来！"

明仔不安地问："亮仔没招待你？我要揍死他！"

"不怪你弟！他不在，出警了！"雨堂拍着明仔的肩，眼睛警觉地朝院里瞅，"我爹抽风抽完了吧？"

明仔笑道："早没事了！你爹来了一个老友，雷先生，还有个姓田的靓妹，沙湾街上这些靓女没一个比得上她！"

"是吗？"雨堂惊讶地问。

明仔拉雨堂进门："不过你别莽撞，我把你干娘叫过来，看她说怎么办。"

雨堂跟着明仔进了屋，饥肠辘辘地看着明仔端的酒菜："好，我先吃着，你去叫人！"

第三章　雨堂拜师

餐厅里热闹非凡。大家频频举杯畅饮。阿秀坐在南珠旁，热情地给南珠夹菜，二人谈得格外投机。南珠抓住机会，探问雨堂跑到广州的事。博年一边喝酒，一边想心事，他对海明伯和南珠的造访，有种不祥的预感，刚才敬酒时，他也拐着弯做了一些试探，弄得气氛有些尴尬，被博公白眼瞪了回去。但他还是不甘心，又端着酒杯站起来，向海明伯敬了一杯酒，然后说："雷先生，您既是我大哥的琴友，肯定是乐坛高人，今日幸会，应该和南珠姑娘给大家露一手才对！我相信，一定是此曲只会天上有，人间能有几回闻——怎么样？能否赏光让我们开开耳荤！"说着就拍起掌来。

博公沉下脸，低声呵斥博年："老三，你醉了吧？"

海明伯扭头朝博公拱手："博公兄，博年老弟的话不错！我和南珠今日受到盛情款待，无以回报，咱曲艺人自当给大家唱个曲子，聊表谢意。不过我有言在先，在韩家唱曲，实在是班门弄斧，希望大家包涵，就当个乐子吧。"

说完，海明伯叫南珠取来马头胡琴，拉起了曲子。南珠站在一旁亮开歌喉，唱起了《月光光》：

> 月光光，照地塘。
> 年卅晚，摘槟榔。
> 槟榔香，嫁二娘。
> 二娘头发未曾长，
> 梳起大髻做新娘……

曼妙甜美的歌声飞扬起来，大家都被吸引，屏息聆听。歌声中，雨堂出现在餐厅外，隔着窗户，也在凝神聆听。这时，水妹也出现在雨堂身后。

"你怎么跑到这儿来啦？"水妹低声问，"快进去吧，趁着你爹高兴！"

雨堂有些迟疑："我爹没事啦？"

"你没长眼睛呀？当着客人，他能把你怎么样？你赶紧换换衣服，抓住这个好机会……"

水妹的话没说完，雨堂突然冒出一句："这姑娘我认识！"

水妹有些意外："你认识？"接着水妹笑了，"那更好，走！"说罢，水妹不由分说，拉着雨堂走进去了。

这时曲终，海明伯拱手致意，南珠向众人鞠躬。博公带头鼓掌，大家齐声叫好。博年既尴尬又惊讶地看着海明伯和南珠。南珠款款回到座位，阿秀朝南珠竖起大拇指："南珠姐，你真是仙女下凡呀！"

博公揶揄博年："老三，你这下开眼了吧！"

"真开眼了！佩服！佩服！"博年赔着笑，打心里叹服，话却又多起来，"雷先生堪称琴坛大师，必是家学渊源，敢问家学背景是？"

博公明白博年又要起幺蛾子，沉下脸，只见水妹拉着雨堂进来，向博公禀报："老爷，雨堂回来了！"

大家的视线都转向雨堂，南珠顿时愣了。海明伯只远远瞅过雨堂几眼，并不敢肯定，这会儿见南珠的神情，心里顿时明白了。

博年和博公都注意到了雨堂和南珠异样的表情。

水妹忙推雨堂："给你爹请安呀！"

雨堂有些慌乱地向博公鞠躬："爹，我回来了！"

博公打量着雨堂衣冠不整的样子，问："你就这个样子回来了？"

雨堂意识到衬衫的两粒扣子掉了，忙用手捏住衣扣部分。水妹在一旁暗暗责怪自己刚才两头张罗太匆忙，竟忘了给雨堂换一套衣裳。

雨堂捏住衣扣，显得很狼狈。水妹看着心疼，忙说："老爷，孩子回来就好，别吓着他了，有什么事慢慢说。"

海明伯跟着打圆场："博公兄，这就是令公子呀？果然是一表人才！来，雨堂，入席吧，坐我旁边，我还想和你好好聊聊呢！"

南珠赶忙把自己的碗碟往阿秀那边靠，给雨堂腾出位置来，窘迫不已。丫头阿莲忙往海明伯和南珠之间的空位上添碗筷、加椅子。

水妹只顾着抚慰雨堂，全然不知雨堂和南珠的心思："雨堂，这就是雷先生，你爹的琴友，也是南珠姑娘的舅父！对了，你不是认识南珠姑娘吗？快打招呼呀！”

雨堂尴尬地起身鞠躬："雷先生好，南珠姑娘好！"

南珠告诉自己要镇定，她站起来回礼："韩少爷好！"

博年心里有了疑团，又听水妹说雨堂认识南珠姑娘，顿时更来劲了："雨堂，你怎么认识南珠姑娘的呀？"

雨堂和南珠都不吭声。

阿秀是个泼辣姑娘，本来就反感她爹，今天她爹的言行举止让阿秀愈加感到难堪和讨厌，她朝她爹抢白："这有什么奇怪的？南珠姐这么漂亮，谁见了不得多看几眼呀？雨堂哥在广州大街上碰见了，就认识了呗！要是你，没准还跟着人家几条街，不扇你两巴掌，还不会收场呢！"

大家都笑了，气氛顿时缓和过来。

博年气急败坏地骂女儿："你放肆！我是你爹！"

阿秀见大伯脸上露出微笑，也来了劲："那你也得有爹的样！你把雨堂哥逼到了广州，现在人家回来了，你又坐不住了，又想找碴儿，以为我不知道呀！"

博年更狼狈了："你，你！"

博公笑着打圆场："好了，好了！什么都别扯了，喝酒！"

海明伯起身，举杯响应："对！我们痛痛快快喝酒。南珠，来，我们爷俩一起，再敬大伙一杯！"

酒席散了，弦月高悬，夜晚的江风带着茉莉花的香气吹过来，有一种沁人心脾的凉快。大客房的两支大蜡烛明晃晃地摇曳，直教窗口的月钩黯然失色。海明伯坐在沙发上一边泡脚一边和南珠低声交谈。

南珠苦笑道："没想到还真被我猜准了。我一看水妹姨带着雨堂进来，心都要跳出来了，生怕这家伙乱说一气。"

海明伯的两只大脚在木盆里互搓，热气从脚底往脑门儿冲，使他周身都熨帖了。他回味着晚上的情景："我看雨堂还是有分寸的，说出来他也没有好果子吃。你没看出来，他也很尴尬吗？"

南珠点头："这倒也是。不过那个三老爷真不是个好人，我看他是故意要找碴儿，要不是阿秀救场，眼看咱们就要穿帮了！"

"这个韩老三确实是个搅屎棍。我估计他和博公兄不对气，还自以为是，喜欢出风头，总要出些幺蛾子，"海明伯思忖着说，"不过我感觉博公兄还是能镇住他的，他翻不起大浪。"

"那韩大伯呢？"南珠不放心。

海明伯轻轻叹了口气："我现在最为难的就是怎么面对博公兄啊，从今天的场面看，他肯定看出了蹊跷，只是没当众点破而已。他越是这样克制，我越是心中不安。我们现在是进也不是，退也不是呀！"

南珠沉默了一会儿，问："海明伯，你到底和韩老伯是什么关系？在罗浮山雅会相遇的故事是你即兴编的吧？"

海明伯说："罗浮山的雅会上相识确有其事，只是有些细节我没有说出来。我当时就是想劝说博公投身革命，可是他拒绝了，我们还发生了不小的冲突。可是，两年后，大革命失败，我护送彭湃同志去上海，要不是他收留，可能那晚就出事了！所以，我们虽不同道，可是我很敬重他，也很信赖他。"

海明伯把两只烫得通红的脚从热水里提出来，对南珠说："好了，你回屋去吧。明天到镇上的邮局买份报纸，看看有没有何三刀抓捕我们的消息，同时给上头发个密语电报，请示其他路径。"

南珠点头，蹲身把海明伯脚下的木盆端起来，走到天井泼水。

博公在卧房跟儿子谈话。

博公在房里踱步。雨堂显然已经洗过澡，他穿着整洁，恭敬地直坐着。博公停步，盯着儿子："怎么，你什么都不想说吗？"

雨堂坦然地说："我已经说了，我就是在街上碰见南珠姑娘，看她漂亮就多看了几眼，就记住了。"

博公冷笑："哼！可是人家南珠姑娘并不是这么说的！"

雨堂一惊，疑惑地看着父亲："她怎么说的？"

博公提高音量，语气逼人："我在问你呢！"

雨堂的脑子急速地转动着。他知道他爹足智多谋，常有出其不意的点子，他想到吴猛、方萍的谈话，想到南珠与何三刀在街巷激烈的枪战，猜想南珠绝不会对他爹说出实情。博公看穿了儿子的心思："别想玩滑头！你们俩一对眼，我就知道有名堂。"

"爹，我和南珠姑娘真是清白的呀！"雨堂委屈地说。

"南珠姑娘清白，我信。你清白吗？我问你，你那两颗扣子是怎么掉的？是被人扯掉的，没错吧？"博公严厉地说。

雨堂心一动，暗暗松了一口气："爹，我全说！可是，你可不能传出去，给我留个脸，行不？"

于是雨堂故意装作害羞，吞吞吐吐地说："我觉得南珠姑娘比天仙还美，便跟随她……她发觉了，叫我不要再跟她……可我两条脚不听使唤……结果，被她拽掉两颗扣子……我没想到，她还会一点功夫！"

博公听着不觉皱起了眉头："她没抽你两巴掌？"

雨堂似乎变得傻乎乎的："她抽没抽，我不记得了，我看警察来了就跑了。爹！南珠姑娘没跟你说这么细吧？"

博公信了，沉下脸："好小子！这两年来，为你做媒的踏破门槛，你一概不理。我还真以为你心里少了一根弦呢，没想到你还会自己勾女，人家还叫警察来，你丢人都丢到广州去了！"

"警察没为难我，都是过来人嘛！他们看看就走了。"雨堂拖着哭腔，"这事也不能全怪我！阿秀都说南珠姑娘那么漂亮，谁都忍不住。要是您年轻的时候，只怕……"

博公打断儿子："什么话！"

雨堂不敢吭声了。

博公朝儿子挥手："你走吧！"

雨堂松了一口气，转身，走到门口又站住，回头对博公央求："爹！这事您可别再问南珠姑娘啊！"

博公没好气地说："行了！你不要脸，我还要这张老脸呢！"

雨堂偷笑，刚走两步，却突然又转过身来问："爹，您怎么认识雷先生的？"

博公早已不耐烦了："这不关你的事！你把心思放在琴上，这才是你该想的！"

雨堂顽皮地笑了："您难道是想要雷先生来调教我？"

博公板着脸，朝儿子低吼："不行吗？韩雨堂，我告诉你，要不是看在雷先生的分上，今晚我非好好收拾你不可！"

第二天一早，珠江边上的沙湾邮政所刚刚开门营业，南珠成为邮政所当天的第一个顾客。雨堂悄悄尾随而至。他昨晚一夜没睡好，感觉到南珠藏着许多大秘密，也感觉自己乃至韩家与她有某种神秘的缘分，他想竭力破解这些秘密与神秘。上午见南珠出门，他便悄悄跟了过来。这会儿见她进了邮政所的大门，他不敢进去，迟疑地站在外面。

不用说，南珠早已发现了雨堂，却若无其事，从从容容地发了电报，完了还买了几份报纸。夹着报纸走出来，看见雨堂转身要躲，南珠故作惊讶地喊住了雨堂。雨堂有些尴尬："南珠姑娘，你别瞎想，我……我有话对你说。"

南珠咧开嘴笑了，一笑脸上就露出一对浅浅的酒窝，她对雨堂说："我没瞎想，走吧！"

两人沿着江水朝下游走。南珠等雨堂说话，雨堂却只顾默默地走。

南珠打破沉默，对雨堂说："有啥话，你说呀。我还有事呢，我可顾不上陪你散步！"雨堂停步，看着南珠，问："广州的事，你没跟我爹漏风吧？"

南珠笑了："你觉得呢？"

雨堂听南珠这么反问，心里的疑虑顿时打消了，不禁也笑了："我知道你没那么傻！"

南珠不放心地问："那你说了吗？"

"我更没那么傻！"

"那你爹没看出点什么吗？"南珠仍不放心。

雨堂彻底放松了，开始逗乐子："他当然看出来了。"

"他看出什么了？"南珠很紧张。

雨堂笑道："他看出来咱俩的关系不清不楚！"

南珠的脸上泛红："你胡说什么呀！"

雨堂见南珠着急，忙说："这里人多，咱去那边坐下聊。"

南珠跟着雨堂坐到江边斜坡处一株红遍半边天的凤凰树下，两人并排坐在凸起的一块大石头上。雨堂把昨晚他与博公的对话和盘托出。

南珠听了有些感动，她问雨堂："你为啥不告诉你爹说你救了我？你光说前半截，还添油加醋，不成了咸湿佬①了？"

"咸湿佬就咸湿佬！我不把屎盆子往自己脑袋上扣，能瞒过我爹吗？我要实

————————

① 咸湿佬，粤语，指好色、下流的男人。

话实说，大家有好果子吃吗？再说，你不也在一边提心吊胆吗？"

南珠笑了："你心眼还挺多。那我得好好谢谢你了！"

雨堂兴奋了："男子汉大丈夫，说谢就见外了！我问你，雷先生真是你舅父？"

南珠点头："是的。"

"那你怎么叫他海明伯？"

南珠有些尴尬，"大伙都这么叫，我就跟着这么叫，习惯了。"

雨堂意味深长地问："大伙？哪些大伙？"

南珠有些恼了，扭头说："韩雨堂，你管得可真宽！"

雨堂赔笑："好了，我不管。那你舅父是怎么认识我爹的？我看他和我爹根本就尿不到一个壶里去①。"

南珠皱眉："什么尿不尿的，韩雨堂，你一个音乐世家的大少爷，说话怎么这么糙呀！"

雨堂呵呵笑道："话糙理不糙嘛。打死我都不信，我爹和你们是一伙的。"

南珠不满地看着雨堂，露出一丝冷笑："那你可错了！我舅父和你爹是多年的琴友。你不好好学琴，你爹拿你没辙了，就搬我舅父来调教你，明白了吧？"

雨堂把屁股从石头上挪到草皮上，看着南珠，嘲讽地笑："编，接着编！可得编圆了！"

南珠急了："谁编了？我们前天在广州是碰上道上的仇家了。吃我们这碗饭的，一不留心就会得罪人。"

"你们吃哪碗饭的？"雨堂警觉地四下看看，见没人，把屁股往南珠跟前挪，低声说，"靓妹，我可是豁出命来跟你玩，你还给我编故事，你对得起我吗？"

南珠也朝四下看了看，低头看着雨堂："那你要怎样？"

雨堂严肃起来，仰着脖子："你觉得我这个人怎么样？"

"你啥意思？"南珠警觉地问。

雨堂认真地说："你别想歪了。我的意思是，我跟着你们干，怎么样？"

南珠装傻："跟我们干？干啥？"

---

① 尿不到一个壶里去，粤语，指不是一伙人。

"干革命呀！就像《铁流》里说的，当红军！"

雨堂的话让南珠深感意外，尤其是他提到《铁流》。一张与《铁流》有关的英俊坚毅的男子面庞及那一段刻骨铭心的往事顿时浮现在她面前。那是一个名叫易水的上海男人，是她的国文老师，也是她的初恋情人。那时候她在上海市立敬业中学师范科读书，易水老师曾经借给她一本苏联著名小说《铁流》。就是从这本书开始，她走上了一条光荣的道路，她还不可自拔地爱上了那个英俊坚毅的男子，而那个男子……她回忆着，不由得痛苦地闭上眼睛。

"喂！你怎么了？我要做铁的人物，要参与血的战斗！"雨堂在一旁着急。

南珠从回忆中惊醒，她听到雨堂的话，她知道他的话改自鲁迅先生对《铁流》的那句著名的评论："铁的人物和血的战斗。"她吃惊地问："你看过《铁流》？"

"你可别小看我！我是正牌广雅高中毕业！I graduated from Guangya High School！我不仅看过《铁流》，还看过《母亲》，看过《牛虻》呢！我这两年，一直在习武，就是盼着有一天……"雨堂感到自己受不了轻视，较起真来，汉语夹英语，生怕南珠不相信。

南珠急忙打断道："你说什么呀，我听不懂！"

雨堂一气之下，脱口而出："南珠，别给我装傻了，我知道你是什么人！"

"我是什么人？就是个跑江湖卖唱的！"

雨堂朝四周看了看，再盯着南珠，一字一顿地说："你们是李克农的人！"

南珠心里一惊，嘴里却装糊涂："你胡说什么？什么李客人张客人？他是哪个码头的？"

雨堂气恼的目光逼向南珠，眼前幻化出那个骂他是小瘪三的女子的形象，问道："你是不是还有一个长得很像你的姊妹？"

南珠一惊，疑惑地看着雨堂，不知怎么回答，但她在努力调整情绪。她故意把内心的惊讶夸张地表现在脸上，达到巧妙掩饰的目的："我可没蒙你啊！前天你在广州街上见到的那个人就是我，我可没说那是我的双胞胎姊妹啊！对啊，如果我说那不是我，那是我姐姐或妹妹多好啊！"

雨堂听她这么说，失望地把头一扭，望向江面。南珠心中有鬼，故意朝雨堂嚷："你说话呀！"

雨堂望着江面，一声不吭。

"喂！你怎么不说话啦？"南珠着急了。

雨堂愤然起身，生气地看着南珠说："你要这么问，我们之间没什么好说的！"

说完，他大步下坡，顺着江水走去。

南珠从后面追上雨堂，一把拉住他的衣袖："别走呀，我再聊聊。"

"南珠姑娘，你什么时候想对我说老实话了，再来找我聊吧！"

南珠呆呆地站着，看着雨堂远去。

南珠回到韩家，正碰上博公从海明伯的大客房走出来。

她和博公打过招呼，就直接进了大客房。海明伯叫她坐下喝茶。南珠把报纸放在桌上，告诉海明伯，电报已经发了。她还买了三份报纸，今天的报纸还没到，都是昨天的。还真的都登了广州的事，不过都说是"抓水匪鸡公罗"，看来何三刀是欲盖弥彰。

海明伯翻阅报纸，陷入沉思。南珠在一旁静坐着，注视着海明伯。

"南珠，你有什么想法？"海明伯把目光从报纸上收回，看着南珠。

"我觉得敌人是有意封锁消息。这说明敌人还对朱文抱有幻想，认为我们还信任朱文，还想我们走朱文的路子。"南珠分析说。

海明伯点头："这更说明，朱文很有可能已经叛变。"

南珠认真地看着海明伯，问："那你的意思是？"

海明伯沉思着，缓慢地说："我得好好想想。现在看来，我们这次来广州的行动就卡在朱文这里了。不翻过这道坎，就很难往下走。陈济棠和日本人勾结到什么程度，日本人在广州的代理人是谁，都必须有广州地下党的同志配合才能落实。只有落实了这些情况，我们才能顺利完成'旱天雷行动'，让陈济棠受到震慑、知难而退，平息内战。"

南珠用力地点头，一边把报纸收好。

海明伯起身朝门外看了看，踱起了步子："这些年，广州的地下党组织可以说遭到了毁灭性的破坏，是老范最近才恢复起来的。要不然，我还可以绕着弯子，和地下党接上头。"海明伯踱着步继续说，"我们的'旱天雷行动'要在日本人和陈济棠、李宗仁的合作还未形成之前实施才最有效，否则就晚了。"

南珠点头，想到了刚才在外面跟雨堂见面的事，便说："海明伯，我刚才在外面碰见雨堂了。"

"嗯。"海明伯没在意，继续思索下一步如何过朱文那一道坎。

南珠加重语气："雨堂知道我们不少东西，我都吓了一跳！"

"是吗？他知道什么？"

南珠把声音压低："他说我们是李克农派来的。"

"啊？"海明伯吓得不轻，"他怎么知道的？"

南珠说："不知道他是怎么知道的。他一提李克农，我就把他顶回去了。他还问我是不是有一个长得很像我的姊妹。我猜想可能方萍也来广州了，被他撞上了。可真巧呀。我跟他装傻，他就恼了，对我说什么时候我想说实话了再去找他。我感觉雨堂知道我们很多东西。这小子，我小瞧他了！"

海明伯倒吸了一口凉气，努力让自己更加清醒："南珠！先别急。他会不会是瞎蒙的呢？报上、书上胡乱看一些消息，就信口开河，诓你上当。"

南珠摇头："我觉得不像！他看我跟他装傻，很委屈的样子，说我不肯说真话，拍屁股就走，拽都拽不住。我感觉他还有好多秘密没有吐出来。可是我现在伤了他的自尊，他根本不愿和我谈！"

海明伯看着南珠："这样看来，得我出马了！"

南珠问："你出马？跟他摊牌吗？"

海明伯摇头："不能摊牌。"

"那怎么办？现在最大的问题是，如果我们不跟他说实话，他根本不会搭理我们！"南珠死死抓住这个难点。

"我自有对策！你回来前，博公到了我的房间，恳请我留下来帮他调教雨堂。他说当年冒着危险收留我和彭湃，就是因为信得过我，"海明伯自信地说，"既然雨堂知道我们这么多秘密，又执着地要缠你，那我就去给博公回话，说我愿意留下来调教雨堂。这样，我先绕个弯子，把这个猴子收服了再说！"

雨堂直挺挺地躺在床上发呆。

这时，门吱呀一声，三叔博年推门进来。他尴尬地笑着，掀开蚊帐，坐在床边，轻轻拍着雨堂的脊背，轻声细语问："还生三叔的气呀？"雨堂没有搭腔。其实他这会儿并不是在生博年的气，他是因为南珠刚才对他隐瞒真相而伤心。

博年用愧疚的语气解释道："雨堂啊，三叔告你的状，也是被你爹逼得狗急跳墙呀！"博年仿佛是戏剧情感仓库的主人，按照剧情的需要可以轻松地从仓库里掏出合适的情感，并辅以相应的语气。

雨堂翻过身来，面朝博年："那你就乱咬人？"

博年咬咬牙："好，三叔就不要脸了，这就跟你说实话！"博年起身把房门关上，坐回床边，压低声音说，"你知道我那些钱都花到哪里去了？"

"那还用问，赌场呗！"

雨堂说着坐起来，博年也坐下，一只手搭在雨堂肩膀上，很贴心的模样："大侄子啊，我在外面包了一个小。"

雨堂一惊："什么？"

"嘘——你小点声！"博年连忙做手势。

雨堂呆呆地看着博年。

"我想给韩家添个后！"

"添后？那你叫三婶娘生呀！"雨堂不解。

博年苦笑："她要还能下蛋，我会去包小吗？为啥我豪赌乱赌她都不敢大闹？就是因为她心里惭愧，明白吗？"

"那三婶娘知道吗？"

"她要知道，不得和我拼命呀！"博年苦笑。

"那我爹知道吗？"雨堂又问。

博年朝房门看了看，回头低声说："你爹要知道，不得扒了我的皮呀！"

雨堂恍然大悟："你是说，你在外赌是假，养小老婆是真？"

博年摇头："赌也不全假，不然我怎么能瞒天过海？"

"那你有儿子了吗？"

博年苦笑着摇头："要是有了儿子，我还养小干吗？我一笔钱就把她打发了！"

雨堂嘲讽："这么说，你也生不出来吗？"

"你小声点！"博年为难地说，"所以我得去看医生嘛！"

雨堂笑起来："那你还有完没完？"

博年叹气："所以你三叔苦啊！隔三岔五要去配种，那可是个力气活呀，还要看医生，吃狗鞭……"

雨堂赶忙把头扭到一侧："行了行了！你别恶心人了！"

博年紧紧拉着雨堂："不行，你得听三叔说完……"

雨堂火了，腾地站起来，低声吼叫："韩博年，你就这么贱下去吧！你干那些不要脸的事，把城里的房子都卖了，还想把我们韩家都败光吗？"

博年一惊："你、你怎么知道？"

雨堂冷冷道："若要人不知，除非己莫为！"

博年愣着，不说话。雨堂转身瞪他时，博年眼泪汪汪。

"雨堂，你三叔在韩家就你这么一个知音。就你心肠好。你说，三叔的这些委屈，不对你说对谁说去？三叔不坑你坑谁去？"博年说着，抽泣起来。

雨堂见三叔落泪，心就软了："好了，好了，我不怪你了，行了吧！"

博年抹泪，惊喜地问："真的不怪三叔了？"

"真的。"雨堂心不在焉。

博年不放心地追问："我那些破事，你也不会抖出去吧？"

"行了，不抖出去，你放心了吧。"

博年突然起身，一手拉着雨堂，兴奋地说："走！三叔请客，咱们下馆子去！"

博年不由分说拉着雨堂进了镇上最大最气派的阅江酒楼。二人在临江靠窗处挑了座，博年点了点心，又要了一瓶石湾玉冰烧酒，叔侄俩喝了起来。

酒一沾，博年的话就更多了。

"你和那个南珠姑娘是怎么认识的？"

雨堂一仰脖子，杯中酒倒进嘴里，冷淡地回答："三叔，我不想谈她！喝酒吧！"博年盯着雨堂，眯着眼睛笑："怎么，你好像有心思？是不是剃头挑子一头热啊？"

雨堂苦笑一下，给博年加酒。

博年伸出细长的脖子，像一只伸头王八，他关切地说："雨堂啊，三叔是关心你呀！昨天夜里我做了一个噩梦，一只老虎和一只狐狸闯进了我们韩家，这可是大凶之兆呀！"

雨堂瞪了他一眼："三叔，你整天疑神疑鬼的，有意思吗？"

博年叹气道："没意思！太没意思了！可是我发现了我们韩家的凶兆！事关一大家子的身家性命，我能不说吗？谁叫我有通灵的禀赋呢？你爹被那姓雷的灌了迷药似的，我要不要管？"

雨堂怔了一下，不肯信，却有点害怕，问博年到底是什么凶兆。

博年朝四下看了看，然后压低声音，神秘地说："那我就明说了！这个雷先生和南珠姑娘，身上都带着一股血气，你就一点没闻到吗？"

雨堂顿时想起在广州花城美茶楼打斗和巷战的场景。他暗暗称奇，雷先生和南珠姑娘身上确实带着一股血气，三叔猜中了。

博年见雨堂沉默不语，补了一句："贤侄，他们来者不善啊！"

雨堂依然不接话。博年抿了一口酒，把酒杯往桌面重重一扣，音量增大："我再说白一点，他们就是冲你来的！"

雨堂沉不住气了，问："冲我来的？为啥？"

博年幽幽地说："他们冲你来，是为了让你爸上套，把你控制住。他们的目的，应该是盗我们韩家的宝贝！"

"什么宝贝？"雨堂追问。

博年故意打住，神秘地说："这我就不能说了。天机不可泄露，泄露了要折寿的。总之，要小心谨慎才好。"

雨堂沉默了，抿了一口酒，望向窗外。从他懂事起，他就一直感觉他家藏着什么宝贝，他也听干娘说过，当年他二叔，就是和他爹为接琵琶，结了梁子，离家出走，干娘还说漏了一句嘴，说："你爹很冤呀，那是人家的东西，他不能拿出来，可是你二叔不依不饶。"雨堂好奇地问："什么东西？"干娘一愣，再也不开口了。所以，当博年说海明伯和南珠想盗韩家宝贝时，雨堂隐隐觉得他们二人跟宝贝也许真有些渊源。

博年见雨堂扭头朝窗外发愣，有些失落："你怎么不往下问了？"

雨堂回头："你不是说天机不可泄露吗？我怕折你的阳寿。"

博年笑了："好，看你这么护着三叔，三叔也不能看着你落难。你借三叔十块大洋，三叔给你支个招儿！"

雨堂一边饮酒，一边摇头："我没钱，落不落难我都认了。"

博年继续纠缠："好，谁叫我是你三叔呢，没钱我也给你支招儿！告诉你，你爹是走火入魔了，对那个雷先生是言听计从。你凡事要多个心眼，听到没？"

突然，雨堂听到阿秀的声音："雨堂哥！"

雨堂扭头，阿秀风风火火地穿过客桌和人群，走到跟前了。

阿秀看也不看她爹，只顾对雨堂说话："雨堂哥，到处找你，原来你被我爹拐到这里来了！"

博年顿时火了："臭嘴！谁拐你雨堂哥了？"

"我没工夫搭理你！"阿秀对博年白了一眼，又转向雨堂，"雨堂哥，大伯叫你快去乐馆！"

"去乐馆干吗？"雨堂没起身，不在意地问。

阿秀急了："要你拜雷先生为师！"

博年冷笑："贤侄！你瞧瞧！三叔的话灵验着呢！这么快就叫你拜雷先生为师了吧？琵琶王的儿子，还要拜别人为师……"

阿秀打断她爹的话，一把扯起雨堂的手："快去吧！你爹，还有雷先生和南珠姐都在等着呢！南珠姐说，这是你的造化！"

雨堂的眼前顿时浮现出他和南珠上午在江边凤凰树下谈话的场景，看来南珠说父亲要请雷先生来调教自己是真的。他露出冷笑："我爹教了我这么多年，也没见我多大出息。雷先生点拨我几招，我就有大造化，这是南珠说的？"

阿秀忙不迭点头："是呀是呀！南珠姐对你可上心了！"

"好，我就去领教领教南珠姑娘的好意！"雨堂咬牙站起，被阿秀拉扯着往外跑。

博年在后边喊："雨堂，可要记住三叔的话呀——"

韩家的乐馆里摆放着各种乐器。一排扬琴格外显眼。

博公和海明伯坐在太师椅上，雨堂不情愿地站在他们面前。这是博公为雨堂准备的拜师会。南珠、乐馆的先生、水妹、金花、阿秀、福伯、明仔及韩家习乐子弟们分两边排开，共同见证这一时刻。

博公声音不大，却很威严："雨堂，你听明白了？"

雨堂没有反应。来乐馆的路上，他就决定，要唱一场对台戏。第一是因为南珠伤了他的自尊，他要报复一下；第二是因为他对自己很自信，他不相信海明伯比他爹还要厉害。他的牛脾气上来了，也不是个省油灯。

这时，博年匆匆赶回来了。拜师会这么隆重，着实出乎博年的意料。他不敢往队伍中间走，怯怯地站在明仔旁边。

博公提高声音："没听见吗？雷先生要你先弹个最拿手的曲子！"

雨堂露出委屈的神情："爹，我曲曲都行，又曲曲都不行，你要我弹最拿手的，我想不出是哪一首。"

海明伯笑笑，温和地说："那就弹首《旱天雷》吧。"

雨堂见海明伯不愠不恼，一副成竹在胸的气派，心中更恼："雷先生，我听南珠姑娘说，您是路过，特地来拜访一下我爹，叙叙旧，对吗？"

博公的眼睛里开始冒火。海明伯却依然温和地笑着："是的。"

雨堂像只猴子顺着竿儿往上爬："雷先生，这琴艺功夫，可谓冰冻三尺非一日之寒。我爹号称南国琵琶王，苦学了一辈子，您这蜻蜓点水地点拨一两招，我万一能大长进，你叫我爹的脸往哪里放？"

博公终于火了，厉声喝道："雨堂，你放肆！"

海明伯朝博公摆了摆手，微笑着对雨堂说："你接着说。"

雨堂此时已经豁出去了，他用余光瞅了瞅南珠，高声道："那我就说说老实话！雷先生，您是路过，就算您是乐学高人，给我指点迷津，还是要我苦练是不？您过几天一拍屁股走了，我有疑难问谁去？您这不是把我甩在半道上吗？不是误人子弟吗？"

博公腾地站起来，吼骂雨堂："你个兔崽子！你说！你到底想干吗！"

雨堂却不惊慌，他朝向博公："爹爹息怒！我想拜雷先生为师呀。我请雷先生多留些日子，把我引上路了再走。不然的话，爹您又要来给我揩屁股不是？我这不是坑爹吗？"

大家都笑了。博年喜出望外，给雨堂打气："孩子，你这是心疼你爹呢！"

博公扭头指着博年："老三，你给我闭嘴！"

博年不怕，继续给雨堂帮腔："大哥，雨堂说得在理呀！"

博公吼道："你再不闭嘴，就给我出去！"

博年不吭声了。

博公转向雨堂："韩雨堂！当着大家的面，你说，你到底想怎么样？"

雨堂朝博年看了看，再扭头看看南珠，正好跟她对了眼，他镇定地笑了笑，这才转身对海明伯说："雷先生，我看这么着吧。昨晚我回来迟了，您的精彩演出我没看到，还有那么多人都没看到，大家惋惜，我也惋惜。干脆您再给大家露一手，一来大家开开眼，二来晚辈也是偷师学艺，就算开了个雅会，大家都乐和乐和，晚上咱们再痛痛快快地喝酒。您好好睡一觉，然后拍屁股走人，干您惊天动地的大事，皆大欢喜。行不？"

博公猛地起立："你这个衰仔！老子……"

海明伯也起身，伸手挡在博公胸前，却微笑着问："雨堂，你说完了吗？"

雨堂说："说完了。雨堂直言冒犯长辈，请雷先生责罚。"

博公气得踩脚："韩雨堂，你好大的胆！"

海明伯转身对博公说："韩老爷息怒。我跟令郎切磋一回，可妥？"

博公忙点头："雷先生，犬子无礼，韩某惭愧，请雷先生发落！"

大家都睁大了双眼，只听海明伯吩咐南珠："给我摘一根竹枝来。"

大家都看着南珠走到庭院竹林，选了一根老竹，扯下了一根斜长出去的竹枝，迅速将去细枝末叶，一根光溜溜的貌似打人用的竹枝就做成了。当南珠拿着竹枝返回，经过水妹跟前时，水妹准备把竹枝夺走。南珠似乎感觉到水妹的不满，没等水妹出手，早举着竹枝递给海明伯了。

海明伯接过竹枝，在空中抽了抽，顿时响起空气撕裂的声音。海明伯感觉力度不错，微笑着走近雨堂，大声说："把手伸出来！"

雨堂两手垂放，脸上也带着微笑："雷先生，这是什么道理？我可没拜师，你就要行师规吗？"

海明伯盯着雨堂："雨堂，你刚才是不是说过冒犯长辈请我责罚的话？"

雨堂一愣："说过。"

海明伯又侧身问博公："韩老爷，您刚才是不是说过请我发落的话？"

博公点头："说过，请雷先生发落！"

海明伯侧身，对着雨堂，音量大增："好，客随主便，既然韩老爷和韩少爷有吩咐，我这就责罚你。"

雨堂把手躲到背后，冷笑道："雷先生，你太小肚鸡肠了吧！我们那只是一句客气话！"

海明伯笑了笑："客气话就不兑现了吗？那你岂不是虚伪？"

雨堂哑然。

海明伯提高声音："男子汉，一诺千金，我也给你许个诺，你可以躲，但不许出此厅堂。只要你躲过一次，我就罢手。怎样？"

大家都面露惊讶。猜想海明伯要亮功夫了，南珠的脸上露出一丝浅笑。

雨堂却没当回事，问："当真？"

海明伯大声说："把手伸出来！"

雨堂警觉地伸出右手，突然竹枝击打在他手心上，他本能地把手收向背后，只见海明伯一闪出现在雨堂背后，雨堂手板又被抽中。雨堂连连躲闪，海明伯如影随形，竹枝频频击中雨堂，雨堂狼狈不堪。

众人大惊。

海明伯兴起，一边击打雨堂，一边挥舞竹枝击打扬琴，一首《旱天雷》的乐曲飞扬起来，起始轻柔舒缓，如南国春柳袅娜，继而迅猛急促，如阵阵滚雷在庭前屋后炸响。

乐声飞扬。竹枝飞舞。

雨堂和海明伯闪展腾挪，如旷野中一只老狐狸在追逐一只小白兔。

南珠躲在墙边，微笑不语。

博公惊诧地瞪大眼睛。

博年惊讶地张大嘴巴。

水妹双手捧着鼻子、嘴巴和下巴。

阿秀却兴奋地鼓起掌来。

接连数声滚雷炸开，气势磅礴之际，乐声戛然而止。

乐馆先生和学乐弟子们在阿秀的带动下，都拼命地鼓掌。厅堂里一片掌声，雨堂已经满眼泪水，他扑通一声跪下，朝海明伯叩头，哽咽的喉咙像突然飞出一声炸雷："师父——"

第四章　韩宅密谋

刁文元正在他的办公室里和何三刀密谋诱捕海明伯和南珠之策。何三刀报告说，他已经通过报纸，把抓水匪的消息透出去了，这样就掩盖了真相，也保护了朱文，他要拿朱文做钓饵，再次吸引海明伯他们上钩。刁文元知道事到如今，也只能如此，便叮嘱何三刀，要两条腿走路，一边钓鱼，一边还要派人暗中搜捕。何三刀领命而去。刁文元转移思路，拿起桌上的《羊城报》看，报纸头版登有大幅照片，是特派员田方萍和粤空军司令黄光锐的碰杯照。摄影记者大概是个好色之徒，照片中田方萍娇美的脸庞和性感的胸脯给的是正面，黄司令高大健壮的身影给的是侧面。

标题是十个醒目的大字：粤空军喜迎中央特派员。

刁文元眼光停在方萍的脸上，淫邪地自语："北方娘儿们就是他妈的靓……"这时副官进来报告："刁主任，田特派员来了。"

"快请进！"刁文元慌忙站起身，手拿报纸迎上去。

方萍穿着军装，夹着公文包走到门口，立正，敬礼。刁文元面露惊喜，忙不迭地说："田特派员大驾光临，刁某有失远迎！快请坐！"

方萍微笑着坐下。

刁文元坐在方萍对面，挥动着报纸，两眼看着方萍笑道："我正在报纸上一睹特派员的英姿！没想到真人比照片更靓！来来来，请坐！我给你尝个极品宝贝！"

"哦？什么极品宝贝啊？你们广东人天上飞的、地上跑的什么都敢吃，我可不敢随便吃！"

"不是吃的，是喝的！放在家里怕贼偷！"刁文元从保险柜里取出一包老纸，得意地打开，"陈皮，道光年间的！一百多年的陈皮！百年陈皮胜黄金！你说我能让贼偷吗？"

"好吧！恭敬不如从命，那我有口福了。"方萍笑着，一对梨涡浮在她漂亮的脸蛋上。刁文元把热情和慷慨尽快展露出来了，又把自己装得像一个向来就最真诚、最老实的人，满脸都是诚恳："田特派员，实在不好意思，昨晚黄司令给你接风，我本要参加的，可是被陈司令叫到了肇庆，专门研究田特派员遇刺的案子，就没能参加。你的案子，陈司令很重视呀！"

方萍微笑："那就谢谢陈司令和刁主任的关怀了。有什么眉目吗？"

刁文元忙说："我正在抓紧查！我分析了各种可能性，最大的可能性应该是日本人收买黑社会干的，目的就是挑拨我们陈司令和委员长之间的关系。你是钦差，在广州遇刺，委员长一定会想到是我们粤军给委员长下马威。这是日本人的离间计呀！用心何其毒也！田特派员可千万不要中计！"

方萍一笑："您放心，我没那么浅薄，不会让日本人坐山观虎斗的！"刁文元眼睛一亮："田特派员也觉得是日本人干的？"方萍看着刁文元，轻松地问："你们会那么蠢吗？"刁文元哈哈大笑，朝方萍竖起大拇指："田特派员果然是明白人，明白人呀！"

方萍端起茶杯、闻着茶香，由衷地赞叹："您这陈皮茶可真香！""田特派员果然识货！"刁文元响亮地吸着热茶，殷勤地介绍说，"好茶待贵客！"

方萍品了两口茶，放下茶杯，从公文包中取出几张照片。刁文元忙伸手接过，低眼看看照片，又抬眼看着方萍，不知方萍要干吗。

方萍浅笑："这是年初广东空军购置的法国高CHI训练机。"刁文元老老实实地看着方萍："是，田特派员有什么指教？"

"这是重新喷漆的二手飞机。"

"是吗？"刁文元故作惊讶，"这么说，黄光锐司令被军火商给骗了？"

"我看不见得吧？不过，仅仅是骗几个钱我不会来找您刁大主任，"方萍微笑着说，"根据专家确认，这批飞机全部是日本关东军在"九一八事变"时缴获的战利品，是张学良的飞机。也就是说，这批飞机根本不是从法国进口的。据我所知，负责采购这批飞机的是陈司令的哥哥陈维周师长和刁主任您啊！"

刁文元傻眼了。

方萍依然浅笑："刁主任，这不仅是腐败，而且说明你们和日本人有很深的关系。"刁文元努力让自己镇定，严肃地说："田特派员，你才到一天，怎么了解到这么多情况？会不会有人蒙你？"

"既然刁主任不愿相信，要不要组织专案调查？"

刁文元慌乱摆手："不！不用了！我立即向陈司令汇报，一定彻查此事，决不姑息养奸！不过，在水落石出之前，还望田特派员配合，不要向外界披露，包括南京方面。田特派员工作上有什么难处，刁某一定给予解决，包括你私人生活方面……"

"刁主任！我不是来捞个人好处的，"方萍打断他的话，严肃地说，"二手飞机是你们广东军队的事，我倒可睁一只眼闭一只眼。现在外界对陈司令有很多流言蜚语……"

刁文元听方萍说二手飞机的事她可以不管，心里顿时踏实了："田特派员，你听我说，那些捏造谣言的人都是别有用心的，挑拨我们和南京方面的关系，把屎盆子往陈司令头上扣！陈司令和委员长之间确实有些误会，可陈司令是个爱国军人，决不会当汉奸！"

方萍盯着刁文元："那就好！希望陈司令以民族利益为重，践行自己的诺言。"

"好好好！请喝茶！"刁文元为方萍的空杯添茶，然后斜着手掌指向茶杯，又努力装出一副有素养的绅士模样。

方萍微笑着端起茶杯。

"田特派员，您这次来广州具体有何目的？或者说，您需要刁某怎么配合？"刁文元看着眼前这个美丽而又厉害的年轻女子，小心地问。由于紧张，习惯于以年纪大、官阶高压人的他把"你"换成了"您"。

方萍听出了刁文元措辞的改变，依然浅笑着说："于公而言，我是中央航空委特派来广东空军的联络员。你知道，航空委委员长就是蒋委员长，这级别非你们粤军可比。于私而言，我是一个中国人。刁主任，请你转告陈司令，我知道他和委员长有政治分歧，我不想介入。说白一点，我懂得装聋作哑。但如果他要借日本人来解决他和委员长之间的分歧，我不会袖手旁观！"

刁文元频频点头："我一定转告！一定转告！"

方萍将照片收入公文包，起身道："那好，我就告辞了。谢谢你的茶。"

刁文元不放心，站起身，压低声音："田特派员，这批飞机的事您打算……"

方萍笑了："只要陈司令真正断绝和松井石根的来往，我可以不追究，也不上报，而且对社会保密！"

刁文元的脸庞立即堆满了灿烂的笑容："那好！我立即禀报陈司令，对报界发表声明。您看如何？"

方萍回到自己的办公室，想着刚才和刁文元的一番较量，露出了满意的微笑。她感到自己下的功夫取得了预期的效果，也感到刁文元是个很会见风使舵的主，既然如此，对付刁文元自己就有了底。她还想到，下一步的目标，就是了解一下那个邓茹婷了，对了，还有那个韩少爷。可是，韩少爷不是个混混吗？为啥对他也感兴趣？方萍就说不清了。

这时，门铃响了，方萍起身开门。吴猛夹着公文包进来了，一坐下，就从公文包里取出几张纸："这是那个女记者邓茹婷的履历。这是土地局出具的房产证明。"

方萍接过，先盯着房产证明。

吴猛在一旁介绍："这栋房子是半年前转让给冯老板的，原来的房东是沙湾的乡绅韩博公。此人是个琴家，很有名望，号称'南国琵琶王'。"

方萍盯着房产证明，问："韩博公我听说过，怎么签字的是韩博年？"

"韩博年是韩博公的三弟，这是通过律师办的。"吴猛解释。

方萍抬起头，对吴猛说："这么说来，那个韩少爷的确是个真货？就是这个韩博年的儿子？"

"不！"吴猛说，"我了解过，韩博年没有儿子。那小瘪三应该是韩博公的儿子。"

"这么说，基本上可以排除这小子是密探的嫌疑了。"

吴猛一笑："其实，这小子那么冒失，我也断定他不是密探。可我就想好好收拾他！你倒好，由着他捣蛋还让他跑了！"

方萍摇头："我不是广州的警察！他又没得罪我，我去抓他，不掉份儿呀？我是淑女，懂吗？"

吴猛不服气："他怎么没得罪你？不是骂了你吗？"

方萍微笑道："可是，我骂他小瘪三在先。"

方萍对雨堂的包容出乎吴猛的意料，这让吴猛很不快，他根本没把那弱不禁风的穷酸小瘪三放在眼里，没想到方萍不仅不讨厌那小瘪三，反而还替他辩护。

他的话里泛起一股酸味："田特派员，我发现你挺喜欢这个小瘪三的？"

方萍坦然地说："是的，我就喜欢机灵鬼！"

吴猛正想说什么，方萍已经把房产证明丢在桌面，盯着邓茹婷的履历。

方萍认真看完，踱起步来："这个女人不简单呀！东京帝国大学肄业，参加过中共的广州兵变，又采访过淞沪抗战英雄蒋光鼐、蔡廷锴，还去小汤山探访过胡汉民，真是左右逢源呀！"

夜晚，乌云笼罩着天空。习习江风给沙湾送来阵阵清凉。

雨堂在房间抄谱子。拜师之后，瞬间像换了一个人，仿佛内心叫海明伯的《旱天雷》淘净，重新换了一副五脏肺腑。他这会儿正在自己房里用毛笔抄写工尺谱，"合、四、一、上、尺、工、凡、六、五、乙"等小楷字在纸上从上往下直直排列着。阿秀趴在桌边看。

雨堂头也不抬，一边写一边骂："阿秀，你烦不烦呀！"

阿秀顽皮地说："不烦！我想看看浪子回头是个什么样。"

雨堂苦笑起来："阿秀，师父要我今晚就抄出来，你是想我又挨板子？"

"好！好！我可不想你挨板子！"阿秀似乎准备走，却不挪步，又问道，"雨堂哥，那我问你，要是南珠姐趴在旁边看，你会赶她走吗？"

雨堂冷笑："我照样赶！你以为她是谁呀！"

阿秀转身要走："这可是你说的啊，那我要南珠姐别来找没趣了！"

"你什么意思？"雨堂一把拉住阿秀，险些把毛笔戳到她的脸上。

阿秀假装生气地说："你没听明白吗？南珠姐正在煲粥，本想给你送过来，又怕你烦她，特意叫我来探探。果然你不待见人家，那我就去禀报了！"说罢又要抬腿。

"站住！"雨堂喝道。

阿秀得意地站住。

雨堂看着阿秀，虎里虎气地说："你就跟她说，送粥可以，送了就走！"

这时，南珠推开门，右手端着一碗热气腾腾的粥，细声说："雨堂，这是水妹姨叫我送来的。她说你晚饭没吃几口就来抄谱了。你吃了再抄吧。"

雨堂有些尴尬地起身："那、谢谢你了，坐吧。"

阿秀故意大声说："南珠姐，你别坐，人家烦着咱们呢！"

南珠笑了："阿秀，别闹了，我和你雨堂哥还有话说。"

"那好，我就拜拜了。"阿秀知趣地离开。

见阿秀走开了，南珠收回视线，见雨堂正盯着自己，便说："吃呀，看着我干吗，我又不是粥？"雨堂笑了："粥太烫！吃不了！你不烫，看看还不行啊？"

"手不疼了吧？"南珠盯着他的手问。

"怎么？心疼我啊？"雨堂瞪着南珠，"真心疼我就跟我说真话！"

南珠扭头朝外看了看，压低声音说："好，我们打开窗子说亮话吧。你没猜错，我是共产党。可是我只能说到这儿了，其他的，我什么都不能说了！"

雨堂笑了，好像一切都在他的掌控中。他悄声说道："南珠姑娘，你早这么说不就妥了吗？我知道你们的规矩。你把我当白痴，太伤我自尊了！"

南珠严肃地问："好了，你该告诉我了，你是怎么知道我们是李克农的人的？"

雨堂笑了："我就知道你憋不住！"

南珠从雨堂房间出来，立即就向海明伯汇报："那小子耳朵贼尖！咱们声音要再小些。"南珠把房门掩上，回头笑着说，"怕他听见咱们说话，我又打发阿秀去陪他了。"

海明伯笑笑，压低声音说："他没为难你吧？"

南珠笑了："你说准了，这小子呀，就是要个脸面。我还以为他要刨根问到底呢，可我一承认是共产党，他马上就说，我知道你们的规矩，接着一股脑儿全说了。没想到这家伙还真知道不少东西！"

南珠把椅子往海明伯跟前挪了挪，低声说："你说巧不巧，方萍真的来广州了，还被雨堂碰见了。"

"方萍？"海明伯惊讶地问。

"是不是她，还不确定，但很可能是！"南珠说，"雨堂说，她是以中央航空委特派员身份来广州的，目的是阻止陈济棠与日本人勾结。"

"看来，戴笠也坐不住了。这下广州可热闹了。"

海明伯陷入沉思，南珠也想起了自己的妹妹方萍。

当年南珠和妹妹方萍感情很好，爹娘去世后，一直是南珠照顾妹妹，她们都在一个中学读书，还同班。姐妹俩的国文老师叫易水，也是南珠的恋人。没想到南珠和易水的感情刺激了方萍。因为方萍也喜欢易水，因此也对南珠有了怨恨，觉得姐姐心计太深，抢了自己的心上人，却不知，易水和南珠有感情，更重要的是因为他们都是中共地下党的同志。后来南珠打入国民党特工总部，不知底细的方萍受到影响，接触了复兴社。方萍个性很强，暗暗与南珠较劲，想证明她不比姐姐差。复兴社的宣传口号是革命、复兴、救国，一时网罗了众多青年精英，对方萍这样的热血青年学生很有诱惑力。等南珠知道消息想要劝阻时，方萍已被送往日本接受培训了。后来，姐妹俩就断了联系。为此，南珠感到是自己失职，贻害了妹妹，对不起死去的爹妈。

海明伯说话了："他告诉你方萍在哪里了吗？"

"告诉我了，在东山烟墩路口，"南珠答道，"那原来是他家的房子。"

海明伯顿了顿，突然说："南珠，你不妨去见见方萍！"

"去见她？"南珠吃了一惊。

海明伯点点头，说："方萍的身份和目的，不是和我们作对的，因此，见见她，摸一下底细，也许会有收获。更重要的是，我在仔细想朱文的事，敌人一直封锁消息，有两种可能，一是想保护朱文，引我们上钩；二是想从朱文口里掏出机密，破坏我们的地下党组织。我估计，我们躲在这里的这几天，敌人正在从朱文嘴里掏货。等货掏干净了，敌人就会行动了。"

"您是说，我们要除掉朱文？"南珠问。

海明伯点头。

南珠不解："我们不是给上级拍了暗语电报吗？"

海明伯摇摇头，说："广州地下党这些年基本瘫痪了，是老范去年才重建的。我估计和上级的联络只有通过老范这条线。要是朱文叛变，老范很难幸免。"

南珠有些懂了："这么说，如果老范被捕，和上级的联络就中断了？"

"是啊，就是上级也没办法通知广州地下党的同志，"海明伯叹气道，"这样一来，朱文叛变，危害就更大了，我们必须尽快把他除掉。"

南珠兴奋地问："我们可以通过和方萍的关系，接近朱文，对吗？"

海明伯点头："对！方萍只知道你参加了特工总部，并不知道你是我们的人。这一点，正好利用。"

南珠兴奋地点头。

海明伯又想到博公和韩雨堂。他不能不辞而别，却又不能把实情告诉他们。这就要找一个理由向博公父子交代，才能提前离开韩家。南珠提出，海明伯继续留在韩家，她独自一人去广州找方萍，只要方萍配合，她一人就能除掉朱文，雨堂刚行拜师礼，海明伯此时突然离开，于情于理都不合适。

"你说得有道理，"海明伯说，"但你一个人去也不妥，你要说服方萍不是一件容易的事，还要除掉朱文，一个人太危险了！"

"不怕！我会见机行事，"南珠说，"教雨堂的事，请你多费些心。让他多开些窍，届时我们才好辞别。"

海明伯笑了："怎么，对雨堂这么上心？"

南珠的脸突然泛红："海明伯，你开什么玩笑呀，我是从大局出发！"

这时，听见阿秀嬉笑着从雨堂房间走出来的声音，海明伯悄声对南珠说："好了，你明天晚点走，再和雨堂聊聊。我也好好想想怎么和博公交代。你去休息吧！"

夜更深了。夜色中，一个拉着面罩、穿着夜行服的男子，像猫一样趴在韩家大院高高的西墙上。朝院内张望了一阵，像猫一样轻轻地跳进了院子。

夜行者手里拿着一根迷香，走到书房窗下，探头朝里看了看，又走到博公的卧室外，猫在窗外往屋里窥探。他看到这是一套分为里外两间屋的主人套房，博公正躺在外屋的摇椅上看书。

夜行者把迷香放在门缝边，轻轻地向屋里吹气。

不一会儿，博公昏睡在摇椅上。

夜行者轻轻把门闩撬开，悄然进去。他四下打量，轻轻地拉开书桌的抽屉，仔细查找。不一会儿，他推进抽屉，又去打开柜子。

柜子里也没他要的东西。

夜行者朝外屋看了看，径直走进里屋，摸索着拉亮了里屋的电灯。

里屋除了雕花酸枝大卧床，还有衣柜、博古柜、纳物箱等家具。夜行者四下看了看，径直摸向大卧床的枕头下。

这时，他听到外屋的门外有人敲门。

他迅速溜到床的另一侧猫下。隔着蚊帐，他看不到门口。他相信，门口的人也看不到他。

屋外，海明伯继续敲着门，问："博公兄，还没睡吗？"

夜行者正后悔没闩死外屋的房门，这时，房门吱呀一声，他听到海明伯跨进房的脚步声。

海明伯已经走进外屋，见博公闭着眼躺在摇椅上，忙问："博公兄，怎么就在这里睡了？"

博公没有反应。

海明伯躬身伸手摸摸博公的额头，又伸出指头探探他的鼻息。

他抱起博公。突然，海明伯的鼻孔嗅出了异样的香气。

"……"海明伯警觉地站直，正欲张口呼喊，夜行者已经潜到他身后，突然抬起右手，三只袖箭从夜行者的袖筒射出。

海明伯还没来得及呼喊，背后中了两箭。他晃了晃，歪倒了下去。

夜行者慢慢走过来，他冷眼看了看海明伯，跨过去把外屋的房门闩上。

侧身倒地的海明伯微眯双眼，看着夜行者。夜行者闩好门，往内屋走去。海明伯突然飞脚将夜行者钩倒，迅速爬起来，两手往背后一摸，扯掉两根箭头。

夜行者倒地，朝前一滚，鱼跃而起，猛地抬起左手。

又是三支袖箭迎面射来。

海明伯刚后仰闪过，夜行者手持尖刀扑了过来，将海明伯压倒在身下，正要挥刀，不料海明伯就势一滚，反将夜行者压倒在身下。夜行者的尖刀脱手，叮当一声摔到床下。

海明伯骑在夜行者的胸口，挥动铁榔头似的拳头，朝夜行者的太阳穴砸去，不料夜行者身体柔软如蟒，两条腿竟缠过海明伯的头，将海明伯钩倒在地。

海明伯两臂使劲掰夜行者的两腿，并用脚跟狠狠砸向对方的肋骨。夜行者的两腿瞬间松开，右手却像蟒蛇吐舌一样，抓住了海明伯的脖子。

夜行者右手的力度很大，五根指头像五根钢筋一样，海明伯心知遇到了高手，立即把气运到喉咙，却已喘不过气来，他用右手擒住对方的手腕用力往上推，左手两指往对方腰间一点。这一招叫"锁顽猴"，要是换上一般人，必被海明伯点中穴道动弹不得，顽猴也会立马变成石头，但夜行者竟然似乎毫发无损，右手力度竟不见减。海明伯一招未果再出一招，趁对方不注意，右膝朝上使劲一顶，像钢锥一样顶向夜行者的胸口。夜行者松开抓海明伯脖子的右手，左手却在海明伯受伤的后背死劲一拍。

夜行者的左手如同长了眼睛，正拍在海明伯刚才中箭的部位。幸亏海明伯已经将箭拔掉，不然那两支袖箭会被夜行者拍打进心肺。

"来人啊——"海明伯忍着剧痛，大喊一声。

夜行者慌忙伸手捂海明伯的嘴，海明伯趁机提膝顶向夜行者的裆部，并迅速骑在对方的身上……

这时，南珠一脚踹开房门冲了进来，跑到里屋，大喊："海明伯！"

海明伯朝南珠喊："要活口……"说着就晕倒过去。

南珠冲过去，一把按住夜行者。

这时，明仔手持麻绳，雨堂操着木棍相继冲了进来。见倒在地上的海明伯，雨堂丢掉木棍，跪到地上，双手抱住海明伯，哭喊："师父——"

水妹跌撞着跑过来，扑向躺在床上的博公，哭喊："老爷——"

这时，阿秀、福伯、博年等人都跑了进来。博公已经苏醒，他虚弱地对水妹说："叫……他们快出去……"

水妹心领神会，立即把明仔、福伯和博年等人打发走了。

南珠把已经绑好的夜行者交给明仔带出去。

这时，水妹搀扶着博公缓缓起身。

"快、快把雷先生抱到床上来！"博公不顾自己身体虚弱，他一边下令，一边在水妹的搀扶下吃力地坐在床头柜上。

雨堂和南珠合力把海明伯抱上床。南珠解开海明伯的汗衫，然后让海明伯趴睡着。海明伯趴在床上昏迷不醒，背裸露着，两处流血，伤口周围一片青紫。

南珠对雨堂说："快端一盆热水来！"

雨堂立即跑向水房。南珠跪在床头，查看海明伯青紫的伤处。

"八成是中毒了！"博公焦急地对水妹说，"快去书房取'采芝林'秘制的解毒丸来！"

水妹让博公靠墙坐着，迅速跑向书房。雨堂端着热水盆进来，南珠用热毛巾擦净伤处，跪在床头，低头在伤口处吸毒。博公和雨堂急切地看着，只见南珠扭头朝水盆里吐出一口黑色的血水。

突然，明仔冲进来，慌张地叫道："老爷，出事了！他……他死了！"

众人扭头望向明仔，海明伯也吃力地睁开了眼睛。

博公急问："明仔！慢点说，谁死了？"

明仔结结巴巴："雷……雷先生……抓住的那……那个黑衣人死了！"

海明伯挣扎着起身，急切地对南珠说："快扶我出去！"

厅堂灯光如日，夜行者被五花大绑在堂柱上，脑袋朝前低垂，像是一个断了脖子的怪物。大家默默地看着。

海明伯慢慢走上前，扳开夜行者的嘴。嘴里右边深侧有蓝色的痕迹。

"是自杀，"海明伯说，"他嘴里含着毒囊。"

大家惊讶不已。明仔和雨堂好奇地靠近，往死者嘴里察看。

"老爷，怎么办？"水妹问博公。

"明仔在这里守着！"博公对明仔说完，转面对福伯，冷静地安排道，"阿福，天一亮你到水警队报个案，找刘队长，就说这家伙偷韩家的祖传古琵琶，被我们拿下了。明白吗？"

福伯和明仔齐声道："明白！"

博公转身问众人："都听明白了？"

众人齐道："明白了。"

博公说："大家散了吧。雨堂！你送师父回房睡觉。"

众人散去。水妹扶博公回卧室，把地板擦了一遍，又到里屋换了一套褥子和毯子。临离开时，水妹关切地问："老爷，您没事吗？"

博公感激地说："我没事了。迷香不早散了嘛。天不早了，你快回去睡吧。"

水妹走后，博公关上房门，走进里屋，走到博古架边，将博古架中间层的一沓《康熙字典》轻轻挪开，露出一个微凸出来的铜质按钮。他伸出手指，在按钮上轻轻一按，博古架缓缓分开，向左右两边移动，露出深灰色的墙帘。博公把墙帘拉开，帘后是深灰的墙壁。墙壁上齐胸高的位置处有一个黑色的点。博公朝这个黑点按了一下，一扇与墙壁相同颜色的黑檀木门缓缓移开，露出一个不显眼的小小暗室，暗室里面藏有一只与墙壁颜色相近的黑檀木盒。博公揭开盒盖，小心翼翼地拿出一册线装书。

他小心翼翼地把线装书放在桌面。线装书的封面写着四个秦简体字：南越古谱。灯光下，封面有两缕发黑的血迹赫然在目。

博公凝神看着古谱。

这时有人敲门，传来博年的声音："大哥，是我！"

博公立即将古谱放回木盒，再将木盒盖好，放回暗室，关上暗室的木门，拉好墙帘……一切复了位，才走到卧室外屋，把门打开。

博年进来，贴着博公耳边问："谱子还在吧？"

博公瞪了博年一眼，点了点头。

博年松了一口气："在就好。那个死鬼肯定是冲它来的。"

博公没吱声。

"大哥，我这几天眼皮总在跳，昨晚还做了一个噩梦……"

博公不耐烦地挥手，打断博年道："老三，你去睡吧！这事你别管，我会摆平的。"

博年急了："大哥！我看那个姓雷的……"

博公挥手道："叫你别管！我要睡觉了。"

第二天一大早，管家福伯按博公的交代，到镇上的水警队报了案，水警队把尸体拉走了。海明伯躺在床上，精神比夜里好了一些。这时，雨堂一手端着馄饨，一手拿着药丸走了进来。

雨堂给海明伯倒了水，守着他把药丸服下，正准备喂馄饨，这时，南珠走进来，接过馄饨碗，对雨堂说："我已经吃过了，我来喂吧，你去吃饭。"

雨堂只能把馄饨碗交给南珠，跨过门槛，大步离开。

南珠给海明伯喂馄饨，一边说："你好好养伤吧，我等会儿就去广州，就说是给你抓药。"

雨堂刚走到他爹的书房门边，听到了屋内的说话，他迅速停住，靠着门边蹲下，假装系鞋带，一对耳朵在微微抖动。

南珠细细的声音传过来："你好好养伤吧，我一定把朱文干掉！"

海明伯的声音传过来："我刚受伤，想陪你去也不成了，也许这就是天意。不过，你可千万要小心！"

这时博公和福伯从餐厅走出来，见雨堂蹲在地上，福伯问："干吗呢？"

雨堂两只手往鞋带上拍了拍，站起身，笑着说："饿了！"说罢大步朝餐厅走去。

博公走进海明伯的大客房，见南珠正在喂海明伯吃馄饨，关切地问："雷先生，伤势怎么样？"

海明伯轻松地笑道："没事，能吃东西了。等会儿我叫南珠去趟广州，给我抓点药，养几天就会好。"

"什么药？"博公热心地说，"南珠姑娘在这儿好好照顾你，让雨堂去抓药吧。"

南珠插话道："韩老伯，我好歹学过几天医，药店这家没有那家找，我能看着办，雨堂没我熟。"

博公笑笑："这倒也是。"

南珠把碗中最后一只馄饨送到海明伯嘴里，收了碗和勺，起身对博公说："韩老伯，你们聊。我去收拾一下。"说罢转身离去。

海明伯请博公坐，问："那个贼的事，处理好了吗？"

博公点头道："我不愿惹事。阿福去镇上报了案，我给水警队的刘队长又打发了一点，就结案了。"

海明伯严肃地说："博公兄，昨天那个贼可不是一般的毛贼。他一定是受人所托，而且是拿命下注。你那古琵琶可是世人皆知，他不会不知道。但是，他并不朝书房动手。"

博公盯着海明伯的眼睛，问："你的意思是？"

海明伯真诚地说："博公兄，我不想知道你的秘密。可我要提醒你，你一定是有什么秘藏的宝贝叫人盯上了！"

见博公面无表情，沉默不语。海明伯知趣地说："博公兄，你去忙你的吧。我也休息一下。"

博公从海明伯的房间走出，心中有些沉重，他走回餐厅，见水妹正守着雨堂吃早餐。雨堂正在喝皮蛋瘦肉粥，桌上还放着虾仁肠粉、煎饺和水煮菜心。

雨堂正大口大口地吃着。博公对水妹说："雷先生养着伤，你叫阿莲去买只乌鸡，给雷先生炖个乌鸡汤。"

水妹点头道："行！还是我去买吧。"博公摇头道："你别出去。等会儿南珠姑娘要去广州给雷先生抓药，还得请你过去照顾雷先生。"

"好的！"水妹说，"我看着雨堂吃完就去雷先生房间。"

博公正要埋怨水妹太宠爱雨堂了，雨堂突然央求道："爹！我陪南珠姑娘去广州，行不？"

博公不满地说："你去干吗？添乱呀？"

雨堂认真地说："爹，您怎么老信不过我呢？我成人了呀！要不是我以前不懂事，跟您较着劲，这会儿都讨媳妇给您生孙子了。"

博公反问："你现在真懂事了？"

雨堂搁下筷子，恳切地说："爹，我师父可是为了救您受伤的，我照顾他也不里手。何况南珠长得那么靓，我都被她那什么了，她一个人去广州，城里的流氓地痞不得像苍蝇见血呀？我好歹还跟明仔学过几手……"

博公摆手道："好了，好了！你去跟南珠商量吧，我不管！"

雨堂兴奋了："爹，您到底开窍了，真是好爹！"

第五章　再闯虎穴

国立中山大学，校门正对着滔滔珠江。《羊城报》女记者邓茹婷开着一辆德国进口"宝沃"小车，从滨江路缓缓驶进校门。一路直进，经过陈济棠前些年筹措巨资新建的若干栋漂亮校舍，她在一栋两层楼的独栋别墅门前的草坪把车停好，捧着几本书从车内钻出来。这是中山大学傅桑教授的寓所，屋顶被树荫浓密的白千层笼罩着，两侧种有垂榕、荔枝，还有一丛修竹，外墙上长满了青翠欲滴的爬山虎，真是一处雅静之所。

身材矮小、瘦削的傅桑正坐在一楼客厅的沙发上看报。他看的是《羊城报》的头版头条，《陈司令郑重声明：坚定抗日，决不接受日方利诱》。这篇大作正是邓茹婷的手笔。

门铃响了，傅桑起身开门，见身着洁白桑蚕丝裙衣的邓茹婷抱着一叠书站在门口鞠躬喊了一声："教授好。"傅桑微笑着把邓茹婷引进门，说："你总是这么客气。请坐！"

邓茹婷浅浅笑道："学生是尊师，并且也是敬畏学问呀！"

傅桑曾在日本东京帝国大学读书，毕业后留校任教两年，邓茹婷晚他三年进帝大进修，多次聆听他的讲座，他俩在帝大的时候就认识了，因此，邓茹婷既是他的师妹，也是他的学生。傅桑满意地笑笑，开始泡茶。

邓茹婷款款走进傅桑的书房，把书工工整整地码在他的书桌上。她走出来，在茶几前坐下，说："按照您的书单，我基本上找齐了，不过那本《岭南民歌》暂没拿到，已吩咐中山图书馆古籍部的人继续找。"

傅桑坐到茶几前，点燃小酒精炉，再从暖水壶里倒出热水，注入透明的玻璃壶，再将玻璃壶提到小酒精炉上煮。

邓茹婷浅笑："《茶经》云：山水为上，江水为中，井水其下。我猜您这水必为山水。"

"没错，茹婷来了，当然得以上水待之！"傅桑得意地笑道，"《茶经》又云：山顶泉轻清，山下泉重浊，石中泉清甘，沙中泉清洌，土中泉浑厚，流动者良，负阴者胜，山削泉寡，山秀泉神。这水啊，是他们一大早去白云山摩星岭打回来的，你尝尝！"

他一边说，一边轻轻剥开纸包，捏碎灰黑色的陈年普洱，小心地倒入一只暗红色的小陶壶里。不一会儿，玻璃壶底开始冒泡，接着，玻璃壶底像是装了一只鼓风机，气泡往上翻涌。

傅桑提起滚烫的开水，注入小陶壶，盖上壶盖，将小陶壶摇晃了几下，再端起小陶壶，壶嘴倾斜，细细的一缕暗红的茶水便从壶嘴倒出，来来回回地流入两只细如银圆的白瓷上釉茶杯里。他揭开壶盖，再次注入开水，又盖好壶盖，将两只小茶杯的水倒掉，又将陶壶端起，来来回回地斟满两只小茶杯。小茶杯中，茶如红酒般鲜艳迷人，香气已弥漫整间屋子。

傅桑把茶杯推到邓茹婷面前，自己端杯，先闻了闻，然后美美品了一口。他虽然矮小瘦削，但五官还是很端正的，特别是在品尝好茶时，一副气定神闲的样子，显得成熟、俊朗，散发出饱学男士的魅力。见邓茹婷正注视着自己，他放下茶杯，拿过报纸，微笑道："我正在看你的大作呢！"

邓茹婷伸手去端茶杯，茶杯太烫，她缩回手，苦笑道："傅教授，您是夸我还是骂我呀？我惭愧得很，这不过是按照官方口径炮制出来的遮羞布而已，鬼才信呢！我本想用笔名，那个刁文元非要我用真名不可。没办法，我只好妥协。"

"不！你写得挺好，"傅桑认真地说，"不管怎么样，陈济棠不敢背汉奸的骂名还是靠谱的，你信不信？我是相信的。"

邓茹婷摇头道："傅教授，您太书生气啦！日本人配给陈司令的第一集团军的顾问团已经到香港了，听说陈司令准备把他们都安插在空军，另外还给第一集团军司令部配了一个东京帝大的副教授石村。"

"石村？帝大的副教授？"

"这个石村副教授，您认识？"

"呵呵！如果不是同名的话，这个石村，我不仅认识，而且很熟。"傅桑笑道。

"很熟？"邓茹婷好奇地问，"石村是您的老师？"

傅桑摇头："不！这个石村比我小两岁，是我帝大的同班同学。毕业后他去了日本陆军。多年没见，没想到他又回帝大了。"

邓茹婷气愤地说："哼！这是欲盖弥彰。这批日本顾问，都是先从部队退役，转入民间机构，然后再以民间人士的身份来的。"

"真的吗？胡汉民先生知道吗？"

"知道，"邓茹婷点点头，"对陈司令来说，胡汉民的意见会很重要吗？"

"当然很重要！"傅桑耐心地解释，"胡先生是个爱国者，他提出'抗日重于剿共'，甚至说'与其挂日旗不如挂红旗'。在胡先生眼皮底下与日本人接触，陈司令不得不掂量掂量啊。"

"嗯，确实，胡先生敲打过陈济棠，"邓茹婷轻叹了一口气，"可是陈济棠辩称，中、日两国并没有宣战，我们和日本民间的往来是正常的。他还说，粤军要和蒋介石抗衡，胡先生要实现入主南京中央政权，就必须要强军，这一下子抓到了胡先生的软肋。胡先生也就睁一只眼闭一只眼了。"

"简直是胡闹！"傅桑愤慨地说，"陈济棠这是玩火！玩到后来，肯定要把他这个'南天王'玩死！他到底只是一介军阀呀，只有野心和愚蠢的权谋！"

邓茹婷笑起来："傅教授，您一向不过问政治，怎么也忧国忧民起来了？"

"我不过问政治，政治却管着我和百姓的生命、生活！"傅桑认真地说，"覆巢之下，焉有完卵？陈济棠玩火，岭南就是一片烽火狼烟，我能安心做学问吗？政治家们为了野心而战，倒霉的是我们老百姓呀！茹婷，我觉得你应该有所作为，把这些黑幕，都捅出去！"

邓茹婷苦笑着摇头："傅教授呀，您可真是个书呆子啊。您以为我们记者真能说真话吗？"

"那你写陈司令郑重声明坚定抗日，决不接受日方利诱，不是愚弄百姓吗？"傅桑有些激动，"不是给陈司令脸上贴金吗？"

"唉！这就是记者的悲哀。我们偶尔玩点小个性，发点小脾气还可以，真要玩大了，只有死路一条。在陈济棠面前，我们也是弱势群体呀。好了，我还有点事，下次再来讨教。"说罢，她端起茶杯，分几小口喝完，然后站起身。

傅桑望着邓茹婷离去的背影发愣。

途经南郊沙湾开往市内天字码头的火轮船抵岸。每到客人上岸的时刻，乘客拥挤着下船，天字码头就变得熙熙攘攘。

南珠走在人群中，她已经是一个都市时尚女子打扮，盘着发，穿着红色半短风衣，蹬着高跟皮靴，手臂上吊着一只暗红色坤包，很扎眼。她走着走着站住了，打开坤包，掏出化妆盒，拿出口红，对着化妆盒里的小镜子抹口红。

从镜子里看到了背后的雨堂，她一愣。

雨堂正想躲，南珠已经走过来了。她一把揪住雨堂的肩膀："转过来！"

雨堂只好转过来，故作惊喜地说："南珠，你也来广州啦？"

南珠不由分说，把他拉到僻静处。雨堂忙解释说："你别大惊小怪的。我爹看你一个人来广州抓药不放心，叫我跟着你。"

"那你爹怎么没跟我打招呼？"

雨堂呵呵一笑："那你得问我爹去，反正他跟我打招呼了！"看南珠冷笑，雨堂急了，"我要是有假话，天打雷劈！"

南珠脸色坚定："雨堂，我跟你挑明了吧。我这次来广州，不仅要抓药，还要办正事！"雨堂并不退缩："那更好啊，我给你当个帮手！你也趁机考验考验我，行不？"

南珠沉下脸，唬道："不行！你只能给我添乱！"

雨堂不肯示弱："添乱？南珠，你怎么提上裤子就不认人呀！"

南珠皱眉骂道："韩雨堂，你狗嘴吐不出象牙来！"

雨堂也知道话粗了，忙讨好道："我说错了，我给你赔个不是。我的意思是说，上次没有我，你们没准就栽了。这说明我只会添花，不会添乱，对不？"

南珠不为所动，冷冷地说："上次是上次，这次是这次！你回去！"

"我不走！上次这次都一样，离开我你就有危险！反正我就是块牛皮糖，粘上你了，你看着办吧。"雨堂像根缠人的藤，缠住南珠不放。

南珠冷笑："吓谁呢？韩雨堂，你还能粘住我？"

雨堂也冷笑："那你有本事就把我甩了！"

南珠知道对付雨堂得上手段，她无奈地打量着周围，看到东边理发店旁有一个公共厕所，心里一动："好吧，那你得绝对听我的，行不？"

雨堂咧开嘴笑了："全听你的！你说是庙我就磕头，你说是灯我就添油！"

"别贫嘴了，跟我来！"她带着雨堂在厕所前站住，"瞧！那士多店门口有个警察，"南珠神秘地说，"我进去拿个东西，你给我仔细盯着他，明白吗？"

雨堂顺着南珠的手朝东看去，有个年轻的警察正和士多店的女店主打情骂俏。他盯着警察，说："明白！"

南珠迅速钻进女厕，从坤包里拿出假发，戴在头上，头上就像挂着黑瀑，她戴上宽边墨镜，再把红色的半短风衣脱下，翻过来变成一件白色的长风衣，她又往两只耳垂挂上风铃似的耳坠，完了把坤包往风衣下一塞，就成了一个高贵的孕妇。

南珠从厕所里走出来时，雨堂正认真地盯着警察。听到脚步声，雨堂警觉地扭头看了看孕妇装扮的南珠从容地上了一辆人力车，远去了。

等了一阵，雨堂有些急了，见一个大妈走出厕所，忙上前问，才明白自己上当了。

他两眼发呆，看着过往的人流，心里骂自己蠢货。这时一个洋妞牵着一只哈巴狗从他身边走过，雨堂突然眼一亮，有了主意。

雨堂又去了水警队。这回运气好，亮仔正在里面的走廊边喂警犬。雨堂走到门口，一眼见着他。

雨堂兴奋地大叫："亮仔！"

亮仔听到雨堂的声音，惊喜地抬头。那只警犬猛地转身，风一般冲向雨堂。警犬前爪离地，跳起来，扑到雨堂身上，伸长舌头舔他的手和脸。

雨堂兴奋地叫："阿黑，你还认识我呀！"

亮仔走过来，拉开警犬阿黑，跟门卫打声招呼，把雨堂领进他的营房里。

阿黑欢快地摇着尾，跟着他俩。

雨堂把来广州的缘由告诉了亮仔，当然是真真假假，最终关键是要亮仔给他帮忙，带着警犬阿黑去找南珠。亮仔迟疑了一下，说他走不开，怎么办？

"没事！不要你去！"雨堂笑，"把阿黑借给我就行！"

亮仔看了看阿黑，不放心地问："借给你可以，你管得住它吗？"

雨堂急了："怎么管不住？过年的时候你把阿黑带回来，我差不多喂了它一只年猪！阿黑，你说是不是？"

阿黑站起来，懂事地叫了两声。

亮仔下决心："行！"

雨堂一跳而起，抓着阿黑脖子上的皮带："阿黑，跟我走！"

阿黑兴奋地跳了起来。

"等等！"亮仔从柜子里拿出一截香肠，"这家伙会咬人，找到了那个南珠姑娘后，你就拿香肠塞它嘴里，它才会收场，明白吗？"

于是雨堂带着阿黑又回到南珠甩掉雨堂的那间公共厕所："阿黑，她就是从这里跑掉的，明白吗？"

阿黑"汪汪"叫了两声。

雨堂掏出南珠的手绢给阿黑闻了闻："这是她的气味，明白吗？"

阿黑又叫了两声。

雨堂拍拍阿黑的头，把手帕揣回口袋，像向老朋友托孤似的说："好，现在看你的了！"

阿黑闻着地上的气味，朝南珠离去的方向小跑起来。

方萍在寓所和吴猛谈话。

"日本顾问团后天分批进入空军。"吴猛打开公文包，拿出名单，朝方萍扬着，"这是顾问团的名单。"

方萍接过名单，低头仔细看。把名单放在茶几上："我立即向戴老板报告。"然后又问，"何三刀那边有消息吗？"吴猛摇头："他们捂得很紧，我估计应该还没有。还是那点消息，那个叫老范的广州地下党的头目教何三刀整死了，地下交通员朱文招了。何三刀就是从朱文口里得知李克农的人要来接头。"

"摸到中共来人的名字了吗？"方萍问。

吴猛摇头。这时，院子铁门的铃响了。

方萍起身，浅笑道："说不定是那个韩少爷又打上门来了。"

吴猛冷笑着起身："这小王八蛋，胆子可真大！"

方萍示意吴猛坐下："你别吓着人家，我出去看看。"

方萍打开门，愣住了。南珠出现在她面前。

南珠微笑着问："怎么，不认识？"

方萍一声不吭，带着南珠走进屋。吴猛也站起来了。方萍便做了介绍。吴猛一听，躬身拿起公文包，对方萍说："田特派员，你和你姐姐聊，我先告辞！"说罢，朝南珠微微一笑，"南珠小姐，失陪了。"

南珠微微点头："吴营长请便。"

吴猛离去后，姐妹俩坐下了，方萍认真地看着南珠："你还在特工总部吗？"

南珠一笑："我还能去哪儿？我们这种人，只有徐老板不介意。你们戴老板会收我吗？"

"拉倒吧，别给我装委屈。"方萍冷笑，"可我有一点不明白，你一直是红色青年，怎么会跟上了国民党，还当了特工？"

"你不也读过《共产党宣言》吗？怎么也跟了国民党，还去了日本？"

"那是偷看你的书！"方萍盯着南珠，"我只是好奇，可你是信仰。不是吗？要你这样的人背叛信仰，我难以置信！"

南珠依然笑着："怎么，还怀疑我是中共的人？我为什么进特工总部，你大概也听说了。在我们二组，从组长到小特务全是中共过来的人，徐恩曾以此为荣，委员长对此多有褒扬。你有兴趣，就去调查吧。咱们说正事吧！"

方萍也转移话题："好，说正事！你来广州干吗？"

南珠脸色严肃起来："和你的使命一样，阻止西南造反。"

"是徐恩曾派你来的？"方萍皱起一对柳叶眉，"他怎么总要跟我们戴老板较劲？"

南珠又浮起浅笑："这怎能说是较劲？咱俩合作嘛！"

"艄公多了要翻船！"方萍生气地说，"你到南宁去抢功吧！"

南珠端起茶，微微一笑："阿萍，几年过去，你还是那么冲。"

方萍冷笑："我冲是表面的，你的霸道是乌龟的肉，在肚子里！"

南珠沉下脸："阿萍，你是不想合作？"

方萍想了想："你说！"

南珠喝了一口水，慢慢说起来，归结起来就是一个主题，她也盯上朱文了，要拿下他。请方萍看在姐妹情分上，帮个忙。方萍听完，沉吟了一阵才开口："首先，这事我必须向戴老板报告，得到批准才能和你合作，否则，我吃不了兜着走。其次，我不明白，你干吗要绕个弯子？你拿着徐老板的手谕去找陈济棠，陈济棠下个命令，不是更直接吗？"

"说来说去，你还是不肯合作了？"

"姐，咱俩都是干特工的，我刚才的话在不在理，合不合规矩，你难道不清楚？更重要的是，我觉得你没有给我全说实话！"

"阿萍，真是士别三日当刮目相看呀，难怪戴老板把你派到广州来！"南珠咬咬牙，盯着方萍，狠狠地说，"好，我就给你兜个底！中共'肃反'时，管事的就是朱文的哥哥朱山，朱文也是帮凶。易水就是死在朱文手上，我走上这条路，也是他们兄弟俩逼的！听明白了吗？"

方萍愣了一下："你是说，共产党'肃反'，易水是被朱文干掉的？所以你要为易水报仇？"

南珠轻轻叹了口气："要不是朱文，易水绝不会受到清洗，我也不会改换门庭，投靠徐老板。所以，我一定要除掉朱文，还要知道朱山的下落。这是我的私仇，摆不上台面，希望你帮我。"

方萍盯着南珠："这么说，你要除掉朱文，和信仰无关，只是因为你爱着易水，要为他报仇？"

南珠迟疑了一下，点点头："爱不爱，都过去了，不过我对易水发了誓，我绝不会食言。"

方萍不吭声了，这时她相信南珠的话了，因为自己也喜欢过易水，要自己是南珠，也会这么干的，所以她不再怀疑南珠是在骗自己。但她心里又很纠结，一方面，她佩服南珠对易水的一往情深；另一方面，她也很嫉妒姐姐。南珠知道，自己这一招果然奏效了，进一步加温："阿萍，我知道，你也喜欢过易水。所以朱文是我们俩的仇人，要你是我，也会这么干的，所以我才敢找你帮忙。至于我们姐妹俩的过节……"

"别说了！"方萍打断了南珠，"你要我怎么帮你？"

南珠心里一阵惊喜："我不会为难你的，我有完整的计划！只要你给我搭个桥，剩下的事我来做，绝不会拖累你。完了我立即退出广州，不和你抢功，还把我手头的情报全给你！"

方萍心动："你手头有什么情报？"

这时，门外突然传来狗吠声。

方萍和南珠听到外面的狗吠声，惊讶地起身。方萍轻轻拉开玻璃窗帘子的一角，看到一条黑色的大狗前爪扑在铁门上，朝里狂吠不已。狗的旁边，那个韩少爷拉着狗脖子上的皮带慌慌张张地朝后猛拽。

她冷笑着放下窗帘，打开门，走了出来。南珠跟在她后边走到门口，见到雨堂，顿时愣住了。

方萍冷笑："好威风呀，韩大少爷！今天不放炮仗了？"

雨堂还在拽狗："阿黑，行了，行了！别叫了！"

阿黑看都不看方萍，一个劲朝着南珠猛吠。

方萍扭头，意味深长地看着南珠。南珠呆立不语，脑子一片空白。

雨堂突然想起亮仔的叮嘱，立即从口袋里掏出香肠，塞给阿黑："好了！别叫了。"

阿黑立即停止吠叫，美美地嚼起香肠来。

方萍转身看着南珠："姐，这狗好像是冲着你来的呀！"

雨堂听到方萍的话，眉头一皱，随即对方萍骂道："放干净点！你骂谁是狗呢？你才是狗呢！本少爷今天来敲打敲打你，三天以后，你要还赖在这里不走，本少爷就让这狗吃了你！"

方萍转身朝向雨堂，哈哈大笑："哟，好大的牛皮呀！"

雨堂哼一下，大声说："那你就等着吧！"说着，使劲扯着阿黑走了。

方萍看着雨堂的背影，又看了看南珠。南珠像傻了一样。

"姐，你怎么啦？"方萍问。

南珠没有回应。

"进去吧，咱们接着聊。"方萍拉南珠回屋里，坐回茶几旁。方萍给南珠的杯里添水，不经意地问："姐，你认识这位韩少爷？"

"不认识啊，我在广州哪有什么熟人？"南珠用手理理头发，被狗吓着，惊魂未定，"这是你的房子，他来找你的。"

"他的狗却认识你哦，"方萍微笑，"它明明是朝你吠哦！"

"狗欺胆小人，"南珠苦笑，"我从小就怕狗，你不知道吗？"

"是吗？"方萍紧紧盯住南珠，"你不觉得韩少爷看你的眼神很奇怪吗？"

"大概我们俩长得太像了吧？"

"其实他没有看你——准确地说，他不敢看你，这是很奇怪的！"方萍认真地问，"姐，你真的不认识这位韩少爷？"

南珠苦笑："既然你还是这么疑神疑鬼的，就算我没来！"

南珠起身，愤然离去。

江边一棵榕树下，雨堂牵着阿黑，坐在榕树下的石头上，南珠站在一旁，凶狠地看着雨堂。场面很尴尬。南珠从方萍处走出来，就看见雨堂在她必经之路等她。两人就来到了这里。

还是雨堂先开口，语带内疚："南珠姑娘，对不住！我没想到阿黑一拐弯就到了那栋屋子门口，张口就吠。我知道坏事了，想拽它，可没拽住……"

"你从哪里弄来这条狗？"

"水警队的亮仔借给我的，他是我家明仔的弟弟。"

"它怎么知道我的气味？"

雨堂低着头，不吭声。

"说呀！"南珠低吼。阿黑吃惊地抬起头，盯着南珠。

雨堂从口袋里掏出手帕。

南珠一愣，问："你偷我的？"

雨堂急忙解释："何三刀抓你那天，我在巷子里抱着你，你掉下来的，我就捡了。"

南珠一把抢过手帕，冷笑道："韩雨堂，你可真有心计呀！"

雨堂眼睁睁地看着南珠把他摩挲了几天的手帕收回，有些难过。他看了看南珠，想到刚才搅了她的局，内心充满愧疚："南珠姑娘，咱们现在并不等于没路了。就拿你在公共厕所把我甩了来说吧，我当时也傻眼了，这么大的广州，到哪儿去找你呢？可是，我不还是找到你了吗？活人不会让尿憋死，你说是不？"

南珠扭头问："你知道我要干吗？"

雨堂警觉地朝四周看了看，肯定地说："你要干掉一个叫朱文的人。"

南珠一惊："韩雨堂，你偷听我说话？"

雨堂抿嘴笑了笑，得意地解释道："我没有故意偷听！不过，我的耳朵特灵，百米之内说话，我都能听见。要不然，我怎么知道方萍那么多事？"

南珠看着雨堂的眼睛，又看了看他的耳朵。从外形看，他的一双耳朵并无异样。雨堂起身，贴近南珠，恳切地说："南珠！朱文是什么家伙，我不知道。但我相信你要除掉的人，肯定该死！你为啥就不能像我相信你这样相信我呢？"

南珠内心泛起一丝感动："我不是不相信你，我是不想连累你。这是要掉脑袋的事！你要是有个三长两短，我没法向你爹交代。"

雨堂却不领情："你一个靓女都敢做的事，我堂堂一个男人为何不敢？你和我这么躲猫猫不是更糟吗？就拿今天你去找方萍的事来说吧，我早就问过你，你给我打马虎眼，我跟到广州，生米都煮成熟饭了，你还要甩掉我！要是我们俩有商有量，何至于如此？"

南珠有些心动，但她没有吭声。

雨堂急了："南珠，事情到了这一步，我更不会退了！要是这时候拍屁股走人，我韩雨堂还是人吗？你相信我，行吗？"

南珠低头看着阿黑。阿黑此时像一个知错的孩子，一动不动地趴在地上。

"你是不是觉得我就是个银样镴枪头的花花公子，缠着你，找点刺激，找点乐子？"雨堂越说越委屈，"南珠，你错了！"

阿黑睁着一双机警的眼睛，看着雨堂和南珠。

雨堂激动起来，盯着南珠的眼睛："眼下外寇这里撕那里咬，国家破败成这个样，哪个有血性的中国人能袖手旁观？凭你和我师父的本事，什么逍遥日子不能过？可是你们提着脑袋过玩命的日子，为啥？不就是为了救国吗？不就是为了救包括我韩雨堂在内的中国人吗？你们能救国救民，凭什么我韩雨堂不能，就只能吃着喝着玩着看你们去救？！"

南珠感动地拉拉雨堂的袖子，悄声叹了一口气，说："好了，事已至此，你就跟我一起吧，但你要听我的！"

雨堂闻言惊喜，却有些不放心："南珠，我真愿意听你的！你不会再骗我吧？"

南珠没有回答，却拉着雨堂的衣袖："走！"

白鹤洞的东南边，离珠江不远处，有一间南石头看守所。

这天早晨，肥头大肚的看守所王司务长叼着烟走出来，后面跟着挑着一对空竹筐的伙夫梁伯，两人一前一后往庄头菜场走去。他们被等候好久的雨堂跟上了。

雨堂一直跟到庄头菜场门口。一会儿工夫，两人出来了。王司务长心满意足地走在前面，伙夫梁伯挑着沉甸甸的两筐菜。

"王长官，来打几牌啊？"路边的摊贩热情地打招呼。

"又想孝敬老子了？"王司务长的牌瘾瞬间被点燃了，他兴奋地朝摊贩笑，准备走过去。梁伯吃力地卸下担，对王司务长说："今天这菜太沉了！还是雇个脚吧，我这老腰伤……"

司务长不耐烦地冷笑："怎么，你也想摆谱？雇脚你自己出钱？挑回去！"

梁伯无奈地苦笑，吃力地挑起担子，往回走。

雨堂灵机一动，跟了过去，跟梁伯搭讪："阿伯腰有伤？"

梁伯侧眼看了他一眼，没闲心搭理他。

"我师父腰也有伤，在城西方便医院看过没好转，到西关正骨弄好了，"雨堂热情地说，"腰伤不能挑重担，可不能大意。来吧！我帮你挑！"

梁伯狐疑地看着雨堂。雨堂冲梁伯笑："我不要脚钱，给我碗饭吃就行。"

梁伯想了想，吃饭厨房里有，便把担子交给雨堂。

雨堂一躬身挑起菜担，大步流星往前走，一路跟梁伯聊着天，不知不觉就进了看守所，雨堂把担子一直挑进了厨房。

"阿文，搁这里吧，真谢谢你！"梁伯感激地说。

雨堂看着空荡荡的厨房，问梁伯："这么大的地方，就你一人呀？"

"是啊，真累人，"梁伯说，"这会儿没事。等会儿我就要忙了，有百十号人吃饭呢！来，我就住在隔壁，你到屋里喝杯茶，我去给你盛饭。"

雨堂进了厨房旁边的一间小屋。打量着屋内，一眼看到墙上挂着一支发黄的竹笛。不觉心中一动。

不一会儿，梁伯端着一碗饭和一盘青菜也进来了。叫雨堂吃饭，自己坐在床沿，从一只结了厚厚茶垢的紫砂壶里倒茶。

雨堂边吃边问："阿伯，百十号人找你吃饭，都是犯人吗？"

"是啊，什么乌龟王八都有！杀人的，放火的，偷东西的，当土匪的，甚至还有当共产党的……"梁伯说，"只要是没结案的都在这儿，我不但要给他们做饭，还要挨个送牢饭，我这腰骨头就是在这里累伤的！"

两人边吃边聊起来。不一会儿，饭吃完了。

"还要加一碗不？"

"不用了，我饱了，谢谢了。"

"怎么谢我？该我谢你才是呀！"

雨堂又看着笛子，好奇地问："阿伯，你会吹笛子？"

梁伯苦笑："没事的时候瞎吹。"

雨堂站起身，从墙上取下笛子，试了试音，吹了起来。

《饿马摇铃》的旋律化为清亮的笛声，从竹孔和雨堂闪动的指间飘出。

梁伯惊讶地看着雨堂。

雨堂随兴吹了一段，放下笛子："我也是瞎吹。"

"吹得太好了！"梁伯恳切地说，"你这还叫瞎吹呀？太好听了，再吹一曲吧！"

雨堂笑了笑："好，阿伯想听哪首？"

"你都能吹？会不会吹《一锭金》？"阿伯惊喜地问。

"好！我送您《一锭金》！"说罢，雨堂把笛孔送在唇边，忘情地吹了起来。

梁伯听得如痴如醉，等到曲毕，他好奇地问："阿文，你应是琴家之子吧？"

"不是不是！穷苦人家出身，"雨堂把笛子挂回墙上，谦虚地说，"不瞒阿伯，我跟何柳堂先生当过几天琴童。"

梁伯更惊讶了："你是何柳堂先生的弟子？"

雨堂摆手道："不敢称弟子，只是跟何先生当过几年跟班。何先生染肺疾过世后，我就回来了。"

"得罪，得罪！怎不早告诉我？"梁伯忙朝雨堂拱手，"我最敬重何柳堂先生了，却委屈何先生的弟子给我挑菜，有辱斯文呀！不如这样，中午就在这儿吃饭，喝两杯！我老梁给你赔罪！"

雨堂高兴地笑了。他明白，自己的计划可以实现了。

沙湾韩家，海明伯的大客房里，博公正和海明伯坐在沙发上聊天。

水妹把熬好的汤瓦罐端进来，揭开罐盖，汤的香味顿时散开来。

"好香！"海明伯用鼻子大力地吸，大声赞叹。

博公笑着说："这是水妹专门为你熬的红枣乌鸡汤，补血的。"

水妹盛上一碗，端过汤碗，海明伯忙起身接碗，水妹却说："还有点儿烫，给您搁茶几上。"

海明伯感激地看着水妹："真不好意思，把你们都拖累了。"

水妹给瓦罐盖上盖，感激地说："雷先生，您这是哪儿的话，没有您，老爷就出大事了！"

博公接过水妹的话："是呀，雷先生！你可千万别客气。要不是你及时赶到，现在韩家就该办我的丧事了……"

水妹横了博公一眼："老爷，你怎么净说不吉利的话？我不爱听。"

博公笑了："对，对，我不说了，给你赔个不是！"

海明伯笑了，躬身去端碗，谁知手一抖动，把鸡汤洒出来，几点汤汁落在手背上。水妹忙说："雷先生，我来喂您吧？"

"不用，我自己来。是我只顾笑，没顾汤，"海明伯用瓷勺往嘴里送汤，美滋滋地喝下去，鸡汤湛黄、清澈，如泉上漂着细细的油花，味道却极纯粹，极浓郁，"嗯，又香又甜！我真有口福呀！"

水妹拍了拍袖子，不好意思地说："雷先生，别夸了。您慢慢喝，我先去了。"

海明伯看着水妹离去，转头对博公说："博公兄，这个水妹，可是里里外外一把手呀！"

博公感叹道："是呀，我心思放在琴上，家务全靠她支撑。她来我们家二十一年，帮我带大雨堂，里里外外都少不了她，太难为她了。唉，我这辈子，最对不起的就是她了。"

听博公这么说，海明伯仿佛看到了他内心的纠结与矛盾，便问道："博公兄，那你何不……"海明伯本想问"何不给水妹一个名分"，说着觉得不妥，便改了口，"何不给水妹一个归宿呢？"

博公叹了口气："唉，雷先生也看出来了？不瞒你说，我是有这个心思。但我这心里头还压着事。我想先等雨堂把琵琶接了，对祖宗有个交代，对我夫人有个交代。这些事妥了，我心里就轻松了。"

海明伯点点头，"哦"了一声。他理解博公的心思。

博公站起身，对海明伯说："你喝了汤好好休息吧。要是快，晚上雨堂和南珠就会回来……"

"雨堂跟着南珠去广州了？"海明伯大惊。

"是啊，"博公正跨过门槛往外走，他没发觉海明伯惊愕的表情，边走边说，"他想陪，就让他陪吧。"

这时，明仔拿着一张纸从门口大步进来，见博公，忙说："老爷，刚到的电报，是发给雷先生的。"博公接过，疑惑地扫了一眼，折身朝海明伯房里走："雷先生，你的加急电报！"

海明伯忙放下碗，接过电报，撕开封皮。他看到电文：春洪断路，儿可另择路而往。小舅既病，速送医。父。

博公站在一旁等海明伯看完电报，关切地问："不是急着要走吧？你的伤还得养些日子。"

海明伯将电文纸塞回封皮，微笑着说："一时还走不了，还得在府上多打搅几天。"

博公舒了一口气："那就好！别说打搅，就把这里当自家吧！"

博公想问什么，又止住，转身往门口走去。

海明伯却喊住博公，请他坐下："博公兄，你请坐，我有件事想和你说。"

博公坐下，不明所以地看着海明伯。

海明伯用低沉的声音说："我不想瞒你，南珠今天去广州，不仅是给我抓药，还要办点别的事。"

"哦，"博公愣了一下，忙说，"是不是雨堂跟着不方便？上午这小子说要陪南珠姑娘去，我见他一片诚心，也就没拦着，要他和南珠商量，没承想给你们添乱……"

"博公兄，你误会了，南珠干的事有风险。"

海明伯说到"风险"，怕博公担心，忙又补充说："不过，我相信南珠有分寸，绝不会让雨堂掺和进来的。你放心！"

"我要是不放心，就不会让雨堂跟去了。南珠姑娘很稳重，是个好姑娘……"博公站起身，突然闪过一丝担心，他把南珠当成了自己人，扭头不放心地问，"雷先生，我不方便问南珠姑娘办什么事，我只想知道，南珠姑娘不会有事吧？"

海明伯摇摇头："没事的，我对她有信心。"

博公闻言，心宽了些，点头道："那就好！那就好！我也觉得这姑娘办事牢靠——哎，这南珠姑娘好像比雨堂大吧？"

海明伯笑了："怎么，博公兄想收她当儿媳妇？"

博公苦笑："想是想，可是雨堂没这个福气呀。好了，你休息吧，我走了。"

海明伯看着博公离去。

第六章　巧计锄奸

天空只有几缕薄薄的白云，阳光无遮挡地照耀着大地。

方萍正在寓所院子里晾晒刚洗好的军装，接着又准备把洗衣盆里的水倒掉。这时，铁门外响起了汽车的鸣叫。方萍扭头一看，是吴猛的车。她打开铁门，吴猛把车开了进来。

吴猛跳下车，欣赏着还在往下滴水的军装，鼻子使劲吸着："到底是你洗的衣服香，还是阳光香啊？"

方萍忍不住笑道："衣服和阳光都比不上你的嘴巴香！"

吴猛心疼地说："穿香云纱的都是阔小姐，怎么能亲自洗呀？叫勤务兵拿去得了！"

"阔小姐也不是仙女，是人，我还亲自吃饭呢！"方萍笑着，看着吴猛的军装，说，"你这衣服脏了，该洗洗了！""这几天太忙，没工夫换，"吴猛不好意思地说，"我车里有干净的，便装。"

"那你赶紧换了！把这套脱下来吧。"

吴猛惊喜道："你真给我洗呀？"他立即回身钻进汽车，不一会儿，他换了一套干净的便装从屋里走出来，拿着一堆换下的衣服，坏笑着说，"求你好事做到底，我袜子也换了！"

方萍佯怒："你可真会蹬鼻子上脸！"说着，接过吴猛的衣服，放进了盆子里，又坐在院子里洗起来。

"朱文的事有消息了？"

"没消息我敢来见你吗？"

吴猛告知了自己打探到的消息。朱文被何三刀控制，继续钓鱼，引共产党再次上钩。

"这么说，这小子还没暴露？"

"应该是吧，何三刀当时还给了他一枪。后来何三刀他们只顾抓李克农的人，一片混乱，朱文就乘乱跑了。"

方萍冷笑："编这样的故事，傻瓜才信。何三刀以为李克农的人像他一样，都是饭桶？对了，朱文是不是在井冈山待过，还参加过'肃反'？他还有个哥哥，叫朱山，你打听了吗？"

"打听了，是有这么些事。"说着吴猛露出困惑的神情，"不过，你管那么多干吗？看戏好了，难道朱文惹着你啦？"

方萍一笑："你管那么多干吗？看戏好了。"

吴猛被方萍顶了回去，也笑了笑，转移话题。

"你怎么从未提过你姐姐呀？"

方萍埋头洗衣："这也要向你汇报吗？"

吴猛拿起火机点烟，深吸了一口："你俩长得真像！不过，凭我感觉，你俩的性格并不相同，她比你沉稳多了。她在徐老板手下，这次也来广州，我看是来和我们抢风头的，你可要多个心眼。"

方萍被触动心事，有点佩服地看着吴猛："你脑子很灵呀，再往下说！"

吴猛盯着方萍："你要我给你打听朱文的事，和你姐有关吧？"

方萍停住手中的活："好，我给你兜底吧。打听朱文，是我姐的主意。她要拿下朱文，给我姐夫报仇。"说罢，方萍就把她和南珠的谈话抖了出来，"你给我琢磨一下，看有没有坑。"

吴猛警觉了："这么说，你姐和你姐夫原来都是共产党？共产党狗咬狗，干掉了你姐夫，你姐在共产党里待不下去了，才投靠过来的？现在你姐要为你姐夫报仇，还要和她联手？"吴猛在院子里溜达起来，"要是朱文还没叛变，你姐这一招，就是干掉共产党，也可以说叫公报私仇。可是朱文现在是共产党的叛徒，你姐这么做，也可以理解为替共产党锄奸。我说得没错吧？"

方萍点点头："我也就是为这个纠结。不过现在至少说明，朱文干掉了我姐夫，我姐没有骗我。要是我摊上这事，也会这么干。"

吴猛看着方萍眼露凶光，知道方萍又冲动了。他了解方萍，虽然冰雪聪明，却是很感情用事的人，要是感情一上来，很难冷静。果然，方萍又开口了："要是我姐真替共产党锄奸，那也会暴露她自己，我正好可以抓住她的把柄！一箭双雕，既除掉了杀易水的凶手，又把我姐捏在手中！"

吴猛心一动，端详着方萍。他感觉到，方萍和南珠的关系很微妙，既有姐妹情分，又有冤家过节，过节处肯定就是那个易水。吴猛微微一笑："易水？就是你姐夫吧。看来，你也很在乎你姐夫？也想为他报仇？"

　　"是又怎么啦？"方萍也不再遮掩，"要不是我姐算计了我一把，捷足先登，我也会跟易水上井冈山。你没想到吧？"

　　吴猛不吭声了，方萍说到这份儿上，他实在无言以对。再说，方萍说的一箭双雕，也不是全无道理。朱文对于方萍和吴猛，并不重要，何三刀也只是把朱文当钓饵。要是通过朱文，打开南珠这扇门，说不定会有意外的大收获。刚才和方萍一番交谈，吴猛直觉，这个南珠是个有戏的人，很可能是共产党，要是果真如此，那可就要立大功了。

　　吴猛盯着方萍："你希望我怎么帮你？是不问青红皂白地效劳，还是提出我的看法？"

　　"都需要！"

　　"好，我向你表个态，你要我怎样都行。不过，如果想听我的判断，那我告诉你，我觉得你姐的话只是一面之词。另一种可能是，她一直是个共产党，她来找你就是为了除掉共产党的叛徒朱文，以防止她们的组织遭到更大的破坏。甚至，她就是李克农派来接头的人。如果是这样，你就有通共的嫌疑。凭你的聪明，你其实也想到了这种可能，所以，你才纠结，对吧？"

　　方萍盯着吴猛："你说得有理，我也明白。但是，我来广州的任务，是为了阻止陈济棠和日本人的勾结，这也是你的任务。如今日军压境，如果陈与蒋打起来，中国会大乱。与此重任相比，朱文这样的破玩意根本不值你我考虑！南珠答应我，要是我帮她一把，她立即退出广州，还给我一些重要情报，值！要是她真是共产党，我就反过来盯着她！下面的话，就不用我说了吧。"

　　吴猛眼一亮："我明白了，就这么办！"

　　惠爱旅社，南珠的房间在五楼，挂着绽开的洁白木棉球的木棉树冠成为窗外的风景。南珠在房间里呆呆地看着朱文的画像。

　　这时，有人敲门，上边两下，下边两下。南珠收好画像，不放心地透过门上的猫眼看了看，才把门打开。

　　雨堂进来，把门轻轻关上，低声说："他们把朱文放了！"

"这么快就放了？"南珠很感意外。

雨堂压低声音："对！我跟着伙夫一个一个送牢饭。我一个一个的号子都看了，正好碰见他们要放朱文，朱文不肯出去，说就待在号子里。他们硬把朱文拖走了。"

"你肯定是朱文？"南珠不放心。

"肯定！一则是百来个犯人我都看过，都不是他；二则是他们在闹，我围过去瞧得仔细，和你这个画像很像。错不了！"雨堂肯定地说。

南珠沉思起来。雨堂在一旁显得很沮丧："咱们这下真麻烦了，朱文肯定远走高飞了，没法找了。"

南珠却突然笑了。

雨堂不解地问："你还高兴？"

南珠反问："朱文要是能远走高飞，干吗死赖在牢里不肯走呢？何三刀要是真心给朱文自由，干吗还要硬拖呢？"

"是呀！"雨堂也突然明白了，"是呀，我怎么就没想到呢！你真聪明！"

南珠踱着步："既然如此，何三刀必然会让朱文招摇过市，引我们上钩。"

"对！朱文怕师父杀他，所以才要赖在牢里不敢走！"雨堂兴奋地说，"我们去窑子找，肯定能找到他！"

南珠盯着雨堂："韩少爷，你怎么脑子一转，就想到那些地方？经常去逛吧？"

雨堂尴尬地笑："电影里都是那么演的。"

"好了，"南珠认真地说，"你跟我说说，广州都有哪些热闹地方？"

雨堂正要开口，突然有人敲门。

雨堂想去门口查看，被南珠拦住。南珠蹑脚走到门边，从猫眼朝外看，吓了一大跳。她看到方萍站在门外。

她蹑脚回来，对雨堂说："方萍来了！快躲起来！"

雨堂紧张了，他看着室内，想找地方躲。

他打开衣柜，钻进去。南珠关门，却发现衣柜太小，门根本关不上。

南珠急了，指着床下："钻进去！"

雨堂直摇头："不行！两头见光，看得见！"

敲门声更大了，又传来五楼服务生的声音："我亲眼见客人回来了，我对她印象很深，跟您一样漂亮！"

南珠朝雨堂咬牙低骂："你有本事就飞呀！"

雨堂心动，看着窗户："我跳下去！"

南珠一把拉住他："你找死呀！"

雨堂突然看到洗手间，迅速钻了进去，把洗手间的门轻轻掩上。

南珠本想拦住雨堂，门外方萍在喊："南珠！"

服务生的声音传来："您接着敲！客人大概在睡觉！"

南珠瞪了洗手间的门一眼，迅速把床上的被子抖散，用手掌把枕头摁了两下，把皮鞋蹬在床边，赤着脚走到门边，一手开门，一手揉眼睛。

方萍进来了，怀疑地打量着室内："怎么这么长时间才开门？"

南珠打着哈欠："太困了，才被你敲醒。"

南珠关上房门，走到茶几旁给方萍倒茶，一边问："你怎么知道我住在这儿？"

方萍得意地笑了："这就是我的本事了。我一进来，大堂的服务生就把我认成了你。我一套，什么都问出来了。"

南珠把茶递给方萍："特派员大驾光临，有何指教？"

方萍笑了："干吗这么正式？叙叙姐妹情不行吗？"

南珠苦笑："你还有我这个姐姐吗？"

"那得先问你，有没有我这个妹妹！"方萍突然就伤感起来，"你和易水，说要投奔光明就失踪了，招呼都不打，把我留在黑暗中苦苦挣扎，你想过我这个妹妹吗？"

南珠内疚地说："阿萍，姐对不起你，但那时候情况紧急，易水暴露了，必须立即撤，我要跟着他走，根本来不及通知你。"

方萍冷笑："可是你绕了一圈，不是早就回来了吗？怎么不找我？"

"我找过你，"南珠解释说，"可是你去日本了。"

方萍继续冷笑："说来说去，还你有理呀？作为姐姐，你等于是把我丢下不管！"

南珠叹气："阿萍，对不起！我……"

方萍打断她："好了，别说了，再说下去，你还会说你们有纪律，你要忠于党国，你要执行任务……我不想听！"

南珠赔罪道："姐姐知错了。好在你如今出人头地，光宗耀祖，姐姐比不上你，但打内心替你高兴！"

"唉，不说了！这些年，你也不容易！"方萍话题一转，"好了，咱俩说正事！我问你，要是我把找朱文的线索告诉你，你说的话能兑现吗？"

南珠点头："当然能兑现。"

"那你怎么向你们的徐老板交代？"方萍问。

南珠低声说："这是我的事，你别管了。"

方萍冷笑："那你的情报呢？不会是剪报纸吧？"

"你太骄傲了吧？"南珠苦笑，"我虽然不济，可你也不要把特工总部的人看得这么瘪！"

方萍喝了一口茶，说："好，我告诉你，朱文正在满大街逛呢。何三刀要拿他钓共产党，他周围都是钉子。怎么对付，不用我教你吧？"

"不怕你笑话，真得你教我！"南珠恳切地说，"周围都是钉子，我没法除他。"

方萍笑了："我只能告诉你，他好赌。你碰碰运气吧！"

南珠感动地说："阿萍，谢谢你！"

方萍站起来，打量着房间，注意到扔在床前的皮鞋。

方萍蹲下看鞋："这鞋是上海买的吧？"说着，她的眼光溜向床下。

南珠会意地起身走过来，浅笑着说："姐穷，只有一双鞋，不像特派员，出个差肯定得带好几双鞋。不过，还请妹妹帮我好好看看，说不定床下还有发报机呢！"

方萍站起身，意味深长地说："姐，你变幽默了。"

南珠笑着把衣柜门拉开："请田特派员过目，特工总部的人就是这么穷。"

方萍斜眼扫了衣柜一眼，问："你的情报啥时给我？"

"我可没你这么能干！你到底是大特派员，这么快就拿消息来交换了！"南珠把衣柜关上，歉意地说，"我先整理整理，迟些天给你送去。"

"那行！"方萍笑笑，盯着紧闭的洗手间房门，"我上个厕所就走！"

说着，方萍朝洗手间走去。

南珠急忙拦住："阿萍，里面不干净！"

"怎么啦？"方萍狐疑地问。

南珠不好意思："我来那个了，还没扔出去呢！"

方萍一笑："那有什么？我们是姐妹！"

说着，方萍避开南珠，大步走向洗手间，推门而入。

南珠的右手下意识地摸向腰间，双眼紧张地注视着洗手间，恨不得自己的眼睛能通透作为墙壁的木板。她听到方萍小解的声音，随即听到水响。她没有听到异样。

一会儿，方萍拉开门闪出来："好了，我走了。"

南珠热情地说："我送送你！"

方萍拉开门，把南珠拦住："不用了，我不想人看见！"

说着便把门带上，走了。

南珠把耳朵贴着门听，听到方萍下楼的脚步声，她迅速把门闪死，奔向洗手间。洗手间空空的，南珠有点发愣。她把目光转向玻璃窗，耳边响起雨堂的声音："我跳下去！"

玻璃窗紧闭着，但并没有扣住。南珠一惊，猛地推开窗，朝下望去，她看到雨堂正死死地抱住下水道的管子，像一只趴在万丈悬崖壁的筋疲力尽的狗熊。她立即伸手拉住雨堂，一把将他拽进来，拉回房里。

雨堂狗熊似的坐在地上，大口地喘息，脸上挂着得意的笑。

南珠看不得他这傻样，在茶几旁坐下，低声骂："你怎么没摔死呀！"

雨堂涎着脸问："我要摔死了，你会哭吗？"

"有人会，"南珠白了他一眼，"水妹姨会为你哭！"

雨堂神秘地笑笑，用两只手支撑着努力挪屁股，靠近南珠："原来你得罪了你妹妹，她对你很嫉恨呀！"

"你都听见了还问！"南珠又白了他一眼。

雨堂仰头看着南珠的眼睛："不过她还是够意思，肯帮你。早知道这样，我就不用躲了。"

南珠顿了顿，说："说正事吧！方萍提供的情况和你了解的情况正好对上了。下一步，就该我们行动了。方萍说，朱文好赌，我们的重点是赌场。"

雨堂故意装出失望的表情："那窑子就不去了？"

"你怎么总想到窑子呀？"南珠沉下脸，"办完事我回沙湾，你留在这里逛去吧！"

雨堂笑了："实话告诉你，我还真没去过。这回是办正事，还真想跟你去见识一下，挺刺激的！"

南珠生气地站起来："那你现在就去刺激吧！这里不需要你！"

雨堂得意地问："你火什么？吃醋啦？"

南珠咬牙："韩雨堂，你再贫就滚回沙湾去！"

雨堂起身，拍拍屁股，像将军部署战略似的说："咱们现在就去赌场！先去五仙门大赌馆，我先进去认人，认准了就告诉你，你下手。走吧！"

南珠没起身，反而叫雨堂坐下。

见雨堂不解，南珠说："朱文身边全是钉子，我们要想办法对付。"

雨堂笑了："钉子怎么啦？你上去一枪把他崩了，现场就乱了。你就溜之乎也！你要是怕，把枪给我，我干！"

南珠摇头："你懂什么？我要活口！"

"活口？为啥？"雨堂吃惊。

"不为啥，就要活的！"南珠没好气，"这你就别管了。"

两人都沉默了。

突然雨堂眼一亮："有招了！"

他兴奋得手舞足蹈："你妹妹不是愿意帮你吗？你就要她送佛上西天，帮忙帮到底，要她带着吴猛冲进去，把朱文抓出来，谁敢拦着？抓了人，交给你，全妥了！"

南珠摇头："想得简单！她要肯出手，我还费这么大劲干吗？"

雨堂坚持道："南珠，我看出来了，你妹虽然对你嫉恨，可心还是有你的！要不然，她怎么会帮你这个共产党？"

"帮共产党，"南珠苦笑，"她要知道我是共产党，早就把我拿下了！"

雨堂不解："那你是怎么说动她的？"

南珠叹气："这你就别管了。"

两人又沉默了。

突然，南珠起身："跟我走！"

雨堂跟南珠来到方萍寓所外，透过铁门，一眼见到院里晾晒着方萍和吴猛的衣服。南珠眼一亮，激动地说："真是天助！"

雨堂却不知道南珠发现了什么大喜事。

南珠悄声说："你听听，方萍在不在屋里？"

雨堂道："如果她睡了我听不到，只要有动静，我就能听出来！"

雨堂把耳朵贴向墙，南珠闲人似的在附近溜达，周围没有其他人，连个讨饭的都没有。

听了一会儿，雨堂轻步走到南珠跟前，悄声说："没动静！不过，她也许在睡觉！"

南珠脱下风衣，露出无袖背心。把风衣交给雨堂，往四周扫了一眼，对雨堂说："你给我看着人！"

雨堂托着风衣，不知她要干啥。

南珠单眼飞速地闭合了一下，显得神秘十足："给你露一手！"说罢，她大步跨到墙根，一个深蹲，随即腾空而起，一手往墙顶一搭，身子就像燕子一样飞进了院里。

雨堂忙把头伸到铁门口，一会儿朝里看南珠，一会儿又四周张望。

不一会儿，南珠抱着一堆衣服越墙而出，又像燕子一样落到雨堂面前。

"快走！"

夜晚，金碧赌场的霓虹灯招牌像火焰一样闪烁。雨堂和南珠都穿着军装走过来，这是他们光顾的第五家赌场了。雨堂贴上了络腮胡，他扮成吴猛，南珠自不用说，扮成方萍。一个戴鸭舌帽的男人叼着烟，在赌场外溜达，脚上穿的是一双军用皮鞋，立即引起了南珠注意。

"有戏了。"南珠对雨堂悄声说，"这小子穿的是警靴，看样子是望风的。朱文可能在这家赌场。"

雨堂会意地点点头，进去了。

南珠走向鸭舌帽，掏出一支烟。

"兄弟，借个火。"

雨堂走进灯光昏暗的赌场，几十个大大小小的台桌围聚着赌客，几乎每个人都在抽烟，烟雾缭绕，地上扔着各式垃圾，把场内弄得昏暗，乌烟瘴气。他在一张张赌桌前巡视，突然眼一亮，果然发现了朱文。只见朱文坐在台桌前，全神贯注地看着女荷官①的动作。

一个身穿紫色马甲的年轻女荷官举着骰盅晃动着，又把骰盅按在赌桌上，伸手示意赌客们下注。

赌客们纷纷下注。朱文用左手老练地押了一个小，又分别押了一个一和三。

女荷官面无表情，用像打上课铃一般的声音喊："买主离手又松开！"

骰盅慢慢打开，三个骰子分别显示一、三、四三个数。

女荷官依然面无表情："一、三、四，八点开小！"说完，她把筹码扫到朱文面前。朱文露出得意的笑。同桌的赌客中，有人欢喜有人丧气。雨堂又注意到那些乐开怀的赌客，一个形似瘦猴，还有几个赌客都向朱文伸出了大拇指，心里有了底。瘦猴用手捅了捅朱文的大腿内侧："没想到啊！你在窑子里是赢家，在这里还是赢家！"

朱文得意地笑着，抓起一把筹码给瘦猴："犒劳犒劳兄弟们！"

女荷官又举起了骰盅。

雨堂大步上前，左手按着朱文的后颈，右手一把抓住他前脖子衣领，将他拎了起来："朱先生，跟我走！"

瘦猴像被火烧了屁股一样蹿起，几个便衣赌客也骚动起来。

朱文吓得掉了魂："你是？"

雨堂冷笑："你他妈的没长眼吗？"

看雨堂穿着空军少校军服，大家都愣住了。

"我是空军警卫营的，要找朱先生问话。"

瘦猴鼓起勇气，走到雨堂跟前，小心地问："这位长官，您是吴营长？"

雨堂紧紧抓着朱文，不屑地瞟了瘦猴一眼："你认识我？"

瘦猴忙点头，赔着笑："我认识您，您不认识我。"

说着，瘦猴掏出证件："在下李刚，行动队副队长，我们在执行任务！"

雨堂对证件不屑一顾，冲李刚冷笑："你的任务就是赌钱？"

李刚收起证件，双手一拱："具体任务，在下不能说。这位朱先生是我们的人，您不能带走。请多包涵！"

朱文惊恐万状，一双几乎暴出眼眶的眼珠一会儿看看雨堂，一会儿又看看李

---

① 荷官，又称庄荷，指在赌场负责发牌、杀（收回客人输掉筹码）赔（赔彩）的职员。

刚。雨堂咬牙朝李刚骂道："老子也在执行任务！你他妈的给老子滚开！"

赌场二楼的黑衣人迅速跑下扶梯，朝这边跑来。有赌客开始往外面拥去。

几个便衣站在李刚身后。赌场的黑衣人也围了过来。李刚像是找回了胆，他收住笑，像公鸡似的硬了硬脖子："那我也只好得罪吴营长了！"

"放心！老子是来执行公务的，不会砸你们的场子！"雨堂冲黑衣人说完，扭头朝便衣们冷笑，"你们散开！别他妈的给他陪葬！"

李刚左手搂住朱文的肩膀，右手搂在腰间："吴营长，咱们井水不犯河水，你有事请先找我们何队长交涉，别为难弟兄们！你请回吧！"

"我们要是不回呢？"一个清脆的盛气凌人的声音从后面飘来。雨堂朝后一看，穿着女军官服的南珠拿一瓶"Coca-Cola"饮料款款走来。

雨堂松开朱文，恭敬地敬礼："田特派员！"

李刚愣了愣，又掏出证件，朝南珠递过去。

南珠接过，看了看，大声说："李副队？你们刁副主任呢？"

李刚有些胆怯："刁副主任不方便出面。"

南珠把证件丢给李刚，仰起"Coca-Cola"饮料瓶子喝了一口，朝李刚嫣然一笑，露出一对迷人的酒窝："你认识我吗？"

李刚双手从空中接过证件，尴尬地回答："长官是空军的吧？"

雨堂掏出报纸，在李刚面前展开。李刚瞪大眼睛看报纸，他看到标题"粤空军喜迎特派员"，还有田特派员和空军司令碰杯的照片。他的目光从报纸投向南珠，啪地一个敬礼："失礼了！请田特派员恕罪！"

南珠抿了抿嘴，把饮料瓶子朝地上一扔："这个朱文，我们要带去问问情况，明天还给你们！"

李刚迟疑地点点头："那……我给何队长打个电话？"说着，他扭头朝身边的便衣下令，"去报告何队长！"

便衣刚准备朝服务台走，被雨堂掏枪拦住："站住！"

李刚吓了一大跳，右手往腰间伸去。不料南珠的枪口已经顶着他的脑门儿。

赌场一个为首的黑衣人忙喊："不要开枪！有事出去说！出去说！"

南珠看了看慌乱的人群，朝李刚说："李副队，给你挑明了吧！我们就是冲着何三刀来的！他和朱文勾结，想给我们空军扣屎盆子！明白了吧？"

李刚的脑袋被南珠的枪管顶着，他捣米似的点头："在下明白！在下明白！"

南珠又问："你要是不放心，可以跟我们走！"

"哦不！"李刚拼命摇头，"田特派员，你把人带走吧！"

朱文慌了，扑通一声跪在地上："吴营长，我没咬空军的人呀——李队长！你要保护我呀！"

雨堂轻蔑地笑："你没咬正好！叫何三刀一个人背着！"

南珠朝雨堂下令："吴营长，把朱文带走！"

雨堂一把拉起朱文，像拖死猪一样："走！"

朱文的双腿在地上拖着，像猪一般吼叫："我、我真的没咬空军的人呀！"

南珠的枪管依然顶着李刚，威严地说："你回去告诉何三刀！他有初一，我们就有十五！"

李刚慌乱地点头："一定禀报，一定禀报！"

南珠抬手一枪，大堂的吊灯灭了。赌场一片惊叫。

"大家不要跑——不要跑——"为首的黑衣人拼命喊。

赌客们跑得更乱了。南珠和雨堂拖着朱文，混在拥挤的人群中朝外拥去。

一德路，圣心大教堂传来诗歌班美妙庄严的歌声，神父用拉丁语诵经祈祷，声音平和悠扬。教堂北侧，距教堂几十米处，有一个平房小院落，院门紧闭，这是中共地下党的一处联络点，院子主人琼嫂正在送一位中年男子出门。男子是地下党的邱和，他们说着话。

邱和悄声问："朱文来过吗？"

琼嫂摇头："没有，一直没有！"

邱和沉默不语。

琼嫂看着邱和，不安地问："你是不是担心朱文出事了？"

"是呀！有些异常！他每个星期都要和我联络一次，这次都十天了，上次见面，他说他要和老范执行一个秘密任务。你说他们会不会离开广州了？"

琼嫂摇头："不会。要是离开广州，总得来通知一声。这些天风平浪静的，没什么动静。不过，前些日子，何三刀在流水井那家花城美茶楼抓人，会不会和朱文有关？"

邱和摇头："我看到了，报纸上说是抓水匪鸡公罗。"

"嗯！我这些天都在听收音机、看报、跟街坊聊天，也没发现什么名堂。我会留意的。"琼嫂说。

"好了，我们都留点神，"邱和站起身，"没事我先走了。再过三天，如果还没有消息，你就转移！"

"明白！"琼嫂点头，送邱和离开。

一条偏僻的小巷深处，雨堂和南珠押着朱文走。朱文还在求饶："田特派员！吴营长！我真没咬你们！要说了谎我天打雷劈！"

雨堂停下来，吼道："听着！再废话一枪崩了你！"

朱文不敢吭声了。

南珠见路边一个公共厕所："吴营长，等一等，我去方便一下。"

南珠飞快地跑进厕所。

朱文心里紧张，又不敢喊："吴营长，我手上有枪伤，您轻点！哎，你们要带我去哪儿呀？"

雨堂没好气地说："废什么话？去了你就明白了！"

朱文困惑："你们两个大长官，她还是特派员，车也不带一个？"

雨堂一听乐了："朱文，没见过这样的长官吧？"

"是的，你们一点不像长官！"

雨堂更乐了，逗朱文："那是不是有点像红军呢？"

"你们是……是红军？"朱文一愣，趁雨堂手上的劲没使上，转过身来，惊讶地盯着雨堂。见朱文傻傻的样子，雨堂更加得意了，他摇晃着手枪："没想到又落到红军手上吧？告诉你，老子是李克农的人！"

朱文惊愕地看着雨堂，脑子在飞速地转着。

雨堂笑意可掬："看我干吗？"

突然，朱文看着雨堂背后，猛叫："何三刀来了！"

雨堂本能地扭头朝后看。朱文飞起一脚，踢掉雨堂的枪，撒腿朝江边的大沙头码头方向狂奔。他一边跑一边大喊："抓共产党呀！抓共产党呀！"

雨堂急了，撒腿猛追。

南珠从厕所出来，听到动静，朝二人的方向冲去。

就在朱文跑出巷子时，李刚带着便衣们正走在沿江路上。听到朱文的叫声，李刚带着便衣们向朱文跑去。

"阿文！快！这里来！"李刚大喊。

朱文一边狂奔，一边大喊："李队长！救命！救……"

突然，两声清脆的枪声响了。南珠朝朱文开枪，随即躲在电线杆后。

朱文左后背连中两弹，他晃了一下，向前扑倒在地。

李刚和便衣们赶紧卧倒，朝朱文身后开枪。

一颗子弹擦着雨堂的耳朵过去，雨堂赶紧卧倒。南珠在身后喊："我掩护！朝巷子跑！"

南珠连连朝李刚射击，见雨堂跑进了巷子，赶紧跟了过去。两人转进另一条巷子，狂奔离去。

李刚赶到朱文跟前，蹲下身察看。

朱文的左胸被两弹穿透，鲜血像涌泉一般汩汩而出，血和雨水流在一起，人已经断了气。

惠爱旅社，南珠的房间。南珠气急败坏地踱着步，雨堂低头不语。

南珠气呼呼地开口："韩雨堂，你的枪呢？"

雨堂低声答："叫朱文给踢飞了。"

"踢飞了？你可真行呀！他怎么敢对你下手？"

雨堂不语。

"说呀！"南珠追问。

雨堂把两手垂下来，嘟哝着："我说漏嘴了。他问我们为什么没带车出来，我就跟他说，我们是李克农的人……"

"韩雨堂，韩少爷，"南珠咬牙，低声骂，"你不显摆会死呀！"

雨堂很狼狈地低下头，听南珠气恼地骂："我就上了一趟厕所，煮熟的鸭子就飞了！活的就变成死的了！"

雨堂抬起头，看着南珠，扑哧笑起来。

南珠更气恼了，唬道："你还有脸笑！我杀你的心都有！"

雨堂收住笑："南珠，你到底为啥要活口啊？"

南珠瞪着雨堂："他是叛徒，肯定要咬我们的同志！所以，我要知道他咬了哪些人，好及时通知他们转移，明白吗？我们现在和广州同志的联络，只有朱文这道门。现在好了，人死了，我怎么通知我们的同志？大少爷，你那么能，你给我指条道呀！"

雨堂傻了，这才知道自己闯大祸了。

南珠叹口气："算了！你走吧！"

雨堂赖着不肯起身："还早呢，我再陪陪你……"

南珠咬牙："我不想看见你！"

雨堂沮丧地起身，走出南珠的房门，进了走廊对面的房间。

深夜，方萍独自开着小车回到寓所。

她惦记着晒着的衣服，跳下车便直奔晾衣杆，却发现衣服不见了。借着车灯的光，她转身往四下里察看，没有看到衣服。

这时，吴猛白天跟她说过的话在她耳边响起："衣服可要早点收啊，广州的贼是很多的。"

方萍沮丧地嘟哝："倒霉，给他说中了！"

这时，一辆敞篷汽车粗野地冲了进来，几乎要撞着她的车尾。六七个大汉迅速从车上跳下，从车头钻出来的人啪啪地重扣车门。

方萍掏出了枪："谁？！"

一个客客气气的声音回答："田特派员！我是刁文元，有事拜访！"

几个士兵却不像刁文元的声音那么客气，他们逼上来，端着枪对准方萍。

方萍后退，举枪对峙着。士兵们逼进来，把她团团围进屋里。

刁文元和何三刀、李刚走了进来。

方萍问刁文元："你们要干吗？知不知道有什么后果？"

刁文元环顾屋子，好奇地摸了摸墙边的钢琴，突然转过身来，像在台上演话剧似的大声问道："田特派员，你和吴猛为什么要带走朱文？"

方萍镇定地把枪插回腰间，冷冷地说："朱文？我不认识。"

何三刀冷笑着插话："田特派员，你装什么傻呀！李队长——"

李刚应声走上前。

何三刀问李刚："是不是她？"

李刚辨认了一下，肯定地点头："错不了！"

何三刀冷笑："田特派员，你还有什么说的？"

李刚盯着她，补了一句："就是她！只是衣服换了！"

听到"衣服"，方萍不吭声。她似乎有些明白了，她想起刚才回来时直奔晾衣杆，衣服却不见了。

"田特派员，你说话呀！"

方萍却没有生气，她笑了笑，在小小的人圈中央来回踱着小步："何队长，你大概上当了！我猜，肯定是共产党化装成我和吴猛，劫走了你说的那个什么朱文。"

"你他妈放屁！"何三刀见方萍还不承认，暴跳如雷。

方萍转过身来，严厉地瞪着何三刀："你放尊重点！"

何三刀拿手枪对着方萍："你敢和老子叫板？！"

方萍闪电般出手，将何三刀的手向上一举，同时右腿膝头上抬，直顶何三刀的裆部。

"叭！"何三刀的枪响了，子弹打在天花板上，灰尘像小雪一样飘落下来。

方萍收膝，两手在何三刀的手腕上一叩，何三刀的枪掉在地上，捂着下身软软地倒下了。方萍一脚踩住他的脑袋。

士兵们慌忙退后几步，枪口仍然对准方萍。

刁文元慌了，忙朝方萍摆手："别踩！千万别踩！有话好说！好说！"

方萍冷冷地看着士兵，喝令道："把枪都放下！"

士兵们不知所措地看着刁文元。刁文元忙下令："放下！放下！"

士兵们放下枪，又往后退了两步。方萍收回脚，冷冷地对刁文元说："刁主任！我可以告诉你，我的衣服丢了。肯定是有人陷害我，你可不要上当。要是我和吴猛真的绑了朱文，你们正好可以把我这个眼中钉赶出广州。总之，你手上拿的是王牌。你们先撤吧。今晚的事，我会跟你们的司令沟通！"

刁文元想了一会儿，手一挥，带着手下从房间出来。一行人纷纷跳上车。

刁文元的敞篷汽车粗暴地低吼，倒退着从方萍的院子里退出来。刁文元坐在副驾驶位，朝开车的何三刀下令："方萍说得不无道理。暂时不管到底谁他妈的抓朱文了，你马上行动，把招出来的那几个共产党抓捕归案！"

何三刀眼睛看着前方，苦笑道："刁主任，没法抓！"

刁文元一愣，大声问："为什么？"

何三刀叹了口气："朱文招出的人，全是办公地址！家庭住址他也不知道。

现在人都回家了，没法抓。要抓也只能明天上班的时候动手。"

　　刁文元扭头盯着何三刀，愤怒地骂道："你他妈的，老子……"

　　"刁主任，您别急，朱文已经死了，共产党并不知道朱文招了哪些人。否则，他们就没有必要进赌场搞绑架，直接打黑枪就得了！我今晚就把人码齐，明天早上一上班就动手！"

　　刁文元无可奈何地摇摇头："何队长，我再耐着性子等到明天！你听着啊，明天早上，那些共产党要是又跑了，你这狗日的就是活到头了！"

第七章　再救同志

雨堂在房间里发呆。很后悔，自己不该轻敌，不该显摆，不该让朱文逃脱致死。南珠是为了活捉朱文而来广州的，自己的疏忽大意给她带来极大的麻烦，他恨自己……

雨堂心乱，便打开桌上的收音机，他想听听广播，有没有报道他们干掉朱文的消息？是不是暴露了？下一步该怎么行动？这时，收音机里传来女播音员柔美的声音："亲爱的听众朋友，现在是点歌时间。西关的陈小姐为她的父母点了一首粤曲《小桃红》，下面请朋友们收听……"

粤曲《小桃红》从收音机里飘来。

雨堂心动地听着粤曲，听着听着，突然，一个念头在脑海闪现。

他立即起身，走出了门。

一个小时后，雨堂出现在电台。已经夜深人静，楼道里空空荡荡的，值班的警察带着雨堂来到总编室门口。雨堂掏出一块大洋塞过去，警察乐呵呵地走了。雨堂推门而入，一个微胖的中年人在埋头修改稿子。

"您是潘主编吗？"

主编吓了一跳，对眼前这个不速之客感到生气："你是谁？"

"潘主编，我想播个求药的广告，救命的！"雨堂一副可怜的样子。

主编摇头："我正忙呢！明天来吧，下班了。"说着又低头在稿子上画着。

雨堂急了，哭丧着脸："不行，我爹在城西方便医院干躺着，正等着药救命呢！"

主编又抬起头："下班了，现在到哪儿去找播音员，总不能我给你播吧？"

雨堂忙不迭地点头："您播就行！潘主编，我听您这嗓音不比播音员差！"

主编胖胖的脸上绽出得意的笑："你还有点眼力呀！我干过两年播音员。"

"那更好了，潘主编，一点小意思。"雨堂右手捂住胸口，左手在裤袋里摸了一把，朝主编递上几张钞票，"这是给您的辛苦费！广告费另算，行不？"

主编推开雨堂的手："我是读书人，别给我来这套！"

雨堂忙接话："就是，就是！腹有诗书气自华，一看就知道您是个读书人，读书人可是社会的良心啊！"

主编笑了："你还知道不少嘛，读过书？"

"不瞒潘主编，"雨堂得意地说，"我是广雅高中毕业的。"

"哦，还真没看出来！没想到你是我的小师弟！"主编惊喜道，"你班主任是谁呀？"

雨堂一阵兴奋，潘主编是广雅的师兄，那就好说话了。但他竭力保持冷静，这事非同小可，说不准潘主编会顺藤摸瓜把他找到呢。因此，雨堂话到嘴边便改了，他故意说了比他低一年级的某个班主任的名字："陈竹。"

潘主编轻松地笑："陈竹比我还低两年级呢，都当你班主任了，那我算是你师伯了！好了，你要求什么药？"

雨堂傻了，说要打求药广告，是他糊弄楼下的值班警察的，不好糊弄潘主编。

"怎么啦？"

"师兄……哦！师伯！"雨堂心一横，"我要播个消息！"

潘主编惊讶地问："消息？你不是播广告吗？"

雨堂没吭声。

潘主编警觉了："你是什么人？到底要干吗？"

雨堂突然把门关上，右手从怀里掏出沾着血迹的杀猪刀，这是他来的路上，从一个路边大排档的厨房里偷的，他冲了过去，把刀架在主编的脖子上："师伯恕罪！我十万火急！你播不播？"

潘主编顿时慌乱了："师弟……好汉！有话好说！有话好说！"

雨堂眼露凶光："你要想活，就照我说的办。我要让我们的人在暗处听得明白！"

潘主编这下全明白了，这消息可非同小可。刀架在脖子上，他只有就范才有活路，连声道："你说！你说！我全听你的！"

夜更深了。南珠睁大眼睛躺在床上，想着没完成通知同志们安全转移的任务，她的心里很沮丧。

她的脑子闪过一些场景。那天，雨堂在巷子里冒死救自己，那天，海明伯从茶楼的窗口纵身跃下，今天晚上，雨堂在赌场抓住朱文，刚才，雨堂在她房里赖着不肯起身，央求道："还早呢，我再陪陪你……"

她有些内疚，想安慰雨堂，也想再找雨堂商量明天该怎么办，于是她起床，趿拉着拖鞋，打开房门。她听到雨堂房里传出收音机的声音。

她敲了敲门，没人应。轻轻一推，门却开了。

房间里没人，她拍着洗手间的门喊："雨堂！"

洗手间里没有声音。

这时，收音机里播放一则消息："各位听众，现在播出突发新闻。刚才，在广州金碧赌场发生一场大骚乱……"

南珠盯着收音机，警觉地听。

"一个叫朱文的赌客在赌博时，被空军警卫营的吴营长带人拿下，这时暗中保护朱文的一帮警察出手相救，说朱文正在执行钓鱼任务。双方当场打起来了，结果吴营长占了上风，把朱文绑离了赌场。这事肯定大有玄机。下面再播送一遍……"

南珠又惊又喜，转身就冲出房间……

雨堂亲昵地搂着潘主编，走出了电台大门，向台外的公园走去。

值班警察正蹲在道上给猫喂鱼骨，见二人正往外走，他站起身，跟到门口，笑嘻嘻地招呼："潘主编还亲自送你呀，小子，你牛！"

走出门，天上响起雷声。潘主编哀求："好汉，我都照办了，招呼也打了，从今晚到明天，还播三遍，你就把我当个屁，放了吧。"

雨堂笑了笑："放心，不会要你命。好人做到底，今晚你必须陪着我，明天一早，自然放了你！"

"好汉，你听，都打雷了，你要带我去哪里呀？我都照办了啊！我上有老下有小啊！"主编见四周漆黑，不住地求饶，两脚像灌了铅，不肯往前挪了。

"趁没下雨，赶紧随我走！"雨堂用力推着主编往公园西门走，突然，主编猛地朝前一冲，挣脱了雨堂，钻进竹荫小路，边跑边喊值班警察："老张！救命啊！他是共产党！"

值班警察闻声跑了过来。

雨堂赶紧朝公园西门口跑。

值班警察在主编的指引下追了出来。

雨堂跑上连新路，沿着公园的围墙，撒腿往北边狂奔。

值班警察举起手枪，向雨堂射击。

"啪——"枪声响了。

雨堂一愣，站住了。摸着自己身上，没有伤。他扭头一看，值班警察靠着围墙，缓缓倒地。

潘主编跑到西门边，迎面撞到南珠怀里："快！快！有共产党！"

南珠用枪顶着潘主编肥肥的脑袋，低声喝令："闭嘴！"

雨堂听到南珠的声音，又惊又喜，大步朝她跑过来。

这时，雨下起来了，在路灯的照耀下，雨点显得纷扬而密集……

第二天一早，雨过天晴。

何三刀全副武装站在稽查队操场上，吹着尖锐的哨音，稽查队员哗啦啦紧急集合。不一会儿，十余辆吉普车和摩托车驶出惠爱东路的大门，出门后分道而去。

"这么大阵势！又要抓人了？"市民们驻足观望，露出惊讶的神情。

羊城大街小巷乱了套。

一家商行门前，吉普车嘎地停下，何三刀带着手下闯进去。

一家报馆内，几个警察冲进来，枪口对准惊愕的员工。

一栋小洋楼前，两辆三人摩托嘶鸣着停下。数个警察跳下车，合力把门踢开。

一家早已停办的学校内，几支手枪对着一个坐在石阶上抽水烟的老头喝问。

一个修理厂车间，惊慌的老板带着几个警察在搜寻目标。

…………

不用说，这一切都是徒劳。

何三刀沮丧地向刁文元做了报告。

刁文元一杯热茶泼向何三刀，举起茶杯狠狠地往地上一摔，扬起手给了何三刀重重一记耳光，再拔出枪来，对准何三刀的脑袋，咆哮道："老子昨天在车上跟你讲了，今天要是又让共产党跑了，你狗日的就活到头了！"

这时，电话铃响了。刁文元拿起话筒，强压住火气，话筒里传来一个男人慌里慌张的声音。刁文元又吼起来："丢你老母！什么？你讲不清就别给老子打电话！"说着，重重扣下话筒。

他转过身来，又举枪对准何三刀。

这时，电话铃又响。

"丢你……"刁文元提起话筒，还没听先吼开了。

话筒里传来一个年轻女子的声音："刁主任！我是刘处长。昨天晚上十时许，朱文在赌场被抓的新闻就上广播了，连播了三遍，今天早间新闻又重播了三次。"

刁文元愣了："有这事？这是哪个记者干的？"

电话那头的声音："应该是共产党干的。今天早上发现，电台的值班主编和值班警察都失踪了。"

刁文元咬牙切齿："刘处长，你们的监听是吃干饭的？为什么播三次？"

刘处长在那头说："一共是六次！稿子是一篇突发新闻。赌场发生纠纷，一个叫朱文的赌客在警方和军方的冲突中被强行绑走。如果不是地下党，根本听不出其中的道道，所以我们的监听人员没有拦截。我也是刚刚才接到电台王台长的报告。"

刁文元搁下话筒，呆若木鸡。突然，他感觉到心绞痛，忙坐下，打开抽屉，拿出了一瓶药，扭开瓶盖，倒出一粒药丸，含在舌头底下。他身子往后一晃，仰头倒在椅子上。

何三刀慌忙上前扶住刁文元："刁主任！刁主任！"接着大喊，"快来人呀！刁主任死过去啦！"

朝阳下，火轮船行进在江面。

雨堂和南珠站在甲板上，避开其他人，看着江水，吹着江风。

南珠看着雨堂，眼睛里充满了感激和钦佩："这次要不是你，我还真对付不了这个局面。你这些本事是怎么学的？"

雨堂得意地笑："怎么，有点崇拜我了吧？"

南珠被他逗乐了："说你胖，你还真喘上了。不过，你确实很棒，比我还专业，我真是有点小看你了。"

雨堂摇头："不是有点，是太小看我了！"

南珠点点头："是呀。哎，你怎么有那么多歪点子呀！说说，我也学学！"

"真想学吗？"雨堂眯眯笑。

接着他收起笑容，严肃地说："好，我先考考你。你洗澡泡过浴缸吧？"

南珠脸一红："不听这些，你又要说荤的了。"

"我是说正经的！"雨堂的表情很认真，"我问你，假设你用浴缸洗完了澡，浴缸里盛满了水，我给你一个水瓢，再给你一个脸盆，让你用最快的速度把这浴缸的水弄干净，你怎么办？"

南珠不假思索："你这也叫考我？当然用脸盆把水舀出去呀，用瓢得舀多久！"

雨堂不吭声了。

南珠着急了："快说正经的呀！"

"你答错了！"雨堂一字一顿地说，"把浴缸的水塞拔掉放水，配合脸盆舀水，这才是最快的速度！"

南珠一愣，突然明白上当了，伸手在雨堂的后背上拍打着："你坏！你给我下套！你故意说给我水瓢和脸盆，我打死你！"

雨堂甜蜜地笑着，享受着南珠的拍打。

南珠突然意识到什么，脸一红，收住手，扭头看着被火轮船撕破的江水。

雨堂故意问："怎么不打了？"

南珠不吭声，继续看着江水。

雨堂朝四周看看，凑近南珠，低声说："你明白了吧？想事情，不能全顺着别人的思路走，那样就会把自己陷进去。我想事喜欢倒着想——一件事最终的结果应该是怎么样，然后就放开想——我怎么实现这个结果。比如，通知我们的同志转移，你只想到朱文这条路。其实最终的结果就是让我们的同志都知道，只要同志们知道，不通过朱文也行！"

南珠看着雨堂，佩服地点头："明白了，想问题不能一根筋！"

雨堂很得意："对啊！一句话，条条大路通罗马，不管黑鸡花鸡，能下蛋就是好鸡，活人不能给尿憋死！"

南珠笑了："韩少爷，你这可是三句话了呀！"

雨堂也笑了，问："你给我打个分！我这次到底能打多少分？"

南珠没有立即回答，她看着雨堂，轻轻地叹了口气，摇了摇头："雨堂，我知道你的心思，可是我不能答应你。为啥？你也应该明白，你爹就你这么一个儿子。所以，你这次得满分，也只有这一次。"

雨堂得了南珠的满分，却深感失望，仿佛他一次次奋力从洞口爬出，最终却还是残酷地滑回洞底："我明白，我要给韩家传香火，要接琵琶光大韩家乐学！我爹生我，就是冲着那张祖传的琵琶来的！可他生我的时候也不和我商量一下，我愿不愿意投胎当他的传家宝！"

南珠沉默了一会儿，轻声说："雨堂，你别这么想。每个人活在世上，都有自己的责任和担当。其实你爹为了你，也有很多自我放弃和牺牲。"

雨堂犹疑了一下："我爹？"

南珠点头："是的，你总是埋怨你爹不懂你，束缚你。可你想没想过，你又了解你爹吗？你又理解你爹吗？"

雨堂眼一亮："你是不是知道我爹的什么故事？师父和我爹到底是什么朋友？你能告诉我吗？"

南珠往一边挪了挪，似乎承受不了雨堂木炭一般的炽热，她认真地说："你爹的故事，我并不知道什么，包括他和海明伯的关系。但我能感觉到，你爹是个有胸怀有承担的人。否则，海明伯不会带着我来投靠你爹。我们是把生死托付给你爹，反过来，你爹收留我们，也是豁出生命来承担。所以，雨堂，你有这样的父亲，应该自豪。"

雨堂头一次听人这么评价他爹，特别是这话出自他爱慕的南珠之口，不知不觉之间，他对他爹深深的误解，已经开始松动了：是啊，如果爹不是一个有胸怀、有承担的人，师父会带南珠在关键时刻将生死托之吗？爹对外人，对一面之交的琴友尚且能以生命承担，对独子难道会不爱吗？这么多年来，自己一味与爹对着干，并没有想过爹的好……

"你不是说，条条大路通罗马吗？"南珠知道雨堂的心灵受到了触动，她趁热打铁，"其实，救国救民，也不只有一条路。你回家好好想想吧。"

雨堂回过神来："马上就要到家了，我怎么对我爹交代？"

南珠想了想："当然不能让你爹担心，不过，你也不能满口舌头。"

南珠放低了声音，告诉雨堂回去后该怎么说。

刁文元苏醒过来，又闻潘主编找到了，立即吩咐把他带过来审问。

潘主编就坐在刁文元和何三刀面前。他身上沾着湿泥和草屑，回忆着痛苦的经历："……后来那男的把我眼睛蒙了，还扣上一顶帽子，我啥都看不见。他们把我带到一个野地里，说等早间新闻播出以后就放我。他们没动手打人，我迷迷糊糊地在草地上睡着了。到了早上，那男的大概听了早间新闻，回来对那女的说可以放人。他们就把我放了。"

何三刀正要开骂，刁文元摆摆手，何三刀立即把刚张开的嘴巴闭上。

刁文元问："这么说，他们就两个人？"

主编忙点头。

"肯定是那个假吴猛和假方萍！"何三刀巴结地看着刁文元。

刁文元没理他，继续问潘主编："他们是什么口音？"

主编想也不用想："那男的是广州口音，自称是广雅高中毕业的，还说是我一个师弟的学生，肯定是骗人的，那女的长得非常漂亮，个子也高挑……"

何三刀火了："刁主任问的是什么口音！你他妈的……"

刁文元打断何三刀的话，威严地指着潘主编："老潘，你接着说！"

"是！那靓妹长得不像本地人，口音是不太纯的粤北口音，可能在北方待过。"

刁文元抽开抽屉，拿出一张报纸，递到潘主编眼前："是不是她？"

"粤空军喜迎中央特派员"的大标题和大照片，潘主编前些天认真看过，印象很深，他昨晚被雨堂和南珠抓住后就一直在琢磨，他觉得女的有些面熟，似乎见过。见到报纸上的照片，潘主编恍然大悟了，昨晚绑架他的那个靓妹，肯定就是这个中央特派员！但他脑瓜子也不笨，他知道这事大如天，刁文元和何三刀得罪不起，中央特派员更得罪不起，说中央特派员是共产党，那不是把跟她碰杯的黄司令也得罪了吗？

潘主编下定了决心装糊涂："那男的带着一把杀猪刀，还捏着一颗手雷，我被吓蒙了……黑灯瞎火的，又打雷又下雨，我的眼睛被淋湿了，那女的头发很长，故意遮着脸……我根本看不清她的脸，但她的个子确实很高挑，身材很火辣。"

刁文元沉默了一阵，转身对何三刀说："你赶紧找技术员，把这两个共产党的模样画出来！"

白云山背阳的一侧，溪边的林间小道没有其他游客，只有方萍和吴猛在边走边聊。方萍狠狠地说："这家伙肯定是共产党！只要给南京拍个电报，徐恩曾肯定会替我收拾她！"

吴猛笑了笑："你要是真想收拾你姐，早就在刁文元面前抖出来了。"

方萍停步，右脚狠狠地踢向路边一颗石子，溪水中随即当一声，溅起一朵水花。她叹了口气，狠狠地说："我是有苦说不出。我给她提供了朱文的消息。抖出来，就把我自己装进去了。不过，我一定要报这一箭之仇！"

"我理解你的心情，不过，"吴猛温和地看着方萍，"我了解你，你不会对你姐下杀手的。"方萍任性地说："你错了！她要是现在站在这儿，我一枪崩了她！"

吴猛笑了，轻柔地拍了拍方萍的肩："好了，我们不说你姐了，还是说日本顾问的事吧。明晚日本领事馆要举行招待会，请帖已经到了，你必须参加。你打算怎么应对？"

方萍思索着：日本人这一招很厉害，打着民间和平友好的牌，进一步渗透到粤军中来。陈济棠又打太极，和日本人不远不近，口头上还做出抗日姿态。日本领事黑田也配合，扮成"鸽派"，声称和日本军部的态度有分歧。这种情况下，自己的工作就会遇到更多困难……

"咱们不妨跟着他们打哈哈，暗地里，抓紧策反空军。"

吴猛点点头："这也要悠着点，昨晚政治部的李主任请我吃饭，旁敲侧击，打听咱俩的关系，要我提防你。他好像对咱们的意图有所察觉。"

方萍扭头问："你怎么回答他？"

"我说我们曾经是同学，正因为如此，黄司令才安排我和你联络。我还说要是不放心我，可以把我调开，"吴猛说，"听我这么说，他才软了。这家伙是陈济棠的人，派来监视我们空军的。现在他在空军拼命培植自己的势力。"

方萍笑了："我明白你的意思，要我再圆滑一点。"

"是这个意思。不过……"吴猛深情地看着方萍，"你要是变圆滑了，就不会这么可爱了。"

方萍笑了，梨涡绽放："我可爱吗？"

吴猛的心在一对梨涡中柔化为水，却又像高度酒一样热烈："方萍，你要不是这么可爱，我……"

方萍转向他，抬起两手做一个篮球裁判暂停的手势，语气中带着一丝慌张："打住！打住！我怕酸！"

吴猛怅然苦笑，不吭声了。

两人听着溪水声，默默朝山上走。

方萍的思绪像小径旁的溪水一样，没有稍许停歇，她想到了那个像谜一样的韩少爷："吴猛，我总觉得那个韩少爷认识南珠。那天他带着一条大狗来恐吓我，南珠也在。他不敢看南珠，那条狗却直往南珠扑叫。南珠都傻了，她说是被狗吓蒙了，我不太信！"方萍努力回忆着，"还有，我去旅社找南珠，南珠老半天才开门，表情也怪怪的，我总觉得屋里有人。"

吴猛受了启发，沿着方萍的思路往下走："你来广州的第一天就被那小瘪三撞上，要是他俩认识，那么你姐来找你可能就是他透的信。还有，昨晚假扮咱俩在赌场抓朱文的人，一个是你姐，另一个肯定就是他！"

"对！咱俩的军装肯定就是他俩偷的！南珠假冒我，简直天衣无缝，难怪刁文元会兴师动众找上门来！"

"对，假冒我的人，就是那小瘪三！"吴猛眼露凶光，"我找得到他！土地局给我的那份房产证明上写着，原房东是沙湾的韩博公，那是他爹。找到韩博公，小瘪三就死定了！"

南珠已回到平沙湾，就向海明伯做了详细汇报。海明伯沉吟道："这么说，雨堂这次可帮了咱的大忙了。"

"是呀，要不是他，就算给我三头六臂也完不成任务！"南珠由衷地感叹，"这家伙具有优秀特工的潜质，我以前真没看出来！"

"南珠，我提醒你，可不能打他的主意呀。"

"放心。他又说什么入伙，都被我挡回去了。回来的路上我一直开导他，我看他听进心里去了。"

海明伯点点头："那就好，现在要考虑下一步了。你干掉了朱文，刁文元和何三刀肯定不会善罢甘休。还有方萍，也不会放过你。"

"是啊，我这次让她给我背了黑锅，她肯定恨死我。她冰雪聪明，又干特工这么多年，还认识雨堂，脑袋转个弯，找到我并不难！"

"所以我们必须立即转移。"

南珠沉默不语。

"南珠，你是不是担心雨堂？"

南珠有些慌："不，海明伯，您别误会，我听您的。"

"担心雨堂是对的。我们早点走，他就不会陷得那么深，博公兄和雨堂也少一点风险。"海明伯这番话，既是对南珠的安慰，也是对南珠的开导。

南珠点头："我明白了，我会做雨堂工作的。"

这时，屋外传来雨堂喊师父的声音，南珠起身开门，雨堂站在门口。

"师父，没打扰你们吧？"

海明伯起身："进来吧。坐下，我们聊聊！"

雨堂进来，坐在南珠的旁边："我按我们商量好的，跟我爹汇报了这两天在广州的事，可是我爹也没问下去，好几着棋，都没下。你说怎么办？"

海明伯笑了："这还不好吗？你非要和你爹过招才过瘾是吧？"说完海明伯把话题一转，"雨堂，我都听南珠讲了。这次，我们要好好感谢你呀。"

雨堂不好意思了："师父，三天不见，我来看您伤养得怎样了。您要说感谢的话，我就走啦。"

海明伯和南珠都笑了。

海明伯笑着说："好，不说这些。伤没事了，师父给你拉个曲子，庆祝你归来，如何？"

雨堂乐了："行啊！"

南珠忙起身，摘下墙上的胡琴。海明伯接过琴，试了试音，便拉了起来。

《下山虎》铿锵激越的旋律从乌亮的琴筒里飞扬出来。

雨堂睁大眼睛，一会儿看着忽左忽右的琴弦，一会儿看着师父微闭的双眼和陶醉的脸，眼前浮现出他和南珠在广州巷口追赶朱文并开枪射杀朱文的种种画面，听得心潮激荡。

南珠暗暗观察雨堂，她明白，海明伯是用琴声点拨雨堂。她相信，这个聪明过人的雨堂，一定会明白海明伯的良苦用心。

雨堂回来了，博公的心就放下了。他没有盘问雨堂，自有道理。他明白，要是雨堂真的掺和了南珠的什么事，自然不会和盘托出，盘问也是白盘问，更重要的是，他也不想知道。博公是经过风浪的人，知道说话的分寸。这时邮差又送来电报，博公接过一看，是给海明伯的，他拿着电报就去海明伯的客房。来到客房门口，听到了琴声，就推门而入。

海明伯正在指点雨堂拉琴。雨堂在拉名曲《雨打芭蕉》。

博公也坐下听琴，听着听着，暗暗心惊，儿子的琴艺果然有了明显长进，不是技术，而是流泻在旋律中的心性。

雨堂一曲拉完，忐忑地看着海明伯和博公。

"请师父赐教。"

海明伯微笑着问博公："你觉得你儿子是不是有长进？"

博公一笑："雷先生，你先指教这小子吧。"

海明伯说话了："雨堂，你有明显长进！主要是曲子里面有了你的心情。但我想问问你，为什么不严格按谱拉？却要即兴地加花、变奏？"

雨堂老老实实地回答："我也说不清，反正兴之所至，就觉得该那么拉才过瘾、才舒服。是不是不妥？"

"没有什么不妥，乐为心声嘛！"海明伯欣慰地说，"我反而很欣赏你对它的个性化理解，你拉的是《雨打芭蕉》，雨常下，并无定式，芭蕉被雨打的声音，也不固定。那么，琴声为何要一成不变呢？千万遍的《雨打芭蕉》都是刻板的一个调，其实是违背了大自然，也违背了我们的内心。这正是我们中国音乐的一大特点，既有法度又无法度；既有传承又有创新，每一次演奏都是一次性灵的抒发和超越。所以，这就要求演奏者要有大心胸、大气度。心中怀抱山河，琴弦之上才能风云气象。"

"师父，我明白了，要修乐，先修心，先炼性！"雨堂兴奋不已，见博公坐在一旁，顿时有了些许怯意，"我爹从来不许我改谱，我拉着别扭。"

海明伯转向博公，诚恳道："博公兄，雷某班门弄斧，不知博公兄能否见谅。"

博公忙说："雷先生，你这么说，不是在夸我，是揶揄我韩博公嫉贤妒能呀。"

海明伯忙拱手："岂敢，岂敢！"

博公脸转向雨堂，温和地说："听你师父的就好，爹以前太死板了。"

雨堂轻松地笑起来，博公和海明伯见状，都笑起来。

博公看着脸上笑容如阳光般灿烂的雨堂，心中满是欣慰，他激动地说："小子，好好记住师父的话！够你受用一辈子！"

雨堂连连点头："明白了！"

博公点点头，对雨堂说："你去吧，我和你师父有话说。"

雨堂起身离去，南珠也起身跟着离去了。

博公看着雨堂的背影，扭头把电报递给海明伯："又是加急的。"

海明伯看了看电报，这是上级通知他们以另一条线接头的指令。

博公不安地问："没什么事吧？"

海明伯歉意地笑笑："博公兄，不好意思，我们要走了。"

博公并无意外，笑了笑："我猜到了。"

海明伯不舍："这次来府上打扰，害得你……"

"雷先生，别这么说！"博公叹了口气，说，"你有大事要办，我不拦你。你们打算什么时候走？"

海明伯强作轻松地笑笑："待会儿和南珠商量一下，再定。"

博公起身："那好，定下来告诉我。我给你们送行！"

阳光从西南边照射进韩家的账房。管家福伯拿出一张银票，恭敬地递给博公："老爷，现钱只有这么多了。还有一些外账，要去收才行。"

博公看了看银票，再揣进衣服里边的口袋："行，你看着办吧。"说着跨过门槛，走到院里，这时迎面碰见博年。

博年脸色紧张地走来，他朝账房那边看了看，问："大哥，你去账房干吗？"

博公笑了笑："新鲜，我是大当家的，你说我去账房干吗？那你急着去账房干吗？"

"我……我，"博年有些尴尬，随即想到他的大事，露出警觉，"我来给你报信！"

原来，博年一位同乡赌友两天前的晚上也在广州金碧赌场赌博，看到了抓朱文的一幕，今早来找博年喝茶，说起了此事。博年一听，立即就联想到了雨堂和南珠。茶还没喝完，就回来找大哥报信。

　　"那个吴营长是谁，我不敢说，但我可以断定，那个女特派员，肯定是南珠姑娘假扮的！"博年说得斩钉截铁。

　　博公一听，沉默不语。

　　"大哥，你不信？你听我慢慢给你分析。我保证不是捕风捉影……"

　　"好了，什么都别说了！跟谁都不许再说此事！听见没有？"

　　博公转身离去。

第八章　惜别依依

博公立即将博年得知的消息告诉了海明伯。

海明伯内疚地说："博公兄，真是抱歉，我们把雨堂扯进来了。"

"雷先生，你别误会，我不是来找你们麻烦的。我也不想知道你们的事，知道了对谁都没好处。我看你们还是要立即转移，我这样说，不是赶你。"

海明伯打断道："博公兄，我明白，你是为我们好！等南珠回来，我们今天就撤！"

"你伤口怎么样？"博公关切地问。

"没事了，已经愈合了。"

博公从里边口袋里拿出银票，塞到海明伯手里："本来想给你送行的，现在看来还是低调一点吧。穷家富路的，这点小意思你收下……"

海明伯忙缩手："不，这可不行！"

博公沉下脸："怎么啦，和我还见外？如果不是你，我今天该上山①了。"

"好，我收下！"海明伯推辞不过，只得接过银票。

已是浓浓的临别气氛，海明伯既内疚又难过："博公兄，真不好意思，本想多待两天，给雨堂……"

博公叹息一声："雷先生不必客气。雨堂肯收心向学，我已经感激不尽。南珠姑娘陪他这三天，他也受教良多。后面的路，还得靠他自己走……"

这时，南珠推门进来，看到博公，愣了一下，轻声喊道："韩伯！"

海明伯扭头道："韩老伯是给我们送行的！"

南珠意外："就走吗？"

海明伯点头："对，你赶紧去收拾一下，就走！"

_____

① 上山，这里的意思是尸体下葬。

南珠愣在原地，满脸惊讶。

海明伯低声解释："韩老伯来报信，镇上有个人在赌场认出你了。"

"啊？"南珠惊愕地张开嘴。沙湾有人在现场，这是她始料未及的。

海明伯补充道："我都告诉韩老伯了。"

"那雨堂怎么办？"南珠的声音有些发颤，在博公面前，她为自己把雨堂拉下水感到无地自容。此时此刻，她想到的是雨堂的安危。

博公起身，看着南珠，本想安慰她，却又忍不住问："雨堂是怎样假扮空军营长的？"

"他贴了络腮胡子，穿了那营长的军装。韩老伯，我把雨堂拖累了，我对不住您！"南珠朝博公深深鞠躬致歉。博公强装轻松地笑了："化装了，那应该没事的！"

南珠微直身，抬起头来，眼圈已经发红。

博公眼里流出慈爱："南珠姑娘，雨堂能收心，我得好好谢谢你。可惜，你们走的不是一条路。"

南珠闻言，眼泪终于止不住地流下来。她转身朝自己房里跑去。雨堂已经站在门口，等着南珠。

"你们要走啦？"

南珠迟疑了一下，点点头："是的。来，我有话和你说。"

博公、博年、水妹等一家主仆在宅院门口悄悄送行。海明伯背着琴，提着行李，南珠提着小皮箱，依依告别，走到沙湾码头。

一声汽笛长鸣，开始登船了。海明伯和南珠跟着旅客往搭板上走。

突然，雨堂匆匆跑来。

海明伯转身，停步，问："你怎么还是来了？说好了不送的。"

"我、我还是忍不住。"雨堂有点结巴。

"终有一别，你不要难过！"海明伯从怀里掏出一封信，塞到雨堂手里，"也好，本来打算等我到家后再寄，你把它带给你爹。"

雨堂捏着信封，两眼愣愣地看着旁边南珠美丽的眼睛，仿佛要把他满腔的柔情，通过这短暂的目光，全部灌入南珠的眼眶里去。

海明伯打开皮箱，取出一个黑皮本："这是我学乐的一点心得，都是零碎记下来的，留个纪念吧。"

雨堂眼圈红了。

"快回吧！别惹人注意。"

说着，海明伯带着南珠，默默地登上船。上了船，两人站在船舷，朝雨堂轻轻挥手。

雨堂定定地站在江边。船离岸，把靠岸的水鼓起浊浪，再缓缓朝广州方向驶去。他朝师父和南珠挥手，"唰啊——唰啊——"声声江鸥的鸣叫在他头顶响起，他的肝肠仿佛被江鸥们尖厉的鸣叫声抽出，撕裂。

船已远去，渐渐化为一粒若隐若现的芝麻，消失在来来往往的船只中。

雨堂坐在岸边的草地上，看着江水发呆。他手上拿着一方手帕，这是南珠给他留下的纪念，耳边又响起南珠临别时，给他说的话。

不知何时，博公出现在他身边，也坐下了。

雨堂把信封递给博公："爹，这是我师父让我交给你的。"

博公狐疑地拆开信封，一张银票掉了出来。他迅速捡起银票，塞回信封，捏在手里发呆。雨堂看见，心里明白了，忙说："是师父退给你的吧？我要是知道里边是银票，我不会接的！"

博公看着江水，默默地点头。

雨堂侧着脸，认真打量他爹，他感觉自己以前对爹太不了解，感到深深的内疚，对爹也多了一份信赖和敬重。他轻声问："爹，其实你知道我师父他们是什么人，对吧？"

博公望着江水，点头，他不打算在儿子面前撒谎。

雨堂斗胆说："我好想跟他们走。"

"雨堂，爹明白你的心思，"博公叹了一口气，"爹想告诉你，你是一块学音乐的料，你有良好的音乐天赋。治国平天下，有你不多，无你不少。你要是不学音乐，不是你的损失，而是音乐的损失。这是八年前一位我敬重的先生对我说过的话，我转赠于你。"

"八年前？你敬重的先生？"雨堂意识到什么，追问，"是我师父吗？"

博公没有点头，也没有摇头，只是轻轻地说："这你就别问了。"

两人又默默地看着江水。

突然，博公扭过头来，心疼地看着雨堂："孩子，如果你非走那条路不可，爹也不会死拦着你。但不是现在。"

这时，江上有渔歌传来：

起风啰，起浪啰，

阿哥驾船出海啰，

……

邓茹婷的寓所内，素白洁净，像冬天的北海道小屋。

素雅的书桌上摆着厚厚的一沓书，桌角亮着一盏月钩似的台灯。邓茹婷脑后盘着蝴蝶髻，染过色的额发分成柔顺的两绺，精心修剪成尖角，如同两只褐色的燕尾贴着太阳穴。她坐在书桌前，对着电话筒通话。电话那头的声音是男音，低沉，似乎带着一点点嘶哑。两人说的都是日语。

邓茹婷说："……已经确认，山木君在沙湾的行动失手，已经自尽了。我是昨天才从沙湾水警分队打听到的。"

男声："惊动了韩博公吗？"

邓茹婷："应该没有，死因记录是入室行窃韩家传世古琵琶。"

男声："嗯。"

邓茹婷："下一步怎么办？"

男声："等我的指令。我再问你，刺杀田方萍是谁的主意？"

邓茹婷不语。

男声："回答我！"

邓茹婷："是黑田。"

男声："愚蠢！为什么不向我报告？"

邓茹婷不语。

男声："你也想干，对吧？"

邓茹婷："是的。"

男声："我现在通知你，任何行动都必须向我报告。我同意，你才能干。明白吗？"

邓茹婷："是。"

男声："招待会明天举行吗？"

邓茹婷："是的。"

男声："招待会要降低调门，打民间友好牌。明天早上，你会收到一份邮件。以你的名义交给黑田。"

邓茹婷："是。"

对方挂断了电话。邓茹婷搁下话筒，点燃了一支烟，用中国话自言自语："这个黄雀，手很长呀。"

灯下，刁文元坐在办公桌前，低着头认真盯着南珠和雨堂的炭精画像。何三刀站在他旁边，也盯着画像。刁文元站起来，开始来回踱步，一边琢磨："这个女共产党，确实和田方萍很像，会不会真的有点关系？"

"肯定是姐妹俩！说不定田方萍也是个共产党！"何三刀附和道。

刁文元烦恼地摇头："戴笠还不如你？田方萍要是共产党，戴笠会派她到广州来？你他妈的本事就是把人往死里整！要是都像你这么捕风捉影地破案，多少人头要落地？"

何三刀尴尬地笑："是！卑职是粗人，还望刁主任指教。"

"何三刀，我不像你，总想一口吃个大胖子，我从不把人往死里逼，"刁文元正好踱步到何三刀跟前，"据我看，田方萍和这个女共产党不可能是同党，但有可能是姐妹。要真是这样，方萍就有把柄在我们手里，也就不敢在我们面前吆五喝六了，明白吗？怎么样，这事就交给你？"

何三刀站得笔直："明白了，卑职一定查明白！"

刁文元走回桌前，指着画像："这个男的，你有印象吗？"

何三刀不置可否地微微点头："倒是有点面熟，就是想不起在哪里见过。刁主任有何高见？"

刁文元拿起铅笔，在画像中雨堂的下巴和上唇画出络腮胡，阴着眼看着，对何三刀说："看见了吗？这个后生很可能就是装成吴猛的那个家伙。此其一；其二，这小子操广州口音；其三，这小子声称他爹是财主，出手阔绰；其四，他口齿伶俐，还吹他广雅高中毕业的。潘主编认为他确实读过一些书。你把这四点综合一下，就明白怎么找了。"

何三刀拍马屁："刁主任，你真不愧姓刁呀！"

两人对视，哈哈大笑起来。

笑够了，刁文元拍着何三刀的胸脯："你坏了我几次大事，我都放过你了，知道为啥？就是因为你马屁拍得好！"

何三刀得意地谦虚："岂敢岂敢，我这都是跟刁主任学的。"

刁文元收住笑，说起了日本领事馆招待会的事："好了！明晚的招待会，警卫一定要安排好！这是抓共产党的好机会。要知道，共产党就是冲着我们和日本人的合作来的！"

何三刀挺胸："卑职明白，全都已经安排好了。一明一暗，两道防线。明的是保护招待会，暗的是诱捕共产党，抓他个片甲不留！"

夜晚，方萍戴着耳机坐在寓所密室内的电报机旁，她在等电报。吴猛站在她的身旁。不一会儿，电报传来，方萍抄完，放下耳机。吴猛连忙把密码本递给方萍。

方萍推开密码本："不用。"

"你可以直接读报？"

方萍得意地说："那你就开开眼吧！"说罢，方萍念起了电报，"石村太郎，爱知县人，1906年生于中国南京，五岁时送回日本。东京帝国大学毕业。1922年在哈尔滨特务机关任少尉机关员，机关长为松井石根。1925年晋升中尉，随松井石根调回军部。1928年晋升大尉，再度入华为第六师团作战参谋，进驻济南，在'济南事变'中参与屠杀蔡公时及屠城行动。后调回日本军部松井手下。1929年涉嫌包庇其华裔同学、帝国大学傅桑讲师被降职为少尉。1933年晋升为大尉，同年随松井石根加入'大亚细亚'协会。1935年晋升少佐，同年8月因与皇道派关系密切被排挤出军部，在帝大任副教授。1936年春被陈济棠聘为第一集团军顾问。"方萍读完，轻轻放下抄报纸，站起身来。

吴猛佩服地竖起大拇指："师妹，你牛！"

方萍没在意吴猛的赞叹："看来，这个石村就是松井石根的死党，来广州就是松井石根的代理人。"

吴猛点头，看着方萍："我们怎么办？"

"以静制动，"方萍镇定地说，"等他出招，先陪他们打哈哈。"

吴猛两眼盯着方萍，等待方萍继续往下说。

方萍继续说下去："对付石村只是我的部分任务，"方萍狠狠地说，"我要腾出一只手来收拾南珠！"

"你真想收拾她？"吴猛降低音量。

"对，我实在咽不下这口气！"

"你想怎么办？"吴猛知道方萍是认真的，"你的事就是我的事！说吧，怎么做？"

"韩少爷，"方萍阴着眼睛说，"我想从那个韩少爷下手。"

"明白了，我立即带人去沙湾逮他。"

"不行！"方萍忙摇头，"事情闹大了，我也会赔进去。你先派人去沙湾摸摸底，派去的人必须绝对可靠。"

"明白！按你说的做。"吴猛"啪"地立正，夸张地朝方萍敬礼。

刁文元坐着轿车抵达位于沙面的日本领事馆大门外，交验证件之后，他走进了日本副领事黑田的办公室。他带给黑田一个消息：陈司令不能出席今晚在领事馆举办的招待会。他解释道，陈司令非常抱歉，他在广西，飞机发生了故障。

黑田是招待会的主要组织者。中方的陈司令出席，是招待会成功的标志。陈司令那边这几天一直都反馈说非常重视这个招待会，黑田早上还跟刁文元电话确认过，刁文元说陈司令将于下午从广西乘机返回广州，这时候却说飞机发生了故障，这实在是太滑头了。他朝刁文元拍桌子："这根本不是理由，他可以换一架飞机！"

刁文元脸上赔着笑，话却不让步："黑田先生，对您这不成为理由，对陈司令却是最大的理由。您应该知道，陈司令对风水兆头可是坚信不疑，飞机坏了，就是老天示意陈司令不得出行。所以，只能抱歉了。"

黑田冷笑："那你转告陈司令，我们的军火也遇到了交通故障，难以如期交货！"

刁文元依然柔中带刚："黑田先生，这样不妥吧？据我所知，贵方举办招待会是临时决定的，陈司令从来都只说高度重视你们的招待会，并没有承诺出席。我们空军黄司令铁定出席，这招待会也够规格了，陈司令出席只是锦上添花，不能出席也是事出有因。至于军火，第三方货轮已经到香港了，不存在交通障碍问题。"

黑田被刁文元的话镇住了，收敛了怒火，却又不甘心："刁主任，你知道的不少呀！你们陈司令是算计好了吧？"

刁文元内心很得意，脸上却挤出苦笑："黑田先生，您要这么想，我也无法辩解。要不这样，招待会改期，等陈司令在广州的时候再举行？"

黑田知道刁文元在要他，于是沉下脸回答："你是说，顾问团进入广州也改期？"

刁文元连连摇头："我们当然愿意顾问团如期进入。可是贵方觉得陈司令缺席，规格不够高，也只好考虑改期了。"

黑田无计可施，只好妥协地说："好吧，你要陈司令从广西发份贺电来，这总可以吧？"

陈司令同意发贺电，这是在司令部办公室已经告诉刁文元的信息。因此，黑田的请求，刁文元本可以当即拍板，但他却故意卖关子："我一定尽力。黑田先生，我们招待会见！"

黑田苦笑："刁主任，你是外交学院毕业的吧？"

刁文元不无得意："惭愧，鄙人是'丘八'出身，粗人一个！"

黑田摇头："刁主任才不粗呢。我听说当年陈司令和红军打交道，都是你一手主持的？"

刁文元耸耸肩："黑田先生，您知道的也不少呀！"

两人相视大笑，好像刚才没发生过什么不愉快。

刁文元刚走出日本领事馆，在门口迎面碰上了一袭白裙的邓茹婷。

"邓小姐，什么风把你吹到这里来了？"

"哟，刁主任！我当记者的，什么风都能把我吹来，"邓茹婷微笑，"今天晚上不是要开招待会吗？我来拿个通稿，顺便看看有什么内幕消息呀。刁主任也是为招待会来的吧？能不能透点消息？"

两人寒暄了几句，刁文元连说还有事要办，匆匆走了。邓茹婷望着刁文元的背影，轻蔑地笑了笑，进了日本领事馆，走进黑田的办公室。打了个招呼，像是回了自己的家，坐下来，点燃一支烟，一边吸着，一边用日语问话："刁文元是不是来通报，陈济棠不能出席招待会？"

黑田点点头："是的，姓陈的待在广西不肯回来。哼，一看军火到了香港，他就缩头了。又想当婊子，又想竖牌坊。天下的便宜他都要占尽。"

邓茹婷冷笑："我早已经提醒过你，这个南天王，谁的奶都敢吃，说翻脸就翻脸，你要留一手。现在被动了吧？"

黑田不以为然地一笑："说不舒服倒是有点，说被动，有点夸张了。我就是想更热闹一点，让陈济棠与我们的合作姿态更鲜明一些，让蒋介石和陈济棠的冲突更激化一些。其实更关键的是我们的顾问团进入了粤军。这点做到了，我们就赢得了主动！杏子小姐，现在你总该发挥作用了吧，不要总跟着胡汉民的指挥棒转，装华人的民族英雄。你毕竟是……"

邓茹婷接话道："我毕竟是帝国的人。"

"你记得就好！"黑田鹰一样的眼睛盯着她。

邓茹婷仰起头，一头瀑布似的秀发垂下，一个个灰白色的烟圈从她樱桃般的嘴里腾起。喷完烟圈，她把脸扭向黑田："我的公开身份是记者，在我那一亩三分地里，我小骂大帮忙，这点你应该清楚。这也是我的作用所在。你要我冲锋陷阵，不觉得浪费吗？"

说着，邓茹婷把烟头按在桌上的烟灰缸，转身从文件袋里拿出几份材料："这是我得到的情报。陈济棠打算把这批军火全给他的胞兄陈维周，将警卫师扩充为警卫军，让陈维周就势升为军长，这也是我们渗透的一个好机会。这是胡汉民的健康报告，他的健康状况不妙，也是有文章可做的。这是我的宣传建议，有四个要点，指向一个人，就是田方萍！只要将她激怒，就有好戏看了。供黑田君参考。"

黑田接过材料，翻阅着，露出了微笑："好，就这么办！"

何三刀内心很亢奋，招待会晚上就要举行，他重任在肩。虽然前几次行动都不如愿，但那都是运气不好，这次，他把全部人手都派上了，保卫方案也是经过刁文元和他反复斟酌修改的，没什么差错了。再说，时间还早，越是关键处，越要举重若轻，这才是大将风度，他这样告诉自己。

他便去了"讲古斋"听段古。这天"讲古斋"的听众多得出奇，屋里挤不下，十多个人竟站在骑楼走道上朝白胡子讲古佬竖耳翘首。

"……翼王要是率领着大军渡过这大渡河，再剿灭可就难了。也是苍天眷顾大清，偏偏这时翼王的爱妃要临产了。翼王就下令，生了小王子再渡河……"几十年专业讲古的声音和腔调极富煽动性，何三刀驻足，饶有兴趣地听着。

"三天后的午夜，小王子呱呱坠地，突然电闪雷鸣，大雨倾盆，大渡河水陡涨三尺，惊涛拍岸呀！十万大军全都傻眼了。这时清军源源赶到，把大渡河谷团团围住。三军主帅就是我们广东花县人氏，四川总督骆秉章！"讲古佬讲到这里，把惊堂木一拍。台下听众都把眼睛瞪圆，等着他往下讲。

讲古佬站在三尺讲台后，端起茶杯，翘着白胡子喝了一口茶。接着讲：

"翼王顿足长叹，这是天要灭我石达开呀！于是翼王就下了一道密令，将军中的全部财宝装进七口大棺材，藏进了大渡河边的深山密谷里。这藏宝的兵士共有百人。三天三夜才把财宝藏好，走出山谷。哪知，他们刚刚走出山谷，突然山口出现了翼王的弓箭手，个个张弓搭箭，那箭头都浸了见血封喉的毒汁。只听一声令下，箭如雨下，藏宝的兵士全部躺倒在山谷里……"

讲古佬说到这里，坐在椅上，不急不缓又端起茶杯。现场一片安静。何三刀听得入迷，急问："就没有一个活着出来的吗？"

讲古佬痛快地吞茶，摸摸白胡子，微笑着把惊堂木一拍："欲知后事，且听下回分解！"听众们会意地笑，知道这回讲古已经完了，纷纷不舍地退场。何三刀若有所思地站起来，又朝赌场走去。

赌场老板纸扇吴见了何三刀，猜着他是冲沙湾那个韩博年来的，忙赔着笑迎上去，从口袋里掏出一个红包塞给他，然后陪着他巡视赌场，生怕这家伙在场子里动刀动枪。

何三刀会意地接过红包，往怀里一塞："生意不错嘛。"

纸扇吴殷勤地笑着："都是托何队长的福呀！"

"韩博年最近来赌了吗？"何三刀问。

"有些日子没来了。"

何三刀不快了："老吴，你可不能姜太公钓鱼呀。我说怎么总不见你来报信呢！"

纸扇吴无奈地笑："何队长，实在是无信可报呀，我总不能找马仔去强拉他来赌吧？哎，您好像很急呀？韩博年怎么把您给得罪了？"

何三刀沉下脸："你怎么口水多过茶！"

纸扇吴忙不迭地点头："是，是，我多嘴了。"

何三刀白了纸扇吴一眼："老吴，这事要抓紧点！"

说罢，何三刀离去。

纸扇吴呆呆地看着何三刀的背影自言自语："这家伙的葫芦里到底卖的是什么药呢？"

东亚酒店的房间内，海明伯坐在沙发边的台灯下看报。南珠拿着另一份报纸看。海明伯轻声念道："写得好啊，一群'中日和平友好的使者'。"南珠抬起头："这个报道还不错，'北方的狼烟与南方的友善'，就是嘛，将南北一对比，问题就显而易见！"

海明伯放下报纸，听南珠说："姓陈的这一步可迈得不小呀，而且大造社会舆论，看来他是决心要走联日反蒋的路了。"海明伯接过南珠的话："可是日方和粤方打的都是民间和平友好牌，还是有一定欺骗性的，尤其黑田强调他不是日本政府身份，而是华南日中和平友善促进会会长的身份。这次招待会陈济棠也没有出席，显然是精心策划的。这个策划者是用了心思的！"

他们在分析局面，为下一步行动找到路径。说着说着，话题就到了雨堂身上，他们都担心雨堂的安全。南珠突然抬头看着海明伯："海明伯，我还要向你汇报一件事。如果沙湾出了事，雨堂可能会来东亚酒店找我们。"

"他知道我们住东亚酒店？"海明伯感到意外。

"嗯，我离开沙湾的时候，给雨堂透露了我们的住址。"南珠如实回答。

海明伯愣了一下，看着南珠。南珠见海明伯不说话，着急地解释："我是担心，雨堂家出事。万一有什么事，他也有个人商量。我相信，他不会出卖我们的。要是不妥，我们换一个地方？"

"那小子欠稳重，妥当然是不妥！"海明伯苦笑，"但这是老赵的安排，他要我们在这里等消息，他给我们联络广州地下党，我们换地方，他又要张罗一阵，算了，就这样吧。我也相信雨堂。"

海明伯的心思被南珠引到了沙湾，引到了雨堂身上，他问南珠："雨堂对你有意思，我看出来了，博公也很喜欢你。你是什么态度？"

南珠脸上泛起红云："海明伯，这是不可能的，我不是一个过安稳日子的女子，我有任务，每天都是提着脑袋过，这绝对不可能！"

海明伯笑了："你并没有真正回答我的问题。假如我们的任务完成了，你不再需要每天提着脑袋过，你会怎么样？"

南珠更尴尬了："那也不可能，我年纪比他大，只能是他姐。"

"你大他没多少，"海明伯笑，"你还是没有真正回答。好了，不为难你了，相信你会处理好的。"

南珠仍在担心沙湾的事："海明伯，我很担心韩家被我拖累。我给沙湾的人认出来了，把雨堂也卷了进去，我们在韩老伯家住过，把我俩和韩家联系起来并不难。"

海明伯长叹了一口气："是呀，我也在想这事。但愿这事不会传出去，但愿敌人不会去沙湾找人，但愿博公兄面子大。"

海明伯和南珠看着窗外的夕阳。

也就是这天晚上，雨堂果然被何三刀盯上了。

原来那个在赌场目击雨堂和南珠带走朱文的沙湾赌徒被李刚找到了，一番威逼，他指认了南珠曾在沙湾韩博公家出现。何三刀一番分析，认定，是韩雨堂和南珠装扮成方萍和吴猛，绑走了朱文，又去电台，逼潘主编播出了那条消息。

何三刀大笑："真是老天有眼呀！"

第九章　沙湾波起

第二天就出事了。

一艘汽艇驶近沙湾码头，巨大的波浪像狼狗一样凶狠地扑向河岸。何三刀全副武装地站在船头，旁边站着李刚。身后的十几个警察像一群藏獒。汽艇靠岸，何三刀一马当先，带着李刚和他的手下们哗啦啦冲上沙湾。

码头旁一群乡民正光着膀子聊天，见这阵势，立刻起身，其中一位乡民露出了警觉，他叫阿祥，是吴猛安排在沙湾监视雨堂的密探。看着何三刀一行向韩家大院走去。阿祥也起身走向邮局。

此时，韩博公在卧室的里屋翻阅着一本带着陈年血迹的《南越古谱》，突然，有人敲门："老爷！老爷！"

博公一惊，赶紧打开房门。

水妹慌张地进来："老爷，不好了，何三刀带兵冲进了院子！要抓雨堂少爷，说他通共！"

"什么？"博公脸色陡变，他最害怕的事情终于发生了。

水妹急得直跺脚："老爷，快去吧！他们正满院子搜呢！"

博公把古谱放进里屋后，立即出来，跟着水妹跑出房门，跌跌撞撞跑到院子里。只见何三刀的十几个手下正用黑洞洞的枪口对准雨堂。

博公喝问："你们要干吗？"

何三刀冷笑："干吗？韩老爷，你家兔崽子干的好事你不会不知道，走！给我押到大堂去！"

几个警察押着雨堂往厅堂里走，另外的警察迅速分散开去。正好韩博年匆匆跟进来，他气喘吁吁地贴到何三刀身旁，讨好地问："何队长，怎么回事呀？"

何三刀傲慢地答道："不用问，等会儿就知道了！"

明仔见两个警察往书房闯，忙去阻止："这是书房，不能进！"

两个警察哪肯听他的，只顾用脚往门上踹。一个警察举枪顶着明仔的太阳穴，另一个警察仍在踹门。

博公和水妹跟在被押的雨堂身后往厅堂走，见警察分兵搜查，心里突然想到了那本古谱，忙朝水妹使眼色，悄声说："你去我卧室收拾一下！"然后又吩咐福伯，"你去书房，别让他们损伤了我那些古书！"

水妹立即明白了，想了想，在水房提了半桶水，随手抓过一块抹布，匆匆往博公的卧室走去。福伯奉命跑到书房，一边掏钥匙一边喊："别踢了，别踢了！我这就开门！"

明仔愤怒地瞪着福伯："不能开门——"

福伯无奈地说："再要紧也不如雨堂的命要紧。"

李刚走过来："这就对了！弟兄们，给我好好搜！"

门刚打开，警察们冲向博古架，抽出一个个抽屉乱翻，还把架上的一只只瓷碟瓷盘往地上扔。福伯在门外绝望地号叫："使不得呀——使不得呀——"

金花、阿秀守在自家门口，见书房里噼噼啪啪乱响，忙一齐冲向书房，被李刚用枪口赶了回来。李刚见韩家老小一个劲护着书房，更来了劲："弟兄们！书房就是重点，仔仔细细地搜！"

韩博年跑到厅堂，见何三刀的人正把雨堂往挂着"锦州世泽"楹联的木柱上绑。他站住了，愣愣地看着。

博公冷冷地问何三刀："怎么，你不是搜人，而是搜书？"

何三刀冷笑："人也搜，书也搜。共产党的秘密就在书里，你以为我是二百五啊！"

韩雨堂已被警察牢牢绑在木柱上，他动弹不得，嘴却是自由的，他朝何三刀骂道："何三刀，我吊你老母！"一口唾沫喷到何三刀脸上。何三刀甩手狠狠抽了雨堂一记耳光，博公迅速上前，一把拧住了何三刀的手腕，两眼喷着火，像老牛护犊一样愤怒地瞪着何三刀。

何三刀冷笑着，手腕上使劲："韩老爷，你想和我玩命？"

博公使劲抓着何三刀的手腕，凛然道："我不惹事，可也不怕事！我儿子都被你绑在这里了，你还要动手？"

旁边的几个警察举枪对准博公："松手！"

韩雨堂在一旁骂："畜生！有本事冲我来！别惹我爹！"

福伯正从书房赶来，见博公被枪口瞄准，慌了："别开枪，千万别开枪呀！"说着又去拉博公，"老爷，你犯不着呀！"

博公犹豫了一下，松开何三刀的手腕。

何三刀晃晃被抓得生痛的手，突然飞起一脚，把博公踢倒在地。几个警察冲过去，死死地按住了博公。

书房成为众矢之的，为博公的卧室赢得了宝贵的宁静。

水妹提着水桶，拿着抹布，走进博公的卧室，耳边响起博公急切的话语："你去我卧室收拾一下！"她相信，刚才是博公在向她发出指令，最重要的东西一定不是在书房，而是在博公的卧室里。借着窗口透进来的暗淡的光，她迅速地扫视着，摇椅、书桌、木柜、茶几……

不可能！这些东西她擦拭过无数遍，每天都碰过、摸过，并没有什么特别的东西。她提着水桶往里屋走，感觉手和腿都在剧烈地抖动。她扫视着里屋内的雕花酸枝大卧床、衣柜、博古柜、纳物箱……

何三刀的声音从书房传来："不要放过一点蛛丝马迹！掘地三尺也要给我找出来！"

时间一分一秒地过去了。

水妹在博公的床上没找到任何有价值的东西，她突然明白：不要在这些地方浪费时间，床褥、毯子、枕头这些东西无不是她洗晒的，也都是她为博公铺好的，这不可能藏特别的东西。对！必须找她以前没见过的东西！这样一想，水妹突然想起，她进来报信时，老爷手里拿着一本书，听她说完，放下书就走出来的情景。对！那紧要的东西应该就是那本书！她迅速环视屋子，把目光投射在博古架上。

她对博古架既熟悉又陌生。她每天都会进这屋子擦拭，但博公从来不让她碰博古架，博古架的卫生一直是博公自己负责。她从来都很听话，不该看的不看，不该碰的不碰。此刻的博古架跟平常不一样。对，要找的东西肯定跟博古架有关！

是什么东西呢？她轻轻拿起博古架上的一个金菩萨，看看底座，底是空的，她晃了晃，里面空空如也，她摇摇头，放回去。接着，她取过那个漂亮的大海螺，觉得也不对，又放回去。豆大的汗珠从头发中渗到她的额上，又滑进她的眼睛，眼睛顿时感觉一阵辛辣。她顾不得擦汗水，继续寻找……

就在这时，屋外传来博公的声音，声音很大："何三刀，那是我们家传的谱子，你不能动！"接着又传来何三刀的声音："老东西！你再不闭嘴，老子就给你吃枪子！"

水妹心一动，她明白，这是博公在给她提醒。她眼光扫过，就在大海螺的旁边，斜斜地倒扣着一本线装古书。她感觉心脏快要蹦出来了。她拿起古书，看到封面写着四个秦简体字：南越古谱，封面上还有两缕发黑的血迹。水妹不认识这几个古字，但一翻开看，立即就明白这是曲谱，再看书上的血迹，心里更有了底，就是它！绝对错不了！

她迅速地扯过一块油布，包好古谱。又裹上抹布，沉进了水桶，看上去，就是沉在水底的一团抹布，水妹还不放心，又掰下一块墙泥，揉成粉，投进水桶，把水搅浑。然后，又端起一个尿壶，提着水桶出了门。

刚走出门，何三刀迎面而来。后面跟着福伯。

"站住！"

水妹站下，放下水桶和尿壶，淡定地看着何三刀。

"你干什么？"

"帮老爷收拾房间。"水妹从容不迫。

何三刀露出怀疑的表情："这个时候，你还有心思干活？真沉得住气呀。"

福伯赶紧凑过去，低声对何三刀解释："她是我家的下人，每天都要给我们老爷收拾房间。这是规矩。"

水妹笑了笑："何队长，你们满院子搜查，想必老爷的卧房也要进来，我总该收拾一下吧，要是你把尿壶也搜走，多没面子呀。"

何三刀瞟了一眼水桶和尿壶，突然淫邪地笑："是收拾床吧。床上有什么见不得人的东西呀？"何三刀越说越邪，"是不是你流出的东西呀？"

这话很敏感，大家没有回话。

水妹顿时变了脸："何队长，你说话要放尊重些！"

说罢，水妹提着水桶，直朝水房走去。

何三刀望着水妹的肥屁股，大笑起来："老子明白了，韩老爷和老子的爱好一样，就喜欢这肥屁股，掐得出水呀！"

何三刀在韩家搜了两个多小时，凡是古谱都搜出来，堆在一起。博公看见何三刀搜出的都是古谱，而他最担心的那部古谱不在其中，心里更有数了。

"何队长，你拿这些谱子，想开乐坊吗？"

"韩老爷，我开不开乐坊你管不着！"

"你这可是打劫呀，我这些古谱都是文物。我要告你，而且要找陈司令告你，只怕你吃不消呀！"

"哼，别吓老子！老子知道你给陈司令唱过堂会！可是老子是执行公务，你告到蒋委员长那里老子都不怕！你以为老子肚子里没有墨水？这谱子里，最容易隐藏密电码！没错吧？好，你想告我，我成全你，跟我一起回广州！"

何三刀手一挥："好了，把他们父子俩一起给老子带走！"

明仔吼起来："凭什么抓人！不能带走老爷！也不能带走少爷！"

阿秀、博年、福伯等跟着大喊："不能无缘无故抓人！"

"砰！砰！砰！"何三刀掏出手枪，朝天连开三枪。

院子里顿时安静下来。

院门口有乡民听到动静，拥了过来，被几个警察用枪挡在外边。

何三刀吼道："谁他妈再起哄，一起带走！谁敢拦着，就地正法！"

博公的两手被几个警察紧紧地反扭着，他高声问："何队长！你说我们通共，可有证据！"

何三刀用枪管敲着博公的下巴："韩老爷，你们家昨天刚走了两位客人，一对卖唱的男女。男的叫雷海明，女的叫田南珠。沙湾鬼都知道，没错吧？"

博年和众人大惊，知道何三刀抓住把柄了。博公却不慌不忙："没错，雷先生是我的琴友，南珠姑娘是他的外甥女。怎么，你们家从来没有客人吗？"

"问题是他们是共产党！"

"那我就不知道了，他们脑门儿没有写字！"

"知道你会来这手，所以我请你们去广州，协助调查。你们要是不去，就是抗拒政府，我就可以动粗了，包括就地正法！"

这时，门口传来一个女人清亮的声音："慢！"

何三刀和警察齐朝门口扭转脖子，只见身穿戎装的田方萍和吴猛带着十几个空军官兵进来了。众人都愣住了。雨堂认得这是方萍，博公、水妹等人以为是南珠回来了，仔细看着，不敢相信自己的眼睛。

何三刀的脸顿时有些僵住了："又……又是你？"

方萍面带微笑："是呀，我也觉得我们俩冤家路窄。这位就是大名鼎鼎的韩博公先生吧？何队长，你就不怕世人骂你有辱斯文吗？"说着，她走到雨堂面前，"是你装吴营长的吧？你爹知道吗？韩少爷，你真是有辱门楣呀。何队长，这个韩少爷，我要带走！"

何三刀急了："姓田的，你可不要欺人太甚！"

方萍收住笑，声音变得轻柔，话语却充满了火药味："我今儿就欺负你了，你怎么着！"

"臭娘儿们充过江龙！"何三刀一边掏枪一边咬牙，"老子也不是吃素的！"

说着，何三刀举枪，不料方萍闪电般地伸手，一把托起何三刀的右手臂。

"砰——"枪响了，子弹打中西边的封火墙。十几个空军官兵齐齐举枪对准何三刀的手下。接着，方萍一拍何三刀肘部，何三刀的手臂脱臼了，手枪掉在地上。空气在这一瞬间仿佛突然凝固了，警察们不知该怎么办。李刚还算机灵，侧过身悄悄地掏枪。

吴猛飞步上前，手枪顶住何三刀的脑门儿："叫你的人放下枪！"何三刀手臂痛得撕心裂肺，骨头早已吓软了："吴营长，有话好说，有话好说！都放下枪！"

吴猛瞪着李刚，李刚吓得把手枪乖乖地放在地上。警察们见状都躬下身子放下枪。

水妹和众人感到有了转机，会意地交换眼神。

"竟敢跟我抢功！"方萍朝何三刀低喝道，"给我滚！"

何三刀连连说："是，是！"说着，他忍着右手臂的疼痛，用左手捡起手枪，一边咧着嘴喊，"把那些古谱带走，人留下！"

"什么都不许带走！"方萍吼道。

何三刀、李刚和他的手下在空军官兵的枪口下，狼狈地捡起枪朝门口走去，像十几条丧家之犬。众人紧张地看着方萍。博公走上前，朝方萍拱手："这位女长官，鄙人是韩博公，韩雨堂的父亲，这孩子犯了什么事，找我说，如何？"

方萍恭敬地拱手回礼："南粤'琵琶王'韩博公老伯，久仰！"

博公谦逊道："徒有虚名，惭愧。长官，怎么称呼？"

方萍露出微笑："韩少爷没告诉您吗？"

"实不相瞒，鄙人家教不严，儿子忤逆，我们父子很难沟通，他在外面做什么事，交什么友，鄙人一头雾水。"博公有些尴尬。

方萍从口袋里掏出一张名片，递给博公。博公接过，忙又拱手："原来是田特派员，韩某失敬！能否请您和各位长官坐下聊？"

"不必了，我们马上也要走，韩少爷也得跟我走。至于原因，何三刀想必已经告诉您了。不过您放心，我不会像何三刀那样对韩少爷。"

还是得抓人！大家都愣住了。

博公急了："田小姐，有什么话可以问我。我跟你走！"

方萍笑了："韩老伯，您不是说，您儿子做的事，您并不知道吗？"

博公哑然。雨堂开口了："姓田的，我跟你走，别为难我爹！"

方萍看着博公："韩老伯，您是明白人，应该看得出来，我和那个何三刀不是一路人吧？我就不废话了！我不想为难您老，只要雨堂少爷愿意配合，我也不会为难他的。"

博公看看雨堂，又看看方萍，迟疑地点了点头。

方萍朝博公拱手："韩老伯，打扰了。告辞！"说罢，朝大家一挥手，吴猛带着官兵们押着雨堂离开。

月亮高挂，韩家大院又恢复了宁静。

水妹带着古谱，来到博公的卧室，交给博公。博公看着古谱，感动地问："你放在水桶里带出去的？"水妹点头："当时，我真急死了。又不知道是个啥东西，情急之下就凭感觉了。一看到谱子上有血，又听你在屋外提醒，就猜是它了！"

博公笑了："你真聪明！"

水妹不好意思了："老爷——你快别夸了。唉，老爷，雨堂不会遭罪吧？"

"不会的！田特派员不是何三刀，"博公安慰水妹，"你没发现，她长得很像南珠姑娘吗？"

水妹眼一亮："老爷您是说，她和南珠姑娘可能是姐妹？所以，和南珠是一伙的？"

"是不是一伙的我不敢说，可是我觉得她肯定和南珠是姐妹，你想，她会对南珠下杀手吗？所以，她带走雨堂……"

"老爷，我明白了。她带走雨堂，是不让雨堂落在何三刀手里！"

博公深情地看着水妹："就咱两人，别老爷老爷地叫了！"

水妹脸红了："老爷——你又说这些，我要生气了。"

"好，不说了。"

这时门外传来博年的声音："大哥在吗？"

接着，博年进来了。

水妹知趣地低声说："三老爷，你们说话，我走了。"说罢，匆匆出去了。

博年看到博公手里拿着《南越古谱》，露出会意的神色："水妹藏的？"

博公点点头。

博年钦佩地说："大哥，你没看走眼！"

博公笑了笑。

博年朝门外看了看，扭头对博公说："大哥，我看你就给水妹一个名分吧。"

博公轻叹了一口气："你别管，我心里有数。"

博年把房门关上，自己坐下。博公知道他是来说长话的，也就坐下，问："找我啥事？"

"何三刀一进来就兵分两路，这就说明他今晚来是带着两个目的。"

博公一笑："老三，你还有脑子。"

博年苦笑："大哥，你以为我韩老三真是个赌徒吗？要论琴艺，我是没什么出息；要论心计，我不比你差多少。"

博公触动心事，默然无语。

博年更起劲了："大哥，说一千，道一万，你真不该讲十年前的交情，收留那个雷先生。要不是你沾上了共产党，何三刀敢打上门来吗？那个田特派员敢把雨堂带走吗？你别看她比何三刀客气，最毒妇人心！她和南珠姑娘长得那么像，要是再沾亲带故，那可就热闹了。那是拿锯子在锯雨堂啊！唉，雨堂这孩子，也不是个省油的灯，要是他多听我的话，何至于如此呀！"

夜色已深，方萍顾不上休息，她把雨堂带回寓所，想连夜问个水落石出。吴猛当然也顾不上休息，他乐意时刻守着方萍。

"韩少爷，要不要我把你和南珠干的事给你复个盘呀？"方萍看着雨堂。

雨堂不假思索："不用了，我认账，我认识你姐，绑架朱文，就是我带着你姐干的！你冲我来吧。"

"有种！我果然没看走眼，不用和你废话！"方萍下意识地看了吴猛一眼，"那你说说，我抓你想干什么？"

"你是想搭我的梯子去抓你姐。"雨堂的回答同样干脆。

"知道我为啥要抓我姐？"方萍很满意雨堂的态度，甚至颇有几分惊喜，她知道雨堂是个玩世不恭的"刺头"，没想到开场的问答如此顺利，她窃喜着赶紧追问。

"知道！你姐坑了你。"

"爽快，够爷儿们！"方萍笑道，"韩少爷，既然你这么爽快，那我也不绕圈子。你知道下面该说什么了吧？"

雨堂点头："知道！下面就得告诉你，南珠去哪儿了。"

方萍满意地点头："那你说吧！"

雨堂盯着方萍："田特派员，我问你个问题行不？"

方萍吃惊："想和我讨价还价？行，你问吧！"

"你知道我为啥愿意跟你走吗？"

"你知道我要的是我姐，对你不感兴趣。跟着我走比跟何三刀走强，你可以少吃点苦。没错吧？"

雨堂把头摇得像拨浪鼓："错了！我就是想和你一起把你姐找回来。我要当面问你姐，为啥跟我山盟海誓，骗我跟她冲锋陷阵，最后溜之乎也，无影无踪。"

方萍正想说话，雨堂却激动起来，嘴里滔滔不绝："你说，你姐她是人吗？她不仅骗了你，还骗了我，她可是我的初恋呀！"

吴猛把茶几一拍："韩雨堂！你他妈的玩我们！老子毙了你！"说着就要掏枪，被方萍按住了。方萍冷笑："原来你是在这里等着我呀？"

雨堂看都不看吴猛一眼，只顾对着方萍苦笑："田特派员，不管你信不信，你都要听我把话说完。现在咱们两个都是受害者，同是天涯沦落人，咱们两个要联合起来找你姐算账，千万别互相掐！我们要是掐起来，又上你姐的当了！这就是二桃杀三士的毒招，你说是不？"

"说完了？"方萍冷淡地问。

"说完了！"

方萍站起身："好，今天就到这儿！"

雨堂意外地抬头看着方萍："怎么，你不审了？"

方萍对吴猛说："吴营长，送韩少爷去休息！"

吴猛跷着二郎腿，没反应。

方萍拍吴猛的肩："听我的，去呀！"

吴猛不乐意地站起来，凶狠地朝雨堂吼："跟我走！"

雨堂一激灵，双目圆瞪，大叫起来："我不去！要死就死在我家屋里！姓田的，我变鬼也要吓死你！"

方萍见状，朝雨堂开心地笑道："放心吧，我舍不得杀你，你太可爱了！"说着吩咐吴猛把雨堂带走。

第二天早上，雨堂被窗外的鸟叫声叫醒。他打量着拘押自己的房间。房间不大，但很整洁，桌上还摆好了早点。

突然，他听到门外有人开锁。

一袭白裙的方萍款款进来，纯洁得如音乐会舞台上的一个钢琴少女。

"睡得好吗？"方萍的语气很关切。

"托你的福，还不错！"

"我特意叫人打扫过，床上用品全换了干净的，"方萍友善地笑道，"我说是贵客来住。不错吧？"

方萍将一只白色的小提包放在一尘不染的桌面，轻轻拉开提包的拉链，取出飘着香气和热气的白纸包，一只白色的玻璃瓶，还有另一团小纸包。

她转开小纸包，露出一把牙刷。"先刷个牙吧，给你带早餐了。不知道你用什么牌子的牙膏，昨晚来不及安排，这是从我那里带来的，留兰香的，有点女性化，希望你别介意。"

雨堂诧异地看着，愣了一会儿才走近方萍，接过牙膏牙刷，眼睛看着桌面又香又热的白纸包和那瓶'胜记'牛奶。

雨堂刷完牙出来，也不客气，开始用早餐。

方萍一边看着他吃喝，一边跟他说话。

"你，是怎么认识田南珠的？"

"在广州大街上，"雨堂老老实实的样子，"我看她漂亮，就迷上了，跟上她了。后来她出事了，被何三刀追杀，我就告诉她往江边跑，她跑掉了。后来我回沙湾一看，她和海明伯正好躲到我家来了，原来海明伯和我爹是旧友。我当然巴不得，就熟了！"

方萍保持着警惕，她担心被雨堂糊弄，不肯轻易相信："那你知道我和南珠是什么关系吗？"

"知道，你是她妹，她是你姐。"

"好，是实话。我再问你，她是怎么知道我在广州的？"

"是我回去跟她说的，我说广州有个娘儿们租了我家的房子，长得很像你，比你还有风度，她就盘问我。我琢磨琢磨就知道你们是姐妹。"

"嗯，"方萍不敢放过雨堂话里的任何一个疑点，她听得很仔细，一边听，一边认真地思索着，不觉微微皱着眉头，"你知道她是共产党吗？"

"知道！"

"知道你还和她混？"

"我和她混是因为她漂亮，和共产党没关系！"雨堂似乎并没在意方萍的用意，只是苦笑，"她要是不漂亮，她就是国民党我也不会和她混，你说是不？"

"你就因为她漂亮，就跟着她玩命？"

"田特派员，玩命是你说的，我没觉得是玩命。我就是觉得挺刺激的，像拍电影似的。没听人说吗？牡丹裙下死，做鬼也风流！"雨堂不禁笑起来，笑得邪邪的。

方萍也笑了："原来你还是个情种呀！"

雨堂不好意思了，脸上挂着些腼腆："田特派员，我就好这口——喜欢美人。我要是先碰见你，没准也会迷上你，跟着你玩命！"

"是吗？"方萍两眼放光，"这么说，你对我印象也不错？那你叫我一声萍姐，行不？"

雨堂头也不抬："当然行啦，萍姐！"

两人都笑起来。

"雨堂，既然你把我当姐，我也给你说说心里话。你知道我为啥不打你，不骂你，给你好吃好喝，还认你当弟弟？"

雨堂装着突然醒悟："萍姐，你也想给我玩美人计？你姐就是这么把我带到沟里的！她也是甜言蜜语认我当弟弟，骗我给她当枪使，完事了，屁股一拍就消失了！你们姐俩可真像呀！"

方萍恼怒地白了他一眼，叹一口气："雨堂，你别给我装傻了！你想保护我姐，我知道，我佩服你对我姐的这份情意。"这话正说着，她就势转了个向，"其实，我何尝不是如此，她毕竟是我姐呀，坑了我她也是不得已。我就是抓到她，能对她下毒手吗？雨堂，你记住，这个世上，最难以自拔的，除了牙齿，就是亲情！"

雨堂呆呆地看着方萍。

"你不相信我吗？要不是我，你正在何三刀那里坐老虎凳。我救下你，对你客客气气的，我是把你当姐夫来待的，你知道不？这难道不说明我对我姐的感情吗？实话告诉你，我找我姐，就是想保护她！你想想，何三刀正在满世界搜捕她，大街小巷都贴着她的画像，她躲得了初一，躲不了十五，只有我能把她送出广州城，明白吗？"

雨堂默默地看着方萍，半晌，才迟疑地问："萍姐，我可以说实话吗？"

"就是要你说实话。"

雨堂有些怯意："那你可不许骂我陈世美！"

"只要你说实话，我骂你干吗？"

雨堂有些激动："萍姐！你比你姐好，你姐那么坑你，你还要保护她。我不想找你姐了，我想和你好，行不？"

方萍明白又被雨堂耍了，终于火了，把筷子往桌上重重一扣："韩雨堂，你别以为装疯卖傻我就没辙了！我的忍耐是有限度的！"

雨堂也把筷子重重一扣："田特派员，你怎么说翻脸就翻脸呀！我说的都是实话，你不干就拉倒！你以为我稀罕你这个小姨子吗？实话告诉你，我韩少爷手一招，广州城的美女排着队来找我！"

方萍咬牙站起身："你等着瞧！"说着就走到办公桌前，拨打电话，"吴猛！你通知何三刀立即把韩雨堂带走！好，你送走也行！"

搁下话筒，她沉着脸："从昨晚到现在，我陪你说相声，我有点腻了，给你找个新搭档，你和何三刀接着说！"

"你这就沉不住气了？"雨堂的表情像个智障人士，话语却缜密，"你要是真想救你姐，你要是真把我当姐夫，会把我交给何三刀吗？唉，你要是再陪我说几句，我就真会信了你，带你去找南珠了。"

方萍愣住了，呆呆地看着雨堂，不知道到底该不该信他。

雨堂也闭嘴了，他想起南珠临别的嘱咐："我得罪了方萍，她很可能通过你来找我。她是个绝顶聪明的女人，你千万不可大意。要是她找到你，你就跟她装疯卖傻，就说你被我利用了，这样你最安全。要是实在逼急了，你就把她带到东亚酒店去！放心，我不会让她抓住的。"

这时，外面响起汽车喇叭声。

方萍狠狠地白了雨堂一眼，迅速走向门外。过了几分钟，吴猛跟方萍进来了。

吴猛大声说："田特派员，情况有变化，何三刀提出他还要抓韩博公！"

方萍惊讶："又去抓？他好大的胃口呀！"

"他把刁文元给搬出来了！"吴猛说，"刁文元上午给我打电话，我就是为这事来的。刁文元说，如果抓不住共产党，就拿韩博公和这小子去顶罪，这样大家都能过得去。"

方萍想了想说："这话也有道理，找这爷儿俩顶罪，是他目前最好的路。韩雨堂我们留着没用，就答应他！条件是，功劳对半开！"

雨堂一听急了："不要抓我爹！我干的事他根本不知道！"

"抓你爹的不是我们，是刁文元和何三刀！"吴猛冷笑，"至于你，总不能叫我和田特派员把你当主子侍候。这也都是你小子逼的！我们既然出手，不可能无功而返，总得要找人扛屎盆子！"方萍也点头："刚才还想着把这小子送给何三刀，没想到刁文元倒是跟我想到一块去了！"方萍从桌上抓过帽子戴上，催促吴猛，"走吧！别耽误时间了，扔给何三刀我也省心了。既然韩家父子要仗义，我们就成全他们父子俩忠烈！"

"等等！"雨堂大叫，"我要是带你们去找南珠，你们必须放过我爹！还得把我放了！"

方萍会意地看了看吴猛，看来她和吴猛演的这一出戏，奏效了。

第十章　黄雀多多

就在雨堂带着方萍、吴猛去东亚酒店的前一天晚上，通过老赵，南珠和海明伯已经转移到广州地下党的联络点了。但是南珠还惦记着雨堂。她有种预感，方萍肯定会很快找到雨堂，而雨堂要脱身，就必须把自己交代出来，所以她告诉过雨堂："你要扛不过去，就带方萍到东亚酒店去，让方萍无法再为难你。"

事情果然按南珠的预想发生了。

此时，南珠女扮男装，穿着小号格子西装，戴着鸭舌帽和墨镜，手拿报纸坐在大堂茶座上，眼睛却在大门和服务台之间穿梭。南珠要看看，自己最担心的事，是不是发生了，如果雨堂真有麻烦，她不能袖手旁观。

看到雨堂果然带着方萍和吴猛进来。南珠心一动，真的猜中了！

她见方萍让柜台服务员把酒店掌柜喊来了，然后，方萍从怀里掏出一张纸，拿给掌柜和服务员，听他们在叽叽喳喳。南珠暗笑，她猜方萍正拿着她的炭精画像让掌柜和服务员辨认，她还知道掌柜和服务员在告诉方萍："这位做珠宝生意的贺小姐昨晚就退房了，她和老板急着赶去澳门。"一会儿，南珠看到方萍、吴猛失望地离去，雨堂跟着他俩离开。

这一切，都在南珠的设计之中。南珠的心放下了，雨堂已经"出卖"了她，方萍无法再为难雨堂了。她正准备起身，只见大门口又进来了一个人，这人正是何三刀的副队长李刚。直奔服务台，掏出证件跟服务员们说话。南珠认得这是何三刀的手下，难道何三刀在暗中盯着方萍？

南珠又坐下了，她拿出一支烟，点燃，一边悠悠然地看报，一边慢慢地抽着香烟，观察进展。

李刚也失望地走了，南珠没有起身，她还想再看看。

不一会儿，一个戴着墨镜、脑后梳着蝴蝶髻、头发染成黄褐色的时髦女子急匆匆走向服务台，也掏出证件，向服务员打听着什么。叽叽喳喳了一会儿，时髦女子也悻悻而去。南珠没见过这个女人，但她凭经验估计，这个女人也是为同一件事情而来。这下子，可真热闹了。

烟抽完了，南珠慢慢起身，朝服务台走去。她要印证一下自己的猜测。印证的结果基本符合南珠的猜测，但她依然有些吃惊。她想到一句成语，螳螂捕蝉，黄雀在后。可是在后的黄雀居然有几拨，这是她没想到的。

这是一所西关大院，也是中共的秘密联络点。

海明伯正在和广州地下党的邱和交谈，交代这次来广州的任务。

"我们这次行动的代号叫'旱天雷'，目的是坚决阻止陈济棠和日本人勾结，起兵打内战！"

"陈济棠与蒋介石相争，我们渔翁得利呀，为什么要阻止？"邱和不解。

"形势不一样了。现在是民族危亡压倒一切！"海明伯坚定地说，"党派之争要服从民族救亡的大局。日本人制造了华北事变以后，我们党发表了《八一宣言》，提出了停止内战、一致对外的口号，接着瓦窑堡会议正式提出建立抗日民族统一战线的主张。我们中国人打内战，消耗的是中国的抗日力量，渔翁得利的是日本人。"

"那我们主要打击对象是日本人，对吗？"

海明伯点头："正是这样。我们的思路是，查捕松井石根勾结陈济棠的'使者'，逼他交代内幕，公之于众，震慑陈济棠，使陈济棠知难而退。'旱天雷行动'的前期工作，是要锁定松井石根的代理人。"

"松井石根不简单，他的代理人也一定是个非常凶险的对手。"

海明伯坚定地说："我们抓这个代理人，倒不在乎他本人有多么大的能量，而在于震慑陈济棠。就像我们开枪打掉陈济棠的帽子，不是这顶帽子有多大价值，而在于摘掉了陈济棠的帽子，陈济棠就不敢轻举妄动。这是一种政治智慧。"

"明白了！"邱和点头，"你们说松井的代理人会不会就是石村？"

海明伯说："也许是，也许不是，我们以静制动，先观察一阵再说。"

这时，南珠走了进来。

南珠脱下鸭舌帽，抖开了一头秀发，然后搬条板凳坐在两人旁边。

海明伯扭头问南珠："那边有什么情况吗？"

于是，南珠向海明伯和邱和汇报了刚才在东亚酒店的见闻。

南珠分析说："我看这几拨人都不是一伙的，但他们都是冲着我们来的。而且《羊城报》的那个记者邓茹婷也关注这事，虽说她作为记者，好奇心是职业习惯，可是，她怎么会那么敏感呢？"

"这么复杂呀，我脑子都乱了。"邱和说。

海明伯像是宽慰南珠："雨堂今天带方萍去东亚酒店，牵出这么多线索，他无意中又立了一功。目前看来，雨堂都在按你的招呼在行事，但下一步……"

南珠忧虑地说："我得秘密盯着方萍，保护雨堂，相机行事。"

"好，我们必须想办法保护雨堂，他如果有个三长两短，没法向他爹交代，实在不行，就把他救出来，哪怕暴露！"

"暴露？"邱和惊得合不拢嘴。

"这小子是我们的恩人，我们不能只想着自己的安全，"海明伯对邱和说，"老邱，这事还得请你派人去沙湾打听一下。"

邱和点头。

于是海明伯转移话题，接着讨论"旱天雷行动"。首先锁定日方的目标，石村是他们的调查对象之一，为此要收集情报；其次是组织行动队，一旦锁定目标，就要采取秘密抓捕行动。说起行动队，邱和又提出，人员没问题，就是缺乏武器，必须找路子购置武器。

"你们有路子吗"海明伯问。

"路子倒是有的，就是囊中羞涩，海明同志，你们是不是能支持一下？"

海明伯苦笑："我们倒是有点经费。可是，要买枪可不是小数字呀。"

邱和点头："是呀，我们必须走黑道，更贵。"

"好吧，我和南珠再合计一下。大家一起想办法吧。"

"行，我先去了解一下情况，通过我们的渠道，先摸石村的底。"

邱和立即起身离去。

吴猛没想到，方萍打算放雨堂回家。

"你疯了吧？"吴猛盯着方萍，"我认为这是南珠和他演的双簧！再说，这小子一回去，就会落在何三刀手上，到时候，你和南珠的关系就穿帮了！"

方萍冷笑："你以为扣住韩雨堂，就不会穿帮？李刚和邓茹婷都在我们背后当黄雀，你不知道吗？"

原来，方萍和吴猛也发现了李刚和邓茹婷在后面跟踪。

"正因为如此，我们才不能放那小子！"

"愚蠢！现在我们扣住韩雨堂，根本没有指望找到南珠，反而是个拖累。只有放了他，才会找到南珠，你懂吗？"

"我不懂。我只知道，放了他，他就会落在何三刀手上，你和南珠的关系就会穿帮，你就说不清了！"

方萍一笑："要是我和刁文元摊牌，承认我和南珠的关系呢？"

"什么？"

"我只要承认南珠是我姐，她骗了我，刁文元就无可奈何。就算南珠是中共的人我也不怕。我抓韩雨堂，就是为了抓南珠，这就叫大义灭亲！现在我放了韩雨堂，就是继续拿他钓鱼，何三刀要抓他，南珠就会出现。你明白不？"

吴猛瞪大了眼睛，他终于听明白了。

"我明白了，你打算什么时候放他？"

"我打算先和刁文元摊牌，逼他按我的思路办，监视雨堂，继续钓鱼，这样，何三刀也不敢抓雨堂！"

"他会听你的？"

"那就看我的手段了。据我观察，刁文元是个见风使舵的人，我是戴老板的人，他不敢和我结仇的。"

方萍对刁文元的观察的确到位，吴猛心里暗暗佩服方萍。

当天，方萍找到了刁文元，一番周旋，刁文元果然同意了方萍的方案，把何三刀叫来，当面发出了指令，还要何三刀与方萍和好，何三刀自然不敢再说二话，悻然地看着方萍，说了一句："特派员，何某鲁莽，您大人不计小人过，请包涵。"说完还深深鞠了一个躬。

当晚，吴猛亲自开车，把雨堂送回了沙湾。

石村刚到广州，在刁文元处碰了个软钉子，感觉到跟广东军方做事没那么容易，于是就想起东京帝国大学的同学傅桑。当年同学时，他和傅桑的交情不错。傅桑的主意又最多，现在这位老同学又在广州，不妨拜访一下，说不定会给自己一些帮助。于是，他就来到中山大学。

老同学相见，果然又惊又喜。寒暄过后，石村拿出日本带来的礼物。

傅桑缓缓解开礼品盒的丝带，揭开盒盖，露出两只方形小盒。

"围棋？"

石村微微笑着，右边的脸颊露出一只浅浅的酒窝，更添了他的俊美飘逸之气。

傅桑轻轻揭开其中一只小盒，露出黑色的棋子。

"这是那智山黑石打磨而成的。"石村在一旁轻轻解说。

"弥足珍贵！我受之有愧呀！"接着傅桑又打开另一个盒子。抓出两颗白棋子打量，不禁一怔。

"蛤碁石①？"

石村含笑不语。傅桑仔细端详，只见白棋子花纹华丽纤细，通体贯穿，孤高如雪："这……这是雪印吗？"

石村微笑着点头。

"石村君，这礼太重了！我可领受不起！"傅桑忙盖上盒盖，推到石村面前。

"傅桑君这是看不起我吗？我大老远带来，岂有再带回去之理？"石村用力把礼物盒推向傅桑。傅桑不再推辞，两人坐下品茶，聊了起来。

"怎么，石村君还是要玩政治？"

石村微笑："知道傅桑君为人清高，一心只做学问。其实，我只是作为陈济棠的顾问被请过来的，只是帮他在施政方面提一些力所能及的建议而已。"

"可是，恕我直言，这报纸上都登了，你是军事顾问，安置在陈济棠的第一集团军司令部，这就不仅仅是施政了。"

"陈济棠是个军人，他施政当然离不开军事。我给他在军事技术方面当当顾问，但是，政治，我不会掺和。"

傅桑意味深长："军事和政治能分开吗？你别忘了，军事是政治的最高形式。"

石村尴尬："老同学，我们不争论，只叙友情吧。"

"中国有句老话：收人钱财，与人消灾！"傅桑盯着石村，"石村君，你

---

① 蛤碁石，围棋白子，用日本天然蛤贝打磨而成，是围棋子之精品，在日本围棋界被誉为"梦幻之魂"。叮分为雪印、月印、实用印三品，其中，雪印为上品，十分稀有。

带这么贵重的礼物给我，那就听我一句劝，返回日本去吧，你不适合你目前的角色。你玩不过陈济棠。"傅桑继续说，"为什么？我说得尖锐一点，你不见怪吧？我觉得信仰在陈济棠的部队里不过是块遮羞布，遮羞布里包的是利益。而且，义气大于正气，只要彼此是哥们儿，原则是张揩屁股纸。正因为陈济棠考虑的是利益，想怂恿陈济棠起兵反蒋，这是很难成功的。"

石村听见傅桑说怂恿陈济棠起兵反蒋，被点破了心机，不觉一愣，呆呆地看着傅桑。傅桑一笑："石村君，不必吃惊，我不玩政治，并非不懂政治。你来广东的目的，瞒不了我。可是我断言，你肯定要失败。"

石村怔怔地看着傅桑，傅桑说他不玩政治，只能说他现在不玩政治，他以前是个政事积极分子，在帝大读书时曾经加入过日共，还担任过日共领导人德田球一的助手，后来被捕，石村托人想了好多办法、费了很大的力气才把他保出来。既然他什么都知道，石村就没什么好顾忌的，于是，他诚恳地说："我对中国之了解，远不及傅桑君。请傅桑君说白一点！"

"那我就说白一点，"傅桑说，"抗日，是眼下所有中国政治派别都要拉的大旗。举起抗日大旗，就能顺应民心，占据政治道德的制高点。陈济棠是个既要当婊子又要竖牌坊的枭雄，汉奸的骂名是不敢背的，所以他反蒋也要在前面加'抗日'二字。我估计松井也明白这一点，所以你们以民间友好人士的身份进入粤军，但这是欲盖弥彰的把戏。一旦你们和陈济棠合作的真实内幕抖搂出来，他就会缩头。这不意味着你将失败吗？"

石村沉默着，琢磨着傅桑的话。

石村告别傅桑，直奔沙面的日本领事馆。

他本想在傅桑处讨点主意，没想到被浇了一盆冷水，石村还感到，傅桑还是有颗中国心，不会因为同学之情，帮自己对付中国人的。他就想跟副领事黑田好好探讨一下，怎么打开局面。

见到了黑田，石村说了自己的心事，露出苦笑："我感觉陈济棠像个商人。"

黑田直言不讳："你必须记住，我们和陈济棠之间就是在做生意。"

"做生意就当面谈呀！"石村气恼，"他却有意和我保持距离，什么话都是刁文元联络。刁文元见利就上，见不利就推，问急了，他就说他只是个联络员。

跟他谈就是白谈！"

"这事我来协调！你初来乍到，要学会沉住气，"黑田说，"要陈济棠死心塌地跟我们走，不下番功夫不行。你现在进入了陈济棠的总部，已经是很大的胜利。刁文元这个人很会左右逢源，陈济棠派他和你直接联系，你可以对他下点功夫。比如说，把他拉过来。"

石村有点开窍了，点点头。

"还有一件事，"黑田说，"中共李克农又派一男一女来广州了，男的叫雷海明，女的叫田南珠，就是冲我们和陈济棠的合作而来。共产党可比国民党难对付，你要高度重视此事。特别是那个南珠，和中央航空委派到广东空军的特派员田方萍可能还是姐妹。这个田方萍其实是戴笠的人，也是冲着我们和陈济棠合作来的。"

黑田说着，把两份材料交给石村。

石村翻看着材料，皱着眉头："从材料看，我觉得李克农的人和戴笠的人有某种默契，似乎打算联手向我们发难。田方萍跟广东军方走得更近，我觉得应该从田方萍突破。"

"你说得很对！就从田方萍入手，"黑田说，"不过，作为副领事，我不合适介入，等会儿我要向你介绍一位小姐。你有什么难处，她可以给你提供协助。"

"给我配一个女助手？"石村很惊讶。

黑田一笑："不过，实际上，她是联络员。"

石村不解："我跟你联络还需要联络员吗？"

黑田没回答，从抽屉里取出一份文件递给石村。

石村看完文件，抬头问黑田："这个黄雀是谁？为什么要节外生枝？我还要接受他的指令？我不是只应该听从松井先生的指令吗？"

黑田无奈："这么安排，正是松井先生的指令，你只能遵命！"

石村觉得诧异，"那你的身份是什么？"

黑田尴尬了："石村君，想必你也看出来了，松井先生更信赖这个黄雀。我原本可以做些联络，但现在只能这样了。我们都只能遵命。"

石村无奈："好吧，我遵命。不过，我希望见见这位黄雀。"

这时，一个秘书敲门，他身后跟着邓茹婷。

邓茹婷走进来，用日语和黑田打招呼。

黑田随之介绍："这位是《羊城报》记者部副主任邓茹婷小姐。她的真实身份是黄雀与你之间的联络员，杏子小姐也曾经留学东京帝大。"

石村愣了一下，面露惊喜："原来我们还是校友，杏子小姐该是小师妹了。"

邓茹婷微微一笑："石村先生！你我之间，虽存师兄妹关系，但恕我只能以工作关系待之。黄雀要我代他向你问好，并要求我配合你的工作。"

石村感觉自己碰了个软钉子，有些尴尬。邓茹婷却不理会，向石村详细介绍了广州的情况，重点介绍了她掌握的南珠、海明伯的情况。

石村听着听着，感到有了思路，提出了自己的意见，叫邓茹婷继续密切监视田方萍，一是让田方萍留下更多的把柄，叫她不敢破坏日方与陈济棠合作的美事；二是利用田方萍这根长线，去钓共产党的大鱼。

邓茹婷点头："如果放出田方萍这根长线，就意味着对韩雨堂也要放长线。"

石村却提出，"可以把韩雨堂留给方萍去控制。我们可以叫何三刀对韩博公下手。"

"不行！"邓茹婷严肃地打断石村的话，"黄雀有明确指令，动韩博公必须得到他同意。"石村看着强硬的邓茹婷，心里一阵凉意，感到自己在广州很难施展，于是又想起傅桑劝他回国的话来……

几天之后。

南珠和海明伯在民居翻看邱和送来的材料。

"海明伯，这里有个情况值得注意！"南珠突然眼一亮，"陈济棠和日本领事馆副领事黑田来往比较多，而且黑田是陆大毕业的，1922年他在哈尔滨特工机关任职时，松井石根就是机关长，他是松井的部下。"

"那又怎么样？"海明伯问。

"我在想，松井石根的代理人会不会是黑田？"南珠问。

海明伯摇头："不太可能。黑田和松井石根在战略上一个主张南进，一个主张北进。两人的政治和军事主张有重大隔阂，松井不会把这事托付给他。"

"松井石根既然主张北进主攻苏联，那他一门心思到广东来勾搭陈济棠干吗？"

"松井石根想中国打内战，渔翁得利的就是日本人，"海明伯解释说，"他也去游说了蒋介石，想拉蒋介石和日本结盟，一起对付苏联，但蒋介石不理这一套，松井便使劲勾结陈济棠，报复蒋介石。"

南珠点点头，又看下去，却想起了雨堂："海明伯，方萍把雨堂放了回去。我总觉得有鬼。你说，会出事吗？"

"放心吧。老邱说，雨堂回沙湾，没遭半点罪，正跟着他爹学琴。韩老伯欢喜得不得了。"海明伯宽慰道。

南珠却不放心："按理说，何三刀应该对雨堂下手，却也没有下手，这很不正常呀。"

海明伯笑了："方萍会让雨堂落在何三刀的手里吗？再说，何三刀也要借雨堂这座桥来追捕我们，所以，雨堂的安全是有保证的。"

南珠还是不敢宽心："话虽这么说，可是……"

这时，院子里传来琼嫂和邱和的说话声。

南珠没再说下去，接着，邱和走了进来。

南珠立即给他泡茶："老邱，沙湾有消息吗？"

邱和一笑："有消息我会通知你的。没消息就是正常。"

邱和转向海明伯："两头蛇答应帮我们弄一批黑枪，但是价格不低！这是报价清单，您看看。"

海明伯看着报价，皱起眉头："这小子太黑了吧？"

"是黑，可是两头蛇还给我透了一些料，他说是给我的打包价。"

海明伯警觉："两头蛇说了什么？他的话可靠吗？"

"他是陈维周的亲信，还当过陈济棠的副官。按他说的，陈济棠太太穿什么颜色的底裤他都知道！"

海明伯不放心："他知道你的身份吗？"

邱和摇头："这家伙向来很守规矩，只认钱，不认人，从来不打听我是什么来头。以前老范和他也打过交道，一直没有暴露。"

"好！你说情况！"

"他跟我提到了一个人，和知鹰二。"

"和知鹰二？"海明伯有些吃惊，"这人不是早就离开广东了吗？"

"对，这个和知鹰二在广东当过武官，前年底就被派到太原，任驻屯军太原机关长，别看他只是个中佐，但破坏力极强，他在太原鼓动阎锡山'倒蒋反共'是出了名的。近期跟李宗仁、白崇禧的代表黄南鹏打得火热，干的就是策动两广倒蒋的老勾当，他跟陈济棠是可以直接通电话的。两头蛇还透露，和知鹰二即将离开太原，据说是去天津，黄南鹏已经在天津等着他了。"

海明伯皱起眉头："此人是个北进派，和松井石根政见相同，关系不错，但他现在正在策反阎锡山，还要顾及两广，顾得过来吗？再说，隔着千山万水，松井会舍近求远吗？"

南珠在一旁插话："舍近求远可出其不意，有电话直接指令，也不是不可能。"

"是啊！"海明伯琢磨道，"和知鹰二与松井步调一致，有广东工作经验，熟悉南方人事，跟南进派也有关联。他做松井的代理人的确是个不错的选择，也比较隐蔽。"

"那石村呢？"南珠追问。

"石村与和知鹰二，这两个人一南一北，都有可能，两头蛇的情报很重要，我们都不能放弃。"海明伯说。

海明伯说完，低头沉默不语。南珠和邱和都咬着嘴唇不说话。他们的内心在纠结。如果松井的代理人是远在北方的和知鹰二，那么，"旱天雷"行动就只能撤销。海明伯和南珠就只能遗憾地离去了。

南珠打破了沉默："我们应该立即把和知鹰二纳入视野，但我觉得我们的重点还是要摸石村的底，石村离陈济棠最近，更好控制粤军。这个时候来广东，不会只是当顾问。"

海明伯又问邱和："两头蛇对石村有什么说法吗？"

"我也提到了石村，"邱和说，"但两头蛇说，和知鹰二是这个价，要是还要打听石村就属于特别订货，他要专门搜集情报，就要另外开价了，还必须和他做黑枪的生意。"

海明伯一愣："你压压他！"

邱和连连摇头："这家伙是个老江湖，知道轻重，价钱上从来寸步不让，出钱就干，压价免谈。我估计他把我当苏联格伯乌的人了，还吊我的胃口，说石村这人的水很深，了解石村，就可以推断日本的对苏战略动向，可以帮助苏联决定在远东的军事部署。"

海明伯沉思："两头蛇说有关石村的情报关系到日本的国际战略走向，是有道理的，这个情报对共产国际也有用。"

"两头蛇把你当成格伯乌的人也有好处！"南珠说，"这样可以隐蔽我们的真实意图。我们的行动更安全！问题是钱怎么办？"

海明伯苦笑："要钱倒是好事，能用钱解决的就不叫问题，这也说明他不讲政治信仰。可是，我们到哪儿去找钱呢？"

海明伯在屋里踱着步，思考着。

"我还有点首饰，卖了！"南珠在旁边说。

"拉倒吧！你那几件宝贝我还不清楚，能卖几个钱？你留着以后还有用，这个两头蛇，看来是吃定我们了，居然会狮子大张口。我们还不敢得罪他，怕他卖假情报，并且，他还可能把我们的情况卖给陈济棠。"

"那怎么办？"南珠其实是在问自己。

海明伯停下脚步："我倒是想起一个人来。可是，现在有些晚了。"

"谁？"

"博公！"海明伯说，"我们走的时候，他给我一张银票，我退回去了。要是收下就好了！现在要是雨堂不被方萍盯上，倒是可以去找他化个缘。可是方萍肯定在暗中盯着沙湾。我们一去，又要把韩家拖累了。"

"不会的！"南珠兴奋地说，"我化装去，没人看得出！现在何三刀也没动静，肯定是以为我们真去澳门了。就算方萍在沙湾安有眼线，也认不出我！"

"不行，我回一趟粤北，找我的老关系想想办法。"

何三刀叼着烟，正往"讲古斋"走去，却见赌场老板抽大烟的纸扇吴急匆匆朝他走来，一见何三刀就嚷开了："何队长！正要去找你领赏呢！你交代的事，有些戏了！韩博年这下掉到坑里了！"

"快说！"

"韩博年好些日子不来赌了，知道为什么吗？他欠下巨债了！"纸扇吴把何三刀拉到墙边，又开五根又肥又短的指头："我找到了给韩博年放债的大耳窿。没想到韩博年欠了他五个数！大耳窿想找人收拾他，又忌讳韩博公出面护着他弟弟，左右为难。我一寻思，我不有何队长罩着吗？我不为难呀！我就出手把大耳窿的债全背下来了，等于是韩博年欠我的啦！我又翻了三分息，他不出钱就得拿肉抵了！我打算找道上的人去跟韩博年打招呼，逼他三天内还债，否则就要他的命根子。嘿嘿，他肯定还不起！"

何三刀一听乐了，自从被刁文元拦住后，他一直不甘心，便想另找路径对韩家下手，便通过纸扇吴，盯上了博年。果然柳暗花明又一村。

何三刀连声说："好，兄弟，你干得漂亮！"

纸扇吴却不放心："不过，韩博年要是真还不起债，我就赔了，我可不稀罕韩博年的那根老鞭！"

何三刀拍打着胸脯："放心，都记在我的账上！"

"真的？"纸扇吴疑惑不解，"三哥，你花这么大心思去套韩博年，到底是为什么呀？"

何三刀严肃地摆手："这不是你该知道的，你就别管了！"

纸扇吴咧嘴一笑，露出被烟熏得暗黄的牙齿："是为了石达开的藏宝图吧？"

何三刀一惊："你什么意思？"

纸扇吴又把嘴贴过去："讲古佬说，石达开把藏宝图藏在一部宝书里，叫他的乐官带出来，从此流落江湖……"

何三刀眉头一皱："胡说！讲古佬的话你也信？"

"我倒是不信，可三哥你信呀，"纸扇吴认真地说，"但是三哥你也不想想，韩博年真有宝书在手，他不会去掘宝吗，还等着别人染指？"

"你懂个屁！谁说韩家有宝书，就一定在韩博年手里？他不是有个大哥吗？你以为我像你一样蠢，韩博年这个败家子，宝书能在他手里吗？"

纸扇吴还不解："你往死里逼韩博年，如果韩博公不出手相救，你也没招呀。何队长，我可是舍着身家帮你挖坑，我是真金白银给大耳窿的呀！"

"行了行了！少他娘的在这里啰唆！"何三刀不耐烦了，"老子记着你这一功，事成之后，亏不了你！还愣在这里干吗？快安排人去沙湾追债呀！"

雨堂没想到方萍真的放他回家了，而且回家后何三刀也没打上门来，他仔细一想就明白了，方萍还想拿我钓南珠上钩！这使他又心安又心慌：心安的是，他确实不知道南珠下落，也不会去找南珠，这样南珠就安全了；心慌的是，万一南珠主动来找他就麻烦了——方萍肯定在沙湾有密探。其实韩博公也想到了,对雨堂说:"现在你老老实实待在家学琴,不要再惹事了。只要你安全,南珠就不会来找你,这样大家都安全了。"雨堂便每日练琴,日子倒也悠闲。

雨堂过得悠闲,他三叔博年却遇到大麻烦了。

就在今天午饭前,赌场纸扇吴派来的人下了通牒,要求博年三天之内连本带利把账还清,否则就把他捆了,叫畜医把他裆中物割掉。博年塞给来人一百元大钞,死求活求,才放宽到五天内还账。

五天之内,博年到哪里去凑五位数啊?就是卖家传古琴,行家也顶多肯出四位数,还差九成呢。这可怎么办呢?博年躺在床上搜肠刮肚,这时,他听到雨堂的胡琴声。

雨堂,这会儿你还有闲心拉琴呢,我这当三叔的都快急死了!

说实话,雨堂拉琴的水平大有长进,但这会儿听着就是刺耳。博年想跑出去吼叫,却突然想到一个好主意。他兴奋地直扑雨堂的房间。

博年一进房间就拉着雨堂的手,眼睛就湿润了。

"三叔,你怎么了?"雨堂好奇。

"三叔看你毫发无损,心里激动啊!"博年拉着雨堂坐在木椅上,"那天你被姓田的特派员抓走,三叔急得一宿没睡!三叔跟你爹说,就是砸锅卖铁也要去广州救你。我都准备好了去广州,你爹硬是不同意。"

"让三叔操心了!"雨堂笑着说,"我这不是好好的嘛!"

博年开始用袖口抹眼角。雨堂觉得三叔今天太奇怪了,显得太做作了,忍不住问:"三叔,你有什么叫我做的,就直说吧!"

博年抹完泪,不满地说:"贤侄,你这是啥意思?好像我有啥阴谋似的!"

"你没啥阴谋,我可要练琴了啊。"

博年一把拉住雨堂:"我说还不行吗!既然你主动提起,我就不瞒你了。我没儿子,今天遇到这急事,就只有当你是我的亲生儿子了!"

于是,博年低声把事情透给了雨堂。

"天啊,你欠那么多?!"雨堂惊得合不拢嘴。

博年忙捂住雨堂的嘴:"小祖宗,你小声点!"

雨堂使劲掰开博年的手,低声问:"你是想叫我爹给你擦屁股?"

博年痛苦地摇头,没吭声。

雨堂狠狠地说："你做梦吧！我爹会把你脑袋拧下来当球踢！"

博年哀求："我不敢跟你爹说。但是，你去跟你爹说，肯定行！"

雨堂感到脊背发凉："你让我替你背黑锅，说是我欠的？！"

"我会那么缺德吗？"博年两只手紧紧抓着雨堂的一条胳膊，"你就说这次那个田特派员放你回来，是开了价的。"

雨堂直摇头："还是叫我爹给你擦屁股嘛！"

博年突然松开雨堂，猛地跪下，哭丧着脸："叔跟你下跪，是万不得已呀！你说你答应了那个田特派员，这就是赎身，这叫讲信用。田特派员要钱放人，这也符合江湖之道，没人会怪她！三叔的这条命就捏在你手里呀！"

雨堂不知所措。

博年泪流满面："雨堂，就是杀了我，我也拿不出这么多钱来！纸扇吴会放过我吗？他真是稀罕我这根老鞭吗？他会追杀上门，到头来还是你爹和你跟着遭殃啊！"

雨堂忙起身拉博年："三叔，你这是干吗，快起来！"

博年一个劲流泪："不，你不答应我就不起来！"

雨堂为难地说："你起来吧，我试试看吧。"

第十一章　雨堂决赌

雨堂没有找到父亲。

韩家投资的云浮采石场炸炮不小心炸死了两个采石工，韩博公带着福伯急匆匆赶到云浮去了。雨堂只好沮丧地给博年回话。博年一听傻眼了，躺在床上想了半天，又冒出一个主意，他把雨堂约到茶楼的包间，说出了自己的新主意。

"我又想到了一个好办法，不仅要还清巨债，还要和你大赚一笔！"

"大赚一笔？"雨堂压根儿不信，"什么主意？"

博年压低声音："我要借你的绝招用用。"

"什么绝招？"

"你的好耳朵！"博年的右手从雨堂的后颈滑向耳朵，亲昵地拧着，"你还记得你小时候听色子的事吗？"

雨堂明白了："你要我去赌？"

博年激动地点头："对！我们用听色子的绝招去赢钱！"

"你是我亲叔，你忍心把我往脏水里拉？"雨堂鄙夷地看着博年，"再说，我听色子基本靠猜，还过了这么多年。"

博年怂恿："你可以练呀！世上无难事，只怕苦心人！"

"你不是说只有五天吗？怎么练？我要是输了呢？"

"要输了，算我的！我死猪不怕开水烫，迟早是个死！"博年狠狠地说，"但是，你韩雨堂是认输的人吗？你有绝招，这就是优势！"

雨堂起身："我认输，我也没优势，你只管看不起我，行了吧。"

博年急忙拉住雨堂，"贤侄，你看这样行不？咱们先练练，就当玩玩。要是真没把握，就当我没说！"

博年又是劝，又是哭，又是赌咒，雨堂看着三叔可怜巴巴的模样，心终于软下来，答应试一试。

当天晚上，博年拉着雨堂，在雨堂房间正式开练。

博年摇着色子盒，雨堂竖着耳朵。

博年左手遮挡着，右手轻轻揭开色子盒，瞄了色子一眼，兴奋地问："几点？"

"好像是……两点。"雨堂有些迟疑。

"牛啊！"博年一把揭开盒盖，果然是两点。

雨堂惊喜地看着桌上的色子，喜悦地摸摸耳朵，咧开嘴笑："我有点感觉了！"

"我就知道你有感觉！再听！"博年又开始摇。

博年轻轻揭开色子盒："几点？"

"好像是六点吧？"

"又对了！"博年揭开盒盖，果然是六点。

"再来！"博年的手一直使劲摇着，好一会儿才停下来。

"三点。"雨堂不再迟疑。

又听对了。博年兴奋极了："太好了！我加一个色子，你好好听！"

博年把两个色子放进色子盒，噼里啪啦摇得像炒豆，再往桌上一扣。

"二加三，开小。"

博年更来劲了，又抓过一颗色子："三个一起听！这回可是玩真的了！"

"一、六、六，开大。"雨堂起身，指着盒子，手指微微颤抖。

博年兴奋得像突发狂犬病，哇哇大叫着一把抱住雨堂，眼泪和鼻涕抹在雨堂的头发和衣领上。

雨堂却很冷静："别高兴得太早！赌场闹哄哄的，哪像这样安安静静？"

"这我也想到了。"博年说，"还有四天，可以练啊！明天去茶楼练！"

第二天，他们又在茶楼摆开架势，练起来。此时正是沙湾街上人多嘈杂的时候，不远的江边船来船来，火轮船嘟嘟嘟地响个不停。

博年掏出色子盒摇啊摇，神情凝重，像巫师在施法。

"几点？"博年盯着雨堂，像考生等着放榜。

雨堂摇摇头，没张嘴。

"说啊，说错了不要紧。"博年紧张得声音都微微颤抖着。

"三、四、五，开大。"

博年揭开盖，傻傻地看着三颗色子：三、三、六。

远处，吴猛暗中安排的眼线阿祥正好奇地朝这边瞅，他不明白，这一对叔侄怎么玩起了色子。

"不要急！不要急！越急越难听！"博年又摇开了。

"一、二、五，开小。"

博年沮丧地揭开盖："还是只对了两个。"

雨堂泄气，起身说："不行了，越赌越输！"

博年忙伸手去拉雨堂："三叔相信你！来！坐坐坐！"

"我说了，越赌越输！"雨堂忍无可忍，发起火来，"我不干了！"

雨堂拂袖而去。

阿祥也起身跟过去。

雨堂朝江边的码头走去，他想散散心。

阿祥远远地跟着他。

只见一个戴斗笠、穿长袍、戴着墨镜的算命先生迎面而来。

"后生，算个命吧？"

雨堂愣住了，他听出来了，这是南珠的声音。

雨堂一脸疑惑，又听见南珠细若游丝的声音："你后边有尾巴，别回头。你把手伸出来！"

雨堂迟疑地伸出了手。

阿祥看见雨堂在算命，也收住脚步，看着江边风景。

就在算命周旋的过程中，雨堂得知，南珠来是想找父亲借钱的。雨堂低声告诉南珠，父亲去采石场了。南珠沉默了。雨堂又问南珠要多少，南珠吐出了数目，令雨堂吃了一惊。南珠不想再拖下去，低声道："我还有办法，你不用操心了，多保重。"说罢，高声说了一番雨堂的运道之类的话，转身离去。

雨堂愣了一下，追上前："先生，我还没给钱呢！"

雨堂掏出一块大洋，塞给南珠，低声道："我有办法。三天后，你到纸扇吴的赌场来找我，不见不散。你还是算命先生的打扮，我就会认出你来。要是有尾巴跟着我，你就过去撞他一下，我就明白了！"于是雨堂又说出了赌场地址，转身离去。

这一切都在阿祥的视野中完成，前后不过十几分钟。

阿祥看着雨堂离去，又跟了上去。

雨堂急匆匆赶回家。看见博年，急切地说："我一定要跟你去赌场！争取时间，赶紧练！"

"真的？"博年喜出望外，却不敢相信自己的耳朵。

"我下决心了！开始练吧！"

"我去拿色子盒！"博年兴冲冲拉开门，往自己的房间跑去。

雨堂和博年整天泡在茶楼玩色子，阿祥看得一头雾水，便向吴猛打电话汇报。放下电话，吴猛又把雨堂的表现给方萍说了。他一脸困惑："真不知道他们在玩什么把戏。我看再杀回沙湾，把那小子抓回来！才能逼出南珠！"

"你觉得有用吗？"

"怎么没用？你看我的！"

"你不就是准备把他往死里整吗？"

"是又怎么啦？"吴猛生气了，"你心疼？"

方萍大方地点头："是，我心疼，你怎么啦？"

吴猛愣愣地看着方萍。

方萍认真地说："这是个干特工的天才，我要收了他，让南珠好好看看！"

吴猛不解地看着方萍。

"看我干吗？我是说真的。我变招了！"方萍在屋里来回踱步，"我呀，一定要想办法把这小子挖过来，这比抓住南珠还过瘾！抓了南珠，我还真抓了只刺猬，杀她也不是，放她更不行。如果把韩雨堂变成我们的人，南珠会呛血！"

吴猛苦笑："你这一招，也有些道理，不过我看他对你那个姐姐是王八吃秤砣，铁了心。你能挖过来吗？"

方萍停步，自信地问："诸葛亮能七擒孟获，我就不能吗？"

吴猛直摇头："我看你是玩火，弄不好，你会掉到坑里去的！"

方萍不信："什么坑？你认为我会变成共产党吗？"

吴猛不语。

方萍走到吴猛身边，微笑着问："你不会觉得我会迷上那小子吧？"

吴猛的眼前闪过雨堂的身影，他叹了一口气，盯着方萍的眼睛，说："许多事不是你能控制的。就拿韩雨堂这事来说吧，你先是打算拿他钓你姐，现在又变成想招安他，气你姐，那下一步嫁给他也未必不可能。"

方萍哈哈大笑："吴猛呀吴猛，你以为我姐真会和这个愣头儿青好上吗？你难道看不出来吗？那是韩雨堂剃头挑子一头热！"

夜晚，雨堂在自己的房间。今天又练了一整天，茶馆里人声鼎沸，耳都吵聋了，眼也看花了，他疲惫地靠在床上。刚才，水妹端着一碗竹笙粉葛海底椰汤进来了，守着雨堂喝了，严肃地提醒雨堂，叫他别和博年鬼混，小心一不留神就被博年带到沟里去了。

雨堂当然知道，但他现在是为了南珠和师父。那天南珠冒险来到沙湾，向他诉说困难，她的眼神是多么焦急啊。雨堂分外心疼。他靠在床上，在掂量风险，那个盯他的眼线，已经暴露了，雨堂没有捅破，但是也甩不掉，要是自己去赌场，他拦着怎么办？

这时，博年推门进来。

"想什么呢？开练吧！"

雨堂问博年："我想到一个问题，我跟你去赌，要是碰上何三刀怎么办？他不仅会搅局，还会把我抓走。"

博年笑了："不会！现在何三刀根本不敢动你！"

博年坐在床沿，安慰雨堂："你想想，他要是想动你，早就来沙湾了。"

雨堂也坐起来，看着博年。

"你怎么还不明白？那个方萍放你回来，就是想钓南珠嘛！"博年肯定地说，"方萍要是不把何三刀摆平，能行吗？这不明摆着，方萍在保护着你嘛！"

雨堂点点头："这么说，那个眼线是方萍安排的？"

"什么眼线？"

雨堂就对博年说了阿祥的事，但没有说出南珠来。

"你小子还眼观六路呀。我也有点怀疑那个家伙，怕吓着你，就没吭声。你怕啦？"

"我怕他拦着我。"

"我看不会。他就是想你和南珠接头，怎么会拦你？换句话，他其实就是保护你的，你只要不和南珠来往，就是安全的，这就叫老鼠玩死猫，明白吗？"博年用手臂揽着雨堂脖子，"后天就要进赌场了，我怕金花和阿秀坏事，叫金花带着阿秀回娘家扫墓！"

雨堂觉得好笑："这时候扫什么墓呢？昨天都立夏了！"

"没什么借口了，端午还差一个多月，"博年不在乎地说，"管它什么理由，把她娘儿俩赶走就行！金花愿意回去，说正有些事要办。阿秀不肯，我回头再训训她！你啥也别想，好好练！"

说完，博年就出去了，不一会儿，阿秀又进来了。

阿秀开门见山："告诉我，你和我爹在做什么坏事？"

"阿秀，你怎么变得和你爹一样，疑神疑鬼的？"

"你俩整天黏在一起摇色子，你以为我不知道吗？"阿秀生气了，"走错一步就冇后悔药了！我跟你说，我迟早是要嫁出去的，如今我爹已经烂透了没药救了，二伯早就赌气下南洋了，这家等于没有二伯了，如果你再烂，韩家就完蛋了！"

雨堂内心震动，虽然脸上还强挤着笑，却一时不知说什么好。

"我爹还要打发我和我娘离开沙湾。你们想玩什么鬼！韩雨堂，你肯定和我爹有名堂！你说不说？不说你就站在这里，我就把水妹姨叫来！"

雨堂一听直摆手："阿秀，你这是干吗？扫个墓闹得草木皆兵，至于吗？"

阿秀扭头要走："好，你站在这里！我去叫水妹姨！"

雨堂一把拉住阿秀："哎，我说！我说！我要说了，你可不许当叛徒！"

"说！"

"你小声点！"

于是雨堂把事情原原本本全掏给了阿秀，最后坚定地说："如果仅仅为了你爹，我未必会去赌，可现在是为了南珠，我必须去赌！"

阿秀不吭声了，半天才开口："雨堂哥，你又要为南珠姐去玩命，还要为我爹玩命，我佩服你，可是你有把握吗？"

"不能说百分之百，但八成把握还是有的。"

"可是，万一……"

"你放心，万一我栽了，何三刀也不敢要我的命！他还指望跟着我去抓南珠。倒是你们一家有风险，所以，你要和你娘去避避风头。进了赌场，接上头，我再把你爹打发走，所有的事，我都一个人担着，大不了就是坐儿天牢。我爹会想办法把我捞出来的！"

"你说得轻巧，"阿秀流泪了，"雨堂哥，我明白，你也在为我爹背黑锅。你犯不着！我爹是自作自受，要让他也……"

"好了，什么都别说了，现在你爹和南珠是搅在一起的，分不开！反正我都要去赌一把！我请你帮我一个忙，把你娘劝走，我就可以放开手干了！"

阿秀看着雨堂坚定的眼神，沉默了好一阵，终于点点头："我可以把我娘劝走，可是，我得跟你一块去赌场，给你当个帮手。否则，你明天赌不成！"

阿秀的目光也同样坚定。

第二天一大早，雨堂就到了码头旁的茶楼。隔着窗户，他看见博年正送金花和阿秀上船。阿祥坐在离雨堂不远的桌位喝茶，也向窗外看。雨堂把色子盒揣进怀里，起身走到阿祥面前，笑眯眯地坐下。阿祥紧张地看着雨堂。

"靓仔！"雨堂指着码头，"你看，认识我家人吗？那是我三叔，那是我三婶，那是我堂妹阿秀。我三婶和阿秀上船了。想知道他们干吗去吗？"

阿祥知道自己暴露了，一脸尴尬。

"我告诉你，我三婶和阿秀去跟南珠姑娘接头！"雨堂笑嘻嘻的，"你天天牛皮糖一样粘着我，我脱不得身，就叫我三婶和阿秀替我去。你赶紧买单啊，去赶船跟踪啊！"

阿祥气得满脸涨红。

"你守我有啥用？明天我还换人，我家里人多的是！"

"韩少爷！"阿祥虎起脸，"你别得意！有你吃苦头的时候！"

"那我就等着，"雨堂看了看阿祥桌面的一碟油条、一盘虾仁肠粉，没心没肺地说，"是不是经费不足啊，粥都不喝一碗？这里的盐骨菜干粥不错呀。"

"你给老子闭嘴。"阿祥没好气地说。

雨堂继续刺激他："你已经穿帮了，还死皮赖脸地跟着我，你拿着薪水不丢脸呀？"

阿祥白了他一眼："哼！我知道你想甩我。我是不会走的！"

"你为什么不走呢？"雨堂故意问。

"我要盯着你，看你玩什么鬼把戏！"

"我有把戏玩，你呆呆看着我，累不累啊？"

这时博年走进来，见雨堂跟阿祥在聊天，便走过来。

雨堂扭头："三叔，这是萍姐给我派来的一个保镖，我正在向他道谢呢！"

博年愣了一下，立即会意："这位小兄弟，贵姓呀？"

阿祥气愤地看了博年一眼，实在撑不住了，起身说："哼，你们等着！"

说着，阿祥离去了。

雨堂和博年笑了起来。

明天就要决赌了，博年心里反而七上八下。

雨堂已经能听个八九不离十，有时甚至连着几盘都能全对，但有时还是会出错。按雨堂的话说，色子停住的一瞬声音降到最弱，三颗色子停住的声音都会很弱，如果有两颗色子在同一时间停下，或者说它们停下的时间太接近了，就容易出错，这时就特别特别需要安静，但是赌场能安静吗？要是不能万无一失，可就是玩命呀！

博年越想越没有底了。

他往镇上的关帝庙走去，他要问问神明。突然，博年两眼发直。纸扇吴带着两个黑衣打手出现在他面前。博年两腿发软，险些栽倒。他努力站稳。纸扇吴见到博年，独自起身朝博年走来，脸上倒也不凶，挂着笑。博年暗自松了一口气。

"韩三老爷——你在啊？"纸扇吴抢先拱了手。

博年拱手回礼，朝他走近："吴老板，不就是那点钱嘛，还劳您亲自跑一趟？"

"韩三老爷好大的口气呀——实不相瞒，我也背了债，知道是欠谁的吗？"

"不会是何队长何三刀的吧？"博年问。

纸扇吴点头："你说对了一半。我有两个债主，一个是何队长，还有一个，是鸡公罗。"博年更加心惊，他听出了话中的威胁。

"韩三老爷，我就问你一句话，明天就到日子了，你的债，还还是不还？"纸扇吴不再绕圈子，直接奔了主题。

博年惊讶："不是还没到明天吗？"

"是明天没错！"纸扇吴脸板下来，"但你不像是明天还债的人！我听说，你把家眷都打发走了，没错吧？"

"你盯我？"博年一愣，随即笑道，"吴老板多心了！明天我要去赌场还钱，我担心家里那臭娘儿们不许我再跑赌场，我就提前叫她滚回娘家了。你的眼线见识短，哪里是什么把家眷打发走了！"

纸扇吴宁信其有，语气强硬："韩博年，我警告你，你别想跑！我这两个兄弟就留在沙湾。明天你要是不还债，我追杀你全家，叫你全家完蛋！"

说罢，纸扇吴走了。两个黑衣打手也起身，朝不同的方向走开。

博年发呆地站着。

深夜，博年跪在韩家的神龛前摇签筒。前面两签都是凶签，博年吓得大气不敢出。南海观世音菩萨明天到底会不会保佑他，就看这一签了。他默默祈祷，双手摇动签筒，一支签掉到地上。他伸手摸着捡起那支签，把眼睛紧闭着，不敢看。

他鼓起勇气睁眼，一看，呆住了：

　　风高浪疾打乌篷，
　　电光闪闪雷声隆。
　　说与舟公牢把舵，
　　免教浪打入舟中。

博年的心脏像从斜坡滚下的石头，跌跌撞撞扑通扑通，这是凶兆呀。这时，一只手拍博年的肩膀，博年吓得跳了起来。

雨堂出现在博年面前。

"三叔，这个时候，你信菩萨没用了，只有信我了。明天去赌场，我有办法让赌场安静下来。纸扇吴是个老赌家，明天我点名要纸扇吴出来决赌，这就是一场大戏，赌场肯定就会安静下来。"

雨堂以为博年会兴奋地跳起来，没料到博年冷冷地说："明天你别去了，三叔自己去。"

雨堂急了："三叔，你说什么？"

博年像被寒霜打坏了的茄瓜："你尽力了，三叔感谢你。你要是再有个三长两短，我就是韩家的罪人了。"

雨堂更急了："你说什么呢！我跟纸扇吴决赌，赌场一安静，就跟书房一样了。就算还有人吵，我也不怕，虽然我没十成的把握，但有九成以上的把握！"

"不怕一万，就怕万一，"博年痛苦地摇头，"你别费心了，我自己的事，我撑着。好侄子，三叔死了会保佑你的。"

博年费力地爬起身，对雨堂说："你回房困觉去吧，我也要睡了。"

雨堂盯着博年好一阵，冒出了一句话："三叔，我今天晚上和你睡！"

"和我睡？"

"对！三叔，我看出你心虚了。我也告诉你，明天你赌也要赌，不赌也要赌，你的债，我全背着！赌输了，我全认，什么事我都担着！你要是做缩头乌龟，我把你的老底全掀开，那时候你丢的不仅是命，还要遗臭万年！"

博年傻眼了。

第二天，博年可以说是被雨堂挟持着去了广州。

为了回避水妹等家人，雨堂也做了许多手脚，这些都不说了，就说博年跟着雨堂走到了纸扇吴赌场的事，就在赌场附近的街口，阿秀又出现了。

"阿秀，你怎么来了？"博年吓了一大跳，"你娘呢？"

"放心，我娘真的回去了。我一个人坐船来的！"

博年正要张口骂人，雨堂拉着博年说："是我告诉阿秀的！没事，进去吧！"

原来，这是雨堂和阿秀达成的妥协。雨堂之所以接受阿秀，除了阿秀的固执，也因为他也需要阿秀配合，联络南珠。

三个人走进了赌场。

化了装的阿祥站住了，他一路跟到广州，见雨堂他们进了赌场，立即走向电话亭，向方萍和吴猛报告。

何三刀和纸扇吴早就在赌场里等着，他们的暗探也传来了消息。见到博年身边跟着雨堂，喜出望外。何三刀在心里说："一根线钓上两条鱼！他妈的，这可是老天有眼呀，要是把韩雨堂拿下，韩博公何愁不就范！"

纸扇吴傲慢地等着博年走近，阴着脸责怪道："韩三老爷，都什么时候了，你才露面？"

"吴老板，今天还是今天，没到明天，我守约而来！"博年的表情很镇定，"何队长，您说是吗？"

何三刀没吭声。纸扇吴阴笑："那好，咱少啰唆，带钱了吗？"

博年微微一笑："吴老板，有道是赌债赌桌还，这规矩你懂吧？"

纸扇吴惊讶，眼瞪得像灯笼："什么？你想在赌桌上咸鱼翻身？"

博年点头："对，是想碰碰运气，就怕你不敢！"

纸扇吴看了看何三刀，冷笑道："韩三老爷，你的赌技只怕和运气不搭界呀！"

"我有自知之明，"博年轻松地说，"所以，我才请我大侄子出马。"

"哦？"纸扇吴一时不知怎么接话。何三刀正在想着要让雨堂卷进来，立即抢话："好！正想见识见识韩少爷的本事！"

纸扇吴毕竟冷静些，说："鄙人同意韩三老爷以赌还债，也欢迎韩少爷代为捉刀，不过，赌场有赌场的规矩！我们按规矩办事。"

"好啊！好啊！"博年和雨堂异口同声。

"好！我问你，韩少爷，你愿意替韩三老爷开赌吗？"纸扇吴问雨堂。

"我愿意！我不愿意就不会来！"

"那输了算谁的？"纸扇吴问。

"谁赌算谁的！韩少爷敢赌，还会不敢认账吗？"何三刀兴奋地插话，他希望快点开赌，希望韩雨堂快被卷进来，欠下一屁股赌债，然后他就可以逼韩博公交出古谱赎儿子，而且这属于私人经济行为，谅方萍胆子再大也不敢插手！

"对！当然算我的！"雨堂大声回答，"我就跟你吴老板对阵！"博年和阿秀面面相觑。

纸扇吴提高音量："说话算话？"

雨堂朗声回答："驷马难追！"

"好！拿笔墨来！"纸扇吴喝令手下。赌场已经安静下来，不少人停下赌博，伸长脖子朝这边张望。

这时，李刚带着七八个手下不知从哪里钻出来，好奇地凑过来。

立了字据，画了押，赌博就开始了。

雨堂坐在赌桌西侧，博年和阿秀站在雨堂身后。赌桌东侧坐着纸扇吴，何三刀、李刚及一众警察、打手站在纸扇吴两旁。赌桌北边，一个穿马甲的年轻女荷官冷峻地站着，东西两侧各摆着两叠金灿灿的筹码。

赌桌南侧，化了装的阿祥在赌客中睁大眼睛看着。

雨堂突然站起来，高声喊："今天，纸扇吴——吴老板亲自上阵，行动队队长亲自压阵，大伙屏声静气睁大眼睛看好戏喽！"

赌徒们早已停下活计，凑了过来改当看客。人群里，扮成算命先生的南珠混在其中。阿秀注意到了，走了过去，窃窃私语，随后南珠离开了。

"我们是赌钱，不是演戏，你敲什么锣呀？"纸扇吴蔑视地笑道。

"我没打算演戏，我就想来赢吴老板的钱！"雨堂的嗓门大得惊人。

纸扇吴朝大伙摆摆手，示意大家安静，对雨堂说："韩少爷，你们这是欠债翻盘，按规矩，只准下注三局，要是输了，我可以任意处置你，明白吗？"

"明白！"雨堂笑了笑，"不过，要是我赢了，就可以接着押，直到押完全部筹码为止，你明白吗？"

"冇错！白纸黑字，立据画押的，"纸扇吴沉下脸，"赌桌无戏言！"

"这是本场的纯金筹码，十年难得用一回！一枚就是一千块！你有本事都赢去！"纸扇吴捏着筹码挑衅。

"那就让你看看我的本事。开始吧！"雨堂亢奋地低吼。

纸扇吴咬牙："好！对赌！"

围观者都全神贯注，赌场静如殿试考场！

荷官摇起了色子盒，雨堂认真听着。

荷官把色子盒按在桌案上，示意雨堂下注。

博年紧张地看着雨堂的脸，雨堂轻松地笑了笑，这场对赌是押大小。这对雨堂来说是再简单不过的把戏，不需要报出每个色子的数字，只需要猜出大小来。三颗色子总点数为四至十就是小，为十一至十七就是大。雨堂已经听出三颗色子分别是一、二、三，三数相加的总点数是六，他轻松地判断为小，于是他小心地数了十个筹码，押在小上。

"一万呀！"看客们看到十颗纯金筹码，轻声惊叫起来。

荷官高喊："买主离手又松开！"

荷官打开色子盒，三颗色子分别是四、五、六。

荷官大声读结果："四、五、六，十五点开大！"读完，她用竹制赌扒把筹码扫到自己左手边。纸扇吴和何三刀露出得意之色。

博年的双腿开始发抖，阿秀紧紧地抱着她爹。雨堂的额头冒出了细微的汗珠。

雨堂不知道，纸扇吴的赌桌赌具三年前以旧换新，换的全是从澳门进来的赌桌赌具。制作赌桌赌具的厂家一定知道"听色子"的绝技，于是故意让摇出来的色子数与听出来的色子数相反。厂家是怎么做到这一点的，这就不得而知了。对赌桌赌具的"反听功能"，不仅雨堂不知道，就连开了二十几年赌场的纸扇吴也不知道。

围观者有人在窃窃私语。

"下一轮！开始——"荷官见输赢两家都不喊停，于是接着摇起了色子盒。

雨堂认真听着。

雨堂这次听出三颗色子分别是五、三、五，三数相加的总点数是十三，所以是大。他小心地数了十个筹码，果断地押在大上。其实，按原来的计划，雨堂第一轮押一万元，第二轮押一万元，第三轮还是押一万元，这样，他不仅可以帮博年赢回一万二千元的债，还可以帮南珠赢下一万八千元的活动经费。但是，第一轮输掉了，欠债变成两万二千元，这就逼着雨堂只能加大赌注了。

荷官又按下色子盒，示意韩雨堂下注。

雨堂数了二十个筹码，坚定地押到大上。

荷官高喊："买主离手又松开！"

色子盒又打开了，三颗色子竟然是：一、三、一。

荷官面无表情："一、三、一，五点开小！"她再次把筹码扫到自己左边。纸扇吴和何三刀兴奋得快发疯了。

围观人群中有人发出叹息声。

博年全身发抖，两根裤管往下滴水——他尿湿裤裆了。

雨堂低下头，整理了一下情绪，抬起右手摸了一把脸上的汗，木然地看着铁铸人一样的女荷官，嘴唇动了动，示意再开始。

"慢——"阿秀猛地松开她爹，掏出手帕，抱着雨堂的头给他擦汗。雨堂的额头冰凉冰凉的，汗也是冷的，嘴唇已经黑了。阿秀的眼泪像泉水一样涌出来，她抱着雨堂的头，一边擦汗，一边贴着他的耳朵，轻声说："我发现了！你得往反里猜！跟你听的相反！相反！"

"重来！"雨堂朝荷官低吼，像即将纵身一跃的狮子。

博年紧紧地抓住雨堂的椅背，他快站不稳了。

荷官又摇起了色子盒，按在桌上，示意雨堂再次下注。

雨堂闭上了眼睛，琢磨着。

人们都紧张地注视着雨堂，连何三刀也严肃起来。

雨堂睁开眼，把剩下的十个筹码分别押在一、三、五，和小上。

这是一个赔率极高的押注，所有人都知道，这是拼死一搏的下注，色子数的赔数翻一倍，大小的赔数翻两倍，雨堂这回要全对可赢五万元，要全错就得再输五万元。

加上原来的一万二千元，两轮下来共背债四万二千元，意味着雨堂必须全部猜对所有的点数和大小，才能走出赌场的门。

所有的看客都不由自主地叫了起来。

人群中，化了装的南珠又出现了，她把手伸进口袋，紧紧握住手枪。

纸扇吴哈哈大笑："韩少爷，沉不住气了吧？"

雨堂镇定地说："少废话！开盅！"

荷官高喊："买主离手又松开！"

色子盒缓缓打开：一、三、五。

所有的人都惊叫起来。

阿秀兴奋地蹦起来："赢了！赢了！"博年也跳起来，不料被地面的尿滑倒，他挣扎着爬起来。

纸扇吴目瞪口呆，大惊失色。

雨堂还想赌，但已经没有筹码了。他站起身，急不可耐地帮着荷官把八枚金灿灿的筹码往自己怀里扫过来，再扫进一个白色的棉布袋里，朝对面笑道："吴老板，何队长，赌债我们两清了，那些还你，剩下的，我带走了！"

雨堂将装着八只纯金筹码的布袋交给阿秀："你去换钱——三叔，我们走！"

"慢！"何三刀突然拔出枪来，挡在雨堂前面，喝道，"休想走！"

何三刀用枪指着雨堂，李刚和便衣们立即跟着拔出枪，将雨堂、博年和阿秀团团围住。

雨堂和博年惊愕地看着何三刀和他的手下。

何三刀狞笑："韩雨堂，果然是高手！私债已经了断，现在我要履行公务了！来啊，弟兄们！这小子是共产党，给老子拿下！"

李刚和便衣们一拥而上，将雨堂和博年擒住。

化装成算命先生的南珠手在衣兜里，往何三刀身边靠了靠，随时准备掏枪。

"何队长，且慢！"一个清脆的声音在人墙后响起。众人扭头，人墙让出一条道来。方萍摘下墨镜，将风衣扯开，露出里面的军装。

方萍走上前，和何三刀对视着。

方萍冷笑："何队长，怎么说话不算数呀？我们在刁主任面前说好了，韩少爷由我来监控。你忘了吗？"

何三刀急了："那是在沙湾，这是在广州！两回事！"

这时，吴猛带着十几个身穿便装的空军官兵挤开人群，将何三刀、李刚等人围住。纸扇吴忙打圆场："有话好说！有话好说！千万别开枪！"

围观的人不敢久留，胆小的疾步走向门口，夺路而逃。南珠一看这场面，也松了一口气，不动声色地往门外走去。

方萍慢悠悠地说："何队长，韩少爷是我的菜，我奉劝你，不要偷吃。另外，以后做事就得做漂亮些，输钱赖账，这种烂事以后别搅和了！"

何三刀傻了一般，没有回答。李刚和他的手下灰溜溜地退下了。

方萍朝雨堂微笑道："韩少爷，你怎么不吭声呀？"

雨堂咧开嘴笑："萍姐，谢谢你了。"

"好，你走吧。"

吴猛一听要放雨堂走，又急了，被方萍一把按住。

"听我的。"方萍又看着雨堂，"你走吧，我看谁敢动你！"

雨堂带着博年、阿秀离去了。

出了赌场，阿秀看见一家首饰店，对雨堂使了一个眼色："雨堂哥，经我提醒你才赢了钱。我想去买件首饰，你不反对吧？"

雨堂会意地点点头："好吧，我们先去买船票，在码头上等你！"

博年急了："还不快走！买什么首饰？"

阿秀已经进了首饰店。

雨堂拉住博年："三叔，走吧。阿秀不会出事的。"

不用说，阿秀是去和南珠接头的，她要把钱交给南珠。就这样，雨堂拉着博年向码头走去……

吴猛闷闷不乐地开着车送方萍回寓所。

到了方萍的寓所门口，方萍下车，见吴猛没下车的意思，内心感到好笑，她敲着驾驶位的玻璃窗，对吴猛说："下车吧，还得研究一下对策。"

吴猛跟着方萍进了寓所的客厅，往茶几前一坐，向方萍开炮："我问你，为什么要出手？是不是想掩护南珠？我断定，她就在现场！"

方萍一笑："是的，我也断定南珠在现场。可是我不能让我姐落在何三刀手上，明白吗？"

"那你怎么抓南珠？抓到了，不交出来行吗？"吴猛火气直往脑顶上冒，"你是不是真想通共？"

"吴猛，南珠要是你姐，你会怎么办？你说呀！"

吴猛愣住了，不吭声了。

方萍冷静下来："这些天，我一直在想，要是真拿下了南珠怎么办？我会杀她吗？我是恨她，但是真要杀她，我还是下不了手。"

"别说了，我明白了。"吴猛打断方萍。

"不，我还要说。我虽然对我姐下不了毒手，可是，利用她为我们服务，还是一步好棋。"

"利用她？"

"对，我现在判断，她肯定是中共打进徐老板内部的人，徐老板又派她打入了中共，这次来广州，是为了对付陈济棠。留着她，吸引陈济棠的注意力，对我们是一个掩护。"

"方萍，其实我也猜到了，你对你姐下不了毒手。好，我赞成你的主意。可是今天，你却给韩雨堂当了一回保镖，你说我该不该生气？"

方萍忍俊不禁："吴猛，你好像和韩雨堂有血海深仇似的。你要像我一样欣赏他，你就会开心。我没想到他还是个赌神，最后一把，全押中了，真是神了……"

"行了行了！"吴猛的火气又腾地往上升了。

"你别生气，你要好好想想，韩雨堂为什么突然跑进赌场，去玩命？"方萍严肃起来。

"你是说，他是为了南珠？"吴猛露出惊讶的表情。

"是的，我感觉他是为南珠他们筹措经费。"

于是，方萍和吴猛细细地商议起来。

第十二章　天健归来

雨堂和博年回到沙湾。博年提议，对家人解释阿秀要过18岁生日，他要送阿秀一份生日礼，就带雨堂和阿秀去广州买首饰去了。这个理由有些牵强，而且也未必能掩盖他们去决赌的事，但是博年说，能瞒一天算一天。雨堂和阿秀只能都同意了，事到如今，只能走一步算一步。

第二天，博公从云浮炸石场回来了。炸死人的事已经处置了，炸石场也换了主人。这意味着韩家又断了一条财路，博公心情不太好，也就没有过问这些天家里都发生了什么事。博年和雨堂都松了一口气。

不过，又一位人物的到来，再次在韩家掀起了波澜。此人就是博公二弟的儿子韩天健，从南洋归来。

天健西装革履、风度翩翩，说是父母亡故，在南洋举目无亲，父亲临终嘱托，要儿子回老家沙湾，投靠大伯。他还带来了一封亲笔信。

博公看着信，眼泪就下来了。天健忐忑不安地注视着博公。他看着伯父眼泪下来了，心里有些放松，但还是不敢确信，伯父会收留自己。显然，他知道父亲和伯父有大过节。直到博公看完信，说了一句："二弟，你不了解哥呀！"说罢，博公叫来福伯，要福伯立即收拾房间，让天健住下，这时，天健才暗暗松了一口大气。

"大伯，谢谢您，我知道，我爹当年和您……"

博公连连摆手："天健，什么都不用说了。沙湾就是你的家！你爹不在了，大伯就是你爹！"

天健一听，眼圈也红了。

夜深了，韩家人都睡下了。博公还在房间踱着步。这时敲门声响起，博公听出来了，是博年。博年进来坐下后，沉默不语。

"老三，有什么话就说吧。"

博年压低声音："大哥，看样子，你是要留下这个韩天健？"

"这是你我的家，也是你二哥的家！天健这是回家，也是你的侄子。"

"老二当年是怎么走的？你不记得他凶狠的眼神了？"博年委屈地说，"你忘了，我可没忘。老二走的时候怎么说的？他报不了仇，他儿子也会来报仇！"

博公摇头摆手，"那都是气话。再说，这也与下一代无关，"博公笑了笑，"老二不在了，怨恨也就不在了。他临终前还给我留了话，说不恨我了。"

"你就不怕天健来者不善吗？"博年冷冷地说，"我比你冷静，我看得出来，这个天健不简单！他眼神和老二太像了……"

"够了！老三，你别疑神疑鬼了！"

"好，算我没说！"博年气呼呼地离去。

博公没有拦着博年，依然踱着步。

他不知道，也就是这天晚上，福伯送天健回房间休息，也发生了一件小事。

天健从皮箱里掏出一个信封："福伯，请坐。我爹也给你捎了一封信。"

福伯备感意外："哦，二老爷记得我？"

"你们的交情，他不会忘的。"天健笑着，把信封交给福伯。

福伯没敢坐，他激动地打开信封，信笺刚抖出一半，一张银票掉了下来，福伯忙伸手在半空接住。

"不，这可不行，这可不行！"福伯的手哆嗦着，忙把银票往信封里塞。

天健微笑道："这是我爹的意思，他说你俩关系最要好。你要是想避嫌，就把信和银票都撕了。要不，交给我大伯也行。"

天健盯着福伯，很像他父亲。

福伯看着天健，心一哆嗦，收下了银票。

第二天，天健去了广州，说要拜访当年在南洋的一位音乐老师。这位老师现在中山大学当教授，叫傅桑。

天健在中大码头上了岸，就到了中山大学。他走进校门，沿着如茵的草坪往南走，看见一栋两层楼的独栋别墅门前，一个漂亮的小姐从"宝沃"小车里钻出来。他正准备向她问路，没想到小姐大胆地看着他，问："找傅桑教授的吗？你是韩天健先生吧？"

天健有些吃惊：“您是？”

“我叫邓茹婷，”邓茹婷温柔地笑着，“我在傅桑教授家看过你的照片，还知道你最近要来广州。一起进去吧。”

天健跟着邓茹婷敲门入内。一辆悄悄尾随邓茹婷的银灰色轿车缓缓停在距别墅数十米外的路边。穿着便服的吴猛和方萍坐在车里，远远观察着。

车内，吴猛低声向方萍介绍：“邓茹婷私人交往比较多的就是傅桑教授，这个教授是邓茹婷在日本东京帝大进修时的老师，二人算是师生关系。还有石村，也和傅桑教授是帝大同学。”

方萍默默听着，并不急于表态，又问：“那个跟着邓茹婷的公子哥儿是谁？”

吴猛摇头说不认识。

方萍琢磨：“我怎么觉得他长得有点像韩雨堂？”

吴猛盯着方萍：“你怎么总想着韩雨堂呀？”

方萍白了他一眼：“别神经了。”方萍看看表，“走，要去拜访胡汉民先生了。我们走吧。”

吴猛开车离去。

邓茹婷和天健正坐在傅桑教授的客厅。

傅桑在给他们泡茶，天健顺手拿过茶几上搁着的一本油印文稿。文稿封面用楷书工整地写着“中国音乐史稿”。

天健好奇地问：“老师，这是您写的？”

“这是我编的讲义，还在修改。你可以看看。”

天健恭敬地翻阅，问道：“将广东音乐以专章呈现？”

傅桑手持刚刚煮沸的玻璃壶，微笑着说：“广东音乐是中华传统音乐之瑰宝，誉之国乐亦不为过，讲中国音乐史，广东音乐理应专章呈现，这也是我这部讲义的特色之一。说起来，还有茹婷的功劳呢。”

“傅教授过奖，我在报社，收集资料方便，举手之劳而已。”

“你看看讲义，我想听听你的意见。”

天健从命，翻阅着讲义。

看着看着，天健注意到一个标题：“神奇的南越古谱”。天健读了下去，感觉像一个传奇故事，眼前顿时浮现出半年前父亲临终前向自己交代后事的场景。

那天是父亲弥留之际，天健跪在父亲的床头。父亲艰难地喘息："你爷爷偏心，把古谱……传了你大伯，没传给爹。你爹这辈子……就栽在那部古谱上。你要真是爹的儿子……真想有大出息……就要把这部古谱拿下……把琵琶接过来……你都记住了……"

傅桑注意到天健神情有异，微笑着说："这讲义虽然还要修改，但你的意见对我来说很重要，你可以带回去仔细看，这些日子我们再探讨。"

天健回过神来："老师，这古谱的事太神奇了，是真的？"

傅桑抿了一口茶："就我的研究来看，应该是真的。曾国藩的日记中便有记载。为此曾国藩还对骆秉章颇有微词。当年骆秉章重兵防守大渡河，断石达开后路，将其围于安顺场。骆秉章假意与石达开和谈，将其俘虏，却又立即解至成都将其杀死。曾国藩便怀疑骆秉章匆忙处死石达开，是想通过古谱找出他藏匿的宝藏而私吞之。至于这部古谱还在不在人间就难说了。"

聊着聊着，不觉快到了中午。傅桑对天健说道："你远道而来，我该给你接风，但学校有个评委会会议，大家都忙得很，会议只能放在今天午餐时。好在你已回国，咱们以后有的是机会。中午就叫茹婷陪你吃个饭吧。"

"放心吧，老师，您安心开会。"天健谦恭地说。

"茹婷是无冕之王，按年龄，她算是你的师姐。她在广州的人脉比我强多了，你们多交流。你有什么难处，就找她。"傅桑的关爱之情溢于言表。

南珠因为找雨堂筹款，被海明伯责骂了一顿。说她自作主张，还差点把雨堂置于险境。南珠也后悔道，自己没想到雨堂是去赌博筹款，还以为赌场有他家的股份，他是去账上借钱。要不是方萍出手，真要出大事了。

"你是估计我去粤北筹不到钱吧？"海明伯还是有气，"没错，我是没有筹到钱，但是还有别的路。雨堂要是出事，我们怎么向博公兄交代？他可是博公兄的独苗呀！你以为何三刀被方萍压下去了就没事啦？他是地头蛇，要是拐个弯来收拾雨堂，方萍也控制不了局面！"

"那怎么办？"南珠慌了，"我再化装去沙湾一趟，干脆把雨堂捞出来！"

"怎么，又沉不住气了？"

南珠低头："我错了，愿意接受处分。"

看着南珠挨训，琼嫂心疼了，走了进来，给南珠打圆场："好了，南珠姑娘也是好心，这次也是有惊无险，以后接受教训就是了。要不是南珠筹到了款子，我们的武器和情报现在还没影呢！"

琼嫂说话了，海明伯也不再说了，琼嫂虽说只是联络点的工作员，负责联络和后勤，却是烈士的遗孀，丈夫是大革命时期的重要领导人，说话还是有分量的，再说，这笔款子确实救了急。

海明伯口气缓和："我说话也有点冲动，你别介意。"

"我不会介意的，我的确欠考虑。现在看来，雨堂确实不安全，所以我还是想去沙湾看看。"

海明伯想了想："好吧，我和老邱商量一下再定。"说罢，海明伯又转移话题，"老邱送来的那份材料你看了吗？你觉得松井的密使就是石村吗？"

南珠点头："我看了，可以确定石村是松井的密使。这个石村还是1928年5月'济南惨案'的参与者。这家伙罪恶滔天，就算不是密使也要收拾他！"

"两头蛇的情报怎么来得这么快？"海明伯不放心地问。

"他就是个情报商，估计他早有准备。我们和他还有军火生意，买卖不小，他要是骗我们，也吃不了兜着走。"见海明伯沉思不语，南珠问，"海明伯，你的意思是？"

海明伯笑了笑："我就是觉得这个石村太像密使了。好了，也许我过于谨慎，等老赵从香港过来，我们再研究一下。"

天健从广州回来后，心情很好。尤其是和邓茹婷的相识，使他觉得自己在广州很有收获，邓茹婷是个人脉很广又精明强干的女人，那自己要做的事，便有了强大的依靠。回到沙湾，博公又邀请天健在韩家乐馆展示展示技艺，天健欣然应允。

大家就围在乐馆里欣赏天健的器乐表演。天健先演奏扬琴。端坐于琴前，左右两手各持一根琴竹，悬肘于琴弦之上，双目微闭，屏声静气，不经意间，右手朝弦上轻轻一点，似珠落玉盘，晶莹剔透，接着双手敲落，忽左忽右，忽上忽下，弹、轮、颤、滑、点、拔、揉、勾八法令人眼花缭乱。琴音或如檐前滴水，或如涓涓细流，又或如鸳鸯缠绵，呢喃婉转；宛如微波荡漾的湖面上闪烁的粼粼波光，渐闻马蹄轻踏，继又瀑布飞溅，波涛汹涌，雷电之后，忽现霏霏细雨，间闻潺潺小溪……随着天健的身子后仰，脑袋如斜枝上挑着的一枚沙田柚，纹丝不动，琴声已戛然而止，一片静谧。

博公两眼放光，又惊又喜，带头鼓起掌来。众人也热烈地鼓掌。

天健起身鞠躬："天健少小离家，孤悬浮寄，技艺疏浅，请多赐教！"

博公和众人请天健又轮番表演高琴、笛子、横箫等，无不精彩之至，令人拍案叫绝。博年也暗自钦佩，眼前幻化出二哥博忠当年挑灯练琴的身影。

待掌声停歇，博公含笑对雨堂说："雨堂呀，这下知道天外有天了吧！"

雨堂也露出钦佩之情："天健，雨堂开眼了，改日向你请教，累了吧？今天正是沙湾的赶集日，我带你到街上转转，如何？"

"好，天健，你跟雨堂去转转吧！"博公也附和。

赶集天，从四面八方赶来的人把街上挤得熙熙攘攘。就在一片喧闹之中，潜伏着杀机。

原来，何三刀赌场失算之后，并没甘心，又和水匪头子鸡公罗联系上了，要鸡公罗出面来收拾雨堂。人流中，鸡公罗带着一帮手下出现了，他们已经在沙湾踩好了点，就等着下手的机会。雨堂带着天健来镇上赶集，无疑给鸡公罗下手提供了极好的机会。

果然，鸡公罗他们在街市上发现了雨堂和天健。

"好，这下更省事了！"鸡公罗冷笑，招呼手下，"看清楚，萝卜牛腩摊边那个穿蓝衬衫的！看清楚了吗？"

"都看清了！"手下干这一行惯了，一个个都镇定自若。

"都过去，把他绑了，直接去小码头。谁敢拦，就开枪！"鸡公罗下令。

四个手下拥向萝卜牛腩摊。

是天健先发现情况不对，他拉了雨堂一把。

雨堂转身，已经迟了，两根硬硬的东西顶着他的腰。

天健忙问："你们要干吗？"

"你管得着吗？"

一个手下一把将天健拨到一边，另一个手下迅速将一块手帕捂住雨堂的嘴，另一只手掐住雨堂的脖子。雨堂立即晕倒了。手下从怀里掏出一块大花围巾往雨堂的头上身上一蒙，几个人把他往小码头拖。

天健大喊："来人呀！"

一脚飞来，天健倒在地上……

小码头上，鸡公罗在汽船上等着，见手下拖着雨堂跑来，忙解开缆绳。水匪们拖着雨堂刚上船，鸡公罗就启动了柴油发动机，加足马力朝东边驶去。

只见一个渔姑从远处狂奔过来，见鸡公罗的船已经逃开数百米，迅速跳上一条较新的小型机船，急切地对船老板喊："大哥！租你这条船，就走！"

"去哪里？"船老板打量着这个渔姑。

"赶上刚才那条船！"渔姑指着远去的船，接着掏出了一块银圆。

机船像一匹烈马，朝东边疾速追去。

这渔姑正是南珠，她刚到沙湾，就遇到了雨堂遭劫。

韩家厅堂里，大家都围着天健，听他说雨堂遭劫的事，连阿祥也在其中。

博公阴沉着脸，踱着步。

他慢慢走到阿祥面前："你是田特派员派来的吧？这事你怎么看？"

阿祥慌了："这事绝不是我们干的！我们只是监督韩少爷！这些天我们放松了警惕，今天又是赶集，人太多，就……"

博年却盯着天健："天健，怎么雨堂一跟着你就出事呀？"

天健听出了弦外之音："三叔，你什么意思？难道你怀疑我？"

"我说了吗？是你心虚吧。"

"别争了！"博公手一挥。

大家都不吭声了。

过了许久，博公才开口："等消息吧。"

水妹急了："不行！要是他们对雨堂下毒手……"

博公苦笑："放心吧，他们不是要雨堂的命！是冲我来的！"

博年心一动，他听懂了大哥的意思。

博公："都散了吧。"

大家犹豫了一下，都散去。

"老三，你留下。"

农野一所庄院的偏房，是雨堂的拘押地。水匪们把他的蒙头布扯掉了，湿毛巾也去了。他能看得见，也能说话了。

鸡公罗看着雨堂："韩少爷，莫怪我，我是收人钱财，替人消灾。等会儿货主就会来提货，你死不了的。"这时，一个年轻水匪端着一盘热包子进来了，放在桌上。"好，你先吃点东西，压压惊。只要你听话，我鸡公罗不会为难你的。"

雨堂一笑："鸡爷，这么伺候，看来货主很有来头呀。"鸡公罗冷笑："韩少爷，别套我的话，等会儿你就明白了。"鸡公罗看着手下，"阿罗，吃完了，把他绑上！你再过来吃饭！"

鸡公罗离去了，厅堂里有丰盛的酒宴等着他去享用。

阿罗咽了咽口水，不耐烦地看着雨堂："快吃吧。"

雨堂也不客气，吃起来。一口咬下，糖馅流了出来，手上沾了糖馅，雨堂连忙去舔。阿罗笑了。

"笑什么？"

"你是大少爷，还去舔，至于吗？"

"谁知盘中餐，粒粒皆辛苦，没听说吗？我在家吃饭，还舔碗呢！"

"真的？"阿罗很好奇，看样子，他很单纯。雨堂一笑："阿罗，我给你亮一手。我能把这糖馅吃到后背上去，信不信？"

"你就吹吧！"

"好，看着呀。"雨堂咬一口包子，糖馅流出来，滴到手腕上。雨堂顺着手腕舔糖馅。胳膊自然地抬过肩膀。包子的糖馅自然地滴在后背上了。阿罗笑了。

"坐下，一起吃！我还有好把戏呢。"

阿罗放松了警惕，坐下来。

薄暮，就在关雨堂的宅院外，一个水匪在门外溜达。南珠在不远处的树后探出头来，她身上背着鱼篓，走向水匪。水匪警觉道："干什么的？"南珠一笑："老总，买鱼不？新鲜的。"

"不买！不买！"

南珠的枪已经顶住了水匪的腰："老实点！"

水匪立即软下来。南珠一番询问，知道了雨堂拘押之地，她将水匪绑了，口里塞了毛巾，就翻过了墙院，来到偏房，又收拾了看守的水匪，推开门进去了。

她看到雨堂被绑在柱子上，头上还蒙着一个纸套。南珠端着枪扫视着屋内，没有什么发现，便走向雨堂，低声说："别吭声，我是南珠。"

说着，南珠拔出一把匕首割断绳子，接着扯开纸套。南珠傻了——是水匪阿罗。阿罗的嘴被塞了一个包子，南珠把包子搜出来，阿罗喘了一口大气。

南珠拿枪顶着阿罗："韩雨堂呢！"

阿罗还在喘气。南珠咬牙："说不说！"

这时门被一脚踢开，何三刀和李刚端着枪对准了南珠后背。

"不许动！把枪放下！"

南珠迟疑了一下，把枪扔下。鸡公罗和两个手下也赶到了。

"三哥，怎么回事？"

何三刀厉声道："抄家伙！"鸡公罗和他的手下都举起枪。何三刀看着南珠："慢慢转过来！"

南珠转过来。

何三刀吃了一惊，怎么又是方萍？

南珠冷笑："何队长，恭喜你。"声音不对，何三刀愣了一下，露出惊喜："是南珠姑娘吧，我可见了真佛了！"

何三刀转身："她是共产党！快绑了！"

两个手下冲过去，开始绑南珠。

鸡公罗看着那个被绑的阿罗："韩雨堂呢？不是绑上了吗？"

阿罗惊慌："他、他……"

鸡公罗一把揪住阿罗："怎么让他跑啦！"

阿罗苦着脸："绑完他的时候，我就撒尿，他硬说我有三个蛋，要给我摸……我，我就给他解开，让他摸，他就下手啦……"

大家都笑了。南珠也哭笑不得。

鸡公罗咬牙："混蛋！"

鸡公罗刚要抽手下，被何三刀挡住了："算了，逮到这个没蛋的更好！"

南珠被绑好了。何三刀慢慢放下枪，得意地说道："南珠小姐，真是千呼万唤始出来呀！"南珠冷笑："少废话，走吧。"

何三刀冷笑："好！痛快！走！"

南珠大步向屋外走去。何三刀跟在后面。

突然，房梁上跳下一个人来，卡住了何三刀的脖子，一把枪顶着何三刀脑门儿——是雨堂。众人大惊转身。只听雨堂大喊："谁敢动！"大家都傻了。

雨堂咬牙："何队长，我就想见识见识，是谁敢绑老子？原来是你这个狗日的！老子要你的命！"

何三刀发抖："雨堂少爷，你别胡来！有话好说！好说！"

"那就把南珠姑娘放了！"

"她是'共匪'。你别犯浑！"

雨堂厉声："她是我媳妇，明白不！"

何三刀还是迟疑："雨堂少爷……"

雨堂咬牙切齿："何三刀，老子今天和你同归于尽！干掉你，和她一起变蝴蝶！三、二……"

何三刀软了："放人！放人！"

鸡公罗也喊："快放人！"

手下给南珠松绑。南珠手一松，迅速下了一个水匪的枪："都退下去！"

鸡公罗看着南珠："南珠姑娘，这可不关我的事，你可要讲信用呀！"

南珠大喊："退下去！我绝不开杀戒！"

鸡公罗和他的手下闪开了。

南珠看着何三刀："何队长，麻烦你送我们一程。"

何三刀慌了："这？"

南珠拿枪顶着何三刀："送，保证不杀你；不送，现在就完蛋！"

何三刀慌了："送！送！"

深夜，南珠开着何三刀的车，在荒野停下了。

雨堂一脚将何三刀踢下车。

车迅速离去。

何三刀站起来，裤子却掉了下去。何三刀忙提裤子大骂："韩雨堂，老子吊你老母！"他看着车渐渐远去。

南珠开着车，雨堂坐在一边。

雨堂看着南珠："你为啥不让我杀何三刀？"

"杀了何三刀，你爹怎么办？"

雨堂不吭声了。

南珠冷笑："你真是胆大包天。脱身了还不走，还要看看是谁下令绑的你。"

雨堂笑了笑："幸亏我没走，要不然你就栽了。"

南珠微笑："拉倒吧，你刚才拿枪顶着何三刀，保险都没打开。"

雨堂一愣："还有保险？"

南珠继续说："我当时都傻了，就怕他们看出来。你小子还说你打过枪，原来是吹的。"

"我是打过枪，亮仔给我玩的，可能他先把保险打开了。刚才我也急了，只想着救你，别的什么都没想。"

"胡说，你是该想的不想，不该想的都想了。"

"我想什么不该想的啦？"

南珠脸有些红："你说我是你什么人？还想到要变蝴蝶呢！"

雨堂笑了："我就是想想而已嘛。"

南珠也笑了："脸皮真厚！"

进城的路口，车停下了。

南珠和雨堂走下车。

雨堂不解："为啥不开进城？"南珠说："开进城就会暴露。"雨堂困惑："我们去哪儿？"南珠笑了笑："跟我走吧。"

雨堂就这样阴差阳错地进入了南珠他们的秘密联络点。

对于雨堂的到来，邱和颇有异议。他认为南珠为了救雨堂，在何三刀面前暴露了自己，让敌人知道雷海明就潜伏在广州，敌人对他们的搜索一定会加强。此外，韩雨堂通共的罪名也因此坐实，成了他们的拖累，对"旱天雷行动"的实施非常不利。他提出了将雨堂秘密转移出联络点的建议。

南珠便和邱和发生冲突："老邱同志，雨堂落到被何三刀追杀的地步，就是因为他帮了我们，我们要是见死不救，还叫共产党吗？"

邱和也不服气："从何三刀通过鸡公罗绑架雨堂来看，他并没有掌握雨堂通共的铁证，只要雨堂死不认账，加上他父亲的社会声望，雨堂是可以脱身的，大不了破费一些银子。现在你出面救他，雨堂通共就坐实了，而我们还要保护雨堂，你想想，我们是不是背着包袱实行'旱天雷行动'？"

"好了，不要争了。"海明伯开口了，"南珠同志去沙湾，是我同意的。雨堂被绑架，说明他确实躲不过去了。我们不能袖手旁观。不过老邱说的也有些道理，何三刀要报私仇，完全可以假公济私，他为什么要请鸡公罗插手？而且，他们为什么一直不敢动韩博公？我觉得其中还有些蹊跷。"

"什么蹊跷？"邱和问。

海明伯琢磨着说："我和南珠在沙湾时，韩家遭了贼，那个贼绝不是一般的梁上君子。换言之，韩家肯定有隐秘的贵重东西。何三刀拐弯抹角地对韩雨堂下手，固然是为了抓我们，但也可能是想一箭双雕。"

"这不正好吗？何三刀也好，方萍也好，都把手伸在沙湾，反倒减轻了我们的压力，有助于'旱天雷行动'。"

南珠脸一沉："邱大哥，你这是什么话？"

邱和也沉下脸："南珠同志，你不要意气用事。革命利益高于一切，为了最高的革命利益，牺牲一些人是必要的，包括我们个人的情感！"

海明伯也不高兴了："老邱，你要这么想，我也要说重话了。革命是要有牺牲，但是首先我们共产党人要敢于牺牲！不能让帮助我们的群众付出牺牲代价！我们救雨堂，就是体现我们共产党人的担当和牺牲精神，你说对吗？"

邱和见海明伯发火了，不再吭声。

海明伯见邱和不作声了，又转移话题："老邱，我们说'旱天雷行动'吧，根据现在的情况，我们基本锁定了石村。老赵也是这个意见。下一步，是了解他的行动规律，找机会下手，将他拿下，掏出日本与陈济棠勾结的内情，震慑陈济棠。另外，你和两头蛇尽快完成武器成交，尤其是狙击步枪，一定要落实。有问题吗？"

"应该没有问题。两头蛇说，这两天就交接武器。"

邓茹婷的宿舍里，日式风格的客厅弥漫着她亲手制作的插花的花香。她听到外面报童在叫卖："看报啦，看报啦！女'共匪'和大少爷联手袭击警方要员……"

她朝窗外望，见路人纷纷买报，得意地笑了。

这时，电话响了。邓茹婷细听铃声，脸色严肃起来——这是黄雀的电话。

邓茹婷接电话，说起了日语："先生，是我。……消息是我发的……何三刀确认，救韩雨堂的不是方萍，而是南珠。对。他为什么通过鸡公罗下手我就不知道了。是，我进一步了解。对了，我在傅桑教授那里认识了他的一个学生，这人是沙湾韩博公的侄儿，叫韩天健。我们吃了饭，对。他的目的是想接韩家琵琶。我觉得这人很有利用价值。"

话筒传出黄雀的声音："很好。你很敏锐，好好盯住这个韩天健。"

"是！先生，我还感觉，傅桑教授能为我们所用。"

"傅桑教授？"

"是。他这些年一直在研究岭南音乐史料，造诣很深。他的课题中也涉及那部《南粤古谱》。"

黄雀大声起来："我已经注意他了。他的研究只关注学术，和我们的目的有一定距离。不过，你可以利用你们的关系和他保持接触，留心观察，说不定会用得着。"

邓茹婷："好的。还有一件事向先生报告，现在似乎所有的矛头都是指向韩博公。石村想抓捕韩博公，我认为他的想法有道理……"

黄雀打断她："韩博公不能动，除非我向你发出明确指令。"

邓茹婷："是！我立即转达您的指示。"

对方挂断了电话。

沙湾码头茶楼，天健和福伯在喝早茶。只有两个人，桌上却摆满了丰盛的茶点，天健频频给福伯添茶，叫福伯多吃点，福伯在二少爷面前却显得有些拘谨。

天健笑着问："福伯，是不是和我来往不太方便呀？"

福伯忙摇头："天健少爷，你多心了。我是怕家里有事，不敢久留。"

"放心，不会误你的事，"天健微笑着，"我爹的信，你看了？"

福伯有些不安地点头："看了，看了。二老爷要我多照顾你，我一定尽力！"

天健端起茶壶给福伯添茶，一边说："那好，你给我说说大伯家的那些怪事。"

福伯迟疑："你想知道什么？"

"那好，我问，你答就是了。"

于是天健开始提问，福伯很吃惊，天健才来儿天，怎么知道这么多事？但他还是尽其所知，做了回答。

福伯摇着脑袋："我就知道这么多，老爷和雨堂少爷怎么和共产党搅到一起去的，我真说不清楚。"

"好，我不问这些了，"天健换了个话题，"我听我爹说，我爷爷把古谱传给大伯的这个消息，是你透给他的，这是怎么回事？"

福伯低下头，不作声了。

"福伯，这件事，我爹感激你一辈子，他认为在韩家只有你对他是最真心的。我今天问这事，并不是要去找我大伯对质。昨天听我大伯说，似乎古谱另有来源。我要有个底。"

福伯抬头看着天健，叹了一口气："天健少爷，我给你说实话吧，你爷爷把古谱传给你大伯这其实是我猜的。因为你爹待我不错，我就想帮他，我以为可以让你爹找到理由接琵琶。那句话说完，我又回了四邑老家几天，没想到你爹发了那么大火。"

"就是说，你当时并不确定大伯得了我爷爷的古谱？"天健追问。

"是啊，我猜的。我那句话闯大祸了。等我从四邑回沙湾，你爹已经带着你们下南洋了。我知道你爹和你爷爷翻脸了，把手指头都剁了，但你爹人好，没有把我扯出来。这些年，我一直背着这个心病。天健少爷，你一回来，我就明白你要问我这事……天健少爷，我劝你一句，不要钻牛角尖了。你是明白人，韩家如今这情况，雨堂少爷出了这么大事，他接琵琶是没戏了。你把琵琶接了，把韩家……"

天健笑了："我明白，你现在端着我大伯的饭碗。这些话，是我大伯请你来劝我的吧？"

福伯苦笑："天健少爷，你实在要这么想，我也没办法。我是看在你爹的分上，才说这些话的。好了，我先走一步。"

说着，福伯起身离去。天健看着他的背影发呆。

博公和水妹在喝茶聊天，气氛似乎并不紧张。博年推门进来，一看水妹，他又转身离去。"老三，你进来！"博公朝他喊。

博年只得跨进门。

"你看看！"博公从茶几上拿起一张小纸条，递给博年。

纸条上写着一行字："爹，孩儿不孝，拖累您了。我都好，莫念。"

"是雨堂的字！错不了！"博年高兴地笑起来，"这纸条哪里来的？"

水妹说："我去买菜，菜市场门口一个菜贩子塞给我的。"

"这么说，报上说的还是靠谱，雨堂是和南珠在一起。"博年琢磨，"这样雨堂可就真通共了，我们家怎么办？"

博公划燃一根火柴，将小纸条点燃："既来之，则安之。现在雨堂和南珠在一起是最安全的。下一步怎么办，我们走着瞧，但是我们都要死咬住，不知道雨堂怎么会和南珠来往。明白不！"

博年和水妹都点头。

"你们去和下人通通气，都这么说！"

水妹起身走了，博年却没动。

"老三，你还有话？"

博年悄声说："大哥，我刚才看见，天健和福伯在茶楼喝茶。"

"这有什么奇怪的？"博公不满。

"就他们两个人，躲在包房里喝茶，不奇怪吗？"

博公恼火了："博年，这家里够多事了，你不要屎不臭，挑起来臭行不？"

博年不依，求援似的对水妹说："福伯是老二的人，你们不知道吗？"

博公把茶杯扣在茶几上，严肃地说："我不知道！我只知道用人不疑！"

博年好像被打了一棒，又痛又不敢乱说，他想了想，尽量把话说得中听些："大哥，我不是怀疑福伯，我是担心天健瞒着我们拉拢他。"

"唉，天健跟你有什么仇？这么些年来，我自责，我对不起博忠两口子，现在天健回来，正好让我弥补我的亏欠，"博公缓缓地说，"实话告诉你，我和老二的事，我给天健全说了。我还向天健保证，到时候我一定严格按照韩家的族规传琵琶，绝不护犊子。要是雨堂真的难逃此劫，或真没这个本事，那也得认命。"

"大哥，你可真大方！"博年苦笑，"接琵琶就等于当韩家的当家人。我不说这是你二十多年创下的家业，我只想说，你创下这份家业不容易，天健的底咱们还没摸清，万万不可随意交给他！"

博公摇头："家业是咱们的爹留下的，不也传给了我？"

"你别说这傻话好不好？现在的问题不是能不能传给二哥的儿子，关键是这韩天健还是个谜！你和我都没认清他！"博年恨不得把五脏六腑的真诚都摆出来给博公，"再说，在咱爹手里，韩家的家业还没有现在的一半。这都是你的功劳。如果你硬要学圣人，我管不了。我的那份可不会要那小子管！"

博公听明白了博年的用意，他无奈地说："现在还不是说那事的时候。真走到那一步，先分家，行了吧？"

这时，天健闷声不响地出现了，他想去找大伯，却听到博年的声音。这两天，他已经感觉出来三叔对他心怀戒备，于是，他停下来扫视院子，见没人看见他，便轻轻地靠近博公的房间，竖起耳朵听大伯和三叔说话。

他听到大伯的声音，大伯的语气里明显带着生气和不满："老三，你说，雨堂现在这样子，能接琵琶吗？"

三叔抱怨道："那还不是你收留那个雷海明惹出来的祸吗？"

"别扯远了。"

三叔继续说道："那我再问你，古谱怎么办？也传给那小子？"

大伯果断地说："古谱我谁也不传！"

天健心头一惊，继续听。

博年的声音又传来："大哥，雨堂是跟天健在一起出的事，你不觉得奇怪吗？"

博公打断道："你又来了。是我叫雨堂带天健去镇上转悠的。"

"可是为什么不绑天健？他也是少爷呀。"

博公不满道："天健初来乍到，谁认识他？"

博年不同意博公的观点："天健那一身行头可比雨堂阔气多了，还要认识吗？我要是鸡公罗，就两个一起绑！"

博公的声音："那你说，天健掺和，他想干吗？"

"这还不明白？天健在乐馆亮了一手你听见了吧？琴艺不在雨堂之下吧？他是冲着琵琶来的！除掉了雨堂，琵琶就非他莫属了！"博年狠狠说，"当年爹把琵琶传给你，老二是把大拇指切断了才去南洋的，你想想看，这是多大的恨？他就是为他爹报仇来的，说不定，还盯上古谱了。"

门突然推开，天健出现在门口。

博公和博年都愣住了。

天健阴沉着脸站在门口："三叔，我什么时候得罪你了？"

博公尴尬地说："天健，进来坐，有什么话慢慢说。"

天健没理博公，依然站在门口，生气地对着博年："三叔，我问你，你捕风捉影编的这些故事，有证据吗？"

博年感觉热血直往头上涌，他憋出去了，猛地站起来："好，天健，既然你都听到了，话也说开了，我也不遮掩。我承认，雨堂出事我可能是多心了。但你是不是冲着琵琶来的？"

天健白皙的脸也涨红了："是又怎么样？族规写得明明白白，凡韩家子弟，谁有本事谁接琵琶。我如果凭本事接琵琶，天经地义。"

博年咬咬牙点头："好，我再问你，是不是你爹临终前给你嘱托，要你来替他出口气？"

天健愣住了。

博年把脸朝向博公："他不吭声了吧，我猜对了吧！"

博公刚想说话，却听天健大声辩解："我爹是希望我有出息。这也有错吗？哪个父母不望子成龙，大伯不也一样吗？"

博年冷笑起来："天健，我对你爹太了解了……"

"老三，你给我闭嘴！"博公厉声喝道，"你出去！我跟天健聊！"

博年看了博公一眼，欲言又止，见博公把脸扭在一边，便不情愿地跨出了门，气哼哼地往外走了。

博公拉着天健坐下："你三叔对你是有误解，我也说过他……你别往心里去。"

天健问："三叔为什么对我爹有那么深的成见？"

博公叹了一口气："这都是过去的事了。简单说吧，他没少受你爹欺负，都是我护着他。"博公给天健添了一杯茶，轻轻推到天健面前，"天健，我和你爹的事，还有一件没说，我现在都说了吧。直到你爷爷交琵琶的前一年，我的琴艺都比你爹略逊一筹。可是一个偶然机会我得到一部古谱，这古谱跟你爷爷毫无关系。我靠这部古谱改变了一切。最后，你爷爷把琵琶传给了我……唉，可是你爹却固执地以为你爷爷给我吃了偏食。"

"那你为啥不说出来呢？"天健问。

"我答应了传谱人，我要完璧归赵，"博公无奈地说，"所以我不能拿出来，也不愿声张。"

"那后来完璧归赵了吗？"天健追问。

博公叹了一口气："天健，我只能说到这一步了。不过我可以告诉你，我不会把古谱传给雨堂的。古谱不关韩家的事，我必须完璧归赵。"

天健沉默地看着博公。

第十三章　锁定石村

太阳偏西，中山大学教学楼的西墙像涂了一层滚烫的黄金。傅桑教授正在课室里给学生们上课。黑板上写着一行洒脱的红色粉笔字："以表演为中心的中国音乐创作。"

傅桑的声音充满激情："……中国传统音乐的创作模式是以演奏家为中心的。这体现了中国传统音乐创作观念和儒学思想的密切关联性。首先，它是实用和现实的，因为音乐的现实实现不是乐谱而是演奏。以演奏家为中心就是强调音乐的现实实现。换言之，在中国传统音乐体系中，作曲家和演奏家是合二为一的……"

天健提着小皮箱出现在教室外，他也听到傅桑的讲述："其次，中国传统音乐的创作强调的并不是独创，而是渐变。这就意味音乐创作是在传承的基础上不断开拓丰富。具体说来，就是在演奏中完成创作。什么意思呢？就是死谱活奏，死音活唱，将传承与创新在演奏这个现实环节结合起来，这显然都是儒学实用现实理性和中庸理性的体现。"

这时，下课铃响了。有学生从课室里走出来，更多的学生仍留在课室，围住傅桑教授讨教。天健也走近傅桑。傅桑一见天健，也迎了上来，接着，带着天健回到寓所。两人在客厅里坐下，聊了起来。天健把他在韩家受到的委屈及他跟博年的冲突都告诉了傅桑。

傅桑沉思了一阵才开口："你太年轻了，你怎么这么冲动？他毕竟是你三叔。有误会，好好解释不行吗？这样的话，你独自一人怎么待下去呢？"

"老师，您觉得我有必要再待下去吗？我大伯全部心思现在都在雨堂身上，我还能学到什么？我真没想到，韩家这么乱，还和共产党搅到一块，跟江湖上都结了仇！"

傅桑琢磨着点头："是呀，你大伯应该是个很纯粹的琴家，你们的家训就是只问琴心，怎么会和共产党搅到一起呢？你大伯怎么说的？"

"他说这些事说不清，还说，我知道得越少越好。"

傅桑给天健倒茶："这倒也是。你大伯是保护你。"

"所以，我想来想去，我没有必要蹚韩家眼下的浑水！"天健恳切地说，"我想来中大，给老师来当个助教，行吗？"

"你跟你大伯说了吗？"

天健点头："说了。他说，我回避一下也好。"

"那你接琵琶的事呢？"傅桑又问。

"我大伯说了，接琵琶的时候，公平竞争。雨堂现在成了这样，我还有什么对手？"天健很自信。

傅桑沉默不语。

"老师……"天健怯怯地打破沉默，眼巴巴地看着傅桑。

"好吧，我再考虑考虑，"傅桑轻叹一口气，说，"你要是真想来的话，我要见见你大伯，听听他的意见。"

"见他？"天健吃惊，"老师，您不相信我？"

傅桑微笑："这不是相信不相信的问题，而是一个礼貌问题。你大伯是个很有造诣的琴家，我一直想找机会向他请教。"

这时，电话响了。傅桑拿起话筒："茹婷呀。韩天健？对，在我这里。哦，我不行，晚上我有个座谈，你俩聚吧。好，我转告他。"

傅桑放下电话，看着天健："茹婷追到我这里来了，想约你吃饭。"

天健尴尬地笑："我离开沙湾时，先给她打了一个电话。"

舞池里灯光很暗，软绵绵的音乐飘荡着。男男女女们已经在翩翩起舞。邓茹婷拉着天健步入舞池。邓茹婷双目含情地看着天健，天健却有些走神。

"你好像心情不太好。"邓茹婷问。

天健微微抿了抿嘴，没吭声，继续迈着舞步。

"可以告诉我为什么吗？"邓茹婷的声音温柔得可以化出水来，"要不，我们去长廊喝点酒聊聊？"

天健没有拒绝，跟着邓茹婷走到舞池外靠近后门的长廊，这里的雅座点着蜡烛，微风习习，音乐声也不大。邓茹婷选了一处最角落的位置，点了一瓶日本清酒，又要了两支蚊香，两人相对而坐，喝着酒聊开了。

"我想倾听你的心事。"邓茹婷的声音柔柔的，像涓涓暖流，直流进天健的心里。

天健把他在沙湾所受的委屈，以及想留在傅桑教授身边当个助教的事全说了出来，之后他说："我想离开沙湾。"

"天健，我理解你的内心，我能体味到你的痛苦。但是，如果我能说说我的建议的话，"邓茹婷端起酒杯，轻轻地与天健碰了碰杯，"我认为这恰恰是你大伯最脆弱的时候，你应该留在他身边。"

天健一愣，看着邓茹婷。

"你是聪明人，你应该明白，你目前离成功很近了！"邓茹婷一饮而尽，示意天健喝酒，"更关键的是，我会竭尽全力帮助你。在广州，我想做的事，基本上都能做成。"

天健心头一热，把酒干了："那好，我可以告诉你，对我而言，琵琶不是最重要的。"

"对你来说最重要的是什么？"

天健两只眼睛像黑暗中的狼眼一样发光："古谱！我大伯秘藏的一部古谱！我这次回国就是奔着古谱来的！"天健急切地说，"当年我父亲就输在这部古谱上。所以，琵琶不过是一个象征，古谱才是真正的实力所在。我想得到古谱——不！我只有看到古谱——或者抄写一份，或者拍照另做一本，我才能当上乐王，名副其实的乐王！"

邓茹婷听罢举起了杯："你会是乐王的！来，喝酒！"

这天晚上，天健醉了。邓茹婷扶着天健回了她的寓所，把他放在床上，帮他脱了鞋袜，来不及更衣，天健已经发出了均匀的鼾声。邓茹婷把窗帘拉紧，转身走到床头，定定地看着天健，然后俯下身在他的脸颊轻轻吻了一下，再拿过洁白的棉套薄款羊毛毯盖在他身上。然后关了灯，用钥匙打开西侧的密室。

她拨通黄雀的电话。对面传来黄雀特有的变异了的日本语："是我，他在哪儿？"

邓茹婷的呼吸微微急促，她压低声音："他现在就在我的房间。"

"在你的床上吧？"对方问。

"是！在我的床上。"邓茹婷回答得很干脆。

黄雀："他睡了？"

邓茹婷："是！他喝醉了，睡过去了。"

黄雀："有什么进展？"

邓茹婷一五一十，把她知道的天健的心思全说了。

黄雀沉默了一阵才说话："你要动员他回去。如果你做不到，你就说服傅桑教授动员他回去。"

邓茹婷："明白了。"

邓茹婷放下电话，锁上密室，走回卧室，摸到床头柜前，打开橘黄色的小夜灯。她搬过一张椅子，坐在床边，看着酣睡中的天健，点燃了一支日本"樱花"牌女士香烟。

香烟很快吸完了，她看了看壁上的钟，时间已经不早了。她扫了一眼紧闭的窗帘，下定了决心似的站起身，脱光衣裙和袜子，走进里边的浴室。

她从浴室出来时，脑后盘着黄褐色的头发，身上披着白色浴袍，浑身散发着玫瑰香皂的迷人气味。她褪去浴袍，钻进羊毛毯里。

橘黄色的小夜灯暧昧地照着床上。邓茹婷窸窸窣窣地解开天健的白衬衫，再解开他的皮带扣。在她的努力下，天健像她一样赤裸了身子。她闻着他的酒气，在侧面紧紧地拥着他。

夜晚的西关大院，海明伯回来了，琼嫂给他开门，海明伯招呼也不打，一言不发地进了房间，琼嫂立即感觉到出事了。

海明伯进屋大口喝水，心情很不好。

南珠警觉地问："海明伯，出什么事了？"

海明伯沉下脸："老邱被两头蛇骗了，进的那批枪有一半是不能用的烧火棍。"

南珠愣了："那怎么办？"

海明伯苦笑道："老邱去找两头蛇交涉去了。"

"有用吗？两头蛇成心骗人，肯定早就有应对之招。"

"我也对老邱这么说。老邱说，交涉不成也不会影响我们行动。他们不怕死，有土炸药，有匕首，还有不屈不挠的革命斗志。"

"这不是儿戏吗？"

"岂止是儿戏，简直荒唐！"

两人都沉默了。

这时，雨堂走进来："师父，我有办法搞到枪！"

海明伯和南珠面面相觑，他们知道，谈话又被雨堂的尖耳朵听到了。上次邱和发牢骚，说雨堂是个拖累，也被雨堂听到了。雨堂提出要离开联络点，是海明伯好劝歹劝才留下。此后，他们说话十分注意，没想到，这次说话又被雨堂听见了。雨堂也看出了海明伯和南珠的惊讶，又解释说："师父，上次你劝我留下，不是说，到用我的时候，一定会用我吗？现在我能搞到枪！"

南珠没好气地说："雨堂，你家是开兵工厂的呀？瞎掺和什么！"

雨堂毫不退让："师父，我真能搞到枪！"

海明伯看着雨堂："你知道我们要枪干吗吗？"

"你们要实施'旱天雷行动'，生擒石村！"

"还有呢？"

"还有？"雨堂一笑，"我不需要知道那么多，我只知道，我跟你们干就行了。"南珠开口了："我们是玩命。你懂吗？"

雨堂依然带笑："我玩命也不是一次了！"

海明伯盯着雨堂："但是，我不能让你玩命，我要把你毫发无损地交给你爹！"

雨堂冷静下来："师父，你说的我都明白。你听我说说主意行不？"

海明伯迟疑了一下："你说吧。"

"我想找方萍借枪！"

"找方萍借枪？你做梦吧？"南珠冷笑。

"那你也等我把梦说完！"

于是，雨堂一五一十地说起来……

天健站在江轮的甲板上，望着江水。

他的思绪还停留在邓茹婷的床上。天还没亮的时候，他醒来了，摸到光溜溜的女人的身体，他大吃一惊，以为自己在春梦中。这时，邓茹婷也醒来了，两条柔软的手臂搂着他，两条长腿像藤缠树一样钩着他的腿和腰。他看清这是邓茹婷，脑袋里想挣扎，两只手却像着了魔一样。

……

天健望着江水，浑身发热，他镇定了一下，又想起早上和邓茹婷分手时的情景。

邓茹婷轻抚着他："昨夜你睡着了，我给傅桑教授去了电话，谈了你的事，他叫我还是劝你回韩家去。我答应了傅桑教授。"

天健愣住了："你答应了？"

邓茹婷柔声开导他："是的，我觉得你现在必须回去，这个时候，韩家一团乱麻，正是你乘虚而入的好时机。"

说罢，邓茹婷就说了理由。天健暗暗吃惊，他没想到，邓茹婷的思维那么严密，而且分析得相当到位，于是，他决定回到沙湾，执行自己的计划。

天健回到沙湾，立即去敲福伯的房门。

福伯正坐在房内发呆。听到天健的声音，他赶忙起身，打开门，把天健迎了进来，嘴里迟疑地问："天健少爷，你回来了？"

"我的家，不该回来吗？"天健冷冷地反问道。

福伯赔笑："该回，该回！天健少爷请坐。"

见福伯开始沏茶，天健摆摆手，示意福伯坐下。福伯顺从地坐下，手里仍在沏茶，内心却在打鼓，这个天健少爷比博忠还难待候，阴沉得像口烂泥塘，还是雨堂少爷好打交道，像只透明的金鱼缸。

天健压低声音问："福伯，有件事还想和你核实一下。我爹说，当年你告诉我爹，是我爷爷偷传了古谱给我大伯。我爹为了感谢你，替你背了一笔黑账，要不然，查到你头上……"

福伯手一抖，茶杯掉到了地上，滚了几个圈，却没有碎。福伯赶紧弯腰拾起，脸僵在那里。

"可有此事呀？"天健微笑。

福伯木然无语，天健暗笑，一切都在自己的预料之中。

"福伯啊，原来是你瞎编谎言，挑拨离间，害了我爹啊。"

福伯恐惧地起身，看着天健，嘴唇哆嗦："天健少爷，你……你到底想干吗？"

天健盯着福伯："我不想把这事抖出来，我想皆大欢喜！"

福伯坐在地上哆嗦："怎……怎么皆大欢喜？"

"你想办法把古谱偷出来。"天健冷冷地说。

"这……这……"福伯惊恐地看着天健烂泥塘一样阴沉的脸，"我……我哪做得到？"

"放心，我拍个照就还给你，神不知，鬼不觉！"天健起身，冷冷地说，"你是管家！你总有机会！"

福伯哀求道："天健少爷！你这是要我的老命啊！"

"我告诉你，我这次就是冲着谱子回来的，我把谱子拍了就远走高飞。你依然可以当管家，皆大欢喜，否则没你的好果子吃，你看着办吧。"

天健冷笑一声，跨出门去。

天健紧锣密鼓地施行自己计划的同时，另一个大阴谋也在实施。

日本领事馆的黑田办公室里，黑田仰着头，一脸严肃地望着天花板，邓茹婷也在一边默默抽烟，石村正低头看一份卷宗。房里的气氛有些紧张。

石村慢慢放下卷宗，盯着黑田问："这个方案，松井石根先生知道吗？"

"当然知道，"黑田回答，"这正是松井先生的意思。"

"我可以和松井先生联络吗？"石村问。

黑田摇摇头："你有什么话，我可以转告。"

石村冷笑："我无法理解。"

黑田："李克农的人盯上你，这消息不是你报告的吗？"

石村表情凝重："是刁文元给我提供的情报，他又是从吴猛口里得来的消息，而吴猛的背后又是方萍。这个吴猛和方萍是戴笠的人，是我们的对头。所以，这个消息还要甄别。"

"可是，我们的情报部门也证实了这一点。共产党派人进入广州，就是执行什么统一战线，防止陈济棠起兵打内战。"黑田冷冷地补上一句，"这个方案就是将计就计，将共产党一网打尽。"黑田看着邓茹婷，"杏子小姐有什么意见？"

"我没有不同意见，在舆论上，我全力配合，"邓茹婷迟疑地看了石村一眼，"不过这样的话，石村君的生命风险很大。"

黑田转向石村："石村君，你怕了？"

石村感激地看了邓茹婷一眼，侧过脸对着黑田："作为帝国军人，我随时准备为帝国捐躯。不过，我要是捐躯，而西南反蒋独立尚未实现，我会死不瞑目！"

黑田面无表情地说："如果是这样，会有人继续石村君的事业。"

石村冷笑："是黄雀吗？"

黑田摇头："石村君，这就无可奉告了。"

石村走向邓茹婷："杏子小姐，我还是要求面见黄雀。"

邓茹婷苦笑："石村先生，我已经尽力了。"

黑田站起来："石村君，我来发表一下看法吧。第一，石村君有为帝国捐躯的勇气，黑田十分敬佩；第二，这个计划，确实可能一举剿灭，至少可以重创共产党，逼迫陈济棠更加向我们靠拢。如果你不亲自出面，雷海明他们很难上当，所以你责无旁贷。"

石村看着黑田。

黑田接着说："还有第三点！只要我们认真部署，精心防备，石村君并不必然会牺牲，如果躲过此劫，石村君的前途将不可限量！"

石村苦笑："黑田君，我不过是个弃子而已，岂敢指望什么前途？如果大难不死，我一定急流勇退，把路给某些人让出来。"

黑田有些尴尬："石村君想多了吧？我们已经做了周密的安排：第一，通过各种渠道，把消息放出去，引蛇出洞；第二，加强警卫，尤其是把熟悉广州地头情况的队伍都调动起来，地头蛇何三刀的稽查队，也参加这次行动！"

当天晚上，邱和就带来了新消息。

"大后天是石村母亲的忌日，他要去光孝寺给母亲上香祭拜。"邱和露出兴奋的表情，"这下好了，我们不用那么费心了，就在光孝寺下手！光孝寺香客多，我们扮成香客混在人群中，便于隐蔽，更好下手。我们一动手，现场肯定大乱。敌人没办法控制那么大的场面，便于我们撤离。而且社会影响力很大。陈济棠会吓破胆子的！我觉得这是实施'旱天雷行动'的最佳时机！"

海明伯心动了："这个消息怎么来的？"

邱和回答："我从两个渠道得来的。一个是两头蛇，我和他交涉武器有水货的事，他说他也被人骗了，答应再给我们补货或者退款。我们就聊起来了。他就说了石村的事。还有一个渠道就是何三刀的手下刘四，他说何三刀召集他们开会，布置保卫石村的事。"

海明伯想了想："这还不够，还要去核实一下。"邱和迟疑了一下："好吧。"

"两头蛇什么时候补货？"海明伯又问。

"他说就这两天。"

海明伯苦笑："这么说还是没有准。那我们大后天怎么行动？就拿着烧火棍进光孝寺？"邱和有些尴尬："也不能说是烧火棍。至少有一半是真家伙。其他的枪也都能打响，吓唬人还是可以的。再加上我们玩命，以一当十……"

海明伯严肃起来："老邱，我们不是去玩命，是志在必得！"

"上级已经批准我们的行动计划了。"邱和也严肃起来，"就是玩命也得义无反顾，我们保证完成任务！"

"拿什么保证？不就是不怕死吗？"海明伯声音大起来，"到时候，我们都牺牲不要紧，拿不下石村，怎么向上级交代？就拿我们的尸体交代吗！？"

邱和看海明伯火了，不再吭声。

这时，南珠走了进来："海明伯，我看还是要邱大哥再给两头蛇施加压力，要是后天能交货，还有戏。"

"老邱，你立即去找两头蛇。该怎么说，不要我教你吧？"

"明白，他要是玩花样，我就绑了他！"

说罢，邱和起身离去。

海明伯无力地坐了下来，沉默不语。

"海明伯，怎么办？我看两头蛇很悬。"南珠开口了。

海明伯点点头："是得两条腿走路了。你去叫雨堂过来吧。"

南珠明白，海明伯想启动雨堂的方案了。她有些迟疑，想说些什么。

海明伯挥挥手："不用说了，雨堂的分析有道理。他比你了解方萍。我在他的方案上又做了补充，应该有戏。"

也就是在这天晚上，吴猛也给方萍带来石村要去光孝寺上香的消息。

"什么？石村要去光孝寺上香？"

"这是刁文元跟我说的。"

"是试探你吧？"

"大概是吧，他还问我，共产党会不会利用这个机会对石村下手。"

方萍看着吴猛："你怎么说？"

"我说，我要是雷海明就会下手。不过，必须石村先生亲自出场，雷海明他们才可能上钩。"

"他怎么说？"

"他说，石村是个孝子，绝对会亲自祭拜。他很头痛警卫工作。"

方萍冷笑："哼，刁文元始终认为我和南珠是有猫腻的。他想利用你把消息传给我，再由我传给南珠。然后，布下圈套，把南珠他们全端掉。"

吴猛也笑了："再然后，就以通共的罪名收拾你。"

方萍点头："没错，这就叫一石数鸟。"

"你会怎么应对？"

方萍脱口而出："我要是真知道南珠的下落，一定会把消息传给她。"

"告诉你姐，这是一个套？"

"恰恰相反，我会告诉她，这是一个极好的机会。"

吴猛有些意外："你真想借石村的刀灭掉南珠？"

方萍冷笑："吴营长，别跟我玩小心眼。我是戴雨农的部下，不是李克农的部下，只要不是我亲自动手，我不会对南珠手软的！"

吴猛笑了笑。

"你笑什么？这么阴险。你不相信？"

吴猛微笑："方萍，我觉得现在的局面对你最有利。你完全可以置身事外，心安理得，坐山观虎斗。"

方萍咯咯笑了，斟酒举杯："是呀，我现在的确是心安理得。来，为我的心安理得，我们喝一杯。"

夜深了，石村穿着和服，坐在榻榻米上独自喝闷酒。这时，一个警卫报告："石村先生，邓小姐求见。"

石村一愣："快请她进来。"

警卫退下，邓茹婷走了进来。

石村起身，从橱窗里取出一只青瓷酒杯，给邓茹婷斟酒："杏子小姐，你来……你是来做交接的吧？"

邓茹婷坐在榻榻米上，没有说话。

"文件都准备好了，原本让刁文元转交你，"石村举起酒杯，"陪我喝几杯酒，我会交给你的。来，干杯！"

两个酒杯相碰。

"石村君，刁文元你拿下了吧？"

"是的。也许，这是我来广州唯一的功劳。他的代号在文件里。"

"他这个人很滑头，你确信有把握？"

石村苦笑："那就请黄雀去鉴别吧，来，喝酒！"

半瓶酒没了，石村有些亢奋了："杏子小姐，我真后悔呀，没听傅桑君的话，我不该来'支那'！"邓茹婷同情地看着石村："石村君，我恐怕帮不了你。"

"谢谢你能这样说。"石村又要给自己斟酒，邓茹婷拉住他的手，说："再喝会醉的。"石村依然斟酒："这点酒对我算什么！我只是内心烦闷。"说罢，石村起身，拉开办公桌，取出一个文件盒，"别担心我醉，文件先交给你。杏子小姐，拜托了！"

"你是不是一定要和松井先生联系？"邓茹婷接过文件盒，关切地问。

石村摆手："没有必要了！我现在已经明白，我在松井手里不过是枚棋子而已。抛弃我，只是时间问题。他真正的代理人，应该是黄雀！"

"黄雀？不至于吧？"

石村苦笑："杏子小姐，都到了这一步，你还有必要装吗？"

"我没有装，"邓茹婷真诚地说，"我从没见过黄雀，我们一直是电话联系，甚至他的声音都是变异的。"

"声音都是变异的？是男是女都不知道？"石村吃惊。

"我感觉……是个男人。"邓茹婷想起前两天夜里她送韩天健到床上睡着后，黄雀的一句奇怪的问话："你准备跟他睡觉吗？"

石村又举起了杯。

邓茹婷端杯碰了碰，问："你恨黄雀吗？"

石村摇头，表情庄重严肃："不！恰恰相反，我敬佩他。为了帝国大业，他挖空了心思。我相信他要是我，也一定视死如归。请你向他转告石村对他的敬意。我能被他送上断头台，无上荣光！"

石村的眼里已经饱含泪水。

邓茹婷的双眼也湿润了。

石村站起来，对邓茹婷说："你可以走了。"

这时，有人敲门。

警卫推门进来："石村先生，有位傅桑教授求见。"

邓茹婷有些紧张，突然改说中文："那好，谢谢您接受我的采访。再见！"

石村会意："邓小姐再见！"

这时傅桑进来，见到邓茹婷，感到意外："茹婷，你也在这儿？"

邓茹婷有些尴尬："傅教授，我刚采访完。你们聊吧，我还要回去赶稿。"说完，她朝二人微微躬身，转身离去。

傅桑坐下了："石村君，茹婷来采访什么？"

石村笑了笑："你去问她吧。"

傅桑也笑了："我多嘴了。我们喝酒吧！"

石村说着日语："傅桑君，我们说日语行吗？"

傅桑意外，改说日语："石村君，你今天到底怎么啦？"

石村苦笑："没什么，就是想多说说家乡话。傅桑君，你的日语真地道，我第一次和你见面，还以为你真是日本人呢！"

"石村君，茹婷和你说了什么？"

"傅桑君，什么都别问了，我们都纯粹一点。喝酒！"

石村醉了，又喝了一杯酒："这个时候，上野的樱花开了吧？"

说着，石村唱起了《樱花》：

　　樱花呀，樱花呀，
　　阳春三月晴空下
　　一望无际是樱花……

傅桑突然揪住石村："告诉我，发生了什么事？"

石村还在唱着……

旱天雷

上午时分，邱和就来到联络点，向海明伯汇报。

"两头蛇答应了，明天晚上交货。"邱和话语带着轻松。

海明伯怀疑："他这么痛快？"

"我说，他要是不交货，就给陈济棠打电话。他怕了。"

海明伯没吭声。

"我还去了一趟光孝寺，正好碰上了刁文元。他在和长老交代石村上香的事，说要请长老做法事，还说石村先生会给菩萨塑金身！看来消息是可靠的。"

"你没暴露吧？"

"海明同志，你也太小看我了吧。"邱和露出不快。

海明伯沉思了一阵："好，就这么定了。我们明天再去踩踩点。"

"明天？要不现在就去吧！"

"如果石村真去上香，明天会有安全警卫的布置，我们要观察最新的情况。你去盯着两头蛇吧，枪绝对不能有失！"海明伯坚定地说。

博公书房里，阿秀在和博公理论，水妹站在一旁。

"大伯，雨堂哥是不是你生的？你就不管了？"

博公一笑："阿秀，这事急不得。我正在和你爹商量办法。"

阿秀急了："大伯，我看你们现在想的根本就不是雨堂哥。我爹整天嘀咕的就是韩天健，什么来者不善了，要接琵琶了。一个破琵琶，就那么重要吗？"

水妹插嘴了："阿秀，你怎么说话的？你没看报吗？雨堂被南珠姑娘救了，现在他是安全的。"

阿秀并不服气："可是现在何三刀那帮王八蛋在到处搜查南珠姐他们，他们能安全吗？"

"那你想怎么办？"

"我想去广州找他们！"

"胡闹！"博公顿时火了。

这时有人敲门，大家都不吭声了，水妹去开门。

天健出现在门口。

大家都愣住了，面带尴尬。

博公指着凳子："天健，坐吧！"

水妹拉着阿秀出去了。

天健坐下了，苦笑道："大伯，我是个灾星，给你添麻烦了。"

博公露出坦诚："天健，别说见外的话。你是我侄子，这里就是你的家，那些流言蜚语，不要理会。不过，这些天我确实静不下心来和你切磋琴艺，也希望你能理解。"说罢，博公起身，拿出了几本手写的小册子，"这是我这些年习乐记下来的一些心得，你没事翻翻，可能会有用。"

天健有些感动："大伯，谢谢了。"

天健也拿出一本油印册子："这是傅教授写的音乐史，上面还有广东音乐的专章，他要我带给您，说请您指教。"

"不敢，不敢，我一定好好拜读！"

天健拿着博公给他的几本小册子回到房间，福伯进来了。

福伯低声道："我跟老爷说了，去佛山收账，今晚不回来。"天健会意地一笑："我明白了，你要不在现场的证据。"

"你还要想办法把老爷拉住，我才能动手。"

天健点头："好，到时候，我弹琴，必会把大伯引来，你就下手。"

福伯迟疑："天健少爷，你拍了谱子，一定要还给我。"

"放心吧，我拍了谱子，就远走高飞。"

天健拿出一张银票，塞给福伯。福伯连声道："不，我不能收。"

天健冷笑："那你就揩屁股吧。"

这天晚上，天健在他的客房小院徐徐地弹奏扬琴《昭君怨》。旋律中包含着凄凉、忧愤、怨恨之气，在韩家院落弥散。博公听到天健的琴音，果然被吸引，向天健小院走去。于是，一组影视蒙太奇的画面就出现了。

暗处，福伯探出头来。

博年在自己的房间下象棋残局。金花在绣花。悠悠琴声传来。

"这天健少爷，弹得还真不错。"

博年冷笑："你懂个屁！他在为他爹喊冤呢！"

天健在弹琴，博公伫立在不远处，静静聆听。

天健觉察，继续弹奏。琴声激越起来。

福伯悄然进了博公的卧房，把门闩上。

他迟疑地走向博古架。

水妹端着托盘，走出了厨房，盘内有一碗粥，她给老爷送宵夜。

天健还在弹奏，博公悄然站到天健身后。

天健并没有停止弹奏。

博公卧房里，福伯按动按钮，博古架慢慢移开，露出了暗墙。

水妹端着粥，经过廊道，向书房走去。

天健依然在弹奏。

博公咳嗽了一声。

天健收住了琴，转身："大伯？"

"这曲子是你爹教你的吧？

天健感到意外："大伯怎么知道？"

博公苦笑："这是独手弹的指法。"

天健吃惊地看着博公。

博公叹了一口气："他的怨气很深呀。"

暗墙打开，福伯拿出了古谱。

他抬头看着墙上博公一家的照片，心生内疚，扑通跪了下来。

水妹端着粥盘来到卧房外，轻声喊："老爷！我给您送宵夜来了。"

只见屋里的灯熄了。

水妹奇怪道："老爷，我是水妹，给您送宵夜。"

屋里没有任何声音。

屋里漆黑一片，福伯惊慌失措，他怀抱着古谱，犹豫着从博古架上拿下一个瓷瓶。

水妹的声音传来："老爷，您怎么啦？刚才还看您亮灯呢！"水妹着急地放下粥盘，用手推门，"老爷，你没事吧。"

她突然意识到什么：什么人在里面？

她转身要离去，门突然开了。

一个黑影冲出，一个瓷瓶砸在水妹头上。

水妹捂住头喊："明仔！快来！有贼！"

黑影又狠砸水妹，古谱掉了下来。

水妹晕倒了。

黑影迅速离去。

明仔直奔过来，发现水妹倒在地上。他扶起水妹："水妹姨！水妹姨！"

水妹躺在床上，头上缠着绷带。

她慢慢睁开眼睛，博公站在床头，身后是天健、博年、金花、阿秀还有丫头阿莲等。大家都松了一口气。博公发话了："都散了吧，散了。"

大家都散去。

博公坐在床头，深情地拉着水妹的手："水妹，又让你受累了。"水妹苦笑："什么话？我不爱听。东西没丢吧？"博公眼圈红了："没丢。"

"没丢就好。""老爷，你这个宝贝，要换地方了。"

"我明白。"博公眼一亮，"水妹，就藏在你这里，行不？"

水妹点点头："老爷，只要你信得过我！"

博公动情："水妹，你能不叫我老爷吗？"

"那叫啥？"

"叫我博公。"

水妹笑了笑："不明白的，还以为你是我祖辈呢！"

"那就叫老韩，行不？"

水妹动情地看着博公。博公激动地说："水妹，你明白我的心思吗？"

水妹眼里透出柔情："我是疍家女，您真不嫌弃我？"

博公突然俯身抱住了水妹，低低地抽泣起来。

水妹轻轻拍打着博公的背："好了，别孩子气，让人家笑话。"

夜很静，也很美……

刚才在水妹的房间，博年发现福伯没露面，立即就叫明仔去看看。回到自己的房间后，明仔就来向博年报告："福伯的门锁了。他留话说去佛山收账，明天才回来。"博年冷笑道："原来早就算计好了。这叫欲盖弥彰呀。"

金花不解："老三，你怎么偏偏怀疑他呢？"

"妇人家，懂什么，你们里屋去！阿秀，你站着干吗？"

阿秀顶嘴道："你这么说，我还偏不走了。你说，怎么会是福伯？"

博年冷笑："哼，这个福伯不过是个螳螂，还有黄雀在后呢！"

阿秀感到意外："还有黄雀？谁？"

这时天健突然闯了进来："三叔，你说的黄雀就是我吧？"

博年和大家都愣了，场面有些尴尬。

天健沉下脸："三叔，从我回来的第一天起，你就像蚂蟥一样盯着我。我一直忍着，今天你得跟我说明白，到底为啥？"

博年有些尴尬，没吭声。

天健有些激动："这里是我家，韩家的家业，有我爹一份，我不该回来吗？我就是要分家业也不过分。我是想接琵琶，怎么啦？这也是韩家的规矩！现在韩家遭了贼，你怀疑是福伯我不管，可你又无端怀疑我是黄雀，我可要问个明白。你要不说明白，我就去见大伯，问问，他是不是你背后的黄雀！"

天健说罢转身离去，这时博公走进来。大家一愣，都盯着博公。

博公威严地看着博年："老三，我还没死呢，谁要你在这儿张罗抓贼了？你还满口跑舌头，嫌不够乱？"博公转向天健，"天健，给大伯一个面子，这事就不要计较你三叔了。"

天健退了一步："那他总要给我个说法吧。"

博公看着博年："老三，你怎么说？"

博年咬牙："好，我给你个说法。天健，我的话就算放屁！行了吧！"

中午时分，光孝寺外的一栋小洋楼。

化装的海明伯和邱和，还有女扮男装的南珠站在小楼天台上，俯视着光孝寺的动静。果然看见李刚带着一队警察在布置。大家观察着。

海明伯打量小楼："这楼是个很好的狙击点，怎么他们没注意？"

邱和笑了笑："这是宋子文名下的小楼，主人很牛，警方没有得到允许，无法进来。可能也因为主人是宋子文，敌人也没想到，我们能进来。"

南珠好奇："那我们怎么能进来？"

邱和得意道："替宋子文打点这楼的宋先生，是我们的朋友。最近宋先生又把这楼卖给了一位华侨，外面并不知道。新主人准备翻修，所以就空着。"

海明伯俯视光孝寺内，各种动静尽收眼底："这个位置视野很好，是个狙击的枪位。直线距离在500米以内，撤离也方便。"

海明伯拿出一张纸，画下地形图。

邱和有些疑问："海明同志，你是想在这里打黑枪？"

"这叫狙击。我要双管齐下，东方不亮西方亮。"

"可是我们行动队没有神枪手呀。"

海明伯笑了笑："神枪手我已经准备好了。"

邱和好奇："是你？"

海明伯看着南珠："是南珠。我得在光孝寺里盯着石村，南珠用狙击掩护我们，来个双保险。南珠熟悉苏式的'莫辛'狙击步枪。这是首选，不行就用德式'毛瑟'狙击步枪。我们的武器单上都写明了，晚上和两头蛇交接武器的时候，你重点要检查狙击步枪。"

邱和一听脸上露出了奇怪的表情。海明伯注意到了："老邱，怎么回事？有困难吗？"

邱和头上冒汗了。

海明伯严肃起来："你说话呀！"

邱和很吃力："海明同志，两头蛇失踪了。"

"什么？"海明伯瞪大了眼睛。

"我今天早上才接到报告，本想踩点完了，就向你汇报。"

"乱弹琴！"海明伯顿时火了。

邱和低头："海明同志，我们是不够专业。犯了错误，我会接受处分。现在只有硬上了，我们不怕死。我们就是用牙咬，也能把石村咬死！"

海明伯咬牙："邱和，你太儿戏了，我们是要活捉石村！你这是犯罪！"

邱和低头不语，满脸难堪。

海明伯也不客气，扭头就离去了。

南珠也跟了过去，悄声说："雨堂已经出发了，现在就看他了。"

雨堂这时已经在方萍寓所里了，方萍身穿军装，踱着步。

雨堂看着方萍："萍姐，别走来走去了，我头晕。"

方萍冷笑："我看见你更头晕！"

雨堂一笑："我弃暗投明，你该高兴才对呀！"雨堂又走到酒柜里拿出了面包和牛奶，"好了，你好好想想，怎么处置我，我先吃点东西。"

雨堂大口吃了起来。

方萍凶狠地看着他。

雨堂毫不在乎，边吃边问："看啥呢？你怎么不说话？"

"南珠没给你吃的？她和雷海明吃什么？"

"唉！别提她了！"雨堂大口地喝牛奶，"我就是从南珠那儿跑出来的，餐餐吃番薯，我受不了了！"雨堂看方萍没说话，接着抱怨，"我放的屁都是番薯味！"

方萍无语，却皱起了眉头。

雨堂抹抹嘴："你不信啊？我放个屁你闻闻！"

"闭上你的臭嘴！"方萍忍不住开骂了。

雨堂咧开嘴笑了，一屁股坐在茶几前的红木沙发上，舔着手上的面包屑。

方萍冷笑："韩雨堂，南珠派你来干吗？"

"萍姐啊，这你就冤枉我了，我是投奔你来的！"雨堂苦笑，"我跟着南珠，住在江边的芭蕉林里，吃的是番薯不说，晚上还有蚊叮虫咬，你看看，我这手上叫蚊子叮的！"说着，雨堂捋起袖子，伸出手臂，"你看看！我真没想到干革命这么难！"

方萍把桌子一拍："韩雨堂，够了！"

雨堂不吭声了。

方萍又问："韩雨堂，你老实说，你来想干吗？"

雨堂长叹一口气："我说了，我受不了南珠他们的苦，更受不了他们的管。我跟他们那么卖命，可他们还是信不过我，把我当贼防。我是有尊严的，我不干了！"

"那你为啥不去找何三刀自首？"

雨堂一脸认真："萍姐，我找何三刀自首，会有尊严吗？我投奔你，你把我当姐夫看，我饿了，你给我端吃的，我就是拿你涮涮，你也不计较……"

方萍声色俱厉："韩雨堂，你要再贫下去，我把你嘴撕了，你信不信？！"

雨堂赶紧双手合十，作揖求饶："好了，我不贫了。你到底收不收留我？"

"你主动来投奔我，对吧？"方萍冷笑，"那你敢不敢立投名状？"

"萍姐，我浪子回头金不换，这还不够呀！"雨堂讨好地笑道。

"那你说，南珠在哪里？"方萍严肃地问。

雨堂夸张地愣了一下："萍姐啊，这我可不能告诉你！"

"你不告诉我，我就把你交给何三刀！"方萍一边说着，一边提起电话筒。

"哎——别！"雨堂从沙发上跃起，冲过去抢过话筒，重重地扣在电话机上，"你要真这么干，你就是小人！"

方萍轻蔑地反问："小人怎么了？你背叛我姐，是不是小人？"

雨堂摇头："我这个小人和你不一样，我不害你姐。"

方萍不说话，看着雨堂，她冷静地等着，看他到底要玩什么花招。

雨堂也等着方萍说话，两人就这样耗着。

方萍还是忍不住了："那我一个人去见南珠，这公平吧？"

雨堂一愣："一个人，你敢吗？要是你姐伤了你，我不是又欠下了血债？唉，手心手背都是肉呀！"

方萍冷笑："韩少爷，你还挺关心我呀。我们两姐妹的恩怨，总要了断，否则南珠和我都不得安宁。我们各自的任务，也都完不成。只要你成全我，你的命包在我手里。否则，我也只好公事公办了。"

雨堂沉默不语，方萍又要起身去打电话。雨堂按住了方萍的手。

"萍姐，你真的一个人去？"

"绝无儿戏！"

"那你赌个血咒！"

第十四章　血战光孝

夜晚，珠江南岸的芭蕉林中，有一间隐蔽的土屋。海明伯和南珠坐在土屋外焦急地等待。江风吹打着芭蕉林发出很大的声响，像海面响起阵阵波涛。

南珠紧张地问："海明伯，你说方萍会来吗？"

"应该会来。"海明伯不假思索地说，"雨堂看方萍比你准。第一，她在和你较劲，一定要收拾你；第二，她人不坏，对你下不了杀手，还有爱国正义之心。"

"那她会不会同意借枪给我们呢？"南珠担心地说，"如果她不肯，把她骗来也算白搭！"

海明伯："我相信雨堂。从雨堂的分析来看，应该是有相当把握的。她很清楚，我们现在跟她干的是同一件事，都是为了阻止陈济棠造反。再加上咱们跟方萍的私人关系，她应该会同意。"

"可是，方萍很任性，脾气上来不管三七二十一。我曾经无意中伤害过她。"南珠想起往事，心里生出深深的愧疚，声音也低下去，淹没在芭蕉叶的摇晃和蛙虫的鸣叫声中。

"是指易水的事吧？"海明伯轻声问。

南珠点头："是的，其实我也知道她喜欢易水，几次想和她摊牌，但都被易水拦住了。易水说，他和我都假装不知道最好，叫我别没事找事，我就没说。哪知道，方萍就忌恨上我了。她恨人能恨到骨头里的。"

"我看未必，"海明伯摇头，"不要带成见看人。我觉得雨堂看方萍比你准。"

南珠扑哧一声笑了："这倒也是。按理说，雨堂也坑得方萍不轻，可是她就不对雨堂下杀手，还几次救雨堂。雨堂的意思是方萍喜欢他，你说他是不是瞎吹的？"

海明伯感慨："人啊，有理智，也有情感。有时候打起架来，还真找不到北，但讲起情感来，又可以为别人两肋插刀。我觉得雨堂有句话说得准——方萍这个人不坏！"

这时，邱和提着手枪走过来，问海明伯："这么久了，怎么还没动静？韩雨堂会不会反过来给我们下套？那我们就会吃大亏了！"

"韩雨堂怎么会给我们下套？"南珠不高兴了。

突然，远处有两道光束划破暗夜，那是汽车灯！

邱和连忙钻出芭蕉林侦察，又兴奋地跑过来："来了！只有一部小吉普！雨堂这小子，真不是吹的！"

海明伯和南珠会意地笑了。海明伯吩咐邱和："好，按计划执行！"

南珠立即钻进土屋，提着马灯站在土墙边，认真看着广州城区地图。

不一会儿，低矮的旧木门吱呀一声被推开了，雨堂猫着腰钻进来："南珠，我回来了！"南珠惊讶地扭头，大声问："你去哪儿了？海明伯带着人到处找你！"

"你妹妹要见你。"雨堂故意大声说。

"什么？你去找方萍啦？"南珠把马灯放在竹桌上，嗓门也大得离谱，似乎生怕门外的人听不到。这时方萍微躬着身钻进来："姐，别演戏了。把你的刀斧手都叫出来吧！"

南珠愣愣地看着方萍。

"看我干吗？"方萍梨涡浅笑，"我知道你和韩雨堂设计好在这里见我，我闲着没事，来看看你们小两口的双簧。"

南珠笑了笑，拿茶壶给方萍倒了一杯温水："大老远来，先喝杯水。"

方萍接过水杯，又放回桌上："我不渴。先说正事吧！"

南珠爽快地点头："好！说正事。阿萍，我想跟你借枪，抓捕石村。"

"抓捕石村？"方萍问，"这就是你们的'旱天雷行动'？"

"是的，既然你已经知道，我也不隐瞒了，"南珠恳切地说，"我们要敲山震虎，阻止陈济棠和日本勾结搞内战，这也是你的使命所在。"

方萍的脸上露出一丝冷笑："这么说，你在帮我？"

南珠点头："可以这么理解。不过，我更愿意理解为这是抗日救国。我们不动陈济棠，也是为了团结一切可以团结的力量，共同抗日。"

"共产党，"方萍狠狠地说，"你果真是个共产党！你和易水好一对红色情侣啊！"

南珠看着地面，没有接话。

方萍不解气地问："你精明得很！陈济棠造反能为你们陕北的红军减压，你来搅和什么？还要找我借枪？"

"阿萍！这就是我们共产党人的襟怀！我们宁可承受蒋介石的围剿，也不能让日本人的阴谋得逞。我们考虑的是民族存亡！"南珠激动了，"我们穷，我们没有武器可用，这是我们面临的实际困难！"

"好得很！穷，却有宽广的胸怀！"方萍冷笑，"我问你，贵党干掉了你的心上人，你还死心塌地，这也叫胸怀宽广吧？"

"这是朱文干的事，我已经报仇了，也得谢谢你。"

方萍盯着南珠："你真想得开呀。哼！不管贵党做了什么醒龊事，不管出了多少乌龟王八，都可以推得一干二净！我看贵党就是个形容词——完美！"

雨堂第一次见南珠、方萍两姐妹针锋相对，他默默地坐在一边看着。

南珠笑了笑："我不认为我党是完美无缺的。我们党也有不足，也会摔跟头，犯错误，出的乌龟王八也不少。可是我相信一句话，鹰有时飞得比鸡还低，鸡却永远飞不了鹰那么高。"

"为什么贵党就是鹰，我党就是鸡？"方萍不服地问。

"阿萍，咱俩用事实说话，好吗？国民党那么强大，一次次围剿，为什么剿不灭我们？我们反而越来越强大？不是因为我们的光明比你们多，我们的信仰比你们远大，我们才是民心所向吗？"

方萍不耐烦："行了，别给我上课了。你别忘了，现在是你求我。"

"是的，我求你，我希望你能帮我。你也是中国人，你不会容忍日本人的阴谋得逞，不是吗？"

方萍冷冷地看着南珠："要是我不答应呢？"

"那你就别想回去！"邱和的声音响起。

方萍转身，只见邱和带着五六个行动队员也举着长短枪拥了进来，团团围住了方萍。方萍环视着邱和与行动队员，毫不在乎："南珠，你们就这个阵仗？"说完伸出右手，指着邱和的驳壳手枪，"就这样的破枪，还敢去抓石村？"

邱和被激怒了："老子的破枪立马可以把你打成筛子！"

这时，门口传来海明伯的声音："老邱，把枪放下！"

见海明伯走了进来，邱和与行动队员们都把枪放下了。

海明伯走近方萍，温和地微笑着："我是雷海明。幸会呀。"

方萍报以微笑："你终于出马了。李克农的干将，果然沉得住气。"

海明伯也笑："你也沉得住气，孤身月夜闯芭蕉林。"

方萍冷笑道："雷先生过奖了！月夜没错，孤身却不是！吴猛带着一个警卫排已经把这里团团包围了。"

邱和大惊，猛地举起枪，愤怒地嚷："什么？老子毙了你！"

行动队员们也立即举起了枪。雨堂大惊，他一直盯着方萍，没想到方萍还是布置了圈套，他激愤地骂起来："你！你是小人！"

方萍毫不畏惧："开枪呀，只要枪一响，大家都完蛋。你们的'旱天雷行动'就泡汤了！"海明伯忙摆手："把枪放下！放下！"

邱和和行动队员们又慢慢地放下枪。

海明伯平静地说："你刚才说得对。我们这个阵仗，这个装备，是不怎么样。我还可以告诉你，我们屋外还有五个队员，手里只有匕首和长棍。从专业角度看，要抓捕石村等于以卵击石。现在你们又来了一个警卫排，要把我们行动队全锅端也不是什么难事。"

方萍得意地看着海明伯："你这么明白，怎么会出这样的昏招，找我借枪？"

大家都看着雨堂。雨堂狼狈地说："师父，我、我……"

方萍得意地扭头，朝雨堂笑道："小子，这叫魔高一尺，道高一丈！"

雨堂正自责事情没办好，反把吴猛和警卫排招来了，让海明伯他们面临灭顶之灾，他又窘又愧又害怕，见方萍得意地笑，他被彻底激怒了，雨堂突然扑向方萍："我吊你……"

不料海明伯抬手轻轻一挡，雨堂不由自主地被弹到了屋角，趴在地上。

方萍怔了怔："好功夫！雷先生是想和石村玩拳脚？"

海明伯温和地笑了："借枪的主意是雨堂出的。我知道，他不是你的对手。可我还是答应了。"

"为什么？"

"雨堂有句话打动了我。"

"什么话？"方萍问。

"雨堂说，你人不坏！"

雨堂起身，微微跛着，急走过来："师父！我错了，她是坏种！"

"雨堂，别多嘴，你听我说！"海明伯拍拍雨堂，转身朝向方萍，"我相信雨堂的感觉，也相信自己的判断，就把你请来了。"

"现在后悔了，对吗？"方萍以胜利者的姿态居高临下。

海明伯摇头，坚定地说："我不后悔！我相信你看到我们用这样的阵仗、这样的装备去抓石村，去破坏日本人的阴谋，你不会无动于衷的。就算现在你嘲笑我们，将来有一天你会想起这一幕的！"海明伯继续说，"我原以为你可能会带几个保镖来，最坏的结局是拒绝借枪，没想到你竟然带了一个排，要端掉我们。我相信这其中必有缘故。"

方萍没有说话，大家都屏息静气，看着海明伯。

"也许你被那个吴营长拿住了，只好就范。好吧，我们放你走，你和吴营长来攻吧，我们能跑出多少人算多少人，不过，请你记住，只要我们还有一个人活着出去，他一定会以死相拼去抓捕石村，去震慑陈济棠。就是死，我们也会让日本人知道，中华民族是不可征服的！"

方萍站在原地没有动，内心翻江倒海。

海明伯平静地看着方萍："走吧，试试我们的战斗力，你会发现你低估了我们。要是在战斗中，我或者南珠把你干掉了，你也得认命。"

方萍咬咬唇："好，你们等着！"说罢，她转身钻出木门，走进夜色中。

"海明同志，怎么办？"大家围着海明伯，紧张地问。

海明伯掏出手枪："同志们！这才是玩命的时候！大家准备突围，按我说的分头行动！"

夜晚的芭蕉林，土屋周围的野地里，吴猛的士兵已经潜伏待命。阿祥趴在地上，手稳稳地把住眼前的"捷格加廖夫"轻机枪。

吴猛右手举枪，左膝单跪在地上，阴沉着脸，眼睛像鹰眼一样注视着前方。

这时，阿祥突然开口："快看！特派员回来了！"

吴猛看去，只见身穿风衣的方萍一纵一跃地跨过沟沟坎坎，大大方方地朝这边赶来，像一个从容的舞者。

吴猛赶忙起身，大步迎上前，焦急地问："怎么样？"

"这些兵都是自己人吗？"方萍环视着斑驳的月光下士兵们的脸。

"都是自己人，绝对忠诚可靠的弟兄们！"吴猛纳闷，"下令吧！"

"带了狙击步枪吗？"

"带着呢！你喜欢的98K毛瑟狙击步枪！"吴猛手一扬，朝芭蕉树后猫着的士兵说，"拿过来！"

方萍接过狙击步枪，向吴猛下令："给他们匀出十支驳壳枪来，其他人留在原地，你和阿祥跟我走！"

"这是干吗？"吴猛诧异。

"解除战斗，跟我过去给他们送枪。"方萍下令。

吴猛不相信自己的耳朵："喂！你清醒点！灌你迷药了？"

"我很清醒，"方萍平静地说，"借给他们用，让他们去抓捕石村。"

"什么？你疯了？"吴猛用力掐方萍的胳膊，像恶狼一样龇着牙，"想死啊？！你这是通共！"

"吴营长！执行我的命令！"方萍冷冷地说，"戴老板那里，我全担着！不用你管！"

吴猛不再吭声了。这样的结局虽说意外，但也并非不可理解。阿祥收了十支驳壳枪，又拖了一箱子弹，跟在方萍和吴猛屁股后面走向南珠他们的驻地。

夜风呼呼地刮着……

深夜，西关大院的院子里，墙上粘着石村的照片。雨堂朝照片举着一把勃朗宁手枪，这枪是方萍送给他的。他举枪向照片瞄准："石村先生，举起手来，跟老子走！"南珠走到雨堂身后，笑出声来："拉倒吧你，这枪根本不是作战用的，只能防身！"

"什么？这枪只能防身？"雨堂惊讶地问。

南珠从雨堂手里拿过枪来，说："这枪俗称'掌中雷'，也叫'口袋枪'，有效射程只有三十米。不过，它是世界顶级名枪，作为礼品，方萍对你很够意思了。你小子给她灌了什么迷药？"

雨堂抢过枪，生气地说："你这是什么话？我和师父一样，是靠人格魅力拿下你妹的！"南珠故意沉下脸："吹，接着吹，再往大里吹！"雨堂把枪塞进裤袋，讨好地靠近南珠："怎么，你生气了？"

"关我什么事？"南珠一脸不在乎，"我生什么气？你以为我稀罕你呀。"

这时，海明伯走出来："不早了，都早点睡，明天还有行动。"

雨堂意犹未尽："师父，我睡不着。"

海明伯严肃起来："你不睡，明天就取消你的行动！"

雨堂无奈地走向了自己的房间。

"桌上有碗皮蛋粥，你吃了再睡！"海明伯又补了一句。

海明伯和南珠会意地交换着眼神。

"南珠，你立即去找邱和，再落实一遍明天的行动细节。另外，方萍给我们提供的武器，全部把枪号磨掉。我们不能连累她。"

"明白。"

上午九点，雨堂醒过来了。

院子里一片宁静，他看着晒到身上的阳光，突然感觉不妙，猛地翻身下床，三两下穿好长裤，趿上拖鞋冲出房间。琼嫂正走过来，笑眯眯地说："醒了？我正要叫你起呢！"

"我师父他们呢？"雨堂大声问。

"这么大声干吗？"琼嫂依然带笑，"先过早吧。"

"我师父呢！"雨堂更大声了。

"他们走了。我和你另有任务。"

"你闭嘴！"雨堂吼起来。

雨堂愣愣地看着琼嫂，他全明白了：海明伯为了自己的安全，还是给自己下了套。他呆若木鸡。琼嫂笑了笑，转身去了自己的房间，拿出了海明伯留下的胡琴："你师父说这把琴是他送给你的。好了，现在听我指挥。"

雨堂一把抓起胡琴，就向外走，却被琼嫂拦住。

"你必须服从海明伯的命令！你现在得服从我的命令！"

雨堂突然出手，把琼嫂掀倒在地，大步地冲出了院子。

琼嫂挣扎着爬起来，冲到院外，已经不见了雨堂的踪影。

琼嫂腿一软，坐倒在地。

司令部的院子里，停着几部汽车，军警都站在车旁，等待石村。

石村还在房间里准备行装。他已经修了胡子，换上了和服，照着镜子，从容而镇定。

昨天，石村把何三刀和刁文元喊到自己办公室，就第二天上香的计划，又进行了详细布置，交代完工作，石村问："都明白了吗？"何三刀迟疑地说："有一点不太明白……就是您的生命安全怎么保障？"

石村平静地说："我的生命安全交给老天，你们不要考虑。你们的任务是全歼雷海明、田南珠和他们的行动队，拜托你们了！"说罢，他朝何三刀和刁文元深深鞠躬，然后又说，"如果明天我遭遇不测，在我抽屉里，有一封信是留给陈司令的，请替我转交。"当时，刁文元和何三刀都没出声，傻傻地看着石村。

石村想到这里，感到有些悲壮，他收住回忆，看了看手表。

这时，邓茹婷突然推门进来，一脸兴奋："石村先生，好消息！黄雀给你找到一个替身！"

"替身？"石村露出惊讶的表情。

邓茹婷朝门外招了招手，一个穿和服的男子走了进来。石村发现这人跟自己真的长得几乎一模一样。

男子鞠躬："石村先生，宫本愿为先生效劳！"

石村看着宫本发愣。

邓茹婷笑道："石村先生，黄雀惜才，不忍你有意外，给你找到一个替身！"

"哦！哦！"石村明白了，又惊又喜，眼圈也红了……

喧闹的光孝寺前人头攒动，香客进进出出。几个街口，都有化装成各行各业的密探在监视着。李刚带着几个穿警服的手下在来回巡视。海明伯戴着墨镜，化装成算命先生，拿着一个算命帘子不慌不忙地走过来。邱和戴着破破烂烂的草帽，肩上搭着一条擦汗的毛巾。见到海明伯，不动声色地走近，伸出手掌给海明伯，压低声音："我们的人已经进去了。"

这时，一支车队呼啸着开了过来，市民纷纷避让。

李刚牵着一只黑色的大狼狗，带着七八个警察从光孝寺大门口走出来，站在停车位迎候，一边驱赶着围观的人群。化装成石村的宫本下车了。他穿着一套笔挺的黑色西服，头戴礼帽，下车的时候他反而摘下宽边墨镜。就在这一瞬间，海明伯与邱和认出来了：正是石村！

十多个身材高大的警卫围过来，保护着宫本走进光孝寺。

海明伯、邱和看着一行人进了寺庙，相互点点头，也跟了进去……

雨堂一路狂奔，也来到了光孝寺外的街道。他头上已经戴了一顶草帽，从帽檐下，观察着周围的动静。这时，一辆黑色轿车在他前面停下。两个身穿白色短绸衬衫、头戴着礼帽的官员模样的人下车。接着就听到一个男子的声音："石村先生，还是戴上墨镜吧。请跟我来。"

雨堂见一个戴墨镜的中年男子从上衣口袋里掏出一副墨镜，递给另一个男子。雨堂愣住了，眼前闪过昨晚在海明伯房间的墙上粘着的石村的照片。这时，那男子戴上了墨镜，两人朝光孝寺走去。

雨堂犹豫了一下，跟了过去。两个官员走到左边的"静心斋菜馆"，看了看牌匾，进去了。只听他们说话的声音传来："石村先生，我原以为你真要去上香呢，真是高明呀，这下子，我们要毫发无损地把他们一网打尽！"

雨堂心一跳，快步跟上，正想进去，突然一只手搭在他肩头。

"雨堂哥！"

雨堂又吓了一跳，回过头，阿秀站在他面前，头上戴着斗笠，做渔家女打扮。

"果然是你！"阿秀惊喜地说，"我看了你一阵了，你怎么也不化个装？你胆子太大了。"说着，阿秀把斗笠戴在雨堂头上。

雨堂拉着阿秀就进入了一家小食店。

两人坐下了。

"阿秀，你怎么来了？"

"我来找你的。你爹不管你，我不能不管。"

雨堂苦笑："你管得了吗？再说，这么满大街找，能找到我？"

"我不是找到了吗？"阿秀乐了。

"你是瞎猫碰见死老鼠！好了，不说这些了。你来得正好，我正需要帮手！"

雨堂接着问："你看见何三刀了吗？"

"看见了，他保护着一个日本人，好像是什么石村先生，进庙上香去了，好威风呢！"

雨堂沉默了，想起刚才那个男人的话。

不好，海明伯他们中计了！

雨堂脸色突变："我们上当了！那个进去的石村肯定是假的！"

"什么假石村？"

"阿秀！别问了，我要你帮我！咱俩双管齐下，你去报信，我去抓石村！"

"你抓石村？"阿秀眼睛瞪得老大。

"海明伯和南珠全上当了！那个石村是假的！真石村就在这斋菜馆。他以为我们全上当了，坐山观虎斗，肯定没有戒备，我正好下手！"雨堂抓住阿秀，严肃地说，"我的好妹妹！这个时候我豁出去了，你也要豁出去报信！明白吗？"

阿秀迟疑地说："好，给谁报信？"

雨堂又被问住了。海明伯他们全都化装了，阿秀怎么认得出来？

"是海明伯，还是南珠？我就认得这两个人。"

雨堂沉思起来，突然发现了海明伯送他的胡琴。眼一亮，迅速从椅背上取下来，塞给阿秀："你拉琴报警！"

阿秀疑惑不解："拉琴怎么报警？"

"你立即进寺里！拉《旱天雷》，怎么猛怎么拉！海明伯能听懂的！"雨堂一边说着一边把阿秀往外推。

阿秀明白了，拿着胡琴，快步跑了出去。

行动队员们混在大雄宝殿门外的香客中。海明伯在瘗发塔附近，邱和在莲池边，两人不动声色地溜达着。北斋的房门开了，宫本微笑着抹了抹嘴角的茶水，跟着长老和他的大徒弟从北斋走出来。警卫们立即朝门口围拢过去，簇拥着他们走出后院，走向大雄宝殿。

诵经的和尚们列队从东边走来，在大雄宝殿前站好队伍。

香客们知道法事要开始了，开始聚集围观。

在各处隐蔽的行动队员各就各位，严肃待命。刁文元、何三刀和埋伏好的便衣都紧张地行动起来。李刚带着警察把守着现场。

海明伯放下了测字的小旗，太阳帽下藏着的目光炯炯有神。

邱和走近海明伯："一切正常。"

"好！按计划进行。"海明伯下令。

邱和会意，钻进大雄宝殿外围观的香客中，从眼神悄悄与行动队员们联络。

海明伯跳上花基，朝四百米外的小楼天台示意。他看不清南珠，他知道南珠正通过瞄准镜看着这里。

和尚们停下诵经，香客们都屏声静气，大雄宝殿前一片寂静，气氛肃穆。

这时，突然听到胡琴拉响《旱天雷》激越的旋律。

大家都愣住了，纷纷朝南边的山门看去。胡琴声越来越近，从山门到了天门殿，又从天门殿飘过来。海明伯看见女子腰挎着胡琴，拉着《旱天雷》大步朝大雄宝殿走过来。

海明伯睁大眼睛，认出拉琴女子是阿秀！接着，他看见阿秀正拉着的胡琴，正是自己放在琼嫂那里的白玉马头胡琴！

阿秀面色激奋，像拉锯一样用力拉弦，琴声震耳欲聋。

警卫们正簇拥着长老和宫本走到大雄宝殿东侧，听到琴声，都诧异地站住了。

长老皱起眉头："这琴声怎么有一股杀伐之气？"

阿秀在大雄宝殿外停下脚步，表情激奋，使出吃奶的劲用力地拉琴。人们都已转身朝向阿秀，疑惑地看着她。

何三刀和他的手下也呆住了。

何三刀认出了拉琴的是沙湾的阿秀，他悄然拔出枪，朝阿秀逼过去，嘴里骂道："妈的，这小娘儿们怎么跑到这儿来了！"

海明伯悄悄走近邱和，用脚尖踩他的布鞋："快撤！"

邱和站着没动，感到莫名其妙。

阿秀还在拉着。

海明伯低吼："快撤！"

邱和不解："为啥？"

"有圈套！"

邱和坚持："不行，逮了石村再撤！"

阿秀面带微笑，继续拉着琴。

这时，宫本掏出手枪，带着警卫们形成的簇拥圈快速地逼过来。

邱和拔出了枪，向宫本迎去。宫本像一只被激怒的野牛，在簇拥圈边缘踮起脚尖，像眼镜蛇一样拉直身子，举枪指向琴声处。

突然，一声清脆的枪响。

只见宫本身子一晃，倒了下去。

警卫们立即围拢过去。李刚的狼狗狂叫起来。

"那边！"何三刀正好看得真切，他指向东南方南珠藏身的方向，"打——"便衣们立即卧倒，顺着何三刀手指的方向举枪还击。

其余的护卫举枪向南珠方向射击。

两个行动队员钻进了簇拥圈，见宫本平躺在地上，太阳穴处有一个弹孔，一缕鲜血正从太阳穴流出。现场大乱，一片惊叫之声。

百十个隐蔽的便衣从各个角落冲过来……

何三刀从一个肥胖的女香客身后现身，在阿秀身后瞄准。

海明伯眼尖，他猛地冲过去一把推开阿秀。

"快走！"海明伯低吼！

何三刀的又一颗子弹脱膛而出，正中海明伯的后背。

海明伯中弹倒地，他忍痛举枪还击，何三刀倒地一滚，被乱跑的香客们挡住，海明伯不敢再开枪。何三刀逃脱不见了。

海明伯挣扎着起身，混入哭爹喊娘慌乱逃窜的人群，朝大门口费力地跑去。

李刚猫着腰藏在菩提树后，他解下狼狗颈上的绳套，摸摸狗头，指着海明伯朝狼狗下令："去！咬他！"

狼狗箭一般地扑向海明伯。

一声枪响，狼狗哀嚎一声扑倒在地。

南珠端着枪出现了，连连射击……

静心斋菜馆二楼最东边的包房里，桌上摆着空酒瓶，石村和刁文元正在用望远镜观察光孝寺的动静。突然听到枪声，又听到杂乱的叫喊声。刁文元用肉眼也能看得清楚，香客们像洪流一样涌出来，有的老人家跌倒，瞬间被洪流吞没。

石村得意道："好！好！共产党果然中计了！"刁文元也兴奋地说："好了，他们全被包饺子了！"石村更加兴奋："刁主任，拿酒来，我们边喝边看！"

"没酒了。"刁文元看着空酒瓶。

"再去拿!"

"是!"刁文元转身离去,正准备拉门,突然,门被人一脚踹开。

刁文元没提防,脑袋被木门猛地一记重击,加上酒也喝了不少,双腿站立不稳,像死猪一样瘫倒在门边。

雨堂端着他的勃朗宁手枪跨了进来。

石村闻声回头,吓出一身冷汗,手中望远镜一跌,幸好挂在脖子上。

"石村!"雨堂用枪指着石村,步步逼近,"举起手来!缴枪不杀!"

"你……你是谁?"石村有些慌。

雨堂用枪指着石村的脑袋,冷笑道:"实话告诉你,我是阎王爷!"

石村的眼睛瞪得像牛眼,右手却迅速往腰间伸去。

雨堂的手枪早已打开了保险,他看得真切,朝石村的脑袋连开了四枪。石村刚把腰间的"瓦尔特"小型自动手枪摸出来,还没来得及举枪,脑袋便已开了花。他的身子贴着墙,双腿一软,跌坐在地上。

雨堂这是头一回用真枪打人,他算了算,膛里还有两颗子弹。他蹲下身,对着石村的左胸连发了两颗子弹。石村的白色短绸衬衫顿时被鲜血染红。

雨堂很清楚,他已经打完了所有的子弹,所有的子弹都打在石村的要害部位。

石村满头满身是血地倒下了,眼睛还不甘心地睁着。

雨堂正准备站起身,突然,脑顶挨了重重一击。原来,刁文元已经悄悄站起来,他从桌上抓起空酒瓶,狠狠砸向蹲在地上的雨堂。

雨堂眼前一黑,身子往左边一倒,就什么都不知道了。

窗外,阵阵枪声此起彼伏……

江边蕉林,一所农舍,周围很安静。

天快黑的时候,海明伯苏醒过来了。见阿秀坐在床头,他挣扎着想坐起来,南珠忙拉住他:"别动!伤着骨头了,千万别动!"

海明伯只好俯卧着不动,脸努力往上抬,朝向阿秀,嘴唇翕动,声音很微弱:"阿秀姑娘……谢谢你……你从哪里知道消息……"

阿秀忙把见到雨堂的事说了。海明伯又看邱和,关切地问:"我们……损失……怎么样？"

"有五个队员牺牲了，还有四个受伤，"邱和沉痛地说，"海明同志，我们不仅上了石村的当，也上了田方萍的当！她借枪给我们是要把我们往虎口里送，她是借石村杀我们，我们要报仇……"

南珠忙制止："邱大哥，眼下当务之急是如何救海明伯！"

邱和住嘴了。海明伯艰难地说："现在……最重要的……是……找到雨堂……"话没说完，海明伯剧烈地咳嗽起来。

南珠含泪说："海明伯，你别说话了。我们一定找到他！一定！"

正说着，一个队员带着一位医生走进来。大家稍做寒暄，医生立即检查海明伯的伤势。南珠和阿秀一人提着一盏马灯在左右两边照明。

海明伯又昏睡过去了，医生仔细检查了伤势，轻叹一口气："枪伤本身问题不大，问题是病人的脊椎受伤，有可能瘫痪。"

"瘫痪？"南珠和大家都惊叫起来。

"这样的枪伤，就是正常病人，我们也不敢接，要尽快动手术！"医生说，"我建议你们立即把病人送到香港去治疗。如果在香港也治不好，就没办法了。"

大家陷入沉思。

医生叹了一口气："我尽力了。"

"谢谢了，李医生，我们送你回去。"

邱和送医生离去。

南珠打破沉寂，问："阿秀，你会划船吗？"

"划船？会啊！"阿秀以为有任务，高兴地说，"我从小在江边长大，什么船都会划！"阿秀以为划船是送雷海明去香港，却听南珠对阿秀说："那好，你划个小船回沙湾。"

"我不回，我想跟着你们干！"

南珠严肃地说："不行，跟着我们，风险更大。现在到处都有哨卡，何三刀肯定在全城搜捕你。天一亮，你更没法走了。趁天黑，走水路应该能行。"

阿秀还在犹豫："南珠姐，这个时候，我不能走，我……"

"阿秀！你要真想帮我们，就必须离开！我们要把海明伯转移出去，人越少目标越小，明白吗？"南珠拍拍阿秀，"回去后你还有个任务，把情况都告诉你大伯，他现在也不安全了，要他立即拿主意。雨堂的事，我们决不会放弃，一定会给韩老伯一个交代！"

说罢，南珠就叫一位突击队员带走了阿秀，目送她消失在夜色中。南珠转身回房里，邱和也回来了："海明同志怎么办？"

这个时候，南珠似乎成了领导。

"必须立即转移到香港！"

"这很难，现在到处都是卡子，我们一露头就会被盯上。"

南珠苦笑："现在只有一条路，找方萍。"

"什么？"邱和瞪大眼睛，"你还相信她？"

"这不是相信不相信的事，这是我们两姐妹斗法，她借给我们枪，就有把柄在我们手上，不把我们打发走，她就不得消停！"

方萍在寓所里踱着步，吴猛坐在沙发上抽烟。从上午到晚上，吴猛来了又走，走了又来，像一只不辞劳苦出去衔泥的春燕。他已经记不清这是第几次来了。

"石村到底死了没有？"方萍停在吴猛身边，站住。

"不知道！"吴猛扔掉烟头，揉着小腿脖子，"刁文元瞒得风雨不透。我都跑成罗圈腿了！"

"韩雨堂的情况怎么样？"方萍又问。

"也不知道。"

"他现在不是在刁文元手上吗？"

吴猛恼火地说："在他手上又怎么样？刁文元现在谁都不见！"

"中共死了多少人？"

"大概五六个，我听说缴了六把枪。"

方萍紧张："那枪号怎么办？一查就会穿帮。"

吴猛冷笑："这下知道紧张了？早干吗去了？你不是说，戴老板那边，你全兜着吗？"

方萍遭到吴猛抢白，不再吭声。

"我已经给你擦屁股了。把那几个丢了枪的兵，都转移了。要是赖不过去，就说他们是潜伏在我们队伍的共产党，出了什么事，我来扛。"

方萍感动道："吴猛，谢谢你。"

吴猛叹气："这就是我的命，迟早要被你玩死。"

说罢，吴猛突然紧张起来："你给韩雨堂的那把勃朗宁怎么办？刁文元一查，就会查到你头上！"

"放心吧，那把枪没有号，是蒋夫人送给我的。"

"蒋夫人送给你的，你居然舍得送给韩雨堂？"吴猛惊讶地看着方萍。

方萍立即感受到了吴猛的心思，但她确实无法解释，怎么会把那么珍贵的枪送给了雨堂，便含糊其词："我当时昏了头，被他们感动了。"

吴猛冷笑："你当时也恨不得参加吧？"

方萍一笑："你不是也说，这些共产党真敢玩命吗？"

吴猛转移话题："好了，我问你，你就不怕韩雨堂出卖你？"

方萍："我有办法对付，刑讯逼供、血口喷人谁不会呀？我要铁证！"

"方萍，你是在广州，不是在南京！刁文元要杀你，有口供就足够了！我看，找个关系，把韩雨堂灭口算了！"

"你敢！你要灭了他，我……"

这时电话响了。方萍接电话，脸色严肃起来。放下电话，她对吴猛说："是阿祥打来的，刁文元派人来查枪了，发现一个班的人出差了，要找你问话。"

吴猛立即起身："好，我去对付他！"

吴猛离去了。方萍又在屋里踱起了步。

这时，门铃又响了。一位穿风衣、戴墨镜的女郎出现在她面前。方萍一眼就认出是南珠。

阿秀是黎明时分回到沙湾的。

她没有回自己的家，先敲了水妹的房门。水妹立即带着阿秀去见博公。

"你这两天去哪儿了？"博公一脸严厉，"是不是去广州找雨堂啦？你胆子可不比雨堂小呀！"

阿秀一五一十，把在广州城里经历的事全说给博公听了。大家都听傻了，半天不吭声。还是水妹先开口："那雨堂怎么啦？"

"不知道。南珠姐说，他们一定不会放弃，给大伯一个交代。"

博公被阿秀说的事惊呆了，一言不发。

"老爷，你怎么不说话呀，我看雨堂这回闯大祸了。"水妹焦急地看着博公，"我们韩家也危险了呀。"

博公叹气："现在说什么都没用了。"

博公踱起了步，他是一个明白人，知道这个时候，任何情绪化都没有用，只有想办法，把灾难的损失减到最小。

水妹还想说什么，被博公堵了回去："让我好好想想，行不？"

大家都不吭声了。

博公终于站住了："水妹，你和阿秀立即离开沙湾！"

水妹问："去哪儿？"

博公想了想："你回老家吧，要是还有更安全的地方也行。总之，是要等风头过去才能露头，明白不？"

"那你呢？"

"我不能走，老三两口子也不能走。"

"那怎么行？"

博公沉下脸："听我的！我这么安排，自有道理！"

水妹和阿秀都不吭声了，看着博公。

博公又问水妹："古谱还在你这儿吧？"

"在，在，我这就去拿。"

"你不用拿了，我等会儿到你屋去，我写封信，你带着。好了，你带着阿秀先回你屋里去，等着我。"

阿秀迟疑："我想看看我爹娘。"

"不许去！你娘要是一闹，你就走不了了。"博公坚定地说。

"好吧。"阿秀无奈。

大概看出了阿秀的犹豫，博公又改变了主意："阿秀，你先去码头，买最早一班船票，在码头等着水妹姨。"

阿秀点点头，离去了。

一个小时之后，博公来到了水妹的房间，交代了许多事项，最后还看了看古谱，博公深情地看看古谱："韩家出了这么多事，都是它惹的祸呀，这谱子就是我的命。水妹，我把它托付给你，你可要保护好呀。"

水妹含泪点头："我明白，我一定拿命护着它！"

博公将水妹和阿秀送上了早班船。

船开了，天空出现了鱼肚白。

第十五章　舍谱救子

何三刀向刁文元报告，闯进光孝寺拉胡琴报警的就是雨堂的堂妹阿秀，这说明韩博公不仅是儿子"通匪"，全家都"通匪"，必须立即去沙湾抓韩博公。但是刁文元却没有批准何三刀的主意，为什么？暂且不表。只说刁文元对雨堂的审讯。

刁文元把玩着银白色的勃朗宁小手枪。

"韩少爷，这把枪是怎么来的？"

"是田南珠给我的。怎么啦？"

刁文元笑了："韩少爷，你这就没说实话了！这可不是一般的枪，是世界名枪，明白吗？"

雨堂惊讶："是吗？她可没说呀！"

一股无名火在刁文元的胸膛腾地燃烧起来，他本想拍案而起，但他忍住了。他发现面前这小子绝不是一个愣头青，自己不能小瞧他。于是，他告诉自己，得用智斗。他点燃一支烟，让自己平静下来，然后说："韩雨堂，我相信你是一个明白人。你应该配合我，争取我们宽大处理。其实，你并没有犯死罪，石村先生还活着，正在医院抢救……"

"什么？"雨堂一惊，"不可能！六颗子弹全打在他的要害上！"

"怎么，遗憾吧？其实你应该庆幸。你听我慢慢说！"刁文元微笑，"从你用的枪和刺杀的结果看，你确实是个外行。其中的道理，我以后会告诉你。现在我想强调的是你到目前为止并没有犯死罪，就算石村先生没抢救过来，你仍然有生的希望，因为当时只有我在现场，我可以说有两个刺客。你明白我的意思吗？当然，你必须说出这把枪的真实来历。"

"真实来历我已经讲了，如果刁长官想听假话，可以给你编一个。"

刁文元猛地一拍桌子："王八蛋，你是敬酒不吃吃罚酒吧！"

雨堂冷笑道："还是忍不住了吧。我韩雨堂既然敢杀石村，就知道后果。你一个字都别想从我口中得到！"

刁文元气急败坏："来人！给我教训教训这小子！"

身后的打手们杀气腾腾："是！"

四个打手冲过去，把雨堂的两只手腕绑在电椅上。

刁文元朝打手们使了一个眼色，靠墙边的一个打手拧开了电钮。

"嗷——"雨堂不由自主地惨叫起来，晕过去了。

空军警卫营的营地，战士们在练习跑步。吴猛和方萍走在林荫道上。

方萍低声说："雷海明受了重伤，脊椎中弹，如果不及时治疗，可能会瘫痪。"

吴猛惊讶："你怎么知道？"

"南珠找我了。昨天你一走，她就来了。"

"她怎么说？"

"她请我把雷海明送到香港。"

吴猛一笑："否则，就把借枪的事抖出来。"

"是的，她吃定我了。"

"可是据我最新了解，他们把枪号都磨去了。"

"什么？"方萍露出惊讶的表情，"他们把枪号都磨去了？"

"共产党这一招还算仗义。"吴猛露出感慨的表情，"这是我没想到的。"

"那刁文元来查枪号是怎么回事？"

"他是听说，我们警卫营有一个班调到从化去了，想来探探底。没想到反被我探了底，雷海明他们的枪都被抹去了枪号。"

"南珠还开出了诱人的条件。她说，如果我把雷海明送到香港，她任由我处置。"方萍又补充道。

吴猛一笑："方萍，不用和我兜圈子了。我知道，你已经答应南珠了。走到这一步，不管是雷海明还是南珠落在刁文元手上，我们还是有风险。你说，要我怎么配合？"

方萍有些意外，她原以为又要和吴猛有一番冲突，没想到吴猛却这么爽快，一时间竟不知道说什么是好了。

吴猛看出了方萍的心思，苦笑："方萍，我知道跟着你没有好果子吃。可是不管什么苦果，我都陪你吃。我只有一个要求。"

"什么要求？"

"你应该知道。"

说罢，吴猛冲向操场，对着操练的士兵大喊："全体都有，立正！"

方萍呆呆地看着吴猛的背影。

当天晚上，方萍开着一辆空军的货车，车厢里面藏着南珠和海明伯，方萍一直把车开到了和香港交界的地段。

刁文元在发呆，思考怎么对付雨堂。

本来他想采纳何三刀的建议，去沙湾抄韩雨堂的家，但是接到了一个神秘的指令，不许动韩博公。他就不敢轻举妄动了。说起神秘指令，又要交代一下，原来他和石村接触的这段日子，已经被石村秘密策反，成了日本人的线人。刁文元有个外号，叫"鸡鸣三省"，说的就是他的为人：见风使舵，脚踏几条船，他就是凭借这个本事升上来的。他本想攀着石村爬上去，现在石村死了，他又感到后悔，但后悔已晚，只能受制于神秘的指令。指令还要他从方萍那儿取得突破，这也是陈济棠的旨意，陈济棠一直把方萍看成心头之患。刁文元向陈济棠汇报案情时，陈济棠分析说，从缴获的武器看，虽然都没有了枪号，但都是清一色的德国货，"共匪"绝不可能有这么好的装备，肯定是从我们内部流出去的，方萍又是南珠的妹妹，嫌疑最大！何况那把勃朗宁手枪，很可能就是方萍的！刁文元很认同陈济棠的分析，就把全部心思放在雨堂身上，他没想到，雨堂那么坚强，几次大刑都熬过去了。再上刑，只怕人就完了。他也曾考虑，干脆把雨堂弄死，然后炮制一份口供，说勃朗宁手枪是方萍送的。但是陈济棠又说，韩雨堂现在还不能死，石村的家属要过来，点名要看凶手。这么一来，刁文元得处处小心才是，一不小心，自己就会背黑锅了。

刁文元的目光投向了桌面的报纸，报纸上已经登出了石村被韩雨堂刺杀的消息，说韩雨堂已被抓获，石村正在抢救中。这么报道也是刁文元的主意，他还幻想共产党闻讯，会再次对石村下手。但是几天下来，没有任何动静，刁文元又失望了，他感到，共产党的目的已经达到了，陈济棠起兵的行动明显放缓。按陈济棠的说法，先把韩雨堂的案子结了再说。看来陈济棠是想缩头了。

刁文元的脑子乱了，他又拿出药片，吃了几颗。

就在这时，秘书进来了，向他报告，雨堂的父亲来了，要见雨堂。

刁文元眼一亮："好，让他进来，我敲打一下韩博公，再让他见儿子！"

牢房里，遍体鳞伤的雨堂靠着墙坐在稻草铺成的床上。

几次受审，雨堂已经明白，刁文元是在竭力诱供，让他咬出方萍。他死死地扛过来了，却暗暗为方萍担心，甚至后悔，自己当初不该接方萍的枪。他又想起当时的情景，方萍带着吴猛和阿祥，把武器交给了海明伯，大家立即分发武器。雨堂什么也没有，遗憾地问："我总该有一把吧？"南珠说："你看看，还有你的份不？"就在这时，方萍拿出了那把小手枪塞给雨堂："拿着，这把枪，比所有的枪都值钱！"南珠一看，脸色都变了，看着方萍："你可真大方呀！"方萍冷笑："我不像你，对恩人那么苛刻，不就是显摆你有党性么！"

就在此时，牢门响动，打断了雨堂的思绪。

雨堂扭头看去，刁文元带着父亲进来了。

"韩老爷，好好劝劝你儿子，只要他开窍，我保证他有命！"

说罢，刁文元退了出去。

博公看着满身血迹、脱了人形的儿子，两行浊泪顿时从眼眶里涌出。雨堂想咬牙起身，却力不从心地跌倒在床上。

博公扑过去，抱住了雨堂："孩子，别动，别动！"

父子紧紧相拥，四行热泪。

"孩子，疼吗？"博公松开手，心如刀绞地看着雨堂身上的血痕。

雨堂紧张地捂住衣服："爹，别看了，没啥，我扛得住。"

博公老泪纵横："孩子……爹对你那么狠……也从来都没把你打成这样……"

雨堂心酸，哽咽："爹，咱们不说这些，行不？家里人都好吗？阿——阿妹没事吧？"

博公会意地点头："家里人都好，你放心吧。"

"爹，你们好，我就放心了。"

博公心里又恨又痛："雨堂，还是想想你自己吧。你打算怎么办？"

雨堂苦笑："爹，都到这份儿上了，你还指望他们能饶了我？"

博公轻轻抚摸着雨堂的手背，哀求道："孩子，你别泄气，爹就是倾家荡产，拼了老命，也要救你出去！"

雨堂摇头："爹，姓刁的给你打包票了吧？他那是无底洞，你还看不出来吗？你想想，我犯的是什么案子？我杀了石村，是政治犯，不是打家劫舍的强盗！"

博公叹息："孩子，留得青山在，不怕没柴烧，你懂吗？"

"爹，你是什么意思？"

博公低声说："雨堂，爹求你，你低一下头，说几句软话，把你师父他们都招了吧，反正他们都脱身了，你也伤害不了谁。"

雨堂沉默不语。

博公继续开导："你只要摁个手印……"

雨堂突然推开父亲："爹！摁手印意味着什么？意味着昧良心说话。爹！你以为他们是想我招我师父吗？不是！他们是叫我咬田特派员！"

博公一愣，看着雨堂。气氛顿时有点僵滞。博公绝望地抹泪。

雨堂一把抓住博公的双手，动情地说："爹，我知道你想救我。其实，我也想活着。可是人活着是为啥呢？"

博公看着雨堂，如万箭穿心，没有吭声。

雨堂看了看四周，放低声音："爹，你还记得海陆丰的那位彭大叔吗？"

"你？"博公惊讶得合不拢嘴。

雨堂笑了："爹，彭大叔被杀害后，爹看报纸后说了一句话。"

博公不解地看着雨堂。

雨堂微笑着说："爹，你说，小人活着一条命，大人活着一股气。爹，你知道吗？听了你那句话以后，我就想，我要做一个大人，我要活出一股气来！"

博公没吭声，老泪直流。他记得自己确实说过这句话，但是，他只有一个儿子，儿子还小，还没继承琵琶，还没成家，他不忍儿子就此死去！

雨堂坚毅地说："爹，我要是摁了手印，保住了自己的一条命，却害了别人，我就再也抬不起头来，我就是一个断了脊梁骨的活死人，生命于我不仅毫无意义，而且还很肮脏！爹，你就成全孩儿做一个有脊梁骨的大丈夫吧！"说着，雨堂挣扎着起来，扑通一声跪倒在父亲面前。

博公泪流满面抱住雨堂。

刁文元抽完烟进来，刚好听到雨堂说要做"有脊梁骨的大丈夫"，气得冲进牢房："做有脊梁骨的大丈夫！好啊，老子成全你！"

说罢，刁文元一脚踢向雨堂，博公一见，死死地揪住了刁文元……

天健在傅桑的寓所看《羊城报》，傅桑端茶过来。

天健放下报纸，问："老师，您说雨堂还有救吗？"傅桑放下茶杯，轻轻摇头："怎么救？他犯的是死罪。除非他叛变，把他们的人供出来。"

天健怅然若失："唉，不管怎样，他毕竟是我堂哥。老师，您有办法吗？"

傅桑为难地苦笑："天健，你知道的，我和石村曾经是同学。你的堂哥枪杀我的同学，我还出手救他，说得过去吗？再说，我那些人脉根本没用。"

天健叹气道："老师，我想跟茹婷说说。她说过，无论什么事，她都愿意帮我。"傅桑有些意外："天健，你不是说和韩家闹翻了，才来当我的助手吗？他们怀疑你唆使管家，盗窃韩家的古谱，你……"

天健打断："老师，怀疑我的，主要是三叔，大伯待我还是不错的，再说雨堂和我无冤无仇……"

突然，门铃响了。

傅桑从猫眼里看了看，外面一老一少，都不认识，但那个长者似乎有些仙风道骨。他疑惑地打开门："你们找谁？"

长者鞠躬："请问您是傅桑教授吧？在下沙湾韩博公。这位是我的随从明仔。冒昧求见，打扰您了！"

"哎呀——韩老前辈啊？幸会！幸会！"傅桑惊喜地将博公和明仔迎进来。

傅桑请博公和明仔在茶几前入座，赶紧煮水泡茶。博公当着天健的面，将来意说给傅桑听了。他一是来感谢傅教授对侄子的教导之恩；二是对天健在广州放心不下，顺道来看看天健；三是听说傅教授是石村的同学，看能不能想办法搭救儿子韩雨堂。

博公神情有些羞愧，也有些沮丧，他朝傅桑拱手，声音有些哽咽："傅教授，不瞒您说，我刚从大牢里来。我实在是走投无路了！初次拜见就麻烦您出手救子，实在是抱歉之至！"

傅桑沉思了一阵才说话："韩老前辈，千万别客气！人生一世，谁没有风风雨雨。这样吧，我们一起想办法。不过，我是书生，平素和权贵也没有什么深交。刚才天健还在跟我聊怎么搭救令郎。我有一位做记者的学生，叫邓茹婷，在广州还算有些神通——天健，你给茹婷打个电话，要她过来。"

天健忙说："我已经打了，她说忙完手头的事就过来，和我们一起吃晚饭。"

傅桑诚恳地对博公说："韩老前辈，我的学生邓茹婷是有些神通，不过，令郎惹的祸确实太大……"

博公点头："这我明白。哪怕倾家荡产，我也不会含糊。"

"只怕倾家荡产也未必成呀。"傅桑苦笑着摇头。

博公恳切地说："这我也有心理准备。不成就是命，我认了。"

傅桑无奈地点头："那好吧，我会认真地跟茹婷说的。您二位留下来，等茹婷来了，我们一起吃饭。"

博公忙摆手："饭就不吃了，我改日再请傅教授和邓记者吃饭。傅教授，我拜读过您的文章，十分景仰，诚盼找机会讨教。"

傅桑忙拱手："韩老前辈，您这么说，可就折杀傅某了！您是广东乐界的老行尊，我一直想去拜访讨教……"

这时有人按门铃。天健起身去开门，邓茹婷进来了。

傅桑连忙向双方介绍，又请大家坐下。傅桑把博公的来意跟邓茹婷说了。邓茹婷又仔细询问了一些细节，然后才说了自己的意见。

"韩老伯，既然傅教授和天健少爷都开口了，我肯定会尽力。不过，我实在没有把握，现在也不能答复您。韩少爷的祸实在是闯得太大，据我所知，日方正在和中方交涉，只靠钱是摆不平的。我只想问您一句，要是这里面有些手段涉及违法，说白了，就是有风险，您敢不敢干？"

博公沉思了一阵："只要雨堂的命能保下来，就是我丢命，我也干。"

邓茹婷点点头："好吧，我过几天再答复你吧。"

刁文元没想到，这个时候，方萍居然不避嫌，还主动来到办公室，劈头盖脸就是一通质问。

"刁主任，你抓不到南珠就想对我下手，对吧？我和我姐的关系，我早就和你摊牌了，我提出不动韩雨堂，就是要钓鱼找到我姐，不是你同意的吗？我姐的情况，我分别向戴老板和徐老板打了电报，戴老板明确指示，同意我的意见，电报你都看了吧？徐老板那边态度含糊，只说调查，电报你也看了吧？这说明我和南珠是壁垒分明。你诱供韩雨堂，想除掉我，以为我不知道吗？我今天就是来讨个说法，你别忘了，你屁股上还有屎！"

刁文元听傻了，脑门儿上的汗都出来了，他擦着脑门上的汗："田特派员，你发这么大的火干吗？有话好好说嘛。我负责审问韩雨堂，是陈司令点名的。陈司令说，查到谁就是谁，就是查到我陈济棠，也不许瞒着。你说，我就是问到你的事，不也很正常吗？就是韩雨堂咬我，我也得记录在案不是？特派员，日本人那边也盯得很紧呀，黑田一天一个电话，你说，我容易吗？"

"那我问你，你是不是怀疑我？"

"我怎么会怀疑你呢？我难道不知道，你要是完了，也会拉我垫背的，"刁文元一副委屈的样子，这是他的绝招，在强手面前，他绝不来硬的，都是低调姿态，以静制动，"特派员，你说，我该怎么办？"

"那你带我去见韩雨堂，我要看看，这小子葫芦里卖的什么药？"

刁文元心一动，琢磨起来。他脑子也是很快的，立即就找到感觉，表面却十分犹豫彷徨的模样。

"怎么，你怕自己做的那些事穿帮？"方萍逼问。

刁文元咬牙："好吧，我带你去！"

说罢，刁文元叫来了秘书："我带特派员去审韩雨堂，有人找我，就说我出去办事了。这件事，谁都不许透露。"

秘书听出了弦外之音，会意地点头："明白了。"

刁文元带着方萍来到监狱，跟着看守阿黎来到雨堂的号子。阿黎把大门打开，刁文元和方萍走进牢房。雨堂靠墙坐在床上，看见方萍进来，眼睛亮了一下，又恢复了常态，木然地看着方萍。

方萍看着雨堂："稻草挺厚啊，睡着舒服吗？"

雨堂笑了笑："是小姨子呀。"

方萍沉下脸："谁是你的小姨子？我是特派员！"

雨堂叹着气说："这人一落难呀，亲戚都不认了。可悲呀！"

方萍严肃地说："韩雨堂，你以为和我套近乎，我就会帮你？做梦吧！"

"那你来干吗？走吧。"雨堂用手撑了撑身子，往床上一躺，脸侧向墙壁，把背和屁股朝向方萍。

"韩雨堂，我问你，是不是有人逼你乱咬人？"

刁文元闻言紧张起来，他侧过脸看着方萍。方萍假装没注意他，只把一双眼睛逼向床上雨堂的背。雨堂对着厚厚的墙说："这我可不能满口跑舌头，我怕有人收拾我。"

刁文元急了，沉下脸嚷："韩雨堂，你什么意思？说明白点！"

方萍见刁文元着急，心里明白了几分，她转身对刁文元说："刁主任，请你暂时回避一下，我想和他单独谈谈！"

刁文元哪里肯依，他语气有些急躁："田特派员，我已经够意思了！你要再得寸进尺，我只能请示陈司令了！到时候，有些事，只怕你也说不清！"

方萍碰了钉子，见刁文元毫无妥协迁就的余地，她转向雨堂："姓韩的，我告诉你！我和田南珠是姐妹不假，但我和她是冤家更不假！你要是想把我和田南珠捆在一起，给我扣屎盆子，逼我来救你的小命，那你就打错了算盘！"

雨堂明白方萍话里的意思，她不放心他，她在试探他的态度。于是，他冷笑道："田特派员，这些话你该和刁主任说，不要和我说！我韩雨堂既然敢杀人，就敢抵命！你走吧！"

方萍愣住了，她诧异于雨堂的聪明和敏捷，她敬佩，她感动，她突然感到放心了。她看着雨堂血痕斑斑的背，眼神流露出复杂的敬意。

这时牢房外传来喊声："开饭了！开饭了！"方萍听到阿黎开门提饭的声音。刁文元在一旁催方萍："田特派员，这下你放心了吧？咱们走吧！"方萍点点头，又朝雨堂说："好，有种！你死了我会给你烧香的。"

说罢，方萍跟刁文元朝大牢门口走去。

在上台阶的时候，阿黎端着食盘冲下来，慌里慌张躲过了刁文元，没让过刁文元身后的方萍，正好和方萍撞上了。食盘中的灰色瓷碗碰翻了，热汤洒到方萍的手上。"呀——"方萍本能地捂住被烫着的左手，惊叫了一声。

刁文元扭过头来骂："他妈的，你没长眼呀！"

阿黎慌忙道歉，低头端着食盘恭立在一旁。

刁文元抓起方萍的手，体贴地查看。方萍甩脱，说："走吧。"说着往外面走去。刁文元忙跟上。

阿黎锁上门，立即端起食盘跟在两人后边，他要找伙夫给雨堂重新加汤。

方萍好奇地问阿黎："犯人还有汤喝？"阿黎忙回答："他爹给他订了小灶。"方萍笑了："刁主任，你这里还挺人道的嘛。"刁文元得意地说："我们对犯人都是人性化管理，只要肯出钱，女皇的胎盘都能吃到！"

两人从阿黎和伙夫旁经过。方萍下意识看了看左手小指上的梅花银戒，她惊恐地停下脚步：银戒变黑了！她猛然意识到，阿黎撞翻的汤里有毒！

刁文元见她看着手指，关切地问："怎么了？烫伤了？"

方萍没顾得上他，慌忙转身，朝大牢跑去。刁文元不知发生了什么，在后面跟来。

方萍冲进还没来得及关门的牢房，噔噔噔三步并两步跳下台阶，跑到雨堂的牢房前。雨堂正从牢门木缝中接过汤碗，正准备喝汤。方萍伸过手去抓住汤碗往地上一摔，汤碗摔在地上，灰色的瓷片摔裂在地上。

雨堂惊讶地问："你干吗？"

方萍转身对着阿黎："你叫什么？"

阿黎惶恐地看着方萍："我……我叫黎富和，阿……阿黎。"

"你看看我的手！"方萍伸出了戴戒指的手。

阿黎一看，知道自己败露了，一下子跪下了："我有罪。我……"

刁文元跟了过来，没看出名堂，笑了笑："田特派员，你脾气也太大了吧？行，我带你去医务所上点药！"方萍蹲下，一把揪住阿黎的衣领，杏眼圆睁，凶狠地骂："姑奶奶的手是要弹钢琴的，你懂吗？"

阿黎惊恐地点头："懂！懂！"方萍站起来，看着雨堂，骂道："哼！都死到临头了还摆款，真是有钱能买磨推鬼！"骂罢，她转身而去。

刁文元忙跟去，一边走一边想：这小娘儿们还真不好惹，刚烫着的时候不发火，走到半路上折返回来要淫威，真把自己当中央特派员了！

方萍出了监狱直奔吴猛的营房，劈头盖脸地一通骂。吴猛没想到，自己精心策划的一出灭口雨堂的戏，被方萍瓦解了。

"吴猛，我警告你，你要是再对雨堂玩花样，我就敢向你开枪！"

吴猛傻了，他从来没有见过方萍如此咬牙切齿的模样。

就在方萍去见雨堂的时候，邓茹婷也约见了何三刀。

何三刀没想到，邓茹婷会约他见面，更没有想到，邓茹婷点破了他图谋韩家古谱的事。他猛地拔出枪："你是什么人？"

邓茹婷并不慌，微微一笑："这都是黑田先生告诉我的。"

何三刀愣住了，黑田？这不可能，自己图谋古谱的事绝没有告诉黑田，这娘儿们是来诈老子的！他一声冷笑，将枪管顶着邓茹婷的奶子："我认识黑田，他不认识我，邓小姐，你不说实话，我就把你奶子打穿！"

邓茹婷变脸了："猫头鹰，你不要放肆！"

何三刀大惊，猫头鹰是他的代号，原来她也是日本人的线人。何三刀一下子软了，收了枪："你、你是谁？"

"你别问我是谁，要问我也只能告诉你，我是《羊城报》的记者邓茹婷。你要是敢调皮，你的底子就会翻出来。自然有人会收拾你，比如说黑田。"

"你也是黑田先生的人？"何三刀还是好奇。

"你还不闭嘴？"邓茹婷露出凶光。

何三刀彻底软了："邓小姐，你想要我干吗？"

"和你做一笔生意。"

"什么生意？"

"把韩家的古谱拿到手。"

"真的？"何三刀眼睛亮了。

"怎么样，天上掉下了大馅饼吧？"邓茹婷笑了，"好，你好好听我说。"

第二天，邓茹婷跟随天健到了沙湾。

看到邓茹婷，博公像看到了救星一样，他把邓茹婷和天健带进卧室，并关上房门。在博公的卧室外屋，邓茹婷说出了自己的方案。原来她这些天找了很多门路，都不稳妥，最后找到了何三刀，终于敲定了救雨堂的方案。博公不动声色，静静地听，直到邓茹婷说出了何三刀，博公心里咯噔一下，他立即就猜到何三刀的条件是什么了。邓茹婷一边讲一边观察博公的表情，讲到何三刀，她也有意识地停顿下来。

"韩老伯，何三刀提出什么条件，你应该猜得到吧？"

博公点点头："我能猜得到，他要我手上的一部古谱。"

邓茹婷问："您答应吗？"

博公反问："他要古谱干什么？那些江湖传言，都是无稽之谈，要是那谱子里真有什么藏宝图，我早就动手了。"

"是呀，我也奇怪。就问了他，你知道他想干吗吗？他想把古谱献给陈济棠。换言之，是陈济棠想要古谱。"

"陈济棠要古谱？"博公感到意外，"难道陈济棠也信那些江湖传闻？再说，陈济棠怎么知道，我家的古谱就是他想要的那一部？"

"这就不知道了。也许是何三刀想巴结陈济棠，添油加醋胡乱吹，把陈济棠说动了吧。你知道，陈济棠最信那些江湖术士了。"

"陈济棠迷信风水，家里养着大批巫师术士，这我知道。可是我给陈家唱过堂会，也见过陈济棠，他从来没问过我呀。"博公琢磨。

"韩老伯，您最近一次见陈济棠是什么时候？"邓茹婷也有些奇怪。

"大概一年前吧。"

"原来是这样，何三刀说，他是半年前才打听到那部古谱在您手上。"

天健也插嘴了："何三刀还说，他没让陈济棠知道古谱在谁手上。他说，他的前程就靠这部古谱开路了。"

博公陷入沉思。

邓茹婷等了一会儿，轻声说："韩老伯，您有什么放不下的不妨直说。要是不愿意也没什么，就当我邓茹婷白忙活。"

博公从沉思中惊醒："好，那我就直说了。古谱我可以交出来，可是我儿子雨堂怎么出来？我想心里有个底。"

"您的意思呢？"邓茹婷反过来问博公。

博公故意试探："我想面见陈司令，当面交接。我不想何三刀插手，他要是玩花样，给了陈司令一部假谱子，陈司令一翻脸，我们就鸡飞蛋打！"

天健心里一愣，着急地看着邓茹婷。见邓茹婷不说话，博公问："怎么，邓小姐有难处吗？"

邓茹婷笑了笑："的确如此。如果您当面交给陈司令合适的话，那我们就不必来费这个心了。您想啊，陈司令堂堂'南天王'，他得顾忌舆论，当然不愿公之于众。您再想想，雨堂干掉的可是石村顾问，而且他拒不认罪，要是陈司令公开放走雨堂，他怎么向世人交代？"

博公听了觉得有理："那雨堂怎么出来？"

邓茹婷犹豫一下："大伯，咱们是一家人，我就说实话吧！雨堂要出来，只有一条路，那就是置之死地而后生！"

"置之死地而后生？"博公一惊，"你是说，假枪毙？"

邓茹婷点头："大伯，我再给您透个底，石村已经死了！他的家属正赶往广州，陈司令准备将雨堂正法，算是对日本人有个交代。枪毙肯定要枪毙，只有这样，各方才能消停。"

博公思索着问："为什么不放他越狱？"

"大伯，我们早想过了。越狱人没死，还得抓呀！这还不说，你们全家都要受到牵连。只有枪毙，一了百了！"

天健在一旁急了："大伯！事到如今也只有这条路了。虽说以后不能露脸了，但好歹保住了一条命。让雨堂下南洋，风头过了，这事就不了了之了。"

邓茹婷看着博公的脸色，想激一激他，脸上生出无奈的表情："大伯，茹婷只有这点能耐。要是大伯不满意，茹婷也就爱莫能助了。"

"邓小姐，他们不会假戏真做吧？"

"大伯，您也不是泥捏的，要是到那个份儿上，您会闭口不言吗？我在报纸上一捅，说陈济棠骗人珍宝言而无信，他不下台才怪！"

博公沉默了一阵，仍是不放心："邓小姐，何三刀能给我留个字据吗？"

天健一愣："大伯，这怎么可能？"

"可是没有字据，万一何三刀不兑现，"博公忧心忡忡地说，"我靠一张嘴不是口说无凭吗？谁会信我？再说何三刀是个无赖，他不认账，我敢去找陈司令对证吗？"邓茹婷想了想，站起来："大伯言之有理！好吧，我在广州也算是公众人物，我以证人的身份给您写个字据，您看行不？"

天健诧异："邓小姐，那你责任可大了，何三刀可是小人啊。"

邓茹婷苦笑："事到如今，我豁出去了。"

她从挎包里取出纸和笔，伏在茶几上，唰唰唰地写字据。邓茹婷写毕，撕下来递给博公："大伯，您看行不？"

博公看了一遍，收好字据，向邓茹婷抱拳："邓小姐，大恩不言谢！你们跟我来。"说罢，他把邓茹婷和天健带进内室。

进了内室，博公走到博古架边，将博古架中间层的一沓《康熙字典》搬到床头柜，只见放《康熙字典》的位置后边露出一个微凸的铜质按钮。他在按钮上轻轻一按，博古架缓缓向两边移开，露出深灰色的墙帘。他把墙帘拉开，再在墙上一个黑点上轻轻按了一下，一扇黑檀木门缓缓移开，露出一个不显眼的小小暗室。

邓茹婷和天健看得目瞪口呆。

博公从暗室里面抱出一只黑檀木盒。他坐到床边，小心翼翼把木盒放在床上。他揭开盒盖，颤抖着拿出一册线装书。线装书的封面写着四个秦简体字：南越古谱。博公小心翼翼地拿出古谱翻阅着，眼泪流出来了。他长叹一声："命中有，终须有。命中无，莫强求啊！"

博公将古谱又放进了盒子，合上盖，交给邓茹婷，泪花闪烁："请连这盒子一起交给何三刀吧，陈司令看着也庄重点。邓小姐，我和雨堂的身家性命，拜托你了！"

邓茹婷和天健两人四只手捧着木盒，缓缓地走到外室。邓茹婷赶紧把她带来的小皮箱放在地上打开。天健缓缓弯腰、小心地把木盒放进皮箱。

邓茹婷把皮箱的皮扣系好，提起皮箱站起来，满意地说："大伯，我们告辞了。再找时间来看您！"

博公感到有些晕眩，他强扶着墙，眼巴巴地看着邓茹婷："雨堂……什么时候能出来？"

"这得看石村的家属什么时候到。大概三五天吧！"邓茹婷真诚地说。

博公转身，险些摔倒。天健去扶他，被他推开。他走进内室，取出一张银票，塞给邓茹婷。邓茹婷连忙推辞："不，大伯，这我不能收！"

"邓小姐，我知道你要打点，"博公喘着气，硬把银票塞给邓茹婷，"要让你倒贴，我……还有脸见人吗？"

邓茹婷迟疑着，转头看着天健，无奈地收下银票，揣进西装上衣里边的口袋。

"吱呀"一声，博公吃力地打开房门，说："我送……你们出门吧。"

三人往外头一看，愣住了。只见博年、金花、明仔还有几个下人女佣都静静地站在门外。

博年激动地喊："大哥，你疯了？人没出来，你怎么……"

"老三，你……给我闭嘴……"博公厉声喝止，声音刚歇，他眩晕着要倒下。

天健连忙扶住博公："大伯，你怎么啦？"

博年吓了一大跳，他也上前扶住博公，焦急地看着博公转白的脸。

明仔一步跳上台阶，两根食指弯曲，紧紧顶着博公的太阳穴。博公缓了过来，他看着天健和邓茹婷："你们……走吧……我不远送……"

天健感慨地点头："大伯，您多保重，我们一定把雨堂救出来！"

博公无语地挥挥手。

天健和邓茹婷从大门口走去。

博年突然大喊："韩天健，你要是下套，我饶不了你！"

第十六章　假谱穿帮

今晚阿黎值班。

他心事重重，汤里下毒的事被田特派员看出来了，她为什么不戳破呢？她是成心要饶他性命，还是会延后算账呢？他去找吴猛，吴猛眼一瞪："你这个蠢货，什么事都干不好，好好伺候韩少爷吧。"阿黎这才稍微安下心来。

他走到雨堂牢房门口，听见屋内传来《月光光》的哼唱声，歌声从大牢里传上来，带着低沉的回音，有点像鬼叫。

阿黎蹲下，用手电筒往牢房里照，见雨堂靠在墙上哼曲。

阿黎问："怎么还不睡？"

"开灯我睡不着。"雨堂指着头顶上的电灯泡说。

阿黎冷冷地应道："必须开灯，这是规矩。"说完就离开了。

雨堂依然低声哼唱着，阿黎一次又一次把手电筒光射下来。大约已经到二更时分，阿黎的手电筒光又射下来了。

雨堂发现了一个规律：他哼唱十遍《月光光》，阿黎就来巡查一轮。

雨堂听阿黎走了，他掀开臭气熏天的破棉被，翻身下床，从床上的稻草堆里翻出几块瓷片。这是方萍砸碎汤碗后，他特意藏起来的。雨堂拿起最大的一块瓷片，一猫腰钻到床下。在墙上刨起来，嘴里低低地哼着《月光光》。

墙上的水泥被一点点刮起。哼完八遍，雨堂从床下钻出，爬上床，靠着墙哼唱。唱到第十遍时，手电筒光又来了。

"不许唱歌，快睡觉！"阿黎低声道。

雨堂不唱了，他想要得到更多的瓷片。

方萍又来了，说要见雨堂。

刁文元又带着方萍向大牢走去，现在他很痛快了，他把方萍探视雨堂的事向陈济棠汇报了，还提出了自己的意见，将计就计，全程监听，看看方萍打什么主意。陈济棠居然答应了刁文元的方案。

刁文元和方萍刚走到雨堂的号子门口，就听见阿黎和雨堂的争吵声。

刁文元和方萍跨进牢房，只见雨堂坐在地上，和阿黎对峙着。雨堂左手握着一双筷子，面前摆着打碎的瓷片。

"怎么回事？"刁文元喝问。

阿黎气鼓鼓地告状："报告刁主任！这小子饭吃完了把汤碗、饭碗都砸了，说要找乐子！"

雨堂微笑着点头，看着刁文元和方萍。

刁文元指着雨堂骂："你别放肆！老子今天就毙了你！"

方萍脸上露出笑意："韩少爷，你在沙湾都是这么找乐子的吗？"

"我家有琴，有乐坊，犯不着这么找乐子。"雨堂脸上依然带着笑。

刁文元不解："你啥意思？你砸碗听声玩呀？"

雨堂冷笑："刁主任，就你肚子里那点墨水，我跟你说，你能明白吗？"

"韩雨堂，你再说一遍！"刁文元准备朝雨堂的脑袋踢了。

方萍忙说："韩少爷，你在做编钟吧？"

雨堂朝方萍竖起大拇指："特派员，还是你知音！"

方萍笑了："来，让我们见识见识！你要是真玩出点花样来，我明天给你送一叠盘子、碗来，你随便砸。"

"真的？"雨堂内心一阵狂喜。

方萍点头："我说话是算数的。"

"那好，我就叫你们开开眼！"雨堂将瓷片按大小厚薄摆成了一排，接着，左右两手各执一根筷子，两手试着在瓷片上敲了敲，又停下来将瓷片做了些调整，然后自信地说，"好生看着！"

随着筷子的忽起忽歇，一首《月光光》的旋律飞扬起来。

不仅阿黎惊呆了，刁文元也满脸惊异："只晓得叫花子敲烂碗，没想到你小子烂碗还真能敲出花来！"

方萍露出微笑。

一曲终。雨堂慢慢收住了筷子，抬头看着方萍。

"果然是音乐世家的大少爷！我明天一定兑现。不过，现在我要问你几个问题！"方萍开心地笑着，又转身问刁文元，"可以吗？"

"特派员请！"刁文元殷勤地赔笑，"要不，到审讯室吧，这里太臭了。"

"行啊！"方萍对雨堂说，"起来吧！"

审讯室里的灯光比通道那边的大牢明亮多了。两盏白晃晃的电灯挂在犯人座位上，烤得犯人汗也涔涔泪也潸潸，照得犯人细微的表情都暴露无遗。

方萍和刁文元在审讯桌后的木椅上坐下。一个书记员斜坐在旁边，把一本大大的审讯记录簿搁在桌面的一角。对面坐着雨堂。

"韩雨堂，你要老实回答！"方萍开问了，弹的仍是老调，"你那把手枪是怎么来的？"

"你姐给我的。"雨堂已经熟悉了这个审讯位，心里非常冷静，他既不出汗更不流泪，表情都跟平时没啥区别。

方萍不信："这是特别定制的世界名枪，她舍得给你？"

雨堂扫视了两人一眼："那就要问她了。"

方萍又开口了："韩雨堂，我给你摊牌说吧，你们这次刺杀石村先生的武器配置很高端，靠你们的家底是不可能的。是谁给你们提供的武器？"

雨堂一脸无辜："田特派员，你可太抬举我了。我就是个情痴，南珠叫我干吗，我就干吗。我怎么晓得他们的武器怎么来的呢？"

方萍看着雨堂："韩雨堂，我不逼你，你好好想想，总会有蛛丝马迹！现在石村已经死了，你是什么下场不用我说。不过你要能立功，还能活。你真不说，就只有死了。再说了，你要真聪明，你就应该知道雷海明他们已经脱身了，你招了也害不了他们。这个道理还不懂？"

雨堂看着方萍："我要是把你给扯出来，不是也害你吗？"

方萍一笑："韩少爷，我还真想你害害我。至少，你还能多活些日子。我也对得起我姐，你说是不？"

雨堂一听就明白了方萍的暗示："那好吧，你得让我好好想想，我要是说出来，你们抓不着人，可别怪我。"

"那是我们的事，不过你要是瞎说，就吃不了兜着走。明天我再来问你，你还有什么要求吗？"

雨堂听到最后一句立即来了劲，他知道方萍在给自己解围："明天带碗来给我摔，我快闷死了。还有，我自从进来就没睡过一晚安生觉，现在困得要死，脑子昏昏沉沉的。你要我想的问题我没法想。又闷又困，我要是说胡话，可就耽误你们的事了……"方萍心领神会："好！一定带碗过来让你摔，让你敲编钟解闷。睡不着觉是怎么回事？"

雨堂立即说："大牢门口亮灯那是没办法，但我那间牢房里晚上也开着灯，我实在睡不着。你能不能通融一下？"

"那就帮你解决呗！"方萍转向刁文元，"刁主任，你看呢？"

刁文元无奈地说："好吧。只要你肯讲，关灯就关灯。"

雨堂被带下去了。方萍看着刁文元："怎么样？这小子要哄着来。"刁文元呵呵笑起来："特派员，还是你专业呀。"

方萍也起身："好了，我明天再来。"

方萍一走，刁文元立即起身进入审讯室隔壁的一间录音监控室。

录音员见刁文元进来，连忙起身。

"坐下吧，"刁文元挥挥手，"把所有的录音监控都给我回放一下。"

邓茹婷按门铃的时候，天健正坐在中山大学傅桑寓所一楼客厅的办公桌前认真地帮傅桑教授誊写文章。

邓茹婷从沙湾取回古谱后，立即报告了黄雀，黄雀指令她先将古谱原件交给傅桑教授鉴定真伪。邓茹婷很犹豫，傅桑教授虽然与自己很熟，但是他很正统，要是知道自己要把谱子交给何三刀做交易，发起火来，可不好办。黄雀反驳邓茹婷："你们不是说，傅桑教授知道你们是在救韩雨堂吗？怎么会发火？再说，这么专业的文物，只有傅桑教授能鉴定。"于是，邓茹婷就来找傅桑了。

"傅教授呢？"邓茹婷环视客厅，没见到傅桑。

"楼上。"天健指着二楼，轻声回答，"已经说好了，老师没有发火。"

"你俩都上来吧！"傅桑在楼上听到邓茹婷进来了，他在书房打招呼。

傅桑的书房里有一个玻璃工作台，这个鲜见的摆件显示出主人不同于寻常的学究。他把古谱分左右打开铺在玻璃板上，左边只有一页，其余的纸页全在右边。玻璃板下开着灯，傅桑在低头认真察看。

邓茹婷和天健好奇地靠近，见古谱的纸张在玻璃板下的灯光照射下显现出纤维纹理，过了好一阵，傅桑直起身，露出微笑："韩老伯到底是老辣呀。"

两人一听觉得不对，接着就听傅桑说："这本假谱骗陈济棠是没问题的，除非他找专家鉴定。不过这需要时间。有这个时间，陈济棠又信守承诺的话，韩雨堂应该能脱险。"

天健和邓茹婷面面相觑。

"韩老先生确实是个高人！他就是要在陈济棠发现古谱是假的之前让儿子偷生。但你们一定要告诉他，不仅他儿子，他自己都要立即远走高飞。否则，陈济棠一旦发现，必会报复。"

天健钦佩地问："老师，您怎么断定是假的？能不能点拨一二？"

邓茹婷也好奇地说："是呀，傅教授，您是怎么看出来的？您教教天健嘛，我也好学学！"

傅桑得意地笑了笑："好吧，我给你们说道说道。"

邓茹婷和天健靠近傅桑，洗耳恭听。

"这部古谱最初成谱于明初。朱元璋第十七子，也就是宁王朱权失势之后，潜心于音律。他从自己收集的千余首古曲中选了62首精品，编成了《神奇秘谱》刊印于世。"傅桑先不讲怎么鉴定真伪，他从古谱的由来说起，"没多久，他云游南越，收集到了一批古越琴曲，精选出其中19首，亲自抄写，编成了最早的《南越古谱集》。但由于感到曲目过少，就没有付印，打算继续收集。这就是最早的《南越古谱》雏形。"

"后来呢？"邓茹婷产生了浓厚兴趣。

"后来宁王没有完成自己的心愿。这部由宁王亲手抄写的古谱在民间流传了一百多年，又到了一个大文人也是一位大琴家的手上。"傅桑接着说道。

天健惊问："是谁？"

傅桑轻轻一笑："唐顺之。"

天健一愣："就是明代唐宋派四大家、嘉靖八才子之一的唐顺之？"

傅桑点头："没错，正是此人。他是个文武全才，当过兵部郎中，是位抗倭名将，他借督师抗倭巡查之机又搜集了一批古越琴曲，并精选了19首，亲自抄写，合编进了这部古谱。"

"噢，这样一来，就有了朱权与唐顺之先后手抄的共38首古越古曲，对吗？"天健问。

傅桑点头，指着玻璃板上古谱左边那张单独的纸右下方的一方印迹："你们看，这个印就是唐顺之留下的。"

天健拿起古谱旁放着的放大镜，看清印章没有边栏的六个行楷字：琴罢倚松玩鹤。看完把放大镜递给邓茹婷，邓茹婷也认出了这六个字。

"印人也是一代名家、吴门派的开山祖文彭，其父就是明代大画家文征明。文彭是唐顺之的密友，"傅桑用食指轻轻点在印上，肯定地说，"所谓'琴罢倚松玩鹤'，就是他们交游的写照。然而，就是这方印让我看出了端倪。"

天健和邓茹婷异口同声："请指教！"

"这里面的讲究可多了，说了你们也未必明白，我就简单说说吧！"傅桑得意地指点着印，"一看书法、二看刀法。文彭是大书法家文征明之长子，书法功力深厚，他初学钟、王，后效怀素，晚年学过庭，而尤精于篆、隶。再看刀法，文彭用刀'开朝华而启夕秀'，篆刻以安逸典雅、沉静清丽为基调，线条挺拔，流畅刚健。这两者远非寻常工匠所能。你们看，此印书法功底肤浅，笔笔落俗，刀法迟疑，线条疲软，虽得形似而远失神韵。在行家看来，这假得不能再假了！"

天健茅塞顿开，但他对书法和刀法知之甚少，他为自己的浅薄汗颜不已。

傅桑不再低头看古谱，他坐在明式酸枝椅上。书房里未备客椅，天健和邓茹婷只能站着，恭听傅桑继续指教。

傅桑接着说："当然，此谱的瑕疵还不止一处。我接着给你们讲古谱的形成。我刚才讲了，唐顺之续补了19首古曲。可是他也没有完成此谱，他在抗倭中积劳成疾，班师回朝后不久就病故了。他死后这本古谱就收藏于宫中乐府，准备由乐官再丰富完成，可是谁也没有认真去做这件事，倒是朝廷翰林雅士们在本中留下墨宝。时光悠悠就到了明末，李自成进京，乐工们作鸟兽散。这本古谱被一位乐工带到了民间，在辗转流离中又被后世乐师增补了一些新的曲目，又添了些墨宝。其中有不少清代流行的名曲，地域也包括了今天的岭南地区。所以到清代，这部古谱才算基本成形。"

邓茹婷和天健听得入了神。

"世事沧桑，变幻莫测，"傅桑感慨道，"后来就出现了太平天国。洪秀全是岭南人，对岭南文化自然是情有独钟。他听说民间有这样一部古谱，到处搜罗，终于得到了这部古谱。他把古谱交给洪宣娇[①]，委托其负责整理付印。洪宣娇军务缠身，一再耽搁，便交给东王杨秀清的'女侍史'傅善祥[②]办理。不料傅善祥后来被东王杨秀清霸占，成为东王的枕边玩物，根本无暇顾及此事。傅善祥是读书人，她知道古谱非同寻常，还好没有扔弃，而是将它交给了东王府的一个老乐官。后来就发生'天京事变'，那位老乐官也受到牵连，于是，他带着古谱投靠了石达开。再后来的故事，你们都知道了。"

天健感叹："原来这里面还有这么多故事！并且，全中国也只有一本手抄孤本！"傅桑微笑："正是如此。这部古谱一直未能成功付印，只存有一本手抄孤本。想想看，光是这么多名家留下来的遗墨书法，就可谓价值连城。你们看看，这本古谱中的遗墨书法也是假的嘛？"

傅桑从玻璃板上拿起古谱，伸手递给天健。天健赶紧接过翻看，却看不出门道来。傅桑笑着说："这里还有三假。其一是纸张，这部古谱如果是原物，应由两种不同的纸张构成。可是这谱子用的是一色的清代同光年间的棉连纸。其二是题解，真正的古谱每首曲谱都有题解，均为历代名家演奏曲谱的心得体会，包括风格、音位、指法的独到心得。可以说，古谱最精华的艺术和文化价值即在于此。可是这部谱子的题解十分简略，而且是泛泛而谈。其三是书法，哪个仿家有本事能仿得出那么多名家的手迹？只要稍有书学见识就可辨别这部古谱的笔墨功底实在平平。据此种种，我可以负责地说，这本谱子绝不是原物。我相信韩老先生不会不知道其中的蹊跷。"

天健和邓茹婷都听傻了，半天不吭声。

傅桑收敛了笑容，走到天健面前，从他手中取过古谱，扔在玻璃板面上："你们找我鉴定，我是个学者，必须实事求是。我既不是对你们负责，更不是对陈济棠负责，我只对音乐和历史负责。至于怎么处理，你们决定吧。作为你们的老师，我希望你们要慎重！"

邓茹婷拿过古谱塞进提包里，气急败坏地告辞，天健借口送她，两人走到户外，开始商议。

---

① 洪宣娇，广东花县人，被洪秀全认作妹妹，并由洪秀全做主嫁给西王萧朝贵，为太平天国的创建与发展做出了重大贡献，一生充满传奇色彩。

② 傅善祥，南京人，才貌双绝的传奇女子。1853年太平天国首开科举"女科"，傅善祥中状元，成为中国历史上唯一的女状元。次年被洪秀全任命为"恩赏丞相"。后在"天京事变"中失踪，不知所终。

"看来，你大伯对你早有防范！"邓茹婷很愤懑，"那天他又是流泪又是叹息，我小看了那个老戏子！"天健的脸也变青了："这两天我还为此愧疚。没想到老东西给我挖了这么大的一个坑。我真是幼稚呀！"

邓茹婷咬牙切齿："好险啊！要是何三刀真的把谱子交给陈济棠，把韩雨堂捞出来，跑的是你大伯和韩雨堂，死的就是你和我！"

天健咬着嘴唇，没有吭声，眼睛里射出仇恨的火光。

邓茹婷看着天健："你大伯已经看破了你的心思。在他眼里，你就是个回国夺古谱的小人。我也是个小人。而且，我俩把何三刀也拉进来了。他故意要害死我们。"天健眼中露出凶光："他能初一，我就能十五！茹婷，我听你的，你说怎么办就怎么办！"

第二天，何三刀就行动了。

他带着李刚和他的手下气势汹汹地拥进韩家宅院，把韩家人都集中在院子里。博公一言不发，他心里明白，准是古谱露馅了。他很吃惊，何三刀的背后，肯定有高人。否则，古谱绝不会这么快就穿帮。博年不知底细，低声埋怨博公："大哥，我说中了吧？古谱到手，杀人灭口。"

博公没有搭理他，好像没听到博年的话。何三刀听见了，大喝："韩博年，你说啥？大点声！"博年冷冷一笑："我说我们韩家还有一口子没来，还得麻烦何队长知会一声，好让我们来个大团圆。"

何三刀举起手枪，用冷冷的枪管顶着博年的脑门儿，冷笑道："三老爷是说韩天健吧？怎么着，享福的时候没想到他，遭难的时候想到他了？"

博年并不畏惧："何队长，你那么护着韩天健？你俩几几开呀？"

这时李刚走过来，向何三刀报告："何队长，人都清点了，少了三个人，韩博年的女儿阿秀、奶妈水妹，还有管家福伯。"

何三刀狞笑："韩老爷，怎么回事呀？这几个人，都去哪儿了？"

博年冷笑："你回去问天健吧。"

何三刀盯着博年："我会问的。不过，阿秀的事，还是你这个当爹的最清楚吧？真没想到，你哥有个共产党的儿子，你也有个共产党的闺女。"

"谁说我闺女是共产党啦？"金花冲上前，"何三刀，我还正要问你，阿秀是不是给你害了！你说！"

何三刀冷笑："妈的，你这个八婆，老子没找你麻烦，你还倒打一耙？李队长，把她给老子拿下！"

"慢！"博公开口了，"何队长，你到底来干吗，冲我来吧！"

博公这么一说，倒提醒了何三刀，他来时已经和邓茹婷商量好了计划，不能节外生枝，于是他转入正题："韩老爷，听说你最近到处走门子，捞你那个犯了死罪的宝贝儿子，有这回事吗？"

何三刀话音刚落，金花又高声开骂了："何三刀，你这个挨千刀的！你和那个孽种韩天健，还有那个姓邓的妖精骗了咱们家的古谱，现在又想来灭口。我告诉你，除非你把在场的人都杀干净，否则，你瞒不了天下！总有一天你要遭报应的！"

博年感动地看着金花，他看到大院门口挤着很多看热闹的乡亲，他猛地跳起来："大家听到了吗？何三刀和我家老二的儿子韩天健狼狈为奸，一个唱红脸，一个唱白脸，打着陈司令的旗号说只要我大哥交出古谱就做局放了我大侄子韩雨堂！我大哥信以为真把古谱交出去了，何三刀现在翻脸不认账，带着兵来抄家灭口！在场的乡亲只要有良心，就拜托你们给传出去！博年给大家磕头了！"

说完，博年扑通一声跪下，对着大院门口连磕了三个头。

何三刀把枪收下，插回腰间，两手拍起掌来："韩博年，老子可看走眼了！老子一直以为你是个窝囊废，你他妈的还是条汉子呀！"

博年磕完三个头，拍拍膝上的灰尘站起来。

何三刀停下拍掌，冷笑几声，高声喝道："好，现在该我来说说了——李刚！"

"到！"李刚提着一只帆布包走上厅堂。

何三刀接过帆布包，从里头掏出了一只黑色檀木盒，扔到地上："韩老爷，这是你家的宝贝古谱吧？我替邓小姐和你家天健少爷完璧归赵了。您老收好！"

博公没有动，呆呆地看着何三刀。

何三刀喝道："打开！"

博年迟疑地蹲下，打开木盒，取出一本古谱。

众人惊愕地看着，有人在窃窃私语。

何三刀从怀里掏出一张银票，抓在手里扬了扬，扔到博公面前。银票像蝴蝶一样来回飞舞，飘落到博年的脚下。

何三刀掏出手枪对准博年："你睁开狗眼看清楚！你大哥交给邓小姐和韩天健的古谱和银票！两样东西，老子一样不少退回！"

院子里的人一声不吭，挤在院门口的乡亲们却炸开了锅。

"各位好生看好生听！韩博公把古谱和银票交给邓小姐和韩天健，想找我的门子去贿赂陈司令。他这是想干吗？他知道我何某人是政府官员，他想把老子拉下水！老子一生为官清廉，岂肯上这狗东西的当！"

大家都愣住了。

何三刀走到金花面前，高声说："妇道人家看不明白，我不怪你。你现在明白了吧？我何某人为什么来抄家？我是要严惩贿赂陈司令和本官的刁民劣绅！"

博公惨然一笑："何三刀，我小看你了……"话没说完，博公突然身子一晃，喷出了一大口血，倒下了。

"大哥！大哥！"博年和金花慌忙扑过去。

何三刀一看事大了，心里有些慌，邓茹婷嘱咐，一定要控制局面，不能出人命，没想到……

何三刀露出冷笑："怎么，装死？好，你接着装，我没工夫看你演戏了。"

何三刀手一挥，带着手下离去了。

博公虚弱地躺在卧室外屋的藤椅上。博年站在旁边。

何三刀走后不久，博公渐渐缓过气来，看了看周围，要大家离开，只留下博年在身边。博年悄声问："大哥，那谱子真是假的？"

"是假的，"博公虚弱地苦笑，"但我没想到，这么快他们就识破了。"

"到底还是大哥厉害。那我猜到真货去哪里了，"博年坐在藤椅旁的竹椅上，把嘴贴到博公耳边，悄声说，"交给水妹和阿秀了，对吧？"

博公眼皮往下眨了眨，算是点头。他努力喘了一会儿气，又吃力地说："他们不会罢休的，还会来，看来……我们韩家这一劫是躲不过了……把阿秀拉进来了……老三，我对不起你……"

博年握住博公的双手，好像一下子长大了："大哥，你别说这些了，阿秀的事，不怪你，是她自找的。金花找你闹，她也后悔了。今天要是阿秀在场，肯定会被何三刀拉走的。幸亏你把她送走了。"

博公露出欣慰的神情："你能想开，我很高兴。"博年激动起来："大哥，我想开了，和你一起扛！"博公苦笑着摇头："我不行了……你要是再搭进来……我们韩家就赔大了。"博年倔强地说："我顾不了这么多了！我想好了，我去找黑道……"

"老三！你胡闹！"博公急忙阻止，话没说完，突然咳起来。

博年着急地拍着博公的肩膀："大哥，大哥，你没事吧？"

博公咳了一阵，又缓过气来，额头上却渗出许多晶莹的汗珠："你听着，这事没那么简单……要谱子的不见得是陈济棠……也不只是何三刀和天健……"

"我知道，还有那个姓邓的！"博年狠狠地说，"那女人是韩天健的姘头！肯定不是什么好东西！"

"不见得是她，"博公闭上眼睛，任由虚汗直冒，他喘了一阵子气，吃力地说，"我……说不准……但我知道背后有一个高人在……在控制着一切。"

"高人？"博年不解地问，"大哥，这谱子里到底有啥大宝贝？"

"哪有什么宝贝？"博公苦笑，他不再咳嗽了，声音仍虚弱，但气势提高了，"古谱我是不会交出去的，我答应过神笛五哥，一定要将古谱完璧归赵。我韩博公一诺千金！"

博年用袖管帮博公拭汗，问："神笛五哥是谁？"

"你别问了，"博公吃力地要坐起来，"老三，我有件事要拜托你。"

"你说！"博年连忙扶博公的背。

博公坐起，恳切地看着博年："何三刀还会杀回马枪的，我估计他会挨个儿盘问。要是问到你，你就说，我偷偷把古谱传给了雨堂。"

"为什么？雨堂被他们关着，你还说传给了雨堂？"博年大感不解，"不是会让雨堂更遭罪吗？"

"你想想，雨堂杀了石村，他犯了死罪，"博公看着博年的双眼，"他们本打算弄个假枪毙把雨堂捞出来。现在我的假谱穿帮了，他们很可能动了杀心。只有让他们相信，雨堂是他们得到古谱的唯一线索，雨堂才能暂时保住性命。你明白吗？"

博年恍然大悟："对！对！他们想要古谱，但古谱在雨堂手里！这样他们就舍不得杀雨堂了！遭罪总比丢命强！"

阿黎端着早餐刚进牢房，方萍走了进来。

她将一叠碗轻轻放在地下，对雨堂说："给你送碗来了。今天你只管砸。"

雨堂和方萍会意地交换眼神。

"昨晚睡得好吗？"方萍问雨堂。

雨堂感激地点头："托特派员的福，关了灯，昨晚睡得不错。"

雨堂吃起稀饭，方萍也坐下来，迅速从兜里掏出一个纸包，扔给雨堂，接着掏出一张纸条，摊在桌上。只见纸条上一行字："腐蚀剂，泡上水泼在水泥上，水泥就会迅速解体。"雨堂一愣，忙接过纸包，转身塞到稻草里。方萍把纸条收了回去，又掏出一包药粉："这是治跌打的药，可以治你的伤。"

接着方萍又掏出一张纸条。纸条上又是一行字："南珠说格伯乌的人提供了武器。"雨堂点点头，抓过纸条吃了下去。

方萍笑了："可惜了，你怎么迷上了南珠，要是跟着我，何至于在大牢？"

雨堂也笑了："是呀，我现在还真有点后悔。我为南珠那么玩命，她现在远走高飞，一点音信都没有，特派员，你能不能给我透点风呀？"

"那你就好好交代，我说不定会给你透点风。"

"萍姐，你说，我要是真交代了南珠他们，但他们又抓不着人，还会放我一马吗？"

"当然可以，不过得由我给你求情。"

这时刁文元走了进来："特派员，来得这么早呀。"

方萍起身："刁主任，其实你来得更早。"

刁文元一愣："此话怎讲？"

方萍冷笑："你看着我进来，一直没声张，对吧？"

刁文元一听，知道又穿帮了，满脸的尴尬。

审讯室里，刁文元、方萍与雨堂面对面坐着。一个书记员偏坐在旁边。

方萍开问了："韩雨堂，我和刁主任答应你的，都兑现了，我还给你格外送了治跌打的药，现在该你兑现了吧？"

雨堂迟疑了一下："特派员，我要是说了，不就是叛徒了吗？"

"韩雨堂，你还想老子给你修牌坊不成？！"刁文元沉下脸。

"韩雨堂，你跟着南珠玩命，落到这个地步，南珠现在却去了延安，你不心寒吗？"方萍不慌不忙地开导。

雨堂苦笑："你们都没明白我的意思！特派员，你的开导我往心里去了。我不怕当叛徒，我是怕雷海明他们干掉我！"

方萍笑了："这你放心，你弃暗投明，我和刁主任都会保护你！"

"真的？"雨堂又喜又疑地睁大眼睛。

方萍和刁文元会意地交换眼神。

方萍站起来，大声说："韩雨堂，你要肯讲真话，我亲自当你的保镖，怎么样？"

雨堂露出不屑的表情："你？"

方萍见桌面上停着一只绿头苍蝇，用手一指："看见这只苍蝇了吗？"

雨堂、刁文元和书记员的视线齐齐射向那只苍蝇。

方萍手一伸，捏起了桌上一枚大头针，她手缓缓一摆，绿头苍蝇飞了起来。

方萍闪电般地扬起右手，大头针飞出。绿头苍蝇挣扎着在前边落下，只见那只绿头苍蝇在垂死扑腾，身上扎着一根大头针。

雨堂愣住了，刁文元和书记员也目瞪口呆。

刁文元像第一次见着佛光的拜山者，对方萍又敬又畏："田特派员，没想到你有这么好的身手！"

"雕虫小技，不足挂齿，"方萍得意地微笑，看着雨堂，"怎么样？够格当你的保镖吧？"

雨堂佩服地看着方萍："好，我说！我就说！"

雨堂看着刁文元，又像是看空气，却不吭声。

刁文元不耐烦了："你讲话啊！"

雨堂点点头："田特派员，刁主任！其实我昨晚没睡好，我想来想去，越想越多，那几天经常有陌生人来联络点……"

"联络点在哪里？"方萍打断雨堂。

雨堂说出了那个已经撤销的地下联络点。

"往下说，都是些什么人来联络点？"方萍追问。

"他们都没用真名，这个叫云雀，那个叫麻雀，还有叫白天鹅的，全是林子里的鸟，把我都绕糊涂了……"雨堂开始瞎扯。

刁文元把桌子一拍："韩雨堂！你敢耍我！"

"刁主任，沉住气，让他一个一个说！"方萍对刁文元说完，转过脸朝雨堂，悄悄地锁紧双眉。

雨堂想了想："好，我先说一个人！南珠把手枪给我的时候，她顺口说了一句话。不知那句话对你们有没有用？"

"快说！"

雨堂似乎在努力回忆："南珠把那支勃朗宁给我时说，'格伯乌手上的好玩意儿还真不少！'我昨晚突然想起来，会不会是有格伯乌卖枪给他们？"

刁文元心里一惊："格伯乌？"

方萍心里高兴，担心雨堂不知道如何往下编，她启发地问："你在雷海明他们的联络点见过洋鬼子吗？"

雨堂脱口而出："我想起来了！有洋鬼子！来过几个又高又大的家伙，大热天的却都戴着礼帽，还戴着口罩和墨镜。我当时就想，难道他们不怕热吗？对！他们肯定是洋鬼子！他们来来去去沉默少语，就是低声说话也故意避开我。我问南珠他们是什么人，南珠说他们叫云雀、麻雀、白天鹅。"

刁文元眼中流露出兴奋，这么些日子，韩雨堂终于开口了，虽然说的还有待核实，但是以经验判断，不像是瞎扯。他不禁暗暗佩服起方萍来……

何三刀回到广州，见到了邓茹婷和天健，把沙湾之行详细说了："我看韩博公真的吐血了，怕出人命，就先撤回来了。据我判断，古谱肯定不在韩家了，管家福伯、奶妈水妹，还有阿秀都可能转移古谱。"

天健和邓茹婷交换了一下眼神。

邓茹婷问："天健，你说说，哪个最有可能？"

天健沉吟道："我觉得福伯不太可能，阿秀是不是回到沙湾，还没有落实，从我三婶的态度看，阿秀并没有回沙湾，说不定，真的跟南珠走了。况且阿秀太毛糙，也不太可能。最有可能的倒是水妹。"

邓茹婷踱起了步："这么说，我们还要去一趟沙湾。追查这几个人的下落，何队长，又要麻烦你了。"

何三刀点点头："我倒不怕麻烦。问题是，怎么追？现在韩家上下铁板一块，谁会告诉我？"邓茹婷一笑："阿秀的娘不是找你要阿秀吗？你就拿阿秀做文章。"

"你是说，我拿阿秀要挟她娘？对，好主意！"何三刀乐了。

天健又插话了："我三婶不可能知道这么秘密的事，我看我三叔倒是可能知道，不如拿阿秀要挟我三叔。"

"对，就这么突破！"邓茹婷立即赞同。

"邓小姐，我还有个顾虑。我们闹这么大，刁文元和田方萍那头要是干涉怎么办？我一直想动韩雨堂，就是他们拦着。"

"放心吧，他们现在自顾不暇，不会拦着你。而且我告诉你，韩雨堂明后天就会由你看押处置了。"

"真的？"何三刀露出惊喜，"邓小姐，你真是神通广大呀！"

邓茹婷一笑："何队长，你明白就好，要是古谱到手，不仅你有份儿，我还可以给你活动一个好位置，信不信？"

"信！信！"何三刀连连点头，"我早就明白，你是有大来头的人！"

天健没有吭声，何三刀的话，显然也引起了他的共鸣。

这天晚上，方萍和吴猛也在商量对策。

"韩雨堂真是当特工的料，一点就透，顺着竿子就爬上来了，刁文元还蒙在鼓里，对我佩服得不得了。说要是我早点介入，早就突破了。"

望着方萍一脸得意，吴猛并不以为然，一是他对雨堂怀有复杂的敌视；二是他认为方萍走火入魔了。

"方萍，你小看刁文元了，他这个家伙最擅长将计就计。"

"那又如何？我赢得了时间，韩雨堂就可以越狱而逃！"

"什么？你还策划韩雨堂越狱？"吴猛大感意外。

方萍这才意识到，自己说漏嘴了。自吴猛策划对雨堂灭口的事以后，她就琢磨着救雨堂。那次探狱，发现雨堂砸碗，又要求晚上关灯，她就猜到雨堂是想越狱，于是，就暗中配合雨堂。但这些行动都没有对吴猛透露。没想到自己一得意，就说漏了嘴。

"方萍，你不是说，要等南珠来救韩雨堂吗？怎么，失望了？于是自己就赤膊上阵？"吴猛激动起来，"你这是自寻死路！"

方萍沉默不语。

"你说话呀！"

"韩雨堂越狱，不是我的主意，是他的主意，我只是发现了，暗中配合而已，我总不能出卖他吧？"于是，方萍就和盘托出了细节，话语中流露出明显的欣赏。

"这有区别吗？这事只要穿帮，第一个怀疑的就是你！"吴猛面带严肃，"我不明白，你这么护着他，究竟是为什么？我真后悔，没干掉那小子！"

方萍一听就变脸了："你现在也可以再下手呀！你还可以去向刁文元告密。我绝不拦你！"

方萍把话说到这个份儿上，吴猛只有一声长叹。

第十七章　父亡越狱

何三刀又带着手下来到韩家。

他命令李刚将韩家人又拘押在一起，挨个儿审问。自己来对付博公。博公虚弱地靠躺在床上，何三刀在屋里踱着步。

"韩老爷，你到底想不想救儿子？"

博公冷笑："怎么，还是惦记着古谱吗？"

"韩老爷，这屋里就咱们两个，说话是天知地知，你知我知。我也就不瞒你了。邓小姐把古谱交给了陈司令，陈司令找高人鉴定了，发现是假的，勃然大怒，这才有了抄家的事。你三弟当着那么多人的面，把这事抖出来，我也只好把这事圆过去。现在咱们打开窗子说亮话。你要是回头，这事还能柳暗花明；要是一条道走到黑，雨堂少爷就只能去靶场了。我实话告诉你，陈司令已经答应日本人，拿令郎的人头祭石村顾问。所以，枪毙不可更改，问题就在是真是假。"

"何三刀，我也给你说实话，我信不过你们。怕既赔古谱又赔儿子。"

何三刀沉下脸："韩博公，你想怎么样？"

"你们扣下我，先把雨堂捞出来，我就把真谱交给你们。"

何三刀咬牙："韩博公，你可真会想主意呀。别把老子当傻子。古谱就在水妹手上！"博公毫不惊慌："那你们去找呀。"

"你以为我找不到吗？"

博公冷笑："只怕有些晚了，水妹已经下南洋了。"

何三刀大惊："什么？老子毙了你！"

何三刀掏枪顶住了博公。博公微笑："有种，你就开枪吧。"

何三刀还拿枪顶着博公："你以为老子不敢开枪吗？"

博公微笑："何队长，谱子不到手，你敢要我的命吗？"博公把何三刀的枪拨开，面带微笑，下床，拿起琵琶，徐徐弹奏起来。

一幕幕人生场景在眼前浮现，博公面带微笑，视死如归……

何三刀被激怒，突然变脸，冲上前抢过琵琶，往地上一砸："老子要你攻心，老子叫你弹！"

琵琶碎了。

博公脸色大变，一声咆哮，扑向何三刀："你这个畜生！老子灭了你！"

何三刀的枪响了。

博公捂着胸口，缓缓倒地……

何三刀傻了。李刚等警察也冲进来，看见这个场面，都傻了。

当天晚上，何三刀回到广州，又和邓茹婷、天健见面。述说了博公死去的经过，竭力为自己推脱责任。邓茹婷冷笑："行了，别解释了，没要你去抵命。"

何三刀暗暗松了一口气，这一段日子和邓茹婷接触，他知道邓茹婷水很深，心里很畏惧这个女人。邓茹婷果然不再纠缠博公的死，却问何三刀："韩博年说，他大哥把谱子传给韩雨堂了？"

"是的，我在审韩博公的时候，李刚在审博年，拿着阿秀说事，博年就软了。现在看来，又是骗我们。"何三刀小心地回答。

邓茹婷看着天健："天健，你觉得呢？"

天健想了想："其实这是最有可能的。问题是，雨堂肯定把谱子也藏起来了。这小子绝不会交出来的。"

邓茹婷沉思："这么说，这个韩雨堂还真死不得。"

何三刀感到了希望："邓小姐，当务之急是把韩雨堂控制在咱们手里，可他还在刁文元手上，你说的，要我接管韩雨堂……"

邓茹婷咬牙："不用说了，我已经安排好了。你明天就去刁文元那儿提人！然后按计划执行枪决。我同时在报上发消息！"

入夜的舞厅。乐队在演奏，舞池里人们翩然起舞。方萍和吴猛也在跳舞。他们周围，有暗探在监视。吴猛低声提醒方萍："认出尾巴了？"方萍却不在乎："那又怎么样？"

吴猛笑了笑："你好像很享受这种十面埋伏的感觉。"方萍瞪了吴猛一眼："你要是再说风凉话，我就走了。"

舞曲停了，吴猛和方萍走向自己的座位。侍者端着饮料走来，吴猛要了两份，两人聊了起来。跳舞是吴猛的建议，今天下午，方萍接到刁文元的电话，说上司命令，要把韩雨堂移交给何三刀，方萍一听，脸色就变了，马上就给吴猛挂电话，吴猛安慰了方萍几句，就拉她来到舞厅。

吴猛知道方萍心情不好，说话小心翼翼的："我看韩雨堂转给何三刀更好，说明陈济棠扛不住日本方面的压力，想结案了。刁文元想查你，也查不下去了。皆大欢喜。"方萍冷笑："首先是你欢喜吧，韩雨堂被毙了，你就彻底放心了。"

吴猛有些尴尬："方萍，你不要冲我来。韩雨堂是为共产党玩命才落到这个地步，救韩雨堂本该是南珠的事。"吴猛的话打动了方萍，只见方萍咬牙："南珠这个王八蛋，再碰见她，我决不会手软！"

方萍说罢起身离去。

"你去哪儿？"

"洗手间！你不会跟过来吧！"方萍没好气地说。

吴猛苦笑着点燃了一支烟，邻座的密探朝吴猛窥探。没有人注意到，阴暗的舞厅里，一个戴着茶色眼镜的女郎也向洗手间走去。

这是单人洗手间。方萍进来要闩门，门被推开，另一个女郎也进来了。方萍正要发火，却愣住了："是你？"

那女郎正是南珠。

再回头说舞厅里发生的事。

密探看看手表，有点沉不住气，起身向洗手间走去。吴猛没在意，看着密探的背影。他知道，方萍没有猫腻，盯也是白盯。

密探走到洗手间前，站住了，点火抽烟，溜达着。方萍从洗手间出来，发现密探。密探赶紧回避，扭头要进洗手间，被方萍一把揪住。

密探不解道："你要干吗？"方萍一巴掌扇去："姑奶奶要教训你！"

密探倒地，拔出枪，对准方萍。舞厅里发出一片惊叫声。

密探和方萍对峙着。

南珠趁机从洗手间走出，离去。

吴猛走过来，看着密探："小子，你盯着脸蛋看看也就罢了，还想看人家屁股，不是自己找抽吗？"

密探委屈：“我也要拉屎！”

吴猛看着方萍：“走吧。”

方萍和吴猛离去。

密探一想不对，又跟上。

吴猛回头：“你不是要拉屎吗？”

密探哑然。

吴猛送方萍回到寓所，才知道，方萍在洗手间里已经和南珠见面了。

方萍得意地踱着步：“真是上帝说有光，就有了光。我还以为南珠真的良心叫狗吃了。现在好了，有人给我顶雷了。”吴猛露出怀疑：“原来你去跳舞，是想和南珠接头？”

方萍冷笑：“跳舞不是你拉我去的吗？实话告诉你，南珠已经到广州两天了，一直找机会和我接头，后面有尾巴，直到今晚才找到机会。”

吴猛琢磨：“这么说，你又想和她联手？”

方萍笑了笑：“话当然要这么说，具体怎么做，就看我的了。我要她给我在明处顶雷，我暗度陈仓！”

“什么意思？”吴猛追问。

方萍便如此这般说出了想法，说完很得意。

吴猛冷笑：“你把你姐当傻子了吧？”

“恋爱中的女人，不仅傻，而且疯，你懂什么！”

这时，门铃响了。

吴猛走去开门。

阿祥进来敬了一个军礼：“特派员，吴营长，韩家又出大事了。”

吴猛一愣：“什么事？”

“韩雨堂他爹想救出儿子，拿出家传古谱通过韩天健和邓茹婷，找到了何三刀，想贿赂陈济棠，说古谱里有石达开的藏宝图。何三刀却翻了脸，去抄韩雨堂的家，还把韩博公杀了。”

方萍大惊：“什么？”

第二天刚上班，方萍就来找刁文元，发现刁文元居然晚上就睡在办公室，她意识到，刁文元心里也是很纠结的，他不想在此时把韩雨堂交给何三刀，因为这样一来，他必然在陈济棠处失宠，日子就不好混了。方萍打定主意，要利用刁文元，共同对付何三刀，把主动权掌握在自己手里。

"是谁给你下的命令？"方萍问刁文元。

"是陈司令的命令，不过，他说是日本人的意思。"

"可是我们马上就有突破了。"方萍拿出了一份两头蛇的材料，"这是我根据韩雨堂的交代再结合我的调查，整理出来的分析报告，我可以确定，两头蛇也和南珠他们做军火生意，而且有格伯乌的背景。"

刁文元很吃惊，其实他很熟悉两头蛇，知道他也做军火生意，但是鉴于两头蛇又牵扯到陈济棠和陈维周兄弟，他一直装傻。这次石村上香，还拜托两头蛇放风出去。他翻阅方萍提供的材料，暗暗佩服，方萍的确掌握了许多他不知道但看起来是真的材料。要是从两头蛇下手，肯定会有重大突破。

刁文元放下材料，露出为难的表情："特派员，这个两头蛇可不好惹呀。"

方萍冷笑："所以你就把我当软柿子，对吗？我的屁股后面，全是你派出的钉子，你们发现了什么？"

刁文元脸红了："这都是陈司令的意思。这几天你介入案子，我对你的看法，还是有转变的，在陈司令面前，我都在替你说话。"

"那好，我们就一起，把韩雨堂彻底突破，让两头蛇和韩雨堂对质。"

"可是，何三刀今天就来带韩雨堂了。"

"你扛一天都不行吗？我们一突破，就是一片光明！"

这时，秘书进来报告，何三刀求见。

刁文元看着方萍，内心在挣扎。

"你看着办吧，我回避一下。"说罢，方萍转身离去。

刁文元想了想，对秘书说："让何三刀进来。"

刁文元在房间里踱起了步。

何三刀进来，向刁文元打招呼敬礼，拿出了一份指令。刁文元看着指令，眼睛一亮："何队长，你再给我一天时间。韩雨堂答应好好想一个晚上，明天就全招了。"

何三刀苦笑："刁主任，你这不是为难我吗？"

刁文元："三刀，我要是和你较真，今晚12点交人你都没话说。不就是一个晚上嘛。你想立功，我也想立功。做人可不要太绝，你以后的日子还长呢！"

何三刀迟疑。

刁文元："你要实在不给我面子，我就直接给陈司令打电话。谁的屁股都有屎，我是不想把这事闹大。"

何三刀咬牙："好吧，刁主任，我答应你！祝你好运！"

何三刀起身离去。

方萍进来了："何三刀呢？我会会他。"

"特派员，我已经把他摆平了，时间不多了，你跟我走吧。"

"去哪儿？"

刁文元低声道："去见两头蛇，首先得把他稳住。"

司令部大院。刁文元和方萍走了出来，只见门口卫兵正在赶金花。

卫兵推着金花："走不走，不走老子抓你进大牢！"

金花毫不畏惧："你抓吧！老娘不活了！"金花一屁股坐在地上，大哭起来，"老天呀！你开开眼呀！这是什么世道呀，爹死了，报丧都不行呀！还说是什么老百姓的父母官呀！没法活了呀！"

刁文元皱起眉头："怎么回事？"

卫兵报告："她说是来报丧的！"

金花一眼发现了方萍，立即扑过来抱住方萍的腿："田特派员呀，你可得为我做主呀！"方萍有些意外："你是？"

"我是雨堂的三婶呀！你来过我们家，我认识你呀，我听雨堂说，你是好人呀，田特派员，你可得为我做主呀！"

方萍什么都明白了："三婶，你别哭，到底什么事？"

"雨堂他爹叫何三刀害死了！我来报丧的呀！"

方萍故作大惊："怎么，韩老伯死了？"

"是呀，他叫何三刀那个王八蛋给害了呀！我给雨堂报丧的呀！"

方萍看着刁文元："刁主任，你看怎么办？"

金花一听，看着刁文元："刁主任？你就是刁主任？"

金花一下子又抱住刁文元的腿："刁主任，我可见到你了！真是老天有眼呀！你发个话，让我去见见雨堂吧，他爹死了呀！"

刁文元冷笑："哼，你骗谁？刚才我还看见何三刀。"

金花眼一瞪："何三刀？在哪儿？你把他叫来！老娘和他拼了！"

"三婶，这是什么时候的事？"

"就是昨天的事，不信，你们押着雨堂跟我回沙湾！"

刁文元沉下脸："人是何三刀杀的，去找何三刀吧，我还有事呢！放手！"

看刁文元要走，金花更加死死抱住刁文元的腿。

"你不能走！你收了我大哥的银票，拍拍屁股就走，还是人吗？你良心叫狗吃了！"

这时围观的人更多了。南珠扮成卖烟女也出现在人群中。

金花喊起来："乡亲们，大家给评评理呀，这还叫国民党的官吗？还叫三民主义吗？我大哥叫人害了，我来给侄子报丧，他拍屁股就走人，姓刁的，你收了我大哥多少银子，你吐出来！天呀，老百姓没法活了呀！"

这时记者出现了，开始拍照。有记者过来采访："这位大婶，我是记者，你把情况说说！"

刁文元慌了："都滚开！滚开！"刁文元拉起金花，"你闭嘴！我带你去报丧！"

金花起身跟着刁文元进去了。

卫兵大喊："散了！都散了！"

人们散去。

南珠走到方萍身边，方萍会意："买包烟。"两人说了几句话，方萍回身离去。

牢房里，雨堂得知了父亲的死讯，立即咆哮起来。

"何三刀，我操你八代祖宗！"

方萍死死按住雨堂："雨堂，你冷静点！"

雨堂挣扎："别拉老子！老子要和那狗日的拼了！"

方萍咬牙："那你就别怪我了！"方萍一用劲，雨堂被按倒在地，全身瘫软下来。金花扑过去，抱住雨堂："雨堂！雨堂！你没事吧？"

金花痛哭起来，雨堂眼泪流了出来，突然抱住金花，痛哭起来。

刁文元站在一旁，木然地看着。

雨堂泣不成声："爹，是我害了你呀！三婶，是我害了全家呀！"

金花哭泣："雨堂，不怪你，是何三刀那个畜生，是天健那个坏种，还有那个邓小姐，他们一直就打古谱的主意，把你爹给害了呀！"

"三婶，什么古谱？是咋回事呀？"

"我也说不清，你回去问你三叔就知道了！"

雨堂慢慢抬头看着刁文元："刁主任，你把我押回去，给我爹吊个孝，行不？"

刁文元苦笑："雨堂少爷，我要答应你，我儿子就得给我吊孝了。"

雨堂看着方萍："萍姐，你给我做个保，行不？我啥都听你的！"雨堂扑通给方萍跪下了，"萍姐，我求你啦！"

方萍眼圈红了："雨堂，我答应你，可是你必须把你答应的事兑现！"

刁文元心一动："对！只要你先兑现，我也答应你！"

雨堂愣住了，呆呆地看着刁文元和方萍。

方萍加重语气："韩雨堂，你只有这条路，才可能见到你爹，才能活！"

雨堂依然呆呆地看着方萍。

刁文元看着金花："走吧，让他好好想想。"

方萍也拉着金花："三婶，走吧，我和刁主任都答应了。别耽误他了。"

金花含泪："孩子，你多保重。"然后离开了。

方萍掏出手绢扔给雨堂："把猫尿揩了吧。"说完，和刁文元一同离去。

雨堂打开手帕发现血迹字：今晚月光光。

广州街道上，刁文元和方萍驱车行进。

刁文元开着车，冷笑："这个何三刀，心太狠，做事太绝，连韩博公都敢下手，会遭报应的。"方萍心动："刁主任，听说你有个绰号叫'鸡鸣三省'？"

"这年头，不给自己留点后路行吗？你说，十年后，天下是谁的？"

方萍一笑："所以，你对我，也留了一手，不往死里逼？"

刁文元苦笑："特派员，你明白就好，说不定有一天，我会给你提鞋，你可要收留我呀。"

两人都笑了起来。

这时，他们来到了一栋大院前面。"这就是两头蛇的家。我们先试探一下他，否则会出大乱子。"

方萍笑了："刁主任，你的心可真细呀。"

刁文元敲门，一个男人出来，果然是两头蛇。

这时南珠突然出现了，大喊："两头蛇！"一声枪响，两头蛇倒地，现场留下一片血迹。南珠飞身离去。

方萍转身掏枪，向南珠连连射击。刁文元也掏枪连连射击。南珠回击了几枪，不见了踪影……

一切都按照方萍的设计在进行，意外的插曲是雨堂的父亲死了，金花到牢里给雨堂报丧，但这个插曲是锦上添花。吴猛不得不佩服方萍。

在方萍的寓所里，吴猛踱着步，看着方萍："你和南珠这场戏演得很漂亮呀。现在全城都在搜捕南珠，你不仅撇清了通共嫌疑，还可以暗度陈仓。南珠怎么会答应的，她就没看出来上了你的套吗？"

方萍得意："知道的我厉害了吧。她这叫打落门牙往肚里吞。我翻牌告诉她，要捞雨堂只有走我的门子。我要出手，她就必须配合我，当枪靶子！"

吴猛点点头："不过话说回来，你这个姐姐，也真够义气的，为了救雨堂，伸出脖子让你套。"

方萍不满："你这是为谁说话？我捞韩雨堂，不也豁出去了？"

吴猛笑了："好了，要我干吗？说吧！"

"艄公多了打翻船，你今晚给我盯着刁文元。嫖娟、赌博，随你便，总之是吸住他，别的，你不用管了。"

大牢里，桌上摆着饭菜，雨堂靠坐在床上发呆。他显然还没有走出悲伤。

阿黎不知什么时候进来了，同情地走到雨堂身边："饭菜都凉了，你吃点吧。"

"今晚你值班？"

"今晚是双岗，还有虾皮。"

"虾皮是谁？"

阿黎迟疑。

"你说呀。"

"是何队长派来的。"

雨堂警觉："何三刀？派他来干吗？"

"说是明天要把你交给何队长。别的，我就不知道了。"

阿黎欲走，又被雨堂拉住："阿黎，我求你件事，行不？"

阿黎有点紧张："韩少爷，你要干吗？

"给我找两片安眠药，我要好好睡一觉。晚上，别来查我。"

阿黎迟疑了一下："我尽量吧。"

"另外，再给我加床被子，我好像感冒了，有些作寒作冷。"

"行。"

雨堂下了床："阿黎，谢谢你了。"

"韩少爷，你吃饭吧，我这就去办。"

雨堂开始吃饭。雨堂一边吃一边想，他知道今天晚上是他最后的机会了，必须放下一切悲伤，全力以赴，争取越狱。

夜晚，监狱显得格外阴森。这是监狱的后墙，墙外是一片沼泽地，沼泽地连着一片水湾，很荒凉。雨堂所在的牢房大概是因为在沼泽地的缘故，没有围墙。但是牢房的两端围起了围墙。透过围墙，可以看到围墙内耸立的岗楼。有看守在岗楼上值班，岗楼上还有探照灯可以监视到这片沼泽地。

雨堂的牢房，果然没有灯。雨堂用一床棉被做了个人形，上面又盖了一床被子，好像在睡觉。

床下，雨堂在挖墙。墙上已经挖开了一个洞。墙角有一堆瓷片。雨堂手里的瓷片又断了。已经没有锋利的瓷片了，雨堂开始用手挖。

一条小划艇泊在水湾边，一个渔民打扮的人坐在船边收拾鱼钩，这是女扮男装的方萍。她掏出怀表，看了看，注视着水湾对岸监狱的动静。

方萍唱起了《月光光》。

　　月光光，照地堂，

　　我等阿哥做嫁娘，

　　阿哥莫负阿妹义，

今夜翻墙入洞房……

歌声袅袅，传进牢房，雨堂听到方萍的歌声，更加激动，奋力挖墙。手指鲜血淋漓，他咬着牙，继续挖。

阿黎和虾皮在走道里巡查。

虾皮走到雨堂的牢门前，发现牢房是黑的。

"怎么把灯关了？"

"这是刁主任同意的。"

虾皮嘀咕："刁主任同意的？"虾皮拿出了手电筒，往里面照。

雨堂坐在床上，用手遮住手电光："你干吗？我不是和你说好了吗？"

阿黎歉意地说："韩少爷，不好意思，不是我。我们来看你睡着了没有。"

雨堂起来："是谁照的？"

虾皮意外："嘿，你小子还挺横呀？"

雨堂火了："阿黎，你去把刁主任叫来！"

阿黎赔笑："韩少爷，何必呢！虾皮兄弟是新来的，不知道您和刁主任说好了，我们都是当差的，别为难我们了。睡吧。虾皮兄弟，走吧。"

阿黎把虾皮拉走了。

值班室的挂钟指向凌晨2点，阿黎和虾皮走进值班室。

虾皮冷笑："阿黎，你和刁主任收了多少好处呀！"

阿黎苦笑："虾皮兄弟，这你该去问刁主任。我就是个看守，有好处也到不了我手上。"

虾皮不服："哼，别把我当傻子！你没好处，鬼信！"

阿黎不想纠缠："虾皮兄弟，我知道你牛。明天这小子就落在你手上了，你爱怎么收拾他都行，你就别为难我了，行不？来，抽支烟！"

牢房里，雨堂匍匐在地，奋力地摇晃着一块墙基的石砖。

值班室，阿黎抽着烟和虾皮闲聊。

阿黎带着同情："这个韩少爷挺可怜的。一个富家少爷，迷上一个女共产党，犯了杀头的罪，祸不单行，他爹又叫你们何队长给弄死了。他还琢磨着给他爹去吊孝。刁主任糊弄他，要他明天招了，就放他去吊孝。他哪知道，明天就会被交给你们何队长，肯定是枪毙。"

这时，值班室的门被推开了，何三刀和看守长进来了。

阿黎掐灭烟头起立。

看守长严厉地看着阿黎："你知道的还不少呀？阿黎，你要是舌头痒，我给你治。把嘴张开！"阿黎惶恐："报告朱看守长，小的什么都不知道！"

看守长拔出了匕首。

阿黎跪下："朱看守长饶命，小的知罪！知罪！"阿黎又抱住何三刀的腿，"何队长，求求你，饶小的一命！小的再也不敢了！"何三刀冷笑："起来吧。走，带我去看看韩雨堂。"

阿黎便带着何三刀向牢房走去。

牢房里，雨堂还在奋力晃动那块石砖，石砖终于稍稍有些松动了。

何三刀一行走来。发现前面雨堂的号子没有灯。何三刀警觉："怎么没有灯？"阿黎连忙解释："报告何队长，这是刁主任特批的。朱看守长也知道。"朱看守长连忙阻止："你胡说什么！"

阿黎不敢吭声了。

牢房里，雨堂浑身大汗，咬牙又开始搬动墙石。这时，听见了走廊里有响动。

阿黎带着何三刀、朱看守长来到牢门前："把灯开了。"阿黎去按门外的开关。

灯没亮。

何三刀警觉："怎么回事？"阿黎喊："韩少爷，韩雨堂！"

没有回应。

朱看守长也很紧张："电筒！"阿黎连忙打开电筒往里照："好像没人啦！"

何三刀立即掏出了枪："开门！"

阿黎慌忙掏出钥匙打开牢门。

电筒照进来，床上没人。电筒继续照屋里。只见雨堂裹着一床被子躺在地上。

阿黎松了一口气。朱看守长奇怪道："怎么睡在地上？"

雨堂虚弱地说："报告，我，我打摆子了，全身出汗，就到地下躺着，凉快。"

雨堂坐起来，何三刀抓过电筒照过去。雨堂遮住脸。何三刀厉声道："把手

早天雷

放下！"雨堂一愣："是你？"何三刀冷笑："怎么，雨堂少爷，听出声音了？为什么关灯？"

"我要关灯，才睡得着，这是刁主任特批的。"

何三刀电筒又照到雨堂的手，他注意到雨堂手上的血迹："你手上怎么有血？"

雨堂有些喘息："怕，怕晚上巡查开灯，就想把灯泡拧了，哪知一用力，灯泡炸了，就，就把手扎了。"

何三刀拿电筒照天花板的灯头，果然灯泡没了。何三刀冷笑："韩少爷，你胆子不小呀！"雨堂盯着何三刀："何三刀，我爹的仇，老子还记着呢！你想现在就了结，还是等我吊了孝再算账？"何三刀不屑："吊孝？你以为刁文元说话能算数？告诉你，天一亮，老子就带你去靶场！咱们在靶场了结！"

雨堂冷笑："何三刀，你现在好像还没有刁主任的官大吧？"何三刀一笑："现在是没他官大，可是过些日子就难说了。"雨堂咬牙："好，那我就等到天亮，看看你能不能把我带走！"何三刀也咬牙："好，看你打摆子，我也成全你，咱们天亮见！"

何三刀悻然离去了。雨堂松了一口气。

水湾，夜更深了。方萍在小划艇上看看怀表，凌晨4点了。她显得焦躁不安。

监狱后墙的一块大石头被顶出来了，墙上露出了一个洞。

就在这时，走在监狱长廊的何三刀突然站住了："我觉得有点不对。"

朱看守长不解："什么不对？"

何三刀琢磨："这小子看见我，没有拼命，有点奇怪。对了，我拿电筒照他的手，那小子五个指头都是血，还有另外一只手藏在被褥里。"

朱看守长也开始警觉："对了，还有那一身汗，还睡在地上。"

何三刀脸色大变，拔出枪："不好，走！"

雨堂筋疲力尽地趴在地上，喘息着，看着洞口，咬牙想支起身，又倒下了。

牢房廊道，何三刀、朱看守长带着阿黎和虾皮拿着枪跑向牢房。

水湾边，方萍在看怀表，满脸焦急。

虾皮惊呼："地上没人！"

阿黎慌忙开锁，手直哆嗦。朱看守长一把接过钥匙。

雨堂听到了动静，咬牙钻进了墙洞。

门开了，朱看守长往里冲，突然，一个马桶从门高处砸下，里面是碎瓷片。朱看守长倒地，满脸是血——这是雨堂设置的陷阱。

床下的墙洞，雨堂钻出了半截身子，还有一半身子在屋里。

何三刀冲进来。虾皮拿着手电满屋子照，没有发现。

"往床下照！"

虾皮弯腰照床下："在这儿呢！"

雨堂的腿还在奋力蹬着地。

虾皮也爬进床底，拉住了雨堂的脚，把鞋拉掉了。

何三刀也爬进来抓雨堂的腿，雨堂猛地蹬腿，何三刀捂住了脸。

雨堂艰难地爬出了监狱，一个滚身，滚进了沼泽地里。

牢房里，床被掀开了，虾皮要顺着洞往外钻。

何三刀吼道："饭桶，快拉警报！"

阿黎跑出了牢房，拉响了走廊里的警报。

警报尖厉地响起。

沼泽地，雨堂深一脚、浅一脚地走着，行动艰难又迟缓。

岗楼上，探照灯亮了，灯光照射到沼泽地，雨堂暴露在探照灯下。两腿陷入沼泽，无法动弹。

一声枪响，探照灯灭了，岗楼上传来了惊叫。

方萍从艇上跃起到水湾和沼泽之间的岸上，手里拿着一支苏式莫辛狙击步枪，身上背着一捆绳子。

监狱的岗楼上，五六个士兵举枪向沼泽地射击。黑暗中传来喊声："机枪！机枪！往沼泽里打！"

方萍端着枪向岗楼射击。

两个士兵倒下了。

岗楼里，一个士兵端着机枪上来了，对着沼泽地扫射。

雨堂动弹不得，他周围子弹如雨点般落下。

方萍瞄准机枪的火舌，勾动了扳机。

机枪手倒下了。

方萍向雨堂抛去了绳子："韩雨堂，接住！"

雨堂抓住了绳子，方萍猛力一拽，雨堂也在用力拔脚。

方萍大喊："蠢猪！你放松点，不要用力！让我拉！"

雨堂明白了，全身放松。

岗楼上又响起了机枪声。

方萍把绳子绕在自己身上，移动脚步拉雨堂，腾出一只手举起了步枪。

又是一声枪响。

机枪哑了。

沼泽地对岸，一些守兵赶到了，向雨堂和方萍射击。方萍连连开枪，射倒了几个士兵，其余的都卧倒了，趴在地上射击。方萍没路可退了，开始转圈，绳子在方萍身上绕了起来。雨堂终于被拉出沼泽，方萍倒在地上，喘息着。

警报还在响，子弹纷纷射了过来……

东方出现了鱼肚白。江水拍打着沙滩，小划艇泊在蕉林旁。

雨堂和方萍躺在沙滩上，方萍用毡帽盖住了头。雨堂睁开眼，看着身边的方萍："萍姐，天亮了。"方萍慢慢坐了起来，戴上毡帽。两人看着天际的曙光。

"萍姐，你为什么要救我？"

"怎么，救你还错了？"

"我和南珠是一伙的，不会叛变的。"

"那从今以后，你就把我当南珠。"

雨堂苦笑："不可能了。"

说着，雨堂站起来，走近方萍，扑通跪下。方萍意外："你这是干吗？"

"萍姐，我给你磕个头，从此各奔东西！"雨堂说罢向方萍磕头。方萍感动地看着雨堂起身离去。

"站住！"

雨堂站住了。看着方萍走过来："你要去哪儿？"

"回沙湾看我爹，给他吊孝。"

"你想找死呀？"

"我没那么傻。"

"那就听我的！我带你去吊孝！"

雨堂迟疑：“萍姐，我不能再拖累你了。”

方萍拍拍雨堂：“你要是不想拖累我，就听我的安排！”

雨堂越狱，无疑把刁文元和何三刀都逼到了绝境。刁文元固然是看守严重失职，甚至有通共之嫌，而何三刀没有坚持把雨堂带走，还眼看着雨堂从眼皮子下被人营救而去，也是严重失职。刁文元又死死地抓住何三刀的把柄，声称，要完蛋就和何三刀一起完蛋：“我可以说，我要把韩雨堂转交给你，你自己主动推到了第二天移交，才导致韩雨堂出逃！”

何三刀这才领教了刁文元的厉害，只好和刁文元制定了攻守同盟。由刁文元谎称有其他犯人越狱，又将知情的阿黎和看守长击毙，谎称是追逃犯的时候遇难。而何三刀也做了一个局，让一个酷似雨堂的犯人做替死鬼，绑缚刑场正法。邓茹婷及时推出报道，总算对石村的亲属做了交代，一场风波才平息下去。

还值得交代的是，邓茹婷将一切内情都禀报了黄雀，黄雀也无奈地同意了这个结局。所以说，这场风波的平息，也有日方的妥协。至于日方为什么妥协，当然意味着更神秘的故事……

第十八章　水妹遇难

竹林掩映的石径，水妹挑着一担水走过。竹林深处藏着一个农舍。

阿秀拿着一张报纸，急匆匆地从水妹背后奔来："水妹姨！"

水妹回头，发现阿秀泪流满面，忙问："怎么了？"

"雨堂哥出事了！"

"他怎么了？"

"他、他被毙了！还有，大伯也被害了……"

阿秀说不下去了，呜呜地哭了起来。水妹身子一晃，水桶掉下肩膀，水顺着石径流下。阿秀连忙扶起水妹回农舍。

水妹坐在桌前，流下眼泪。阿秀趴在水妹膝盖上呜呜地哭泣。

水妹眼泪汪汪，想起了和博公分手时的情景，她最担心的事终于发生了。

良久，水妹慢慢抹去眼泪："孩子，别哭了，去屋里，把老爷的那封信拿来。"

阿秀起身进卧房，拿了一封信出来。

"打开，念吧。"

阿秀念道："水妹：你们打开此信时，我或已不在人世。天有不测风云，人有旦夕祸福，当坦然处之。留此信只为了却一个多年的夙愿……"

随着阿秀的声音，一幕幕往事如电影一般闪回……

这是一个神奇的故事。

那年博公三十多岁，广州的革命党刺杀龙济光。刺客叫神笛五哥，是个音乐人，遭到追杀，身负重伤，被博公救了下来。临终前，神笛五哥将一部血染的古谱交给了博公。

"五哥，不行！这是坏规矩的，我不能收！"

"韩少爷，你就算代我保管，行不？我师父谷清道长还在人世，你要是能见到他，知会一声。就说：山高水长。他自然会明白。不过你答应我，不能传出去。"博公迟疑了一下："好，我先收着。见着谷清前辈，我一定完璧归赵！"

五哥安详地闭上了眼睛。

此后，博公潜心研习此谱，琴艺突飞猛进，便有了和二弟的一段恩怨。这些年来，博公一直在寻找谷清前辈，以完成五哥之托。直到十年前，博公才在一座深山道观中找到了谷清道长。没想到，谷清道长也已风烛残年，看着博公送还的古谱，也不接受。

"谱子你好好收着吧。区五已把它托付给你，我也就没什么说的了。"

"不行，我答应了五哥，我不能收！"

道长苦笑："我这盏灯，也要灭了。这谱子，总要托付给一个人吧。"

"谷清道长，我不能失信于五哥！"

道长叹了一口气："其实，这谱子本是个凶物，你要是坚持璧还于我，我会将它毁了。不过，落在你这样的真琴家手里，倒也实至名归，有益无害。你就收下吧，算我传你了。"

博公迟疑："前辈，说这谱子是凶物，是说藏宝图吧？"

道长苦笑："你还知道不少呀。那些都是江湖传闻，不过它确实是石达开的典乐官突围带出来的。其中真正的玄机，你就不必知道了。一言蔽之，是我做的孽。我如今能做的，就是将这谱子的秘密，带进坟墓。"

博公不语，惊讶地看着道长。

"我还要告诉你，这部谱子，已经不是原物了，是我复制的。要是你有幸见到原物，替我烧炷香，就说谷清惭愧，亵渎中华神灵，行不？"

博公点点头。

道长辞客："你去吧。我要休息了。"

博公起身欲走，突然想起了什么，忙问："敢问前辈，五哥可有后人？"

道长想了想道："我只知道，他有个女儿。"

阿秀还在念信："水妹，说到这儿，你应该明白，我为什么把谱子托付于你了吧。当年你来韩家，支吾着不肯谈家世，只说自己是蜑家女，丈夫遭了匪难身亡，我就留心了。见到谷清前辈后，我又做了一些暗访，终于确认，你就是五哥的女儿，当年你丈夫和五哥共同刺杀龙济光殉难……"

水妹含泪接过信："别念了。"

阿秀醒悟："水妹姨，原来你是……"

水妹打断："阿秀，我要回沙湾，送老爷上路！"

阿秀点头："好，我和你一起回去送大伯！"

"不行，你得留下。"

"不，我要和你一起去！"

水妹严厉道："阿秀，听话！老爷就是为这谱子死的！何三刀这帮王八蛋不会善罢甘休的，就是为了这谱子，你也不能去。再说你还卷入了雨堂的案子，不能把你再搭进去了！"

"可是何三刀也不会放过你！"

水妹微笑："我一个老婆子，没有把柄在他们手上。我有办法对付！再说，只要古谱在你手里，我就是死了，也没有什么遗憾了。"阿秀坚定地看着水妹："水妹姨，你这么做，大伯会死不瞑目的！你真要送死，我也陪你一起死！"

水妹无奈地看着倔强的阿秀，想了想："你把报纸再给我好好念念。"

阿秀又打开报纸念了起来。

水妹听着听着眼前一亮："什么，家里装了电话？"

"是的，是八和会馆给咱们家新装的，说是方便接待电话吊唁。"

水妹有了主意："阿秀，你先到镇上，给家里打电话，看看动静。我们再看菜下饭。"

火轮行驶在江面。

雨堂和方萍站在甲板上，看着江水。雨堂满嘴络腮胡，戴着眼镜和吕宋帽，西装革履，手里拿着一根文明棍，像个南洋归来的华侨。方萍盘起了头发，打扮成了五十来岁的富家老太，挎着手包，也戴着一副金丝眼镜。

方萍叮嘱雨堂："等会儿祭拜你爹的时候，千万不能失态。就是何三刀露脸，你也要沉住气。"

"放心吧，我不是泥捏的。"

经历了生死劫难，雨堂成熟多了。

"还有，他们的眼线都混在人群里，你一举一动都要注意。要是有什么意外，一定要听我指挥。还有，见了你三叔，不许透露我的真实身份。"

"你要我怎么说？"

"就说我是共产党。"

镇上的邮电所里，几个接线生在忙活着。何三刀和所长站在总机房。

"请问要哪里？……对不起，韩府占线。"

"请问要哪里？……对不起，韩府占线。"

何三刀感慨："电话可真多呀。"

所长点点头："平常两个接线员就足够应付了，这两天加了一个接线员还忙不过来。基本上都是韩府的。想不到，这老头的人缘还真不错。儿子是共产党被毙了，还有这么多人来吊唁。"

何三刀脸上挂不住了："是呀，这老家伙面子功夫那是没说的。不过，知人知面不知心呀。他要是不畏罪找死，追究起来，也是通共的罪！你就不知道了吧，我这是积德，给他留足了面子！"

所长意识到自己说滑嘴了，连忙改口："是呀，何队长，真是知人知面不知心呀，要不然……"

何三刀眼一瞪，吓得所长不敢再往下说："好了，机密，机密，不说了，何队长请吧。"

何三刀和所长走进了所长办公室，只见桌上安装好了监听设备。何三刀戴起了耳机："谢所长，我这里谁都不许进来。我要是暴露，戏就砸了，明白吗？"

所长点头："明白，明白！"

韩家祠堂，哀乐响着。人们排着队祭拜。人群中，何三刀的密探戴着墨镜也在监视祭拜者。阿祥也在监视密探。雨堂和方萍走在祭拜的队伍里，跟着祭拜者往前走。博年在向祭拜者还礼。

方萍低声道："等会你一定要沉住气。"

"明白。"

灵台前，八和会馆的黄会长和几个绅士肃立着，鞠了三躬。轮到雨堂和方萍走到灵台前，雨堂望着父亲的遗像，突然全身发抖，眼泪夺眶而出。他无法控制，哭出声来。

方萍一愣，突然大哭："韩老爷，没您接济，就没有咱娘儿俩的今天呀。今天我带着鹏儿来祭拜您啦，鹏儿，给恩人磕头呀！"

雨堂扑通一声跪下，呜呜地抽泣着给灵牌磕头。方萍也跪下了："韩老爷，鹏儿出息了，都靠您呀！"

周围的人都在抹眼泪。

博年连忙过来拉方萍："这位太太，礼重了，快起来，都起来！"

方萍拉着雨堂起来，手暗暗地掐着雨堂。雨堂咬着嘴唇，克制地起来了。

博年连连还礼："这位太太，请节哀，节哀。"

方萍一边哭泣一边还礼："三老爷，您节哀，您节哀。"这时，一个来帮忙的族内长者四爷过来了："这位太太和公子，请跟我到那边休息。"

祭拜继续正常进行。密探在人群中看着方萍他们的背影。阿祥也紧紧盯着密探。

方萍和雨堂来到祠堂客厅坐下了。四爷感叹道："周太太，周公子，博公接济的人可不仅是你们娘儿俩呀，你瞧那边几位，也是得到他接济的。好多人和你们一样，我们根本就不认识。真是公道自在人心呀。"

雨堂声音显得有些沙哑："四爷，我娘还想和三老爷说会儿话，您能不能？"

四爷为难道："周公子，你都看见了，这会儿他哪抽得出身呀？"

方萍也请求："四爷，我们要赶船回去，就耽误三老爷一会儿工夫。"

"好吧，我去顶他一会儿。你们等着。"

说罢，四爷离去了。

雨堂看着方萍，面露歉疚："娘，刚才我没忍住，对不起。"

方萍白了雨堂一眼："别说了，等三老爷来了，我来和他说。"

"我明白。"

这时博年走进来了："周太太，周公子，不好意思，实在是怠慢了。你们还有什么事？"

方萍低声道："三老爷，我们有雨堂的消息。"博年一愣："真的？"博年机警地看着里屋，"你们跟我来。"

他们进了里屋，方萍把门关上。博年急切道："你们快说，雨堂有什么消息？他没死吗？在哪儿？"

雨堂激动："三叔，我就是雨堂呀。"

博年大惊："什么？你是雨堂？"

雨堂扑到博年怀里，抽泣起来……

韩家厅堂里，金花满头大汗地在接电话。一个后生——金花的娘家亲戚在记录，脸上也在冒汗。

"是韩府，对，对，您是？哎呀，周老板，对不起，我是他弟媳妇。失礼了。……谢谢，谢谢。后天出殡，对，对。谢谢，谢谢。"金花放下电话，看着后生说："写下，五洲琴行周老板。"

这时，电话又响了。

金花摇头："阿秋，我手都软了，你来接吧。"阿秋接过电话："喂，是韩府……什么，你是阿秀？你在哪儿？你再说一遍？"

阿秋忙把电话给旁边休息的金花："大表姐，阿秀的电话！"

金花跳起来接过电话："喂，你是阿秀吗？我是你娘，你在哪儿？水妹和你在一块吗？什么，你大点声！"

阿秋："大表姐，慢点说，慢点说！"

不用说，这个电话又引出了危机。何三刀戴着耳机在监听，露出了惊喜。

何三刀越来越兴奋，放下耳机，满脸笑容："真是功夫不负苦心人呀！原来她们躲到中山去了。快给我把电话接到广州！"

金花接完电话，兴奋地跑出了韩家宅院，去祠堂给博年报信。不用说，正好碰见了化装的雨堂和方萍。金花顿时泪如雨下，抱着雨堂呜呜哭起来，接着又说了阿秀来电话的事，方萍一听顿时警觉起来："你答应阿秀来吊孝了？"

"我傻呀，现在沙湾到处是密探！我要她千万别回来！"

博年笑了，拍拍金花："金花，你长脑子了！"

方萍却露出冷笑："先别高兴，要是有监听，阿秀就暴露了！"

"监听？谁监听？"金花愣了。

"那怎么办？"博年立即明白了方萍的意思。

"我去看看，你们等着！"

方萍转身离去了。

不一会儿，方萍回来了，表情严峻："果然出事了！何三刀的人都往码头去了，要去中山抓人！"说罢方萍看着雨堂，"我们马上走，赶在何三刀的前面！"

晚霞绚烂。水妹手里挽着包袱站在江边，眺望着。她在等阿秀归来。

阿秀打桨出现在江面。

不等阿秀靠岸，水妹迫不及待地问道："阿秀，电话打通了？"

"打通了，是我娘接的。她说，这两天来祭拜大伯的人络绎不绝。她接电话手都抬不起来了。"

水妹着急道："那我更得去搭把手了。走，回头，你把我送到镇上去！"说着，水妹就要上船。

"别急，我还没说完呢。"

"那你快说呀。"

"雨堂哥可能没死。"

水妹惊喜："真的？雨堂没死？"

"我娘说，我爹告诉何三刀，大伯把谱子传给雨堂了，何三刀他们要谱子就不敢下毒手。"

"那报纸上说的枪毙雨堂是假的？雨堂还在何三刀他们手里？"

"我娘没说，看来是这样的。何三刀他们胆子还真不小，连日本人和陈济棠都敢骗。要是穿帮了，他们吃不了兜着走！我娘还要我们千万别回去，说沙湾现在到处都是何三刀的探子。"

"那是要抓你。我一个老婆子，他们能拿我怎么样？"

"水妹姨，我们还是商量一下再说吧。"

水妹想了想："那好，咱们先回去。好好合计一下。"

阿秀拴好船，跟水妹离去。

夜色下的江湾更加静谧，一艘篷船靠岸了。

雨堂和方萍从船篷里走出来。船夫指点着："顺着这条路往前走，有片竹林，你们穿过竹林往里走，就一户人家。"

雨堂给了船夫一块大洋："谢谢了。"

雨堂和方萍走到农舍门前，农舍的灯突然熄了，一片寂静。

雨堂和方萍交换了一下眼神。方萍低声道："告诉她，你是雨堂。"

雨堂敲门："干娘，我是雨堂！我的声音你还听不出来吗？"

水妹开门，看见化装的雨堂一愣。

"干娘，我是雨堂！"

水妹认出了雨堂的声音，激动地抱住他："你真是雨堂？真是老天有眼呀！"

"干娘，我们进屋说。"

水妹拿出了古谱，交给了雨堂："孩子，这是你爹留下的，我对得起你爹啦。"

"我爹的那封信，可以给我看看吗？"

"在阿秀手上。"

方萍看看怀表："先别看了，我们得立即转移。何三刀和我们只有一个小时的距离。"

水妹点头："好，我东西都收拾好了。"她转身去了里屋，拿出了一个皮箱。

雨堂把古谱收进皮箱，提起来："走！"

阿秀吹熄了灯。

夜晚的风吹着，水妹带着雨堂、阿秀和方萍走到水边。水妹开始解缆绳。

方萍问："就这一条水路能出去吗？"

"这个水湾是个死角。出去两里水路才会有分流的江汉。"

"那就快点！"

水妹解开了缆绳，雨堂等上了船，她开始打桨。雨堂接过桨："我来吧。"

方萍催促："快点，要不然就被何三刀堵住了。"雨堂苦笑："四个人，船太沉，走不快。"方萍问："还有桨吗？"

水妹拿起了桨："我来吧。"方萍接过桨："还是我来吧。"水妹迟疑："你行吗？"

"试试看吧。"

方萍熟练地划起来。

水妹惊讶地看着方萍。

这时，前面的江面上传来了机动船的声音，何三刀的船过来了。

方萍停止了划桨："坏了，被他们堵上了。"方萍看着水妹，"还有路吗？"

水妹迟疑："就只有上岸往山里跑了。会跑到哪儿，我也没底。"雨堂咬牙拔枪："妈的，和他们拼了！"方萍厉声道："韩雨堂，你胡说什么！"

雨堂不吭声了。

何三刀的船越来越近了。

水妹说："我试试看吧，有条砍柴人走的山路，我没走到头过，听说可以走出去。"方萍点头："好，靠岸！"

何三刀的船驶过来了，他们发现了前面的小船。

"何队长，前面有船！"

何三刀冷笑："靠过去！"

"船往岸上靠了！"

何三刀大喊："他们是躲我们，快！靠过去！"

水妹他们的船正在往岸上靠。江面上，何三刀的船逼过来了。船上传来喊声："喂，停船！"何三刀的船上，便衣们开始射击。江水被子弹击得水花四溅。

水妹带着雨堂他们跑上江滩，向山的方向跑去。方萍边跑边开枪回击。

水妹带着他们跑到了一条三岔路口，迟疑地站住了。

阿秀急了："水妹姨，往哪儿走？"

方萍和雨堂分别靠在树后射击。

水妹琢磨："应该往左边走。"

方萍大喊："快！你们先走，我顶住他们！"

"记住，左边这条道！"水妹和阿秀跑去了。

方萍和雨堂又抵抗了一阵。

"撤！"

雨堂跟着方萍跑到岔路口，要往左边去。方萍一把拉住了雨堂，把自己的围巾挂在左边路口的树枝上，拉着雨堂往右边跑。跑了几步，看见一个密集的草窠，就钻进去了。雨堂不解："怎么回事，要往左……"

方萍挥起枪把，把雨堂击晕。

何三刀带着手下冲过来了，发现左边路口的围巾，急忙追去。

枪声阵阵远去……草丛中，方萍看着晕过去的雨堂，松了一口气。

山林间，水妹带着阿秀还在跑。

阿秀边跑边朝后看："水妹姨，他们没跟上来！"水妹想了想："阿秀，你找个地方躲着，我把何三刀引过来！"水妹放声大喊："快跟着我！这边！"

水妹跑远了。

阿秀突然明白水妹的心思，也大喊着朝水妹的方向跑去："水妹姨，我来了！"

何三刀他们在后面连连射击。

水妹和阿秀气喘吁吁地跑到一片林木稀疏的开阔地。

水妹沉下脸："阿秀，你怎么来了！""水妹姨，我要和你在一起！"

几声枪响后，水妹肩头中弹，身子一晃，险些摔倒。阿秀赶紧扶住水妹："水妹姨！你没事吧？"水妹咬牙："我没事。快跑！"

她们又跑进了一片密林。跑着跑着，阿秀和水妹跑到山崖边站住了，气喘吁吁地看着十几米悬崖下的江水。水妹的后背已经一片鲜红，但在黑暗中，水妹又面向阿秀，阿秀没有发现。

"水妹姨，我们走上断头路了！"

"阿秀，你不该跟着我。"

"水妹姨，我知道你想把何三刀引过来，我愿意跟你一起死！"

水妹看着江水："不，要一起活，咱们跳下去！"

"水妹姨，你行吗？"

水妹笑了笑："我叫水妹，只要跳进水里，就能活！你呢？"

"我也是江里泡大的，没问题！"

"好，咱们跳！"

后面传来了枪声。

她们向后看，何三刀他们的身影出现了。

水妹看着阿秀："孩子，你先跳吧。给姨壮个胆。""好！"阿秀一咬牙，跳下去了。

水妹看着一个黑影落进江水中，终于撑不住了，腿一软跪坐在悬崖边，像一尊雕像。

何三刀带着手下慢慢向水妹走来。手电光照向水妹。

水妹咬牙，把手伸向了怀里，看着何三刀，冷笑道："过来吧，我这里还有颗雷呢！"

何三刀和他的手下都站住了。

"水妹，我不杀你，你只要说出那两个人是谁。"

水妹笑了笑："何三刀，你过来，我告诉你。"

"你把手拿出来，我就过来！"

"那不行，我信不过你。"

何三刀冷笑："你想挟持我？"

水妹也笑了："没错，你的命不在我手上，我不会信你！"

"那你把雷一起拿出来！"

"不行，这是我的命根子，我不能拿出来！"

何三刀明白了："妈的！你在拖老子的时间！"说罢，何三刀开枪了。

水妹身中数弹，还没倒下，微笑地看着何三刀。

何三刀大喊："开枪！把她打成蜂窝！"

水妹还是没有倒，跪坐在悬崖边，像一尊美人鱼雕像。山谷里，回荡着枪声的回响……

山林野地，夜风呼呼吹。雨堂脸色阴沉地靠坐在大树下，方萍提着雨堂的皮箱站在一旁。

方萍催促："走呀。"雨堂纹丝不动："你走吧。"方萍微笑道："你说的，全听我的。"雨堂冷淡地说："我改主意了。"

"为什么？"

雨堂冷笑："你装什么傻？我们不是一路人。"

"患难之交，怎么还不是一路人？"

"哼，那是我瞎了眼！"

方萍严肃起来："你怎么还想不开？事实证明，我们走的那条路是对的。"

雨堂猛地坐起来："可是你把我干娘她们送上了死路，你是小人！"

"我要是做圣人就得完蛋，明白吗？"

"那你可以自己跑，为啥拉着我？"

"因为你还不能死！"

雨堂愤怒："可是我现在没脸活着！我现在才明白，为啥南珠都不待见你这个妹妹！"方萍突然变脸："韩雨堂，你还想着南珠呀？她在哪儿？她现在正在香港，说不定在苏联跳舞呢！是我豁出命，把你救出来的！"

雨堂被触动了，看着方萍。

"韩雨堂，你别执迷不悟了。我原以为，你为南珠他们出生入死，他们会来救你，可是看来看去，影子都没有，只好豁出命来救你。没有我，你能坐在这儿和我拧吗？南珠只会用大道理忽悠你为共产党卖命，利用完了，你就是一双破鞋！可是你到现在还想着南珠，你良心叫狗吃了！"

雨堂被镇住了。

方萍继续说下去："就说水妹和阿秀吧，是我害的吗？我们掩护她们跑，没错吧？她们跑上了绝路，我发现不对，也得跟着去死吗？"

"那你可以把她们叫回来呀！"

"你怎么知道我没叫？我把你打晕了，就去叫她们，可是她们已经跑远了，我才回头的。没错，从客观上说，她们也引开了何三刀，掩护了我们。但这叫阴差阳错，懂吗？换了你是水妹和阿秀，你还会怨我吗？再说，她们未必会死！韩雨堂，我田方萍也是一条命，也是一个人，不是神仙！能做到这个份儿上，够意思了！至少比南珠强！"方萍眼圈红了。

雨堂心动："我错怪你了。"他起身接过皮箱，戴上吕宋帽，向前走去。

天际有了曙光，在快走出山林时，雨堂突然停住脚步。

"怎么啦？"

雨堂压低声音："有五六个人偷偷朝咱们这里跑来！"方萍紧张地环视地形，林子静悄悄的，怎么会有人呢？但她知道雨堂的听力极好，说话不会太离谱："还隔咱们有多远？"雨堂听了一下："离这里大概两百米！"

"赶紧进林子！"方萍一只手抢过皮箱，另一只手拉起雨堂就往林子里冲。

这时，五六个黑衣人出现了，对准方萍和雨堂开枪了。

突突突突，冲锋枪扫射得又密又快。

"卧倒！"方萍看到地上有个坑，一把将雨堂摁在坑里，自己也迅速倒下，头朝黑衣人，俯卧着掏出手枪，瞅准机会朝黑衣人射击。雨堂脚朝黑衣人，仰卧着，被方萍严严实实地护在身下，他着急地喊："让开点！你这样太危险了！"

方萍一声不吭，死死地盯着蹲在树后不敢轻举妄动的黑衣人。

这时，一梭子弹照斜里打过来，压得方萍抬不起头。方萍埋着头，心里着急，她明白刚才被她放倒的敌人并没有死，他滚到某个地点藏了身，这会儿正用猛烈的火力掩护另外三个黑衣人。如果方萍抬不了头，那三个黑衣人一阵冲锋就可能将方萍和雨堂打死，甚至扔个手雷过来就能解决战斗。

就在这危急之际，黑衣人的身后突然响起了枪声。三个黑衣人纷纷扑倒在地。

方萍一阵狂喜，她微微抬头，见远处的树后还有一个黑色的身影。

"什么人？"方萍朝黑影喊话，她知道，正是那个黑影人救了自己和雨堂。

黑影人等了一会儿，见敌人没了动静，才端着一支冲锋枪从树后现身。

雨堂已经爬起来了，他认出黑影人，惊喜地大叫："南珠！"

果然是南珠，方萍愣住了。

南珠没有回答，她枪口朝下慢慢地走过来，在一个黑衣人跟前蹲下身。

方萍和雨堂跑过去，只见南珠正拍打一个奄奄一息的黑衣人，怒喝："说！你们是什么人？"

黑衣人挣扎着想说什么，却头一歪就断了气。

雨堂找到另外几个黑衣人，全都已经是尸体。

南珠蹲在地上，扯开黑衣人衣服，什么线索都没找到。她捡起黑衣人的冲锋枪端详了一会儿，抬头对方萍说："这帮家伙很能打，恐怕是日本人！"

方萍没有接腔，却问南珠："你怎么来了？"

原来，其实南珠昨天也混在韩家，乔装成祭拜的客人。

"这么说，你一直在暗中盯着我们？"

南珠笑了笑："我一直在暗中观察局面。发现何三刀带人离开，便一路跟随过来了。后来发现何三刀后面还有黑衣人，就放掉何三刀，跟在黑衣人后面。"

"这么说，是你一路给我们护驾啦？"方萍语带讽刺。

南珠不想和方萍纠缠："好了，我们商量一下雨堂的事吧。我想带他走。"

"你不是答应，让他跟我走吗？"方萍沉下脸。

"事情闹得这么大，他还能跟你走吗？"南珠不慌不忙。

方萍咬牙："南珠，原来你早就算计好了，你跟着黑衣人，就想摘桃子，你是小人！"南珠一笑："方萍，我们谁是小人，你心里清楚，要说开了，你也没有面子，我们不争了。雨堂不是桃子，他是人，你问问他，跟谁走？"

南珠和方萍都看着雨堂。

雨堂听了半天，也听出了道道："这么说，是你们俩早就商量好了，联合救我，还谈好了条件？"

方萍有些尴尬，她明白，自己骗雨堂的那些话穿帮了，她恼羞成怒："谈好条件又怎么啦？我要带你走正道！"

"方萍，这个时候你还想占据道德制高点，有意思吗？谁是正道，谁是邪道，我们且不谈，我只问你，雨堂跟着你，怎么公开露脸？你要他当鼹鼠吗？还是给他整容？你要护着他，你的任务怎么完成？"

方萍不吭声了，她被击中了要害。

"好了，我再给你表个态，我带雨堂去香港，走哪条路，他自己挑，我绝不干涉，等风头过去，雨堂还想投靠你，也是他的事。"

方萍冷笑："南珠，你又给我下套吧？"

南珠严肃起来："方萍，为了救雨堂，你要我干掉两头蛇，我暴露了身份，遭到满城的追捕，你不是也在给我下套吗？你别以为我傻。"

"那是为了掩护我救雨堂！"

"对，正因为如此，我心甘情愿！可是现在，我提出的方案，也是救雨堂，你为什么要抗拒？"

方萍哑口无言，沉思了好一阵，起身看着南珠："南珠，算你狠，我们姐妹俩的事，还没完！"说罢拂袖而去。

看着方萍的背影渐渐远去，南珠拉了拉雨堂："你跟她道个谢吧。"

雨堂迟疑了一下，喊了起来："萍姐，谢谢了！"

方萍一听，眼泪就唰唰地流下来。

南珠和雨堂顺利地到了香港。在一座陈旧的小宅院里，雨堂见到了海明伯。

他泪如雨下，喊了一声"师父"就扑进了海明伯的怀里，好在海明伯已经基本痊愈了，要不然真扛不住雨堂这一扑。历经生死劫波，师徒俩有说不完的话。最后，雨堂又提出了加入组织的事，海明伯笑眯眯地说："我已经给组织汇报了，你等着好消息吧。"说罢，海明伯就转移话题，打听起了古谱的事。

说起古谱，雨堂却一头雾水，他告诉海明伯，父亲从来没有和自己提过这部古谱，他也是进了大牢之后，才断断续续地知道父亲有这部古谱，还惹出了杀身之祸。雨堂就自己所知，讲了古谱的事，最后反问海明伯："这谱子里到底有什么名堂，害得我爹丢了命？"

"你爹不是有一封给水妹的信吗？"海明伯问。

"那封信在阿秀身上，本来要看的，可是何三刀追得急，就没看，现在阿秀也生死不明。"说起阿秀，雨堂又露出了悲伤的表情。

海明伯为何这么关注这部古谱，也是有道理的。

原来，这些日子，海明伯反复回忆"旱天雷行动"的种种细节，有一个强烈的感觉，觉得锁定的石村，定位并不准确。因为仔细察看石村在广州的活动，好像并没有什么作为，许多该做的事，石村都没有做。松井石根选择石村做代理人，似乎有些失策，尤其是石村上香之举，显得很仓促，虽然其中杀机重重，但总给海明伯一种丢卒保车之感。而在和石村博弈的同时，韩家也连连出事，每一招都是环环相扣，很像是高手在背后操纵，比起斗石村的那些回合，要高明许多。

海明伯就把这种感觉都给香港地下党的负责人老赵说了。

老赵摇头笑了："你难道觉得日本人是用石村来掩护他们夺韩家古谱的行动吗？这是不是有些太荒唐了？石村毕竟是日方的顾问，他的行动可以左右陈济棠，事实也证明，石村死了，陈济棠的气焰大大收敛了，我们的"旱天雷行动"是有成效的。反过来看，假设夺古谱的真是日本人，他们拿到了古谱能左右陈济棠吗？我实在想象不出来，他们会怎么左右陈济棠。"

海明伯也苦笑："我也觉得太荒唐。不过，我总是觉得石村太不是对手了。相反，图谋韩家古谱的幕后人，才是高人。"

说罢，海明伯拿出了一份报告："老赵同志，这是我对"旱天雷行动"的总结报告，请你交给上级。我的一些想法都写在上面了。"

老赵接过报告："好，我立即转交给上级。"

这就是海明伯为什么关注古谱的心结所在。当然，雨堂是无法理解的，海明伯也不会告诉雨堂。

"雨堂，古谱你带来了吗？"

"带来了。"雨堂立即从行李中拿出了古谱，交给了海明伯。

这时老赵推门进来了："这后生就是韩雨堂吧？"

海明伯立即介绍："雨堂，这位是赵兴文同志，你要加入我们的队伍，他就是你的领导了！"

雨堂立即站起来，向老赵敬礼："赵领导！"

老赵哈哈大笑："老海呀，你这是逼我表态呀，刚才南珠和我说了半天，一进门，你又逼我。"说罢老赵转向雨堂，"韩雨堂同志，以后叫我老赵同志吧。"

雨堂一阵惊喜："这么说，领导接受我入伙了？"

大家都笑了。

海明伯连忙纠正："不能说入伙，要说参加革命，加入组织！"

老赵接着说："雨堂同志，你去找南珠办手续吧，我和你师父有话说。"

"是！"雨堂敬了个礼，离去了。

老赵坐下来，拿出一封电报："这是李克农同志转过来的情报，日本人要在广东启动一个代号'黄雀计划'的行动，详情不清楚。情报来源是潜伏在日本的格伯乌谍报人员。克农同志要求我们认真甄别后采取相应行动。"

海明伯拿着电报看了一遍，陷入沉思。

老赵先开口："你的'旱天雷行动'的总结报告我转给上级了，那份报告我看了三遍，觉得你的一些想法不无道理。现在克农同志又转来这个情报，更说明你的想法不是空穴来风。我以前不够重视你的意见，觉得逻辑性不强，我向你表示歉意。你有什么想法，只管说，天马行空都行。"

海明伯笑了笑："我从事这一行很久了，养成了一个毛病，很在意自己的感觉，这感觉不合逻辑，所以有时候很荒唐，但往往很灵。"

老赵打断："老海，我明白你的意思，你是说，你干的是职业特工的活，我只是一个一般意义上的地下工作者，我们的思维方式有差异。换言之，你更专业！你就照感觉说罢。"

"好，那我就说了。第一，我还是认为石村不像是松井石根的代理人。石村被雨堂干掉以后，日方的反应并不太强烈，这就是证明；第二，石村在广州的行动受到种种限制，说明有人在背后控制他；第三，从这份情报看，这个'黄雀计划'才是日方处心积虑要实行的行动，也可以解释日本人为什么对石村的死并不太上心了。"

"那这个'黄雀计划'是怎么回事？和韩雨堂家的谱子有关？"

"这我就不敢乱猜了，这关系我们下一步的行动会不会走错路。"海明伯拿出了雨堂的古谱，"这就是雨堂家的谱子，江湖上都传言说有藏宝图，日本人真的相信藏宝图？去挖宝？扩充军费？实在难以置信。我必须好好甄别一下才能提出意见。"

"好，你立即甄别吧。"

第十九章　南珠叛逃

　　方萍回到广州就病倒了，她是心病大于身病，她万没想到，雨堂居然还是跟着南珠走了。那天她拂袖而去，本以为雨堂会拉住她，可是，她只听到雨堂喊了一嗓子：萍姐，我谢谢你！喊得方萍更加心酸，回来就病倒了，躺了三天没有起床。这三天，都是吴猛在伺候她。

　　吴猛已把饭菜摆在桌上："方萍，尝尝我的手艺。"

　　方萍没搭理。

　　吴猛走了过来："别想了，我还有正事跟你商量。"

　　方萍还是不依不饶："你猜中了，雨堂跟她走了。你很高兴吧。"

　　吴猛一笑："其实这对你是最有利的结局。第一，你留下那小子，他也是身在曹营心在汉，他不会让你消停；第二，他是死犯，不能露脸，对你是个大包袱，弄不好就会暴露；第三，他跟南珠走了，你可以摆脱通共嫌疑。"

　　方萍心动："你还挺有脑子嘛。"她起身走向饭桌，开始吃饭。

　　"理性是我的职业素养，你要是不走火入魔，脑子更好使。"

　　"别废话，说说这两天的情况。"

　　吴猛说起来："你和雨堂去沙湾这两天，我按你的安排，找了个替身装成你，开车带她去从化泡了温泉。"

　　"你也风流了？"

　　吴猛苦笑："阿祥跟着的，你去问他好了。"

　　"我才懒得管这些破事。还有呢？"

　　"还派人盯了韩天健和邓茹婷。"

　　"有收获吗？"

　　"有收获。韩天健、邓茹婷和何三刀有接触，就是你回广州的那天。他们商量什么不知道，何三刀从邓茹婷家里出来直骂娘，开车走的时候，还差点出了车祸，我估计他们闹起来了。"

方萍沉思："下一步，我们从何三刀突破。"

"方萍，你怎么还是被韩雨堂家的事牵着走？"

"这可不是一般的家事。做了这么大的局，要拿到韩家的那部古谱，何三刀根本操不了这个盘。另外，跟在何三刀后面袭击我的那帮人很专业，我估计是日本人。"

"那策反空军的事怎么办？这才是我们的正事。"

"我们双管齐下，耽误不了正事。我吃了饭就去见李主任。"

吴猛苦笑："方萍，你胃口太大了。"

邓茹婷在房间里给黄雀打电话："何三刀又失手了，损失还不小。他说，有两个高手和那个水妹在一起。我怀疑他骗我。"

黄雀的声音响起："他没有骗你。我派去的人，跟着他，也失手了。确有高人参与了此事。"

邓茹婷有些意外："那怎么办？何三刀又向我发难了，说上了我的当，还逼问我的身份，说我要是不给他补偿，他就把什么都抖出去。"

"你想怎么办？"

"我觉得他的使命已经完成了，现在他浑身都是屎，活着是个祸害。"

"好吧，你要做干净点。"

邓茹婷点头："明白了。还有一件事，韩天健也怀疑我了，而且情绪很不稳定。"

黄雀想了想："那就把他彻底拉下水。"

邓茹婷点头："明白了。"

一场大雨把香港的街头冲洗得干干净净。海明伯望着窗外沉思着。

这两天，他把雨堂家的古谱仔细甄别了几遍，既有惊讶又有失望。惊讶的是这古谱果然是一部非常有价值的音乐宝典；失望的是，除了艺术价值，他实在看不出还有什么蹊跷。他把自己的心得与老赵谈了。

"这么说，日本人的'黄雀计划'和这部古谱无关了？那些冲着古谱来的人，或者是为流言所惑，或者是看中了它的艺术价值？"老赵问。

"可以这么理解。不过为了这部古谱这么大打出手，还是令人觉得有点不可思议。"海明伯还是有点不甘心。

"那怎么办？"

"只能按正常规律走了，派人进入广州，展开秘密调查。"

老赵想了想说："你写个报告，我立即转给上级。"

这事又过了两天，海明伯一直在推敲细节，并等待着上级的答复，同时心里也非常纠结，因为他选定的任务执行者就是南珠，这意味着南珠要承担巨大的风险。

这时，老赵带着邱和走了进来。海明伯一见邱和跟着老赵进来，心一动："上级批准我们的方案了？"老赵一笑："是不是看见我把邱和带过来了？是的，上级同意你的分析，也批准你的方案了！"

海明伯也笑："老赵，你也太急了吧，南珠还没缓过劲来。"

"是呀，我也知道南珠很辛苦，但是，上级指示，立即执行。"老赵拍拍海明伯，"我也通知南珠了，她马上就来。"

正说着，南珠也走了进来："我来了，有什么新任务，说吧。"

大家坐下了。老赵说明了基本情况，然后说："现在我们的任务就是派人进入广州，摸清'黄雀计划'。老海同志提出了具体方案，老海，你说吧。"

海明伯开始讲话："现在我们的第一步棋，就是进入广州。这不是一般地进入广州做地下工作，而是要打入敌人的要害部门。上级决定派南珠打进去。"

"派我打进去？"南珠感到意外，"我在广州可是太有名了呀！"

"是的，你是人人都知道的共产党。可是你别忘了，你还是特工总部的人，是徐恩曾派你打入我们队伍的。据我们掌握的情报，徐恩曾对你一直态度暧昧，这说明，他对于你在'旱天雷行动'中的出色表现，并不太在意；相反，他认为你是为了取得我们的信任，这是最基本的前提。"

老赵补充："我们在特工总部的内线也确认了这一点。他们还将继续工作，使你的身份更加巩固。"

"第二点更重要，'旱天雷行动'，你全程参与，非常熟悉广州各派势力的情况，尤其是方萍，和你有特殊关系，你要充分利用。"海明伯继续说。

"可是，我最担心的就是方萍。她绝不会相信我是特工总部的人，而且，因为雨堂，她恨死我了。"南珠露出迟疑的表情。

"是的，我也考虑到了。这是一步险棋。但正因为如此，也就出人意料，比如方萍绝没有想到，你胆子这么大。此外，方萍这个人不坏。这是雨堂的评价，我很认同。她会和你斗，但不会对你下毒手。这次营救雨堂，她挺身而出，也证实了这一点。有了这些条件，你就有惊无险，反而可以和方萍联手。这就看你的本事了，而你的本事我完全相信。"

"我明白了。"南珠豁然开朗，"那我怎么打进去？"

"这就要做个大局了。邱和同志要和你唱一出苦肉计。首先他揭发你有问题，你受到我们的审查，主要是审查你在井冈山'肃反'时逃离根据地，投奔徐恩曾的事，你觉得自己脱党的那一段历史暴露了，就叛逃到广西的桂军。我们在桂军的同志会安排你进入桂军，然后再由桂军派往广州办事处。"

南珠和邱和都入神地听着海明伯的讲述，仿佛在听一个谍战故事。南珠越听越佩服海明伯考虑得周密。

"好了，我全明白了！保证完成任务！"南珠激动地站了起来。

"南珠，你坐下，我还没说完呢！"

南珠又坐下了。

"你这次的行动，不能让韩雨堂知道，因为他还不够成熟。"

"不能让雨堂知道？"南珠又感到意外了。

"对！他还不能很好地控制自己的感情。再说你的秘密，知道的人越少，对你越安全。这是我的意见。"老赵开口了。

南珠迟疑："可是，我要是'叛变'，他会受不了的。"

"你可不能感情用事，这也是对他的考验。他要是恨你，效果会更好！明白吗？"老赵严肃起来，"南珠同志，这也是对你的考验！"

南珠点点头："好吧，我听从组织的安排！"

于是，他们又细细商议起来。

雨堂正对着古谱拉胡琴。悠扬的音乐在回荡，雨堂陶醉在自己的琴声中，仿佛古谱是一剂神奇的调味料，加入雨堂原来熟识的音乐"火锅"中，味道突然变得妙不可言了。

南珠走了进来，虽然竭力装得若无其事，但神情仍有些沮丧。雨堂见到南珠，兴奋地说："南珠，这谱子确实别有洞天！每一首的奏法都有独到感悟，别有境界！来，我给你拉一曲！"

南珠没有反对，心想借琴声能搪塞过去最好。

雨堂兴奋地弹完一曲，见南珠没反应，正想问，却见她望着窗外发呆。

雨堂纳闷："你怎么啦？"

南珠已经想好了怎么对付雨堂："你说，我应该对方萍下手吗？"

雨堂丈二和尚摸不到头脑："你对她下手干吗？她还救了我的命呢！"

南珠苦笑："可是邱和说，我干掉那帮黑衣人之后，完全可以把方萍也拿下，带到香港来接受审判。他说我和方萍有猫腻。"

"胡说！她和你联手救我，你把她拿下，你还是人吗？"

南珠叹了一口气："我也这么想。可是老邱……"

"哼，那个姓邱的，本事没什么，就是喜欢抠人屁眼，当初你把我救到联络点，就是他嫌弃我是个拖累。让他买枪也掉链子，还是我给他揩屁股，我就对他没好感。"

"好了，不说了。你说话要注意点。"南珠起身离去了。

雨堂想了想，站起来，想去追南珠，邱和走了进来。

"韩雨堂，海明伯叫你过去一下。"

雨堂愣愣地看着邱和："过去干吗？"

"问问南珠救你的事。"

雨堂突然发作了："老邱，你啥意思？南珠非要把方萍干掉才革命吗？你妹要是方萍，你也干掉吗？"

邱和严厉地说："韩雨堂，你现在是革命战士了，要懂规矩！你这么大吼干吗？知道周围住着些什么人吗？走！"

雨堂迟疑了一下，便跟着邱和去见海明伯，他想正好找海明伯替南珠做一番解释。没想到海明伯变了个人似的。

"坐吧。韩雨堂，现在我和邱和同志代表组织跟你谈话。你要实话实说！"

"师父，你们……"雨堂刚开口，就被邱和打断："韩雨堂同志，请你把你和南珠接触的全部经过，详细说说。"

"全部经过？"雨堂问。

邱和不容置疑："对，从你们第一次认识说起。"

雨堂嗓音又大了："邱大哥，你有没有搞错？！我和南珠第一次认识，我师父最清楚，你问我师父嘛！"

"韩雨堂，作为革命战士，要懂规矩。有什么就说什么吧！"海明伯起身，走过来拍拍雨堂的肩膀，"我们不会冤枉一个好人，但更不会放过一个坏人！你要相信真金是不怕火炼的。"

雨堂的心里堵得厉害，但他想到自己是革命战士了，还是要守纪律，就一五一十把自己和南珠的交往说了一遍，最后总结似的说："我说老实话，我走上革命道路，就是海明伯和南珠一步步带出来的。"

海明伯看着邱和："老邱，你还有什么疑问吗？雨堂说的我可以证明。"

"老海同志，那我该问你了。南珠脱离井冈山的两年期间，干什么去了？"邱和反问海明伯。

"这我就不太清楚了，我和她不在一个单位，我们是准备长征的时候才在一起工作的。"

雨堂意识到，问题有点严重了，连海明伯好像也在接受审查。

"据我得到的材料，'肃反'的时候，易水同志受到错误处理，南珠态度很抗拒，后来执行任务的时候就失踪了，两年后才归队。"

雨堂越听越糊涂："你们在说什么？我怎么听不懂？"

邱和看着雨堂："没你的事了。我们找你谈话的事，不能告诉南珠，明白吗？你去吧。"

雨堂站起来："师父，我想和你单独聊聊。"

"可以。你回去好好想想，不要再和南珠见面，晚上我来找你。"

香港的雨停了，广州还在下。刁文元看着窗外的雨景发呆。

韩雨堂越狱逃亡，他做了一个大局，好不容易才解脱出来。但他心里明白，他又上方萍的套了，而且可以肯定，方萍绝对和南珠有猫腻，才会不遗余力地救韩雨堂。可是，方萍会不会通共，他还没有把握。刁文元想：我要是戴笠的人，来广州拆陈济棠的台，也会联合中共夹击陈济棠的。那么，该怎么办？刁文元还不敢报复方萍，怕扯出自己屁股上的屎。他屁股上的屎实在是太多了，这就是脚踩几条船的难堪。脚踩几条船固然有好处，但坏处也是致命的。刁文元这几天一直在想他该怎么往下走，现在他有点开窍了。老子干脆也在方萍这条船上踏一脚，要是方萍真成功了，自己岂不是又多一条路！刁文元露出一丝微笑。

这时，秘书报告，方萍来求见。刁文元立即说有请。

方萍进来了。

刁文元满面春风："特派员，有何见教呀？"方萍开门见山："刁主任，前晚见了陈司令吧？"刁文元一愣："你在监视我？"方萍一笑："刁主任，我们之间纠缠这些小儿科的话题，有意思吗？"

"那你觉得什么有意思？"

"我想知道，陈司令的态度。"

"那你猜猜看。"

"我猜，他八成又要去求签算卦。"

刁文元哈哈笑："恭喜你，答对了。不过，我在其中做了不少工作。特派员的话，我刁某人还是听进去了。"

方萍笑了笑："我也是这么想的，要玩脑筋急转弯，谁都不是刁主任的对手，尤其是越狱事件发生以后。"

刁文元一听"越狱"两个字，脸都白了："特派员，隔墙有耳呀。"

方萍依然从容："那你就把耳朵割了，在你这里，不是你说了算吗？"

方萍拿出了一张银票，放在刁文元面前。

刁文元一愣："这是啥意思？"

"这是黄司令的意思。他不想走，还想待在空军。"

刁文元吃惊："这你也知道？"

方萍冷笑："我来广州为啥？大家都心知肚明，陈司令要调动黄司令，不也是防着我拉黄司令下水吗？"

"那我可帮不上忙，你去找陈司令的五哥，要不找莫夫人。"

"会找的。刁主任只要透点消息就行。"

刁文元会意地一笑："好，特派员，刁某愿意为党国效劳。"

刁文元把银票塞回给方萍。"刁某人不是何三刀。我早就明白，陈司令是玩不过蒋委员长的。所以，我一直对特派员网开一面。好了，今天话就说到这儿。为了表示刁某的诚意，这张银票，你拿回去。"

邓茹婷和天健在吃晚餐，这是邓茹婷的拿手菜。"我的手艺还不错吧？"邓茹婷笑道。

天健笑了笑："手艺是不错，就是感觉有点像鸿门宴。"邓茹婷一惊，看着天健："天健，这种感觉不太好吧。"

"没什么不好，有些事，迟早都要到来的，我一直在等着这一天。茹婷，你说吧。"

"好，那我们摊牌。天健，我们现在不仅同船渡，而且共枕眠。也许，你认为这是美人计。但我坦率地告诉你，如果仅仅为了拉你下水，我完全没有必要陪你睡。我喜欢你，我愿意。你明白吗？"

"往下说吧。"

邓茹婷起身拿出了一份表格："你看看这份表格，一切都明白了。"

天健看着表格冷笑："你果然是为日本人干活。"

"你把这个表格填好，我们就往下说。"

"要是我拒绝呢？"

邓茹婷冷笑："天健，你走到了这一步，还有拒绝的可能吗？"

天健沉默不语。

"天健，即使为了实现你琴王的梦想，也只能就范！"

天健终于拿出了笔，在表格上书写起来。写完他把表格交给邓茹婷。

"我的代号叫什么？"

"叫'琴王'，怎么样？"

天健木然："随便。"

"别绷着脸了，不会要你冲锋陷阵的。好，我们往下说吧。"

天健看着邓茹婷："你们要古谱想干吗？古谱里到底有什么？"

邓茹婷一笑："首先我要纠正一下，不是'你们'，而是'我们'；其次，你的问题我无法回答，因为我也不知道。"

夜晚很静。南珠在自己房里一针一线地绣着琴套。她轻声地哼着《旱天雷》的旋律，想起自己和雨堂交往的种种情景，不禁眼圈红了。

这时，邱和推门进来，问："这是给雨堂绣的吧？"

南珠停手，迟疑地问："可以吗？"

邱和思忖了一下："你先绣吧，绣好了再说。"

"雨堂怎么样了？"南珠关切地问，"他反应强烈吗？"

"一开始比较强烈，后来海明伯出面，他克制住了，又说要和海明伯单独聊，现在海明伯带他出去了。你放心吧，一切都在我们的掌控中，不过雨堂对你可真是一往情深。我看了都心疼。"

南珠露出苦笑："他既然参加了革命，又干的是这一行，总要过这一关的。我也想通了，他要是恨我，效果的确更好。"

"南珠，你真的喜欢雨堂？"

南珠脸红了："邱大哥，我比他大，这可能吗？我就是把他当弟弟。"

"这根本不是问题，我老婆比我大五岁呢。"

"邱大哥，我们换个话题好不？我想了又想，觉得没有必要搞苦肉计。我把你打倒，你假装受伤就行了嘛！"

邱和真诚地说："南珠，苦肉计是我申请经组织批准的任务，是咱俩的合作，我一定要全力配合你，让你的风险降到最低，说心里话，你把我干掉都行！"

南珠感动地看着邱和："邱大哥，以后雨堂可能会恨你，请你多包涵他。"

邱和笑了："放心吧，我有思想准备！"

这时院子里传来动静，邱和朝门外看看："雨堂回来了，我走了。"

雨堂和海明伯回到了小院，邱和走了过来。

海明伯开口了："老邱，我和雨堂谈得不错，他还有些疑问，你跟他解释一下吧。"

"行，到我屋里来吧。"

雨堂跟着邱和进了房间。

"邱大哥，我明白了，干我们这一行，个个都要准备接受组织的审查，这不是针对哪个人，是为了隐蔽工作的安全。"

邱和笑了："海明伯真有办法，你觉悟提高得很快嘛。"

"可是，南珠那么玩命，那么忠诚，怎么会有问题？"

"现在也没说她一定有问题呀。现在南珠也没有被拘押，只是要她说清楚。我实话告诉你吧，不是我们要审查她，而是上级转来了一些材料，要落实。我们认为确实有疑点，就请她好好回忆一下而已。"

"邱大哥，她到底犯了什么事？"雨堂终究忍不住。

邱和故意迟疑了一阵："你真想知道？好吧，你知道她为什么一定要除掉朱文吗？"

"朱文是叛徒，除掉他也有错？"

"除叛徒没错，可是她还有私人目的。"

"什么私人目的？"

"朱文跟她早就认识。当年在瑞金，朱文审查过她。"

雨堂一惊："调查她什么？"

"调查她和她男朋友易水的关系。"

雨堂吃惊："南珠有男人了？"

"没有结婚，易水死了。"

"为什么死的？"

"这你就不要问了。她抗拒审查，一个人离开了苏区，整整两年没有消息，后来我们红军长征到湖南的时候她才归队！"

雨堂脱口而出："那又怎么啦？朱文不是个好东西，她咽不下这口气，拍屁股走人有什么奇怪？要是我，当时就会把朱文给灭了！"

邱和生气了："看来你还是没想通呀！你要是那样，不仅也要受到审查，而且要受严厉处分！说不定就把你毙了。那个时候朱文还没叛变，懂吗？"

雨堂愣了："这事都过去几年了，你们还要秋后算账吗？"

"我们？我们是谁？不包括你吗？"

雨堂哑然。

邱和语重心长："韩雨堂同志，你现在是革命战士了！你要明白，在我们队伍里，有意见可以提，但任何人都不能和组织较劲！她失踪两年，到底去了哪里，难道组织不应该掌握吗？万一有猫腻，对组织的伤害难以估量！"

雨堂不吭声了，拼命地回忆自己跟南珠的点点滴滴，但他实在想不出来南珠有什么值得怀疑的地方。

"雨堂，每个同志都是从不成熟到成熟的，我也在不断完善自己。'旱天雷行动'过程中我买枪、摸情报等方面都很不成熟，我都写了检讨。南珠把事情交代清楚，写个检查，不应该吗？"邱和一边说，一边拉开房门，"你回房去吧，好好思考一下！想不通再来找我。"

雨堂默默起身离去。

他走过南珠的房间，看见屋里还亮着灯，迟疑了一下，还是向自己的房间走去，他不知道，邱和一直在暗中观察他。

上午还有太阳，下午天就阴沉了。吃过晚饭，窗外传来隆隆雷声，看样子要下雨了。这就是南方的天气。

南珠将白玉马头胡琴放入她亲手绣好的琴套中，不舍地端详着。

邱和走了进来，低声说："南珠，准备好了吗？晚上10点行动。"

"准备好了，"南珠站起身，恳切地说，"邱大哥，这个琴套，麻烦你交给雨堂。"

"绣得真好！"邱和低头看了看琴套，内心有些感动，"南珠，还有时间，你自己给他吧。"

"可以吗？"南珠激动起来。

邱和点头："相信你能把握好自己的情感！我去叫他过来。"

说罢，邱和离去了。南珠有些忐忑，掏出镜子，端详自己，又理了理额前的刘海。不一会儿，雨堂推门进来了，怯生生地看着南珠。眼前这个熟悉的姑娘，竟有些陌生了。

南珠朝他点点头："坐吧！"

雨堂靠着南珠坐下，说："南珠，你放心，我信得过你！我师父也一定会相信你！真金不怕火炼！不过，我也劝你一句，你就实话实说吧，就算你一时有气，想报复朱文，干了些对付共产党的事，也没什么了不起的。你后来不是又归队了吗？"

南珠惊讶地转过脸："这些情况，你是听谁说的？"

"邱大哥说的。"雨堂如实回答。

"他怎么会跟你说这些？他还跟你说了什么？"

雨堂也觉得有些说漏嘴了："没有了，他要我别问。"

南珠严肃起来："雨堂，你要跟我说实话！"

雨堂默默地摇头。

"你不说，会害了我的。"

雨堂突然一把抓过南珠的双手："南珠！那两年你真有说不清的事吗？你告诉我！我信你，你是对朱文，不是对共产党！我和你一起扛！"

南珠眼圈红了："谢谢你信任我！不过，我们扛不住的。"

"不！我一定能扛住！"雨堂的眼眶湿润了。

南珠用力抽出双手，站起身来，望着窗外，冷冷地问："韩雨堂，是不是邱和叫你来套我的？"

雨堂一愣，瞪着南珠。

南珠突然笑了："不管你是不是在套我，我都不会问你了，你什么也不必说了。"说罢，南珠拿出装好胡琴的琴套，"那块手绢让刁文元缴去了，我又给你做了个琴套，做个纪念吧！"

"南珠，你啥意思？"

南珠把琴塞给雨堂："你走吧。"

雨堂抱着胡琴，站在原地不肯走。

一道闪电划过，接着响起一声沉雷。

邱和带着一个戴黑白格鸭舌帽的男青年过来喊："田南珠！老赵和海明同志还要找你谈谈。走吧！"

南珠深情地看了雨堂一眼，跨出门，跟着邱和与鸭舌帽青年离去了。

雨堂愣愣地看着南珠的背影。

突然，传来几声紧凑的枪声和狂乱的脚步声。

雨堂心头一惊，急忙放下胡琴跑出房门。只见邱和躺在院子里，右手捂着左胳膊。雨堂冲到邱和跟前，只见鲜血从邱和的右手指缝中流出。

"田南珠跑了！"邱和指着北边的路。

雨堂扭头望去，只见一辆黑色的轿车疾驶而去。鸭舌帽青年持枪朝黑色轿车追去，朝轿车连连开枪。

一声霹雳，大雨落下。

第二天一大早，吴猛就来找方萍，神情有些激动。

"什么事？星期天也不让我睡个懒觉。"

吴猛神情严肃："有两件大事。"

"说罢。"

"第一件，何三刀死了。"

"什么，何三刀死了？怎么死的？"

"在窑子里死的，说是脱阳而亡。"

"脱阳而亡？"方萍还没明白。

吴猛笑了："就是干得太厉害了，听说他干了四个窑姐。"

方萍听明白了："你信吗？"

"干四个窑姐我信，可是说他脱阳而亡，我不信。"

"这么说，你也干过四个窑姐？"

吴猛苦笑："你怎么又冲我来呀。我要是那种人，你会和我这么好吗？"

方萍变脸："谁和你好了？你别自作多情！"

吴猛不吭声了。

方萍琢磨起来："这家伙是该死了。那么张扬跋扈，还知道那么多事，不死才怪呢！可惜我晚了一步。你说，是不是邓茹婷他们下的手？"

吴猛谨慎道："这就难说了，何三刀的仇家太多了，刁文元、共产党、韩博年都不会放过他的。当然邓茹婷也在内。只是，邓茹婷到底是什么人，还不清楚。"

"那我们下一步，就摸摸这个邓茹婷。"

"那策反空军的事呢？方萍，现在我们的工作有重大突破，黄司令已经松口了，这个时候不能四处出击呀。"方萍听进去了："好，听你的。第二件事呢？"

"你姐叛变了！"吴猛拿出一份文件给方萍："这是港英警方的警情通报。刚传来的！南珠在香港被共产党追杀，跑了。"

方萍迅速扫视文件，露出不屑："哼，这是一个局！共产党又想把南珠再打进来！"

"何以见得？"吴猛不解。

"这还用脑子想吗？凭我对南珠的了解，她从娘胎里就是共产党！"方萍冷笑，"我倒想看看，她要玩什么新把戏！"吴猛不安了："你又想和她较劲？"

"你给我查查她是不是一个人逃走的。她要是远走高飞，我可以坐山观虎斗；她要是在我眼皮子下面飞，我绝不客气！"

吴猛意味深长地看着她。

"你看我干什么？"

吴猛阴着脸："方萍，我觉得你其实心里挺高兴的。"

"什么意思？"

"你特别关注南珠是不是一个人逃走的，"吴猛面带讽刺，"如果她独自跑了，那就说明韩雨堂和她分开了，你是不是偷着乐呀？"

方萍的心思被吴猛一语点中："我就偷着乐，行了吧！"

吴猛无奈地看着方萍。

南珠"叛逃"事件发生后，海明伯他们转移到了新住所。这里也是一处小院子，虽然陈旧，但干净有序，有几棵高大的榕树遮阳，住着很舒服。

南珠走后，雨堂像中了邪一样，愣愣地看着琴套，茶饭不思。

海明伯知道雨堂的心事，找雨堂谈心，索性把审查南珠的情况说出来了。

"我们调查到田南珠参加过国民党的特工总部，老板叫徐恩曾。她后来回到红军队伍，很可能是受徐恩曾派遣。我们就是怀疑她这段历史。"

"师父，我能说说我的心里话吗？邱大哥工作水平不高，您也知道，南珠和他吵过嘴，所以他忌恨南珠，就道听途说。这既可能是邱大哥弄错了，也可能是敌人的离间计！"

"我正是考虑到这些，才没对田南珠上手段，"海明伯缓缓地说，"哪知她沉不住气了。这反而证明她心里有鬼，我们的调查是可信的。真没想到她会因为和朱文斗气，叛变投敌。教训深刻呀！"

雨堂还在为南珠辩解："朱文不是个好东西，肯定是他坑了南珠，南珠咽不下这口气才跑的！"

海明伯严肃地说："这是理由吗？田南珠受了委屈就应该叛变吗？咽不下气就叛变，那是国民党，不是共产党！共产党里受过委屈的同志岂止田南珠？毛泽东同志也受过大委屈，差点连党员身份都没了，他还不是无怨无悔地跟着红军走，最后赢得了全党的拥护，把红军带出了绝境。陕北红军还有个领导人叫刘志丹，差点被自己人枪毙，他叛变了吗？田南珠为啥不学他们！"

雨堂辩不过，又拐弯："师父，这确实是南珠不对，可是有没有这种可能，她跟朱文斗气后跑了，后来后悔了，所以又回来了。也就是说，她不是敌人派来的！"

海明伯摇头："我们想到了这个可能。但现在没有这种可能了！田南珠逃脱后有轿车接应，直接去了机场，连香港警察也追查不了，这显然有敌人接应！"

"什么？她坐飞机跑的？"雨堂大惊。

海明伯叹气说："我现在很后悔，大意了，没有给她上手段。否则她跑不掉。"

雨堂目瞪口呆。

海明伯拍着雨堂的背："我知道你对田南珠有很深的感情，但作为革命战士，现在也是对你的一个考验，你一定要转过这个弯子！"

雨堂点头："好，我一定好好想想。"

"你别钻牛角尖地死想了。你想点别的事吧！古谱怎么样了？看出有什么猫腻吗？"

雨堂的注意力果然转移到古谱上来了："我把全部古谱上的曲子都拉了一遍，确实每首的奏法都别出心裁，叫人茅塞顿开！要说猫腻，还真看不出来。"

"那你就再细细琢磨！"

雨堂一听急了："师父，我参加革命可不是来拉琴的。总得给我任务吧，比如说，我跟你去追查南珠！"

海明伯笑了："你还是没放下南珠呀。实话告诉你吧，过两天我们就出发！去延安！"

"去延安？"雨堂惊喜。

"对，去见师父的师父李克农同志！"

三天后，韩雨堂和海明伯告别了香港，踏上了去延安的旅途。

这意味着韩雨堂人生崭新的开始。

方萍这几天策反空军也到了关键时刻。空军的黄司令在陈济棠想调动他的压力下，终于松口了，但提出两个条件，一是请方萍拖住陈济棠，取消调动他的打算；二是要求每一架飞机起义，南京政府都要奖赏一万块大洋。方萍一口答应，并请黄司令的代表与戴笠的代表在香港签订了秘密合同，同时预支了订金。

就在方萍和黄司令紧锣密鼓策划起义的同时，广东、广西发生了举世震惊的政治、军事事件，史称"两广事变"。这年6月1日，陈济棠联合李宗仁在广州宣布独立，由粤桂组成的国民党西南执行部和国民政府西南政务委员会通电全国，攻击以蒋介石为首的中央对抗日不作为，声称两广愿意与日寇决一死战，要求蒋介石立即停止对各地方实力派的进逼。国民政府和国民党中央立即回电驳斥，同时，国民党中央军委会亦通电两广，严令两广部队不得擅自行动。

蒋介石与两广之间矛盾陡然激化。

6月中旬，蒋介石再次调集部队，准备武装解决两广问题。陈济棠、李宗仁不甘示弱，出动三十万人马、一百多架飞机、二十多艘舰艇，抢先进攻湖南。但当时何键已经投向蒋介石，他不仅不帮两广对抗中央军，反而与中央军一道防堵两广军队。粤桂两军只得停驻湘南，无法前进。

一波未平，一波又起。粤军第一军军长余汉谋在关键时刻倒戈，他与蒋介石联络，随后发表通电，宣布归顺中央。蒋介石允诺待"倒陈"后让余汉谋主政广东。6月下旬，"两广愿意与日寇决一死战"的虚伪面纱被陈济棠自己扯下。陈济棠将日本军方派遣的百余名军官派到陆海军部队协助指挥作战，还请约30名日本空军人士到天河、白云机场视察。此举不但不利于"倒蒋"，反而引起黄光锐等空军人员的极大愤慨。

事态的发展急转直下，迅速将陈济棠逼到绝境。

7月13日，国民党五届二中全会决议撤销西南执行部，中央军委会宣布撤销陈济棠的职务，以余汉谋取而代之。次日，新官上任的余汉谋向陈济棠发出通牒，要求陈济棠24小时内离开广东，同时出兵向广州进攻。陈济棠所部第二军不战而退，准备迎余汉谋以代替陈济棠，陈济棠所部军心大乱。白崇禧立即电告陈济棠，形势危急，劝陈济棠不惜血本，以金钱、官职为诱饵迅速稳定军心。但是，失去了乌纱帽的陈济棠已经回天无力。紧接着，广东空军司令黄光锐命令手下驾驶62架飞机飞往韶关机场，令其中58架飞机飞往南昌参加国民政府部队，而他自己带领随从驾驶4架飞机飞往香港，发表声明效忠南京政府，随后北上南京。广东空军集体倒戈，无异于釜底抽薪。陈济棠孤注一掷，将10万元军费送给他的堂侄，亦即其最亲信的陈汉光师长，令陈汉光入桂。不料陈汉光不愿入桂，其部队全部被余汉谋收编。至此，陈济棠在广东的势力被连根拔起，陈济棠心灰意冷，远走香港，从此淡出政坛。

方萍圆满完成了策反广东空军的任务，进入余汉谋部。

第二十章　再聚广州

八月桂花香的季节，南珠以桂军驻广州办事处的少校专员的身份，回到广州，负责联络工作。这几个月里，中共已经给南珠做好了种种铺垫，她被说成是徐恩曾成功打入中共内部的王牌特工，在"旱天雷行动"中的表现则是取得中共信赖的成功范例。

广东的人事已经大变，不再是陈济棠的天下，而是蒋介石的中央政府统一领导下的广东。刁文元到底是八面玲珑的混世高手，他不仅没跟着陈济棠倒台，反而荣任广东绥靖公署副参谋长。吴猛经黄光锐推荐，在广东绥靖公署当上了稽查处处长。方萍出任广东绥靖公署的情报处处长。搞笑的是，她屈尊成了刁文元的手下。

南珠抵穗后，大大方方拜会了广东绥靖公署，还专门去找了方萍。

方萍确实没想到，南珠居然敢大模大样地回到广州，也知道南珠后面有人撑着，加上她又是自己的姐姐，要翻脸自己也未必能扭转乾坤，倒不如与之周旋，看看南珠葫芦里到底卖什么药，就约到了白云山上一见。

在白云山上的一间茶座里，两姐妹边看风景边喝茶，没聊几句，方萍淡然一笑："南珠，说了这么多，你无非是要我相信，我们其实是一条船上的人。你觉得我会信吗？"

南珠也微笑："我知道你依然认为我是中共特工。没关系，你只管去调查！我只是希望我们能够相安无事，不要鹬蚌相争，让渔翁得利。"

"谁是渔翁？"方萍问。

"日本人。"

"这么说，你是来对付日本人的？既然如此，你猫到广州干吗？你去延安和你的队伍一起打日军呀！"方萍不客气地打断南珠。

南珠苦笑："你还是在套我，有意思吗？！"

"好！我们换个话题，韩雨堂现在还好吗？"

"怎么，你还没忘记他？"南珠反问。

方萍咧嘴一笑："我的姐夫，我怎么会忘呢？"

"很遗憾，他做不了你的姐夫，我和他现在是冤家，信不信由你！"南珠诚恳地说，"我真的不知道他在哪儿。看样子你有他的消息？"

方萍偏着脑袋盯着南珠。

"你这么盯着我干吗？"南珠一边抿茶一边问。

方萍虽然不相信南珠，但她仍忍不住得意："我不管你姓国还是姓共，我都可以告诉你，韩雨堂现在正在陕北！"

"陕北？"南珠眼睛一亮，的确，她离开后一直没有雨堂的消息，这是纪律决定的，不该问的绝不问，听说雨堂在陕北，她还是心里一动。

"你怎么知道？"

"我是干什么的？你不知道吗？"

"那好，我们可以互通有无，怎么样？"南珠故意试探。

方萍冷笑："南珠，你觉得有可能吗？"

"怎么不可能，'旱天雷行动'，我们不是合作得挺好吗？"

"那是因为我们都要阻止陈济棠起兵造反！现在我们为什么合作？"

"对付日本人。"南珠平静地说。

"说得好听。你别忘了，陈济棠起兵也是打着抗日的招牌！南珠，你不要和我玩心机，我没对你下杀手，因为你是我姐。但不等于我会和你同流合污！我警告你，离我远点！你骗得了刁文元他们，骗不了我，要是想打我的主意，我也会大义灭亲的！"方萍起身离去了。

南珠虽然和方萍不欢而散，心里却有了底，方萍不会主动向她进攻，这是最重要的，因为方萍是自己最难以放手对付的劲敌。南珠不禁暗暗佩服海明伯拿捏得非常准确，只要方萍不捣乱，她对付刁文元之类的对手就轻松得多。于是，她就避开方萍，专心致志地展开了调查工作。然而，几个月下来，收效甚微。一是，刁文元之类的官员对她表面上打哈哈，实际上很警惕，这都是"旱天雷行动"留下的后遗症，谁也不敢轻易相信，这个中共的女侠，居然是徐恩曾打入中共的卧底；二是，有关"黄雀计划"的线索几乎没有任何头绪。南珠想到了邓茹婷，"旱天雷行动"展开期间，她和韩天健对雨堂家做了许多动作，致使雨堂家破人亡。于是南珠也对邓茹婷和韩天健进行了调查。没想到，她还没动手，就被卷入了一场官司中。

原来，韩天健把父母的骨灰迁回了韩家坟山，接着就诉诸法院，要分父亲的家产。邓茹婷又动用社会关系，帮助天健打官司。不用说，韩博年和天健发生了激烈冲突，南珠作为当事人之一，也作为证人卷进了官司，她囿于现在的身份，只能与韩家保持着距离，不敢为韩家说话。结果，不仅天健胜诉，法院还以通匪的罪名，没收了雨堂名下的财产，自然，南珠和博年发生了种种不快。更重要的是，南珠发现，这一切，都与"黄雀计划"无关，而自己却浪费了许多时间。

方萍冷眼看热闹，幸灾乐祸地问南珠："你不是说，来广州是对付日本人吗？怎么连韩天健和邓茹婷都对付不了呢？韩雨堂要是知道，你为了站稳立场，和他撇清关系，对他的家人这么薄情寡义，肠子都要悔青呢！"

方萍说话很刻薄，南珠也感到内疚，觉得自己确实对不起雨堂。但她也知道，自己的一言一行都在无形的监视之中，尤其是方萍，一直在观察她对雨堂家的态度。她不会让方萍抓住把柄的。

"方萍，你不是也救过雨堂吗？怎么也躲得远远的，也怕说不清楚？我还没揭你的老底呢！说话要积德！"南珠也发起了反击。

方萍果然受不了了，恼羞成怒："你懂什么？我要看邓茹婷和韩天健到底能跳多高，我要知道他们葫芦里到底卖什么药！"

南珠心中一动，感觉到话里有话："那你看到什么啦？"

方萍立即露出了警觉："别套我，我什么都不会告诉你的。"

南珠猜不透，方萍的回答是搪塞，还是真有蹊跷，又继续观察。她发现在邓茹婷的运作下，韩天健果然平步青云，当上了八和会馆的副会长，成为广东文化界的名流，号称韩氏琵琶新传人。但是，这一切依然和"黄雀计划"无关，以至于南珠怀疑，是不是我们的情报有误。她几次向上级汇报了自己的想法，但得到的指令是：耐心调查。就这样，将近一年过去，直到"七七事变"，国共第二次合作开始，才有了突破。

这是1937年底，海明伯和雨堂作为广州八路军办事处筹办成员来到了广州。在火车站，八路军广州筹办组的负责人老赵迎接了他们。雨堂一见老赵，立即立正敬礼，老赵看着穿着军装、英武潇洒的雨堂，感慨地说："成熟多了呀！知道吗？我专门点名要你们师徒两个来参加办事处的筹建！"

雨堂大声回答："老赵同志，我们一定不辱使命！"

他们说说笑笑地向办事处的临时驻地走去。满大街都张贴着抗日救亡的标语，还有学生在演讲，群众在捐款，雨堂兴奋地看着激情燃烧的广州，心情愉快极了。

但是也有人不愉快，这就是刁文元。此时，他正在召集会议，研究应对八路军来广州设立办事处的事。方萍、吴猛、南珠及新升为《羊城报》社长的邓茹婷等各色人等在座。

刁文元发言："诸位！这次八路军要在广州设立办事处，筹备组的主要成员都是我们的老朋友，香港来的叫赵兴文，任八路军的筹备组组长。副组长就是雷海明，还有助理韩雨堂，大家都熟悉吧？"

方萍一笑："看样子，共产党又要发动一次'旱天雷行动'呀，可惜我们的南珠同志这次不能参加了。"

南珠瞪了方萍一眼，想发作，立即被刁文元打断。

"田处长，不能说风凉话呀，南珠专员是我们的同志！另外，对待八路军的同志，也不能失礼，现在是国共合作，我们不能被抓住把柄。余长官指示我们，要高度重视，面子功夫要做，里子的功夫更要做足。大家有何看法？"

邓茹婷故作惊讶："韩雨堂不是被枪毙了吗？怎么又活了？"

刁文元早有准备："这就要问何三刀了。可惜，何队长死了。看来，这小子又收了韩家的黑钱。真是有钱能使鬼推磨呀。不过现在看来，他是立功了，救下了我们的友军同志，他是革命的功臣呀！"

说罢，刁文元干笑起来，可是没有人附和。他有些尴尬地收住笑："大家怎么不说话？吴处长，你有什么意见？"

吴猛开口了："我没什么意见，按余长官的指示办就是了。"

"邓社长，你的意见呢？"

邓茹婷微笑着说："刁副参谋长，我们做报纸的是做面子功夫的，我的职责不就是热烈欢迎吗？至于里子功夫怎么做，这应该是田处长、田专员以及在座的其他各位拿主意了。"

刁文元笑笑，转向方萍："好，田处长，你说说！"

方萍笑了笑，不急不慢地说："我觉得，我们中间最了解雷海明、韩雨堂和赵兴文的人是田专员，应该先听听她的意见。"

大家都盯着南珠。

南珠大方地说："刁副参谋长，我没想到会来参加这样的会。其实八路军设广州办事处，这是你们广东方面的事，我们广西联络处管不了这些事，这是其一。其二嘛，即使要提供参考意见，也应该是我们叶主任来。不错，我是和这三位中共人士有过密切合作，说是并肩战斗也可以。其中的原因，想必不用我再解释了吧？我觉得这个会议有点像针对我开的，这有意思吗？你们当着我的面会说老实话吗？我还是回避一下吧。你们慢慢聊！"

说罢，南珠头也不回地走了。

大家都愣住了。

刁文元气急败坏地骂道："妈的，眼里还有我这个长官吗？散会！"

大家都散去了。

只有吴猛留下来了。他走到刁文元面前说："刁副参谋长，你这么做，不是自讨没趣吗？要考察她，不能用这样的招呀。"

刁文元被看破了心思，心一动："吴处长，你有高招就说出来呀。"

吴猛一笑："你真想听？"

来到广州的当天，海明伯给雨堂放假，催雨堂回一趟沙湾给父亲上坟，看看家人。这也正是雨堂的心愿。

雨堂回到韩宅大吃一惊，发现家院已经换了主人，一打听，才知道发生了分家风波，自己的家产被没收了，三叔博年被撵到镇上另一处小院子里去了。下人只剩下明仔和丫头阿莲。博年一见雨堂，抱着雨堂号啕痛哭，接着就带雨堂上了坟山，跪在大哥的坟头大声喊："大哥呀，雨堂来看你了，苍天有眼呀，雨堂当官了，来给你报仇了！"

不用说，博年一把鼻涕一把泪地诉说了天健的种种劣迹，还说到了南珠："真没想到，我做的梦没错，那个南珠真是狐狸精，骗你为她卖命，把我们全家都带到坑里，可惜你鬼迷心窍了。"

三婶金花也抹泪："别说了，让雨堂吃饭吧！"

饭桌上，博年还是说个不停，中心意思就是要雨堂报仇："大侄子，南珠现在也在当官，我知道你有难处，我只问你，你打算怎么收拾天健？"

雨堂为难地开口："三叔！我这次回来，不是来报家仇的，我是来建立抗日民族统一战线的。现在国土沦亡，我们要团结一切愿意抗日的中国人，共同救亡。你想想，共产党和国民党那么大的仇，都放下了……"

"你是说，你不会收拾韩天健？"

"根据你说的那些情况，还真不好收拾他。他和何三刀勾结，可以理解为受骗上当，好心办了坏事。那个邓茹婷，也可以推托是帮天健的忙，他们现在虽然同居，可是没结婚，也不好动。至于天健分家产，有点落井下石，但也说得过去。我的那份家产，是政府没收的，和他至少没有明面上的关系。"

接着，雨堂又说了一番这次回广州的背景和统战的道理。总之，是劝说博年要想开点，以大局为重。

博年吃惊地看着雨堂："难怪你又摇身一变，当了国民党的官，原来你良心叫狗吃了！你走吧！"

博年一把抢走了雨堂的筷子。

"老三，你这是干吗呀！"金花夺回筷子，递给雨堂，"雨堂，别和你三叔一般见识，吃饭！"

大家继续吃饭。金花吃着吃着掉泪了："大侄子，这么说，你啥忙都帮不了？"

雨堂心痛地看着三婶："我会去找天健问问情况，协调一下。以后，谁欺负你，你只管来找我。还有，我要找到阿秀。三婶，你再给我仔细说说。"

金花一听阿秀，哇的一声哭了出来，趴在了桌上。

原来，阿秀曾经回到过沙湾，第二天就不见了，留下一张字条说去找何三刀报仇，不杀了何三刀，决不回家。一直到现在，毫无消息。

"三叔，这么说，何三刀是阿秀干掉的？"

博年没有吭声，似有难言之隐。

金花叹气："都到这份儿上了，还有什么不好说的。"

原来何三刀死在风月楼的消息传开后，博年和金花想起阿秀说的话，立即去风月楼打听，得知三刀死的当晚，侍候何三刀的两个妓女都跑了，其中一个妓女，叫阿桂，但是从知情人说的模样看，很像阿秀。博年便落下了心病，一直不想把这件丑事说出去。

"三叔，你就这么不找了？你糊涂呀！"

博年流泪了："谁说我没找？就算阿秀舍了身子，但是她除了何三刀，为我们韩家报了仇，我会嫌弃她吗？我一直在暗地里打听呢！我还拜托亮仔，给我打听，可是一直没有消息。"

雨堂同情地看着博年和金花，说："明白了，这事交给我吧。"

雨堂当晚就回到广州，先去了水警队，找到亮仔，两人直奔风月楼。妓女们像绿头苍蝇一样迅速围拢过来。

"两位爷，good evening！"

"两位哥哥，请我吃宵夜吧！我们是姊妹花！"

雨堂厌恶地躲闪，严肃地嚷道："都闪开！我们是来办事的！"

"哎呀，知道二位爷是来办事的，把我们姐妹们办了吧！"

"是呀，把我们办了吧！"

这时，一辆轿车开了过来，邓茹婷和天健在车内透过车窗看见妓女们正在纠缠雨堂。

邓茹婷一笑，迅速拿出相机，摇下车窗，按下快门，拍下了雨堂和亮仔在风月楼下和妓女们说话的场景。

看着雨堂甩开妓女进了风月楼，邓茹婷才说话："没想到在这里碰见韩少爷了，肯定是在延安憋坏了。共产党一合法化就逛窑子，这说明，权力的滋味谁都挡不住呀。"

天健警觉："茹婷，这个时候，你可不能玩火呀！"

"我是记者，有图有真相，怕什么？"

邓茹婷说罢一踩油门，离去了。

雨堂走进风月楼，把鸨婆叫出来，又从怀中掏出阿秀和博年、金花的全家福照片，指着阿秀问："有人在你这里见过她，认识吗？"

鸨婆盯着照片，努力回忆着，无奈地摇头："官爷，我真不认识这姑娘！"

亮仔吼道："你再仔细看看。"

鸨婆认得亮仔，她苦笑着说："这位官爷！去年您就陪她娘来过，我当时就说过，陪何队长的不是这个姑娘。再说，人也跑了，我可吃大亏了！"

雨堂心一动："按你这么说，伺候何三刀的不是她，但是她确实也在这里待过，只是跑了。"

鸨婆知道自己说漏嘴了，不知如何圆回去。

雨堂抽出手枪，摆在桌上："你要想把店开下去，就说老实话！"

鸨婆脚一软，跪下求饶："官爷饶命！我说实话，说实话！"

于是，关于阿秀的往事像棉线一样从鸨婆嘴里扯出来——

原来，阿秀果然来过这家店，是黑道上两个家伙送来的，鸨婆见姑娘果然清秀俊俏，就问是不是黄花闺女。两个家伙刚轮奸了那姑娘，只好自认倒霉，杀了半价把阿秀留下了。可是当天晚上，来了个南洋佬，直接点名要买走阿秀，鸨婆心一动，抬高了三倍的价又把阿秀卖出去了。

雨堂皱起了眉："那南洋佬长什么样子？"

鸨婆回忆："四十来岁、一字胡，个儿有你这么高，身材很好，穿得挺阔气的，举止文气，出手也大方。"

"你怎知他是南洋佬？"雨堂追问。

"他说的倒是广州话，但不地道，南洋口音很重。到这里来玩的南洋佬可多了，错不了！"鸨婆自信地说。

雨堂起身掏出一块大洋："多谢！我还会来找你的！"

鸨婆忙推辞："不敢接赏！要不，二位官爷留下，我挑两个姑娘陪陪官爷？"

亮仔刚跟雨堂起身，听鸨婆这么一说，心动地看着雨堂，挪不动步了。

雨堂朝亮仔说："你看着办吧。我先走了！"

第二天，老赵召集开会。邱和这时已经是中共游击队的负责人，也参加了。老赵先谈了与广州当局交涉，释放政治犯的问题，接着又谈了中共游击队合法化的问题。

"我们已经和余汉谋谈妥，将我们游击队合法化，余汉谋同意给我们正式番号，具体和刁文元接洽。老邱，你再做一份材料，在人员上要留有发展的余地。我们要乘这个机会扩大我们的武装力量。"

邱和点头："我正在和鸡公罗的手下联系，争取把他们收编过来，我们一下子可以扩编上百人！"

海明伯沉吟道："收编水匪这事可要慎重！鸡公罗抓过雨堂，这倒是小节。

我是想，如果跟鸡公罗没谈成，他把咱们收编的计划抖出去，会在刁文元手里落下把柄。"

邱和爽朗地说："放心吧！现在是全民抗战，刁文元也在拉鸡公罗呢，还许给他个营长，鸡公罗都没答应，知道为啥？鸡公罗是穷人出身，当年他落草为匪就是给国民党逼的，他不愿意跟国民党干！"

这时琼嫂走来："老雷，有电话。"

海明伯起身去隔壁房里接电话。

邱和看着雨堂："你不会有意见吧？"

雨堂一笑："韩天健要是愿意抗日，我都欢迎！"

老赵说话了："我看这样，先做了方案再说。"

这时海明伯回来了，老赵忙问："谁的电话？"

海明伯低声道："自己的同志。通知我们这部电话被监听了。"

老赵冷笑："这还叫合作抗日？找刁文元问问，他们想干吗？"

海明伯苦笑："没用，总机在他们手上。通知到我们的每一个同志，电话里绝不能说涉密的事！"

话音刚落，琼嫂又拿着报纸进来了："不好，雨堂好像出事了！"

老赵接过报纸，报上赫然登载着雨堂和妓女们纠缠的照片，照片标题写着："八路也是人，少爷本风流。"

老赵脸色变了："韩雨堂，你过来！"

当天下午，海明伯带着雨堂来找刁文元交涉。海明伯先拿出一份名单。

"刁先生，这是我方被贵方拘押政治犯的第一批名单，希望你们及时甄别予以释放。还有我方游击队的整编方案，过几天就会上报。"

刁文元接过名单："雷先生，我们立即甄别，只要没有刑事犯罪，保证释放。"说着刁文元拿出一份文件，"这是有关地方武装整编的条例规定，供贵方参照执行，希望贵方不要犯规。否则，番号是很难批下来的。毕竟是吃皇粮，不能允许打秋风，雷先生是明白人，我就不多说了。"

海明伯一笑："刁先生还是对我们不放心呀，好，我们一定遵照执行。下面我还要说一件事。"说着，海明伯拿出了报纸，"这张报纸，刁先生肯定看过了吧。我们认为，这不仅是捕风捉影，而且是在故意抹黑我们的形象。"

刁文元笑了："有那么严重吗？广州是个花花世界，去娱乐场所玩一玩，没有什么了不起。不瞒雷先生，我刁某人也偶尔去松松骨。"

雨堂立即打断："那是你刁先生，不是我韩雨堂！我到风月楼，是打听我妹妹阿秀下落的！"接着他解释了事情的来龙去脉。

刁文元意外："还有这么回事？原来何三刀是你妹妹干掉的？这个案子一直没有破，没想到你妹妹胆子和本事比你还大，杀了人居然远走高飞……"

"刁先生，是不是阿秀干的，还不能下结论。"

"那要不要我派人去调查？我保证，绝不声张。"

"不用了，我会处理此事。现在说正事，《羊城报》必须登报道歉！"

刁文元意味深长地一笑："韩先生，其实我一看到报纸就给报社打电话了。报社的答复是，他们确有证据，韩先生在风月楼有消费。我已经通知报社的邓社长过来了，正好，你们当面对质吧。"

雨堂愤怒了："好，我等着！"

这时邓茹婷推门而入，有点气喘："韩先生，对不起！我们的记者确有失误，消费的不是你，是那个亮仔。我们道歉！"邓茹婷深深鞠躬，"明天我们登报公开道歉！"

这天晚上，在一家咖啡馆里，雨堂又和方萍相聚了。

这次相聚似乎很偶然，又很必然。下午雨堂和海明伯带着胜利的心情走出刁文元办公室，在走廊碰见了方萍。彼此自然寒暄起来。没说几句，方萍毫不掩饰地问雨堂："你去妓院干什么？是不是找阿秀？"雨堂一听觉得内有乾坤，对海明伯使了个眼色，海明伯立即会意，笑眯眯地对方萍说："你们好久没见面了，现在又是同志了，找个地方聚聚吧，我今天有事，改天我做东，再好好聚。"于是他们就来到了这家咖啡馆。

一坐下，雨堂就把来龙去脉说了。听罢，方萍一笑。

"邓茹婷这么快就挂免战牌了？我还以为还有几个回合呢。"

"你觉得她是成心要挑衅吗？"雨堂问。

"这个女人我一直在盯，可是盯来盯去，就像泥鳅一样。真是猜不透。一会儿觉得她有政治背景，一会儿又觉得她只是个跋扈虚荣、喜欢出风头的女人。就拿何三刀的案子来说吧，我一直怀疑是她干的，可是查来查去，查出了阿秀。"

"查出了阿秀？"雨堂一惊，"说下去。"

方萍有些迟疑："阿秀为什么被卖到风月楼，你都知道了吧？"

雨堂有些沉重："知道了，她被黑道的人糟蹋了。我分析，她是想找黑道的人除掉何三刀，反被黑道的人害了。但是，她在风月楼还没接客，就被一个南洋客赎身带走了。何三刀不可能是她杀的。"

"但是据我调查，何三刀逛风月楼那天晚上，阿秀可能出现在风月楼。"

"是吗？"雨堂惊讶，"你说仔细点！"

方萍苦笑："我没办法说细，那天晚上，何三刀死在妓院里，我调查的是一个妓女接客，可是茶房说，他进去斟茶的时候，是两个姑娘在房中，他以为何三刀在玩双飞，就没在意。"

"双飞？什么意思？"雨堂问。

方萍笑了："你装什么傻呀！"

雨堂意识到什么，脸红了："好，我不问这些烂事了。因此你就怀疑，还有一个姑娘就是阿秀？"

"我只是这么猜，这是第六感。后来那个妓女跑了，什么线索都断了。"

"现在社会上传，是两个妓女接客，是怎么回事？"

"可能是那个茶房传出去的。鸨婆坚持说只有一个。这些绯闻流言，没有人去细查，也就传开了。"

"那个南洋客，你有线索吗？"雨堂又问。

方萍摇摇头。

"田处长，谢谢你了。"雨堂感激地看着方萍。

方萍有些失望："怎么，和我玩客气呀，我们现在是同志。"

雨堂有些尴尬："是的，是的，我们共同抗日！"

方萍苦笑："你对南珠也这么说吗？"

雨堂严肃："田处长，我们不要谈论她，好吗？"

此时，南珠也正在和海明伯秘密接头。

南珠先关切地询问，雨堂去风月楼是怎么回事。听了海明伯的解释后，又关心地问，阿秀能找到吗？海明伯说，这事你绝不要过问。然后南珠就谈到了自己一年来的工作和困惑。

"我从来没有这么失败过，一年内可以说一无所获，上级总说要我坚持，可是我怀疑情报有误。否则不可能这么没有头绪。"

海明伯笑了笑："我认为，没有头绪本身就是头绪。"

南珠不解地看着海明伯。

"你想想，为什么会没有头绪？依你的能力和经验，这么长时间不可能毫无头绪。这就有两种可能。一种是咱们的情报有误，根本就没有'黄雀计划'。可这个情报来源相当可靠，我来广州之前，克农同志找我谈过话，要我和你联系，他再次肯定了情报的可靠性。于是，就有第二种可能：敌人停止了行动。"

"我也这么想过，可敌人为什么会停止了行动呢？"

"因为敌人也遇到了困难！"

"可是敌人遇到了什么困难呢？"

"你好好想想，敌人停止了行动的一年多来，正好是我和雨堂离开了广州的这段时间。这是偶然的巧合吗？"

南珠眼一亮："会不会跟古谱有关？"

海明伯点点头："我觉得很有可能。想一想，我们在执行'旱天雷行动'时，雨堂家多热闹？我们一离开，立即风平浪静。"海明伯停顿了一下继续说，"从逻辑上说，敌人应该跟到陕北去。可是为什么没有跟去？第一，陕北是我们的天下，敌人有困难，动静也太大，弄不好反而会被我们收拾；第二，想拿到古谱的敌人在广州，他走不开，也不想和别人分享古谱的秘密。我们的情报也说，'黄雀计划'的主谋就藏匿在广州。"

"有道理！如果是这样，雨堂回到广州，敌人就该行动了。"

海明伯沉着地说下去："如果我们的猜测是对的，敌人应该有动静了。这个时候，我们千万要沉住气！"

南珠兴奋起来："海明伯，你真棒！"

海明伯笑了笑："别夸我了。要真是这样，我还挺担心呢。第一，雨堂又成了矛盾焦点；第二，你和雨堂、方萍又要纠缠在一起了。现在雨堂正和方萍相聚呢，你这个妹妹呀，一见雨堂就缠上去了。"

南珠也担心起来："那怎么办？我也为这事犯愁呢。真不知道怎么面对雨堂。他恨我吗？"

"他要是恨你就好了。来广州之前，我还专门谈了你的事，要他和你划清界限，你知道他怎么说？他说，我们现在不又是抗日同志了吗？让我狠狠地批了一通。他答应下来，又说，反正我不对南珠开枪。你说，这是什么话！"

南珠露出了感动和内疚："可是，我可对不起雨堂家啊，韩天健分家把我也卷进去了，证明雨堂是通共，我还做了证。导致雨堂的家产被没收。"

"你做得非常对！雨堂从他三叔口里得知你的表现，态度有了明显转变，说你太薄情了。"

"这么一来，方萍更有我的把柄了。"南珠有些担心。

"怎么，你还真吃方萍的醋了？"

南珠脸红了："海明伯，你又开我的玩笑了。我是担心，方萍花言巧语，把雨堂忽悠了。"

"你可不要小看雨堂，他现在成熟多了。大是大非，他不糊涂。"

说罢，海明伯站起来："好了，我们今天就谈到这。总之，你要沉住气，和我们保持距离。我们回来了，这是敌人考察你的一个机会，我估计他们会利用这个机会的，你可千万小心。"

海明伯的预判果然奇准，三天后，一个大阴谋向南珠袭来。

广西靖绥公署驻粤办事处的叶主任把南珠叫到了办公室，告诉南珠，他接到白崇禧的命令，要南珠配合粤军对付中共。

南珠有些意外："现在正是国共合作，不怕出事吗？"

叶主任说："责任你就不要担心了。这个提议是粤军刁文元副参谋长提出来的，正好白长官路过广州，我做了汇报，白长官一口答应。还说你是最合适的人选。南珠，如今第二次国共合作，说是合作，实际是另一种方式的斗争。你是从中共的窝里出来的，又参加过中共的'旱天雷行动'，雷海明、韩雨堂你都非常熟悉。他们的花招瞒得过别人，可是很难瞒得过你。"

南珠警觉："叶主任，是不是又要审查我？"

叶主任愣了一下，露出苦笑："南珠，你要我怎么回答？我要是说，你的猜测是无稽之谈，你会信吗？我要是说，这的确是对你的一次审查，你又会揪住我的把柄。我还是送你一句话，真金不怕火炼。"

"叶主任，我明白了。好，我配合。"

"好，那我们就趁热打铁。吴处长，出来吧。"

吴猛从内间走出来："南专员，我们又合作了。真是荣幸之至呀。"

"吴处长，什么情况，请说。"

吴猛打开公文包，拿出一份名单："这份名单上的人，参加过刺杀石村的'旱天雷行动'，你应该认识吧。"

南珠拿过名单端详了一阵："邱和我认识，还有黎海、刘吉祥也有印象。其他名字要见到人才能辨认。怎么啦？要动他们？现在可是国共合作呀。"

吴猛笑了笑："放心，我们不会让中共抓到把柄的。邱和带着他的这帮人，和水匪鸡公罗他们勾搭上了。换句话说，他们招安了鸡公罗的人马，壮大自己的队伍，然后跟我们要番号、要军饷。我们决定以剿灭水匪的名义将他们全部端掉！希望你能配合，给我们指认邱和以及其他的共产党分子，以保证斩草除根。"

"你要把他们现场都干掉？"

"可以这么理解。"

南珠沉默不语。

"南专员，有什么难处么？"

"好吧，什么时候行动？"

"马上出发！"

山林村庄是游击队的驻地，有游击队员站岗。村庄土坪上，游击队员在练习格斗，场地上还架着步枪。邱和带着鸡公罗走过来，鸡公罗的两个保镖跟在身后。

鸡公罗拿起一支步枪端详。他注意到枪号，会意地微笑。

就在此时，几十里外的水乡小镇，吴猛和南珠开着卡车，载着一车士兵在镇外停下。士兵们纷纷下车。

李刚穿着警察服，带着一个便衣手下匆匆赶过来："报告吴处长，情况有变！"

"怎么啦？说！"

"鸡公罗去游击队的地盘了。"

"你是说，邱和他们没来鸡公罗的桃花岛？"

"对，鸡公罗想探探游击队的实力，就改主意了，去了邱和的地盘。"

吴猛笑了："那不更好吗？我们要灭的就是游击队！"

"可是我们赶到的时候，鸡公罗已经走了。"

"你不是有卧底吗？要他带路！"

李刚看着身后的便衣："他就是卧底。你说吧。"

卧底点头哈腰："报告吴处长，小的只知道是冼村。可是冼村下面又有几个小村子，分上冼村、中冼村、下冼村。游击队到底在哪个村子，小的不知道。"

"那你为啥不跟过去？"

"小的没法分身呀。再说，小的跟过去了，谁来报信？"

吴猛咬牙："你小子是怕死吧！"吴猛一个耳光抽过去，把卧底打倒在地。

南珠开口了："吴处长，沉住气，知道冼村还有戏。我知道冼村，离这里30来里，顶多一个时辰可以赶到。不过包围圈要大一些，还要增加点兵力。我们先往冼村赶，先吸引住游击队。李刚，把你的人留下跟我们走，你去找地方保安团协调，立即派兵包围冼村，接应我们。"

李刚愣愣地看着吴猛。

吴猛骂道："傻看我干吗？还不快去！"

"是！"

南珠看着卧底："给我们带路，去冼村！"

第二十一章　明枪暗箭

游击队的房舍里，邱和带着鸡公罗看着墙上的地图："这是我们总队部的驻地，还有三个分队，分布在附近的村子。鸡蛋不能放在一个篮子里呀。我们吃了饭，再去看看。"

鸡公罗冷笑："邱队长，别跟我演戏了。我看出来了，你们所有鸡蛋都放在一个篮子里。"

邱和惊讶："罗大哥，你什么意思？"

"我看了你们两个点，地方是不同，可是人都长一个样，就是换了衣裳而已，还有枪号也一样。邱队长，还要我往下说吗？"

邱和脸红了："罗大哥，你别误会，别误会，你听我跟你解释。"

"邱队长，不用解释了，你说你有一个营的人马，我看一个连都不到。你想蛇吞象呀。好了，罗某告辞！"

鸡公罗拱手离去。

邱和拦住："罗大哥，你不能走！"

"怎么，你想扣下我？"

鸡公罗的保镖掏出了枪。

游击队员也冲进来，拿枪对着鸡公罗。

鸡公罗冷笑："果然是鸿门宴呀。邱队长，你们共产党就会玩阴的吗？"

邱和对手下吼道："你们想干吗？罗大哥是我的客人。都出去！"

游击队员迟疑。邱和厉声道："退出去！"

游击队员退下。

邱和对鸡公罗说："罗大哥，我没别的意思，就是想和你聊聊。有话好商量。"

"怎么商量？我要收编你，你干吗？"

邱和一笑："罗大哥，有什么想法你只管说，实在谈不拢，我们好合好散，怎么样？"

邱和和鸡公罗又坐下，游击队员端上饭菜，他们一边喝酒一边谈了起来。

邱和诚恳地向鸡公罗分析了形势，尤其是刁文元也想吃掉鸡公罗的种种情况，果然击中了鸡公罗的痛处，事实上，鸡公罗是进退维谷。

"罗大哥，你说过，这黑道的日子是被逼无奈，我相信。你说过，你走黑道只干黑吃黑的事，没干过祸害老百姓的事，这话有水分，但我也基本相信。这就是我们走到一起的基础，实话告诉你，你要是黑到了骨头里，我根本不会收编你。你还说，你也想抗日，那你说，要抗日，到底是听我的，还是听你的？好了，该说的我都说了。就一个意思，拿出你中国人的血气来，打鬼子，救中国，当一个堂堂正正的中国人！"

鸡公罗心动："邱队长，这事我回去再和兄弟们商量一下，怎么样？"

"行，我等你的消息。"

鸡公罗起身拱手："好，罗某告辞！"

"好，我送你出村！"

吴猛、南珠和卧底带着人马行进在山林道上。

吴猛看着卧底："还有多远？"

"往前再走两里路，有个三岔路口，左边一条是上洗村，中间一条是中洗村，右边一条是下洗村。都不远，两三里路。"

吴猛意外："三条路？你怎么不早说？"

"你没问我呀？"

吴猛试探："田专员，你应该知道邱和在哪个洗村吧？"

南珠冷笑："吴处长，凭什么我就应该知道邱和在哪个洗村？我只知道，邱和的老婆是洗村人。那还是一年前的事了。"

吴猛恼火："那你说怎么办？要是兵分三路，我们的人手就不够了。"

"车到山前必有路，到了三岔路口再说吧。"

这时，几个手下喊了起来。南珠看过去，几个士兵团团围住一个七八岁的放牛娃，放牛娃牵着牛，脖子上挂着一支竹笛。他吓坏了，眼中带着恐惧。

卧底上前用当地方言逼问："没听明白吗？'共匪'在哪个村？"

放牛娃说着方言："我、我、我不知么是'共匪'呀！"

卧底用枪顶住放牛娃："你不说？老子毙了你！"

放牛娃哭了起来。

南珠走过来，把卧底拨开："别吓唬孩子！"南珠抚摸放牛娃："别怕，别怕！我们不是土匪，不会害你的。"

放牛娃收住哭，依然抽泣。

南珠取下放牛娃的竹笛，欣赏着："这是你的笛子？会吹吗？"

放牛娃依然抽泣。

"来，我给你吹个曲子。"

一曲《旱天雷》飞扬起来。

渐渐地，放牛娃止住了抽泣，露出惊讶的神色。

笛声悠扬，南珠露出了笑意。

邱和领着鸡公罗和保镖走在山林间。

"罗大哥，我就不远送了。"

隐约传来《旱天雷》的笛声，旋律由悠扬转向激昂。

鸡公罗聆听："这是谁吹的？功夫很深呀。是你的人吧？"

邱和突然警觉起来，光孝寺阿秀拉琴报警的情景又浮现眼前。邱和突然跟手下耳语了几句，手下把冲锋枪交给邱和离去。

鸡公罗不解："怎么啦？"

"罗大哥，可能有情况。你们在这儿等着，我去前面看看。要是听见枪响，你们就撤。"

三岔路口。南珠笑眯眯地放下笛子："好听吗？"

"好听！"

"还想听吗？

"我要你教我！"

"好啊，不过，你得带我去找个人。"

"谁？"

南珠说道："我的一位大哥，姓邱，叫邱和，住在洗村。"放牛娃惊喜："你认识我姨父？"

一下子，南珠和放牛娃的关系热乎起来。放牛娃牵着牛带着南珠向村里走去，南珠吹着笛子前行，后面是吴猛带着大队伍。

《旱天雷》的旋律响起来，带着激昂。

曲毕，南珠对放牛娃说："这就叫三吐，知道吗？你试试。"

放牛娃接过笛子想吹。

吴猛不耐烦道："好了！到村子再教吧！"

这时，一声枪响。

邱和端枪和一个游击队哨兵突然出现在山林中："站住！你们是什么人？这里是中共游击队驻地！"

吴猛冷笑："哼，老子就是冲你来的！给我上！"

邱和大喊："站住，再过来，我开枪了！"

吴猛大喊："上呀！"

密集的子弹射来，邱和肩部中弹，倒下了。南珠护着放牛娃卧倒在地。吴猛带着手下冲过去。牛惊了，乱窜，几个士兵被牛撞倒。

吴猛举枪将牛射杀。放牛娃惊呼："牛！我的牛！"南珠按住放牛娃："别叫，我赔你牛！"

鸡公罗和手下赶到邱和身边，猛烈回击。吴猛的机枪手中弹倒下。吴猛火了，接过机枪扫射。

南珠护着放牛娃也卧倒在吴猛身边："看来，他们早有防范。"吴猛冷笑："你是说，我们撤？"南珠沉下脸："好，那我们谁也别趴着当孬种！"南珠起身，"起来，有种跟我一起冲！"

这时，突然两颗手雷飞过来，落到吴猛身后。南珠猛地扑倒吴猛。

手雷爆炸，烟雾四起。

吴猛抖搂尘土，感激地看着南珠。

南珠站起身来："弟兄们，跟我冲！"

这时，邱和端着冲锋枪从山上冲下来，大喊："田南珠，你这个叛徒，原来是你设的局，老子今天和你拼了！"

邱和向南珠射出了一梭子子弹。

南珠机敏闪避。

吴猛的枪响了。

邱和中弹，晃了晃，倒下了。

放牛娃惊呼："姨父！"

大家都默默地看着放牛娃奔向邱和。

南珠呆住了……

夜晚的郊外，停着南珠的轿车。

车内是南珠和海明伯。南珠眼里含着泪："邱大哥是为了掩护我而牺牲的。"

海明伯心情沉重："我估计也是这样。你给邱和报警，吴猛有怀疑吗？"

"我估计没有。"

"那就好，邱和没白死。"

"可是我们还是有损失。"

海明伯拍拍南珠："你已经把损失降到最低了。老邱不仅掩护了你，还掩护了游击队，让鸡公罗把队伍都带出去了。鸡公罗很感动，托人捎信来，他决定跟我们走，接受收编。这么看，老邱牺牲，还换来了一次胜利。"

"海明伯，下一步，我们该和刁文元交涉了吧？"

海明伯苦笑："这次事件，我们交涉，也是一场硬仗。邱和不够谨慎，收编鸡公罗的事不够隐蔽，叫国民党知道了。他们抓住了把柄加以利用，打出了清剿水匪的旗号，正好鸡公罗又在冼村。他们说是撞到枪口上了，我们还真不好反驳。不过，在公众眼里，他们的用心也一目了然。他们是心虚的，我们可以给他们施加压力，要他们立即给我们番号，这样我们的游击队就能尽快合法化。"

"我也是这么想的，要国民党赔礼道歉，在舆论上赢得民心，被迫给我们番号。我怎么配合？"

"南珠，我们交涉的时候，你要帮他们说话。这是最好的配合，明白吗？"

"那雨堂不得恨死我呀？"

海明伯笑了笑："他恨你，你就更安全。现在我们和国民党是既联合又斗争；既有明的，也有暗的，我和雨堂在明处，你在暗处，我必须好好保护你。好了，我们回去吧。"

南珠缓缓启动车子。

夜晚的酒吧。方萍和吴猛坐在卡座，喝着红酒。

方萍举杯："吴处长，祝贺你，走马上任，就立了一大功！"

吴猛得意地喝酒。方萍继续往下说："这么说，你们并没有把游击队全端掉？而且给中共落下了制造分裂的把柄？"

"错！我是剿灭水匪！"

"去游击队的驻地剿灭水匪，你说得过去吗？"

"因为鸡公罗逃到了冼村，我跟踪追击！谁向我开枪，我就灭谁！"

方萍冷笑："吴猛，你什么时候学会强词夺理了？"

吴猛也不含糊："方萍，你什么时候学会守规矩了？戴老板说过，现在我们和中共的斗争有了新特点。第一，明一套，暗一套；第二，明中有暗，暗中有明，明暗交织；第三，要善于抓住光明正大的理由做暗事，哪怕强词夺理！"

"吴处长，你太低估中共的智商了。我也给你说三点吧。第一，你们这次并没有全部端掉游击队，灭掉一个邱和还会有第二个邱和，你要明白，共产党不靠某个人撑住天下；第二，共产党也有嘴，也可以造舆论，说国民党有意制造摩擦，你说老百姓会信谁？第三，中共可以乘机施加压力，要求尽快把游击队合法化。想想看，划算吗？"

吴猛看着方萍："方萍，我看你真应该去当共产党！"

"我不会当共产党，可也不会做这么蠢的事！"

吴猛恼火："可是我们这次行动考验了你姐。看来，她真是我们的人，至少叛变是真的。这对你是有利的！"

方萍意味深长地一笑："是吗？原来你做的这个局，还是为了我？"

"方萍，你别这么酸溜溜的，行不？"

"吴猛，我提醒你，千万不要被我姐给忽悠了。"

"你什么意思？"

"我的意思就是，结论不要下得太早。"方萍起身，"好了，我还有事，先走一步。"说罢方萍扬长而去。

吴猛有些无措："唉，唉，你这么就走了？"

夜深人静，南珠开车回到车库停下，打开车门。

突然被一把手枪顶住脑门儿——是雨堂枪指南珠。

南珠惊讶："是你？"

雨堂冷眼看着南珠。

南珠有些尴尬："没想到我们这么见面。"雨堂厉声："别想套近乎！我问你，为什么要对我们的人下手？"南珠苦笑："我们是清剿鸡公罗。"

"别以为我是傻子！"

"雨堂，你想干吗？"

"你说呢？"

"你是背着海明伯来的吧？这可是违反纪律的。"

雨堂冷笑："我现在是鸡公罗的人，为鸡公罗报仇，总可以吧。"

南珠一笑："明白了，好主意。那你下手吧。"

"以为我不敢吗？"

"你能干掉石村，怎么不敢？下手吧。"

雨堂迟疑。

"下手呀。"

"田南珠，你不要逼我！"

南珠冷笑："不是我逼你，是你逼我，连说话都没有余地。"

"那我问你，为什么叛变？"

南珠笑了笑："怎么，海明伯没告诉你吗？"

雨堂一愣："告诉我什么？"

南珠闪电般出手卸下雨堂的枪。雨堂才知道上当，咬牙突然出手，南珠一闪，两人打斗起来。十几个回合，南珠终于将雨堂打倒在地。

南珠有些气喘："韩雨堂，功夫长进不小呀。是跟海明伯学的吧？"

雨堂起身："你还有脸叫海明伯？"

"好了，收场吧。如今是国共合作，我不想把事闹大，你现在是八路军的代表，应该明白这个道理。"南珠把雨堂枪里的子弹卸下，将枪递给雨堂，"你要是觉得我们破坏国共合作，可以去找刁文元交涉。报私仇，那叫愚蠢。"

雨堂咬牙："南珠，你等着，会有收拾你的那一天！"

雨堂掏出了南珠送他的琴套，奋力一撕，扔在地下，扭头离去。

南珠默默地捡起了琴套。这时，她突然感觉到了什么，猛地拔枪："谁？出来！"

没有响动。

"出来！"

方萍从暗处慢慢走出来。

"是你？"

方萍微笑："看样子，你真和这小子断了？"

南珠冷眼看着方萍："你也想对我下手？"

"我要下手，还用等到今天？我们毕竟是血浓于水呀。我本来是想找你聊聊，碰巧看了一场戏。好了，看你受惊，就不打扰了。"

方萍拂袖而去。

八路军的代表果然来找刁文元严正交涉了。

吴猛和南珠坐在会议桌一侧，他们对面坐着海明伯和雨堂。刁文元居中坐着，刁文元的秘书兼副官周成在一边录音记录。

海明伯在发言："我们认为，这是蓄意制造的袭击友军事件，破坏共同抗日。必须彻查，严惩肇事者！"

刁文元看着吴猛："吴处长，你解释一下吧。"

吴猛开口了："我首先要澄清一下，我们这次行动，是清剿水匪鸡公罗，不是清剿中共游击队。"雨堂打断："那你们应该去端桃花岛，怎么去洗村了？难道不知道那是我方游击队的驻地吗？"

吴猛有些尴尬："这个嘛，这个嘛，有些误会。"

"什么误会？明明就是冲我们去的！根据我们掌握的情况，你们根本没有对桃花岛进行清剿，在桃花镇直接改道，去了洗村！你们还调动了保安团，团团包围了洗村。要不是邱队长及时发现，我们的游击队全叫你们吃掉了。"

南珠也开口了："韩先生，我们要是蓄意对付你们，为什么要绕道桃花镇呢？这不正说明，我们确实是想端掉桃花岛，因为有突发情况才改道吗？"

"什么突发情况？"

南珠不慌不忙："我们得到情报，鸡公罗得知我们要对他下手，想投奔你们游击队，躲过清剿，而且带人去了冼村谈判，所以我们才临时改去冼村。擒贼先擒王的道理，你刺杀过石村，应该明白吧。而且，我们去冼村，是冲着鸡公罗去的，只要邱队长交出鸡公罗，我们和你们的冲突就不会发生。可是，你们的邱队长，却首先向我们开火，掩护鸡公罗逃跑。"

吴猛眼一亮："对！是你们先开火的！我们伤亡了七八个弟兄才反击的。我们抓住了鸡公罗的保镖，可以对质！"

雨堂傻眼了，狠狠地看着南珠。

南珠对雨堂一笑："看我干什么？你们的说法，全是建立在推理想象基础之上的，而我们的说法有根有据。"

刁文元露出微笑："好了，好了。都是一家人，有话好商量。雷先生，看来是误会了。吴处长他们是冲着鸡公罗而去的，可是你们的邱队长却不够冷静，先开了枪，还伤了吴处长的弟兄，吴处长也火了，这才爆发了冲突。我看这样吧，为了共同抗日，理解万岁，把你们的伤亡报上来，我们给以抚恤。"

雨堂态度坚定："不行，你想给几个钱就打发我们？没门！"

刁文元看着雨堂："那你要怎样？"

雨堂指着吴猛和南珠："必须彻查！惩罚这两个凶手！"

刁文元冷笑："你难道想毙了他们？"

"该毙就得毙！"

南珠一拍桌子："韩雨堂，你不要得寸进尺！你昨天晚上行刺我的事，我还没抖出来呢！要是大家翻脸，首先要枪毙你！"

雨堂傻了。

不用说，南珠揭露了雨堂想行刺她的事，使八路军方面陷入极端被动。

老赵在房间踱着步，海明伯和雨堂坐着，气氛严肃。

老赵问："雨堂，昨晚你真去找南珠了？"

"是的。"

"结果呢？"

海明伯揶揄："技不如人，结果偷鸡不成，反蚀一把米。"

老赵把桌子一拍："你胡闹！一个八路军代表，干这种下三烂的事！就凭你干的好事，我们还怎么彻查！你、你去妓院的事刚过去，叫我怎么说你才好！"

雨堂低头不语。

老赵看着海明伯："老海，这是你调教的徒弟，你说怎么办？"

海明伯看着雨堂："雨堂，你先去好好想想。"

雨堂离去了。

海明伯拍拍老赵："别生气了。他这么一闹腾，歪打正着，南珠就更安全了。南珠这么做，也是我的意思，我要她为刁文元他们说话。"

老赵苦笑："这我已经想到了。可是，我们往下交涉更困难了。"

"现在看来，要国民党低头道歉是不可能了。但是我们可以用避免再次误会为理由，提出迅速进行整编，把番号拿下来。"

"好，我同意。那雨堂总要给个处分吧？"

"我看写个检查就行了。"

老赵笑了："你可真护犊子呀！"

这天晚上，刁文元做东，请吴猛、南珠和方萍吃饭。席间，刁文元大夸南珠："漂亮，太漂亮了。南专员，你太有才了，把雷海明和韩雨堂说得哑口无言。我们要把这事做大，把他们轰出广州！"

方萍冷笑："轰走又怎样？韩雨堂走了李雨堂又得来。除非参座学张学良，把蒋委员长绑了，逼他又剿共！"南珠看了方萍一眼："参座，这事没那么简单。韩雨堂刺杀我，只有他知我知，他翻脸不认账，我们一点办法都没有。方萍，你说是吗？"

方萍愣了一下，才开口："他没留下证据吗？比如说，扣子什么的？"

南珠心里有了底，方萍是不会说出去的，便道："他的功夫可不差呀，要不是对我还有点情分，我还真拿不下他。参座，这事到此收场是最明智的。"

刁文元苦笑："我们收场，他们就会进攻，比如说，要我们给番号，你说给不给？他们再把鸡公罗拉进去，就是一个营的人马！"吴猛笑了："当然给，我们正好把钉子钉进去！李刚不是在鸡公罗的队伍里安了不少卧底吗？"

刁文元把大腿一拍："对呀，我怎么就没想到？吴猛，我敬你一杯！"

两人碰杯，一饮而尽。

刁文元又开口："吴处长，这次李刚表现如何？

"还凑合吧。"

"那就把他调到你手下？"

吴猛迟疑了一下："好吧。"

这天晚上，方萍没开车，坐着南珠的车回去的。在车上，两人又聊了起来。

"南珠，韩雨堂刺杀你，明明我也知道，你为什么要说只有你们两人知道？是不想他被轰出广州吧？"南珠笑了笑："这不是你的想法吗？我想成全你。"

"我看你是想成全共产党。"

南珠冷笑："方萍，总试探我，有意思吗？你到底想干吗？就来个痛快的，不必躲躲藏藏！"

"好，我就给你来个痛快的。"方萍笑了，"既然你和雨堂成了冤家，我想和他成亲家。只要你不搅局，以后我也绝不为难你！"

"什么？"南珠听明白了，惊讶地把车刹住了。

"还不明白？"方萍加重语气，"我喜欢他！我要追他！明白了吗？"

说罢，方萍打开车门，离去了。

南珠傻了。看着灯火迷离……

一个星期后，游击队的番号下来了，叫"华南抗日独立大队"。这意味着中共的武装终于合法化了。老赵和新任的大队长老曹商量举行一个庆祝大会，海明伯提出，可以扩大规模，和八和会馆联合举办一场抗日义演活动，社会影响更大。

老赵和老曹立即表示赞成，于是，雨堂就成了协调人，负责和八和会馆接洽商议，雨堂就和天健碰面了。

"天健，一直想来拜访，可是公务缠身，直到今天才有空。"

天健有些受宠若惊："不敢，不敢，应该是我去拜访你。可是，看你那么忙，一直不敢打扰。来，喝茶。"

雨堂喝着茶，说明了来意。天健眼一亮："真是心有灵犀一点通呀，我们两兄弟可想到一块去了。"说罢，天健起身，拿出了一个方案："我们把方案都做好了，正想邀请你们参加呢！又怕你们瞧不上，就搁在这儿了。"

雨堂翻阅方案："天健，八和会馆可是广东梨园的头块招牌，我们怎么会看不上呢！是你想多了吧？"

天健尴尬："是呀，是我想多了。我这次从南洋回来，偏听了家父的一面之词，心有怨恨，给咱们家添了不少乱子，后来又被何三刀蛊惑，好心办了坏事，大伯因为我遭了杀身之祸，三叔恨我入骨……"

雨堂打断："不要说了。这些情况，三叔都给我说了，他对你是怨气挺大的。可是我认为，也不能都怨你。只要你能抗日，我们还是一家人！"

"真的？"天健露出惊喜的表情。

雨堂严肃起来："天健，要是说我听了三叔的那些话，无动于衷，那是假的。但我不太相信你为了什么琵琶或者古谱，要把我爹置于死地。我遭的难，也与你无关。更重要的是，我爹也给我留下话，不要对你报复。"

天健意外："什么？伯父还留下这个话了？"

"好了，义演的事，原则上就定下来了。这个方案，我带回去汇报，做一些修改，再来和你们商议。"

雨堂说罢起身，被天健一把拉住："雨堂，你一定要留下吃个饭，我们兄弟再聊聊，好不？"

雨堂笑了笑："我确实想和你聊聊。但今天不行，改天我约你。"

雨堂说罢要走，又被天健叫住。

"阿秀有消息吗？"

雨堂心一动："你怎么知道我在找阿秀？"

天健有些慌乱："我看了报，又听茹婷说，你是去找阿秀。"

雨堂意味深长地看着天健："你知道她的消息吗？"

天健苦笑："不知道。但是，我很担心她，毕竟是自己的妹妹呀。"

雨堂拍拍天健："暂时还没有。你要是有消息，告诉我，行吗？"

天健连连点头："一定，一定。"

回到办事处，雨堂发现海明伯对着古谱的照片本在拉琴，他知道，师父还在破译古谱。

雨堂进来了，海明伯收琴："八和会馆答应了？"

雨堂笑着把天健的方案放在桌上："一拍即合！他们也有这个想法，方案都做好了。"海明伯也笑了："这么巧呀。"说着就翻阅方案。

雨堂翻阅起海明伯做的笔记来，只见写着："此处指法别具一格""变调有些突兀，细思甚妙，不得不服""揉指有刚气，妙哉"。雨堂一边翻阅，一边不禁暗暗佩服师父的研读之细。

"这个方案，简明扼要，是行家所为呀，是天健的手笔吧？"海明伯已经看完方案，"他们还要咱们出节目呢！还点名要你演奏《旱天雷》。"

"是呀，我也看到了。演就演，没问题。"

"是天健接待你的？"海明伯又问，"他说了什么？"

"和你估计的一样，他很担心我报复，我对他表明了态度，他放松了很多，表示一定办好这次义演。对了，他还问我，找没找到阿秀，我感觉有点奇怪。"

海明伯笑了："这有什么奇怪的？邓茹婷去风月楼调查，什么都知道了。不然，她会给你道歉吗？"雨堂沉思："天健也是这么说的，可是，我总觉得有什么不对。"

"怎么不对？"

雨堂笑了笑："也许是我敏感了吧。不说了。师父，这个方案怎么样？"

"我基本同意这个方案，要补充的是我们的节目。我觉得我们要来个合唱或者表演唱，唱《松花江上》和《义勇军进行曲》。"

"好！"雨堂转移话题，看着海明伯的笔记，"师父，你好像没发现有什么猫腻呀？"海明伯苦笑："是呀。这是第五遍了，心得倒写了不少。"

雨堂点点头："我说了，这谱子没什么问题。不过，从乐学的角度看，确实是宝典，所以我爹把它当宝贝。可是江湖上却胡乱传出了什么藏宝图的故事，结果闹得我家破人亡。"

这时琼嫂进来："开饭了！"

十天之后，由八路军办事处和八和会馆联合举办的抗日义演轰动广州，尤其是韩天健和韩雨堂的演奏轰动了音乐界，被人称为"韩家双雄"，这是后话。值得一提的是，那天演出，博年和明仔也在场，他是看到演出的广告上写着，天健和雨堂将联袂演出，专门赶到广州来的。他万没想到，雨堂居然要和天健联袂同台演出，这不是化敌为友吗？！在现场一看，雨堂和天健在满场观众的欢呼下，还双双出场向观众谢幕，他更是怒发冲冠，要冲上台闹场子，被明仔死死拉住："老爷，有什么话，我们找雨堂少爷单说吧！"博年这才罢休，演出一结束，便气冲冲地赶到了雨堂他们的办事处，他要狠狠数落一下雨堂。

到了八路军的办事处，只有琼嫂一个人看家，博年表明了自己的身份，说要见雨堂。琼嫂为难地对博年说，办事处的人都去参加义演了，义演完了还要和八和会馆的乐师们聚餐，雨堂怕要很晚才能回来。

博年忍住气："大妹子，我有急事要和雨堂说，是人命关天的事，你能不能把他叫回来？"

琼嫂一看博年着急的模样，便把雨堂叫回来了。

雨堂一见博年就问："三叔，是不是阿秀有消息了？"

博年冷笑："你眼下这么风光，还记得阿秀？"

雨堂一看博年出言不逊，就把他带进了自己的房间："三叔，到底什么事，您坐下慢慢说。"博年便劈头盖脸地数落起雨堂："你不收拾天健也就罢了，还和他同台演出，穿起了连裆裤，你对得起你参吗？你说呀！"

"三叔，我这是在做抗日统一战线的工作，只要愿意抗日，都要团结，你可不能胡闹呀。我听说，您还要砸场子，幸亏被人拉住了，不然的话，您真的会被拘押，我也要跟您丢脸！"

"你还知道丢脸？我这张老脸都被你丢尽了。我在沙湾都抬不起头！都说雨堂回来了，我们韩家咸鱼翻身了，翻个鸟身呀！你三婶眼睛都快哭瞎了。"

"三叔，我和天健谈了，他也很后悔。改天，我把他叫回去，给您老赔个不是，行不？"

"赔个不是就完了？雨堂，你糊涂呀，他和你套近乎，是贼心不死，想谋那个谱子！你不明白吗？"

雨堂笑了笑："三叔，我跟你说过，那个谱子在我这儿藏着，谁也拿不走。不过我可以告诉你，那个谱子没有什么藏宝图，就是一部乐学宝典，我还琢磨，找一个适当的机会公布出来，供大家学习，犯不着这么你争我夺。"

"什么？你还想公之于世？"博年大吃一惊，"你没疯吧？这就是你当共产党当的，什么都拿来'共'？你参不是白死了？"

雨堂苦笑："三叔，我是在琢磨，没想现在就做。好了，您放心，我要是想公布了，会和您商量的。"

"我不放心！"博年突然警觉，"你小子，是不是把谱子给天健啦？"

"三叔，您多心了。我说过，现在我谁都不会给的！"

"那天健为什么和你这么热乎？不对，肯定你把谱子给他啦！"

博年起身抓住雨堂直晃："韩雨堂，你骗我！你说，是不是把谱子给韩天健啦，你要是给他了，我今天就死在你面前！"

雨堂看着博年全身发抖，也有点慌了，连忙把铺盖掀开，露出了床板，他又拿开床板，从夹层中拿出古谱："三叔，你看。"

博年拿着古谱翻阅着，眼泪哗哗地流下来："大哥呀，这是你豁出命留下来的呀，这谱子上流着我们全家的血呀。"

雨堂的眼泪也流下来了："三叔，我明白你的心思。我向你发誓，要是你不同意，我决不公之于世，行不？"

博年把古谱收进怀里："既然你说了这话，这东西我得保存着。"

雨堂大惊："三叔，你这是干吗？"

博年表情严肃："我信不过你。"

雨堂急了："三叔，这、这不是胡来吗？

博年态度坚定："雨堂，我会拿命护着它，你要是想拿回去，就把三叔一枪崩了！"说罢，博年走出了房间。

雨堂傻了。

第二十二章　偷拍古谱

夜晚，天健坐在沙发上发呆。

雨堂演奏《旱天雷》的场景在他眼前浮现，虽然在义演中，天健收获的掌声也很热烈，但是天健明白，雨堂的演奏已在自己之上。

门铃响了。天健开门，邓茹婷进来了。

天健默默沏茶。

"看样子，心情很不好呀。"

天健苦笑不语。

"是在想韩雨堂的事吧？"

天健突然爆发："茹婷，我敢肯定，古谱在雨堂手上。他肯定研习了古谱！"

邓茹婷微笑："你很敏感呀。"她拿出一篇文章，"看看这篇稿子吧，是傅教授刚给我的。"

原来傅桑也看了演出，回去后写出这篇对义演的评论，文章中重点评价了雨堂的演奏，赞不绝口，字里行间还暗示，雨堂的演奏与失传的一部古琴谱有传承关系。

天健放下文章："老师真厉害，他也听出来雨堂研习过那部谱子。看来我的感觉是对的。"邓茹婷一笑："你没想想，你老师为什么能听出来吗？"

"他的造诣很深，一直在研究岭南音乐，对这部古谱的掌故又如数家珍。听出来并不奇怪。"邓茹婷摇头："不对，他是个学者，如果仅仅在史料上掌握，没有见过谱子，说不出这么地道的话。"

天健警觉："你什么意思？"

"我觉得他手上也有一部古谱。我每次给他打扫房间，他都不让我进卧室。那个卧室肯定有名堂。"

天健暗暗吃惊："你一直在琢磨老师吧？"邓茹婷笑了笑："这是我的职业本能。我觉得要试探一下，要是有收获，我们就抄近道了。"

于是，邓茹婷就说出了自己的主意。

"什么？你要偷拍？"

"放心吧，只要你好好配合，万无一失！"

雨堂的谱子被博年硬生生地拿走了，他赶紧向海明伯汇报。

"我三叔硬要拿走，我拗不过他。再说，他是长辈，这谱子他拿着也不错。我觉得他不会传出去的。"见海明伯不语，雨堂又说，"师父，要是你觉得不妥，我找他要回来？"

"不必了，我也相信你三叔不会传出去的。要是韩天健还在打古谱的主意，转移一下更安全。何况，我们还拍了一个副本。"

雨堂心一动："师父，你觉得天健还在打古谱的主意？"

海明伯坐下："我们演出的时候，我特意观察天健，他的表情很不自然。我感觉到，他听出了你的演奏中有古谱的传承，后来聚餐时，我又和他聊了几句古谱的事，他故意回避。这说明他是很在意的。还有一点，天健的口音里带着南洋味，我在南洋待过，对南洋口音很敏感，就想到了赎走阿秀的南洋客。"

雨堂大惊："你是说，那个南洋客是天健？"

"不能肯定，但是你可以拿着天健的照片去找风月楼的鸨婆对一对，有胡子不要紧，你添上胡子，就能认出来。要是这样的话，这个天健的确不简单，你三叔的猜测也不无道理，天健也可能为了谱子，控制了阿秀。"

"我明白了。"

第二天，雨堂拿着和天健在义演后拍的合影去了风月楼，找鸨婆辨认。没费多少工夫，鸨婆就确认，那个赎走阿秀的南洋客很像天健。雨堂起身就往天健的寓所赶，昨天晚上，他已经和海明伯商量好了，一切成竹在胸。

雨堂在寓所前敲门。

门开了。天健露出脸来，有些意外："是你？"

雨堂一笑："来看看你，方便吗？"

"方便，方便。请。"

两人在客厅坐下了，雨堂打量房间："好气派，都是红木家具呀。"

雨堂注意到案桌上摆着一个半人高的陶制的弥勒佛像，他摸着弥勒佛："这是佛陶吧？"天健点点头："是的，朋友送的。"

雨堂看着天健家的神龛："这菩萨，你这神龛放不下吧。"

"是呀，我打算放到会所里去。那里的神龛大，也气派。"

天健沏茶发现没水了："不好意思，没水了。我去烧，你坐。"

天健去了厨房。雨堂发现了茶几上傅桑的稿子，看了起来。天健在厨房观察雨堂，发现雨堂在看稿子，有些不安。

雨堂看着看着，露出惊讶之色，稿子重点评价雨堂的演奏，点出了与失传的南越经典有传承关系。还有许多行家之言，非常到位。

天健过来一边沏茶一边说："这是我老师傅桑教授写的，明天会见《羊城报》。他对你的评价很高呀。"

"傅教授对我过奖了。不过他对广东音乐的见解，确实很有启发。早就听说过傅教授，果然名不虚传。以后我还想拜访，请你介绍一下。"

天健很爽快："没问题。"

"我们说正事吧。天健，我说话可能有点直接，你不要介意。"雨堂便开门见山地说了，"我又去风月楼打听阿秀的事，说来说去，说出了一个南洋客把阿秀赎走的细节，我觉得那个南洋客很像你。就把我们昨天义演的合影拿出来请鸨婆辨认，她指认，就是你。"

天健一惊："是吗？"

雨堂拿出了照片，被天健拦住了："不用对了，是我。"

两人都沉默了。

过了一阵，天健开口了："我是救阿秀，绝没有想害她，你信不？"

"那你说说是怎么回事？"

天健就慢慢说了经过。原来，一年前，那两个黑道男人把阿秀卖到风月楼，正巧碰上了天健。天健很吃惊，毅然决定，把阿秀救出来，就扮成了南洋客，赎出了阿秀。

"这事谁都不知道。我和她爹有矛盾，但和阿秀无冤无仇，她还是我堂妹，我要是见死不救，就是畜生了。我知道阿秀也有案子在身，就给她钱，要她下南洋，她把我臭骂了一顿，就跑了。我也找过她，可是一无所获。就这么回事，信不信由你。”

“这事邓茹婷知道吗？”

天健警觉：“你怀疑她？绝不可能。我也知道，她要是知道这事就麻烦大了，就瞒着她，包了宾馆，劝阿秀劝到半夜，谁都没见，下半夜我扛不住了，就眯了一会儿，醒来人就不见了。”

雨堂起身：“好，我相信你的话。不过我还想问问你，你为啥不相信邓茹婷，你们不是要结婚了吗？”

天健苦笑：“鞋子挤不挤脚，只有脚指头知道。雨堂，这就不要问了吧。你要是信不过我，可以去告我。现在是你们的天下，我认命。”

就在雨堂和天健谈话的当儿，傅桑也来到办事处，说要拜访雨堂。

琼嫂抱歉地说：“傅教授，真不巧，雨堂办事去了，雷先生他们也办事去了。我们现在是筹备期，人手不够，只有我在守家。”

傅桑客气地问：“韩先生什么时候回来？”

“大概中午吧。”

傅桑看看表：“那我等等他。”见琼嫂有些犹豫，又说，“要是不方便，我就在院子外等。”

“那好吧，你到厅里喝茶等吧。”

这时，雨堂回来了。

琼嫂惊喜：“雨堂，这是中山大学的傅教授。要见你。”

雨堂也惊喜：“傅教授，久仰！”

两人寒暄几句，傅桑说：“我们出去坐坐，边吃边聊。”于是，两人就去了饭店，开了包房坐下了。

傅桑把自己的著作递给雨堂：“这是我关于岭南音乐的论文集，请斧正。”

“不敢，不敢，一定好好拜读。”

服务生上菜了。

“来，我们边吃边聊。”

他们吃了起来，很快就进入主题。

“不瞒你说，我就是因为要研究岭南音乐，才从日本回来的。”

“哦，那肯定有很多故事了。”

"说起来可话长了。我在日本，原来是学政治的，甚至还参加过政治斗争，后来种种原因，我退场了，开始研究中国音乐史，就这样，我接触到了岭南音乐……"

说着说着，就说到了雨堂家的古谱。

傅桑喝了一口酒："自从我得知这部谱子的存在以后，做了三年资料梳理和研究。我发现，几代岭南音乐高人，将他们的乐学理念和造诣，都融汇到这些经典曲目的奏法和评点中，可以说，这谱子是一部音乐宝典。这次听了你的演奏，我更坚定了这种认识。所以，我就找上门来了。来，干一杯！"

"傅教授，您怎么能这么肯定，我是研习了这部乐谱呢？"

傅桑一笑："是不是我是天健的老师，你对我还有戒心呀？"

"傅教授误会了，这是两码事。何况我也并不把天健当仇人，只要他抗日，我们还是兄弟。这次义演，我和他组成了五架头，就是证明。"

"好，我告诉你，是你父亲告诉我的，他手上有这部古谱。"

雨堂意外："我爹告诉你的？"

"是的。你刺杀石村后，你爹到处求人救你，也找到我。是天健带他来的，知道为什么吗？"

"为什么？"

"因为我在日本教书时，邓茹婷也在日本留学，旁听过我的课，也是我的学生，天健认识茹婷，还是我介绍的。茹婷的能量很大，这就不用说了。天健就是想我跟茹婷说说，想办法救你。可是我有些犹豫。因为石村是我帝国大学的同学。"

雨堂意外："石村是傅教授的同学？"

"是的，你杀了石村，我又救你，心里总觉得过不去。这时你爹就对我说了不少话，我被你爹的舐犊之情感动了，就对茹婷开了口。后来的事，你可能都知道了。我没想到，茹婷去找了何三刀，给你家添了难。很内疚呀。"

傅桑默默喝酒。

"傅教授，这不怪您。"

傅桑继续说下去："你爹找我的时候，除了说救你的事，我们还谈起了岭南音乐，很投机，你爹就说了古谱的事，他说，等风头过去，他会好好和我交流的。可是……"

旱天雷

傅桑眼睛潮湿了，又喝酒。

"你爹回沙湾，还给我来了一封信。"说着，傅桑掏出了信。

雨堂接过，读起来。

父亲的信不长，这样写道："傅教授如见。广州拜访，唐突之至，望见谅。谈及乐学，受益匪浅，可谓知音也。犬子能否有救，实赖天意，先生不必耿耿于怀。风波过后，定当携谱拜访，切磋琢磨，以光大乐学也。匆匆不赘，致教安。"

雨堂流出眼泪："傅教授，这封信，能让我回去拍个照吗？"

傅桑迟疑了一下说："行。"雨堂激动："谢谢了。"

雨堂接着说："傅教授，我很敬佩您的才学，尤其是对岭南音乐付出的研究心血。其实我也认为，这谱子不应该是私有财富，而是民族共同的文化遗产，应该交给您这样的专家，研究传播，以光大国乐。可是……"

"不用说了，我明白，你怕我传出去，给不相干的人看到。比如天健和茹婷。你看这样行不，就按图书馆珍本部的规矩，在你方便的时候，我到你那里看，我只需要做一些笔记就可以了，怎么样？"

"我想应该可以，只是对傅教授不太恭敬了。"

傅桑兴奋："这是规矩，我查很多资料，都是这么办的。好，我敬你三杯！"

雨堂和傅桑分手后，立即向海明伯做了汇报。

他先说了见天健的收获。

海明伯问："天健说的，可信吗？"

"从逻辑上看，没有什么破绽；从我的感觉看，也是可信的。"

"那再说说你见傅教授的事。"

雨堂又说了和傅桑见面的事，还拿出了父亲写给傅桑的信。

海明伯看完信："你确信是你爹的笔迹？"

"是的。"

海明伯沉思。

雨堂说话了："我觉得傅教授是个很有学问的教授，在理论上对古谱的研究很深。人也很正，是可以信赖的。要不是因为阿秀的事，我有点忌讳天健，我就会答应把古谱交给他了。还有一点，他来看古谱，我也可以受到启发，说不定，可以看出什么门道来。"

"你想借他之力，破译一下古谱？"

雨堂点头："是的。"海明伯琢磨："他要是纯粹的学者，这也是一条路。可是，我们对他的了解还不够呀。"

"我也想了，他要是有鬼，不会这么直接地袒露意图。还有，他也没有回避他和天健还有邓茹婷的关系，连他和石村是同学的事也说了。我觉得他还是比较坦荡的。"

海明伯琢磨："我看这样吧，你再摸摸天健的底。"

"好。"

海明伯拿起傅桑的著作："这个我拿去看看。"

夜晚，南珠和海明伯秘密接头。

南珠告诉海明伯，她最近有了不少收获："我搞到了日本领事馆对石村策反陈济棠事件的总结报告，有一些新发现。石村来广州策反陈济棠的行动，代号是'螳螂计划'。我觉得这和'黄雀计划'似乎有某种呼应。另外，报告还提到，石村行动失败，有内部掣肘的力量，看来日本方面对石村的行动，有反对派。报告对这一点提得很隐晦，但是很不满，似乎有些无可奈何。报告还提到本来去光孝寺上香，是要石村亲自去的，后来才临时找了替身。我觉得这有抛弃石村的迹象。是不是反对派故意抛弃石村，掩护'黄雀计划'呢？这一点，你也说过。报告最后还提到，不管是南进还是北进，都是为了帝国的利益，要精诚团结。这句话大有深意。我结合石村策反陈济棠的效果做了一些分析。石村策反成功，蒋介石会调兵南下围剿，北方就空虚了。这对日方北进派很有利。于是就可以推测，南进派并不满意这种局面，所以出手干涉石村。再进一步推测，'黄雀计划'，应该是南进派策划的行动。"

南珠拿出了一个卷宗："我的这些分析都写在这里了，还有日方的报告副本。不过，对于'黄雀计划'本身，我还是没有头绪。"

"你干得很有成绩呀。"

南珠继续说："还有，在石村策反陈济棠期间，邓茹婷和石村有多次接触。而雨堂家出事，她也掺和进去了，而且她曾留学日本，我觉得这个人很可疑。我调来她发表的文章通读了一遍，发现她的政治指向很多元，有谴责揭露日本人的，有攻击蒋介石的，也有攻击陈济棠、李宗仁的，当然也有攻击我们的。从表面看，她是新闻人的立场，有闻必录，没有固定的政治立场。但是，不管她攻击谁，最后的实际政治效果对我们都不利，而且每到关键时刻，她都会跳出来。"

海明伯问："你觉得她是日本间谍吗？"

"说不好。她和胡汉民的关系也不一般，是国民党的间谍也难说。国民党派系林立。陈济棠、李宗仁、冯玉祥、阎锡山、西山派、孙科派，都是反蒋的，他们都有自己的间谍。这个女人能量大，而且比较强势，可以肯定她是反共的。"

海明伯又问："你注意过傅桑教授吗？他是天健和邓茹婷的老师。"

南珠警觉："傅教授可是个知名学者，乐学造诣很深。怎么，你觉得傅教授也可疑？"

"还不能这么说，只是事情有些蹊跷。傅教授听了雨堂的演出，断定雨堂研习过古谱，直接找到雨堂，想要古谱做研究。"

南珠有些惊奇："他听雨堂演奏就能断定吗？"

"他一直在研究岭南音乐，知道这个谱子。雨堂父亲救雨堂的时候，还找过傅教授帮忙。博公兄也向他透露过谱子在韩家，还答应风波过去，会把谱子拿出来支持傅教授的研究。"

南珠沉思："这么看，也不算太唐突。学者都比较执着。如果他心里有鬼，也不会这么直接。"

海明伯点头："是呀，我也这么想。可是不知为何，心里总不太踏实。"

南珠问："雨堂是什么态度，他拒绝了？"

"雨堂答应傅教授来当面研读谱子，还想借助傅教授之力，再看看谱子到底有什么秘密。"

"海明伯，你们研究了那么久，一点头绪也没有吗？"

"是呀，真是有些郁闷。"

南珠沉思："是不是古谱里并没有什么名堂，大家都被江湖传言误导了？"

海明伯反问："你觉得邓茹婷这样的人，有可能被江湖传言误导吗？我觉得你可以秘密盯一下邓茹婷。不过，雨堂在盯韩天健，你要小心别和他碰头。"

"明白了。"

海明伯准备起身，又被南珠叫住了。

"海明伯，还有一件事要给你报告。方萍和我摊牌了，她看上了雨堂，要追雨堂。她还说，要是我不搅局，她也不和我较劲了。"

"什么？"海明伯有些意外，"你妹妹可是胆大包天呀！你是怎么想的？"

"我开始还以为方萍是故意和我较劲。这些日子一想，要是她真追雨堂，不是可以把她拉上正道吗？"

海明伯笑了："你觉得雨堂会答应吗？"

南珠苦笑："雨堂杀我的心都有了，说明他心中的坎已经过了。再说，就算我和他是战友，我也不会答应他的。"

"为什么你不答应？难道还想着易水？"

"海明伯，我总觉得，要是方萍能走正道，和雨堂更般配。"

"你错了。我认为你和雨堂最般配！雨堂心里也只有你。你不要自以为是，乱点鸳鸯。你执行完了此次任务，我就会对雨堂透露你的真实身份，安排你和他见面。至于方萍走正道的事，我们立足于政治引导，不打男女感情牌！"

"海明伯，这不是打什么男女感情牌，我认为方萍和雨堂是有感情基础的。我调查了，我妹妹没有重大劣迹……"

"好了，不说了。"海明伯结束了谈话。

这天夜晚，方萍的车子停在南珠寓所前，方萍在车内抽烟沉思。

南珠开车回来了，发现了方萍的车，徐徐停在方萍车旁。她下车慢慢走向方萍。

方萍也下车："神出鬼没的，去哪儿啦？"

南珠笑了笑："怎么，没盯上我？"

"我敢盯你吗？"

"别耍嘴皮子了，屋里说话。"

她们进屋坐下，南珠沏茶："什么事？"

"你最近挺活跃呀！连窝边草也敢吃。"

南珠会意："你是说，我去了你的档案室吧。我有公函。"

"为什么不给我打招呼？"

"你不在。"

"你真会挑时候呀，而且打着姐姐的牌子。"

"我不是你姐吗？而且，我们是同志。"

"你想干什么？"

"我说了，你会信吗？"

"南珠，别给我绕！我知道，你一直没闲着。你不仅去过我的档案室，还去过公安局和市政府的档案室，还找过日本领事馆的刘翻译，而且去香港找过陈济棠的卫队长。还要我往下说吗？"

南珠看着方萍："阿萍，你也没闲着呀。"

"少废话，你到底要干吗？"

南珠想了想："好，我告诉你，我想调查日本人的'黄雀计划'。"

"黄雀计划？"

也就是这天晚上，雨堂去盯天健，带回来一个意外的消息：天健和邓茹婷密谋要盗窃傅桑教授收藏的古谱。

海明伯很惊讶，没有想到傅桑手上居然也有古谱："如果傅教授真有谱子，他为什么还要向你要谱子看呢？"

雨堂说："邓茹婷他们也不确定傅教授一定有，只是说很可能有。也可能不是同一部古谱，傅教授是学者，多方求证也不奇怪。问题是邓茹婷和天健在打他的主意，我们要不要提醒傅教授？"

海明伯又问："你觉得天健和邓茹婷为什么如此处心积虑要得到这谱子？"

"天健想要当'琴王'，邓茹婷想成全他。"

海明伯摇摇头："没那么简单。"

"那是为什么？"

"不知道，但可以肯定，没那么简单。"

"可是，那谱子师父你也研究了，没发现什么猫腻呀。"

"没发现猫腻，不等于没有猫腻。"

"那怎么办？"

"这是一个发现猫腻的机会。"

于是，海明伯和雨堂细细谋划起来，一个计划又诞生了。

第二天，雨堂接到傅桑教授的电话，邀请他去中山大学听一个讲座，雨堂答应了。雨堂这天晚上赶到中大礼堂时稍微有点迟到，他发现礼堂里坐满了学生，天健也在，邓茹婷在忙着照相，雨堂就和天健坐在了一起。

傅桑还在演讲："……本世纪二十年代到现在的广东音乐已经进入了成熟期。有三大表现：第一是原创性的乐曲大量问世，而且十分经典；第二是大批音乐名家、职业乐师和大批乐社涌现；第三是乐器的组合方式丰富多彩，表明在演奏形式上的发展和成熟。下面我展开来谈一谈。"

这时天健和邓茹婷交换眼色，邓茹婷转身离去了。

雨堂意识到了什么，也起身离去。

天健问："你去哪儿？"

"我去洗手间。"

"正好，我也要去。"

雨堂愣住了，他明白，天健是想拉住自己，心里更加确定，天健和邓茹婷准备对傅桑下手了。

雨堂没有猜错，就在雨堂和天健去洗手间的时候，邓茹婷走向傅桑寓所，观察了一下动静，上楼，掏出钥匙，开门而入。邓茹婷进了客厅，在卧室外按电灯。卧室灯亮了，邓茹婷掏出钥匙，进入卧室，她拿出报纸把灯光遮住。邓茹婷戴上白手套打开衣柜，发现衣柜里有个小抽屉锁着。她找出钥匙打开小抽屉，小心翼翼地拿出了一沓证书之类的文件翻看着。邓茹婷又把证书之类的叠好，小心翼翼地放回小抽屉，锁上。

雨堂跟着天健又坐到前排听讲座。

傅桑正在和听众介绍雨堂："下面，我请一位音乐演奏高手给诸位演示一下。他就是广东音乐著名琵琶演奏家韩博公先生的公子韩雨堂先生。"

雨堂傻了，天健也傻了。一位学生拿一把高胡走上台交给傅桑。

"雨堂先生，请。"

雨堂只好无奈地走上台，徐徐拉出了《小桃红》。

大家都屏息聆听。天健也在聆听。

傅桑卧房里，邓茹婷一无所获，有些失望地坐在傅桑的床上。掏出一支坤烟，点燃抽了起来。邓茹婷无意地打量傅桑的枕头，掀开，发现了一把勃朗宁手枪。邓茹婷惊讶地拿起手枪打量着。

一抹烟灰掉在地板上。

邓茹婷又把手枪小心翼翼地放在枕头下。抽完了烟，把烟头掐灭，放进了手袋里。她脱下了手套，也放进手袋里，带着失望离去。她走到房门口，发现墙上挂着一面镜子，习惯性地照了照镜子。

邓茹婷愣住了。

她从镜子里看到身后的墙上挂着一幅油画。油画画的是日本富士山的景象，白雪覆盖的富士山头，山下盛开着漫山遍野的樱花。邓茹婷慢慢转身，凝视着油画。突然想起了什么，又从手袋里拿出手套戴上。邓茹婷把油画取下来了，测算这画框的厚度。这个画框很厚实。她拿出了一把尖嘴钳，开始起画框后面的钉子，取下了油画的后板。

一部发黄的《南越古谱》出现在眼前。

邓茹婷露出了兴奋的表情：果然叫我蒙着了呀！

邓茹婷打开谱子，一张纸掉了下来。这是一张有格子的信笺纸，有些格子标有墨点，像记号。邓茹婷不以为意地把格子纸放在一边，拿出了相机，开始拍古谱。

礼堂里，雨堂还在拉琴，他有些走神，突然用力猛拉，弦断了。

大家都感到意外，小声议论。

傅桑有些难堪。天健有些幸灾乐祸。

雨堂鞠躬："对不起，大家见笑了。"说罢往台下走去。

突然海明伯出现在雨堂面前，手里拿着白玉马头胡琴。

海明伯沉着脸："怎么能下来，接着拉。"

雨堂着急："师父，我现在没心情。"

海明伯严肃道："不要给你爹丢脸！不要给我们八路军丢脸！"海明伯看着傅桑："傅教授，我是雷海明，是雨堂的同事，也是雨堂的师父。想要雨堂再拉一曲，可以吗？"傅桑一笑："当然可以。"傅桑对观众鼓掌："我们欢迎！"

大家也鼓掌。

雨堂感到海明伯的暗示，拿起琴，又上台："抱歉，我再给大家拉一曲。"

雨堂又坐下了，开始拉《平湖秋月》。悠扬的旋律扬起。

邓茹婷出现在现场，安然地坐在观众席上。

而此时，傅桑寓所中，南珠从窗户跳进了卧室，戴上白手套，走到画前，取下了画。刚才邓茹婷的操作，都被她看到了，所以，她的动作迅速而准确。她要再拍一次。她端起相机，咔嚓、咔嚓地拍了起来……

讲座结束了，人流涌出。海明伯和傅桑走出来，两人交谈着。

傅桑感谢地说："雷先生，要不是你来救场，我今天也很难堪呀。"

雨堂跟在人流后面，一些观众拉着雨堂交谈。天健和邓茹婷也小声交谈。

他们跟着傅桑走近寓所。傅桑突然发现卧室有灯光，脸色大变："雷先生，改日我再去拜访吧。再见。"

傅桑转身离去，快步向楼梯跑去。

大家都愣住了。

邓茹婷也发现了卧室还亮着灯，心情紧张，看了天健一眼。他们也跟过去了。

"老师，你没事吧？"

傅桑没有理会，走到卧房门口，试了试门，门锁上了。傅桑掏钥匙打开卧室，一切如故。

天健心慌："老师，怎么啦？"

"我走的时候把灯关了，是谁开的灯？"

天健慌乱："可能是我开的。"

"你开的？你进来了？"

天健答："老师要我回来拿茶叶，我开了客厅的灯，可能按错了，把卧室的灯也打开了。"邓茹婷装模作样："是不是有贼进来了？"

傅桑面无表情："你们别管了，回去吧。"

天健和邓茹婷离去了。傅桑把门关上，把油画拿下来，检查着，发现古谱还在里面，他松了一口气。

他把油画重新挂在墙上，凝神看着，耸了耸鼻子，他感到了一股薄荷烟的气息。他蹲下来，看着地板，视线移到床单下，一小撮烟灰进入视野。

他从抽屉里拿出了放大镜，又跪在地下，用放大镜观察烟灰。

傅桑冷笑着从枕头下拿出了手枪，准备开门出去。

第二天早上，邓茹婷准备出门。

她在化妆台前涂抹口红，起身穿外衣，拿起了手包，打开，拿出胶卷看了看，放进去。又拿出一把手枪检查了一下，然后她放下了窗帘。拿着包走向房门口换鞋。一打开门，傅桑衣冠楚楚地站在门口。

邓茹婷愣住了。

傅桑微笑："茹婷，早上好。"

邓茹婷尴尬："傅教授，这么早，有事吗？请进吧。"

傅桑进来，坐在沙发上。邓茹婷给傅桑沏茶。

傅桑看着茶笑了笑，放在茶几上没喝。

"傅教授，喝茶呀。"

"我上午不喝茶。"

"喝酒吗？"

"不必客气了。有烟吗？"

邓茹婷拿出了烟，递给傅桑。

傅桑拿出一支烟，闻了闻："薄荷型的？"

邓茹婷："是的，我喜欢这种香型。"

傅桑笑了笑："可是它暴露了你的行踪呀。"邓茹婷紧张："哦，什么意思？"

傅桑笑了笑："是这样的，我很少抽烟，尤其从来不在卧室抽烟，可是昨天晚上我在卧室里闻到一股薄荷烟的味道，而且在地板上发现了一小撮烟灰。"

邓茹婷瞪大了眼睛："您是说我进了您的卧室？"

傅桑平静道："确切地说，是潜入了我的卧室。"

邓茹婷沉默了。

"茹婷，你想找什么？"

邓茹婷冷笑："你有证据吗？"

"我就是来找证据的，这个烟就是证据。茹婷，你到我卧房找什么？"

邓茹婷苦笑："好吧，我给你看样东西。"她拿起了桌上的手包，打开，突然掏出一把手枪，对准了傅桑。

"傅教授，对不起了，这是你逼的。"

傅桑毫不惊慌，看着手枪："还是'花口橹子'？"

说罢，傅桑想掏口袋。

"不许动！否则我真的开枪了！"

傅桑语气平静："你知道我是谁吗？"

邓茹婷冷笑："你就是我爹，我也对不住了。"

傅桑微笑："保险都没开，吓唬谁呀。"

邓茹婷查看保险，傅桑突然出手，卸下她的枪。邓茹婷突然提腿还击，傅桑闪过。两人交手几个回合后，傅桑把邓茹婷击倒。

傅桑吐出了日语："杏子小姐，把胶卷交出来！"

邓茹婷一惊，看着傅桑。

傅桑用日语吟出一首诗："仙客来游云外巅，神龙栖老洞中渊，雪如纨素烟如柄，白扇倒悬东海天。"

邓茹婷惊讶，改用日语："您是，黄雀？"

傅桑一个耳光扇向邓茹婷："你简直胆大包天，竟敢打我的主意！"

邓茹婷捂着脸："先生，我确实不知道您就是……"

傅桑厉声道："我没指示你吗？要你不要自作聪明，一切按我说的做！"

邓茹婷不吭声了。

"这是你的主意，还是天健的主意？"

邓茹婷迟疑了一下："是我的主意。"

"你想帮他得到古谱？"

"也是为了实现先生的愿望。"

"愚蠢！我要你节外生枝了吗？我经过十年潜心研究，才最后锁定韩博公手中的古谱，绝不是心血来潮！"

邓茹婷在发呆。

"发什么呆？你在琢磨，既然我有谱子，怎么还要韩博公的谱子？"邓茹婷点点头："是的。"傅桑揭开谜团："我的这部是残谱，懂吗？"

邓茹婷好奇道："那这谱子里到底有什么秘密？"傅桑冷笑："这是你该问的吗？"

邓茹婷低头不语了。

"说说，你们下手的经过，不要跟我玩心眼。"

邓茹婷就全说了。最后她又强调，这全是她的主意，与天健无关。

傅桑冷笑："没想到你这么护着韩天健。好，我给你表个态，不追究你们俩，今天晚上把他叫来，我要当面给你们上一堂课。"

雨堂很遗憾，昨天晚上没有盯住邓茹婷，他对海明伯说："昨天晚上，他们肯定动手了。我故意把弦弄断，就是想去盯邓茹婷。"海明伯微笑："你不怕丢脸吗？"

"事情有轻重，我不过就是丢脸而已。可是现在……"

"现在是两全其美。"

"什么意思？"

这时，琼嫂进来，把一个纸包放下："海明伯，东西取来了。"

海明伯打开纸包，是一部古谱的照片本："这就是傅教授的那部古谱。"

雨堂惊讶："这是谁干的？"

海明伯笑了笑："这你就别问了，看看谱子吧。"

雨堂和海明伯仔细查看傅桑古谱的照片本，果然发现了差异。这部谱子和雨堂谱子的目录一样，但版本更老。

这时，老赵进来了："怎么样，有什么发现？"

海明伯答："傅教授的版本和雨堂家的版本不同，要比较一下才能发现差异，然后再重点破译差异部分，才会有所发现。"老赵琢磨："这么说，还要下不小的功夫？而且现在断定这个傅教授的身份还为时过早。也有可能，研究来研究去，和敌情没有关系，我们瞎忙活？"

海明伯说："有这种可能，但可能性比较小。"

"为什么？"

海明伯答："这就要分析一下想要谱子的是什么人？为什么？何三刀是想要藏宝图，命也赔进去了，这就不说了。天健想要谱子是想当乐王，还可以加上他父亲和雨堂父亲的恩怨。傅桑教授想要谱子，目前看，是学者的事业心和执着。这些都好理解。但是，邓茹婷也想要谱子就奇怪了，这个女人肯定有政治背景。她要谱子就应该有政治目的。"

老赵想了想："这么说，我们要破古谱之谜，一方面要研读谱子，另一方面还要调查这个邓茹婷，我们办事处的筹备还有许多事要办，只怕人手不够呀。"

海明伯笑了笑："上级不是说，要给我们增派几位同志来吗？可以请示上级，提前派过来嘛。"

"可是我们地方太小，来了怎么住？他们还带有电台呢。"

海明伯说："你这两天不是在装修新的办事处嘛，加快进度，要不，先住进去，再装修。"

老赵一拍脑袋："这倒是个主意。好，我们立即向上级请示！"

两天后，邓茹婷又单独和傅桑见面。

她显得十分小心。自从傅桑露出真容，她便领教到，傅桑虽然对她和天健网开一面，但却是狠辣之人，必须小心翼翼地伺候。傅桑也看出了邓茹婷的心思："你不用怕我，只要你老老实实听我的话，我不会亏待你的。"

于是傅桑就和邓茹婷商量起怎么得到雨堂的古谱。邓茹婷知道，傅桑的古谱是残谱，所以才瞄准了韩雨堂家的古谱，傅桑现在已经和韩雨堂接触了，想通过公开的方式得到古谱里的机密。但是，她却认为，由于雨堂受到三叔韩博年的敲打，未必会真的拿出古谱来和傅桑分享。

"依你看，有什么办法？"

"既然您确定谱子就在韩雨堂手里，我的主意就是偷。八路军办事处现在处于筹备阶段，人手不多，我们制造一些情况，把他们的人调动出去。我带几个人，扮成黑道上的，干一票。表面上是劫财，实际上是搜谱子。现在广州每天都有劫案，我们暴露不了。"

傅桑冷笑："你以为韩雨堂会那么蠢，把谱子压在枕头下吗？"

"那我可以搜查暗道机关，我有经验。"

"就像偷拍我的谱子那样？"

邓茹婷又被戳到痛处，沉默了。

傅桑沉思了一阵："广州还不是我们的天下，我们还要夹着尾巴，不能闹出大动静。我看这样，我们找个夜晚，在办事处的周围，制造一次火灾，他们肯定去救火，这时候你潜进去，试试运气。千万不能暴露，明白吗？"

"明白。"邓茹婷暗暗佩服傅桑，的确老辣。

傅桑转移话题："天健这些日子情绪怎么样？"

邓茹婷露出迟疑之色："自从您把我们俩叫去骂了一顿，他很自责。很后悔打您谱子的主意，情绪很低落。我把责任都扛起来了，他还是愁眉不展。"

"他知道我的真实身份吗？"傅桑继续问道。

"您没发话，我怎么敢告诉他？不过，他是个精明的人，要瞒他也不容易。"

傅桑微笑："到时候，我会现身的。"

第二十三章　有贼到访

三天后的夜晚，八路军办事处附近的民宅起火了，办事处的同志都出去救火，只留下琼嫂看家。由于发现及时，救火的居民很多，两个多小时，火被灭了，损失也不大。大家回来后，忙着洗澡。雨堂也进房间拿换洗衣服，他突然发现，自己的衣柜有翻动的迹象，立即警觉起来，又检查床铺，发现床铺也被翻动了。

雨堂立即向海明伯和老赵报告。大家都意识到，这场火烧得蹊跷，连忙又检查房间，没有发现录音装置。

"这个贼很老到，值钱的东西都没动，肯定是怕暴露。看来，是冲古谱而来。"海明伯沉思道。

"幸亏我三叔把谱子拿走了，要不然，可要出大麻烦。"雨堂说。

"问题是，这个贼怎么知道这是雨堂的房间？"海明伯琢磨。

雨堂心一动："对了，我带天健来过一次。是上次义演排练的时候，我有事耽误了，天健来找我，我就跟他走了，就是几分钟的事，他连水都没喝。"

老赵不解："这么说，是邓茹婷和韩天健干的？可是，邓茹婷不是拍了傅教授的谱子了吗？她还要雨堂的干吗？"

海明伯解释："那是一部残谱。正因如此，他们想要全谱，就铤而走险。"

老赵恍然大悟道："这么说，谱子的秘密还是在雨堂的谱子里？"

海明伯心一动："对呀，雨堂，我们重点就放在你的谱子里！"雨堂也兴奋起来："对，我们不要通篇比较了，就比较我爹的谱子和傅教授的谱子不同的部分，工作量就大大减轻了！"

海明伯拍拍老赵："老赵呀，你一句话可点醒了梦中人呀！"

大家都笑了。

老赵转移话题："好了，我们说说搬家的事吧。琼嫂说，三天后，我们就可以搬过去了。对了，琼嫂，你说说吧。"

邓茹婷不仅空手而归，还崴了脚。她来到傅桑寓所，向傅桑汇报了经过，他们是用日语交谈的。

傅桑看着邓茹婷的脚："把脚伸过来，放在我腿上，听见了吗？"

邓茹婷迟疑地伸出了脚，傅桑轻轻地揉起来，邓茹婷起初有些不安，但是随着傅桑娴熟的指法揉捏，她也就听任傅桑摆布了。

"你觉得那个跟你的人是谁？"

"我没顾得上看，只管往前跑。凭直觉，追我的人功夫不低。"

"这么说，韩雨堂他们可能知道有人光顾他们办事处了？"

邓茹婷没回答。

傅桑看着邓茹婷的脚："你的脚真白、真软。我以前怎么没注意？"邓茹婷脸红了，想抽回脚，但被傅桑按住了，傅桑的力道很大。

"天健也这么揉过吗？"

邓茹婷难堪："先生。"

"回答我。"傅桑的话很坚定。

"没有。"

傅桑突然冒出了中国话："那就好，我不喜欢吃别人嚼过的馍。"

傅桑放下邓茹婷的脚，在屋里踱着步，突然停下。

"我们现在可以起用刁文元了。由你去联络他。"

又是灯红酒绿的夜广州，邓茹婷和刁文元在酒吧见面了。

刁文元饶有深意地看着邓茹婷："我知道你们不会放过我，可没想到邓社长居然是帝国的人。其实我早就知道你不是一般凡人，只是拿不准你是哪座庙里的菩萨。来，我敬邓社长一杯！"

"刁先生，你是我们的宝贝，不到火候，我们不会揭锅盖的。"

刁文元首先向邓茹婷通报了他最近的情况，将一批钉子成功地安进了中共的独立大队，还把李刚拉下了水，安插进稽查处，担任了稽查队长。

"现在我们的困难就是经费问题，这帮家伙都要领双份薪水呀。"

邓茹婷一笑："你们党国不是有经费吗？"

"那是党国的经费，他们只听党国的。要是让他们听帝国的话，还要有特别经费才行呀。"刁文元苦着脸说。

"好了，我请示一下再答复你，现在要你立即办一件事。雷海明他们要搬新办事处了，你想办法，把一尊菩萨给我放进去。"

"菩萨？什么菩萨？"

"这个你别问，我知道你能办到，就作为你们给八路军的乔迁礼物！"

"好，我没问题，我们正好省了一笔经费。"

"下面说另一件事。现在华中已经开打了，我还想要贵军在华南地区的军事布防情况。价码，由你开。"

刁文元惊讶："怎么，你们还有力量进攻华中？"

"打下了华中，不就挥师南下吗？"

"可是，你们打得下来吗？现在是全民抗战呀。"

邓茹婷冷笑："怎么，你还对国共合作抱有幻想？难怪你对共产党那么手软。我只问你，干不干？"

刁文元苦笑："邓社长，你把我当余汉谋了吧？"

邓茹婷冷笑："刁参谋长，我知道你叫'鸡鸣三省'，哪条船，你都想搭一只脚。你混到今天就是会打太极。别以为你也捏住了我的把柄，我就会投鼠忌器，也不敢把你抖出来，我们手段多得很！"

说罢，邓茹婷起身："好了，我没工夫和你闲聊，你考虑考虑再给我回话。"

刁文元呆呆地看着邓茹婷离去。

三天后，雨堂他们搬到了新的办事处。一个看院子的老人带着他们打开院门，雨堂提着皮箱，琼嫂背着背篓跟在后面，背篓里有打字机。围观的街坊在窃窃私语，密探混在里面观察动静。

老赵拱手："各位街坊乡亲，以后我们就是邻居了，请多多关照！"

一个街坊开口："你们八路军搬新房，怎么不放鞭炮呀！"

老赵意外："怎么，还要放鞭炮吗？"

"是呀，图个好意头嘛！这是我们广东人的规矩！"

老赵看着海明伯："海明同志，你看？"

海明伯笑："我也忙晕了。不过,这可要批评琼嫂了。"

琼嫂尴尬道："我本来想说的,又怕你们批评我迷信。"

雨堂拿出了一挂鞭炮："我没忘!"说罢点燃了鞭炮。

大家兴高采烈地拿着行李进了各自的房间,雨堂放好行李,转身来到敞亮的厅堂,打量着。发现室内有神龛,神龛里摆着一尊陶弥勒佛,很气派。

琼嫂在拖地,雨堂走过来:"琼嫂,我来吧。"

"你收拾自己的屋子去吧。"

"我就铺个床,没什么可收拾的,先给你帮个忙。"

"那你去给我抹家具吧。"

雨堂看着室内的家具:"这么干净,还用抹呀?"

"看来你当少爷惯了,没做过家务,眼里没有活。算了,还是我来吧。"

"好,我不管干不干净,都抹一遍,行了吧。"雨堂拿起抹布,向神龛走去。突然,他愣住了,这尊菩萨好像在天健家里看到过。他仔细观察,警觉道:"这尊佛像有问题!"

老赵和海明伯也出来了。

老赵问:"有问题?什么问题?"

"我在天健家,看到过这尊佛像!"

大家都警觉起来,不再吭声。

雨堂端起菩萨,放倒在神龛桌上,只见底座有一个大洞。雨堂伸手掏出了一个小型录音机,他做了一个噤声的手势,仔细观察,然后走向房间。海明伯和老赵都跟了过去。

在房间里,雨堂开口了:"这是德国谍报部门特制的间谍用小型录音机。在商用录音机的基础上改进的,市面上没有。我也是在延安受训时,看到过照片,但比这大。启动以后,可以工作四十八小时。看来现在又有改进,估计可以工作七十二小时吧。"海明伯补充:"这是刁文元派人送的礼。看来顶多三天后,他们就要来拿。这是一个机会。"

老赵点头:"对!我们抓现行!"

海明伯看着雨堂:"雨堂,你说呢?"

"我觉得,正好钓鱼。看到底是谁想要古谱!"

海明伯微笑:"雨堂,我们刚才说的话,可能被录上音了,你会处理吗?"

雨堂肯定地回答："会！"

老赵困惑："你们在说什么？我怎么听不明白？"

海明伯拍拍老赵："你就等着看一出戏吧。"

两天后，戏开场了。

两个穿着白大褂的白蚁防治员在甲长带领下来到办事处，要检查白蚁。当时只有琼嫂在家，一番敲敲打打的检查后，白蚁防治员离去了，不用说，他们取走了菩萨肚子里的录音机，又换了一个新的。

当然，戏刚开场，我们接着往下看。

这天晚上，傅桑寓所里，傅桑和邓茹婷在听录音。

琼嫂的声音：他们说是来检查白蚁的，我就让他们进来了。

雨堂的声音：你一直跟着他们吗？

琼嫂的声音：他们查客厅的时候，我去烧水沏茶了。后来他们查房间，我一直跟着，没发现有什么猫腻。我们的文件柜都有锁，他们也没动。

海明伯：要是他们有猫腻，很可能是冲着谱子来的。

雨堂的声音：要是冲谱子来的，倒不用担心。谱子我已经放进汇丰银行保险柜里了。

琼嫂的声音：银行哪能保险呀，银行的人都知道了。

雨堂的声音：放心吧，琼嫂，汇丰有信誉，不是江湖钱庄。再说，我还有密码，不知道我生日，也打不开。

海明伯的声音：那就好。雨堂，你估计，要是冲谱子来，会是天健和邓茹婷吗？

雨堂的声音：应该是。傅教授虽然没点他们的名，但我推测只能是他们。

海明伯的声音：他们这么处心积虑，到底是想干吗？

雨堂的声音：天健的父亲和我爹就因为这谱子结下梁子。他爹连手指都剁了，他肯定是为了报剁手的父仇来的。

海明伯的声音：你们韩家人呀，仇恨心怎么这么大？好了，不说了。

傅桑关掉了录音，露出微笑："还是我的办法灵吧？"邓茹婷佩服："先生，杏子佩服得五体投地！"

傅桑拍了拍邓茹婷肩膀："你明白就好！"

傅桑这一拍，邓茹婷突然觉得有些不自然，傅桑感觉到了，把手放下："立即给天健打电话，叫他过来！"邓茹婷有些紧张："先生，你要干吗？"

"我要问韩雨堂的生日，同时和他摊牌！"

邓茹婷立即给天健打了电话，要他立即赶到傅桑教授家来。

半个小时后，天健来了。他有些胆怯："老师，有什么事？"

傅桑劈头就问："雨堂的生日你应该知道吧？"

天健点点头："知道。"

"告诉我。"

天健有些迟疑："老师，您这是？"

傅桑加重语气："告诉我！"

邓茹婷连忙插话："天健，傅教授就是我们的上司，黄雀先生！"

天健完全傻了，呆呆地看着傅桑。

这是广州的汇丰银行，门口有印度门卫，人来人往。

一个戴墨镜、提着手袋的女士出现在银行门口。此人正是男扮女装的傅桑，他装扮得很像邓茹婷。傅桑走过大堂，在大堂镜子前正了正衣装，走进保险柜陈列室。傅桑打开一扇保险柜，边放东西，边观察。保险室的顾客都走了，只有保安在溜达。傅桑迅速向隔壁的保险柜走去，输入密码。

保险门开了，放古谱的匣子出现了。傅桑迅速取出木匣，放进自己的提袋，关上保险柜，从容地出去。他经过大堂，又到镜子前站下整理衣装。透过镜面，他发现了一个戴鸭舌帽的青年正在向他张望。

傅桑警觉地转身离去。

鸭舌帽青年正是雨堂，他立即跟了出去。走出银行，雨堂发现傅桑正跟一个三轮车夫说着什么，他也向不远处另一辆三轮车走去。

傅桑装成哑巴，跟车夫比画着。

车夫不耐烦："小姐，你到底要去哪儿？我听不明白。"

雨堂已经坐上三轮。

"先生，去哪儿？"

雨堂看着不远处的傅桑："等一会儿，还有个人。"

只见傅桑突然放弃三轮车，向附近的小巷大步走去。

雨堂急了，要下车。

车夫一把拉住雨堂："你想走！钱呢！"

雨堂急忙掏出钱，扔下，追了上去。

一场追杀大戏开演了：

巷子里，雨堂追了上来，看见傅桑向右拐，赶紧快步追过去。傅桑又拐进了一条僻静的巷子，贴在巷口，掏出了枪。雨堂拐过来，一声枪响。

雨堂的鸭舌帽子给打飞了。

傅桑已经跑远了。

雨堂掏枪喊道："站住！"

傅桑没有回头，反手向雨堂射击，他的枪法很准。雨堂只顾闪避，无法反击。傅桑回身扔出了手雷，一声轰炸，烟雾四起，雨堂卧倒，又起身追击。

突然，吴猛带着几个兵出现在雨堂面前。吴猛端枪冷笑："韩雨堂，谁给你的权力，光天化日，在大街上大打出手？"

窗外黑云沉沉，隐隐雷声。

傅桑逃过一劫，回到寓所。脱下女人的发套和女装，恢复了平素的装束，凝望着窗外。天健从厨房端着咖啡，走近傅桑，小心翼翼道："老师，喝杯咖啡吧。"傅桑喝着咖啡走到沙发坐下："我们上韩雨堂的当了。幸亏我化了装，不然的话，就得亡命天涯了。"

"先生，我看您还是去避避风头吧？"

"不用，我要是消失了，反而会遭到怀疑。"

这时，门铃响了。

天健有些紧张地看着傅桑。

"是茹婷，去开门吧。"

邓茹婷进来："先生，韩雨堂被吴猛拿下了！要不是吴猛拦住了韩雨堂，先生只怕……"

邓茹婷自知失言，没往下说。

傅桑冷笑："茹婷，你是不是想说，我想吃独食，差点断送了自己呀？"

"茹婷不敢。"

"茹婷，我告诉你，今天要不是我亲自出马，你就栽了。你放心，我答应的事，一定兑现，我拿到谱子，一定会给天健一个照片副本。我只要谱子中的秘密就足矣。"说罢，傅桑转移话题，"你了解这个吴猛吗？"

"了解不多。我只知道，他和田方萍是军校的同学，也是'军统'背景。他现在还没结婚，据刁文元说，他一直在追田方萍，可是田方萍却对韩雨堂有意思。刁文元一直怀疑，韩雨堂越狱，就是田方萍救出来的。还怀疑在'旱天雷行动'中，方萍也和中共有猫腻。吴猛也可能被方萍裹挟进去了，但吴猛是因为有私心，未必是心甘情愿。因为吴猛的父亲就是剿共时阵亡的，和中共有杀父之仇。"

傅桑琢磨："这么说，方萍确实有通共倾向了？戴笠还能容忍她？"

"刁文元说，这个女人很任性，仗着自己得到宋美龄的宠爱，还有策反陈济棠空军立了功，对戴笠也不在乎。"

"好了，好了，不用说了。"傅桑不耐烦地挥挥手，"我明白你的意思了，吴猛和韩雨堂是情敌关系，对不对？那好，你就给刁文元施压，要吴猛好好收拾这个韩雨堂！"

"先生，还有一个突发情况。刚才我来时路过仙家斋菜馆，出了一个案子，有两个尼姑在菜馆杀了两个黑道上的人。"

傅桑不以为意："和我们的事有关吗？别说了！我没有八卦兴趣！"

邓茹婷看了天健一眼："先生，我给您看看死者的照片，您就明白了。"

说着，邓茹婷拿出了照片。

天健也凑上前去，吃了一惊，他认出这两个死者，正是卖阿秀的那两个黑道人贩子，但他不动声色。

傅桑看着照片还有些不解："这是什么人？"

邓茹婷提醒："您忘了，何三刀的事？"

傅桑有些明白了："你不是说，他们绝不会回广州吗？"

邓茹婷苦笑："这种人，哪有信用？"

傅桑更明白了："天健，你去门房，看看有没有我的信。"

天健明白傅桑要把他支开，转身离去了。

傅桑这才问邓茹婷："你是说，凶手是阿秀？"

邓茹婷："除了阿秀，还有谁？她能干掉何三刀，怎么不能干掉这两个家伙？要是何三刀的事败露了，我就彻底暴露了。天健要是知道，也会和我翻脸的，毕竟阿秀是他的堂妹呀。"

傅桑在房间里踱起了步，显然，他也感到事情棘手了。

吴猛正在审讯雨堂，房间里只有他们两人。

雨堂问："怎么没有记录？这不合乎程序吧。"吴猛冷笑："我想单独开导你，不行吗？韩雨堂，谁给你的权力，在街上大打出手？你把广州当延安了吧？"

"吴处长，我们在银行保险柜的机密文件被盗，我难道不可以追捕窃贼吗？"

"窃贼？是什么人？"

"我不知道，只知道是窃贼。"

"你怎么发现的？那么巧？"

"这叫天意，我正好去取文件，碰上了。"

"什么机密文件？"

"这不能告诉你。"

"你一问三不知，要是不说，我可就不客气了！"

雨堂微笑："你什么时候对我客气过？"

吴猛变脸："韩雨堂，你以为你是八路军的人，我就不能收拾你？"他拔出手枪放在桌上，"我干掉你，然后再给我自己一枪，这一切就过去了。别以为我想自杀，你明白吗？"

"当然明白，我想逃跑，对你行凶，你被迫自卫，没错吧？所以你把人都支走了，就想来这招。吴猛，我不明白，你为什么那么恨我？要用自残的方法也要除掉我？是为了田方萍吧，至于吗？"

"你胡说！我恨你是共产党！我和你们有杀父之仇！"

雨堂笑了："吴猛，我知道，你父亲死在我们红军的手里。但是，令尊剿共的时候，也没少杀我们的人呀。何况是你死我活的战场上，难道不公平吗？我看你还是没说实话。你喜欢田方萍，你认为她喜欢我，所以你恨我。可是，你为啥不问问我，我喜不喜欢她？再退一步，你为啥不问问，她为啥喜欢我？"

吴猛狠狠地盯着雨堂，他没有想到，审讯室外，方萍已经微微推开了一条门缝，随时准备冲进来。

雨堂继续往下说："我告诉你吧，因为我活得光明磊落，我不小肚鸡肠。我活得比你自信，田方萍喜欢这样的人，你要想她喜欢你，你就自信一点，其实你也有不少优点，你对她很忠诚，你也敢玩命，心眼也不算太坏，你再豁达潇洒一点，还是有戏的，犯不着非要除掉我来消除隐患。相反，你要是除掉我，只能永远失去田方萍。"

门外，方萍流泪了。

这时，楼道里传来刁文元说话的声音，方萍连忙走开。刁文元带着海明伯进了审讯室。吴猛看见刁文元走进来，站了起来。

"吴处长，雷先生已经和我交涉好了，把人放了吧。"

海明伯带着雨堂回到办事处，立即和老赵商议起来。

老赵说："老海，我们要不要找刁文元交涉，收拾吴猛？"

海明伯说："我看不要了，雨堂这么处理很智慧。和刁文元翻脸，注意力就会转移，对抗日不利，更重要的是，我们要争取吴猛。"海明伯转移话题，"雨堂，你觉得那个拿古谱的，是邓茹婷吗？"

"她没有露脸，从打扮上看，很像，而且身手十分了得，我没想到，她功夫那么高，所以从身手看，我不太相信邓茹婷有那么高的功夫。"

海明伯点点头："这更说明谱子里有重大机密。"

老赵问："可否断定是日本人并且和'黄雀计划'有关？"

"可能性更大了，但还不能完全断定。因为我们研究谱子，还是没有突破。"

"下一步怎么办？"

海明伯沉思："我们的局现在也被识破了，敌人肯定要变招。我们首先要加强对古谱的控制。雨堂，你要去沙湾，把古谱收回来。"

"是，我这就出发。"雨堂起身离去。

老赵又对海明伯说："老海，廖承志同志来香港了，要听我们的汇报。我去香港几天，顺带接我们的新同志。家里的事，你全面负责。"

广州雨夜也很喧闹。吴猛和刁文元在江边的望江楼喝酒。

"参座，你怎么把韩雨堂放了？你不是说……"

刁文元打断："老吴，你怎么倒打一耙？我给了你多少时间？你干吗去了？你和他斗嘴皮子能占便宜吗？"

"那程序总得走吧？"

"你既然要走程序，我也得按程序办事吧，雷海明第一时间就来我办公室要人，还带着公函。他们的赵兴文还给余汉谋打了电话。你说，我敢不放人？老吴，你制造个行凶逃亡的现场很难吗？你这个人，就是心太软。"

吴猛不吭声了，默默喝酒。

"老吴，我知道你喜欢方萍。可是，韩雨堂要是活着，你就没戏。"

"韩雨堂是共产党，你觉得方萍会通共吗？"

"这和通共有关系吗？老吴，你不要以为政治立场就是全部。这是当年陈济棠要我去和共产党联络时说过的话。陈济棠说，只要红军不进广东，什么都好说。这叫通共吗？方萍是个非常有个性的女人，率性而为，她没有什么党不党的概念，她不是为党活，而是为自己活，懂吗？她喜欢韩雨堂，是喜欢他个人，和共产党没有关系。只有共产党才以为，好人都是他们调教出来的，坏人都是国民党调教出来的，这叫意识形态宣传，你懂吗？"

吴猛笑了："参座，你门清呀，我小看你了。"

刁文元冷笑："我知道你们都小看我。我不生气，我还偷着乐，为啥？你们小看我，就会犯错误，占便宜的就是我！最傻的人就是以为别人比他傻，懂吗？我断定，韩雨堂当年越狱，就是田方萍救出来的，没错吧？"

吴猛心里一惊："你有证据吗？"

"我实话告诉你，韩雨堂挖的那个洞，我取土化验过，有混凝土腐蚀剂的成分，这种腐蚀剂正是我们修从化机场时从德国进口的。你是空军出来的，不用我往下说了吧。"

"那你为什么不往下查？"

刁文元苦笑："韩雨堂跑了，我敢查吗？查出了方萍又怎样？我不死也要脱层皮！我还不如网开一面，做个人情，要不然，我今天能坐到这个位置？这就叫占便宜的是我！"

"你不怀疑我吗？"

"当然怀疑。但是我断定，你是被方萍裹挟，并不心甘情愿。就像我一样，对方萍网开一面，是迫不得已。"

刁文元有些喝多了，说话也没有把门的了。

"这么说，你放韩雨堂，也是网开一面，迫不得已？"

刁文元得意地一笑："可以说是被迫，也可以说我是在钓鱼。"

"钓鱼？"

"我已经派人盯着他了。我要知道，共产党到底想干吗！"

窗外在下雨，天健靠着沙发发呆，自从他知道傅桑教授是黄雀之后，所有的链条全接通了。从他刚来沙湾到今天，全是一个因果链。也就是说，傅桑抓住了他想当琴王、为父报仇的欲望，把自己当棋子，一步步走到今天，就是为了大伯手上的古谱。而这一切，导致韩家家破人亡。直到今天，天健看了那两个卖阿秀的人贩子的照片，心里更明白了，阿秀也遭毒手了。日本人这么处心积虑，谱子里到底有什么东西呢？他明白，秘密肯定不在他们拍下的那部傅桑的谱子里。这一点，傅桑也挑明了。这就意味着，要知道秘密，还是要找到大伯手上的谱子。天健心里产生了一个强烈欲望，走到今天这一步，自己手上血迹斑斑，已经没法回头了。要是不搞清谱子的秘密，自己也太冤了。他想着想着就有了自己的计划。

他立即给邓茹婷挂了电话，说有事情要谈。十几分钟后，邓茹婷来了。坐下寒暄几句，邓茹婷有些抱歉地说："天健，我今晚要值夜班，不能住在你这里。再说，我来大姨妈了。"

天健冷笑："茹婷，你把我当色情狂了吧？"

"看你说的，和你在一起，我也忍不住的，我是色情狂，行不？"

说话间，邓茹婷的眼神迷离了，依偎在天健怀里。

天健沉下脸："茹婷，我找你有正事！我问你，你今天给老师看的那张照片是怎么回事？"

邓茹婷一惊："我在现场拍的，当时遇害者还没抬走。"

"这么快就变成照片啦？"

"我去照相馆洗的，加急。"

"这么急，肯定有大名堂吧？"

邓茹婷笑了笑："是有大名堂，可是你没有必要知道。"

"要是我告诉你，我认识那两个死者呢？"

邓茹婷傻了，她万没想到，天健居然认识照片上的人。

"你对阿秀怎么啦？"

邓茹婷没有说话，她也在想，天健到底知道多少底细。

"你对阿秀怎么啦？"

邓茹婷突然心一动："这么说，那个把阿秀赎出妓院的商人是你？"天健也不掩饰："是的。你要是不告诉我实情，那就别怪我翻脸！"

邓茹婷看着天健铁青的脸："天健，你别犯浑，你现在是帝国的人！"

"那又怎么样？我还是韩家的人。大不了，我以死向祖宗谢罪，而你们谁都得跟着我陪葬。我一切都安排好了！你信不信？"

看着天健眼里露出凶光，邓茹婷终于说出了实情。

原来，他们觉得何三刀知道的内情太多，决定灭口。就找了两个江湖客，正好阿秀也找到那两个江湖客，要买凶干掉何三刀。那两个江湖客看阿秀漂亮，心生一计，就提出条件，要阿秀配合去妓院当妓女引诱何三刀，阿秀思考后答应了。没想到两个江湖客糟蹋了阿秀，又卖给妓院。

"后来你就出面，赎出了阿秀。"邓茹婷看着天健。

天健也看着邓茹婷："阿秀跑了，但你又抓了回来，对吗？"

邓茹婷沉默。

"说呀！"

"是的，我又找到阿秀，对她说，已经放风出去了，何三刀肯定会来风月楼，要报仇，只有这条路。她就答应了。"

"事成之后，你就把她干掉了？"

"没有，她和另一个妓女一起跑了。"

"这么说，她也防了你一手？"

邓茹婷苦笑："你要这么想，我无话可说。其实我也动了恻隐之心，我要是立即组织搜捕，还是能找到她的，但她毕竟是你的堂妹。信不信由你。"

"她一直没有把你抖出来，是为了找机会杀掉那两个江湖客？"

"大概还怕她父母丢脸吧。她要是咬我，只有露脸才行，否则我一口否认，还是能摆平。"

天健踱起了步："这么说，那两个尼姑应该有一个是阿秀？"

"是的，我担心的就是这一点。"

"黄雀和你是怎么商量的？"天健又问。

"全力找到阿秀。"

"好，我帮你找。"天健口气缓和下来。

"你帮我找？"邓茹婷惊讶地看着天健，"你有把握？"

"阿秀从我那里跑出去的时候，留了个字条。"

"什么？"

"我要是不死，肯定会来找你的。"

第二十四章　阿秀换谱

夜深了，雨还在下。雨堂和博年在喝酒。

"雨堂，不要说了，你要谱子可以。来！"

博年一伸脖子。

"干吗？"

"把你三叔的脑袋砍了。"

雨堂急了："三叔，你怎么油盐不进呀！"

"谁油盐不进？你才油盐不进！我要你别和天健来往，你听进去了吗？"

"行，我决不让任何人接触谱子！"

"雨堂，你把三叔当傻子呀？"

"三叔，谱子放在你手里不安全！"

博年冷笑："你怎么知道不安全？当年我和你爹收藏了二十年，不是也没丢吗？雨堂，我告诉你，现在那些要谱子的人都盯着你，谱子在你手里才真的不安全呢。我这叫灯下黑！"

"这么说，你是坚决不答应了？"

"要答应也行。"

"你要怎么样？"

"把阿秀给我找回来！"

第二天，雨堂坐早班船回到广州，神情沮丧地向海明伯做了汇报。海明伯沉思了一阵才说："算了，你三叔说的也有道理。古谱在他手上，确实叫灯下黑。这样也不失为一招。你要是和你三叔纠缠，反而会闹出动静。"

接着海明伯转移话题："雨堂，你对傅教授，有什么看法？"

雨堂一愣："怎么，师父也想到他啦？"

海明伯一笑："这么说，你也想到了？"

雨堂点点头："我把所有想要谱子的人都过了一遍，只有傅教授最光明正大。可是，我总觉得他太光明正大了。这是理由吗？"

海明伯也点头："是呀，这确实不是理由。我看这样吧，你去见见方萍，看看她那边有什么消息。据我们掌握的情报，她也知道了'黄雀计划'，正在侦破……"

海明伯没说完，就被雨堂打断："师父，我觉得现在不太合适，吴猛盯她盯得很紧，我要是见她，会被吴猛盯上不说，她也未必会给我透什么消息。"

海明伯笑了笑，拿出一封信："这是方萍托人交给你的。"

雨堂拆开信，掉出一张名单。他看着名单上的名字，都不认识，有些困惑地递给海明伯。海明伯一看，笑道："这是我们收编鸡公罗时，刁文元在我们独立大队安的卧底。方萍在帮我们，明白了吧？"

雨堂全明白了，但还是困惑："她帮我们倒是有可能，为啥要拐个弯？"

海明伯意味深长地看着雨堂："你这么聪明，还拐不过这个弯？她说，她不是帮我们八路军，而是帮你。"

雨堂脸红了："师父，她这是故意胡闹！她托谁转过来的？"

"胡闹不胡闹，谁转过来的，这些你都别问了。"海明伯笑道，"反正她帮我们，这是好事。所以你要去和她……"

雨堂立即打断："师父，你这么说，我更得回避了。"

"要是她放弃国民党追你呢？"海明伯又问。

"那也不可能！我和她根本不过电。师父，你饶了我吧！"

这时，琼嫂敲门进来："傅桑教授又来了，要见雨堂。我要他在外面等等。"

海明伯和雨堂面面相觑。这个时候，傅桑突然再次造访，这是不是证明他心里没鬼呢？他到底是什么人呢？

"师父，见不见？"雨堂把握不准。

海明伯一笑："当然见！我俩一起陪他聊。"

海明伯和雨堂刚在会客室坐下，琼嫂就领傅桑进来了。

寒暄了一阵，傅桑就把话题引到了古谱之上，问，你们银行被盗，是不是和古谱有关？海明伯笑着反问，傅教授消息很灵通呀，是听谁说的？傅桑便说，他是听邓茹婷说的，不过，邓茹婷还竭力辩解，这事与她无关，可能又是江湖人士想谋取什么藏宝图。

"不瞒雷先生，我对这部古谱很关注，要是失窃了，我很遗憾。"

"谢谢傅教授关心。这部古谱是失窃了，不过，我们还有拍照的副本，对于学音乐的人而言，只要有副本就足矣。只是这是雨堂的传家宝，我们还是要追查的。不过我很奇怪，这部古谱里面真有什么藏宝图吗？"

傅桑欲言又止："藏宝图当然只是无稽之谈……但据我所知……这部谱子的故事并非只是藏宝图。"

"傅教授，如果您还知道有别的说法，可否赐教？"海明伯诚恳地说。

"好吧，我就姑妄言之，这是一个有关明治天皇身世之谜的故事。"

雨堂一惊："明治天皇的身世之谜？"

"对。这是八十年前的事了，它一直是日本皇室最忌讳的历史谜案，说是明治维新，倒幕派推翻德川幕府，推动日本改革，采取了狸猫换太子的暗杀手段，将真正的皇子睦仁亲王干掉了，换上拥护维新的南朝皇室子弟大室寅之佑。"

"听说下手的就是后来的日本首相伊藤博文，不知是否确凿？"海明伯插话请教。

傅桑惊讶不已："雷先生果然是方家！您也知道这桩历史谜案吗？"

海明伯笑了笑："略闻一二，不知其详，请傅教授说下去。"

傅桑清了清嗓子："其实，当时倒幕派还没有战胜德川幕府的实力，于是倒幕派的首领之一高杉晋作就来中国求援。此时正是中国清朝政府和太平天国打得不可开交的时候，清政府根本就不可能派兵援助日本的倒幕派。高杉晋作就和从太平军分裂出去的翼王石达开进行了秘密谈判。当时经过'天京之乱'，石达开全家被韦昌辉杀了，他起兵灭掉韦昌辉，又遭洪秀全猜忌，就也想脱离太平天国，于是石达开和高杉晋作一拍即合。据说双方还签订了秘密协议。石达开也知道了倒幕派狸猫换太子的秘密。就在石达开准备东渡日本的时候，却遭到湘军的猛烈围剿，石达开只能西进四川，最后全军覆没于大渡河。于是坊间又有一种说法，石达开将他和日本倒幕派的交易秘密藏进了一部古谱之中。"

海明伯沉吟："哦！要按这种说法，这部古谱中不仅隐藏着石达开和倒幕派的秘密交易，还可能隐藏明治天皇的身世之谜。而这个秘密要是泄露出去，对日本人的天皇崇拜就是毁灭性的打击，日本就会不战自乱！"

傅桑点头："正是如此。"

"傅教授，这故事是真的吗？"雨堂急切地问。

"这我就很难说了。"

"这么说，下手的应该是日本人？"

"我是学者，这个结论就不敢妄言了。"说罢傅桑起身，"我知道，这个时候，再谈翻阅古谱的事不方便。我尽我所知，提供一些信息。希望对你们有所帮助，等水落石出之后，再来请教。"

傅桑鞠躬离去了。

傅桑走后，海明伯踱着步问："雨堂，你怎么看？"

雨堂说："按傅教授的说法，邓茹婷就基本上逃脱不了干系。但这就更奇怪了，要是这样，傅教授不是出卖自己人，惹火烧身吗？"

"是呀，要是这样，他的确是惹火烧身，"海明伯说，"问题是，我们要是也这么想，傅教授就被排除在我们视野之外了。而如果傅教授是潜藏的敌人，我们就中了他的计！"

雨堂的思绪已经乱了："可是，邓茹婷和天健也在打傅教授的主意，盗拍他的古谱，这说明他们不是一伙的。"

"正因如此，我也很纠结。傅教授的行为可以解释为一个有学问有良知的学者出于正义感在帮我们。而我们还怀疑他，就是以小人之心度君子之腹。可直觉和经验又告诉我，事情不应该是这么简单。"

突然，海明伯拍拍雨堂的肩膀："我们别急，冷静一点，把这事情细细捋一捋！我们不妨把傅教授想坏一点，比如说，他和邓茹婷是一伙的，会怎样？"

雨堂想了想，眼一亮："要是傅教授真有鬼的话，那么他的行为就是丢卒保车，金蝉脱壳。"

海明伯兴奋起来："有道理！接着说！"

"这是一个假设的前提，我们先假设傅教授是敌人，那么，由于邓茹婷和天健勾结何三刀打过谱子的主意，我们很自然就会怀疑这两个人。何况盗保险柜的又是一个女的，不管武功怎样，我们很自然也会联想到邓茹婷。一旦联想到这两个人，又会联想到和他们关系密切的傅教授。这个时候，如果傅教授真的参与其中，肯定感到危机！他就要竭力把自己解脱出来。于是，就亲自上门，真真假假，丢卒保车，转移我们的视线，金蝉脱壳！"

海明伯兴奋地拍打雨堂的背："好小子，你会用脑子！但记住，我们只是假设，目前还不能动傅教授。他要真是个狐狸，就是个深藏不露、不好对付的老狐狸，我们要十分慎重才行！"

雨堂激动地接着往下说："师父，我看可以直接试探傅教授。劫匪是女人，我们就顺理成章地调查邓茹婷，这肯定在傅教授意料之中。然后，我们可以把邓茹婷偷拍傅教授古谱的事透给他，看他什么反应。"

海明伯点头："对，这是一步棋！"

雨堂没有想到，他去沙湾被刁文元的人盯上了。博年手上有古谱的消息也走漏了。刁文元立即把消息透给了邓茹婷，于是邓茹婷又把消息透给了天健。

"你说，这可能吗？"

天健想了想："这很有可能，真是天意呀。我们抓了阿秀，就找韩博年去交换古谱。比从韩雨堂手上拿走把握更大。"

"你说，要不要向黄雀报告？"邓茹婷问。

"你说呢？"天健反问。

"我听你的。"邓茹婷一下子变得很听天健的话了。

原来，此时的邓茹婷，已经被天健拿下了。天健首先以自己为例，说自己走到今天，都是黄雀的棋子，你邓茹婷也是一样，尤其是傅桑扮成邓茹婷去盗保险柜，明显就是想嫁祸于你。再说，他是我们的老师，在我们面前一副正人君子的形象，背后却干了那么多阴险毒辣的事，你不觉得可怕吗？邓茹婷说，虽然如此，可要是背叛了傅桑，我们也是死路一条。天健说，我们不背叛帝国，但是却可以脱离他的控制。一番话，终于把邓茹婷说动了。两人达成的协议是，一定要拿到谱子，完成任务，再以身份暴露的理由撤出广州。

天健想了想："这事可以告诉老师，但要说好，我们抓到阿秀，拿阿秀去找博年换古谱，必须由我们两个来执行，能做到吗？"

邓茹婷想了想，点头："老师这次盗保险柜，差点翻船，他不敢再冒险了，我看能做到。"

两天后，阿秀果然落在天健和邓茹婷手上。

那是一个夜晚，阿秀女扮男装在天健寓所附近溜达，见天健单身回家，便跟了过去，这时邓茹婷突然出现，将阿秀击晕，带进了屋里。

阿秀苏醒时，发现自己露出光头，躺在地下室里，天健站在她面前。

"我知道尼姑就是你，也知道你要来找我算账。你想问什么，说吧。"

阿秀站了起来："好，我问你，那两个王八蛋，是不是你的人？"

天健笑了笑："要是我的人，我救你干吗？"

"你要借我的刀，把何三刀灭口！你和那个邓茹婷一个唱红脸，一个唱白脸，以为我不知道吗？"

"不管什么脸，杀何三刀，不是你的意愿吗？至于那两个王八蛋，不是你自己找的吗？"

"那你为什么抓我？"

天健冷笑着拿出一把枪："你带着枪来找我，难道还要我请你喝茶吗？"

阿秀语塞。

这时，邓茹婷走进来："阿秀，现在你是逃犯，而且带着枪想挟持你堂哥，抓你有错吗？我当时找到你，也只是告诉你何三刀要来风月楼的消息，是你自动留下来的。我是成全你，懂吗？"

阿秀冷笑："那你把我送官，你敢吗？邓茹婷，别以为就你聪明！你是什么人，何三刀临死前全告诉我了。"

邓茹婷愣了一下，冷笑道："那我拿下你就更有必要了。"

"那你就动手吧，我技不如你，我认了。"

"可是我不想要你的命。"

"你想干吗？"

"我想拿你和你爹做一笔生意。"

于是，邓茹婷按照事先设计好的台本和阿秀对话。地下室的柜子里，一部录音机也转动起来。

第二天，博年接到一个叫花子送来的一封信，信上写着：我有阿秀的消息。想讨点口风利市，码头酒楼沙湾包房面谈。只许私访。过午不候。

博年愣了一下，琢磨起来。博年也算半个江湖客，知道这是江湖中常有的事，有人专做此类生意，叫包打听。可是万一是个套呢？想来想去，他还是觉得，要是有人绑票自己，随处可以下手，犯不着下这个套，便满怀期待地来到了码头酒楼的沙湾包房。推门而进，一个人也没有。他又警觉起来，这时，天健戴着墨镜，提着皮箱走了进来。

"三叔果然爱女心切呀。"

博年立即听出天健的声音："是你？你想干吗？"

天健摘下眼镜，笑道："这是三叔的地盘，我能干吗？坐下，"说罢，天健把阿秀的照片拿出来，"验货吧。"

博年看到阿秀被绑在柱子上的照片，大吃一惊："她在你手上？为啥光头？"

天健就把来龙去脉都说了，又拿出录音机，放了一段审讯阿秀的录音。博年听着听着眼泪就下来了。

博年咬牙："天健，我知道你毒，没想到你这么毒！连你堂妹都要下手！"

"三叔，你有没有搞错？是我把阿秀从风月楼捞出来，她要杀何三刀，又去作案，犯了案子逃跑了，还不甘心，又干掉了那两个糟蹋她的人贩子。这还不算完，又来找我的麻烦。要不是邓茹婷出手，我也被她干掉了。我看，毒的是她！现在她是逃犯，满城在追捕。是邓茹婷把她救出来，所以……"

"别说了！你想要什么？要我倾家荡产？"

天健一笑："邓茹婷想要古谱，我也想沾点光。"

"古谱？"博年一惊，"我哪有古谱？你去找雨堂吧。"

天健冷笑："要是古谱不在你这儿，我会来找你吗？我问你，前两天，雨堂来过沙湾吧？他来干吗？不用我说了吧？"

博年傻了。

"三叔，就凭阿秀伤了三条人命，交给官府，她是活不了的。再退一步，邓茹婷拿不到古谱，也不会把阿秀放出来的。你好好想想吧。"

"古谱里到底有什么？邓茹婷那个小婊子是什么人？"

"我没要你想这个，只要你想想阿秀，想想三婶！我听说，三婶的眼睛都快哭瞎了，有这回事吧？"

博年被击中要害，沉默了。

"三叔，我等你回话呢。"

"天健，你们拿走了古谱，不怕我告诉雨堂吗？他有办法收拾你。"

天健笑了："谢谢三叔的关心。我们拿到了古谱，还会待在广州？"

博年开始动摇了。

天健笑了笑，又按下录音机，一段声音流出：

阿秀：你想怎么收拾我？

邓茹婷：轮奸听说过吧？你杀掉的那个顺哥，还有八个兄弟。个个如狼似虎，他们都等着为大哥报仇呢！然后，你遭到轮奸的惨状就会在报纸上出现。而这个时候，你已经死了。顺哥的那八个兄弟也已远走高飞！

博年崩溃了："别放啦！"

在海明伯的劝说下，雨堂还是来见方萍了。他们在白云山露天茶室喝茶，看着山景。他们座位不远处是神龛，敬着一尊半身关公瓷像。

"我的信收到了吧？你们的钉子除了吗？"方萍笑问。

"还在甄别。"雨堂的回答很公式化。这也是他对自己的定位，他不想和方萍太近乎。

"是不是还怀疑我用离间计？"

"田处长，我们是有原则的，不放走坏人，也不能冤枉好人。任何人都要甄别之后才能处理，相信你能理解。此外，我们拔不拔钉子，怎么拔，也有讲究，比如，我们要是一锅端，你就要受到怀疑。"

方萍笑了："你是说，你们还想保护我？"

"当然，我们对朋友，不能不考虑。"

"雨堂，你能不能不用'们'？我只要你认我这个朋友就行。我不想你叫我田处长，叫我萍姐，好不？"方萍的话里透着柔情。

雨堂有些不自然："你为难我了。我现在是共产党员，我们有纪律。再说，我们之间太近乎，对你也不好。"

"我不在乎，我也有办法对付，你相信不？"方萍露出俏皮的表情。

"我相信你的能耐，但是也希望你能理解我。我参加革命前，是个少爷，可以为所欲为，满口跑舌头。现在我的一言一行，都和组织有联系，我不得不考虑。"

"你们也是人，也娶妻生子，也有夫妻档，难道这些儿女情都要服从革命？"

"田处长，说这个话题就复杂了，一下子说不清。我们换个话题吧。"

"但我还是要问，你是不是还对南珠没死心？"

"我对她现在只有寒心。好了，我代表组织谢谢你。希望我们以后多合作，共同抗日！"

方萍终于恼了："韩雨堂，你别和我打官腔行不？我不是来听你上党课的。你不会说话就走吧！"

雨堂知道谈不下去了，起身想走，又被方萍一把拉住："你真的要走？"

雨堂苦笑："那你要我怎样？"

"坐下，我有事要告诉你！你知道阿秀的事吗？"

雨堂一惊："你有她的消息了？"

"还不能确定，但我推测是她。"

于是方萍就说了斋菜馆里两个尼姑杀了两个黑道的消息，并提出了自己的判断，尼姑中就有阿秀。

雨堂惊问："这么大的事，报纸上怎么没登？"

"问题就在这里。据我了解，邓茹婷第一时间就去了现场。按理说，这是猛料，她应该报道。但是不仅她的报纸没有报道，全广州的报纸也没有报道。我判断是封锁消息了。"

方萍和雨堂细谈起来，他们绝没有想到，神龛上关公菩萨肚子里就藏着录音机，这是吴猛安放的。原来那次吴猛眼看着雨堂被放走，对方萍更加不放心，一直在暗中盯着方萍。今天见到方萍和雨堂上了白云山，也一路跟踪。他指示一个手下扮成茶客，把一部小型录音机安放在了菩萨的腹中。

两天后，新的故事发生了。

这是江边一片面积很大的江滩，江滩靠着芭蕉林，芭蕉林边有个窝棚。

邓茹婷和天健坐在窝棚外，看着江滩。窝棚里，阿秀被绑着，嘴里塞着毛巾，半躺在地上。

天健低声问邓茹婷："拿到古谱后，我们就彻底暴露了，黄雀会放我们离开广州吗？"

邓茹婷一笑："放心吧，只有我暴露，并且我们离开广州，他才能保住自己。"

"茹婷，你不会埋怨我吧？"

邓茹婷苦笑："你以为我喜欢过现在的日子？"

天健不知该怎么回答。

"天健！我告诉你，不管我怎么骗你，我对你的爱，是真的。我现在只想拿到古谱，完成任务，与你远走高飞！"

天健感动地看着邓茹婷。这时，江面上传来机船的鸣响。

邓茹婷沉着地说："来了！"她赶紧钻进窝棚。天健走向滩边，只见博年驾着船朝这边驶来。天健走向江滩，警惕地站着，见博年站在船头，把船的发动机关了。船借着惯性缓缓朝滩边漂来，终于抵了岸，冲起一片水花。

博年站在船头："我要见阿秀。"

天健举手晃了晃。邓茹婷押着阿秀从窝棚里钻出来。

博年从船头跳下："阿秀！我找你找得好苦呀！"阿秀的泪水涌出来，却说不了话。邓茹婷在一旁冷冷地说："三老爷，你把谱子亮出来！"

博年从内衣里拿出了古谱，同时露出了腰上绑着的炸药包："你就站在这里看，要是玩鬼，我们都完蛋！"

天健愣了一下，才伸手接过古谱，就急不可待地翻阅起来。傅桑告诉了天健怎么辨别真谱子，关键是其中的《旱天雷》曲目，有转调演奏指法。天健一看，果然符合。他对邓茹婷点点头，邓茹婷把阿秀放了。但是拿枪瞄准阿秀："阿秀走一步，天健也走一步，谁也别玩鬼！"

就这样，大家完成了交接。博年发动柴油机，船突突突地驶向江心。

船走远了，博年才给阿秀松绑，拉出了塞在嘴里的毛巾。

"爹，那谱子不是真的吧？"阿秀急切地问。博年苦笑："不拿真的，他们会放你吗？"阿秀愣了："你怎么这么糊涂呀！"博年叹气："这是雨堂叫我干的。"

"雨堂哥叫你干的？"阿秀更吃惊，"他怎么比你还糊涂？为了救我，就把谱子交给那两个王八蛋！"

船远去了。

天健和邓茹婷已经来到公路上，公路上停着一辆轿车。这是他们早就准备好的。上了车，再开二十公里，就到香港了。

"我们去香港向黄雀交货！"邓茹婷得意地笑，"然后我们直飞法国。"

说罢，邓茹婷打开车门，这时，一把枪顶住了她胸口。

"你们走不了！"只见雨堂举着枪走下车来。

邓茹婷傻眼了。

"把枪放下！"鸡公罗带着五六个游击队员也从芭蕉林里钻出来，黑洞洞的枪管都指向邓茹婷和天健。鸡公罗上前，从天健身上搜出了古谱。

邓茹婷心有不甘地看着雨堂："这是你做的局？"

雨堂冷笑："没想到吧？我三叔没你们想象的那么无能！"

几个游击队员上前绑住天健和邓茹婷。

这时，两辆卡车风驰电掣般向这边驶来。

雨堂和鸡公罗愣住了。

卡车停下，大概有上百名士兵跳下车，端着枪将雨堂他们团团包围。

吴猛和刁文元走下卡车，向雨堂走来。

刁文元冷笑："韩雨堂先生，你把广州当延安了吧？你别给我说，你们是抓特务、抓汉奸，我刁某人今天不吃这一套！"吴猛走上前："韩雨堂，你堂妹早就有案在身，你不协助政府抓捕，反而掩护她逃亡，这是什么性质？韩天健和邓茹婷，早就在我们的监视之下，我们在放长线钓大鱼，你又来搅局。这又是什么性质？回城里接受调查吧！"

就这样，雨堂他们被带回了广州。

谁知回到城里的当晚，刁文元和吴猛就把雨堂和鸡公罗放了，交给了海明伯，古谱也还给了雨堂。意外的是，刁文元居然把邓茹婷和天健关押起来不予释放，还公开说他们两个是日本间谍。

这种变化太出乎意料。

雨堂纳闷了："会不会是方萍下的套？"

"方萍出卖你的可能性很小，她受到刁文元或者吴猛监视的可能性很大。我们落在刁文元的圈套里了，而且刁文元后面还有人。刁文元很可能被深藏在幕后的人收买了。要是这样，古谱肯定被拍照了。"海明伯分析道。

"要这么说，刁文元背后的人应该是黄雀，邓茹婷和天健的使命已经完成了，把他们抛出来当替罪羊不仅可以转移我们的视线，还保护了刁文元。这说明邓茹婷一定不是黄雀，而且她未必知道黄雀行动的内情，天健就更不知道了。"雨堂也在分析。

"你的分析有理，但邓茹婷肯定知道黄雀是谁，我们应该设法把邓茹婷弄到手！"海明伯说，"从她口中挖出真正的黄雀来！"

"可是邓茹婷在刁文元手里，我们怎么办？"

"是呀，这一回，刁文元决不会放手的。"海明伯踱着步。

雨堂迟疑："师父，现在我们还能信赖方萍吗？"

海明伯苦笑："我也想到她了。可是，这次你的古谱落在刁文元手上，方萍确有嫌疑，即使是她不慎走漏了风声，也被刁文元盯上了。毕竟，刁文元还是她的上司。她很难有作为呀。"

"那怎么办？"雨堂突然眼一亮，"方萍不是托人把卧底名单交给我吗？此人肯定是我们的人，能不能……"

海明伯猛地一拍雨堂："你真是点醒了梦中人，好，我们去见红棉！"

雨堂跟着海明伯在秘密联络点和"红棉"见面了。

南珠看着海明伯带着雨堂进来，大吃一惊，有些不知所措。雨堂虽然也吃了一惊，但立即就明白过来，眼圈也红了，呆呆地望着南珠。

海明伯笑眯眯的："都明白了吧，总该握个手吧！"

南珠这才醒过神来，笑着伸出手："雨堂，对不起了。希望你能理解。"

雨堂还没有醒过神来，南珠主动上前握手。

两人紧紧地握手，雨堂流着眼泪喃喃说："我理解，理解，其实，和我做梦做的一个样，真的，我梦里就是这样！"

南珠眼圈也红了，掏出手绢递给雨堂："雨堂，你怎么变得这么小资了？来，我们说正事吧！"

大家坐下来，聊起了正事。分析情况后，大家一致认为，方萍不可能出卖雨堂，是被刁文元算计了，吴猛也可能参与了其中。这也意味着，方萍受到了监控，刁文元肯定是被日本人收买了。但刁文元却将雨堂的古谱完璧归赵，肯定是拍照了。也就是说，古谱失密了。接着刁文元又公布邓茹婷和韩天健是日谍，肯定是日本人授意的。说明日本人要丢卒保车，很可能要灭口。而这个"车"很可能就是黄雀。这也说明邓茹婷或者韩天健未必知道"黄雀计划"的机密。

"南珠，你现在也可能受到监控，但比方萍的活动空间要大，接触邓茹婷的可能也更大。你要设法和邓茹婷或者韩天健接触，告诉他们已是替罪羊，很可能要被灭口，离间他们和黄雀的关系，让他们吐出黄雀的真实身份。"海明伯说。

"这个黄雀，我们怀疑是傅桑教授，可是也不排除另有其人。"雨堂又补充。

"明白了，我一定全力完成任务！"南珠起立。

雨堂又问："南珠，傅教授那部古谱是你拍的吧？"

南珠点头："是我拍的。"

"那我还有一件事要问你，我们现在比较傅桑的古谱，发现我家的古谱比傅桑的古谱多了一部分。我们分析，邓茹婷肯定是在傅桑的古谱里没有收获，才继续打我们家这部古谱的主意。我们全力破译这些多出来的部分，可是还没有收获，你拍傅桑的古谱时，全都拍完了吗？"

南珠想了想："我全拍了。除了全谱，连谱子里夹的一张不相干的纸也拍了，我记得那张纸上有一些空白表格。"

"一张纸？写着空白表格？"雨堂琢磨。

"是的，你没发现吗？"

雨堂一拍脑袋："有点印象，我也以为是一张不相干的纸。是你在试镜头时瞎拍的呢！好，我再查查，南珠，你真细心。谢谢你了！"雨堂眼里透出深情。

海明伯一见这光景，连忙说："好，我先走，你们再聊聊吧。"

南珠一把拉住海明伯："海明伯，时间紧迫，以后再聊吧。"她回头对雨堂说，"雨堂，对不起，我们以后再聊吧！"

说罢，南珠离去了。

海明伯知道南珠有意在回避什么，无奈地看着她的背影。

雨堂的眼神里也透出遗憾。

罗浮山的密林中，一座道观被雨水淋塌了东侧的墙，像一尊断了腿的泥菩萨。这道观已经废弃多年，空无一人，只有地上乱窜的老鼠和墙角高悬的蜘蛛网。

傅桑缓缓前来，当他站在道观正门前时，眼睛顿时湿润了。他凝视着坍塌的东墙，凝视着屋瓦上的茅草和顽强求生的小榕树，长长地叹息一声，以手护面，轻轻步入道观。傅桑进了中门，转向西边的房间，这间房保存得还比较好。

这显然是道长的卧室，有一张书桌、一架古琴、一张茶几和一张罩着蚊帐的床。傅桑的眼前出现幻象，他看到谷清山人在抚琴弹奏，《广陵曲》的旋律似乎在耳畔响起。琴声古幽而悠远，把傅桑带回遥远的记忆。

他愣在遗像前，怔怔地看着，对着遗像缓缓跪下，哽咽道："父亲，儿子看您来了！"

傅桑默默流下眼泪，耳边响起谷清山人的话：

> 桑儿，为父是用汉语给你写这封最后的家书，以表为父对大汉文化的崇敬和皈依，这样的文化值得永世传承，发扬光大，而不应被毁灭。故为父给你留下的是残谱，谱中的邪恶，为父会把它带走。桑儿，为父不会再回东瀛，将会长眠于我所皈依的文化土地。作为中华革命党日本志愿军的队长，为父在这片土地流过鲜血，理当长眠于斯。作为日本帝国"支那"南方密遣队的队长，为父在这片土地种下罪孽的种子，理当长眠于斯赎罪。桑儿，大和民族确实是个优秀的民族，而上天给这个民族的生存空间太逼仄。但这不是我们侵吞华夏的理由，我们可以通过智慧而不是武力的竞争，去赢得生存尊严。这就是为父最后的觉悟和遗嘱，桑儿切记，为父去矣……

傅桑抹掉眼泪，缓缓站起来，走向古琴。他深吸了一口气，两手往琴弦上抚去，十指之间，粗重的旋律响起。

他弹奏的是日本军歌《拔刀进行曲》。

在他的耳边，古琴旋律渐渐演化为雄壮的歌声，千千万万日本军人高举武士刀向前冲锋的镜头在他眼前浮现。

曲毕，他站起身来，沿着道观东边被杂树掩隐的一条石径西行。石径的尽头是一座长满杂草的孤坟。傅桑站在孤坟前，朝墓碑三鞠躬，然后站定，对着墓碑上的名字喃喃："父亲，桑儿不仅是您的儿子，更是帝国的儿子！为了帝国的大东亚理想，桑儿要叛逆父志了，请父亲原谅！"

念罢，傅桑再次深深地鞠躬。

他转过身来，只见残阳如血，往西山坠去。

刁文元傻了，邓茹婷和韩天健竟然干掉了李刚和两个狱警脱逃了。

事发的前一天，黑田打电话要刁文元去日本领事馆见面，交代指令要刁文元立即将邓茹婷和韩天健灭口。刁文元立即明白，日本人是要丢卒保车。

"刁参谋长，这也是保护你，邓茹婷要是招了，你也脱不了身。"

刁文元当然也希望邓茹婷和韩天健消失，但是要他下手，自己还是要受到追究的。黑田一眼就看出了刁文元的心思："你做一个越狱的局很难吗？韩雨堂越狱的时候，你不是也做过吗？"黑田冷笑地看着刁文元。

事已至此，也只有这样了。刁文元就叫来了李刚执行任务。先假意和邓茹婷商量好越狱的方案，然后再追杀邓茹婷和韩天健，假戏真做，将他们灭口。哪知道，李刚动手的时候，反被邓茹婷制服，夺过武器，将李刚和两个狱警都干掉了。

刁文元得知消息，吓出了一身冷汗，立即赶到日本领事馆通报了黑田。黑田也紧张起来，一巴掌抽过来："八格牙路，你这么点事都办砸了，只知道要钱！"

刁文元苦着脸："我哪知道你们训练出来的人，那么厉害呀！"

黑田立即拨打电话说了一通日语。

半个小时后，傅桑出现在刁文元面前，刁文元又傻了。他没想到，傅桑居然也是日本间谍，看样子，还是不小的头目。

他呆呆地看着傅桑。尽管见过大世面，还是震惊不已。

"说说经过吧。"傅桑非常平静。

刁文元回过神来，又详细说了一遍。

傅桑沉思了一阵，才开口："刁文元，你不用慌，还有挽回的余地。第一，邓茹婷逃得出你的手，逃不出帝国的手，她一般是不敢把你吐出来的，我们静观其变。要是过两三天，还没人动你，就说明邓茹婷没有出卖你。第二，你死死地咬定，这一切都是李刚干的，你不知情。余汉谋不敢对你贸然下手。因为处分你，他也有用人失察的责任，凭你'鸡鸣三省'的本事，至少可以拖一段时间。第三，你抓紧时间，把我们要的情报交出来，我们安排你转移。等我们占领了华南，再安排你回来当广州市长。听明白了吗？"

刁文元惊讶："这个时候，还要我弄情报？"

傅桑冷笑："刁文元，你现在还有别的选择吗？我在广州陪着你。我都不怕，你怕什么呢？我今天露真容，就是给你壮胆的。"

刁文元不吭声了，他心里暗暗佩服傅桑的镇定。

刁文元离去后，屋里留下了傅桑和黑田。

"傅桑君，你胆子真大，这个时候在刁文元面前露脸，风险极大呀。"

傅桑笑了笑："我们要在华南登陆，还指望刁文元的情报。他要是垮了，我们进攻华南，难度就要大得多。我必须给他打气。我们是帝国的人，要敢于承担。"说罢，傅桑拿出了几页纸，"这是我破译古谱的结果，你立即向军部发报。"

黑田看着纸上写的人名："这是什么意思？"

"二十几年前，我们以帮助孙中山讨伐袁世凯的名义，组织了一支东瀛志愿队，队长就是我父亲。其实这支志愿队还有一个秘密使命，就是将一批帝国的间谍打入中国，长期潜伏，将来为帝国效力。"傅桑说，"当年打入的时候，这批人都已经渗透到中国军政的各个要害部门，到今天，他们应该已经担任重要职务了。现在，该是唤醒他们的时候了。"

"原来这些名单就藏在韩雨堂家的古谱里？这是怎么回事？"

"这你就不用问了。去发报吧，以我们两人的名义发报。"

黑田有些意外："傅桑君，这是你一个人的功劳，黑田怎么好意思？"

"黑田君，傅桑绝不吃独食，一年多来，你一直在配合我，我都记住了，就用我们两人的名义发报吧。"

黑田感动道："傅桑君，黑田将继续全力配合！"

傅桑转移话题："好了，不用客气。黑田君，你说说，杏子干掉李刚逃亡，肯定知道是我的旨意，她会把我抖出来吗？"傅桑还想着邓茹婷的事。

"这就很难说了。"黑田也在沉思。

邓茹婷逃亡，的确大出傅桑的意外。但是，傅桑更没想到的是，那个灭口的夜晚，邓茹婷能够成功脱险，是得自南珠的帮助。是南珠出手，灭掉了李刚和他的手下。南珠又用枪指着邓茹婷说，只要你说出黄雀是谁，我可以放你和天健走。邓茹婷也明白了，刁文元敢对她下手，肯定是傅桑的旨意，于是就吐出了傅桑和刁文元。邓茹婷的交代，正好和南珠的判断吻合。她收了枪，看着邓茹婷带着天健，消失在夜幕中。

南珠之所以释放邓茹婷和天健，除了要知道黄雀其人以外，还有其他用意。

后面的故事发展，证明了她的判断是正确的。

南珠又和海明伯见面了，雨堂在全力破译古谱，没有出现。南珠向海明伯汇报了收获，海明伯知道黄雀果然是傅桑时还是有些吃惊："这家伙果然是高手，胆大心细，深藏不露。我都被他迷惑了。"

南珠点点头："邓茹婷说，直到她偷拍傅桑的古谱时，还不知道傅桑就是黄雀，可见黄雀确实高明。'黄雀计划'是什么内容，她根本不知道。不过她知道傅桑要灭口，还是很寒心，主动提出，愿意交代黄雀换天健的一条命，她听凭我处置。我想了想，干脆把他们两个都放了。让敌人去狗咬狗，我们渔翁得利。"

说罢，南珠掏出了一张纸："她还给我留下了书面口供。"

海明伯点头："我明白你的意思，说下一步的行动吧。我认为现在可以动傅桑了，彻底破获'黄雀计划'的秘密。但是不能由我们出面。我们现在仅凭邓茹婷的口供，还不能算铁证，要是直接出面，可能会被动。"

"我想好了，要方萍出面去抓傅桑。她现在虽然受到监控，但是并没有失去行动自由，她调动自己的部下，还是没问题，这也是给她一个摆脱困境的机会。刁文元这个时候，不敢公开阻拦。只要方萍控制了傅桑，我们知道'黄雀计划'的秘密就不是问题。"

海明伯笑了："南珠，你是想给你妹妹一个立功机会，为她铺路。你这个姐姐，用心良苦呀。""是的，我一直很内疚，没有好好引着她走正道。我希望我们姐妹终有一天，成为真正的战友。"

"好，你立即行动，有把握吗？"

南珠笑了："放心吧，只要我不和她争雨堂，我们姐妹的关系缓和多了。"

第二十五章　傅桑现身

刁文元惊呆了，他接到手下的电话，说方萍带人逮捕了傅桑，去向不明。

刁文元破天荒地把桌子一拍，玻璃板都裂了："狗娘儿们，好大的胆！竟敢太岁头上动土！什么？傅教授是日谍？那她说蒋委员长是日谍你们也信？老子要你们盯她，怎么不拦着？老子通通毙了你们！"

吴猛也在现场，虽然吃惊，但比刁文元要镇定许多："参座息怒，抓日谍是田处长的本分，不就是个教授吗？邓茹婷和韩天健跑了，他们俩和傅教授关系密切，傅教授确实嫌疑最大，我也有怀疑……"

刁文元打断："吴猛，这事你也参与了？"

吴猛没好气地说："参座，你别忘了，没有我给你盯住方萍，你能抓到韩雨堂吗？你当晚就把韩雨堂放了，我还没问你原因呢！"

"怎么，你还怀疑我？"

吴猛也有些火了："我吴猛历来对事不对人，方萍我都敢怀疑，为什么不敢怀疑你？你历来就脚踩几条船，两次抓住韩雨堂，都是你放的。你一句余长官指示就敷衍过去了。"

刁文元冷笑："那你说，我是有什么猫腻？你怀疑邓茹婷是我放走的？"

吴猛也冷笑："至少你不嫌钱烫手。"

刁文元一听松了一口气，明白吴猛没有掌握自己的命门："那又怎么啦？你爱方萍我爱钱，不都是爱吗？你和我是半斤八两！你和方萍那些事，我也睁只眼闭只眼呢！你要是不怕方萍睡到韩雨堂床上，会监督方萍？"

吴猛被捏住了，没有再反驳。

刁文元进一步反击："吴猛，我是爱钱，也确实有猫腻。不瞒你说，我确实收过邓茹婷的钱。可是，再多的钱，我也不敢放邓茹婷逃跑，这是卖国罪，我就是收钱也没福享受！相反，我该杀她灭口才对。现在李刚被邓茹婷干掉了，邓茹婷不会怀疑是我灭口吗？她一咬我，我吃得消吗？我该惊慌才对。可是我稳坐钓鱼台，说明我心中无鬼！以前我收她的钱，并不知道她是什么人，要说爱钱，广州上下的官，没有一个跑得了，我算老几呀！"

"好了，好了，参座，我们谁也别抠谁的屁股了。当务之急，是找到方萍。"

"你有什么想法？"刁文元平和下来。

"我觉得田南珠最近一段时间和方萍接触比较多，可能与此事有关。"

"你是说，她们姐妹俩又勾搭在一起啦？"

吴猛意味深长地看着刁文元："我已经上手段了。不过，要是找到方萍，你可得听我安排。"

刁文元想了想："好，我听你的。"

山林里隐蔽的小院，门口有士兵巡逻。

房内方萍在审讯傅桑。傅桑表情平静。

方萍念傅桑履历："傅桑，本名腾川一郎，1894年出生于中国沈阳，其父藤川武勇为黑龙会成员，曾加入孙中山同盟会，后援助中国革命罹难。1912年，腾川一郎改名傅桑，回国进入帝国大学文学部，获博士学位并留校任教艺术史，晋升为讲师。大学期间与石村太郎同学两年，关系密切。1927年加入日本共产党，为德田球一助手，1928年被捕，经服务于日本军方的同学石村斡旋，以中国侨民的身份被释放并被驱逐出境。1929年赴南洋教书约三年，1932年应聘中山大学教授。"

傅桑微笑："还有吗？"

"还有，不过我想听听你的感受。"

"我要表扬你，做了很多功课。不过这说明什么呢？"

"第一，说明你其实是日本人；第二，你和政治关系很密切；第三，你交往的人中有很多日本间谍。"

"回答正确，但这依然不能构成抓捕我的理由。"

"别急，你看看这个。"方萍拿出了一张影印件，"这是你离开日本时，给日本警方的白首书。"

傅桑意外地看了一眼方萍，接过看了看，又递回。

"方处长，很佩服你的调查能力。不过，这恰恰说明我告别了政治，而不是卷入政治。要说背叛也行，我背叛了共产主义信仰，但你似乎不应该计较。"

方萍微笑："还有呢。"

方萍又拿出两张照片："这是松井石根访粤期间，你们的合影。这张是土肥原访粤期间，你们的合影。"

傅桑紧张起来，看着照片发呆。

方萍得意："你怎么不说话？"

傅桑长叹一声："这都是围棋惹的祸呀。他们访粤的时候，都去了富士棋社，正好碰上我在下棋，就手谈了几局。方小姐，你是怎么搞到的？"

方萍微笑："知道我姐吗？"

傅桑心动："田南珠？"

"没想到吧，我们姐妹又联手了。"

傅桑沉默了一下，看看手表："田处长，要吃晚饭了吧，我有点饿了。"

"傅桑先生，你心情不错呀，还记着晚饭。"

"你们中国人有句俗话：心中无冷病，大胆吃西瓜。我现在就是这种心态。我再次提醒你，你出示的所有证据，都无法证明我是日本间谍。至于我为何隐瞒日本人的身份，我已经做了解释。最初是因为要保护营救我的同学石村，他以中国侨民的身份把我解救出来，我不能让他尴尬。后来是因为我对中华文化的敬重，毕竟中国是我的出生地，我对它有感情。"

方萍冷笑："这么说，你是圣人了？"

"不敢，我只是一个有点傲气的学者而已。"

"放屁！"

傅桑突然冒出英语："Crude ruffian(粗痞)。"

方萍变脸："我还有更粗痞的，你想见识吗？"

傅桑微笑："想给我上刑吧？你别忘了，我是日本人，我有祖国。到目前为止，我们两国还有外交关系。"

方萍咬牙："好呀，你就等祖国来救你吧。来人！"

两个士兵推门进来，走向傅桑。傅桑本能地起身，做出了防卫姿态。

方萍走近傅桑："看你这架势，还有功夫呀。"

傅桑冷静下来，又坐下去："你们要动手，就动吧。请不要打脸。"

方萍沉默些许，对手下说："把他带下去吧，准备晚饭。"

傅桑起身："谢谢你。"

傅桑走到门口又回头："田处长，我想见见南珠，当面对质。"

就在此时，南珠推门而入："傅教授，我来了。"

傅桑愣了一下，马上又镇定下来："好呀，我正盼着你来呢。"

说罢，傅桑转身坐下了。

没想到的是，门又被推开了。刁文元和吴猛也进来了，后面还跟着几位全副武装的宪兵。方萍和南珠都傻了。

"两姐妹怎么又并肩战斗了？"刁文元笑眯眯地问。

方萍冷笑："参座，你是来捞日本间谍的吧？"方萍又看着吴猛："吴处长，什么时候也听日本人的话啦？"

吴猛阴沉着脸："方萍，你擅自行动，还敢血口喷人，你真以为自己可以为所欲为啦？"

就在这时，黑田开车赶到了，带着一个律师走进来："刁先生，我代表日本领事馆，来和贵方交涉，这是我们的手续。"

刁文元接过了黑田手上的公文。

方萍冷笑："参座，别装了，我知道是你通风报信！"

吴猛意外地看着刁文元。

刁文元一笑："是我通知黑田先生的又怎么样？黑田先生给我来电话交涉，我不想替你扛屎盆子，就告诉他，我们已经锁定了你的行踪，他可以跟踪而来，现在请你回答黑田先生吧。傅教授要是日谍，你就拿出证据，我立即宣布扣押；要是拿不出来，就必须放人，外交无小事，懂吗？"

黑田开口了："田小姐，我是日本驻广州领事馆的副领事兼武官黑田，奉命来严正交涉我国侨民傅桑先生被你无辜拘押一事。"

方萍反问："黑田先生，你怎么知道傅桑是日本人？"

"有关文件我已经交给刁文元先生了，你可以到刁先生处查阅。如果你指控傅桑先生是间谍，必须拿出证据，否则我要把他带走。"

方萍看着南珠："姐，你回答他吧。你不是说，邓茹婷供出傅桑了吗？"

傅桑眼一亮："南珠小姐，我正想听听，邓茹婷怎么供出我的。"

南珠沉默不语。

方萍急了："你说呀！"

南珠看着傅桑："我想听听傅教授有何高见。"

傅桑笑了笑："南珠小姐，邓茹婷和韩天健不仅图谋韩家的古谱，连我收藏的古谱也不放过。但是，这能说明他们就是日本间谍吗？请问，他们要古谱想达到什么间谍目的？好，就算他们是日本间谍，我就是他们的头目吗？就算邓茹婷指认了我，我就应该受到你们的拘捕吗？好，现在我这个日本间谍指认你是我的同伙，你是否应该受到拘捕呢？南珠小姐，邓茹婷和韩天健现在的罪名只是刑事犯罪，不是政治犯罪。我玩过政治，你在我面前只是学生辈，我指点你一下，你以为图谋古谱就是间谍，罪名是不能成立的，你必须知道图谋古谱是为了什么间谍目的，还要证明我和邓茹婷确有上下级关系。这些关键证据你拿不出来，你就不能贸然动手。"

南珠笑了笑："傅教授，你很雄辩，功课也做得很足，我小看你了。我本来想诈你一下，现在看来毫无意义。你走吧。拘押你，就算例行调查。这总可以吧？"

方萍大惊："什么，放他走？"

刁文元出声了："田处长，你要是阻拦，我立刻把你拿下！"然后刁文元看着傅桑，"傅教授，不好意思，我们是例行调查。他们没有对你动粗吧？"

傅桑微笑："那倒没有，田处长很文明，我们之间有些误会。请你不要为难她。"说罢，傅桑对黑田鞠躬，"黑田先生，谢谢你了。"

就这样，傅桑跟着黑田扬长而去。

南珠意识到了什么，也跟了出去，方萍和吴猛也跟了出去。

南珠的车停在院子里。她走到自己的车前，观察了一阵，打开后备厢，发现了偷听发射装置，拿出来走向吴猛："吴处长，这是德国货吧？你来找我，就是安装这个玩意儿的吧。"

吴猛有些尴尬："我是履行职责。"

方萍咬牙冲上去，给了吴猛一个耳光。

傍晚，办事处宅院厅堂。桌上摆着颇丰盛的饭菜，老赵、海明伯和新来的老夏、老田坐在桌旁。琼嫂端汤上来："今天欢迎新同志，诸位尝尝我的手艺，有什么意见只管提。"

老赵看着饭菜："不错，色香味俱全。唉，雨堂怎么没来？"

老田起身："我去叫。"

海明伯说："别叫了，刚才我去看了，他睡着了。"

老赵有些奇怪："不是破译谱子吗？怎么睡了？"

"他已经几夜没合眼了。让他睡吧，来，我们开吃！"

雨堂在屋里还在睡。他进入了梦境，梦见了"旱天雷行动"时，自己和南珠相处的一段往事——

南珠把一张油印的英语试卷放在雨堂面前："来，我让你好好把心收住，别胡思乱想。你不是吹你是广雅毕业的吗？我考考你外语。每道题四个答案，你选一个。"

雨堂看卷一笑："这你可难不住我，我保证能得90分以上。"

"你就吹吧。"

"敢打赌吗？我要是得了90分以上怎么办？"

"你说！"

"你们就要同意我入伙。"

"这我答应不了，你要去问海明伯。"

"那就换个你能做主的。我要能得90分，你就当我媳妇。"

南珠脸红："去你的！"

雨堂哈哈笑。

梦境变换为雨堂做完试卷，雨堂把试卷交给南珠。南珠拿出了另一张试卷，试卷上抠着小洞。南珠把试卷覆盖住雨堂的试卷。雨堂的答案在洞口中露出来了。

南珠惊讶："你知道答案吧？"

雨堂得意："媳妇，这下知道为夫牛吧，嫁给我，你不亏！"

南珠一把揪住雨堂耳朵："你找抽吧！"

雨堂求饶："行了，行了！我错了！"

雨堂笑醒了。他回味着梦境，猛然翻身下床，来到桌前翻阅古谱。

老赵和海明伯已经吃过饭，回到老赵的房间谈工作。

老赵问海明伯："南珠有消息吗？"

海明伯摇头："她接到方萍的电话后，给我挂了个电话，说的是暗语，我只知道她的意思是去支援方萍。但直到现在都没有消息。"

"这样她会不会暴露？我这次在香港见到廖承志同志，还见到广西的刘仲容参议，才知道南珠在广西的安排都是刘参议一手斡旋。刘参议说，刁文元找到白崇禧，要求将南珠调离广东。白崇禧答应了。要是她这次动作太大，只怕也会被刁文元抓住把柄。"

"是呀，南珠出手，肯定是方萍没有拿下傅桑。说明傅桑比我们想象的要更厉害。我有种预感，南珠也未必能拿下傅桑。我们有个死穴，就是不知道'黄雀计划'的目的。只要傅桑看破这个玄机，仅凭邓茹婷的指认，还定不了他的罪。"

"那怎么办？"

海明伯苦笑："只能从古谱上做文章了。我看这样吧，从现在起，我也封闭起来，和雨堂一起破译谱子。"

"你有把握吗？"

"说老实话，没有把握。"

"这么说，雨堂也没有把握了？"

海明伯点点头："老赵，事到如今，我们只能尽人事了。无论结局怎样，我们都必须面对。其他工作，就有劳各位了。"

说罢，海明伯起身向雨堂房间走去。

这时雨堂冲出来："师父，有戏了！我发现密钥了！你跟我来！"

雨堂带着海明伯、老赵进了自己的房间，老夏、老田也跟过来了。雨堂拿出了傅桑古谱中的那张画有表格的照片，开始解释：

"这张照片上10张图，有10个编号，傅桑的谱子正好缺01页，你再看我爹传下的谱子，正好多了10页，页码正好对应着10个编号，这就意味着这10张图，分别对应着这10页谱子内容。就是《旱天雷》的曲目和后记。这10张图上又有数字标记，对应着每页字符，于是我找了一张字符最简单的图做了一个模板纸。在相应的位置上挖了孔洞。"

雨堂拿出了模板盖上古谱："注意，见证奇迹的时候到了！"

只见模板孔洞透出一行字："支那"潜伏军名册。

老夏念出来："'支那'潜伏军名册！"

海明伯眼亮了："这是日本人的潜伏特工名单！小子，好样的，师父没白给你熬鸡汤！"海明伯给了雨堂一拳。

老赵急切："具体名单呢？"

雨堂拿出了名单给老赵："这是部分名单。"

老赵看着名单露出困惑："什么宫羽商商角宫羽角宫宫商的，不还是天书吗？"

雨堂一笑："我师父明白怎么回事，你问他吧。"

海明伯微笑："雨堂，还是你说吧。"

雨堂说下去："我爹的乐谱是工尺谱，这是一种以文字记谱的方式。比如宫羽商商角宫雨角宫宫商，读出音符来就是哆嗦嗒嗒咪哆嗦咪哆哆嗒。"

老赵还是不解："这音符又怎么和人名联系呢？"

雨堂说："我要再翻译成简谱你才明白。翻译成简谱，就是15223153112。"

老赵摇头："我还是不明白。"

雨堂说："这就是密电码。再由专家破译，特工名单就能彻底显露出来。"

老赵问："这么说，我们还要破译密电码？"

海明伯说话了："到了这一步，就是技术问题了。我们立即把这份密码名单发给克农同志，他自会找专家破译的。"

"我明白了，等于雨堂已经截获了敌人的密码特务名单！"老赵兴奋地握住雨堂的手，"雨堂，你立大功了！"

老田和老夏都上前祝贺雨堂。

老赵兴奋地跑出房间，向琼嫂要了一瓶酒，又走了进来："哎，老海呢？"

大家才发现海明伯不见了。

海明伯站在院子里仰望夜空，眼含泪。

雨堂走过来："师父，你怎么啦？"

海明伯悄悄揩眼泪，笑着转身："没什么，为你高兴。走，喝酒去！"

这时，琼嫂迎面来了："老海，有长途电话找老赵和您！说是推销保险的。"

老赵和海明伯一听，脸色严肃起来，推销保险，这是广西地下党和他们约定的联络暗语。

黑田带着傅桑，直接回到日本领事馆。事到如今，他们无所顾忌了。

"傅桑君，你现在已经被盯上了，还想待在广州吗？"傅桑自信地一笑："黑田君，你以为我不敢吗？"

"黑田佩服傅桑君的勇气和智慧。可是，黑田觉得，傅桑君的使命已经完成，没有必要再冒险……"

傅桑打断："我还有使命没有完成。我要拿到刁文元手中的情报！"

"傅桑君，刁文元的情报，黑田可以效劳。"

傅桑苦笑："我要是不在广州给刁文元壮胆，这个滑头又会有变数。此人很有心计，并不像表面那么窝囊。你未必对付得了他。"说罢，傅桑转移话题，"杏子有消息了吗？"

"还没有。"

傅桑沉默思索着什么。

"傅桑君，您这次被捕，是否和杏子有关？"

"方萍审问我的证据，基本与杏子无关。只是透了一句，杏子向田南珠指认了我。可是我和田南珠对质的时候，她说是诈我，可我觉得她是掩护杏子。要是这样，杏子就可能落在她的手里，或者被她放走了。"

"这么说，杏子叛变了？"黑田惊讶。

"还不能最后下结论。田南珠是个很厉害的特工，田方萍的材料许多都是她提供的，此人明显有中共卧底的嫌疑，军统就是拿不下她。她背后肯定有神秘而强硬的支撑。她顶着嫌疑还调查了我那么多底细，是我没想到的。我就算撤离广州，也要拿下这条大鱼再走。你派人给我盯住这个田南珠。"

黑田点头："明白。那杏子怎么办？"

"你也找，我也找。"傅桑露出一丝阴笑，"看来杏子是想飞呀。"

南珠看着窗外的星空发呆。

她想到自己和方萍分手的情景。刁文元看着南珠说："田专员，你是广西的人，我管不了你，你走吧。你们叶主任会找你谈的。"接着刁文元又转向方萍，"田处长，请你跟我回去，我们好好谈谈。其实，我也想知道'黄雀计划'是怎么回事。"方萍冷笑："要是我信不过你呢？"刁文元并不惊慌："那你也可以指控我，只要你拿出证据。"

南珠看着方萍上了刁文元的车离去，自己就开车回来了。

南珠有强烈的挫败感，她领教了傅桑的厉害，这是她没有料到的。她也知道自己的处境非常被动了，刁文元会加强对自己的监视，所以她没有和海明伯联系。此时此刻，她不能再有任何闪失。

这时有人敲门。南珠迟疑了一下，才去开门。

果然是叶主任面色严肃地站在门口。叶主任背后，还站着两位大胡子的军人，穿着桂军宪兵制服。南珠立即明白，是冲自己来的。

叶主任开门见山："南珠，你的事，刁文元告诉我了，现在广西又来人了，要把你调回广西。这是白长官的意思。你们谈吧。"

说罢，叶主任转身对军人说："二位，看在刘参议的面子上，我答应了你们。一个小时后，你们必须离开。不要让我为难。"

叶主任关上门离去了。

两位军人默默坐下。

南珠突然感觉不对："你们到底是什么人？"

一位军人笑了，低声道："我是雷海明，这位是雨堂。"

南珠大惊。

海明伯示意南珠坐下，他们交谈起来。

屋外的走廊，叶主任抽着烟，神色不安地在溜达着。他虽然不知道这两个军人的确切身份，但心里明白，刘仲容参议介绍来的人，肯定和中共有关。叶主任也是莫斯科中山大学毕业，和刘仲容是同学、密友，他们的同学中，许多都是中共的人，这是一种剪不断理还乱的关系……

屋内，海明伯还在和南珠交谈。

"其实你抓捕了傅桑，也未必审得出'黄雀计划'，结局也差不多。现在看来，傅桑公开露脸，是胸有成竹的。而且是有目的的，不仅仅是托大。此人是个很厉害的对手啊。好了，你就不要多想了。我向你转达上级指示，撤回广西。"

"什么？上级也要我撤？"

"对。戴笠亲自与徐恩曾进行了协调，徐答应由'中统'内部对你进行处置。你回广西也要接受严密审查，不过我们在桂系高层的根基很深，会有人为你说话的。"

"那'黄雀计划'怎么办？"

海明伯微笑："放心吧，雨堂已经把谱子破译了。"

南珠一阵惊喜："真的？'黄雀计划'是怎么回事？"

"'黄雀计划'是日本军方要唤醒一批潜伏在中国的特工。潜伏名单就藏在古谱里。我们已经把密码名单发给克农同志，克农同志正在找专家破译。这两天就会有消息了。"

南珠兴奋："雨堂，你真棒！是怎么破的？"雨堂腼腆一笑："你听师父说吧。"

海明伯笑道："这也有你的功劳呀。首先，你最后拍的那张照片，就是密钥图。其次，雨堂做了一个梦，梦见了你和他的一段往事。"

"往事？什么往事？"

"你还记着我们实施'旱天雷行动'时，雨堂藏在我们的联络点，你怕雨堂憋不住惹事，考他外语的事吗？"

"记得。这小子考了90分，把我吓一跳。"

海明伯又说起雨堂破译古谱的经过……

走廊里，叶主任在看表。快一个小时了，他走到南珠的房门口，轻轻敲门。

南珠听到敲门声，心一动："叶主任是我们的人吗？"

海明伯说："是我们的朋友，刘参议的同学。"

"那刘参议是我们的人吗？"

"这你就不要问了，回到广西，他会关照你的。好了，你和雨堂再聊聊，我去谢谢叶主任。"海明伯又对雨堂说，"没有多少时间了，你要痛快点！"

海明伯起身离去了。

雨堂突然显得有些不安。南珠也意识到什么，脸红了。

雨堂有些艰难地开口了："南珠，我就知道，我不会看错人的。我、我、我就想问你一句话……"

南珠突然打断："雨堂，这个时候，我什么都不想回答。我去广西后，给你写信，好吗？"

雨堂迟疑："我就问一句话，就那么难吗？"

"雨堂，不要逼我，行不？"南珠眼里有泪。

雨堂有些慌了："行，行，我等你的信！"

南珠深情地看着雨堂："雨堂，可惜不能和你一起完成最后任务了。但我相信你跟着海明伯，一定会拿下傅桑，彻底粉碎'黄雀计划'。可能的话，我希望方萍也参加，因为她也很想破获'黄雀计划'。给她这个机会，让她走上正道。我等着你们胜利的消息，你走吧。"

邓茹婷和天健去了香港，安顿好天健之后，邓茹婷又化装潜回了广州，秘密转移银行的财产。最后她还潜回寓所，拿自己的金银首饰。就在寓所，她落入了傅桑之手。这是傍晚时分。

"杏子，你胆子可真大呀，还敢回广州？"傅桑阴沉着脸看着邓茹婷。

邓茹婷愣愣地看着傅桑，一脸困惑，她实在想不出，傅桑怎么会盯住自己的。傅桑看出了邓茹婷的心思，冷笑道："你银行的账户一有异动，我就知道你的行踪和意图了。你出卖了我，想远走高飞，没错吧？"

邓茹婷慌了："我没有出卖先生！要是我背叛，先生还能安然无恙吗？我还敢回来转账吗？我只是想远走高飞而已。"

邓茹婷这么辩解是早就想好了的，只要落在傅桑手里，就说明她没有出卖傅桑，这是有逻辑说服力的。邓茹婷的辩解果然打动了傅桑。当他发现邓茹婷银行账户有异动时，就意识到邓茹婷潜回了了广州，推测邓茹婷是想远走高飞。对邓茹婷出卖自己的怀疑消退了不少，但是他还是不放心。

"你知道田方萍抓过我吗？"

邓茹婷露出惊讶的表情："她抓过先生？那您？"

傅桑冷笑："我又脱险了，现在我是日本侨民。杏子，你也被田南珠抓过吧？"

邓茹婷愣了一下，苦笑："那请您叫田南珠来对质吧。"

傅桑观察邓茹婷的表情，没有发现明显破绽，又问下去："我想问你几个问题，希望你如实回答。李刚对你下手的时候，说了什么？"

"他说是刁文元要他干的。"

"你信吗？"

"那个时候，我根本无暇考虑。"

"现在呢？"

邓茹婷迟疑："我信。"

"为什么？"

“刁文元并不是尿包，何况狗急也会跳墙。”

“你就没有怀疑我指示刁文元杀你灭口？”

邓茹婷苦笑：“先生，您应该知道杏子的忠诚。而且我并不知道‘黄雀计划’的内容，如果还要杀我灭口，杏子将无言以对。”

“那你脱险后，为什么不和我联系？”

“天健病了。”

“这是理由吗？”

“他是我丈夫。”

“你真爱上他了？”

“我不该有爱吗？”

“所以你就想远走高飞？”

“先生，这不是您答应的吗？”

傅桑冷笑：“这些台词，背了好几天吧？”

“先生，您是什么意思？不想我们走？”

傅桑笑了笑：“放过风筝吧？不管风筝飞多高，线，都不能断。还有一点，你可以和天健上床，但是，不能有爱。”

“为什么？”

“因为你的爱属于帝国！”

邓茹婷沉默了。

“看来，你很难做到。”

邓茹婷沉默。

“回答我。”

邓茹婷豁出去了：“是的，我做不到。”

傅桑端详了一阵邓茹婷，眼神异样。

邓茹婷不安地低下头。

傅桑：“看着我。”

邓茹婷抬头看着傅桑。

“你的确很漂亮。好，我来帮帮你。”

邓茹婷不解：“帮我？”

“脱衣吧。”

邓茹婷惊讶："先生，你、你要干吗？"

"把衣服脱掉！"

邓茹婷惊慌："不！不行！"

傅桑冷笑："那我来给你脱。"

邓茹婷猛地起身掏枪，傅桑一把掐住邓茹婷的手。一用劲，邓茹婷瘫软下去。傅桑一把掐住了邓茹婷的脖子，露出阴笑："杏子，风筝是不能断线的。"

邓茹婷的眼泪流下……

广州码头。清晨光景，熙熙攘攘的人流，小贩叫卖，很是热闹。

一辆轿车驶来后停下，叶主任和提着皮箱、穿着便装的南珠下车。叶主任看表："还有一个小时，我们吃个早点吧。"他们向一个排档走去，坐下，点了肠粉和粥。皮箱就放在南珠脚边。

码头一辆轿车内，方萍伸出头，远远看着南珠和叶主任。

排档附近，两个小偷盯上了南珠，他们嘀咕着什么，然后分手了。

排档上，叶主任和南珠边吃边聊。

"南珠，共事这段时间，关照不到之处，请多包涵。"

"叶主任客气了。是我给你添麻烦了，要请你多包涵呢！"

"哪里，哪里，你是好人，叶某心知肚明，只是人微言轻……"

"叶主任，不要说了。我也心知肚明，您是我们的朋友，我不会忘记的。叶主任，拜托您送的那个包裹，请您费心了。"

"放心吧，我已经安排好。"

"对了，差点忘了，我办公室的钥匙还没给你。"说着，南珠掏出钥匙。

这时一个小偷过来，拎起南珠的皮箱就跑。

南珠一愣，反身猛追："混蛋，给我站住！"

小偷跑得飞快，南珠在后面猛追。

小偷跑进了街巷，一路狂奔。南珠猛追大喊："站住！"

南珠掏枪朝天射击示警。小偷猛地把皮箱扔向斜巷里，继续跑。

南珠迟疑一下，放弃追小偷，拐入斜巷。

又是一个小偷拎着皮箱狂奔。

南珠大喊："站住！再跑我要开枪了！"

小偷依然狂奔。南珠开枪了，小偷腿被击中，倒地。南珠冲上去，捡回皮箱。

这时，五个警察冲进了街巷，围住了南珠。南珠亮出了证件。

警察头接过证件看着南珠："原来你是桂军的田小姐呀。"

小偷突然说："她骗你们的，她是毒贩子，箱子里有毒品！"

几个警察端枪对准南珠。南珠注意到警察的手枪都是"橹子"。

警察头沉下脸："田小姐，对不住，我们要开箱查验！"

手下立即打开皮箱，警察头挡住了南珠视线。接着警察起身，手上拿着两包毒品。南珠一下子全明白了，冷笑："原来是来者不善呀。你们想干吗？"

"跟我们走一趟。"

南珠想了想，心里有了主意："好吧，我跟你们走。"

警察头一把缴下了南珠的枪，另一个警察提起皮箱押着南珠向巷口走去。

巷口停着两辆轿车，还有五个便衣虎视眈眈。

南珠一笑："阵仗挺大呀。"

警察头也一笑："明白就好。上车。"

南珠上车后，一个警察掏出手铐把南珠铐住。

这时，方萍开车赶到，探头射击。

两个警察倒地。警察头冒出日语："给我顶住！"接着他开车离去了。

几个警察阻击着方萍，枪声阵阵……

雨堂一大早就收到一个包裹，来人不是邮递员，话也没多说就走了。雨堂打开包裹，琴套露了出来。雨堂一看就知道，这是南珠送来的。

雨堂激动地抚摸琴套，往事历历涌到眼前。他的眼圈红了，突然，发现琴套里还有一封信。

　　雨堂，昨晚又把琴套缝好，给你寄来，做个纪念吧。这次以特殊的身份和你并肩战斗，深感你的成熟和成长，既高兴又钦佩，你是我的好同志，好弟弟，我为你而骄傲。很遗憾不能和你共同抓获黄雀，他是我从未碰到的高手，能战胜他是我最大的荣耀。但我相信你一定能完成擒获黄雀这个最后的任务，这不仅是个人成就感的满足，也关系到潜伏日谍最后能否认定。我估计这些日谍绝大部分潜伏进了国民党，如果不能擒获黄雀，国民党很可能会认为我们故意栽赃陷害，所以，一定要擒获黄雀。雨堂，我预感擒获黄雀同样是艰巨的任务，你要有心理准备，全力以赴，我衷心祝你成功！作为姐姐，我还祝你找到一个好姑娘！致以布礼！

南珠

海明伯急匆匆进来，发现琴套和信："是南珠？"雨堂点头，把信交给海明伯。海明伯看完交给雨堂："真舍不得她走呀。"

"师父，我觉得南珠说得对，我们要尽快对傅桑下手。"

海明伯点点头："不是尽快，而是立即。克农同志来电报了。日寇潜伏特工的名单破译了！"海明伯给雨堂两张纸，"这是电报副本。潜伏名单有32人，基本上都是国民党方面军政要员，我们的队伍里也有两人，已经被逮捕了。克农同志已经通报国民党当局了，同时命令我们要尽快拘捕傅桑。"

雨堂起身："明白了，我立即带人去拘捕傅桑！"

"别急，听我说完。你立即去找方萍，把情况向她通报，争取她的理解和支持，和你一起去拘捕傅桑，这样比我们单方面出动更稳妥。这也是南珠的心愿。如果不行，我们再出动。反正傅桑在我们的监控中。"

"是！"

雨堂转身离去了。

第二十六章　南珠遭劫

　　香港一个偏僻的小码头上停着一辆轿车，邓茹婷从车里伸出头来张望。她受傅桑之命在这里等待接应挟持了南珠的特工队。自从她被傅桑发现后，又重新处在傅桑的掌控之中。她知道，要逃脱傅桑的魔掌是不可能的。当她知道自己接应的对象是南珠，也暗暗吃惊，要是南珠把自己供出来怎么办？但转念一想，南珠曾答应过自己，替自己保密，事实上，南珠曾和方萍抓捕过傅桑，但并没有透露自己出卖傅桑的事，说明南珠还是守信的。邓茹婷又有点安心了。她知道事到如今，也只有随机应变了。

　　一艘汽艇驶来，靠岸了。那个挟持了南珠的警察头有些慌乱地跳上岸。邓茹婷立即迎上前，说起了日语："平野君，人呢？"

　　平野紧张地说："在舱里。给她上了麻醉，她、她叫不醒了！"

　　邓茹婷立即进舱，发现了昏迷的南珠，她蹲下试探南珠的鼻息，顿时变脸："她麻醉过敏。快，立即送医院！"

　　邓茹婷和平野立即开着车，带着南珠，直奔香港玛丽教会医院。

　　车停下，已经换上西装的平野背着南珠冲进医院。邓茹婷在后面跟着，脸色十分焦急。两位修女打扮的护士迎面走来。

　　邓茹婷目不斜视，急匆匆进入楼内。

　　一位修女连忙用头巾遮住脸，眼神惊讶："南珠姐？"

　　这位修女护士就是阿秀。

　　另一位修女护士叫妙玉，是阿秀的密友。就是她们两人扮成尼姑，在广州杀了黑道的顺哥。后来妙玉逃亡香港，投靠玛丽医院的院长嬷嬷，也是她的堂姑。阿秀脱险后，也来投靠妙玉，两人都当了护士。没想到，阴差阳错地又与南珠和邓茹婷碰上了。幸亏邓茹婷没有发现阿秀。

　　看着阿秀发愣，妙玉问："怎么回事？你好像认识那个病人？"

阿秀连忙把妙玉拉到一边，简要地讲了自己和南珠的关系。

"这么说，南珠姐是被挟持了？"

阿秀点点头："妙玉，这事你一定要帮我。"

妙玉也点头："阿秀姐，你说怎么办，我听你的！"

方萍没有救下南珠，眼看着南珠的车远去。这时，吴猛带着手下也赶到了，了解情况后，吴猛看着地上躺着的几具警察尸体，又捡起地上的王八盒子看了看，对方萍说："看来是日本特工绑走了你姐。"

吴猛带着方萍去见刁文元。刁文元听了经过，问方萍："我们不是说好了，我不处罚你，你也不再和你姐来往，为什么要去救她？"

方萍火了："刁参谋长，我是冲日本人去的！"

"你怎么知道是日本人？就凭他们的王八盒子？"

"对，就凭他们清一色的王八盒子，还有敢玩命、功夫好。还有，我们动了你护着的那个傅桑教授！"

刁文元顿时急了："你、你、你放肆！"

这时，吴猛说话了："参座，我也认为是日本人干的，而且是职业特工。"

刁文元转向吴猛："那你们觉得日本人劫持南珠想干吗？"

吴猛迟疑了一下："田南珠一直在调查'黄雀计划'，知道的底细最多。日本人自然坐不住了。"

刁文元警觉："吴处长，你现在怎么也变调啦？你也惦记着傅桑教授？二位，我可有言在先，你们要敢胡来，可别怪我翻脸不认人！"

方萍冷笑："你翻脸又怎么样？我还没翻脸呢！"

刁文元顿时火了，把桌子一拍："田方萍，刁某对你一忍再忍，你可别欺人太甚！刁某已经给你说过，第一，邓茹婷和韩天健跑了，刁某有用人失察的责任，但主要责任是李刚那个王八蛋！第二，说刁某和日本人有勾搭，这是中共的阴谋！第三，刁某看在吴猛的分上，不抠你屁股，你要是还胡搅蛮缠，刁某不仅要抠你的屁股，还要抠你的阴道！"

方萍也火了："好，刁文元，那咱们就练练，姑奶奶今天就废了你！"

吴猛连忙按住方萍："好了，好了，大家都别动气。参座，你这么说话，太过分了吧！方萍，你也冷静点！给我个面子，行不？"

方萍冷笑："吴猛，我看你倒很像参谋长呀。"说罢，拂袖而去。

方萍寓所。

方萍在弹钢琴，刚才又和刁文元大闹了一场，她想冷静下来。她发现，别看刁文元表面窝囊，可是他的平衡术确实了得。看似摇摇欲坠，就是扳不倒。要是鲁莽行事，就算能收拾刁文元，最后自己也得赔进去。方萍虽然任性，心还是很细的，所以吴猛一拦，她也顺势收场。她还想起了南珠。她出手救南珠的时候，拖住了日本人，凭南珠的本事，是可以有所作为的，可是南珠根本就没有反抗，好像心甘情愿跟日本人走，这是为什么呢？

这时，电铃响了。

方萍迟疑了一下，估计是吴猛来了，没想到门外站着雨堂。

雨堂笑眯眯地进来："还在门外就听见你弹琴了，好像心情不佳呀。"

方萍沏茶："是为南珠来的？"

雨堂一笑："我来找你，和南珠有什么关系？"

"不为南珠，你会来找我？"

雨堂苦笑："田处长，你姐都走了，你还揪着她不放，太小肚鸡肠了吧。"

方萍露出意外："你真没去送她？"

雨堂叹气："我就是这么小心，你还揪着不放，要真去送她，你还不知道会出什么幺蛾子呢！"

方萍认真地看着雨堂："你真不知道？"

"知道什么？"

"南珠被日本人劫持了。"

雨堂大惊："什么？她被日本人劫持了，什么时候？"

方萍就讲了经过，还特别强调，南珠没有反抗。

雨堂静静地听完："这么说，南珠是被他们劫持到香港了？"

"应该是。"

"你救她的时候，她就一点也没有配合你吗？"

方萍动心："你说，她是不是有意就范，将计就计？"

"好了，先别猜了，这事肯定是傅桑干的，我们要以牙还牙，立即拘捕傅桑！"

方萍警觉："抓傅桑？你有证据吗？"

"当然有，我来找你，就是为这事。我们已经破获了'黄雀计划'！"

方萍意外："你们已经破获了'黄雀计划'？什么内容？"

"说来话长，现在我只能长话短说。"

于是，雨堂就把破获古谱的秘密，简要说了一遍。

方萍听罢，立即拔出了枪："好，我们这就去抓人！"

火车站旅客出入处，傅桑提着皮箱出现了。

两个小时前，他接到消息，绑架南珠的行动成功了，立即开始下一步行动，离开广州。但是他发现，已经被人盯上了。他并不慌张，收拾好行李走出门。

出门后，他从容地拐进了一条僻静的胡同，待跟踪人近身来，突然转身出手，没费吹灰之力就干掉了跟踪者，神情自若地来到火车站。

来到车站，他走进电话亭内给刁文元打电话："刁文元，你不是会装孙子吗？只要按我说的去做，他们一时半会儿动不了你。顶多两个月，广东就是我们的了。三天之内，你必须把情报弄到手，我在香港等你。"

傅桑提着皮箱走出电话亭。

他环视了周围，露出得意的表情：再见了，广州。

几个士兵警卫在傅桑寓所楼下。

客厅里，是雨堂和方萍。雨堂在读一封傅桑留下来的信：

很可惜，当你们看到这封信时，我已完成使命，离开广州，登上了去日本的帝国军舰。我带走了所有的秘密，你们抓不住我，所有的努力都将付之东流。这场博弈，以我的完胜而结束。我很得意。如果说，我以一己之力，战胜了你们全部，应该不是太夸张吧？其中缘故，除了我的智慧，就该归结为你们"支那"人的劣根性了。你们并不缺乏才智，但你们之间缺乏信赖，你们擅长的是相互算计，是窝里斗，所以成全了我。特别值得一提的是刁文元先生，由于其对帝国的敬畏，使我有惊无险逃过一劫，一并谢谢了。凡此种种，也使我对帝国的未来充满信心。几千年来，你们"支那"人玷污了这片土地，太阳的儿女才应该成为大东亚的主人，这就是我的信念。下次见面，我将挎着军刀而来，我会在下一次见面时割下你们的头颅。所以，此信既是辞别，也是约会。顺便告知，南珠小姐将与我同行，一路上我会好好关照她的。余不赘，再见了。

黄雀

雨堂读罢，方萍愤怒，伸手要撕信。雨堂闪过："留着，这也是证据。"

"这是耻辱！"

雨堂一笑："也是教材，我觉得每个中国人都应该一读。"

雨堂收起信，给海明伯打电话："喂，我是雨堂。师父，我和方萍来了，晚了一步，傅桑跑了，还留了一封信。这家伙真厉害。"

"知道了，跟他的人遇难了。还有，南珠也被劫持了，你应该知道了吧？"

"方萍告诉我了。下一步怎么办？"

"回来再说，你把名单交给方萍了吗？"

雨堂挂了电话，拿出了名单："别丧气。傅桑跑了，这些家伙跑不了。把他们一锅端，傅桑也是白忙活一场。"

方萍接过名单，惊讶道："这么多军政要员？"

"是的，有两个还打进了延安。我们已经拘捕了。"

这时，门被推开，吴猛进来，脸色有些尴尬："跑了？"

方萍冷笑："谁跑了？我可没跑。"

吴猛尴尬："我来拘捕傅桑的。"

方萍没好气地说："想来摘桃子？晚了。哎，你怎么转过弯了？"

吴猛说："电信科破译了日方的电报，刁文元派我来的。"

方萍冷笑："这么说，他也见风使舵了？真不愧是'鸡鸣三省'呀。"

吴猛严肃起来："方萍，你说话注意点，别让外人看我们笑话。"

方萍把名单交给吴猛："怎么啦，是不是雨堂在，你怕丢我们的脸？你看看，这下子我们的脸可丢大了。"

吴猛看着名单："这是什么？"

"这就是'黄雀计划'的谜底。"

吴猛看完名单，面带严肃："这名单是怎么来的？"

雨堂答："是从我家古谱中破译出来的。傅桑的使命就是唤醒这批人。"

"是你破译的？"

"是的。"

"是你刚给方萍的？"

"没错。"

吴猛冷笑："韩雨堂，你们真是处心积虑给我们扣屎盆子呀。傅桑一跑，你们就抛出了这份名单，这借刀杀人的招，你也只能蒙方萍，蒙不了我吴猛！来人！"

几个士兵冲进来，端枪对准雨堂。

"吴猛，你想干吗？"

吴猛看着方萍："他既然有铁证，为什么不叫我来抓傅桑，偏偏叫你来？他真想抓傅桑，带着他们的人，更干脆利落，为什么偏要拽上你？现在拖延到傅桑跑了，他又抛出了什么间谍名单，全是我们的军政要员，其中还有中委和将军。这是借日本人的刀捅我们国民党！方萍，你这么冰雪聪明，还看不出来？"

方萍被吴猛镇住了，一时无语。

吴猛看着雨堂："跟我走一趟吧。"

雨堂一笑："吴处长，我看不必了。明天我和雷先生会上门找刁参谋长交涉破获日方'黄雀计划'的结果，我们的李克农将军，还会和你们的戴笠先生进行更高级别的交涉。我们是否无中生有，栽赃陷害贵党，自会有专业的结论。你还没有发言的资格。"

说罢，雨堂离去。

吴猛被激怒举枪："妈的，老子这就毙了你！"

方萍突然挡住吴猛："吴猛，放他走！"

玛丽医院急救室外走道。平野沮丧地坐在长凳上抽烟，邓茹婷焦急地踱着步。阿秀戴着口罩在扫地，监视着动静。院长嬷嬷从急救室出来，平野和邓茹婷都围了上去。

邓茹婷问："院长嬷嬷，怎么样？"

院长嬷嬷反问："你们给她上了不止一次麻药吧？"

平野迟疑："是的，有两次。"

院长嬷嬷又问："她是什么人？她身上有多处枪伤。你们是什么人？"

平野迟疑地看着邓茹婷。

邓茹婷笑了笑："院长嬷嬷，你只管救人，医药费不会少的。其他的事，不要过问，这对你和医院都不好。"

院长嬷嬷点头："明白了。"

院长嬷嬷转身要进急救室，被邓茹婷拉住："有希望吗？"

院长嬷嬷："我只能尽力。"

院长嬷嬷进去了。

这时妙玉穿着护士服走来，和阿秀小声嘀咕什么。

妙玉也进了急救室。

吴猛带着方萍向刁文元报告了傅桑逃亡和有关古谱破译之事。

刁文元尴尬地看着方萍："田处长，还是你专业呀，我又放过了一条大鱼，教训深刻呀，看来，我这个位置也该让贤。我会打报告引咎辞职。"

方萍没有任何反应。她想看看，刁文元到底怎么演戏。

吴猛开口了："参座，责任以后再说，雷海明和韩雨堂来正式交涉，我们要怎么办？"

刁文元一笑："吴猛，这潜伏名单里没有你我，你担心什么？我刁文元顶多就是瞎了眼，被蒙蔽，再严重一点，就是收了邓茹婷一点好处，给她行过一些方便，我没有火眼金睛，看不出他们是日本间谍。再说，被蒙的何止我刁文元，要是办我，广东的军政要员，起码有一大半落马！"

"那就让韩雨堂给我们扣屎盆子？"

"这更不要你我操心了。韩雨堂不是说，李克农会和戴老板交涉吗？一切听戴老板安排。只要戴老板发话，把国民党都端掉我也不在乎。吴老弟，这就是国共合作的硕果呀。"

吴猛不服气："参座，说气话有啥用？我们得给他们点颜色看！让他们知道马王爷有三只眼！"

刁文元苦笑："吴老弟，看来我这个位置该你坐呀。我刁某人这辈子就是当小媳妇的命，从来就没想过当马王爷。说难听点，我说话放屁都不是，你别把我放在火上烤了。"

方萍一笑："参座是在敲打我吧。"

"田处长，你太抬举刁某了。我现在只求自保，岂敢敲打你？你不跟着韩雨堂来抓我就烧高香了。"

吴猛挥挥手："好了，好了，我们别窝里斗了，现在我们要精诚团结，全力对付共产党。我建议立即给余长官汇报，同时给戴老板去电报。"

这时周副官进来："参座，戴老板急电。"

刁文元看电报念出声："即派特派员贾信来粤与中共交涉'黄雀计划'破获事宜。务必全力配合。戴笠。"

刁文元松了一口气："好了，我们都听这位贾特派员的！"

夜晚，老赵主持办事处的同志开会，讨论对策。

海明伯在发言："简单地说吧，现在国民党当局的反弹比我们预想的要激烈。尤其是军统，派出了特派员要来和我们当面理论。现在傅桑跑了，我们很被动。戴笠就是利用这一点做文章，说我们借刀杀人。这一点也被黄雀掐准了，他在留下的信里说，我们抓不住他，一切努力都将付之东流，而且他还劫持了南珠。所以克农同志要求我们尽一切可能抓捕傅桑，救出南珠。大家有什么想法，都说说。"

老夏开口了："现在傅桑已经去日本了，还坐的是日本军舰，怎么抓？我看还是要立足于古谱的证据，当场把古谱拿出来，把密码破译给国民党看！事实胜于雄辩！"

老田补充说："还有，把那些间谍拿下，上刑一审，不怕他们不招！"

老赵看着海明伯："老雷，你觉得怎么样？"

海明伯苦笑："你们说的这些招，前提是国民党愿意相信我们破译的结果。要是他们竭力拒绝就难办了。比如说，他们可以拿着谱子，自己设置一套密码，破译出来的间谍完全可以是我们的人。这就堵住了我们的嘴。至于给他们上刑，国民党要是不相信我们的情报，会给他们上刑逼供吗？"

老田说："那就让他们留在国民党，把国民党整垮，我们偷着乐！"

雨堂开口了："这不也是变相地借刀杀人，让日本人得逞吗？傅桑也会偷着乐。我们国共合作，就是为了共同对付小日本。"

老田有些尴尬。

老赵又问："雨堂，你有什么想法？"

雨堂想了想："那我就直说了。我认为应该两条腿走路。一方面和国民党交涉，以我们现有的证据说服他们。另一方面全力以赴抓捕傅桑，救出南珠，让傅桑开口，提供铁证。"

老夏说："傅桑已经坐军舰去日本了，你想拦截军舰？"

雨堂一笑："那是傅桑的说法，很可能是烟幕弹。从他留下的信看，他有意在为刁文元开脱，刁文元突然改变态度，派吴猛来抓傅桑，很可能也是傅桑的安排，说明傅桑和刁文元之间有非同一般的勾结，所以，我认为傅桑还有重要任务要完成，并没有回日本，而是猫在香港。还有，南珠被劫持，也是冲香港去的。从方萍介绍的情况看，南珠毫无反抗，这本身就在给我们报信，我认为南珠是将计就计，想虎口拔牙。如果是这样，南珠会在香港和敌人周旋，拖住傅桑。我请求去香港，和香港的同志合作，完成缉拿傅桑、营救南珠的任务。还有一个任务，就是严密监视刁文元。这个任务，我想我师父来把舵，再动员方萍配合。我认为方萍是会配合的。"

老赵看着海明伯："老海，你看呢？"

海明伯故作严肃："好小子，敢安排我的任务了？"

雨堂尴尬："师父，我就是一说，你不同意，可以否决嘛。"

老赵会意地一笑："雨堂，那你给我派的任务，是不是主持和国民党特派员的交涉呀？"

雨堂更加尴尬。

海明伯又开口了："我完全同意韩雨堂同志的方案，并坚决完成任务！"

老赵也说："好，我也完全同意韩雨堂同志的方案，坚决完成任务！"

大家都笑了。

这时琼嫂进来了："雨堂，有个叫妙玉的姑娘要见你，她说是阿秀要她来的，有南珠的消息。"

雨堂一听乐得跳起来："快叫她进来！"

夜深了，玛丽医院急救室外走道。平野和邓茹婷还在焦急地等待。

傅桑戴着墨镜匆忙赶到了。

平野和邓茹婷起身，面带惶恐。他们在用日语对话。

傅桑面色严肃："情况怎么样？"

"还在抢救，可能死不了了，不过有可能成为废人。"

"谁在主持抢救？"

"院长嬷嬷亲自主持，她是一流的专家。"

傅桑盯着平野："你就是平野？我该谢谢你了。"

平野鞠躬："对不起，平野实在没想到，她麻醉过敏。"

傅桑冷笑："没想到是理由吗？"

平野深深鞠躬："平野接受先生处罚。"

这时，戴着口罩的院长嬷嬷和助手走出急救室。傅桑上前，摘下墨镜鞠躬："院长嬷嬷，我是日本领事馆的九川。拜托了。"

院长嬷嬷态度冷淡："九川先生，我不谈政治，只谈医学。病人已经恢复生命体征，但心脏衰竭严重，大脑也严重受损，还处于抢救阶段。希望九川先生配合。"

傅桑鞠躬："九川全力配合！"

院长嬷嬷和助手离去。

傅桑转身命令："平野，安排全部便衣把这栋楼严密监视起来！"

阿秀在玛丽医院院长室外走道不安地站立。她在等院长嬷嬷。

院长嬷嬷走来："进来吧。"阿秀跟着嬷嬷进了院长室。

院长嬷嬷坐下："阿秀姑娘，坐吧。"

阿秀坐下。

"你给我说说，到底是什么情况？"

阿秀原原本本地说起来，嬷嬷静静地听着。听完后，嬷嬷想了一阵才开口。

"妙玉去了广州报信了，是吗？"

"是的。"

嬷嬷沉思了一阵又开口："好，你一切都要听我的，能做到吗？"

半岛酒店餐厅，天健和邓茹婷在吃早餐。

天健低声问："茹婷，黄雀真的不知道我们被田南珠抓过吗？"

"他要是知道，我们俩能活到现在？"

天健颇有感触："这么说，田南珠还真守信。"

邓茹婷点点头："是呀，我也没有想到。"

"黄雀真会带我们去日本？"天健又问。

邓茹婷苦笑："要是真能回日本，倒是一个不错的选择。问题是现在刁文元的情报还没到手，再加上南珠这个活死人，把他死死地拖在香港了。"

"你是怕夜长梦多？"

"是呀，你想想，韩雨堂他们肯定要来救南珠，到时候一碰面，韩雨堂还会顾我们俩吗？我们俩就是帝国的叛徒，黄雀肯定不会放过我们。"

"茹婷，我们不能另找出路吗？"

邓茹婷叹气："我们不是试过了吗？你记住，孙猴子跑不出如来佛的掌心，认命吧。"

这时，邓茹婷突然发现傅桑走过来，她立即站起来，天健一看，也会意地站起来。

傅桑坐下："你们起得很早呀。"

服务生走过来了："先生，要点什么？"

傅桑说："和他们一样。"

傅桑看着邓茹婷："你们说什么呢？"

"说南珠的事。天健问，他能帮上什么不，我说一切听老师的。"

傅桑一笑："是担心南珠成植物人，把我耗在香港吧？"

茹婷和天健面面相觑，暗暗吃惊。

服务生端着餐盘上来："先生，请慢用。"

服务生离去，傅桑吃了起来。吃着吃着，他突然冒出一句："不用担心，我已经有了第二套方案。我要珠玉满堂。"

天健不解："珠玉满堂？"

"对，韩雨堂肯定要来救南珠。那我就东方不亮西方亮，把他也一起拿下，来个珠玉满堂！"

邓茹婷有些担心："老师，这是不是有点玩大了？香港还不是我们的地盘，中共在香港的力量，也比在广州要强。"

傅桑一笑："可是帝国在香港的力量，比广州更是强大很多倍，我们在香港可以半公开活动，港英当局要看我们的脸色行事。昨晚，我已经和港英警督见面了，他表态，只要给他们留点面子，他们就装傻。"

邓茹婷显然已经知道'黄雀计划'的秘密了，又提出："可是，老师已经成功完成使命，为了一个韩雨堂而大动干戈，似乎有些不值。"

傅桑警觉："茹婷，你好像很忌讳这个韩雨堂呀。"

邓茹婷苦笑："老师这么说，就算茹婷多嘴。"

傅桑看着邓茹婷："知道我为什么突然对韩雨堂上心吗？他破译了古谱。"

天健和邓茹婷大吃一惊。

邓茹婷问："他破译了古谱？我们的间谍身份不是暴露了？"

"是的，暴露了。问题是国民党也不会轻易相信中共。我们的间谍都有相当身份，也不会轻易承认。因此，也可以解释为中共在借刀杀人。茹婷，你是舆论高手，这次要发挥作用，让国、共窝里斗，保住我们的间谍，明白吗？"

"明白了。"

傅桑咬牙："这个韩雨堂，我小看他了。这部古谱，除了我，世界上没有第二个人能破，居然叫韩雨堂破了。我一定要知道，这是怎么回事。就为了揭开这个谜，我也愿意冒险！"

邓茹婷和天健面面相觑，他们感受到傅桑内心的愤怒。

"二位，这次你们要全力配合我。就算以前你们有什么猫腻，我也不再追究。要是再有二心，我决不会手软。"说罢，傅桑起身离去。

看着傅桑的背影，邓茹婷苦笑："这下知道这个黄雀的厉害了吧。"

天健无语。

平野和一位便衣守在急救室门口，走道上还有来回走动的便衣。

院长嬷嬷和阿秀戴着口罩走来，阿秀端着打针的盘子。

平野起身："对不起，请把口罩拿下。"

院长嬷嬷和阿秀解开口罩。

"请进。"

两人进去了。

南珠闭眼躺在急救床上，旁边站着一个值班医生、一个护士。院长嬷嬷对他们挥挥手："你们出去一下。"值班医生和护士走了。院长嬷嬷又说："阿秀，可以和她轻声说话了。"院长嬷嬷也出去了。

阿秀走近南珠，低声呼喊："南珠姐，南珠姐。"

南珠没有反应。

"南珠姐,我是阿秀,我的声音你听不出来啦?"

南珠还是没有反应。

"南珠姐,房间里就我一个人。"

南珠依然沉默。

"我来救你的。有什么话,可以对我说,我传给雨堂哥。"

南珠依然如故。

阿秀眼泪出来了:"南珠姐,你真的成植物人啦?院长嬷嬷说,你没傻,你可以说话的呀。"她捂着脸低声抽泣起来。

南珠慢慢睁开眼,观察动静,低声说:"阿秀。"

阿秀抬头,一阵惊喜,又忍住了。

贾特派员终于来了。

当天,国、共双方立即展开会谈。贾特派员、刁文元、方萍、吴猛为一方,老赵、海明伯、老夏为一方,还有记录员在现场打字。

双方会谈了两个多小时,会谈进入尾声。

贾特派员松了一口气:"好了,现在我们双方都把话说清楚了。我方将充分考虑中共方面提供的情报,并表示感谢。中共方面将继续努力,提供进一步的证据。对于日方的'黄雀计划',双方严格对外保密,未征得对方同意,不得擅自对社会发布任何消息。赵先生、雷先生,你们同意吧?"

老赵点头:"同意。"

贾特派员又问:"我冒昧地再问一句,韩雨堂先生作为破获'黄雀计划'的主要当事人,为何没来?"

"贾先生,你搞错了,我方破获'黄雀计划'的主持人是雷海明同志。"

海明伯一笑:"贾先生,我可以告诉你,韩雨堂同志已经接受任务,去抓捕傅桑了。"

贾特派员有些意外:"哦?你们认为,这个傅桑还在国内?"

"不管傅桑跑到哪里,我们都有信心把他缉拿归案!"

贾特派员连忙鼓掌:"那好,那好,我们鼓掌!"

雨堂是和妙玉同车来到香港的，在车站，他们分了手。

雨堂住进了八路军香港办事处。对外，这是一家贸易公司。办事处派了熟悉香港情况的老白协助雨堂工作。雨堂做的第一件事，就是和老白沟通情况，老白听罢表了态："雨堂同志，我全力配合你！"

到了中午，阿秀来了。不用说，这是妙玉通知的。

一见雨堂，阿秀眼泪就下来了，雨堂一边给阿秀揩眼泪，一边问情况。得知南珠果然是自投罗网，目的是把傅桑吸引在香港。采取的方式是麻药中毒，人事不省，导致敌人不得不抢救，争取时间。

"院长嬷嬷是妙玉的堂姑，又是专家，她在帮我们。但是她告诉我，如果敌人觉得没有希望，很可能会对南珠姐下毒手。"

"我明白，我一定会把她救出来。"接着雨堂又问，天健是否在医院出现。阿秀摇头："我只见到邓茹婷，没有看见天健。"

雨堂想了想，说出了自己的计划："阿秀，我在来香港的路上想好了一个计划，策反天健……"

"策反天健？"阿秀立即打断，"这家伙是个坏种，你可不能上他的当！"

雨堂挥挥手："你听我说完。据我观察，天健还没有坏到骨子里，理由我就不细说了，反正我心里有把握。不过，一旦我成功，你也要配合我，和天健演一场苦肉计。你可不要掉链子。"

"什么苦肉计？"

"我要把南珠从傅桑手上换出来！"

"什么？"阿秀瞪大眼，"你疯了！"

雨堂一笑："我没疯，我这叫艺高人胆大！"

第二十七章　虎口拔牙

夜晚的半岛酒店豪华套间内。

傅桑坐在大围椅里在看邓茹婷写的稿子，邓茹婷在给他捏肩膀。傅桑的一只手向后伸出抚摸着邓茹婷的大腿，邓茹婷很不自然，但也很无奈。

傅桑一笑，放下稿子："这稿子不错，可以发。"说着，傅桑拉过邓茹婷坐到自己腿上，又把手伸进了邓茹婷的上衣内，揉捏着。然后，傅桑一把掀开邓茹婷的上衣。邓茹婷觉得全身一片酥麻，她是个很敏感的人，这些日子和傅桑缠绵，虽然很无奈，但是傅桑总是能让她动情。事后，她很痛恨自己不争气的身体。现在她又觉得身上有些燥热了，可是傅桑却停下来。

"天健这些天好像有些沉默，怎么回事？我和你的事，你没对天健说吧。"

邓茹婷也冷静下来："他没见过这种刀光剑影的场面，大概有些不适应吧。我们的事，他要是知道，反应会更失常。"

"那就好。杏子，我一直想对你说，其实你和天健并不合适。"

邓茹婷苦笑："我走到这一步，不是老师一手促成的吗？"

"那是为了帝国。"

这时，门铃响了。

傅桑注意听铃声："是黑田，去开门吧。"

邓茹婷整理好衣服去开门。黑田有些意外："杏子？"

邓茹婷有些尴尬："黑田君，老师在等你。老师，我走了。"

黑田坐下，打量着周围："傅桑君，为什么不住在日本领事馆，那里不是更安全吗？"

傅桑沏茶："你真的这么认为？"

"当然。"

傅桑笑了："这就对了，出人意料就是安全。说吧，怎么回事？"

"我找了刁文元，拿到了这份名单。"黑田拿出一份名单，"我对照了一下，全都符合。这个韩雨堂，真厉害。"

"他怎么破的？"

"刁文元不知道。"

"说下去。"

"估计韩雨堂破解谱子有些日子了，国、共高层已经展开了交涉。国民党方面不相信那么多要员都是我们的人，认为中共方面想借刀杀人。派了一个特派员来广州，专门交涉。刁文元还说，这个特派员很强势，有取代他的可能。"

"他是想缩头吧。"

"是有这个意思。不过，我们这边也出了麻烦。"

"什么麻烦？"

"军部不同意给我们加拨经费，还怀疑我们想贪污。这是电报。"

黑田递过电报，傅桑看着，沉下脸："混蛋！"

"刁文元说，他现在的处境很危险。要是没有钱，更是寸步难行，无法按时交情报。"

傅桑咬牙："这个滑头。他按我说的去做，再混两个月绝无问题。你告诉他，要是缩头，就把他端出去，还杀他全家！"

"我都说了。不过，我觉得他也不完全是在耍滑头。那个特派员，是戴笠的亲信，还留过洋，听说很跋扈，刁文元感到压力是不奇怪的。现在我们的钱又到不了位。以我的经验，和中国人打交道，没有钱是万万不能的。"

傅桑沉默地踱着步，突然开口："那个特派员叫什么？"

"叫贾信。"

傅桑眼亮了："是不是在帝国大学留过学？"

黑田："好像是的。"

傅桑笑了："这真是柳暗花明。你立即回广州，把贾信的背景搞清楚！"

酒店豪华套房里，天健和邓茹婷各怀心事地睡下。邓茹婷睁眼看着窗外。天健开口了："想什么呢？"

邓茹婷轻声叹了一口气："南珠成了植物人，我本松了一口气，没想到黄雀又要'金玉满堂'。要是这位韩雨堂真的来，我们可就被动了。"

"你是怕雨堂真来了，把南珠抓我们的事抖出来吧？其实，我们想到一块了。南珠抓我们的事，雨堂肯定知道。"

"你想出什么名堂了吗？"

天健琢磨："要是我们能先找到雨堂，告诉他南珠的下落，还答应配合他救南珠，我估计雨堂会放过我们。"

邓茹婷猛地坐起来："你疯了？"

天健也坐起来："我没疯，雨堂救南珠，肯定要玩命。到时候，一场血战，他未必能活。也就是说他会偷鸡不成，倒蚀一把米。我晓以利害，他是聪明人，肯定会接受。我们就和他做一笔生意，他一退，我们就安全了。"

邓茹婷冷笑："天健，你是在编电影剧本吧。你以为南珠抓我们，就雨堂一个人知道吗？到时候，你还要配合他救南珠，被黄雀发现，我们就死定了！"

"那你的主意呢？"

"认命！"

邓茹婷一翻身睡过去了。

急救室里，南珠昏迷在病床上。院长嬷嬷带着傅桑、邓茹婷在观察，大家都穿着医疗服、戴着口罩。旁边还有值班医生和护士妙玉。

傅桑问："院长嬷嬷，这么说，从病理学上，您还不能给一个准确的诊断或者解释了？"

"很抱歉，我只能就目前我们的医学认识以及我的水平做出解释，临床中许多症状我们是无法解释的。反正现在病人的症状就是这样。"

傅桑沉思："总之，她的神志很难恢复了？"

"至少我目前没有看到希望。"

傅桑鞠躬："打扰嬷嬷了。"

大家走出来，傅桑对邓茹婷说："你跟我去见一个人。"

邓茹婷跟着傅桑离去了，开车直奔日本领事馆。在日本领事馆里，一位戴眼镜的中年男子早已在等候，此人也是一位医学专家，叫古木，日本人。傅桑向古木说明了情况，请古木鉴定真伪。

古木开口了：

"从麻醉的剂量看，后果不至于这么严重。但这是一般情况，每个人的个体差异是很不一样的。我的一个病人，就是闻了一点乙醚，便死过去了。玛丽医院的院长是一流的专家，她的话，你还是要相信的。"

傅桑鞠躬："古木先生，谢谢了。"

古木鞠躬："不客气，告辞。"

古木离去后，傅桑踱着步："杏子，你怎么看？"

"既然如此，就把她干掉算了。"

"那韩雨堂呢？南珠还不能死。"

邓茹婷小心翼翼："老师，我觉得你有点意气用事了。"

傅桑脸一沉："是又怎么样？我就是要明白，韩雨堂是怎么破译古谱的！"傅桑的眼中，露出了凶光，"我不相信，他比我强！"

邓茹婷和傅桑万没想到，此时天健和雨堂也坐在一栋民居里谈话。

天健是被雨堂从半岛酒店用枪顶着带到这里来的。

和阿秀见面后，雨堂立即盯上了邓茹婷，随之摸清了天健的行踪，今天一大早，看着邓茹婷和傅桑离开酒店，雨堂就对天健下手了。为什么他放过了傅桑和邓茹婷，这其中大有讲究，我们往下说，就明白了。

天健落在雨堂手里，虽然吃惊，却并不太紧张。这些天，他一直在想脱身之计，他不信傅桑知道他们曾经叛变还会饶过他们。最后的主意就是他昨晚和邓茹婷说的那番话。现在果然和雨堂相见了，他又打起这个主意。所以，他毫不隐瞒地把南珠的情况说出来了，还表示，可以配合雨堂救南珠，条件是，雨堂绝不能把南珠抓他们的事抖出来。

雨堂笑了笑："我们想到一块去了。不过你的方案，我有所调整。我不想大打出手去救南珠，我想和傅桑做个交易，我去换南珠。"

天健惊讶："什么？你去换南珠？"

"你不是说，傅桑正等着我上钩吗？南珠这样了，他一定会答应的。再说，你也立了功。你放心，我不会把你抖出去的。"

天健沉默了。

"天健，你只有这种选择，才能保住自己，否则我也不会放过你。"

天健苦笑："我明白了，你不仅想救南珠，还想拿下傅桑。"

"你怕我斗不过傅桑，到头来还是会把你抖出去？"雨堂一笑，"要真是那样，我总得给我们韩家留个根吧。我指的是你。"

天健心一动，看着雨堂，露出惭愧之色："我这个韩家的根，是个孽根。"

"你能说这话，就可以浪子回头。"

天健眼圈红了："雨堂，我还有希望吗？"

"天健，希望是自己创造的。"

天健动心："你想怎么办？"

雨堂笑了："这么说，你同意了？"

夜晚的急救室门口，平野和一位叫智勇的手下还在看守。

阿秀戴着口罩在走廊扫地。

邓茹婷和天健走来。阿秀一看连忙躲避。天健注意到了阿秀。

阿秀有些慌张，快走回避。天健快步跟上阿秀："站住！"

阿秀举起扫把砸向天健，突然跑了起来。

天健大喊："拦住她！"

一个便衣闪出，掏枪拦住了阿秀，拉下了阿秀的口罩。

天健赶到："果然是你呀！"

平野也赶过来了。

邓茹婷站在原地没有动，傻傻地看着。

阿秀狠狠地盯着天健。

就这样，阿秀被带到了半岛酒店傅桑的套房里。

阿秀站在傅桑面前。天健和邓茹婷站在一旁。

傅桑微笑："阿秀姑娘，我是什么人，你应该清楚吧。"

"当然清楚，你是日本特务，还是头子。"

"那你知道，落在我手里是什么结果吗？"

"我没招你惹你，你敢乱杀人吗？"

"这么说，你也怕死？"

"谁不怕死？你不也怕吗？不然会从广州跑出来？"

"阿秀，嘴巴很厉害呀。好，那你说，为什么到这家医院来？"

"我要吃饭。我在广州待不下去，我还希望在香港能混出人样来。我来的时候，南珠还没来，我怎么知道会在这里碰上她？"

傅桑点点头："好，这些我都相信。现在你给我解释一下这个。"傅桑晃了晃手中的小本子，"这是你的日记吧？"

阿秀一愣："你还搜查了我的房间？"

傅桑一笑："这是我们的职业习惯。来，解释一下这段话。"傅桑念了起来，"他疯了，要拿命换人。他要是完了，韩家就绝后了。我一定要拉住他。"

阿秀不吭声了。

傅桑笑了笑："你和你雨堂哥见面了吧？"

阿秀不屑："见面又怎么啦？你有本事去抓他呀？"

天健开口了："阿秀，你不要嘴硬，我知道你敢玩命，你死了不要紧，你爹呢？你娘呢？"

阿秀警觉："韩天健，你想干吗？"

天健冷笑："你这么聪明，你说我想干吗？"

阿秀愤怒："韩天健，我爹是你三叔，我娘是你三婶！你伤天害理！"

傅桑又开口了："好，他不干吗，我要干吗。而且我保证，不伤天害理。我就要你给你雨堂哥传个话。他要是心疼南珠，可以拿自己来换！这可是他自己的主意，我想成全他。这不伤天害理吧？"

阿秀冷笑："傅桑，你想得美呀！"

傅桑依然平和地笑道："阿秀，我知道你雨堂哥的心思，他的确比你脑瓜管用。你想没想过，为了一个活死人，要动武，你们会赔上多少条活人的命，不说你了，你堂哥也得赔进去，南珠还未必救得出来。你们拿这么多人命，买一个英雄的牌匾，不值呀。所以你哥就想和我做生意，我也知道，他想拿下我。正好，我也不想在香港大打出手，所以我也正想和他来个英雄会。这样的话，大家都不要大动干戈，谁都不会死。按共产党的话说，就是牺牲一个人，解放全人类。而且，他也未必会死，要是拿下我，他还照样是顶天立地的大英雄！"

阿秀笑了笑："傅桑，那你自己和他说。别找我。"

傅桑一笑："好，谢谢你提醒，我亲自和他说。他是猫在粤华公司吧？我知道，这地方是八路军的香港办事处。"傅桑走了几步，"茹婷，你现在就给我接通粤华公司！"

海边一个荒凉的小码头，一辆救护车和一辆轿车停着。

平野带了十几个便衣大汉簇拥着傅桑，邓茹婷、天健凝望着水面。

一艘快艇驶来靠岸。雨堂站在船头，脚上蹬着一双高跟军用皮靴，很是威武。一个叫陈仔的后生在开船，他是八路军香港办事处的人。

平野和他的手下都掏出长短枪，对准雨堂。雨堂微笑："傅桑，你挑的地方真不好找呀。没迟到吧？"

傅桑也微笑："下船吧。"

雨堂下船，扯开衣服，身上都是雷管。

大家都怔住了。

傅桑依然笑眯眯的："在我意料之中。其实没必要这么紧张，南珠还是活的，我也愿意做这笔生意。"傅桑看了一眼平野。平野挥挥手，两个手下上了救护车，抬着南珠的担架下车，阿秀护着南珠向雨堂走来。

雨堂深情地看着昏迷的南珠："阿秀，好好照顾你嫂子。"

阿秀的泪水流下："雨堂哥，你要多保重。"

"放心吧，我是猫，有九条命。"

他们上船了。

天健和邓茹婷面面相觑，傅桑阴沉着脸一声不吭。平野手下下船，要架住雨堂。傅桑挥手："不用了。"

船渐渐远去，阿秀向雨堂挥手。

雨堂转身向傅桑走去。

平野喊道："站住！把雷管卸下来！"

雨堂一笑："放心吧，都是假的。"说罢，雨堂卸下雷管，扔在地上，上了救护车。

载着南珠的汽艇驶在海面。汽艇舱内，南珠坐起来了，眼泪往下流。

阿秀慌了："南珠姐，你别担心，雨堂哥是猫，有九条命。"

南珠低声道："返航。"

"什么？"

南珠吼道："返航！"

"南珠姐？"

南珠厉声道："我说返航，没听见吗？！"

就在雨堂交换南珠的时候，刁文元潜逃了。

事情的经过是这样的：上班时，方萍碰见了在虎门要塞任职的阿祥，感觉有些奇怪，便问阿祥来广州干吗，阿祥说，他陪作战处的林处长来接刁参谋长去视察防务。方萍立即警觉起来，拉住阿祥细问。刁文元这时发现方萍和阿祥在谈话，立即带着周副官和林处长上车离去。方萍越问越觉得不对头，因为林处长随身带着广东防务的机密文件，方萍就去找刁文元询问，这才发现刁文元潜逃了。

方萍咬牙骂了一句："妈的，他们要叛逃！"

方萍立即开车追去。一场追逐的大戏又上演了。

郊野，刁文元的车向香港奔去。周副官在开车，刁文元和林处长坐在后座。

林处长有些不安："参座，我们就这么跑了，家属怎么办？"刁文元冷笑："这个时候，你还想家属？田方萍追上来，我们都完蛋！"

周副官："不好，田方萍的车跟上来了。"

刁文元和林处长向后看。刁文元发现，只有方萍一部车，就从车座上拿出了冲锋枪："就她一个小娘儿们，好对付，抄家伙吧！我已经跟日本人联系好了，他们派人来接应我们！我们只要顶住二十分钟，就有援兵了！"

林处长也抄起一把冲锋枪。他们从窗口分别伸出头，向方萍扫射。

方萍一只手端着冲锋枪回击。

这时吴猛也开车来了，在后面追击方萍。

广州城内，宪兵队的卡车开出城。车上都是荷枪实弹的军人。

香港方向，平野带着手下也开一辆救护车出发了，他们是去接应刁文元的。

方萍看着后视镜，发现吴猛的车追过来了。

方萍向后射击。这时，她的车被击中轮胎被迫停下。

刁文元得意地笑了，车扬长而去。

方萍提着冲锋枪下车，等待吴猛。

吴猛的车停下了，他默默走下车，阿祥也跟了下来。吴猛不理会阿祥，倒提着冲锋枪走向方萍。方萍一梭子子弹，打在吴猛脚下。吴猛依然前进。

方萍大喊："再过来，我就要你全身开花！"

吴猛依然往前走。

方萍一梭子子弹，把吴猛的帽子打飞了。

吴猛站住："上我的车追吧。阿祥，把车开过来。"

方萍意外地看着吴猛。

阿祥把车开过来，停在方萍身边，也提着枪走下车。

吴猛看着方萍："上车吧，车上还有一挺轻机枪。"

方萍明白了，感动道："那就一块追吧。"

阿祥也说："对，我们一块追吧。"

吴猛一笑："阿祥，你跟方萍走吧，我还有自己的活要干呢。"他转身离去，走了几步又站住，"方萍，我算个男人吧？"

方萍看着吴猛远去。

阿祥似乎明白了什么："萍姐，吴大哥要为你玩命了，我陪他，你快走！"

阿祥向吴猛追去。

这时，宪兵的卡车从公路弯道处露出来了。

吴猛向宪兵挥手，宪兵车停下了。

宪兵头下车。吴猛突然开枪，宪兵头倒下了。阿祥也向车上射击。

车上宪兵纷纷跳下，还击。

吴猛和阿祥拼死阻截，中弹倒下。

宪兵们围上来。吴猛拉响了手雷。

手雷爆炸，烟雾腾起。

方萍流下了眼泪："吴猛，你是个好男人！"

刁文元的车抛锚了，周副官在检查，沮丧道："油箱给打漏了，幸亏没炸。"林处长夹着公文包，面带惊慌："怎么办？"

刁文元看着周围："到附近村子弄条船，走水路。"

这时，前方的路上出现了一部救护车。

刁文元灵机一动："慢点，把这部车截了。"

三人端着枪等待着。

救护车停下。平野和他的手下穿着白大褂，端着枪下来，瞄准了刁文元三人。

刁文元三人傻了。

平野走过来："刁参谋长吧？"

刁文元惊恐："你们是什么人？"

"傅桑先生派我来接你。"

刁文元惊喜："真是天上掉馅饼呀！"刁文元突然感到脚软，要倒下，被周副官扶住。

这时，方萍的车出现了，她探头出来开枪。

周副官惊慌："方萍又追上来了。"

刁文元得意："好，那就带她一起走。平野先生，我们拿下这娘儿们再走！"

平野狞笑："我也是这个意思。准备战斗！"

平野和他的手下拉开了架势，向方萍开火。

又一场血战开始了。

方萍卧倒在土堆后，频频射击，直到子弹打光了，敌人也只剩下平野和刁文元、林处长、周副官等五人。方萍拿出了最后的手雷，为最后的一刻做准备："吴猛，等等我，我马上就来，和你成亲！"

这时，平野他们身后突然响起密集的枪声。

周副官和林处长倒下了。

只见海明伯带着鸡公罗，还有五六个武工队员冲过来。

刁文元和平野傻了。

海明伯大喊："放下武器！"

平野咬牙举枪："八格牙路！"

海明伯一枪打飞了平野的枪。

平野猛然抽出匕首，向自己下腹捅去。鸡公罗冲过去，按倒了平野。

刁文元呆若木鸡。

海明伯走上前："把枪放下。"

刁文元扔掉了枪。武工队员拿下了刁文元。

方萍慢慢向海明伯走来，她突然扑到海明伯怀里哭了起来。

海明伯拍着方萍："好姑娘，别哭了，我们回家了！"

夜晚，海边的别墅小院，十分幽静。院子外，有武装便衣带着狼狗在巡逻。

傅桑在房间打电话，邓茹婷和天健站在一旁。他得知了刁文元被俘的消息后，低声骂了一句，但立即克制住了感情，对电话那头的人下达指令："你立即通知贾信，要他把娄子给我补起来。否则，我要他吃不了兜着走！"

傅桑放下电话，感觉血压有些不适，他掏出了一个药瓶，倒出两片药，吞了下去。邓茹婷上前安慰："老师，坐下吧。"

傅桑坐在椅子上，闭上眼睛养神。天健和邓茹婷都沉默地注视着傅桑。过了一阵，傅桑睁开眼睛："别泄气，我还有牌。走吧，我们去和韩雨堂聊聊。"

雨堂被拘押在地下室，室内亮着灯，有简单的床和桌椅，四壁包裹着壁贴。雨堂敲打着墙壁，又把耳朵贴着墙聆听，他听到了大海的潮汐声。

铁门开了，一个武装便衣带着傅桑和邓茹婷、天健走进来。

傅桑很平静："条件怎么样？"

"还不错。就是有点潮，这是海边吧？"

傅桑点点头："是的，出去一千米，就是个小码头。我们去日本，就在那里上船。顺便再告诉你，这里方圆几公里，都是日本人的地盘，港英当局无权过问。"

"这么说，我真要跟你留洋了？"

"还是牵挂南珠吧？"

"是呀，我想送她去苏联。傅教授，日本我是很想去的，但是，爱情价更高啊，你确定不改变主意了吗？"

傅桑一笑："好，那我们找个有情调的地方聊聊，只要大家聊得高兴，我可以把你留下。"

"好！"雨堂起身，突然被鞋带绊了一下，一个趔趄，他弯腰系鞋带。

南珠没有离开香港。

这个夜晚，在八路军香港办事处的粤华公司，南珠和老白也研究起下一步的行动。老白介绍说："我们调查了，雨堂交换你之前，傅桑没有藏在日本领事馆，居然住在半岛饭店。实在让人有些意外。交换你之后，傅桑就不知去向了。会不会离开了香港呢？"

"不太可能，傅桑来医院看过我两次，他以为我神志不清，在我面前和邓茹婷说，他还要等刁文元。再说，雨堂也会拖住他的。"

老白一笑："你和雨堂可真是互相信赖，毫不含糊呀。"

"我要是不信雨堂，就不会同意他的方案。"

老白沉思了一下："这样的话，他们有可能隐藏在克劳斯山庄。"

"克劳斯山庄？在哪里？"

老白在桌上的地图上指画："在这里。这本来是一个德国军火商克劳斯买下的山庄，但是德国和英国关系很僵，这个克劳斯生意很不顺，今年初就把山庄卖出去了，买山庄的是日本三菱船社，是不是个人购买还不清楚，总之很神秘。山庄周围几公里，都被他们圈起来了，还有武装把守，港英当局都进不去。"

"三菱船社？这可是日本的大军火商呀。看来傅桑很可能藏在这里。"

南珠查看地图。

这时，一个男人进来："老白，你的电报。"

老白看完电报交给南珠："好消息，老雷和你妹妹拿下了刁文元，正在审问。"

南珠看完电报跳起来："太棒了！"

老白一笑："你别只看一半，还有一半，老雷要我督促你，撤出香港去休养，我怎么回答？"

南珠也笑了："你看我这样子，还要休养吗？你要不信，我可以和你过招！"

老白苦笑："我就知道劝不走你。"

"不过，我们要想个办法把阿秀支走。"

"她和你一个德行，怎么支走？"

南珠笑了笑："我有办法，明天就打发她去广州给我送信。"

南珠伸了一个懒腰，走到窗口，看着夜色中的香港，感叹道："香港的夜晚，真美呀。"

午夜12点了，傅桑和雨堂还在交谈。傅桑依然很平静："看来，你是什么也不想说了？"雨堂说："我说了这么多，怎么叫不想说呢？"

"你在和我绕。韩雨堂，我的耐心可是有限的。"

"傅桑教授，我倒想看看你没有耐心是什么样子。"

"那你想象一下？"

"大概会给我上刑？不过我相信你一定知道，刺杀石村以后，我在监狱的表现。"

"我当然知道。你们共产党，号称是特殊材料制成的人。这是斯大林说的吧？不过我告诉你，我不喜欢强迫人，我会让你自动开口。"

另一密室里录音机在转动，邓茹婷和天健在录音监听。只听傅桑的声音说："好吧，今天就到这儿。"邓茹婷关闭了录音。

傅桑推门进来了："都录下了吗？"

"录下了。"

"给我回放一下。"

傅桑听完录音回放，对邓茹婷说："你们休息去吧。"

邓茹婷和天健便回到自己的房间。邓茹婷在房间里四处查看隐蔽处，终于露出放心的表情。天健知道，她在查找录音设备。

"好了，可以放心睡了。"

两人睡下了，邓茹婷说："其实，黄雀也在绕，他在回避雨堂的问题。"天健说："我听出来了。"

邓茹婷继续说："黄雀也在防我们。他审雨堂的录音要是被我们复制了，就坐实了谱子里隐藏间谍名单，现在他的心思，就是要保护那批间谍。所以，他在审问中十分小心。这么些年，他是一头孤狼，养成了这种性格。跟着他，真可怕呀。"

天健想了想："不过，我看他还是很相信你的。"

邓茹婷苦笑："他相信我们，是因为我们没有别的出路。不过，要是他上了致幻剂，韩雨堂控制不住，结局就很难说了。"

"什么致幻剂？"天健一愣。

"这是一种药，可以瓦解人的意志，控制人的意识，不由自主地吐露实话。今天他和古木教授打电话，要了这种药，明天就可以拿到。所以他今天并不在意审讯的效果。"

天健猛地坐起来，显出惊慌的神情。

邓茹婷也坐了起来，点燃了一支烟，默默抽着，一直抽完烟，她才开口："明天，他可能要带我去见古木教授，我尽力而为。你争取单独见到韩雨堂，要他小心，明白吗？"

天健默默地点点头。

吃过早餐，傅桑果然带着邓茹婷上车离去了。天健去地下室见了雨堂。见看守还跟在后面，天健说："我要和他单独谈谈。"看守退下了。天健问："洗手间在哪儿？"雨堂会意地跟着天健进了洗手间。天健又打开水龙头。

雨堂低声道："有录音监听？"

"不知道，防着点。"

雨堂一笑："你很老练了。说正事吧。"

天健说话了："昨天刁文元来香港给黄雀送广东防务的情报，被拿下了。"

雨堂露出得意之色："我没骗你吧，我不是一个人作战。"

"不过，黄雀还有牌。那个贾特派员，也是黄雀的人。"

雨堂一惊："哦？这么说，傅桑还要等情报？"

"不清楚。我只知道他一定要拿下你，他会给你上致幻剂。你可要顶住呀。"

雨堂严肃起来："是注射吗？"

"不清楚，我从没见过这玩意儿，是听邓茹婷说的。邓茹婷说，她尽力而为，让黄雀的把戏黄掉，但不能保证成功。总之，你一定要扛住。"

"邓茹婷知道我们的事了？"

"没有，她怕你把南珠抓我们的事抖出来。"

雨堂考虑了一下："放心吧，我能扛住，万一扛不住，我就咬舌头！不过，你得帮我个忙，给我传封信出去。"

天健迟疑："这有些难，黄雀其实对我和邓茹婷都不放心。"

"我看出来了。正因为这样，你帮我，也是帮自己。"

天健沉默了。

雨堂严肃道："天健，你没有退路了，只有帮我，你才有活路。"

邓茹婷开车在路上，傅桑坐在邓茹婷身旁，他们说的是日语。

"杏子，天健是怎么发现阿秀的？"

邓茹婷苦笑："老师，你是第三次问了。看来，还是对我们不放心。"

"应该说，我对天健不太放心。毕竟他姓韩。"

"可我也是他老婆。"

"你们并没有结婚。"

两人都沉默了。过了一会儿，傅桑又开口："杏子，从血缘看，你至少是半个日本人，而且是帝国一手培养的，还跟了我这么些年，我对你，还是有底的。天健，我心里真没底。我总觉得，他发现阿秀有些太巧了。现在的结果，正是我想要的，我总觉得太容易了。"

　　"老师，你这么怀疑他，反而会把他真的逼到韩雨堂那边去。"

　　"杏子，你很护着韩天健呀。"

　　"你想要我怎么办？和他分手？"

　　·"要是我这么想，你什么态度？"

　　邓茹婷沉默。

　　"你不愿意？"

　　"是现在吗？"

　　"现在倒不必，不过我不想带他去日本。当然，如果你坚持我也不反对，但是到日本之后，你们必须分手。"

　　"为什么？"

　　"因为我爱你。"

　　邓茹婷猛然刹车。她没想到，傅桑会说出这句话。她的眼泪慢慢流下来了。

　　傅桑突然抱住了邓茹婷："杏子，其实我很孤独。"

　　邓茹婷猛然启动车，把傅桑弹开。她含泪开车："你觉得这样对我公平吗？"

　　"以前我并没有这种感受。自从上次以后，我才发现。"

　　"否则你就会干掉我，对吗？"

　　傅桑尴尬："杏子，我……"

　　"先生，我现在不想谈这个话题，你给我点时间吧。"

　　天健出现在渔村小码头，他向渔民们打听。经渔民指点，天健走向一间日杂店，店门口挂着邮箱。天健上前："这里有药卖吗？"

　　老板答："有一些，品种不多。"

　　"我胃疼。"

　　"只有'胃舒平'。"

　　"来一瓶。"

趁老板拿药，天健把一封信塞进邮箱。

就在天健拿药付款离去之时，一个便衣掏枪拦住了天健："韩先生，你给谁送信？"天健顿时傻了。

便衣又命令老板打开了邮箱。看着几十封信，便衣又要老板把信都包好，然后他拿起了信包："韩先生，跟我走吧。"

这时，女扮男装成渔民的南珠掏枪顶住了便衣："别动！"

便衣转身袭击南珠，南珠一脚便把便衣踹倒。渔民打扮的老白也出现了，枪指便衣："不许动！"

南珠枪指天健："你也跟我们走吧。"

天健听出南珠的声音："是你？"

傅桑来到日本领事馆，先见了古木教授，拿到了药，然后又进了领事的办公室。领事给他传达了一个新消息。

"傅桑君，这是军部给你的电报，要你改去澎湖岛，向古庄将军报到，参加'华南登陆'。据我了解，这次担负'华南登陆'任务的21军是临时组建，很缺干将。古庄将军向军部点名要你去担任军事顾问，三天之后，有船来接你，具体时间，由你安排。"

傅桑看着电报："那贾信的军事情报呢？"

"这由黑田负责。"

"这是黑田的意思？"

领事一笑："傅桑君，这个时候，谁都想立功。你专心对付韩雨堂吧，那也是一个富矿。据我所知，他在李克农的手下待了一年多，还参加了'西安事变'的处置，你把他拿下来，不是将军也是大佐。贾信，就交给黑田吧。"

傅桑久久沉默。

"傅桑君，黑田是我内弟，给我个面子，好吗？"

傅桑笑了笑："好吧，那就拜托他了。"

这时电话响了，领事接电话："是我。什么？他在这儿。"领事把电话交给傅桑："克劳斯山庄出事了。"

傅桑忙接过电话，然后匆匆走出日本领事馆。他在邓茹婷的车前站住了，发现邓茹婷正在车里发呆。他迟疑了一会儿才敲车窗，然后上车离去。在车上，傅桑才告诉邓茹婷，渔村码头出现了不明身份的武装人员，想要劫持天健。天健脱险跑回来了，但是高桥被劫持了。

山庄内一个德国设计风格的客厅里，摆着一架钢琴。傅桑和邓茹婷在询问天健。天健肩上有伤，一个青年特工也在场，他叫小岛。天健在叙述事件经过。

"我胃病犯了，就到渔村小码头去买药，也给小岛先生打了招呼，没想到，高桥在跟着我。我发现高桥，很不高兴，就和他发生了冲突。就在这时候，两个渔民打扮的人就过来了，掏枪把我们俩都拿下了。押着我们往他们的车上走，哪知他们的车出了点故障，他们就检查车，高桥就趁机跑了。我一看机会来了，也朝反方向跑，他们就开枪了。后来，小岛先生带人赶到了，他们就撤了。"

"高桥呢？"

"我不知道，反正现在没回来。"

傅桑看着小岛："你说，说中国话。"

小岛说起来："韩先生说要去买药是事实，但我劝他别去，我这里有苏打片。他不肯，说苏打片不管用，我就同意了，于是我就派高桥跟去。在渔村小码头发生了什么情况，我不清楚。我是听到枪声赶过去的，看见韩先生跑过来，后面还有一个渔民打扮的人在追。我就开枪了。我看韩先生有伤，也没有追过去。情况就是这样。"

傅桑对小岛说："你去吧。"

小岛鞠躬离去。

傅桑问天健："劫持你的是什么人？"

"我不知道。"

"你的伤怎么样？"

"上了药，应该没大事。"

"你也去休息吧。"

天健也离去了。

傅桑转向邓茹婷："天健这两天胃不好，你怎么没告诉我？"

"他是老胃病，我也没在意。"

傅桑踱着步："看来，是共产党找上门了。他们都长了狗鼻子。"

"这么说，还是要刀兵相见了。"

"怕什么？和共产党斗，比和国民党更刺激。我们就要拿下华南了，到时候，共产党会成为我们的劲敌。我们要给他们个下马威。共产党想来救韩雨堂，这说明，韩雨堂的肚子里，的确有不少宝贝。我们拿南珠换他，不亏。"

傅桑改说日语："杏子，我接到军部的电报，不去日本了。直接去澎湖岛，向古庄将军报到，古庄将军的21军，刚刚组建，很缺我们这样的人手。你愿意跟我一起走吗？我会特别关照你的。"

邓茹婷想了想："我听老师的。"

"这么说，你想开了？"

邓茹婷苦笑："杏子还有别的选择吗？"

"好，只要你答应我，我会给天健一个不错的出路。"

"老师，你说话可要算话。"

"当然算话，否则，今天天健走出山庄的事，不会这么不了了之。不过，我希望你和天健谈谈，不要再玩火了。"

"我明白。"

傅桑拿出一个小药瓶："还有，你去安排一下，把这个，让韩雨堂吃下去。四片的剂量。今天晚上，我们审韩雨堂！"

邓茹婷接过药瓶离去了。

傅桑在屋里踱着步，突然想起了什么，他按电铃。

小岛进来了。

"跟我走一趟，去渔村码头。"

天健站在一架扬琴前，无意识地拨着琴弦。邓茹婷进来了，天健忐忑地看着她。

"出去走走吧。"

他们走到山庄的凉亭坐下了。邓茹婷冷笑开口："是给雨堂传信吧？"

天健愣住了。

"这么说，你是被放回来的，那一枪，是苦肉计。到底是血浓于水呀。"

"不是你要我去敲打一下他吗？"天健还想辩解。

"可是我没要你给他帮忙。"

"我们有把柄在他手上，有什么办法？"

"可是你想过没有，你帮他，把柄就越来越多，怎么脱身？"

天健沉默了。

"我再问你，你真是偶然发现阿秀的吗？"

天健还是沉默。

"说呀。"

"是偶然发现的。"

"你为什么不先告诉我，而是直接去抓阿秀？"

"黄雀不是怀疑我和韩雨堂有猫腻吗？我想洗脱自己。"

邓茹婷脸色变了："你还在撒谎。这是你和韩雨堂商量好的。"

天健知道狡辩再也无用了，叹了一口气："这都是黄雀的判断吧？"

"我的智商，不比他差多少。"

"你有证据吗？"

邓茹婷冷笑："话都说这份上了，你还跟我要证据，不可笑吗？"

天健露出了绝望的表情："好吧，这都是我作的孽，我认了。你看着办吧。"

他起身离去，进了房间。

房间里扬琴声传来，琴声里有复杂的心绪。邓茹婷听着琴声，心底也起了波澜。

看见邓茹婷推门走了进来，天健慢慢收琴。

邓茹婷点燃了一支烟："我听明白了。是我害你走上了不归路。"

天健苦笑："我不怨你，只恨我自己，心比天高却不得天佑。"

邓茹婷心一动："天健，我和你分手，你也不恨我？"

"我早想到了，我不会恨你。"

"为什么？"

"因为我无法对韩家人下杀手，分手是必然的。"天健起身，"走吧。"

"去哪儿？"

"跟你去见黄雀。"

"坐下。"

天健看着邓茹婷，坐下了。

邓茹婷说话了："你听着，你对韩家人下不了杀手，我也对你下不了杀手。我不会出卖你的。"

天健有些意外："为什么？"

"因为一日夫妻百日恩，因为……"邓茹婷眼圈红了，"我爱你。"她转身离去了。

粤华公司的房间里，南珠在看地图、做标记。老白进来了："已经和老雷通话了，他同意不来香港了。和方萍一起，在广州盯着那个贾信。只要贾信有动作，就立即下手。还有，老雷说，他同意你的意见，我们这次行动代号，依然叫'旱天雷行动'！"

南珠一笑："这可不是我的意见，是雨堂的主意。"

"是呀，真没想到，他赤手空拳，竟然把韩天健也控制了。要是你，未必做得到。我开始认为他是感情冲动，想救你，还和你吵起来了。"

"他要是感情冲动，我是不会同意他换我的。好，我们商量一下，怎么进入克劳斯山庄。按天健说的，这个山庄的武装力量，都是日本海军陆战队的队员，实力很强大，而且不受港英当局管辖。我们不能强攻，只能巧取。"

第二十八章　旱天雷鸣

傍晚时分，克劳斯山庄餐厅包房。一桌有山珍海味的酒席已经备好，邓茹婷和雨堂在餐桌边。雨堂看着酒席："这是最后的晚餐吧？"

邓茹婷一笑："这是傅教授的安排，是不是最后的晚餐，就看今晚你们谈话的结果了。"

"原来是这样，他怎么不来作陪？"

"他身体有些不适。我劝他休息一下，晚上好对付你，我只好滥竽充数。"

雨堂盯着邓茹婷："黄雀很信任你呀，天健知道吗？"雨堂的话意味深长，让邓茹婷有些难堪。的确，自从邓茹婷和傅桑的关系有了暧昧之后，傅桑对她的态度有了微妙的转变。傅桑几次说，很后悔当初叫她去勾引天健，今天傅桑居然还说了爱，都是邓茹婷没想到的。邓茹婷也知道，如果傅桑的感情是真的，那么，自己的安全就有了保证，真正危险的就是天健。问题是，要是弃天健而不顾，那么，自己勾搭天健，就成了婊子行径，这是自己很难接受的。

"想什么呢？"雨堂又开口了，"是不是对天健有愧？不过我要提醒你，这个时候抛弃天健，是很不明智的。"

邓茹婷突然变脸："韩雨堂，不用套我。我知道你很想见他，对吗？很遗憾，这得傅教授点头。"

"明白了，那我们就开吃吧。"雨堂也不客套，自顾自地吃起来。

"韩雨堂，你就不怕酒菜里有什么猫腻？"

雨堂一笑："不怕，黄雀要是想弄死我，不必这么费事，他要是想在酒菜里下什么迷药之类的，怕的是你。我这人要是吃了什么兴奋剂，可是满口跑舌头。"

"韩雨堂，我现在能陪你喝酒，说明老师对我深信不疑。你只管满口跑舌头，我不在乎，不就是被你们抓过一次吗？"

雨堂一边吃一边说："邓小姐，你既然把话说到这份儿上，我就往下说了。韩天健抓阿秀的时候，其实我也在现场，你没想到吧？当时你傻了，一直没动。"

邓茹婷冷笑："那又怎么样？"

"这说明你并不希望阿秀被抓。当然，你更不希望我落在傅桑的手上。为什么，我们都心知肚明。所以，事已至此，你只有保护我，才能保护自己。实话告诉你，我敢孤身入虎穴，是吃了定心丸的。"

邓茹婷狠狠地盯着雨堂。

雨堂举杯："来，我谢谢你。"他一饮而尽。

邓茹婷咬牙："这都是韩天健的事，与我无关！"

雨堂一笑："问题是天健现在还没出事，这就与你有关了。邓小姐，看来你也是个有情义的女人。至少你有洁癖，你不想亵渎你和天健的感情。来，我再替天健哥谢谢你！"

雨堂又举杯，一饮而尽。

夜晚的山庄很寂静，小岛带着手下在巡逻。

雨堂被带到山庄的豪华客厅，他打量着客厅，客厅里还有钢琴。傅桑在沏工夫茶，手法很娴熟。傅桑一边沏茶一边说："这是山庄原主人克劳斯的客厅，德国情调，怎么样？"

"不错，看来今天晚上我们要在这里聊了。"

"是呀，换个舒适环境心情好，我们放开聊。来，品品我沏的工夫茶。"

雨堂坐下来品茶："嗯，不错，地道的工夫茶。傅教授，你对中国文化这么熟悉，却是日本人，我真替你遗憾，你投错胎了。"

傅桑一笑："我看该遗憾的是你，中国早晚是我们的，你一个炎黄子孙，看着江山易主却无能为力，这才是遗憾呀。"

"傅教授，有句话听说过吗？笑到最后的，才是真正的胜利者。我觉得你会埋在中国，只剩下一具尸骨。"

傅桑冷笑："韩雨堂，你说话太刻薄，这样太没风度。你现在是我的囚犯，我客客气气地对你，说明了什么？说明我比你自信。"

雨堂一笑："是呀，是像这么回事。比如今天晚上，你八大碗伺候我，有山珍，有海味，接着又请我来喝茶。你是很有风度、很自信，可是我也很领情，不是吗？这说明我也很自信。至于我讲了几句刻薄话，那是因为我太恨强盗了，你别介意。好了，傅教授，过场戏就到这儿，我们上正戏吧。"

雨堂弯腰整理鞋带，猛地蹬了一下靴子，起身："好，走吧。"

傅桑打量雨堂："这么激动干吗？我不会动粗，就在这里谈。"

客厅隔壁的密室，录音机在转动。邓茹婷在录音监听。

傅桑：你是怎么知道，谱子里有潜伏名单的？

雨堂：你还记得邓茹婷偷拍过你的谱子吗？

邓茹婷显出紧张的表情。

傅桑：是邓茹婷给你泄密？

雨堂：我们能指望她吗？

傅桑：那是谁？

雨堂：是南珠。

傅桑：南珠？

雨堂：南珠一直在跟踪邓茹婷，她拍完你的谱子离去之后，南珠也当了一次黄雀，接着又拍了一遍。

邓茹婷松了一口气。

傅桑：可是我的谱子只是残谱，秘密在你的谱子里。

雨堂：正是你谱子的残缺部分，启发了我，我的谱子究竟是哪些部分藏有秘密。这是一个简单的减法。

傅桑：韩雨堂，我佩服你。不过，没有密钥，你依然是一头雾水，无法破译谱子。

雨堂：你想知道，我是怎么得到密钥的？

傅桑：是的。

雨堂：是你提供的。你忘了，在你的谱子里，还夹了一张画着表格的纸。我真得谢谢你了，要不然，我到现在还是一头雾水。

山庄客厅里，傅桑踱着步，他越来越明白，韩雨堂是怎么一步步破译古谱的奥秘了，他也暗暗惊喜，古木教授给他的致幻药起作用了。但是还有一个最关键的蹊跷，他想知道雨堂是怎么识破的。

"韩雨堂，我问你，《旱天雷》全部音符不过200个，你凭什么破译出了三十多人的名单？”

雨堂一笑：“我会转调呀。来，我给你演示一遍吧。”他走到钢琴边坐下，弹了起来。《旱天雷》飞扬而出。一曲弹毕，雨堂开口：“这是D调。也是基准调，在这个调性的音符里，藏着5个人的名单。下面我变成C调。”

雨堂又按C调弹出了一曲《旱天雷》。傅桑脸色阴沉下来，死死盯着雨堂。他明白，雨堂有着惊人的想象力和逻辑推理能力。真是太可怕了。

雨堂弹毕：“在这个调性的音符里，也藏有5个人的名单。没错吧？傅教授，还要我往下弹吗？”

傅桑终于忍不住了，冲向雨堂，一把揪住：“韩雨堂，我杀了你！”

雨堂依然微笑：“傅教授，你现在怎么不自信了？请保持风度，我们慢慢说，我还有很多秘密告诉你。”

傅桑慢慢冷静下来，他又想起了古木教授的话，交谈的时候，最好有轻松的状态，这样效果最好。他放开雨堂：“好，我们接着聊。”

“这么说，我的破译是成功的？”

“是的，我恭喜你，你的确聪明绝顶。不过，只要我不承认，国民党是不会相信的。道理你懂的，因为他们根本不愿意相信。我也知道你想抓我，逼我承认。但是，第一，现在是你在我手上，你抓我是做梦；第二，即使我在你手上，我也不会承认。因为我和你一样，也不怕死。”

“你是说，你会自杀？”

“是的，即使我死，也不会让你成功的。没想到吧？”

“是的，这让我有点意外的。想想也是，我们在战场上，就没抓过几个日本俘虏。你说，我怎么就没想到呢？”

“好，我们就接着聊聊，你，包括你们，有什么办法拿下我？就算拿下我，又怎么逼我承认？”

“傅教授，这我真的还没想好。我这人聪明是聪明，可是计划性有点差。你看这样行不行，我晚上好好睡一觉，明天你再给我吃得好一点，我好好想一想，明晚咱们再接着聊？我看你也很疲倦了。”

傅桑盯着雨堂。

“你盯着我干吗？怪吓人的。”

“好，我们明晚再聊。”

傅桑按电铃。

小岛进来了。傅桑说："带他下去。"雨堂起身："傅教授，明天见！"

傅桑终于撑不住了，身子一软坐下，闭上了眼。

邓茹婷急忙走了进来："老师，你没事吧？"

傅桑慢慢睁开眼："杏子，你觉得我赢了吗？"

"你想知道的，韩雨堂都说了，我认为是可信的。说明那药是有效的。"

"可是我突然觉得，没有意义。"

"老师，对付韩雨堂可急不得。我看你今天收获不小，明天再接着审，一定会有新进展。今天你也累了，我送你去休息吧。"

傅桑起身，邓茹婷轻轻地搀扶着傅桑，往卧室走。

到了卧室，邓茹婷帮傅桑解开外衣，傅桑突然抱住她："杏子，今晚陪陪我！"邓茹婷勉强挣扎："天健还在等我，你给我点面子，好吗？"

傅桑眼中闪着奇异的光："一个小时后，你回去！"

房间灯熄了。

邓茹婷后半夜才回到自己房间，第一件事就是洗澡。她洗了整整一个小时，还刮去了腋毛，因为刚才和傅桑缠绵时，傅桑最后竟然在她的腋下排泄，她很恶心。她一边刮，一边想着自己当时忘乎所以的情景，更加恨自己，为什么一到这个时候，自己明明不情愿，身体的反应反而更强烈呢？

天健睡在床上，一声不吭。审问雨堂，黄雀没有要自己参与，他就明白，自己凶多吉少了。但他此时已经认命了。他静静地等待最后的审判。这时，邓茹婷穿着睡衣走到床边，一股香水味扑鼻而来。天健依然没有回头。邓茹婷睡下了，她也知道，天健没有睡。一阵沉默后，还是邓茹婷先开口。

"你为什么不问我，审讯的情况怎样了？"

天健过了一阵才答："一定是很成功，还有必要问？"

"你不怕吗？"

"怕有用吗？"

"我只给韩雨堂吃了一半剂量的药——我怕黄雀化验。不过，他很出色，没有把我们透出去，也透露了破译古谱的玄机。黄雀没有怀疑。"

"这我想到了。"

"为什么？"

"因为他姓韩。"

邓茹婷心一动，翻过身来，一伸手，把天健也扳过来，两人面对面了。

"你也姓韩，对吗？"

天健毫无表情："我不配。"

邓茹婷突然抱住天健："我明白了，我为什么喜欢你，因为你姓韩！"说着，邓茹婷狂热地亲吻天健，天健没有迎合也没有拒绝，邓茹婷更加激动，猛地脱掉睡衣。

天健没有反应，任由邓茹婷动作，慢慢地，邓茹婷也冷静下来。

"你嫌我脏，对吗？"她的眼泪下来了。

清晨的空气格外清新，傅桑在打太极拳，邓茹婷走来。傅桑慢慢收拳。邓茹婷告诉傅桑要吃早餐了。

"天健呢？"

"他胃疼，不想吃。"

"把他也叫来，我有话说。"

天健便来了，三个人一起用早餐。

天健主动搭讪："先生，我听茹婷说，你昨晚收获不小？"

傅桑笑了笑："我最大的收获是碰上对手了，这盘棋越下越有意思。天健，我要感谢你。"

邓茹婷和天健面面相觑，都不知如何作答。

"好了，说正事吧。根据昨天的情况，我不想再审下去了。"

邓茹婷意外："不审了？为啥？"

"因为韩雨堂在玩老鼠逗猫的把戏，想拖住我。"

天健紧张："是要干掉他？"

傅桑微笑："他并不怕死。干掉一个不怕死的人，能说明什么？只能说明我对他无可奈何，这是自取其辱。我决定立即离开香港，换个地方，慢慢审，我要猫玩老鼠。"

邓茹婷忙问："什么时候走？"

"明天晚上，从香港机场起飞。你觉得怎么样？"

邓茹婷点头："这样也好，在香港，确实夜长梦多。"

"不过，我还安排了一个告别仪式。"

邓茹婷不解："告别仪式？"

"对。我要把消息传出去，把共产党吸引到机场来，给我们送行。"

邓茹婷一惊："你要把共产党一网打尽？"

"不行吗？"傅桑转向天健，"天健，你负责把我们离港的消息传给共产党。"

天健一愣："我？他们会信我的话吗？"

"我认为会信。你是雨堂的堂哥，他策反你很正常。而且，他之所以敢虎口拔牙，就是因为他相信可以控制你。这一点，他的同志当然也知道。"

"先生，这么说，你还是怀疑我和雨堂有猫腻？"

傅桑冷笑："韩天健，你不要屎不臭挑起来臭，要不是我对杏子有承诺，你现在不会坐在这里。杏子，我仁至义尽了，你看着办吧。"

傅桑起身离去。

邓茹婷看着韩天健。两人无语，但心知肚明。

天健看着邓茹婷："原来你叫杏子？是日本人？"

邓茹婷长长地叹了一口气："天健，现在说这些有意思吗？你只有这条路了。你有两种选择。第一，可以告诉共产党真相，他们不来袭击。我们和韩雨堂就会安全离港，你也会全身而退；第二，你按黄雀的指令去做。共产党来救雨堂，抓黄雀，就是一场血战，鹿死谁手，就看天意了。你看着办吧，我也仁至义尽了。"

邓茹婷也离去了。

天健在发呆。

山庄外小溪边，傅桑看着溪流发呆。邓茹婷走过来。傅桑没有回头："他答应了？"

"应该会答应。不过，要是他叛变怎么办？"

傅桑一笑："怎么，你也对他没有底了？"

邓茹婷沉默。

"如果我没猜错，他早就叛变了。他被人劫持，是通风报信，放他回来是苦肉计，而放他回来的人是田南珠。"

邓茹婷意外："田南珠？这么说，田南珠麻醉中毒是假的？"

傅桑叹气："我直到昨天晚上，才彻底想明白。韩雨堂，我低估了他呀。这样的对手，我平生仅见。"

"那我们是不是要控制天健？"

"不用了。他要叛变，我们就安全撤离。这样，你也会死心。我答应你的，一定会做到。"

邓茹婷露出尴尬的表情，但还是觉得傅桑的决策有些冒险："你真要去冒险吗？"

"你想怎么样？"

"我觉得我们可以暗度陈仓。"

傅桑有些激动："谱子叫韩雨堂破了，我十年的心血就付诸东流了。怎么向帝国交代？这是奇耻大辱！我不开杀戒，灭掉一帮共产党，将功折罪，还有脸在军界待下去吗？"

"你不是说，国民党不会相信吗？"

傅桑苦笑："那是自欺欺人。即使国民党不处理这帮间谍，他们也不会得到重用了，等于一帮废人。"傅桑看着蓝天，"不成功，便成仁，这是我为荣誉而战！"

这时小岛来了："先生，韩天健走了，要不要跟过去？"

"不用了，你立即派人去玛丽医院，把院长嬷嬷抓来！"

地下室，雨堂靠在床上想心事。铁门打开，傅桑进来了。雨堂一笑："不是约好了晚上聊吗？怎么，还是沉不住气？"

"韩雨堂，我来通知你几件事。"

"那也用不着你亲自来呀，派马仔来说说不就行了。"

傅桑笑了笑："你最盼望的是韩天健来吧？我可以明确地告诉你，他给南珠报信去了，回不来了。我们明天晚上坐飞机离开香港，我想邀请南珠来给你送行。怎么样，我还是挺有人情味的吧？"

雨堂一愣，惊讶地看着傅桑。

"没想到吧，你想利用韩天健给你垫背，我却偏偏放了他，留下你。你们韩家可是三百年的音乐世家，我总得给你们韩家留个种吧。雨堂先生，我想灭的是共产党，不是中华文化。南珠要是不来，我们可就远走高飞了。等我们到了日本，再接着聊。"

雨堂沉默地看着傅桑，他确实没想到傅桑这一招。

傅桑得意："这一招怎么样？韩雨堂，你干得确实漂亮。我直到昨天晚上，才想明白，你换南珠原来是一个局。所以我也亡羊补牢——变招了。和你斗智商，我很愉快。"

傅桑说罢，哈哈大笑起来。

天健来到粤华公司向南珠做了汇报，老白也在一边听。

听罢，老白先开口了："这个傅桑，够傲的。这等于公开叫板。我们不上套，他就远走高飞；我们上套，他就和我们血战。香港是港英当局管辖，我们的活动不能太任性，只能巧取，不能硬拼。硬拼是拼不过他的。"

南珠也说话了："巧取倒不是很难，问题是，要是雨堂还没掌握傅桑的把柄，就是端掉傅桑，我们依然被动。傅桑是不会招供的。"

老白点点头："是呀，傅桑突然不审雨堂，我给雨堂提供的录音机也没用。"

天健一听眼亮了："怎么，雨堂身上有录音机？"

老白立即意识到自己说漏嘴了，不安地看着南珠。南珠一笑："天健不是外人了，没关系。天健，我问你，傅桑为什么决定不审雨堂了？"

天健忙说："可能我刚才没说清楚，也不是没有审，昨天晚上，就审了，还给雨堂吃了致幻剂，可是审下来，傅桑发现，他被雨堂玩了，就改主意了。"

南珠警觉："是不是录音机被发现了？"

老白摇头："不可能，这部录音机是我亲自改装的，体积比德国最新的间谍用录音机还小一半，装在雨堂的军靴里，傅桑再牛，也想不到世界上还有这么小的录音机！"

南珠忙问天健："天健，昨晚审得怎么样？"

"我被傅桑怀疑，没有参加，但是邓茹婷参加了，她负责在现场录音。她回来说，雨堂表现很出色，没有连累我们。"

"还有吗？"

"对了，邓茹婷说过，傅桑命令她把录音全部洗掉了。"

南珠立即兴奋起来："太棒了，雨堂肯定得手了！"南珠说着拿过了地图，"这么一来，我就无所顾忌了，我们今天晚上就动手！"

老白迟疑："今晚动手？"

"对！出其不意，攻其不备！不过要天健配合。"

老白立即明白了："好主意！我们跟天健先摸进山庄，然后天健再露脸，傅桑绝对没想到他会回去，肯定要和他聊，于是我们出其不意地把傅桑拿下。他们人再多，傅桑在我们手上，谁敢乱动！"

南珠看着天健："天健，你觉得有把握吗？"

天健有些激动地站起来："南珠姑娘，如果你信得过我，我可以试试。我回去，傅桑肯定意外，见我是没问题的。我也可以把他引到僻静处，但我不敢保证你们能成功。傅桑和邓茹婷都是高手，他们的手下都是海军陆战队的军人。"

老白说："天健，你能做到这样就行了，其他的，我们搞定！"

南珠又问："关雨堂的地下室你去过吗？"

"去过，不过我见傅桑容易，见雨堂就难了。上次传信之后，我一直没见到他。"

老白说："我们拿枪顶着傅桑，他敢不交出雨堂？"

南珠摇头："不见得，傅桑可不是怕死的人。"

老白又提出："那邓茹婷呢？要她也配合一下。天健，她不是一直帮你撑着傅桑吗？"

天健苦笑："她撑我，只是出于私情，要她背叛傅桑救雨堂是很难的。"

老白冷笑："那你还要求我们别伤她？只要一交火，我首先就崩她！"

天健尴尬不语了。

"老白，这是两码事。你说话注意点。"南珠转身对天健说，"天健，你能说服邓茹婷回避吗？她不掺和，我们就少个劲敌，她也安全。"

天健想了想："你们有麻醉药吗？"

"我能找到。"

"那我把她麻倒，你们别伤她，可以吗？我要是不死，就带你们去地下室。"

"好。老白，我们分下工，你带人拿下傅桑，我去救雨堂。"

老白想了想："行！"

"好，我立即去圣玛丽医院找院长嬷嬷弄麻药，你给海明伯打个电话，听听他的意见。回来，我们再商量行动细节。"

老白点头："行！"

南珠赶到了玛丽医院，正巧碰见嬷嬷走出医院，向一辆黑色小汽车走去。后面跟着一个便衣男子，南珠一眼就认出，这男子是傅桑的手下，叫智勇，曾经在医院里看守自己。南珠立即意识到，嬷嬷可能暴露了，遭到了傅桑的挟持。

她观察周围，发现只有智勇一人，便悄悄跟随在智勇身后，就在智勇把嬷嬷带上一辆小汽车的时候，南珠果断下手，制服了智勇，随后押解着智勇，带着嬷嬷，来到粤华公司。

在粤华公司，南珠先向嬷嬷了解智勇绑架她的经过，心里有了底，她觉得，这个智勇可以争取过来，就开始对智勇进行审讯。

"我听嬷嬷说，你是台湾人，亲生父母都是被日本警察打死的？"

智勇低着头："是的，那时我九岁。一个开小饭馆的日本老板收养了我。"

"你就当了他的小用人？"

智勇沉默不语。这时，嬷嬷推门进来："南珠姑娘，我来和他说几句吧。"

南珠会意："好。你们聊吧。"

南珠走出了审讯室，老白赶过来通知了一个广州方面的新消息。特派员贾信在黑田的帮助下潜逃了，估计潜逃香港。海明伯和方萍带人正在赶过来，要我们立即在香港锁定他们的行踪，配合抓捕。我们已经在码头一带安排了眼线观察动静，上级还指示，海明伯和方萍的人可以配合我们今晚在克劳斯山庄的行动。全权指挥是你田南珠。

"太好了！"南珠猛地一拍老白，"我们就干一票大的！"

说罢，南珠又和老白讨论行动的细节。

就在此时，嬷嬷走出了审讯室。

"南珠姑娘，智勇答应配合我们行动！"

南珠激动地握住了嬷嬷的手，连声道："谢谢，谢谢！"

地下室的洗手间里，水雾腾腾，雨堂脱下高跟靴子，手伸进靴筒里，拿出了一个小录音机，半个巴掌大小。他把录音机用油布手帕包好，塞进了水箱里，这些技术，都是他在延安受训时演练许多次的。然后他穿上靴子走出洗手间。他看着墙壁，想了一阵，咬破手指，在墙上书写起来。

这是一首《月光光》的曲谱。其实音符就是密码："铁证在马桶水箱内。"

雨堂写曲毕，又在墙上书写一行字：

南珠：永记《月光光》，来世娶你。雨堂绝笔。

做完了这一切，雨堂猛敲地下室的铁门。不一会儿，铁门打开，傅桑进来。他还是风度翩翩："怎么啦？沉不住气了？"

傅桑立即注意到墙上的曲谱和字迹，不禁笑了："这是血书吧？真是情深意长，壮怀激烈呀。这么说，你承认南珠的麻醉过敏是个骗局？"

"是的，可惜你知道得晚了点。"

傅桑微笑："有你在，什么时候都不晚。"傅桑念："永记《月光光》，来世娶你。"傅桑走近雨堂，"这么悲观？我可没想要你的命呀。"

"可是我要你的命！"

雨堂突然出手掐住傅桑的脖子，傅桑一惊，也死死捏住雨堂的手。两人角力起来，势均力敌。这时，小岛和邓茹婷冲进来，小岛枪指雨堂："住手！"

雨堂依然不住手："开枪吧！"

小岛要开枪，邓茹婷突然抬手托举小岛手臂："他要寻死，别上当！"

枪打到天花板。

小岛会意，扑上去制服雨堂，又一个看守冲进来。

傅桑乘机发力，将雨堂狠狠摔倒在地。雨堂支撑爬起，傅桑一脚死死踩住雨堂。小岛也死死按住了雨堂。

"把他铐上！"

看守掏出手铐把雨堂反铐。

邓茹婷走到血书前，动容地看着。

傅桑松开脚冷笑："韩雨堂，你想以死来断绝南珠救你的念头，没错吧？真令人感动。可是，我舍不得你死。我一定要你看着南珠来救你，让你看见她死在你的面前！"

傅桑咬牙："把他铐死！你们在旁边守着！"

小岛立正："是！"

傅桑走向邓茹婷："走吧。"

两人离去了。

傅桑坐在椅子上揉着脖子，邓茹婷给傅桑端茶过来："你没事吧？"

傅桑喝茶："没事。杏子，还是你冷静。要不然，我的计划就黄了。"

邓茹婷一笑："跟你这么多年，总要学点什么吧。"

"是呀，我这辈子就是一匹独狼，算起来，你是跟我最久的人。"傅桑触动了什么，"杏子，你坐下。"

邓茹婷坐下。

"你说，爱情有那么大的力量吗？"

邓茹婷心动："你是说韩雨堂吧？说实话，我也有点震撼。一个女人，要是有这么一个男人疼爱，是很幸福的。为了心上人，以身相换，深入虎穴；为了心上人，留下血书，以死相拼。我要是碰上这么个男人，会为他赴汤蹈火的。"

邓茹婷露出动情的神色。

傅桑一笑："杏子，你已经做到了。为了韩天健，你可以和我睡觉，不是吗？"

邓茹婷一愣，看着傅桑。

傅桑拍拍邓茹婷："我不计较，还很感动。而且成全你，放了天健。实话告诉你，我断定他会叛变。他做的事就是为我下个战书，任何人都可以做到，可是我还是选择了天健，这意味着我也要承担失去生命的风险，知道为什么吗？我就是想既不伤害你的感情，又能和你在一起。"

邓茹婷淡然一笑："也许和我在一起，你可以排遣很多孤独吧。"

傅桑一愣："你感觉到了？"

邓茹婷回避傅桑的眼神，看着窗外："我是将心比心。我很高傲，直到25岁，我从没有对哪个男人动过情。但我也是女人，我也有需求。所以，我也很孤独。你的许多动作，和我的感受一样。这也是我能接受你的缘故吧。"邓茹婷没有往下说，眼泪流下来了。

傅桑一阵激动，要抱邓茹婷，却被推开了。

"我其实很恨自己，我的身体很不争气。我真正爱的是天健，我的处女之夜，是给他的，也许他还不知道。"邓茹婷低低地抽泣起来。突然她抬起头，

"现在，说这些都毫无意义了，我也跟你实说了，既然你放过了天健，只要你需要，我就会死心塌地地跟着你！"

傅桑默默地站起来："这样很好，很好。我不能得到你的爱情，但可以得到你的身体，对吗？我们都明白了彼此的身份，很好，很好。"

这时，电话响了。

傅桑接电话："是我。哦？太好了。他们什么时候到香港？"

电话里传来领事的声音："应该是傍晚，你也来吧，我们庆祝一下。"

"我不能离开这里，你们过来吧，我们在这里庆祝。还有明天的大戏，都要商量一下。"

"我也是这个意思。不过领事馆已经准备好了，还是你过来一起商量吧。"

"我确实走不开。你放心，我绝不会抢功的。"

"好吧，他们一到，我们就过来。"

傅桑放下电话。

邓茹婷问："是黑田得手了？"

傅桑微笑："对，他带着贾信离开广州了，今晚到香港。你去安排一下，今晚在这里聚餐。"

邓茹婷试探地看着傅桑："你想在这里拿下他们？"

傅桑捏住邓茹婷的下巴，欣赏地看着："杏子，你和我睡觉，没有白睡！"

夜色笼罩的小山包上，有一片树林。小山包下的公路通往山庄，还有一座小木桥。海明伯、老白、天健，还有鸡公罗等十来个人潜伏在桥下的草丛中。

一辆摩托飞驰而来，车手是方萍，她在桥边停下。

海明伯起身走上公路。

方萍低声道："他们来了，不过有摩托开路。"

海明伯想了想："那就放过摩托。"

方萍又提醒："看样子要响枪了。"

"那就按第二套方案执行。"

"好。"

方萍拿起一把冲锋枪，开着摩托过桥，把摩托停下，隐蔽在公路边的草丛中。

远远地，车灯光柱划破夜空。两辆三轮摩托开路，车上人都穿着军人制服。后方一辆轿车跟行。三轮摩托开过木桥，当轿车跟过来时，木桥突然塌陷，轿车沉进了沟里。

　　海明伯等人冲出来，团团围住了轿车。

　　三轮摩托急刹车。

　　车手说着日语："下车！"

　　车上人都抄枪下车，往回跑，车手还骑着摩托没动。

　　车上人跑近小桥，方萍端着冲锋枪跃出扫射。

　　两个车上人应声倒地，另三个人还击。

　　伏击的队员冲上公路，扔出手雷。一声爆炸，烟雾腾起，三人都被炸死。

　　车手见状不妙，骑车向山庄方向开去。

　　方萍骑上摩托追击，连连射击。

　　车手回身还击……

　　山庄傅桑的客厅。两个餐桌上摆着酒，筵席准备好了。

　　傅桑和邓茹婷欣赏着，隐隐有枪声传来。

　　傅桑警觉起来。

　　这时小岛冲进来："先生，渔村码头有枪声！"

　　"果然被我猜中了。"傅桑冷笑，"你带着人去看看！情况不对就开火！"

　　小岛领命而去，傅桑拉着邓茹婷："跟我走！"

　　他们进了卧室。

　　小岛带着十几个全副武装的手下奔出大门，正好碰上智勇开车在门口停下，带着院长嬷嬷走下车。

　　小岛恼火地操着日语问："你怎么才回来？"

　　智勇也说日语："我一抓到人就往回赶。出什么事了？"

　　"渔村码头有情况。对了，你没碰上吗？"

　　"我根本不是从那条路回来的。"

　　"好了，没工夫和你扯，你把她先押到地下室！"

　　小岛带人向渔村码头奔去。智勇和嬷嬷看着他们消失。智勇说起了中文：

"南珠小姐，一切都按你的安排在发展，佩服。"

扮成嬷嬷的南珠笑了："走吧。下面还有好戏呢。"

智勇带着南珠在地下室门前和看守交涉。看守打开铁门，带他们进去。

智勇和南珠进入地下室，空空荡荡的，不见雨堂。南珠惊异地看着智勇。

智勇会意，操起日语问看守："韩雨堂呢？"看守回答："傅桑先生下午把他带走了。"智勇又问："带到哪里去了？"看守回答："不知道。"智勇又对看守说："好，你去吧。"

看守离去后，智勇用中文给南珠解释，南珠挥挥手："不用说了，我听明白了。"

南珠走到血书的曲谱旁，久久地凝视着，脑海闪现雨堂和自己交往的情景。南珠抚摸着写有血书的墙壁流下了眼泪。

夜晚的渔村码头，水面上停泊着一艘快艇。隐隐有枪声传来，那是小岛的人马和方萍的人马交火的枪声。

雨堂双手被铐，吃力地被押解着往快艇上走，他身后是两个看守。

傅桑和邓茹婷站在甲板上，看着雨堂。

傅桑微笑："韩雨堂，想知道发生了什么吗？你的战友们来救你了，其中肯定有南珠。这又打破了我的计划。我承认，我又付出了代价。"

"可是你还有牌打，对吧？"

"太对了，因为你还在我手里。"

雨堂微笑："傅教授，谢谢你这么看得起我。可是我要告诉你，其实我已经不重要了。知道为什么吗？"

"当然知道，你们共产党人看中的是鲜花和掌声，而不是生命。"

"你错了，是因为我已经完成了使命，战胜了你，使你的存在不再有价值。所以，你再打我这张牌也没有意义了。"

"韩雨堂，你这话，怎么听起来有点哲学呀？"

"好，我通俗地告诉你，你审讯我的录音，我已经传出去了。是否能抓住你，你是否活着，都无关紧要了。"

傅桑突然沉下脸："你说什么？"

雨堂依然微笑："你没听懂吗？我再给你说一遍。"

地下室里，南珠从洗手间的马桶水箱里取出了一个油布包裹着的小型录音机，深情地凝视着。这时突然传来枪响，南珠和智勇一惊，拔出枪。铁门被打开了。

方萍和老白冲了进来，看守倒在了门口。南珠知道，山庄已经被拿下了，连忙问："傅桑抓到了吗？"

方萍说话了："山庄里已经空了，傅桑和邓茹婷跑了！"

"什么？他们跑了？"

方萍看着南珠："雨堂呢？"

南珠不语。

方萍："你说话呀，雨堂呢？"

南珠看着墙壁，方萍也注意到了，凝视着墙壁上的曲谱和文字，突然扑上去，趴在墙上痛哭起来……

山庄的院子里和房间内都躺着尸体。

海明伯、天健、鸡公罗，还有几个行动队员在搜寻傅桑和邓茹婷。海明伯已经负伤了，一个行动队员正在给他包扎。

天健高喊："茹婷，出来吧，我是天健！出来吧！我保证你是安全的！"

天健的喊声在夜空里回荡。

这时，行动队员陈仔高喊："快来！这里有个地窖！"

天健急忙奔去。

傅桑卧室里，房间大衣柜被打开了，露出一个暗道口。陈仔站在暗道口边。

天健冲进来："茹婷！我是天健！出来吧！"

鸡公罗也赶到："你给我闭嘴！"

天健不吭声了。

鸡公罗观察了一下："这不是一个地窖，是暗道，通到外面去的。"

天健一猫身钻了进去，他的脚踩中了一个暗道中的机关。

一声巨大的爆炸声，房间塌陷了。

鸡公罗和陈仔倒在爆炸声中。房屋崩坍了，只有那架钢琴，没有被房梁砖瓦砸中，奇迹般地竖立着。随之，山庄里到处发生爆炸，陷入一片火海。

南珠、老白、方萍和智勇连忙从地下室往外走。

又是一声爆炸声，浓烟四起。

他们都卧倒在墙角。房屋坍陷了，南珠猛地扑在方萍身上。大块的砖头、水泥块砸在南珠头上，鲜血直流……

方萍挣扎着爬起，抱起南珠："姐！姐！"

大家也从废墟中爬起，围了上来："南珠！南珠！"

方萍含泪："姐，姐！你醒醒，你别吓我呀！"

南珠慢慢睁开眼，露出微笑："别哭。"

方萍抹泪："好，我没哭，没哭！"

南珠从怀里掏出了一个小油包："这是雨堂留下的审讯录音，交给海明伯。"

方萍接下包："姐，我们去医院！"

"不要动我！"

方萍不敢动了。

南珠大口喘气，大家都看着南珠。

南珠竭尽全力："去找雨堂，我等他！"

傅桑、雨堂和邓茹婷在甲板上看着山庄方向的大火。

傅桑得意："火树银花不夜天，真漂亮呀！还有一批烈火中永生的英雄，真壮烈呀。韩雨堂，这就是我的底牌。以这样的方式为我们送行，很高雅吧？"

雨堂冷笑："傅教授，你怎么就能判定，我的战友们也在里面？"

"很好奇吧？告诉你，我的卧室有个暗道，一直通到这个码头。我手下没人知道这个暗道，他们也没有必要找这个暗道。在暗道中我设了一个机关，只要一踏上，山庄立刻引爆。我从暗道来这里，是不会踏上这个机关的。只有你的战友，在满山庄搜寻我的时候，才会找到暗道。话说到这儿，不用我往下说了吧？"

这时传来了天健的喊声："茹婷，我是天健！你在哪里？出来呀，我保证，你是安全的！"

大家都朝喊声的方向看去，只见天健跌跌撞撞地朝码头走来。邓茹婷一见，激动地要下船，被傅桑一把抓住："杏子，叫他回去！"

邓茹婷流泪了。

天健呼喊着向码头走来。

傅桑掏出了枪："叫他回去！"

邓茹婷大喊："天健！别过来！"

天健发现了邓茹婷，依然跑过来："茹婷！你好好看看，我是天健呀！"

傅桑举枪顶住了邓茹婷脑袋："韩天健，别过来！再过来我开枪了！"

雨堂也大喊："天健，别过来！"

天健站住了，呆呆地看着傅桑。邓茹婷突然变脸："韩天健，你这个没出息的叛徒，我鄙视你，你给我滚！"

天健呆呆地看着邓茹婷："那你为啥哭？"

邓茹婷咬牙："我后悔瞎了眼！你给我滚！"

天健苦笑："别骗我了，我知道，你又想救我。"

天健突然跪下："先生，你把茹婷还给我，行吗？我爱她！"

傅桑咬牙："韩天健，你放肆！"

天健求道："傅桑，茹婷不能跟你走，你会毁了她的！"

傅桑的枪响了，天健捂着胸口倒下了。

"天健！"邓茹婷拼命挣脱傅桑，奔向天健。她抱住天健："天健！天健！你醒醒呀！"

傅桑默默地看着。

天健勉强睁开眼："茹婷，我是今天才发现，我爱你。谢谢你。"天健闭上了眼睛，邓茹婷抱着天健痛哭起来。

傅桑又举起了枪。

雨堂突然大喝："傅桑！你是个畜生！"雨堂一头撞向傅桑。傅桑被撞下船，跌到水中，雨堂跳下水，举起被铐着的双手猛砸傅桑的头。雨堂继续砸，却被傅桑抓住了双手，两人在水中格斗起来。船上两个傅桑的手下也要跳下水，对付雨堂。傅桑大喊："用不着你们，你们去发动船！"

手下遵命，去了驾驶室。

傅桑占了上风，抓着雨堂的头发，反复往水里按。

一声枪响，傅桑脖子中弹。

邓茹婷开枪了。

傅桑扭头看向邓茹婷："杏子！"

雨堂猛地从水中腾身而起，双手猛砸傅桑脑袋。傅桑的头又被手铐砸中，倒在了水里。邓茹婷又要射击。

雨堂拦住："别开枪，留活口！"

邓茹婷冷冷地说："你闪开！"

雨堂坚定："不能干掉他！"

这时，又传来枪声。

邓茹婷中弹，倒下了。是傅桑的手下开枪了。

雨堂转身爬上船，捡起傅桑掉在甲板上的手枪，戴着手铐加入了枪战。傅桑手下利用船上设施的掩护，负隅顽抗，枪声连连……

傅桑苏醒，爬上岸，慢慢站起来，走到邓茹婷身边，捡起了她的枪。

邓茹婷还没死，她看着傅桑："你等会儿再开枪。"

她爬向天健，躺在天健身边："谢谢你，开枪吧。"

傅桑开枪了，邓茹婷闭上了眼睛。

雨堂终于击毙了傅桑的手下，回头来找傅桑，愣住了。

傅桑躲在码头一块大石头后面，又向甲板上的雨堂瞄准。

一声枪响。

傅桑的枪掉了下来。

海明伯举着枪出现了，方萍和老白也赶到了……

山庄客厅里，一片废墟。南珠头上缠着纱布，躺在沙发上。雨堂抱着南珠："南珠！南珠！你醒醒！我是雨堂！"

南珠慢慢睁开眼睛："你来了。"

雨堂含泪："我来了！"

南珠微笑："你真是猫，有九条命。"

"是的，我不会死，我要死了，谁来娶你？"

南珠发现了那架钢琴："好，我答应你。给我弹首《月光光》，算我们的婚礼祝福曲，好吗？"

雨堂泪流满面："好！"他走向钢琴，弹了起来。

优美的旋律扬起，旋律中仿佛浮现出雨堂和南珠交往的一幕幕场景。

南珠幸福地听着。

大家的眼泪都流下来了。

琴声停了，雨堂走过来。

南珠拉住雨堂的手："真好听，可惜我唱不了。"

"你能唱！院长嬷嬷正在往这儿赶呢，你要挺住！"

南珠喘息着："好，我挺住。雨堂，我拜托你一件事，你一定要答应我。"

"我答应。"

南珠喘息了一阵才说下去："拜托你，好好照顾阿萍。"她呼吸艰难起来，"你，你答……应呀。"

雨堂点头："我答应！"

南珠挣扎地看着方萍："阿萍，好好跟着……"

南珠咽气了，脸上露出微笑。

方萍号啕："姐！"

快艇行驶在海面。驾驶室里智勇和一个行动队员在开船。

舱内，海明伯、雨堂、方萍和老白都伤痕累累，傅桑也缠着纱布，被铐在舱内。雨堂微笑："黄雀，还记得我说的话吗？"

傅桑苦笑："你笑到了最后，你赢了。"说完，他闭上了眼睛。

船远去，天际出现了鱼肚白。